杜桂萍 主編

清代詩人別集叢刊

梁清標集

下

王馨鑫 輯校

人民文學出版社

蕉林二集

蕉林二集

五言古一

題貞靖祠雙松圖

房公挺孤貞，生當衰亂季。宥府資帷籌，巋然廊廟器。賊騎蹂咸京，里居志不貳。絕粒哭空山，義盡仁亦至。豐碑峙荒祠，過者交涕泗。雙松何峨峨，溜雨含蒼翠。孝子手培栽，廿載蓄生意。嗟哉巖壑姿，乃榮尋丈地。修柯敷濃陰，虛窗喧涼吹。誰謂木無知，特茲表靈異。昔聞武侯柏，黛色罔凋瘁。又聞萊公竹，仰止發深喟。千古若同符，忠孝復奚愧。奕世披此圖，霜露思不匱。

題孫氏怡園圖卷

城西開芳園，誅茅蒔闌藥。窈窕映亭臺，蕭疏見藩落。桃李榮前畦，垂楊蔭後閣。啓牖遠山迎，春風動珠絡。雖近井陌喧，飛塵隔簾幕。此中安處翁，平生重然諾。友朋花外來，下馬依叢薄。棐几羅琴尊，歌呼共斟酌。暖炙鳳凰笙，滿引鸕鷀杓。斜陽下城闉，白眼向寥廓。身世同浮雲，人生貴行樂。園翁有曠觀，寧爲市塵縛。

蕉林二集

七言古一

贈同年孫涉菴歸四明

炎風吹沙暗廣陌，朅來野服明州客。雁行萍散三十霜，頭鬢蒼浪神奕奕。小堂相對語纏綿，向夕捲簾秋月白。憶昔看花俱少年〔一〕，祇今回首各茫然。欲供鷄黍茅容饌，羞看空囊杜甫錢。老去兵戈仍飽歷，長安徒步淩霜天。噫嘻世事如飜手，消磨歲月林中久。騎驢踏徧洛京塵，開襟暫醉燕山酒。人情此日比秋雲，不如歸覓漁樵偶。送君歸去意何如，北堂白髮頻倚閭。客路誰懸高士榻，裝頭賸有故人書。再來聽雨知何日，臨岐執手重躊躇。

【校記】

〔一〕『俱』，名家詩鈔本作『如』。

題宋牧仲所藏程端伯先生江山臥遊圖

青溪先生不羈客，染毫欲逼荊關蹟。一解朝簪傍冶城，嘯歌雙眼逢人白。愛寫丹青作臥遊，特爲宋子畫滄洲。縱横尺幅勢萬里，一峯老人真匹儔。先生已往留健筆，誰向千秋論得失。陵谷遷變斯圖存，展卷江山氣蕭瑟。

題晤真圖卷余師吴繁祉先生小照也

先生倜儻文章伯，平生愛逐烟霞客。上清符籙早注名，朱顔宣髮雙瞳碧。共道洪厓許拍肩，自謂方平堪接席。誰爲濡毫繪此圖，披襟露頂神奕奕。身近瑶京十二樓，五雲縹緲仙人宅。虹梁蜿蜒古洞幽，飛流拖練懸千尺。龍螭隱現海波紅，猿猱倒挂嵐光白。羽衣芒屩皆上真，丹爐酒甕何閒適。先生所遇非荒唐，當是赤松與黄石。俠腸仙骨豈異人，功成便躡丹臺籍。先生往矣卷重開，謖謖松風生兩腋。

許生洲思硯齋歌

我聞中丞古遺愛，守越聲名齊海岱。抽毫獨喜倣眉山，已知冥契千秋在。精神感召夢寐通，郡齋夢見東坡公。一硯手授豈荒忽，遲明硯出山巖中。硯背有像夢無二，中丞拂拭嗟神異。玉德金聲詎偶然，龍尾鳳咮爭名字。東坡好硯各有銘，況復肖像留儀型。歸裝唯有鬱林石，兩袖攜得山川靈。中原劫火生荊棘，六丁收去無消息。中丞騎箕箧衍空，孝子慈孫淚沾臆。齋名思硯歲月徂，章侯陳生摹爲圖。詞人題贊徧海內，寧與瓦石同榮枯。古來神物有得失，離合他年安可必。君不見豐城之劍分雌雄，延津波沸雙龍出。

永寧程總戎母康太夫人殉寇難爲賦投崖行

龍蛇起陸天地荒，中原擾擾皆戰場。洛陽烽火遍州邑，白日晦蝕無三光。嵩縣劇賊一何酷，程母被執義不辱。慷慨罵賊身投崖，經旬不改顏如玉。有兒瑰偉稱人英，求母不得寧徒生。興安舊帥壯君貌，授兵討賊前驅行。賊渠授首無堅壘，灑血祭墓雪讐恥。舊帥雅負善相人，君貴他年當鎮此。猗歟孝烈鍾一門，家風伊雒今猶存。持節遂爲大督護，始知相術非夸言。噫嘻世亂弛綱紐，仗節死義嗟希有。歐公作史千秋垂，斷臂唯傳王氏婦。於今再見康夫人，凜凜豈等笄黛倫。甲申之際四維絕，男兒甘爲全軀臣？

蕉林二集

五言律一

春日過萬柳堂

聞說林塘勝，倏然遠市囂。清流斜抱塢，綠影暗藏橋。朝士巾車入，塵容岸幘消。謾言韋杜曲，春色此偏饒。

二

偶結同心侶，來尋萬柳堂。晚桃迎客面，春水漲魚梁。林密鶯聲大〔一〕，門閒日影長。移時人語寂，隔岸響銀牀。

【校記】

〔一〕『大』，名家詩鈔本作『碎』。

秋曉

晨起巡闌藥，秋容小院收。鄰墻過舞蝶，籬落上牽牛。階靜涼雲濕，蕉陰宿露浮。莫言塵市近，閉戶是林丘。

夜坐

西窗來月影，白動短籬傍。暗網垂簷隙，秋蟲語夕涼。風催蓮漏斷，坐定玉簪香。夜色猶堪戀，銀濤正渺茫。

九日

歲歲登高處，憑闌此復同。客情秋色裏，世事亂雲中。壇影連殘照，汀沙起斷鴻。天南頻極目，燧火至今紅。

贈雲陽賀天士歸隱鶴溪天士爲王黃門客，時黃門東歸

吳客催蘭櫂，翛然襆被輕。南徐秋色老，北固少微明。過雨攤書帙，看雲識世情。頻招求仲侶，樽酒話平生。

二

黃門東郡去，寥落酒罏頭。擊筑人何在，擔簦客倦遊。鴻歸沙嶼晚，葭冷練塘秋。故國生叢桂，王孫尚可留。

初度

久濫尚書省，將週甲子年。衰來憐歲月，臘盡惜風烟。客勸嘉平酒，囊虛廚傳錢。當歌思往事，回首已茫然。

丁巳除夕

擾擾風塵裏，重看歲事新。憑將鄉曲酒，暗入帝城春。鬑髮非前日，功名讓後人。張燈骨肉在，此夕倍相親。

戊午元日

晴曉開閶闔，霏烟豹尾間。暖回宫扇合，日射畫旗殷。拜舞羅王會，春溫識聖顔。天街殘雪盡，翠影見西山。

寒食

前夕霏春雪，朝來散禁烟。帝城持彈客，故里聽鶯天。杏粥徵風俗，青鞵愧少年。苑中新柳色，曾否説三眠。

送德滋弟司訓薊州

漁陽稱重鎮，今日定如何。汝能嫺禮樂，郡亦有絃歌。帝里春雲近，盤山暮靄多。莫言官獨冷，傲吏足婆娑。

春日梁園邀遊萬柳堂

猶是東華土，閒堦遍綠莎。地偏棲鳥適，市遠野雲多。盛世容疎散，殘春耐嘯歌。海棠渾落盡，倚樹悵如何。

二

良辰偕勝侶，聯袂聽新鶯。柳影陂陀出，魚塘春水生。金丸何處落，紅袖幾人行。那意驅塵坱，翻饒物外情。

三

吾宗稱好客，邀我暮春時。彷彿疑蘭渚，何如醉習池。苔痕遊屐破，屋角夕陽遲。歌板青帘外，酤兒唱《竹枝》。

四

去歲春遊好，提壺喜再來。板橋疎雨過，柳幔午軒開。疊岫當人面，飛花入酒杯。爲耽清晝永，洗琖數徘徊。

送鄭簡侯令臨邑邢子愿，臨邑人

炎飆催去馬，齊魯舊風存。星應郎官貴，名從保障尊。人方空杼柚，吏莫擾鷄豚。此邑前賢在，殷勤問子孫。

哭姚龍懷大司寇

謀國丹心苦，皤皤嘆老臣。諫書猶在篋，貫索自生春。多難徵知已，衰年哭故人。典型今廢絕，遺疏動楓宸。公嘗周旋余憂患中，故云。

二

猶憶聯床話，纏緜到夕曛。交嘗期白首，身早附青雲。露下新旟旐，風摧舊雁羣〔一〕。與公同甲子，何意死生分。

三

諸葛真名士，斯人詎可亡。勞心憂萬物，報主法三章。道忌龍蛇歲，魂依日月傍。他年聞玉笛，悽惻向山陽。

四

纔抱鴒原恨，俄驚《薤露》歌。存亡關象緯，出處挽江河。種德門閭大，傳經將相多。九京人不起，造物欲如何。公弟小山新歿，又文武闈得士最盛。

【校記】

〔一〕『摧』，名家詩鈔本作『催』。

輓法荊南公子兼慰黃石方伯

每羨斑衣舞，今看廣柳還。抽毫留戲墨，問寢憶承顏。魂夢鄉關隔，棲遲歲月艱。修文何太遽，埋骨向青山。

二

老親憂旅食，玉樹嘆摧隤。數歷風濤險，相依懷抱開。友朋憐客死，造物忌仙才。萬事憑誰問，休登望子臺。

中元夜

白帝乘時節，攤書小院幽。高旻驅大暑，佳月似中秋。氣入花香細，人因夜色留。喜當朋輩至，款款話綢繆。

二

荷檠喧夜市，兒女競繁華。熠燿潛秋草，葳蕤落晚花。杵連雙鳳闕，輪滿五侯家。坐聽吟蟲苦，疎燈閃絳紗。

初冬王胥廷大司馬新築山房告成招飲同郝敏公、吴賡菴、朱右君

晴開文酒會，疊嶂共躋攀。晻靄雲牙古，盤紆石磴閒。危樓延嶺色，斜日冷松關。眼倦車塵裏，今來一破顔。

二

山房何窈窕，疑傍白雲隈。菊向陶家放，樽從蔣徑開。風流看哺啜，經濟見樓臺。安得攜笻杖，探幽日幾迴。

贈陳子文佐縣安邑

陳子江東彦，辭家仕爲貧。哦松稱傲吏，佐縣見才人。財阜鹽池雪，花開古邑春。莫言官祿薄，利病繫斯民。

二

望汝青雲上，胡爲捧檄行。陶唐存舊俗，汾晉號名城。貯袖《三都賦》，褰帷二月鶯。太丘門閥貴，清白有家聲。

亡室生日值次七

七載鶼鶼翼，相莊對早春。寧知初度日，翻作悼亡辰。椒頌餘新句，巾箱掩暗塵。東風無限恨，何處叩前因。

寄懷黄俞邰兼謝寄洪芳洲集

閩客當時傑，移家傍冶城。藏書樓自築，隸事座皆傾。束帛徵賢詔，麻衣罔極情。秋宵曾對酒，寂寞憶江程。

二

長安逢叔度，鄙吝爲君除。頻減懷中刺，偏停長者車。廬棲馴鳥雀，瓶罄守圖書。忽枉雙魚寄，琅函足起予。

三

久罷茅容饌，慈烏返舊林。風烟踈白下，涕淚滿青岑。豈有干時策，猶憐捧檄心。天涯知己在，莫遣二毛侵。

送陳子將門人請急歸同安

萬里衝炎霧，扁舟慰老親。海天無靜土，烽火見歸人。轉徙田廬廢，承歡髩髮新。長鯨猶未息，子舍莫逡巡。

二

抗手悵悤悤，歸乘五兩風。一官愁索米，八口避彎弓。戰地蠻雲黑，荒城荔子紅。秋清宜問寢，初發小山叢。

題沈鳳于被園偕隱圖

勝地堪偕隱，爲園興不孤。相莊琴靜好，雜藝菓紛敷。白眼晨舒嘯，青燈夜辟纑。君才如竹箭，未許老濳夫。

二

淩雲誰誦賦，歸去意如何。詞出雙鬟識，扉開二仲過。郊居人未遠，隸事爾偏多。簾閣知音在，調笙律呂和。

己未立秋

天地來秋影，泠泠雨後看。十年三悼逝，萬事一憑闌。竹靜涼雲合，花深暑氣殘。平生微尚在，老去耐蕭寒。

送李天生檢討歸養

揮毫初奏賦，愛日早辭榮。一疏茅容願，千秋李密情。商風高鄠杜，戰火息咸京。謁者繻曾棄，關門吏卒驚。

二

久知天下士，今見古人書。錫類勞明主，寧親有敝廬。將軍長揖重，遊子宦情疎。脱屣風塵外〔一〕，竿投灞滻魚。

【校記】

〔一〕『風塵』，名家詩鈔本作『金塵』。

輓縉雲鄭寶水先生

東浙稱畸士，論交白社開。講堂絃誦滿，公府辟書來。勇退耽林壑，完名歷劫灰。典型何頓邈，梁木使人哀。

二

令子傳經術，先生古孝廉。鄉閭推舊德，家訓見精嚴。栗里嗟元亮，河汾失仲淹。遺書今在否？薄俗更誰砭。

西郊卽事暮春八日，安親王凱旋，上郊勞於蘆溝橋，南閣部諸臣扈從

出郭如天外，銀塘柳半勻。輕烟寒食候，青草杜陵春。郊勞陪雕輦，林光罥暗塵。簫聲何處覓，寂寞賣餳人。

二

駐馬依村店，翛然足散愁。山桃烘野寺，春水漲蘆溝。鷄黍隨時得，談諧盡日留。郊原來勝侶，不似帝京遊。高念東過訪，故云。

三

平明催小隊，露濕鐵連錢。青旆開村市，春星散曉天。吹殘蘆管月，騎破杏花烟。早晚休兵甲，勤耕雨後田。

四

王師歸飲至，列帳馬蕭蕭。纛影翻晴旭，螺聲動海潮。野田黄幄啓，宫錦玉驄驕。辛苦南征將，依依認柳條。

送梁園出守寶慶

幾載含香吏，新看五馬雄。民生征戰後，郡治草萊中。斑竹臨湘水，蘭臺拂楚風。他時裁錦字，可有北來鴻？

二

吾宗今出守，把酒悵斜曛。起草知才吏，傳家有舊聞。猺尊三尺法，山落九疑雲。卧閣應多暇，攤書莫厭勤。

題洪谷一學憲白雲巖廬居圖

聞道廬居久，翛翛萬木森。清風留講席，至性下翔禽。暫輟經綸手，時關霜露心。披圖人宛在，遥隔白雲深。

二

不貪簪紱貴，小築傍丘樊。種樹名交讓，疏泉是醴源。《蓼莪》篇可廢，孺子慕長存。誰識幽棲志？空巖有夜猿。

七夕

令節疎燈裏，星河向夕昏。一簾秋雨足，衆壑暮濤奔。歲月乖人事，風波識主恩。遥知瓜果會，歌冷五侯門。

立秋

庭樹新凉入，秋風動幕鈴。晚叢來鳳子，宿雨蘸蜻蜓。露綴桃笙白，堦侵屐齒青。成功傷歲序，噩夢幾時醒。

中秋

勝侶同良夜，啣杯趁晚晴。閒愁雲共散，過雨影尤清。激楚秋蟲語，低回久宦情。麗譙休屢促，遲看月華生。

二

曉起秋陰重，宵看月滿幃。恍疑天柱上，誰向廣陵歸。客髩聞吹角，家山入擣衣。清光何處勝？多在舊漁磯。

九日登高廣陵張子適至

傑閣層霄上，登臨又一年。日高珠殿影，人老菊花天。遠客迎鴻到，鄉心入籟懸。題餻佳興在，搔首頓茫然。

贈趙兗玉令衡水

畿輔需賢令，侯從白下來。冰澌農事急，花發晝簾開。邑古觀民俗，年饑見吏才。行看馴乳雉，政暇命春醅。

望石門驛

平岡閒步屧，古驛帶斜川。老大慵登陟，驅馳誤歲年。落花榆莢雨，亂堞石門烟。信宿曾經此，重過意惘然。

上巳步水濱小雨仍往看杏花

令節渾無賴，山雲枕畔生。花須乘雨看，客爲漱流行。龍口春波滑，田家曉夢清。杏殘如老去，惆悵未聞鶯。

歸途山中夜雨

駐馬山環疊，枯槎亂石高。塞荒遲稼事，候冷放山桃。萬竈炊烟直，雙韃獵騎豪。淙淙來急雨，旅況益蕭騷。

薊門道中

晨驅清客思，春墅峭寒時。雨氣涵危嶺，花梢媚短籬。遶田村水活，隔岸柳陰移。不斷山雲出，徘徊馬去遲。

贈零陵令王良輔

北地蜚聲舊，南天捧檄新。王喬非俗吏，潘岳是詞人。竹暗湘江曉，潭生鈷鉧春。垂簾吟嘯處，一洗戰餘塵。

秋夜劉增美中丞招飲次韻時贖歸舊第

鎖院論文日，牙門擁節年。宦情今倦矣，交誼各潸然。燕返堂前壘，星占暑後筵。不須嗟物態，烟月締因緣。

二

酒壚忻更聚，華髮已相侵。寵辱尋常事，鄉園去住心。秋風開邸第，客興入霜砧。此夕朋簪盍，依然舊竹林。

寄贈施愚山典試河南便歸宣城

啣命論文日，朝廷識汝能。一尊梁苑月，五夜鎖闈燈。人物歸河洛，詞華屬宛陵。吹臺荒址在，曾否攬衣登。

二綠雪，茶名

南歸隨去雁，江表返文星。衣染秋霜白，山迎故國青。孤寒新入彀，川嶽舊鍾靈。綠雪曾相餉，應還問敬亭。

三月晦前一日子濬奕臣二甥招飲祝氏山莊次蛟門韻

地僻風偏好，花殘蜨自飛。客同尋水到，酒爲送春歸。暫得山林福，思裁薜荔衣。斜陽來北牖，傍市有巖扉。

二

虛亭宜布席，飄絮柳成行。魚戲吹蘋沫，蜂喧釀蜜房。遙青峯窈窕，浮白髩蒼浪。徒羡冥冥雁，穿雲自在翔。

送汪舟次太史奉使琉球

帝德沾荒徼，今煩侍從臣。賓筵紛海錯，賜服繡麒麟。觀象占天使，朝宗識聖人。應令窮嶼外，綵筆動星辰。

二

之子金閨彦，淩雲賦早成。浮天尊漢詔，循島促王程。疊鼓驪龍擾，飛帆海雨生。里門乘駟過，曾否舊題名。

三

龍節出天家，彭湖水驛賒。雲光涵蜃氣，檣影集神鴉。客醉殊方酒，星浮貫月槎。滄溟多勝攬，看偏日南花。

四

共球通北極，聲教已東漸。授冊恩元重，稱藩禮自嚴。鮫珠淵客吐，桂楫海波恬。知有羣靈護，寧教從者淹。

辛酉七月上賜讌於瀛臺兼頒綵幣恭紀時蘭開甚盛

楊柳風多處，張筵太液傍。鳳樓開寶扇，龍舸動牙檣。笥出天孫錦，衣沾王者香。素餐無寸報，愧附鷺鵷行。

送王聘三佐郡夔門

巴東新佐郡，萬里狎風波。政暇宜調鶴，時清罷枕戈。青山巫字出，白帝暮砧多。八陣圖仍在，江流近若何。

送徐電發太史歸吳江

暫輟芸臺草，西風送子行。薊門雙杵急，秋水一帆輕。薄宦吟莊舄，名山待向平。蕭疎梁苑客，抗手不勝情。

二

水驛蒹葭合，壚頭故舊稀。友如萍偶散，人逐雁同歸。新示維摩恙，曾諳方朔飢。金門堪吏隱，謾製芰荷衣。

題南陵劉珮長依水園冊子

別墅開春縠，誅茆種藥闌。雲迎筇竹杖，花落鹿皮冠。倚檻攤緗帙，疏泉響碧湍。主人能好客，烟月醉餘看。

輓同門王敬哉先生

九重恩禮渥，廿載雁鴻冥。鄉曲思耆舊，朝家失典型。人歌梁木萎，時愴露霜零。風節寧同盡，長留汗簡青。

二

憶昔看花日，師門立雪同。論交猶臭味，稽古見宗工。著作千秋上，英遊四座中。遺編嘗夜讀，絕嘆穆如風。

三

每過青箱屋，啣杯幾度春。性恬身易退，歲久意逾親。殿陛垂紳日，烟霞袖手人。最憐尋舊好，新契托朱陳。

四

搖落梁園侶，中原幾弟兄。唱酬篇尚在，生死夢頻驚。老友哀琴韻，層霄識履聲。山陽他日恨，聞笛涕從橫。

輓何子受侍御

奉使埋輪日，聞君病未蘇。何期來鵩鳥，遽爾返黄壚。悽惻山陽笛，蕭條御史烏。知交嗟落落，吾道半榛蕪。

二

憶共探鮫室，君才信不羣。頻參前箸畫，立草愈風文。鼓枻衝江雨，登臺望海雲。人琴今並寂，掩泣向斜曛。

題田雨來太史冊子

遠巘千峯濕，雲林一片秋。茆亭誰澹佇，沙鳥自沉浮。放眼江天闊，揮毫墨瀋流。倪迂今再見，咫尺有滄洲。

贈張雪岑除武昌别駕

捧檄春風裏，南征亦壯遊。斜陽陶侃宅，明月武昌樓。政美銷兵氣，官閒足唱酬。君才非百里，佇見展驊騮。

送孫子立太史奉使安南

詞臣龍虎節，擁傳下南天。博望浮槎日，臨邛諭蜀年。王程衝毒霧，海氣墮飛鳶。歷攬諳風土，須君綵筆傳。

二

妙選科名貴，居然湖海遊。炎方峯突兀，蠻鳥話鉤輈。桂嶺星辰動，榕陰戰鼓收。此行知漢大，白雉□神州。

送宋牧仲僉憲備兵通永牧仲三世皆官畿内

累葉官三輔，嗚笳又日邊。法星高比部，交誼重離筵。攬轡梯航會，褰幃芍藥天。五陵多俠少，斂手使車前。

二

使君詞賦客，作吏素風存。畿甸諸侯節，圖書舊相門。茂先能博物，雪苑幾開樽。大雅今岑寂，何時把酒論。

題同門王文貞公畫扇

老友抛華紱，晴窗研几閒。烟雲來座塵，盤礴掩松關。蒽蒨江南樹，溟濛海岳山。冰紈今在手，俯仰淚潺湲。

贈玉輪禪師

十丈車塵裏，來過靜者居。石梁蘿薜徑，棐几貝多書。鐘定餘禪偈，廚清摘野蔬。伊蒲堪共飽，頓使宦情除。

贈陳子萬明府令安平

俶儻荊溪客，高秋捧檄新。家門推俊及，兄弟並詞人。訟少湘簾下，民和乳雉馴。莫言寒漸逼，花發博陵春。

二

折腰爲晉吏，猶是舊綈袍。趙苑悲歌地，元龍湖海豪。幾年淹驥足，百里試牛刀。每憶鴒原急，悽然罷濁醪。悼其年也。

哭二兄

簡要中朝望，言歸卧敝廬。不貪簪紱貴，獨愛水雲居。起草猶藏篋，兄有銓司藁，最爲簡當。抽毫善著書。雕丘今寂寞，槐影漸蕭疎。雕丘別墅古槐蔭數畝。

二

別業尚書里，先少保所居。棲居辦鶴糧。析疑頻坐雨，夢句每聯牀。蔬水三公薄，庭闈五葉長。兄五世一堂，遂名五葉榮慶堂。耄年遺蛻去，仙馭自徜徉。

三

少小耽羣籍，焚香散帙遲。靜修黄老術，晚好宋元詩。車自憑牛駕，冠嘗著鹿皮。還丹應有訣，何意竟如斯。

四

吾兄風貌古，性不近紛華。流品歸清鑒，文章屬大家。懶開蔣詡徑，願種邵平瓜。門巷空秋草，誰傳勾漏砂。

贈徐鈞甫學博之中山

暑雨燕關暮，君來似舊歡。談經稱俊士，捧檄是儒官。香發中山酒，風迴唐水瀾。昔賢遺石在，雪浪帶餘寒。

送陳子莊歸婁江

落拓燕山道，秋風返敝廬。當年高士榻，曾著子雲書。謂其尊人。垂橐羞彈鋏，微名慰倚閭。婁江家學在，珍重愛三餘。

暮春飲祝氏山莊

地偏堪坐嘯，春水滿銀塘。傑閣延朝霽，虛亭帶夕陽。袖沾烟靄濕，風入藻蘋香。結想從濠濮，茲遊引興長。

二

一年春又去，此會快躋攀。安得千場醉，聊乘半日閒。鄉心生柳墅，塵土隔柴關。好把分陰惜，遲遲僕馬還。

送許亭育甥赴邠州

斜日秋原裏，嚴程捧檄行。月明辭薊北，桑落醉秦城。塞近民生薄，庭閒訟牒清。傷離頻對酒，此夕渭陽情。

二

陽元催去馬，往佐古邠州。薄宦囊羞澀，攜家道阻修。之官禾黍熟，贈別蓼花秋。關陝風烟隔，懷鄉莫上樓。

題楊覺山都諫乙閣

淩虛如鳥道，登陟屐逶迤。翠巘窺窗入，黃門問夜遲。輕烟飛小閣，疎柳發新枝。茗椀堪舒嘯，蘧廬樂在斯。

送方渭仁門人請急歸里

索米金閨客，平生好著書。治裝唯藥裹，歸興寄樵漁。詩以窮愁富，交因拙宦疎。子行須自愛，風雨有荒廬。

二

抗手方千別，蹉跎滯一官。鄉心經雨重，秋影入窗寒。病苦參苓累，身謀去住難。嚴陵灘尚在，高卧少風湍。

贈杞縣令徐定山

東浙稱佳士，君非百里才。行田占麥秀，比屋罷鴻哀。地入雍丘古，花宜汴水開。霏霏梁苑雪，訟少數啣杯。

送劉存永門人還廣陵兼懷季用

殘雪青門路，輕裝水部還。孤吟官閣冷，五嶺使車艱。藥物宜鄉國，烟霞慰客顔。汪倫攜手處，款款話燕山。

蕉林二集

七言律一

送白祇常令儀封舊令東甌，近曾過儀封，適補官此邑

送客燕山對燭紅，何如捧檄赴甌東。每憐蓬轉江烽裏，此日簾垂汴雪中。羈旅經過諳土俗，邦人請見有遺風。兩河保障須君輩，知爾年來製錦工。

浮梁令王介初殉節詩

海水羣飛日月昏，千秋士氣復誰論。獨捐七尺完家學，肯賣孤城負至尊。空署燐寒青照夜，荒江血濺碧留痕。乾坤賴有書生在，英爽猶能動九閽。

丙辰初度

歲暮流光渾逼仄，年衰瘦骨漸崚嶒。飽經世味情偏懶，每到茲辰感易增。絲竹謾教酬永夜，琴樽悵又別良朋。是日門人季甪南歸。一官廿載風霜裏，幾度寒銷帝里燈。

丙辰除夕

物候驚人絳燭開，嚴城何事漏頻催。已看宦興隨年減，乍喜春風入牖來。萬里未銷滄海檄，一枝應放故園梅。衰遲殘臘尤堪戀，守歲寧忘柏葉杯。

丁巳元日

暖回雙闕集簪裾，鳷鵲晴開日乍舒。雪霽河山新戰後，風鳴劍珮早朝餘。不須太史占雲瑞，已見西江有捷書。短鬢蒼浪羞攬鏡，十年蹤跡負樵漁。

元夕

萬家樓閣散輕烟，曾否柑從馬上傳。結隊魚龍喧夜市，小堂燈火媚華年。九霄恩許徵歌日，片月晴開對酒天。卻憶春潮生島嶼，伏波尚未罷戈船。

寄懷王近微僉憲

聞君臥病薜蘿居，廿載棲遲意泊如。畫省曾捫王猛虱，墨莊終愛少游車。時艱袖手窺邊月，夢寤懷人到鯉魚。將相兼才須强飯，薦賢莫負故交書。君別墅號墨莊，時魏環溪疏薦起用。

送祖仁淵備兵口北

貂蟬累葉素風存，吹角邊城使節尊。初洗車中新息謗，頻開花底孔融樽。圖書藴藉從南國，裘帶逍遥壯北門。咫尺股肱稱重地，傳家兵略夜深論。

送張豫章歸雲間

懷歸吳客放舟行，柳幔陰陰五兩輕。賓座幾回爭箑扇，帝鄉早已重科名。開樽玉膾鱸魚出，問寢巖扉曉月明。計日上林須奏賦，休文病骨自清平。

午日

午日晴雲滿帝鄉，盆榴似火綠蒲長。花前脱帽羣賢醉，雨後垂簾五月涼。過眼風濤心幾折，關情魚鳥老仍狂。兒曹射糉歡方劇，庭院陰陰下夕陽。

贈内兄吳讓三司教唐縣

新除姓字五雲端，此日君方振羽翰。絃誦堯都仍舊俗，臯比師席是儒官。延陵觀樂門風貴，圻甸談經類水寒。見説葛洪丹竈在，秋山躡屐雨餘看。

送賈叶六門人令咸寧

書生作吏舄鳧新，風雨燕關促去輪。沃野栽花三輔地，豪家斂跡五陵人。頻聞父老疲輸輓，乍喜河山□戰塵。保障此邦今屬子，古來要領在西秦。

送冀公冶大司空歸廣平

洺水尚書振袂行，重開三徑向秋清。漫將薄譴論榮辱，衹惜仙班去老成。廿載緇塵岐路話，一樽涼雨故人情。每憐拙宦稱同調，愁聽陽關第二聲。

寄懷史煥章時僑寓江寧有西河之戚

雙杵燕山向晚催，友人江上一書來。墟烟幾縱登樓目，鄉夢頻驚望子臺。楚客經秋猶伏枕，冶城聽雨好啣盃。救時每媿無籌策，似爾寧堪滯草萊。

張東峯吏部殁於官當易簀時夫人封氏誓以身殉扶柩歸里卒死之因挽以詩

吏部當年志節希，又聞奇行出閨幃。洗粧早許前言在，忍死終同夜壑歸。肯使黄泉人獨往，羞看紅縷燕雙飛。爲嗟風教淪亡日，話及貞魂淚滿衣。

送王用潛令鎮安

高秋送客雨絲絲，捧檄關西去馬遲。赤子瘡痍兵罷後，青門霜露雁來時。路經秦嶺千巖雪，人訪商山五色芝。聞道訟庭公事少，垂簾嵐岫對啣巵。

贈吳門顧明曾

笛裏山陽憶故人，每看鳳羽涕如新。問誰獨作當風草，念汝終爲横海鱗。八月霜鴻催客夢，十年葛帔染京塵。眼中舊好多摇落，把酒偏憐笑語親。

次韻酬顧明曾

新詩贈我句能工，猶憶江干步屧同。停櫂天高彭蠡雁，憑闌濤湧海門風。喜從客路逢王粲，何處東林問遠公。回首烟波無限思，歲華流轉總如蓬。

贈雲間董蒼水孝廉入閩謁吳伯成觀察

把臂逢君入洛年，又看送客菊花筵。天人策久虚廷對，詞賦名終應斗躔。被酒放歌燕市筑，壯遊挂席孝廉船。七閩到日休兵甲，千騎諸侯舊下賢。

送田子綸水部歸里省覲

幾年畫省舊含香，羨爾寧親逐雁行。祕閣曾觀溫室樹，詩名今重水曹郎。到門荒徑存殘菊，問寢慈闈帶曉霜。此樂三公真不易，莫嗟仕路老馮唐。

寄贈維揚蕭靈曦

墻東避世臥江村，隱几翛然對酒樽。邗上荷衣今散客，蘭陵華胄舊王孫。烟雲自繞滄洲筆，車轍多停薜荔門。爲寫蕉林驚絕技，安能把臂與同論。

維揚宗梅岑寄余詩扇賦此寄謝

修竹東原澹夕暉，陽春獨唱和偏希。風流先代名才子，落拓淮南有布衣。好我遠投青玉案，避人長掩白雲扉。通家十載勞魂夢，縮地何由問釣磯。梅岑爲方城先生後人。

挽范覲公督府殉閩難在縲繫中著有武夷曲從死者數十人

如公忠孝自家傳，三載南冠瘴海邊。欲奉金甌還帝闕，那堪鼙鼓動蠻天。孤臣獨蹈危機日，信史終書盡節年。留得繐帷霜月冷，幾回流涕《武夷》篇。

二

列戟門閒劍珮虛〔一〕，握拳透爪更何如。同仇幸有田橫客，絶筆猶傳蘇武書。萬里傷心摧羽翮，九原遺恨失鯨魚。纍臣氣作山河壯，夜夜忠魂繞玉除。

【校記】

〔一〕『閒』、『虛』，底本漫漶，據范承謨《忠貞集》補。

贈湯西厓歸武林即次見貽原韻

每慚華髮未酬恩，年少如君道自尊。搖筆能成京洛賦，開襟曾共菊花樽。黄童名早追江夏，郭泰舟將去薊門。爲計歸途多壯色，蹇驢風雪度荒村。

二

之子還尋水一方，新詩投我意何長。倦遊不愛梁園雪，垂橐頻驚驛路霜。幾載烽烟連故國，於今江海盡來王。止戈正是論文日，待爾重過話夕陽。

贈張眉仲令安定

儒吏分符動玉珂，隴西戰後事如何。邊烽乍寢人牽犢，塞雪初消客渡河。璲瀉蒲桃春釀熟，獵回沙磧暮雲多。政平訟少垂簾日，羌笛頻聞折柳歌。

送陳子厚歸海寧曾齋尊公岱清同門遺集數十卷相示

每嗟亡友廿年餘，鳳羽來過抱父書。明月暗投逢白眼，陽春高唱逼黄初。談深更下人琴淚，歲晚言歸風雨廬。今日臨邛誰好客，吾衰負媿薦相如。

送陳子文由大梁歸海寧

京洛懷歸有敝貂，臨岐飛雪暗河橋。鄉愁夢入吳天近，客路春將汴酒消。薄禄逡巡原驥足，故人期許自雲霄。君家伯仲非長賤，句就池塘慰寂寥。

贈張一衡歸閩中時候選縣令久館於環溪少司農家

研田辛苦鬢如絲，徙倚京華去馬遲。白璧每懸和氏淚，青燈獨和少陵詩。天南烽火家無恙，海外文章體自奇。古道照人今見汝，一樽相對我情移。

二

榕城十載隔蓬茅，海內論文幾漆膠。秋夜班荊占國士，侍郎下榻有窮交。一官喜致新鳧舄，萬里歸尋舊燕巢。吾舌尚存戎馬後，江程計日旅愁抛。

送蔣亮天大參督糧浙中

行省持籌笳鼓催，湖光遥映使君來。分藩坐擁江城節，飛輓羣歸漢吏才。送客燕山殘雪霽，去思洛水舊棠開。於今民力東南竭，春雨應看徧草萊。

送姜定菴少京兆之官奉天攜廣陵贈別詩相示

幾年愛日滯江皋，叱馭寧辭塞上勞。卿月忽臨丹闕迥，文星獨擁絳紗高。豎閭山色增吟興，豐沛歌絃有譽髦。示我新篇多折柳，廣陵酬唱足風騷。

二

萬里褰帷捧檄行，蔥蔥王氣是陪京。雲飛越水親闈在，雪霽盧龍春草生。眉宇紫芝渾似舊，鄉關銅馬喜初平。莫因遠宦添霜鬢，十載封章繫聖情。

送季鬫山佐郡嘉興兼追悼滄葦

春雪纔消擁去驄，江城佐郡足風流。鶯花驛路褰帷過，烟雨樓臺露冕遊。海內心知惟伯仲，爐邊酒伴失朋儔。最憐容易河梁別，話到元方淚未收。

送徐岩叟使君請告歸江南

政成歸興繫林巒，賸有棠陰父老看。鹿傍鄭弘方挾轂，徑荒元亮早辭官。到門吏絶鷄豚適，臥閣風清歲月寬。遥憶驪歌心寸折，滹沱春水正漫漫。

送吴臥山乞養歸雲間

起草仙郎振袂行，圖書數卷放舟輕。鱸魚忽入登樓思，晝省長懸愛日情。肯以簪裾違菽水，且憑風雨計江程。遥知子舍多春色，三泖烟中聽曉鶯。

輓孫沚亭相國余與相國舊同佐銓

相國論交意獨真，曾同藤署話情親。朝家元氣存遺直，海内心知更幾人。囊澀徒留删後草，琴亡爭惜濟時身。素車白馬吾多媿，讀罷豐碑涕淚新。

二

一代人倫事未虛，三台星坼竟何如。清風猶說山公啓，雅尚終尋孝水漁。黃閣憂時陳十漸，青山伏枕愛三餘。思公不見增惆悵，頻檢當年袖裏書。

輓孫公子仲愚

少年稽古氣駸駸，早誦新詩喜不禁。孝謹自傳陵里法，久要每識歲寒心。文園臥病嘗消渴，丞相家風但苦吟。兩世漆膠今哭汝，雍門忍復聽鳴琴。

送袁丹叔守嘉興

東風騶蕩動干旌，治郡曾聞似水平。再綰銅章仍勝地，廿年臥閣復專城。帷開熊軾村田急，春到鴛湖暮雨生。舊澤三衢棠未剪，況今江國已銷兵。

送沈餘庵員外乞養歸吳門

送客紅亭柳色迴，十年郎署賦歸來。承懽日月三公賤，漫捲詩□一棹開〔一〕。拂袂正當鳴雁候，臨岐頻借佐籌才。鯉庭遥計加飡飯，吳苑穠花照酒杯。

【校記】

〔一〕此闕字，似當作『書』。

送何蕤音請告還檇李

良朋抗手問烟蘿，柳幔陰陰去馬過。示疾江鄉機事少，歸途春色故山多。漫從勾漏尋丹藥，暫謝青門製芰荷。十載論交今悵別，臨岐愁聽《渭城》歌。

送龔憲副入賀還秦中

客從北地擁襜褕，把袂欣逢舊酒罏。指畫河山人慷慨，身當戰伐事艱虞。籌邊誰上金城略，聚米能成玉塞圖。珍重春宵燕市話，中原鎖鑰在西隅。

贈同年劉桓公歸蓬萊

薊門風雨客淹留，回首何堪憶昔遊。花發樽前□跡合，人來海上鬢霜稠。早年霄漢冥鴻羽，隔世山川入蜃樓。見説仙蹤遥可接，吾將攜手問滄洲。

送杜子靜侍讀請急歸南亭

盍簪輦下又三年，每賦將離思黯然。玉珮早辭溫室樹，錦帆春泛潞河船。樽罍且共淹今夕，進退寧當讓昔賢。同繫鄉愁飄折柳，青門妒汝著先鞭。

送松圃兄令夏邑〔一〕

聯床聽雨一樽同〔二〕，又送分符古汴東。舊澤天都棠自發，幾年傲吏槖仍空。宋郊風俗鳴琴裏，梁苑人才賦雪中。聞説此邦偏水患，莫教道路有哀鴻。

【校記】

〔一〕『圃』，底本漫漶，據《（光緒）正定縣志》卷二十八『科目』補。

〔二〕「聯」，底本漫漶，據《（光緒）正定縣志》卷二十八「科目」補。

送陳省齋郎中視學嶺南

炎風悵別話斜曛，去擁臯比戰馬羣。天外褰帷先問俗，亂餘燃燭更論文。絳紗晝暗桄榔雨，彩鷁秋衝瘴海雲。到日蠻荒興禮樂，樓船早罷伏波軍。

送姚文起令侯官

才人捧檄去江關，閩嶠頻聞戰血斑。絃誦莫因戎馬廢，雁鴻應共浦珠還。榕城候吏瞻風貌，蠻雨隨車徧海山。知爾政清稀案牘，刺桐花發訟庭閒。

贈王純嘏比部擢江右方伯

畫省才名重漢廷，持籌更喜試新硎。大藩坐擁章門節，邊計今歸執法星。見說飛鴻仍道路，能無折柳話丁寧。瘡痍佇待君爲起，數載西江戰血腥。

贈唐濟武館丈濟武新同念東、吉津爲吴越之遊

曾把封章叫帝閽，廿年解組卧孤村。著書遷史名山在，傲骨虞翻知己存。襆被京華聽舊雨，旅歌天地對清樽。漢家早晚開宣室，此日風雲滿薊門。

二

細讀新詩遠思增，壯遊禽向得良朋。梁園詞客堪酬唱，吴越江山幾廢興。避暑來尋千日酒，譚空曾過六朝僧。因君更憶高詹事，寂寞西樓屢罷登。

贈石大都護鎮畿南

登壇年少擁朱旂，開府恆山是舊遊。大陸縱鵰晴校獵，轅門饗士夜椎牛。風生畫角牙旗静，燧寢滹沱菡萏秋。成德一軍稱重鎮，鼎鐘家世本通侯。

七夕小飲聞將出師

乍雨還晴暑未收，披襟簷際看雲流。羽林選士軍吹角，簾閣穿針婦倚樓。文酒暫成河朔飲，星辰晚動草堂秋。四方此日多憂旱，佇望鄉書慰遠愁。

石門吴母丘孺人苦節詩

肅肅門屏博士家，早歌黄鵠洗鉛華。高堂愁對忘憂草，芳沼羞看並蒂花。肯使雨風驚牖戶，頻將絡緯伴啼鴉。啣哀有子能傳母，地下相逢莫漫嗟。

輓葉元禮中翰

甫里風流鄴下才，公孫有閣爲君開。纔看北極將纁帛，何事西堂罷酒杯。七尺身同江錦盡，一朝人惜玉山隤。梁園猶憶多酬唱，掩淚清秋首重回。

二

幾年聽雨話綢繆，妙選西清第一流。垂橐遊蹤窮海岳，淩雲誦賦動神州。綵毫佇對黄金闕，碧落先成白玉樓。憐汝親衰兒齒稚，茂陵遺稿定誰收。

重陽前一日宋既庭尤悔庵陳其年田髴淵黄俞邰龔放瞻集蕉林小飲既庭見贈新詩依韻奉酬

洛陽薦達有吳公，江左羣賢把酒同。九日風雲生薊北，十年姓字避墻東。德星夜聚秋堂裏，詞客高吟落葉中。每誦鴻文憐宋玉，慙予衰颯似霜蓬。

送葉丙霞學憲之秦中

秋堂送客逐霜鴻，此日文章屬鉅公。久識含香高粉署，又煩清鑒辨焦桐。地當絶塞烽烟候，人有先秦駟鐵風。經歷舊遊開絳帳，重看紫氣滿關中。

贈魏環溪總憲公前爲僉憲

數載同官意倍親，重登柏府領朝紳。四知早接關西學，七國猶傾社稷臣。白簡凝霜搖嶽麓，青雲折節啓平津。公餘隱几門如水，多少孤寒望後塵。

二

焚香簾閣識清嚴，執法持籌事可兼。興至每吟黄絹句，客來但設水晶鹽。斯文誰更追伊洛，獨醒何須卜鄭詹。鄉里君稱吾畏友，過從時許探牙籤。

題姚榕似方伯神游閣

飛樓小築俯巖阿，應有旌幢向夕過。峴首碑存清淚下，道場雲入畫簾多。獄成漢法思廷尉，孝感門人廢《蓼莪》。霜露淒其花自發，種槐舊事更如何。

送宋牧仲比部榷關贛州

仙郎奉使促霜蹄，漠漠燕關凍霧低。風貌景文多藴藉，遊蹤康樂耐攀躋。下灘估舶春帆合，鳴角江樓戰馬嘶。好向鬱孤臺畔醉，虔南花鳥入新題。

輓尤悔庵夫人

相莊十載卧中林，何事凄涼寶瑟音。共説高柔輕仕宦，遽令孫楚動哀吟。遺袿著壁空帷淚，暮雪挑燈遠客心。我亦曾經傷落葉，把君詩句更沾襟。

二

翟茀魚軒帝澤饒，夫人荊布自蕭蕭。縫裳餘馥留刀尺，繡佛清齋遠市朝。炊臼夢回無限恨，椒花頌絶可憐宵。帳中月冷魂何在，環珮珊珊似可邀。

送劉訓夫學憲之山西

小堂送客引深杯，使者乘風笳鼓催。唐俗祇今存古意，晉人自昔號卿才。春澌汾水襜帷度，雪霽行山絳帳開。知爾論文能得士，莫教伏櫪有龍媒。

送詹乃庸學憲之江右

西江兵後賴儒宗，爲賦將離綠酒濃。燕嶠雪殘供帳出，匡廬翠削曉雲封。莫令劍氣沉豐獄，行見文光洗戰烽。無恙珠簾高閣在，談經暇日幾支筇。

春日雪中宣捷口占

三冬歷盡霏春雪，六載初聞取岳州。自昔兵戎關稼穡，也應天意厭戈矛。沅湘險隘逡巡失，湖海烽烟次第收。父老不須憂粟貴，早聽布穀事西疇。

送劉木齋學憲之江南

仙郎名譽滿雲霄，去擁臯比水驛迢。朗鑒早分吳練影，諸生爭聽絳帷簫。簡書清切從三殿，文物風流自六朝。同事西曹知素節，輕舟按部足逍遙。

方渭仁重葺健松齋賦詩紀之

文章東越舊宗工，別業誅茆栗里同。孝子經營思手澤，幽人容與愛松風。洛吟時入秋濤裏，魯殿猶存劫火中。歲久蒼鱗頻溜雨，著書虛□□飛鴻。

暮春口占

□□三月正芳非，往昔追尋事事非。拙宦歲深應□□，傷心老去傍孤幃。穠花自□新枝發，舊燕仍依故壘飛。春色闌珊人物換，中□回首幾沾衣。

送關中□□□授正字歸廣陵

沙飛燕市促歸裝，驢背殘書帶夕陽。詞賦西京風未逖，才名南國老仍狂。人傳魏野新徵詔，客返盧鴻舊草堂〔一〕。手板一官恩自渥，玉鉤斜畔枕滄浪。

【校記】

〔一〕『鴻』，底本闕，據句中用典補。盧鴻，唐代幽州范陽人，後隱居嵩山，有《嵩山十志》詩，後世有《草堂十志圖》影響較大。

送吳天章歸蒲州

□□濟濟滿燕關，何意□臺□□□。明月□□□□□，□□□□□□□。□□□□□□□，□□□□□□□。□□□□□□□，□□□□□□□。

送李武曾歸嘉禾武曾前入黔撫幕，示余《秋錦山房集》

客路炎風拂布袍，長楊賦罷命輕舠。攜來新句諳蠻俗，歸去行吟續楚騷。把酒將離紅藥長，著書頻對碧蘿高。知君自有元龍氣，莫悵青雲鎩羽毛。

送于龍河少司農歸文登

忘機好共海鷗期，不夜城邊理釣絲。世上誰當稱獨醒，宮中未易畫雙眉。人歸白社新荷出，馬度紅亭暮雨遲。數載同官投縞帶，何堪樽酒賦將離。

送任海眉少司寇歸聊城用田兼三韻

比鄰投分識任安，永日離樽意未闌。每誦諫書多慷慨，須知吾道屬艱難。十年京雒風雲壯，一話漁樵歲月寬。此夜少微侵執法，故山秋色薜蘿寒。

送宋既庭孝廉歸吳門次扇頭話別韻

猶是江東舊鷫冠，吳門市隱且加湌。英游海內多迴席，歌板旗亭幾駐鞍。給札尚方雙闕曉，揚舲客路一氊寒。漫嗟詞賦虛徵辟，更待書生策治安。

送子遠致政歸三原

衝暑征車西入關，馳驅廿載洗塵顔。驚心華紱風濤闊，問寢慈闈日月閒。四序功成身可退，《五噫》歌罷客初還。送君媿我徒留滯，叢桂蕭條滿故山。

暑雨偶興

披襟愁見火雲紅，何處殷雷度遠空。午夢乍醒疑隔日，斜陽返照欲成虹。籬根燕掠榴花雨，缸面魚翻荇葉風。誰挽天河除酷吏，萬家人在晚涼中。

題張鞠存吏部鄉賢合祀録

風高淮海舊家門，俎豆千秋事可論。早樹勛庸名並峙，晚耽林壑道逾尊。浣裙萬石傳鄉國，强項關西是祖孫。繼起貴爲冢宰屬，徵書曾已動天閽。

送葉井叔歸楚

誦君新句思依依，把袂愁聞去帝畿。宦薄馮唐人易老，調高郢客和偏稀。千家素練催砧急，□□紅亭有雁飛。鄂渚風烟猶似昔，放歌肯使酒□□。

二

楚客歸心憶薜蘿，才名獨步每蹉跎。梁園舊□□頻散〔一〕，江漢秋風水自波。戰罷故鄉荒徑在，士窮破壁著書多。漫將《九辨》傷搖落，明月南樓興若何。

【校記】

〔一〕此二闕字，似當作『侶人』。

送邵簡子世兄歸姚江

把酒虚堂坐夕陰，通門相見洗塵襟。因君更下西州淚，過我頻爲越客吟。秋入姚江聞旅雁，風高薊苑起霜砧。翩翩公子寧長賤，康節家聲未陸沉。

送上虞徐仲山歸越中所著資治文字一書力不能梓將圖入閩

偉長奚事罷徵車？廿載篝燈學蠹魚。奏賦蹉跎環堵在，浮家迢遞戰烽餘。諸侯海上能留客，奇字亭中愛著書。行矣《論衡》難久祕，風烟回首意何如。

贈孫愷似孝廉赴淮南孝廉受知於上，曾往朝鮮

襆被南隨朔雁斜，吳門才子舊名家。聖人早識淩雲氣，屬國曾浮博望槎。章滿公車憂水旱，行經戰地起塵沙。多君時事旰衡久，莫漫躊躇負歲華。

送孫怍庭少司馬歸歷下

侍郎歸問故山農，廿載論交見始終。岐路忍聞《三疊》唱，世情真作九疑峯。暫從霄漢翔鴻鵠，自有才名動袞龍。歷下霜飛秋漸老，鵲華翠色好支笻。

二

風雨秋城悵別時，蕭蕭葭菼去帆遲。掖垣問夜留梧影，宥府籌邊有鬢絲。謫宦尋常吾道在，歲寒不改故人期。黄公壚畔渾寥落，回首能無繫客思。

送曹煉石少參之任武昌

裘帶風流領外臺，班荊乍喜故人來。十年林壑猶神王，百戰江山借練才。霜下晴川秋色老，月明鄂渚畫旗開。公餘幕府聞吹笛，黄鶴樓頭有《落梅》。

輓方石潮館丈節母李太夫人

懷清臺築舊崔嵬，月冷粧樓繐帳開。令子青雲看獨步，玉京紅縷更飛來。藁砧地下人含笑，絡緯燈前志可哀。四紀冰霜心事了，貞魂白日共昭回。

寄高念東少司寇兼爲勸駕

鋒車早駕莫逡巡，時事艱難敢乞身？孤雁久冥霄漢羽，九重今念老成人。山中救世心偏切，海內論交意獨親。苦欲逃名逃未得，又驅羸馬逐風塵。

二

八載垂竿野水隈，天邊一紙辟書來。秋曹堂饌仍堪飽，舊觀桃花恰再開。向子尚牽婚嫁累，鄴侯終是列仙才。燕山春色屠蘇酒，遲爾聯床夜覆杯。

送史雲子少參之東兗

麗日遲遲擁玉珂，東方千騎事如何。論交客話燕山暮，行部春回魯殿多。宥府幾經資石畫，講帷見說列笙歌。年饑閭左瘡痍甚，莫使風生瀚海波。

送王仲昭赴常州郡守幕仲昭以中舍銜，向館於益都相國宅

耆儒清譽動京華，皂帽匡牀書滿家。賜爵號爲丞相客，閒身飽看帝城花。每從東閣吟黃絹，又向西堂擁絳紗。莫道草《玄》蕭瑟甚，問奇亭畔有侯芭。

寄懷林思兼同年卽用見貽原韻

和靖高名久絶倫，慙余垂老傍風塵。書來喜是梁園侶，戰後猶存栗里人。夾漈草堂多灌莽，壺公山色陋平津。當年碩果今誰健，矯首江雲徙倚頻。

送丁雁水職方分臬虔南

貢章雄鎮倚江皋，吹角樟陰漢使勞。百戰尚餘清獻蹟，千秋重贈呂虔刀。鬱孤草長連平楚，灘路帆懸起怒濤。知爾才名高粉署，登樓嘯詠醉春醪。

送勞書升少參督糧黔中

擁節炎風下瘴鄉，十年猶識漢仙郎。才人冰鑑高齊魯，儒吏牙籌薄孔桑。路近盤江叢箐黑，地連獠俗峒雲黄。莫言萬里中原隔，姓字長懸日月傍。

夏夜

好風入座閃燈篝，久旱安能借箸籌。鄉里書來艱歲事，宦途老去拙身謀。何年洗甲旄頭静，向晚披襟豹腳收。客正愁時聞玉笛，誰家翠袖倚朱樓。

二

閉門畏暑盼庭柯，柝起嚴城轉絳河。千里磽田懸耒耜，九霄旰食罷雲和。流螢偷度房櫳小，秋氣先生枕簟多。末麗正繁香滿院，欲眠其奈夕涼何。

送西陵陸藎思歸湖上

薊北喜來天下士，倦遊忽漫返臨邛。遺袿知爾哀潘岳，交臂慙予失士龍。歸路古囊新句滿，秋巖叢桂碧陰重。西風他日還相憶，高臥湖山第幾峯。

喜雨

連朝始足燕山雨，一夕淙淙響綠蕉。疑有飛流通海氣，時從伏枕聽江潮。千箱應緩秋毫晝，萬井旋令暑暍消。退食空齋閒課在，小窗移竹影蕭蕭。

陳藹公以詩見寄次韻奉酬

夜行碌碌未能休，堂饌深慙居上頭。舐犢徒虛知己望，遺簪猶荷主恩留。馳驅晚歲真無賴，著作名山是遠猷。每誦雄文中夕起，西風徙倚重離憂。

雨中漫興

雨灑都亭樹色齊，泥塗車騎尚棲棲。飛鳶道殣連三輔，插羽徵兵下五谿。午夢風行桃簟薄，草堂雲護畫簾低。可憐閭左疲輸輓，猶説南天戰馬嘶。

二

聞道村田半已蕪，秋霖曾否得沾濡？壠頭雨笠民生急，夢裏松風客興孤。閲世每憐蜂釀蜜，避矰苦憶雁銜蘆。何時解帶柴門下，坐聽銀床響轆轤。

送田子綸督學江南

新秋涼雨暗青門，坐擁皋比使者尊。人物三吳看盡攬，文章六代許重論。江河共識迴瀾日，風月深談送客樽。如子才名膺特達，茲行肯負紫宸恩。

輓周彝初督府

散財當日事西征，貴相星同上將明。裹革欲追銅柱績，量沙曾護錦江兵。笑談戰罷看裘帶，烽火書頻慰友生。公在軍中頻寄余書札，故云。壯志未酬歸夜壑，秋風原上幾沾纓。

送張沁西令湘潭

湘南名邑乍分符，戰後鳴琴亦壯圖。青草湖平鯨浪息，黄陵花落楚天孤。秋風挂席摇斑竹，暮雨垂簾叫鷓鴣。閭左瘡痍今待起，一堂人吏映冰壺。

送遲藴生令錢塘

仙令輕裝振袂行，湖山遥映吏人清。一門棨戟傳家學，十里芙蓉似錦城。政暇勸農天目雨，秋高問俗暮潮聲。知君到日民勞息，況復東南漸罷兵。

庚申秋日上賜蓮藕風菱恭紀

臺臨太液曉嵯峨，浩蕩西風動芰荷。賜果御奩來桂殿，采菱小艇出銀河。香分玉井秋初淨，珠綴青房雨後多。沁齒何如仙掌露，歸鞍雜沓是恩波。

二

宮柳參差護瑞烟，芳湖秋霽葉田田。絲綸詔下多恩賚，鵷鷺行中媿昔賢。聖主揮絃池館日，侍臣含哺藕花天。昆明早晚銷金甲，願頌依蒲在藻篇。

寄承篤姪守延平

阿咸皂蓋今爲郡，殿上書屏墨未乾。須念海天新戰伐，莫忘越嶠舊艱難。下車竹馬兒童迓，行部龍津劍氣寒。見說此邦文物地，風謡取次寄余看。

送次典姪令泗水

高秋綰綬太行東，禮讓優閑自魯風。化俗琴聲鄰闕里，行田山色接龜蒙。都亭送客離樽綠，古驛飛霜柿葉紅。治譜舊傳今在子，須知孱邑小鮮同。

秋日漫興

秋高碣石野雲黃，虎旅重聞辦蜀裝。萬里懸軍危棧月，五更吹角麗譙霜。塵飛河隴鳴哀雁，日落巴渝冷戰場。決策西南多廟算，早令王翦起頻陽。

送王北埜督學嶺西

起草仙郎舊握蘭，簡書新奉五雲端。人過溪峒鳶堪墮，竹暗湘江路幾盤。獨秀瘴開青巘出，後堂燭灺絳紗寒。由來嶺表多奇士，戰伐餘生子細看。

送趙天羽榷關揚州

幾載含香重版曹，又從邗上筦錢刀。平山燈火羣遊路，春水帆檣估客艘。吴楚軍儲關石畫，江湖民力盡秋毫。政清知爾無多事，高詠衙齋命濁醪。

送念東少司寇歸淄川

司寇心常在五湖，乞身今荷主恩殊。好從丹竈尋真訣，甘以時名讓壯夫。白鷺洲邊機事少，青蘿洞口水雲孤。歸裝知爾無多累，剩得文家舊雪圖。

二

門屏如水席凝塵，宦海波中落落身。脱卻朝衣稱漫士，攜將詩卷作閒人。重耕舊土謳吟便，莫論除書耳目新。歷盡羊腸宿業了，山杯且醉故鄉春。

三

四十年來世法疎，翩然歸去興何如。願教海内同風俗，豈謂人間有謗書。祖道喧闐疎廣帳，里門安穩少游車。素心老友渾寥落，別後誰能一起予。

四

寒沙漠漠度關河，惆悵離樽可奈何。岐路交情今夕醉，雪中春色故山多。浮雲偶出憑舒卷，冥雁孤飛避網羅。聚散如萍君自愛，夜行須耐霸陵訶。

送藺覲玉同年歸蒲城

鬢髮皤皤隱碧山，忽來紫氣破塵顏。宵燃鳳燭重聯榻，雪打羊裘又入關。華嶽蓮開千嶂曉，柴桑松老一樽閒。相逢隔世輕言別，黄鵠西飛未可攀。

送陳臨谷守蘇州

飛蓋翩翩五馬尊，幾年晝省共晨昏。專城正據湖山會，循吏應歸忠孝門。歲歉哀鴻看一路，帷開春雨遍千村。知君領郡心如水，莫負燕關送客樽。

庚申立春次日初度

天上條風度禁闈，青幡綵燕弄晴暉。又看京洛春雲換，漸覺貞元朝士稀。檢點衰年情易感，低回舊臘願多違。辛盤乍暖逢初度，鬢滿吳霜未拂衣。

二

塵中老驥更何之？退食鉤簾日影遲。朔氣初回聞捷後，滇黔捷音至。華顛恰遇始生時。余生於庚申。頻經憂患多天幸，未改疎慵賴友知。卻憶春郊金勒動，當年曾逐冶遊兒。

庚申除夕

歲除賜沐暫閒身，爆竹聲闐動四鄰。絳燭燒殘今夕酒，春風吹醒隔年人。偏從物候牽鄉夢，每荷恩波及老臣。一起田間逾十載，試論往事幾回新。

辛酉元日

宫扇初開玉陛清，朝回九陌喜春晴。登臺雲物占天意，攬鏡顛毛識宦情。王會圖中諸邸客，屠蘇筵上五侯鯖。早看萬戶勤耕織，莫使蠻方戰馬鳴。

送劉介庵之淮徐

仙郎持節外臺居，通籍曾窺祕閣書。此去彭城多戰壘，又傳太史志河渠。銘勛春水安瀾裏，銜尾□雲落照餘。霸氣銷沉遺蹟在，褰帷弔古興何如。

送譚慎伯守衡州

百戰湘南半劫灰，吏人爭識使君來。軍儲飛輓持籌日，嶽麓褰帷治郡才。回雁峯前春雨暗，鷓鴣聲裏楚天開。政閒臥閣唯清嘯，酌取酃湖入酒杯。

送郝雪海中丞開府粤西

建牙嶺右控襟喉，特借中丞擁碧油。雨過野燐叢竹暗，雲開湘水戰場秋。馬周遇合原羈旅，張詠勛名自益州。到日指揮看緩帶，西南早釋廟堂憂。

二

佐長西臺獻納頻，又從戰後動朱輪。書生報國當柔遠，聖主籌邊善任人。號令如霜談笑出，山川聚米畫圖新。知君夙有金城略，攬轡何辭萬里塵。

恭送仁孝孝昭兩皇后梓宫

鸞旗東出鳳城隈，此日千官會葬來。椒寢同芳歸碧落，羽林夾路起黄埃。□啼柳野春山寂，雨潤松原隧道開。共識壺儀關睿念，歌殘《薤露》有餘哀。

二月廿五日從駕恭謁孝陵

陵園檜柏鬱相望，弓劍橋山歲月長。謨烈昭垂千載後，臣工對越五雲傍。石鯨欲動經風雨，羽葆遥臨感露霜。少壯承恩慙既老，重來白首哭先皇。

雲巒寺前杏花下小集同坦園相國、賡庵大宗伯、環溪大司寇、幼庵大司空、容齋少司農

林間布席集朋儔，酒具茶鎗事事幽。古寺炊烟雙樹迥，少年挾彈五陵遊。春田夜雨花開落，午幔詩筒客唱酬。斜日鳥啼山色暮，獨醒愧負醉鄉侯。余不能飲。

石門驛雜詠

突兀千盤翠黛横，蘆笳夜角動邊聲。山禽疑是鉤輈鳥，荒驛愁聞長短更。組甲春防環羽衛，塞垣王氣擁佳城。往年一路蠲租詔，曾以民勞軫聖情。

二

穠華半已葬春泥，障嶺餘寒綠未齊。山市斜開晴旆曉，禪房高逼列星低。垂楊送客鶯千囀，布穀催耕雨一犂。卻憶寢園遊月出，風生石馬夜能嘶。

三

扈蹕東來擁後車，駐鞍詔許傍山家。王孫草長分馳道，上駟雲鋪絢落霞。獵火微明丫髻嶺，女墻低出石門花。風清左輔瞻天近，多少田夫望翠華。

四

漁陽重鎮勢嵯峨，父老猶傳出塞歌。斥堠烽銷遺址在，離宮春入醴泉多。月昏蘿薜驕山鬼，沙暖蘼蕪放橐駝。舊是百年爭戰地，青燐時起雨中莎。

雨中與容齋少司農共話

襜幃小憩類沉冥，茗椀相將問水經。霧暗郊墟來虎氣，雨過山口帶龍腥。放譚雙眼從人白，乍霽羣峯入座青。獨惜亂紅春事減，有無老圃護花鈴。

村居望薊丘

亂山高下薊丘陰，粉堞丹樓變古今。桑柘人家□賦役，雲霄佛閣壯登臨。三春易擲添華髮，廿載重經感客心。鎖鑰名城頻極目，青青柳幔夕陽沉。

潞河即事

濯濯紅亭柳漸柔，一鞭晴色近皇州。弄珠估客爭趨市，臨路豪家更築樓。當日衣冠人幾在，空梁第宅燕應愁。石堂徙倚鐘聲晚，依舊潺湲潞水流。

康熙辛酉季春上駐蹕馬蘭峪召扈從諸臣賜觀湯泉應制

鱗鱗鴛甃倚烟鬟，靈液沖瀜白晝閒。飛練疑從丹井出，澄波再見浦珠還。暖分蔀屋占佳氣，晴拂條風動聖顏。霜露愴懷春薦咨，華清此日近梧山。

二

碧殿新從勝地開，塞垣霽色入春臺。侍臣並挹金莖露，黍谷何煩玉琯灰。翠嶺籠烟迎鳳輦，黄鸝過雨囀宫槐。六龍豈爲宸遊到，早晚慈闈問寢來。

三

巖柏森森翠影蟠，桃花春泛響流湍。繚垣製古無雕繪，水殿泉香勝畹蘭。清鑑曉開雲霧濕，綺窗夜宿斗牛寒。叨陪法從同瞻眺，十九臣如挾纊看。

四

舊遊風物尚依稀，何幸承恩傍翠微。廿載泉聲重入耳，千峯嵐氣欲生衣。瀾迴玉砌鮫人泣，手散青蚨蛺蝶飛。矯首丹厓頻駐馬，璇宫樹色綰斜暉。

送祖文水使君之永平

分符畿輔舊循聲，五馬新驅右北平。帝里曉鶯催客袂，榆關明月照行旌。荒田石虎遺蹤在，鮮鯽銀絲入饌清。佐郡政閒膏雨潤，好從露冕課春耕。

送田兼三少司農歸陽城

共署聯鑣氣誼偏，一朝抗手悵風烟。河梁雨霽巾車日，上黨花明載酒天。世事由來途九折，宦情何似柳三眠。新看憔悴安仁鬢，寶瑟虛留五十絃。時方有伉儷之戚。

送朱小晉少司農歸聞喜

車馬青門送夕暉，侍郎此日遂初衣。弈棋今古元無定，瓜蔓鄉關漸已稀。綠野重尋唐相墅，白頭還采故山薇。忘機喜有輕鷗狎，笻杖中條興莫違。

贈周月如並謝惠畫

白首相逢笑語親，歸來何事宦猶貧。廿年長作江南客，三月重尋薊北春。京兆阡荒聽舊雨，玄都桃發憶前因。知君隴上烟雲好，更寫溪藤贈故人。

寄懷徐行清中丞

二龍山色舊嶙峋，吳楚襟喉倚重臣。畫舫逢君初弭節，關河轉戰每懷人。樅陽緩帶風霜肅，江上嗚笳壁壘新。早晚洗兵閒斥堠，論功幕府繪麒麟。

輓馮母兩代太夫人雙節

女宗東浙嗣徽音，雙節彤編冠古今。令子一經紗幔授，高堂兩世《柏舟》吟。燈篝風雨存孤日，瘴海波濤報主心。恩許首丘親目瞑，讀君家傳欲霑襟。

送馮再來少司寇歸葬太夫人

秋風浩蕩促征鑣，司寇陳情動九霄。律凜三章歸執法，手攜五嶺入中朝。蓼莪飲恨詩篇廢，廣柳零霜客夢遥。到處山川增涕淚，鷓鴣聲裏草蕭蕭。

毛太母黃孺人苦節詩

歌殘黃鵠自和熊，早卻鉛華守素風。徹土力爲門户計，脱簪曾佐保釐功。機絲永夜催燈碧，槖筆文孫列炬紅。五十餘年霜鬢改，冰心長映汗青中。

送李書雲黃門歸江都

長安廿載賦嚶鳴，何事清秋唱《渭城》。候雁來時岐路酒，櫂歌動處故山程。棲遲歲月懷鄉土，飽歷風塵減宦情。歸去體强須護惜，後堂燃燭聽新聲。

二

話到河梁已黯然，那堪把酒菊花筵。秋風禾黍成功日，零露蒹葭送客天。喜有佳兒傳諫草，莫將世事礙高眠。烟雲滿槖篷窗下，共識圖書海岳船。

贈子可王年家令建昌

木落津亭捧檄時，茅堂剪燭引盃遲。飛鳧競識王喬舄，捉麈真稱逸少兒。五老峯迎新墨綬，小孤□動舊雲旗〔一〕。幾年星渚生荊棘，保障應能薄繭絲。

【校記】

〔一〕此闕字，似當作『廟』。

送趙武昔榷關維揚

青門木葉帶霜紅，此日仙郎出漢宮。起草容臺推彩筆，持籌廉吏有儒風。竹西舊路清歌裏，估舶春帆夕照中。奉使淮南佳麗地，登臨應不廢詩筒。

送王子諒內弟佐郡寧波

越州五馬去程遙，乍喜盧循羽檄銷。臥閣晝平蛟蜃氣，登樓夜聽海門潮。野農佩犢無驚犬，靈雨行春命畫橈。佐郡政閒頻拄笏，四明山色入雲霄。

康熙壬戌正月十四日上賜讌乾清宫觀鰲山恭賦

燈燃萬壽映璇臺，曲讌恩深内殿開。兵氣全銷觀禮樂，春和初轉霽風雷。山從珠玉光中見，人自蓬瀛天上回。《湛露》歌成沾御酒，老臣特許醉扶來。

二

春殿觴行繞絳霞，牙盤珍膳出天家。親承溫語傳交泰，豈爲芳辰玩物華。萬國梯航賓賦至，九霄絲管月明賒。御香坐久生雙袖，早放樽前上苑花。

送余佺廬開府吴中

揚舲吴會簡書崇，錫予駢蕃出漢宫。問夜久儲公輔望，建牙暫藉保釐功。錦裘按部趨羣吏，油幕鳴笳入曉風。攬轡喜當歸馬後，早看春色滿江東。

二

民力東南未息肩，九重拊髀主恩偏。停雲悵隔三千里，投分回思二十年。親奉玉音辭魏闕，遥知興誦動吳天。茲行報國多籌策，執法星高夜夜懸。

送林滄亭學憲之中州

彩筆仙郎世共聞，臨岐把酒坐斜曛。天中再振伊川學，馬首遙看少室雲。華髮短歌春送客，絳紗細雨夜論文。懸知藥籠多才子，領袖儒宗自不羣。

送李子靜侍郎祭告鎮之會稽

驛路春風送使車，江南花信竟何如。虔將玉帛西陵櫂，好探琅函宛委書。到日山靈迎絳節，歸來丙舍問荒廬。六朝舊地民勞甚，采入輶軒獻帝居。

送張敦復學士假歸龍眠

學士陳情訪碧岑，講幃獨被主恩深。因逢社□懷鄉國，幾聽宮鶯囀禁林。僿直肯論溫室樹，歸□特予尚方金。龍山早卜牛眠兆，莫戀烟巒但苦吟。

二

風雨春山促去程，依依宮柳弄新晴。兩行宸翰天顔霽，數卷圖書彩鷁輕。霜露降時憐子舍，烽烟銷處認江城。苑西賜第仍虛席，夜半應頻憶賈生。

三

驅車疇昔望龍眠，十載山靈有夢懸。惜別一樽寒食夜，喜開五兩杏花天。里閭白首聯情話，丙舍蒼頭種墓田。衮衮及門君早貴，素心期不負當年。

四

□天珥筆十年餘，暫著荷衣伴老漁。詞賦江湖歸李白，鄉關駟馬返相如。深宮曾侍春宵讌，東觀長窺乙夜書。爲念慈烏承寵渥，紀恩八詠等璠璵。

寄酬雲間張帶三同年卽次來韻時公子下第歸

一臥滄浪四十年，石交芳訊隔江天。頻驚素髮□窺鏡，共咲紅綾等逝川。垂翼客歸春雨後，懷人夢繞暮雲邊。聞君彌老耽歌詠，側弁高吟日幾篇。

題徐立齋臨流小照

雲木翛翛緑渚濱，科頭靜對席凝塵。細旃啓沃從三殿，蕊榜傳呼第一人。正色垂紳霜並肅，開軒問字座如春。知君雅志耽林壑，湘管溪藤若有神。

送蔣莘田糧憲之嶺南君爲侍御，曾繪圖上疏陳疾苦

東風曉拂嶺南裝，行篋猶存舊皂囊。到日牙籌驅雀鼠，隨車春雨徧桄榔。臣心不畏貪泉酌，溪口時聞佛國香。戰後民生需岳牧，繪圖曾見入明光。

齋中春暮

帝城三月總銷魂，紫燕重來薜荔門。籟響輕翛吹水面，花沾細雨濕籬根。歌成《白苧》江南調，客醉□□海外樽。卻憶故山春事好，栗留啼徹緑楊村。

送當湖沈客子南歸客子乃門人陸義山壻也

張燈永夕是離筵，越客歸逢芍藥天。襆被來觀梁苑雪，濡毫能賦《帝京篇》。旗亭角勝傳才子，芒屩尋春踏禁烟。獨喜機雲頻對玉，銜齋題徧益州牋。

贈吳漢槎南歸次徐健庵韻

廿年藜榻阻巖關，每歎才名想像間。誰獨解驂歸逐客，喜從傾蓋話愁顏。紫宸曾識淩雲奏，白首重看戲綵還。江上人來如隔世，松陵仍是舊潺湲。

送西蜀劉棠溪都諫予告僑寓東昌

揮手黄門促去裝，燕關秋色曉蒼蒼。十年諫劄留梧省，萬里家山半戰場。愁病侵尋司馬渴，琴書蕭颯驛亭霜。青齊舊有棠陰在，今日并州卽故鄉。

贈李□□使君備兵井陘

鎮陽□府擁朱旂〔一〕，此日仙郎下鳳樓。早見藜光燃祕閣，卽看膏雨徧西疇。放衙句就奚囊滿，按部霜清錦樹秋。草澤漫言多佩犢，滹沱如帶正安流。

【校記】

〔一〕此闕字，似當作『開』。

送同年純一杜相國予告歸里

正色朝端識典型，乞身歸問舊巖扃。耆英又見□君實，風度還應憶九齡。天語曾傳金殿札，尚方頻賜玉盤鯖。黄花驛路多秋思，乍喜東山雨後青。

二

聯鑣當日紫遊韁，惜别今看幾雁行。七秩老臣□社稷，千秋友誼重河梁。隴雲海月家山酒，藥裹牙籤相國裝。閭巷故人依杖履，三台夜傍少微光。

送魏亮采出守建昌便道歸省

西曹仙吏舊鳴珂，吳楚專城意若何。戰伐餘生須撫字，簿書暇日有絃歌。盱江露冕民風古，驛路鹽車山雨多。相國佳兒五馬貴，趨庭雙袖舞婆娑。

送馮易齋相國予告歸益都

十載黄扉問舊林，青門供帳曉駸駸。頻招多士開東閣，爲繫鄉思聽暮砧。出處從容寰海望，封章啓沃老臣心。山中歲月閒垂手，《秋水》篇應擁膝吟。

二

旆捲西風驛騎閒，老成去國尚丹顔。頒來睿藻沾恩渥，特許瀛臺被酒還。餞別秋堂看柳色，詞館諸君餞公於萬柳堂。故交鄉曲話柴關。謂念東也。冶泉此日垂綸好，今古名高謝傅山。

送陸恂若别駕之梁苑

一載重聽舊雨過，秋宵又悵奏驪歌。鴻安樂土人牽犢，宦薄輕裝客渡河。别駕署中公事少，孝王臺畔夕陽多。當年駐馬曾觀俗，雪苑風流更若何。前恂若曾同予過其地。

送丁次蘭學憲之閩中

談經特借水曹郎，中祕曾窺二酉藏。早向斗間占劍氣，須知海外有文章。金甌無恙榕城古，絳幔初開荔子香。八郡孤寒爭拂拭，皋比坐擁九秋霜。

贈輪菴開士即次見貽原韻開士，文待詔後人

故人杯渡歷江河，驚見緇衣洛下過。先世停雲推獨步，通門握手嘆雙皤。戈船借箸風濤盡，貝葉繙經智慧多。野鶴孤飛輕去住，吾衰意久在烟蘿。

贈楊令鴻僉憲之任溫處

□□送客雨絲絲，組練江東罷戰時。憲府新持滄海節，才名不媿越公兒。青田春永頻聞鶴，雁蕩峯晴數引卮。到日政閒鈴閣靜，君家門閥九重知。

送鄭元闇中舍佐郡宛陵

五馬初辭珥筆班，蕭蕭雨雪出燕關。幾年書劍參戎幕，四壁冰霜照旅顔。佐郡喜當吳楚會，放衙卧對敬亭山。風清簾閣稱仙吏，茗椀薰爐白晝閒。

送于桐江考功歸文登兼懷龍河少司農

張燈送客掃庭莎，此日仙郎駐玉珂。畫省佐籌占國器，山公引例訪烟蘿。古藤署裹冰壺皎，不夜亭邊海氣多。雲卧君家良友在，閒身物外遠風波。

壬戌除夕

畏寒謝客病經旬，椒帖椒花事事新。屈指閒中頻送日，驚心老去倍憐春。强陪鄉曲屠蘇酒，甘遜東華仕宦人。四十年來真忝竊，紅燈羞照鬢如銀。

除夕再疊前韻和季用

歲闌休沐許兼旬，好友詩來得句新。華髮違時同宦拙，東風吹客入王春。閒情賴有圖書笥，盛世嘗容老病人。剪韭漉巾堪送臘，啣盃莫惜漏催銀。

癸亥元日

早扶衰病傍蓬萊，長樂鐘聲向曉催。身際風雲春殿啓，坐聯絳灌御筵開。兒曹得歲爭騎竹，家岫關情入《落梅》。宴賦《柏梁》渾似昨，年年叨飫大官回。

元日再疊前韻和季用

田廬聞說半荒萊，又報青陽節序催。世味飽諳機事少，蠻箋酬贈客顏開。晝閒簾閣矜春勝，朝罷疎窗放早梅。虀菜加飡新病後，鄉愁牽夢首頻回。

送門人陸義山編修歸檇李時方舉子

懷歸越客倦風塵，當日論文第一人。自昔名流多落拓，何妨仕路偶逡巡。揚舲春水冰初泮，衣錦家山柳乍新。有子試啼君事足，莫因垂槖悵官貧。

送張晴峯水部視學浙中

起草仙郎使命新，燈宵振袂促車輪。紫宸有詔旌廉吏，絳帳譚經得俊人。贈客東風官驛柳，論文化雨越江春。此邦自昔稱才地，紘網無令失鳳麟。

送周星公儀部奉使安南

薊門風雨正飛花，使者春乘萬里槎。會見神魚迎桂楫，好從屬國問丹砂。蠻兒競識容臺禮，宸翰遙生瘴嶺霞。持節仙郎今特簡，不須更羨少游車。

送門人唐偕藻侍御假歸閩中

都亭見說避青驄，倦客懷歸托遠鴻。抗論羣稱真御史，素心不改舊儒風。孤篷散帙斜陽外，細雨飛花水驛中。戰後人家今幾在，故山正及荔枝紅。

送張又南大廷尉省覲歸秦中

爲賦將離促去騶，寧親西向古涼州。平刑舊說張廷尉，家世還推漢列侯。幕下論文秦月小，軍中握槊玉關秋。風清甲帳喧鐃吹，絕塞萊衣亦壯遊。

送金亦庵少司馬填撫閩中

轉餉昆明久策勛，新看授鉞護諸軍。春風曉拂榕城節，甲帳晴分海上雲。司馬才名懸黼座，中宵將相動星文。祇今島嶼猶吹浪，早靖長鯨露布聞。

二

叱馭寧辭驛路長，風鳴鼓角下炎方。九重正倚金城略，萬里初回洱海裝。自是天心當息戰，即看封事有飛霜。逍遙裘帶知多暇，按部頻聞荔子香。

送王麟仲門人佐郡廣平

折腰公府初爲吏，五馬朝辭供奉班。臥閣啼烏風古穆，春田驅犢晝蕭閒。開窗大陸晴烟裏，遶郡芙蓉落照間。枹鼓稀鳴空案牘，訟庭蔓草不須删。

送雲間杜讓水令廣昌

十載東方愁索米，分符喜傍太行隈。玉堂僚佐稱名士，紫塞風烟試吏才。馴雉化行民俗古，飛狐雨潤縣花開。懸知案牘無多事，永晝垂簾數舉杯。

送富雲麓少宗伯引疾歸溫陵

示疾維摩解帶初，暫從海上傍樵漁。衣冠競設青門帳，禮樂猶傳太史書。亂後賓朋知幾在，徑荒松菊未全除。歸裝藥裹渾如水，自有山靈衛起居。

送方渭仁門人典試蜀中

銜命詞臣下鳳樓，西風古驛暑纔收。重將文教銷兵氣，倘獲驪珠是壯遊。叱馭褒中雲棧曉，篝燈□〔一〕外錦城秋。莫令楊馬傷淪落，自昔才人出益州。

【校記】

〔一〕此闕文似當作『劍』。

寄贈韓醉白即次見貽原韻

誰從海底網琅玕？此日逢君且盡歡。荒徑乍開來漫士，濁醪相對竭情瀾。四愁莫詠張平子，一榻終憐管幼安。別去江南芳草綠，懷人明月幾憑闌。

二

衍波爲我寫新詩，喜誦揚州絕妙詞。燕市班荊嗟較晚，芒鞵入洛慰相思。雙鬟應識蘆中客，尺素猶慚帳下兒。忠孝門庭多難後，展君家傳每心儀。

大司寇劉端敏公崇祀學宮賦此志慰

豢龍名閥著清時，司寇曾膺特達知。抗疏掖垣聞讜論，過從邸第識心期。于公舊有高門望，叔子猶傳墮淚碑。今日宮墻光俎豆，存亡重繫故人思。

輓上谷賈母孫太夫人

早歌黄鵠事孀姑，紅縷曾牽燕影孤。荻畫名成推孝子，家傳《女誡》是醇儒。焚香繡佛朝持偈，簾閣青燈夜辟纑。含笑九京躋大耋，鄉人爭繪禮宗圖。

送尤悔庵太史歸吴門卽用其歸興六首韻

秋滿青門送客歸，輕裝好逐雁鴻飛。詩成伉儷情增重，屣脱風塵願肯違。杵臼論交吾道在，名山藏副和人希。網羅軼事推耆舊，去國誰同定是非。

二

酒壚每悵故人稀，吴客何緣拂袖歸？有子金門追驥足，□心華髮訪漁磯。九霄尚憶春城句，五載仍還□荔衣〔一〕。回首同遊當日話，蕉林頻問舊荊扉。

【校記】

〔一〕此闕字，似當作『薜』。

中秋適海上捷至

燕市霜砧客夢餘，捲簾秋色滿庭除。一年又見團圝月，萬里新傳露布書。東海田横波乍偃，南樓庾亮興何如。人間此會真良夜，醉倚紅燈桂影疎。

九日小集時病初愈

疎烟淡日映東籬，正是樽開栗里時。節到秋來關念切，人當病後引杯遲。每聞白雁思鄉信，欲折黄花媿鬢絲。鷄黍留賓情不厭，小堂莫問夜何其。

贈張飛熊大都護

西陲坐鎮按龍韜，天語殷勤念昔勞。百戰酧恩銷羽檄，萬金養士散錢刀。秋連野燒邊雲暗，風捲牙旗壁壘高。宴錫內廷歌《湛露》，何如塞上醉蒲桃。

輓郝雪海中丞

遺疏遙傳事可嗟，一生强半是天涯。纛叢執斧清霜肅，遼海投荒皂帽斜。遽爾坐隅來鵩鳥，何緣歲應在龍蛇。繐幃寂寞空衙冷，獨秀山頭噪暮鴉。

二

□□萬里各風烟，逐客飄零二十年。柏府重還桃□□，錦江累疏世爭傳。公按蜀，有錦江十六疏。調高《白雪》憑誰和，愁入青□有夢懸〔一〕。曾寄南行詩百首，篝燈讀罷一潸然。

三

故里空存舊釣磯，臨岐樽酒共依依。蕉林剪燭言猶在，唐水尋源事已非。藏弆赫蹏皆玉屑，公工於尺牘。從容談笑盡兵機。斯人豈合埋黄土，哭向西風每濕衣。公近寓書云：『何日坐蕉林夜話。』昔又曾招予泛舟尋龍源，不果。故云。

四

當年勁骨足千秋，海内人豪第一流。忝附絲蘿同□味〔二〕，頻經風雨自綢繆。輕裘競識羊開府，毒霧黐思馬少游。峴首碑存應墮淚，云亡家國恨長留。

【校記】

〔一〕此闕字，似當作『山』。

〔二〕此闕字，似當作『臭』。

輓潞河任君聘同年

前年逋客入長安，八秩重逢隔世看。猶憶秋風鞭共著，每憐破屋鋏空彈。一樽濁酒春宵話，四壁□書總帳寒〔一〕。舊侶那堪淪落盡，故人白首涕汍瀾。

【校記】

〔一〕此闕字，似當作『殘』。

送姚陟山門人視學楚中

論文江漢舊雄風，郢客由來曲最工。一路郵籤霜月白〔一〕，兩條官燭幔紗紅。澤宮草長兵戈裏，鄂渚春深化雨中。知子憐才多朗鑒，莫教屈宋怨飄蓬。

【校記】

〔一〕『籤』、『霜』，底本漫漶，據河北省博物館藏梁清標書卷補。

送成仲謙少參分藩武昌

行省翩翩鎖鑰才，舊遊鄂渚鼓笳催。江梅繞路春先放，驛雪飛旌凍未開。賓佐重邀庾亮興，邦人爭迓細侯來。平生共具南宮癖，鑒古蕉林數舉杯。

送杜肇餘少宰奉使閩粵

侍郎啣命衝寒出，萬里籌邊四牡齊。杜預胸中羅武庫，盧循島上罷征鼙。榕城聚米蠻雲暗，瘴嶺披圖海日低。指顧南天占遠略，桑麻被野靖鯨鯢。

送祖仁淵少參之□南〔一〕

薊門風雪擁驊騮，南郡分藩號上游。地肺城邊波浩蕩，黃陵廟口鳥鉤輈。圖書藴藉焚香夕，裘帶從容按部秋。十載江干勞士馬，須君幕府借前籌。

【校記】

〔一〕詩題闕字，似當作『荊』，徐乾學有《荊南道參議祖仁淵墓志銘》。

癸亥除夕次徐立齋韻

十年鳩拙尚緇塵，休沐聊閒客裏身。每向鴛班呼畏友，初迴鳳曆是昌辰。屠蘇已讓先杯醞，朝士還憐謫宦人。我亦青山頻入夢，輸君早看故鄉春。時立齋左遷。

甲子元旦次徐立齋韻

縞苧論交古誼明，迂疎獨媿絆微名。春朝待漏千門曉，太史書雲九陌晴。屢飫大官分御饌，難將暮齒試膠餳。風雷雨露尋常事，王路終當如砥平。

元夕小集

燒燈小院晚風和，白墮樽傾金叵羅。久客老懷憐物候，閒心親舊話巖阿。鈿車迤邐香塵滿，月影參差火樹多。卻憶鄉園銀燭夜，星橋遊冶事如何。

送許筠庵黄門予告歸廣陵黄門弟師六孝廉家居

雨雪霏霏水驛昏，圖書數卷返黄門。潞河月曉春帆客，邗上花明白社樽。諫草自焚聽玉漏，池塘有夢待金昆。十年梧省丹心在，屢把封章動帝閽。

送薛梁公中丞開府皖江

擁節樅陽是舊遊，地連吳楚燧烟收。輕風吹角朝行部，緩帶籌邊獨上樓。雨霽龍山層嶂曉，颿迴春浪大江流。平刑當日無冤獄，繞路甘棠緑影稠。

楊荊湖僉憲之任嶺南以其兩尊人懿行見示賦此爲贈

名儒甘老舊青氈，彷彿龐公采藥年。通德門中書帶長，宣文堂上幔紗懸。榮親綸誥迴鸞字，擁節王程破嶺烟。楚甸高風留世澤，仙郎欲廢《蓼莪》篇。

送門人劉祥其水部典試嶺南

乘傳仙郎擁絳帷，岧嶤五嶺路倭遲。怡情花鳥中原隔，入眼文章海外奇。帆挂瘴江潮落處，風搖官燭雨來時。憐才知爾心偏切，網得珊瑚貢玉墀。

送門人任千子給諫典試楚中

鄂渚西風鎖院深，簡書遥下楚江潯。烽銷戰壘明經學，月滿南樓動越吟。沅芷汀蘺才子地，冰壺秋水諫臣心。更看校士同年在，白雪寧虞少和音。姚陟山時督學政。

送高九臨郎中出守瑞州

朱旛臬臬下江鄉，吳楚新懸太守章。岐路人隨關塞雁，高秋菊帶驛亭霜。將門貴胄稱儒者，帝里才名重省郎。亂後莫嗟風土瘠，公卿多屬漢循良。

簡陳藹公

篝燈鎖院興何如，屢躓猶存痛哭書。我信孫弘才晚達，誰言阮籍禮偏疎。青蘿徑掩名儒宅，白板門多長者車。鞭弭中原推健筆，黃金駿馬未應虛。

贈汪叔定南還

久從邗上想風流，誰獨文章重選樓。帝里友昆稱二俊，燕山樽酒話千秋。後先鴻鵠丹霄起，南北烟雲彩筆收。莫悵聯床容易別，杏園遲爾縱春遊。

送魏環溪大司寇予告歸蔚州

良朋悵別紫宸班，乘傳恩波賜錦還。慮有冤民心獨苦，門無雜客晝常閒。平生出處完臣節，多病年華動聖顏。他日懷人關塞北，桑乾相望水潺潺。

二

老臣累疏去從容，藥裹書籤次第封。十載丹誠留殿陛，一天風雪度居庸。晴窗散帙田間課，筇杖看雲塞上峯。我欲移家依故里，蔚蘿深處訪高蹤。

送李子靜少司農南歸

驪歌何事送南征，四載同官賴友生。孔李通門蘭臭在，江湖寄跡客裝輕。孤蹤先我還初服，暮齒因君減宦情。似葉一身家萬里，幾回矯首故山程。

二

侍郎歸去臥江天，瀟灑塵中自謫仙。笑語每同消客況，交情今耐寫離筵。留賓拚醉柴桑酒，趁雨勤耕丙舍田。薄譴謾教搔白髮，風波屢荷主恩偏。

贈成子來計部榷稅嶺南

使者浮槎五嶺東，簡書萬里冷江楓。波恬島嶼春雲外，鴉護帆檣落照中。海舶謾言多寶玉，朝廷雅意在斐鴻。百蠻到日謳歌起，文穆家門有素風。

送王子厚祭告東鎮東海

使者虔將玉帛行，薊門飛雪灑干旌。褰帷青社春風護，跕屐紅雲海日生。美繼虞廷頒漢詔，禮成卿月照齊城。山川喜值東巡後，應有羣靈絳節迎。

贈張善述真人

上清宮殿步虛聲，累葉冠裳重帝京。美膳方平曾擗脯，少年緱嶺自吹笙。還山鸞鶴天邊下，捄世風雷掌上生。恩遇九重頻召問，傳家一劍本龍精。

送徐敬庵少司空擢漕督

東南漕輓借司空，水漲桃花驛路中。杵臼論交敦古處，青齊建節凜清風。登車一道豺狼肅，洗橐千艘雀鼠窮。行矣富民酬簡在，太倉玉粒見陳紅。

送邵戒三學士假歸武林

詞臣抗手下承明，投分金輸一諾輕。爲憶薜蘿催去楫，每當風雨見交情。忘機自放孤山鶴，送客愁聞二月鶯。他日懷人重對酒，江關漠漠暮雲生。

送趙武昔門人視學閩中

珂散容臺擁使車，仙郎春躡海天霞。榕城陰滿聞清吹，荔子香來放曉衙。戰罷戈船絃誦起，燒殘官燭瘴烟斜。及門接跡文星貴，莫負生徒倚絳紗。

送李維饒侍講督學江南

簡書特奉下楓宸，使者青春攬轡新。吳會欲令歸雅化，絳帷今復借詞臣。文章遇合千秋事，風物依稀六代人。共說關中能得士，孤寒矯首望車塵。

送王顓庵宮贊督學浙中

越嶠古今才俊地，講堂新自五雲開。皋比擁處春風徧，樺燭光中暮雨來。按部羣趨多負弩，奇文忻賞一啣杯。婁東世德傳家學，肯使宮墻沒草萊。

送王奕臣內姪榷稅浙海

仙郎奉使海邦居，萬里雲颿弛禁初。效順天吳消駭浪，占風估客狎神魚。才名已注層霄上，物論終歸洗橐餘。送子一樽須自愛，盈廷薦達未應虛。

輓楊崑岳大司空

□□拂袂早歸田，容與中林耄耋年。豸繡聲名高柏府，水衡籌略惜金錢。騎箕身自雲霄上，聽履恩留日月邊。鄉里老成今寂莫，長安猶頌二疎賢。

夏夜末麗初開

垂簾長晝早朝回，廳事翛翛隔市闤。屋角雲催疎雨過，籬陰氣逼晚涼來。兵銷晝省嘗多暇，麥熟鄉書喜乍開。末麗又繁南詔種，花香夜色共徘徊。

彭太史母黃太孺人旌節詩

無雙江夏舊嶙峋，節孝重膺寵命新。絡緯孤燈機上字，藁砧永夜夢中人。洗粧繡佛憑齋閣，課讀香奩有暗塵。此日旌門能報母，天邊令子是麒麟。

贈李恆嶽太公榮封

仙李雲中舊德門，力田孝弟道元尊。彥方行誼高鄉里，萬石家風啓後昆。丹鳳啣來天上字，綠陰深處老人村。兒孫競著朝衣舞，杖履逍遙識主恩。

贈許師六太史

兄弟汝南推二妙，榜中喜色動朝紳。花磚翔步真名士，霄漢論文有聖人。池草每生邗上夢，宮袍□染洛京塵。故交望爾非今日，湖海元龍氣已馴。

贈崔蓮生運使

每從邗上想風儀，退食邦人詠素絲。居共鄉閭艱會面，遙憑書札訂心期。衙齋澹寂懸魚節，簿領雍容臥閣時。鹽筴持籌能裕國，廷推廉吏九重知。

送王子喜庫部出守鎮江

五馬翩翩太守行，含香宥府舊論兵。衣冠世重瑯琊族，今古名高鐵甕城。過雨勸農停皂蓋，放衙臥閣聽秋聲。知君爲政民勞息，北固烟雲入座清。

贈方婁岡館丈

帝子樓前憶泊舟，曾從客路話綢繆。十年瑣尾烽烟日，一夕披襟菡萏秋。白首重逢萍再合，紅燈相照轄堪投。花磚步屧渾如昨，蕭颯因君感昔遊。

二

徙倚江關歷苦辛，又憑短策踐風塵。驚心虎穴逃禪客，把手龍眠失路人。綵筆書裙真爛熳，青山垂槖每逡巡。通家舊好傷多難，話到鴒原涕淚新。

乙丑中秋小集時芷公將歸兼懷季用

桂輪又值一年期，往事關情對酒卮。積雨侵堦涼較早，浮雲當牖月偏遲。數聲旅雁思歸客，千里懷人夜話時。秋色脩脩憐暮景，更闌燭灺影頻移。

寄盱江湯佐平先生

君當登第我諸生，每誦鴻文金石聲。客棹悵違高士里，前過江右，未經盱江。師門猶繫故人情。中原迴席推耆舊，隔世通家託姓名。獨媿風塵勞折節，頻將書札問柴荊。

蕉林二集

五言絕一

坐雨

急雨落前灘，涼雲生研几。奔流萬壑來，坐看雙虹起。

曉起

曉幕黐山風，落英滿村墅。春愁將訴誰？滑鶯語芳渚。

雨後

雨餘望遠山，迤邐青如髮。征人思悄然，屋角照新月。

二

列帳燈火明，爛如繁星落。孤夢苦未成，數聲起寒柝。

題畫

亂柳蔭茅茨，幽人在環堵。飯牛晚歸來，春潮帶烟雨。

蕉林二集

七言絶一

題牡丹畫扇

楊家紅與歐家碧，綵筆移來上白團。好護東風懷袖裏，一枝凝露怯春寒。

輿中口占

城下驅車傍柳行，日高沙路亂啼鶯。不知朝市春多少，宣武門邊新水生。

題王烟客仿李營丘畫冊

碧陰斜日艤孤舟，有客偏憐葭菼秋。當世漫爲無李論，西田彩筆見風流。

二

誰識王維畫雪工，太原遺法在婁東。剡藤半幅春蠶吐，文沈烟雲想像中。

齋中聽雨

漠漠輕雲剪剪風，西山爽氣入簾櫳。小庭無限秋光好，半在疎闌細雨中。

村店午夢

野霽千官車馬屯，三間茅屋柳當門。紙窗夢醒紅偏好，人在桃花水上村。

夜雨

小堂風起閃燈篝，細雨絲絲豹腳收。爲聽虛檐聲淅瀝，玉簪花畔更遲留。

送羅弘載赴湖南幕

十年落拓大江東，曾賦淩雲奏漢宮。書劍翩翩油幕裏，陳琳自昔愈頭風。

二

萬里從軍悵路岐，送君南去采江蘺。莫言湘水無情甚，千載悲涼弔者知。

三

湘江苦竹晝淒淒，有客擔簦落日低。王粲禰衡今寂寞，黃陵廟口鷓鴣啼。

四

曲高和寡古來聞，行橐空餘乞巧文。幕府征南東閣啓，紫髯今日又參軍。

送吴慶百歸武林

西陵才子老名場，授簡平臺春日長。豈有詩成明主棄，千秋猶惜孟襄陽。

二

馬卿枚叔並遊燕，送子歸當芍藥天。孔李通家無限意，蕭蕭風雨木蘭船。

送徐大文歸武林

爭上黃金買駿臺，倦遊詞客賦歸來。孤山處士梅無恙，爲報奚童縱鶴回。

二

莫言憔悴滯蘭成，白苧袍依驄馬行。他日南樓清嘯裏，賓僚獨讓魯諸生。時入鹺使幕。

宗定九持吳中顧樵水漁笛圖索題

數椽茅屋依丹樹，一葉輕舠似白鷗。裂石穿雲何處笛？梅花吹落半江秋。

題顧茂倫雪灘釣叟圖次施愚山韻

甫里先生玉不如，酒鎗茶具伴閒居。謾論鐘鼎千秋事，輸與垂竿笠澤魚。

二

閉門日日把殘書，愛貯烟雲傍水居。我亦欲尋鷗鷺約，秋風何處問鱸魚。

題陶侶姪溪風閣圖

面山小閣俯晴溪，水鳥關關自在啼。驅犢有無書挂角，閒雲斜日古城西。

二

林霏漠漠徑慵開，買醉田家潑綠醅。山雨欲生風乍起，虛窗吹入稻香來。

臧介子門人令曹縣寄牡丹數種賦謝

雙鯉殷勤遠寄將，名花絕勝木千章。分來潘令河陽種，肯使陶家栗里荒。

二

美人爲政近如何，東魯應傳麥秀歌。誰道隴雲難寄贈，洛陽春到故園多。

新春八日萬柳堂卽事

冰澌日煖水瀰瀰，聯轡羣賢修禊同。萬柳堂前看曉色，帝城春在野烟中。

二

逶迤沙路早春時，載酒虚堂日乍遲。冠蓋傾城爭指處，太平街裏育嬰兒。

春宵觀邢郎演劇

小堂一載罷雲璈，此夕開樽絳燭高。人面衣香花解語，當筵重認鄭櫻桃。

二

靈和新柳鬬腰身，雲駐秦青滿座春。何事雛鶯能百囀，燈前愁煞聽歌人。

題蛟門所藏冒姬鴛鴦圖

飛花片片趁香泥，水漲銀塘綺翼齊。何事蘭房圖匹鳥，鹿門自昔愛雙棲。

再疊前韻贈邢德郎

堂帶春星響玉璈，《伊州》一曲暖雲高。誰教刺史腸先亂，簾外東風醉碧桃。

二

看煞羊車市裹身，那堪飛絮欲殘春。不知燭淚堆多少，一笑全傾顧曲人。

寄德滋弟村居

十畝桑麻十畝雲，柴門倚杖立斜曛。人間如此清閒少，絕勝當年鄭廣文。

二

挂冠歸去灌秋花，五斗休言舊放衙。嘉日呼兒巾漉酒，客來只認是陶家。

秋齋偶成

過墻蛺蝶自東家，秋影霏微上碧紗。晏坐人如香國裏，一簾細雨養蘭花。

二

秋容滿院舞婆娑，抛卷巡簷弄淺莎。客到莫教談世事，忍冬籬落夕陽多。

題畫

上下蜻蛉亂淺蕪，剡藤三尺綴珊瑚。南園春色知多少，盡入晴窗蛺蝶圖。

冬日郊迎王師

羽葆霓旌衆不囂，海螺吹處影蕭蕭。夜來凍合蘆溝水，殘月迎人再度橋。春月已一度矣。

二

壯繆祠堂劍珮新，禪燈佛火絶纖塵。夜寒獨步雙松下，督亢圖中月一輪。

三

戰勝歸來旆影斜，曈曨初日動龍蛇。師行有紀天顔喜，郊勞從容坐賜茶。

四

連崗列帳曉模糊，上將金刀玉轆轤。觱篥聲中黃幄敞，千林殘雪滿平蕪。

念東屬題文衡山雪圖

凍合千峯白滿巔，霏微紺殿起寒烟。生平我愛山陰雪，安得同乘訪戴船。

二

簾閣蕭蕭雪打窗，耐寒傲骨未能降。知君此際開圖畫，卻憶孤舟釣楚江。是日適雪。

三

當年待詔自清真，愛寫溪山迥絕塵。老友每攜圖共賞，須知同是歲寒人。

四

誰與王維論是非，故人又載舊圖歸。祇愁春雪迷三徑，何處重尋白板扉。時念東將歸。

題王漢侯暢心閣

遺蹤蘭渚半荒苔，小築依然曲水隈。勝地千年重認取，堂前燕子更飛來。

二

芙蕖夾岸水泠泠，樵唱漁歌盡日聽。客到城南塵一洗，開窗曉入越山青。

代東答念東

漁樵已許寄閒身，何意遲遲拜紫宸。自是市朝緣未了，天教重醉帝城春。

二

旬日未過高渤海，淹留聞爾更移居。燕齊莫訝多迂怪，偏得人間宛委書。念東新得祕書。

立春日念東出都走筆贈二詩以代驪唱

太和春酒憶頻斟，樺燭燒殘感客心。他日君來吾戴笠，田間重與醉蕉林。

二

抗手朝門客興孤，何能投轄待屠蘇。悵余不及臨岐別，欲寫河梁蘇李圖。

爲汪舟次題金蓮歸院圖

黄州幾載醉山杯，也照君王寶炬回〔一〕。多少承恩依日月，獨聞殿上歎奇才。

二

金蓮歸院主恩殊，千古流傳入畫圖。莫道延英成故事，眉山原不借他途。

【校記】

〔一〕『君王』，名家詩鈔本作『君玉』。

題葉茂華小照

德門風貌道家裝，新柳陰陰日乍長。領取醉中閒歲月，千金不假駐顏方。

元夕燈詞

鳳城璧月白如霜，夜漏迢迢滴正長。此際漢廷方曲讌，蓬萊宫裏奏《霓裳》。

二

駘蕩天門剪剪風，爲祠太乙火山紅。君恩特許千官假，人在雍熙樂府中。

三

天街西去月明多，袞袞遊人夜氣和。幾處笙簫停玉勒，虎坊橋畔插秧歌。

四

市南燈火滿樓臺，魚鑰嚴城徹夜開。歌館酒闌紅燭灺，驪龍誰放吐珠來。

五

九華燈照七香車，蹋節金鈴舞袖斜。借問彩雲何處駐，十分春色列侯家。

六

金皛銀雁玉盤鯖，爛醉真如不夜城。多少五陵新氣象，有人樓上自調笙。

七

踏歌聯袂滿皇州，花市青帘夜未收。驕馬玉鞭遥指處，酒徒半在月明樓。

八

九陌溶溶霽雪天，一年幾見好風烟。玉河西去鶯花路，北里春深弄管絃。

九

十里香塵乍起時，傳柑馬上未差池。鮮衣爭向長楸道，結客場中俠少兒。

十

燕市齊傾柏葉樽，無私春亦到閒門。羈人思婦愁如海，獨倚銀釭照淚痕。

清明微雨

上冢家家翠袖垂，輕烟薄霧雨如絲。安仁兩載添霜鬢，又是東風掩淚時。是日亡室二週年矣。

聞穆孫遊泮口占

文章四十年前事，今日齋夫送喜來。吾老風塵多敗意，春宵爲爾一顔開。

石門驛雨中

千巖漠漠野雲低，二月山村布穀啼。氊帳春寒人睡醒，一天風雨孝陵西。

山村初見杏花

午晴騎馬問巖扉，載酒尋芳事久違。毳幕不知春色老，孤村今見一花飛。

觀湯泉

溶溶一派暖生波，沙路逶遲午渡河。自是九重深孝思，甘泉靈氣護巖阿。

三月七日從駕辭孝陵

扈從官僚虎拜同，至尊追慕意何窮。老臣再灑遺弓淚，回首松楸暝色中。

望桃花寺

當年遙指桃花寺，那更悤悤逐馬塵。岫色泉聲頻入夢，蹉跎兩度薊城春。

孤村

幾椽茆屋槿籬遮〔一〕，宛轉危橋仄徑斜。村僻不知途近遠，一溪春水放桃花。

二

挑盡谿毛與菜根，村翁曝背向朝暾。破窗那可經風雨，白首夫妻長子孫。

【校記】

〔一〕『幾椽』，名家詩鈔本作『幾村』。

三河月中聞雁

如斗孤城□□空，星崩厓老□□□□。坐搔短髮□明月，零亂人家雁影中。

二

一行雁字客懷孤，殘□催人吏夜呼。邑里可憐蕭瑟甚，茂陵豪右醉氍毹。

寄懷陳藹公

十年落拓草堂居，授簡誰憐□□餘。春晝乍長花□老，閉門此日著何書。

二

燕□風雨寂寥春，苦憶昭王臺畔人。衣馬五陵君莫羨，圖書滿屋未爲貧。

雍丘馮蘧海同年寄詩見懷賦謝

□□還丹信有無，時搖彩筆付奚奴。中原碩果唯□在，誰繪香山九老圖。

二

□□猶憶海南回，古驛披襟白墮開。千里齊紈詩□□，清風遠自故人來。

輓王繩司勳〔一〕

鷁首初逢貢水濱，爲郎幾載甑生塵。那知藤署陰中客，竟作山陽笛裏人。

二

清通物望滿朝班，似水門屏晝自閒。何事頓騎箕尾去，九重曾爲動天顔。

【校記】

〔一〕『思』，底本漫漶，據人名補。

送湯西厓之嶺右

燕市黄金駿骨新，蕭蕭書劍幾逡巡。中原壇坫誰爭長，此日江湖大有人。

二

高唱從來和者稀，眼看同學半輕肥。掉頭不與家人别，風雪蠻天一布衣。

三

四海爲家落落身，十年襆被老風塵。漫言卞氏曾三刖，張禄於今又入秦。

送陳子厚南歸即次留别原韻

孤吟越客去還留，知子才如萬斛舟。長鋏攜來人漸老，不堪重上仲宣樓。

二

落落長安故舊稀，路逢葛帔每沾衣。奚囊賸有詩千首，秋雨秋風又獨歸。

題傅哲祥使君應州祀名宦卷

龍首山前舊勒勳，政閒臥閣日看雲。棠陰廿載渾無恙，攀樹猶歌故使君。

二

雲中趙郡曾遊地，峴首桐鄉隕涕年。卻憶論文初把袂，清風留得穆如篇。使君曾佐予郡，見贈新詩，故云。

瀛臺即事

宮槐影裏日曈曨，獵獵菰蒲颭颭風。遥望珠簾天半捲，樓臺曉出五雲中。

二

旃檀寺裏鐘聲發，苑柳毿毿翠幾層。萬盞紅蓮晴照水，君王昨夜放河燈。

三

菱葉蘆花太液開，虹橋西去絕氛埃。不知身在金門裏，兩兩漁舟蕩槳來。

四

千頃烟波水殿虛，翠華避暑此中居。賞花肯讓前朝事，詔許橋邊自打魚。

題高澹人侍讀白榴卷

塗林嘉果色晶瑩，移向蓬萊殿裏生。此日至尊親攜與，何如仙掌漾金莖。

二

丹房笑破珠千顆，學士承恩拜賜回。莫羨遺羹傳考叔，一枝新自日邊來。

題韓醉白小照醉白生於上巳，蕭晨爲作修禊圖

修竹翛翛曲水巵，懸弧恰是采蘭時。重爲詞客開圖畫，晉代風流宛在斯。

哭苗兒

汝母瀕危囑語頻，每憐早慧惜如珍。那知元夜燒燈後，蠟鳳騎羊少一人。

二

兒生母死隔重泉，地下相逢兩黯然。不念高堂親既老，紅燈白首淚雙懸。

三

兄弟聯行意倍親，書堂拱揖儼成人。殘編剩墨今零落，父子恩情只九春。

四

繡襭當年入夢來，龍眠渲染畫圖開。於今佳話隨流水，憔悴空登望子臺。

五

底事東風拆雁羣，西河灑血向斜曛。五苗圖在難重把，更使何人喚卯君。蘇子由生於卯，呼爲卯君。兒亦卯年生，宋既庭贈詞有『卯君至矣』之句。

六

病後逢春尚不支，那堪又值哭兒時。誰言造物多仁愛，桂樹摧殘第五枝。

七

丰儀秀整水爲神，蔬食何曾染俗塵。遊戲人間旋化去，應知汝是再來身。兒不喜噉腥葷。

八

命薄頻嬰骨肉傷，半生辛苦幾歡場。兒今倘得依三母，爲道安仁鬢似霜。

九

火樹前頭笑語多，跨將竹馬舞婆娑。誰教一夕增長恨，萬喚千呼奈爾何。

十

童烏何地可招魂，夢醒迷離總淚痕。戲具忍看重料理，最關情處是黄昏。

送李崋西門人佐郡肇慶

蠻雲瘴雨度梅關，五馬蕭蕭廳事閒。遥憶勸農停皂蓋，七星巖畔聽潺湲。

二

幾載從軍短後衣，又看萬里一褰帷。莫言寶玉歸南海，此日人家戰後稀。

三

奉使當年嶺海舟，頻聞佳郡是端州。喜今送爾單車去，好寫山川作臥遊。

題汪蛟門扇面蒹葭秋水圖

誰將健筆畫滄洲，葭菼蕭蕭水自流。望遠沙頭人獨立，疎烟落日一天秋。

二

謝家團扇白如霜，寫出伊人水一方。何事新涼懷袖起，風條雨葉晚蒼蒼。

夏日

繁花小徑半莓苔，軒檻風微引蝶來。坐久片雲生屋角，一簷涼雨蕙蘭開。

二

合歡樹底日遲遲，退食人閒偃臥時。花氣入牀簾不捲，元規塵自遠疏籬。

題許力臣黄門小照

入耳泠泠響素琴，把書白眼足高吟。那知十丈東華土，別有松風物外心。

二

如水臣心結主知，科頭退食自委蛇。閒情豈爲耽林壑，正是黄門問夜時。

爲高澹人學士題畫

薜蘿古塢倚雲根，結侶漁樵道自尊。一夕秋風蘋末起，疎烟細雨滿江村。

二

誰寫溪山傍草廬，金閨人自愛幽居。六朝岫色渾無恙，碧樹陰中好讀書。

送門人龍二爲佐郡太原

通籍十年今捧檄，蕭蕭書卷郡丞裝。井陘西出民風古，雪滿車帷下太行。

二

晉陽司馬五騂騮，枹鼓稀鳴試壯猷。莫道吏閒官舍冷，西陲鎖鑰是并州。

題畫

佛樓窈窕倚山隈，雪裏巖梅凍未開。僧擁地爐高臥穩，寒雲孤鳥自歸來。

南苑賜觀燈火恭紀

南苑春晴賜大酺，兩行鵷鷺列氍毹。銀花爛處搖明月，畫舫珠簾百壽圖。

二

火樹光中夜不寒，天廚法醞醉千官。魚龍角觝遲清漏，酒進君王帶笑看。

題毛大可姬人曼殊小照

百朵雲光綰髻斜，焚香小坐澹鉛華。畫圖展向春風裏，好護豐臺第一花。

二

凝粧倚石絶纖塵，誰寫蘭閨夢裏身。善病年年惟繡佛，皈空應是再來人。

題虞山許南交寫生果實卷

綵筆虞山久擅長，解衣盤礴貌羣芳。寫生林圃如堪摘，不數當年顧野王。

二

數尺溪藤景色殊，功參造化果紛敷。漫言草木尋常事，再見徐家没骨圖。

爲劉爾發學博題瑞槐堂冊子

數畝婆娑蔭古槐，東齋此日講堂開。芝英五色垂垂發，盡被先生化雨來。

二

列槐自昔比三公，更發清音向澤宮。共道蘇湖能造士，一庭瑞靄緑陰中。

題畫扇

野曠秋高夜雨晴，深巖謖謖起松聲。幽人日永無塵事，爲聽山泉策杖行。

題高澹人學士蔬香圖

長鑱溪徑采羣芳，寫出山家薜荔裳。學士元無溫飽志，金門偏憶菜根香。

蕉林近稿

蕉林近稿

壽顧考功母孺人

槐庭風靜綠陰重，賢母吳門號女宗。繞砌芝蘭勤畫荻，中宵絡緯伴鳴蛩。朱顏數見蓬萊淺，紫液新浮琥珀濃。先世辟疆佳勝在，板輿花下日從容。

壽嚴黃門母孺人

星明寶婺越江湄，花發高堂介壽時。脫珥成家心獨苦，挑燈課績鬢如絲。孫枝戲舞朱樓暮，山色晴薰白晝遲。莫悵倚門違彩服，天邊鳴鳳有佳兒。

寶臣舅氏自臨洮寓書卻寄

執手曾吟出塞篇，書來隴右倍悽然。倚門親在當垂暮，投筆官貧似罄懸。漸老朱顏孤戍外，遥將錦字去鴻邊。渭陽此日多愁思，秦樹依依悵晚烟。

祝史太公見峯雙壽

甬東世德挹清醇，處士風流白氎巾。跕履曉觀滄海日，扶笻老傍鏡湖春。庭中讓產荊花放，廡下齊眉鶴髮新。有子鳳池頻染翰，泥書五色到垂綸。

壽季因是先生

早揮兩袖自徜徉，老駐朱顔集舞裳。秉鑒猶傳山吏部，持籌今重地官郎。烟雲供養長康筆，泉石經綸李相莊。海上花開春日暖，紅潮滚滚影扶桑。

壽姚又庵年伯

孝友堂中樂事稠，婆娑宣髮晚夷猶。菊松自喜同元亮，鄉里爭傳似太丘。令子聲名青瑣闥，老人杖履白蘋洲。霅溪雨後穠花發，永日酡顔狎海鷗。

寄祝王硯存年兄

獻賦當年憶壯圖，投簪未老傍江湖。躬耕十畝秋雲擁，跕履三山海月孤。誓墓有懷同逸少，責忠無愧著《潛夫》。知君代受青箱學，階下聯翩繞鳳雛。

壽大叔父時予告里居

槐館開尊綠影稠，初看勇退臥滄洲。山中服食陶弘景，架上圖書李鄴侯。華月晴臨絃管夜，池花香澹芰荷秋。高堂日奉西王母，不假瑤京十二樓。

壽施尚白學憲

旗鼓中原早擅名，皋比日進魯諸生。帷開絲竹春風細，閣擁圖書夜雨清。伏枕三山來曲檻，高吟五字抵長城。多君語帶烟霞氣，矯首扶桑島嶼明。

華亭王封君胡孺人雙壽詩

九峯霞氣聚真人，海畔雙星介壽辰。令子陳情深愛日，高風偕隱遠飛塵。笙調緱氏山中鶴，脯擘方平座上麟。鳩杖板輿春未艾，清時歲月老閒身。

壽郭石公母夫人

竹西歌吹綺筵清，太守能成令母名。長日瓣香供繡佛，中宵絡緯伴孤檠。樽開醽醁籬花發，桂滿秋巖海月明。介壽喜當新捧檄，庭前五馬自縱横。

王太君壽詩

烏衣氏族羡蟬聯，江左羣推太母賢。絃管清宜秋月下，舞裳暖傍早梅前。宵看絡緯依燈火，座有仙人問海田。相國兩家傳舊德，懸知詠雪載新篇。

寄祝家兵憲叔父

溪山伏枕夢于于，介壽堂前列鳳雛。香暖檀槽頻顧曲，風迴銀燭笑呼盧。徑開自有陶潛菊，身退新成范蠡圖。月滿樓臺秋似水，清宵絃管在蓬壺。

送姜匯思侍御出赴南昌參藩

歲暮冰霜滿驛樓，美人惆悵去南州。殿廷猶自推遺直，鎖鑰居然擁上游。豐獄夜間牛斗氣，滕王閣外大江流。千年孺子清風在，高士須君下榻留。

壽鄒翁

裘馬光華動帝鄉，清風高宴鬱金堂。論交慷慨如朱穆，置驛風流過鄭莊。蘭卉晴薰花氣暖，檀槽醉擁漏聲長。翩翩令子王門客，醴酒頒來午夜香。

壽祝司農

老成謝政遠風塵，開國名尊第一人。貢賦九州歸地部，貂蟬七葉表勳臣。擁書雪照軒窗曉，種樹晴薰藥圃春。黄髮番番鶴骨健，儀形久已畫麒麟。

花朝飲半齋

接宇忘賓主，床前拜老龐。妻孥呼作黍，烟月迴臨窗。客醉添銀燭，花飛撲玉缸。一官頭漸白，攬袂壯心降。

送王弁伊學博

雙鬢儒官老，頻來坐夕曛。談天空稷下，知古問高君。暫醉中山酒，還看嵩少雲。薊門秋可戀，遲爾細論文。

壽張螺浮給諫母顧太孺人

帝城絲竹擁潘輿，鶴髮皤然麗日舒。慈母早勤忠孝訓，佳兒數奏治安書。盈尊蒲酒邀明月，過雨盆榴照彩裾。婺女星高東海上，蓬萊深淺近何如。

祝馮太公雙壽

德門累葉挹清風，江左誰過大小馮。漢代衣冠尊萬石，山居夫婦比龐公。書傳北固徵君鶴，人避西臺御史驄。孝子娛親憑翰墨，新聲譜入管絃中。

壽河内范太公

太行盤鬱見期頤，謝氏庭生玉樹枝。祝噎正當扶杖歲，稱觴喜及放梅時。地官祿養恩波重，野老逍遥化日遲。繞膝壎篪應並奏，花間響徹碧參差。

高似斗司寇饋舊瓷椀王襄璞方伯致朱魚數頭畜之几案燦然可觀炎熇頓清喜而有作

錦鱗吹浪弄湖光，誰使移來几席旁。遂覺波濤生海氣，俄驚風雨到茆堂。冰壺皎映花瓷薄，菱葉斜牽翠荇長。咫尺清寒消暑暍，漫將此樂問濠梁。

壽賓坻劉太公

海上稱人瑞，一經老獨傳。賓筵祝哽日，古禮杖鄉年。祕就黄金藥，閒吟《秋水》篇。乘驄看令子，舞袖自天邊。

庚子元夕石生總憲召飲出所藏法書名畫共觀賦謝

九天絃管散清都，良夜從君醉酒罏。映雪銀花飛玉案，當筵皎月上金凫。書傳曲水山陰序，技擅藍田別業圖。相對明燈頭共白，乾坤尚未解雕弧。

壽關年伯母

吳山真隱白雲封，有母能賢號女宗。早歲熊丸和柳氏，高堂鷄黍羨茅容。聯鑣射策科名貴，化日承顔樂事重。遥計板輿湖上好，駢羅絲竹緑醅濃。

壽高侍御母夫人

女宗名德古人俱，早撫艱難六尺孤。麗日清和娱素髮，繡衣直節著青蒲。慈闈舊卻魚粱鮓，庭樹新巢御史烏。孝子奉親同潁叔，君羹頒賜自天廚。

壽閩中蕭太公

閩海清修歲月長，少微今喜近文昌。史遷雙屐窮關塞，思邈千金授祕方。柏府聲名獨角貴，槐庭絲管百花香。使君愛日頻衣綵，帝里春風夜未央。

贈何誕登黃門

載石舟輕萬里餘，夕郎近拜紫宸居。歸從瘴海人無恙，宦就元龍氣漸除。嶺表久稱循吏傳，掖垣新頌諫臣書。迂疎鄉里慙先進，賴有芳蘭足起予。

祝諸暨余年伯雙壽

早年偕隱狎樵漁，門掩青蘿讀異書。荀氏弟兄干象緯，龐公夫婦愛山居。傳經繞膝蘭芽茁，課織高堂夜月虛。綸綍新頒雲五色，春風鼓吹動鄉閭。

魏辯若登第

詞場河朔早馳聲，廿載難忘車笠盟。新主正思收國士，故人今始振科名。鄭公遺笏臺衡貴，荀里占星象緯明。執憲中朝君介弟，莫將青紫負平生。

棠村詞

序

丁　澎

《棠村詞》者，大司農梁蒼巖先生之所作也。北地諸梁，蟬聯鵲起，猶漢代之有荀、楊，江左之有顧、陸。而笙簧三謝，偏重臨川；綺絝羣劉，共推孝綽。早已鼓吹騷壇，發揚詞苑，談藝之家，奉爲喬岱者矣。乃先生益弘損益之風，不遺緯艾之採。子期清節，喜附巨源；敬禮小文，見哀郎將。故恆峯旅寄，獲奉儀規。東山碁墅之暇，品及林泉；蘭亭禊飲之時，旁觀絲竹。蕉林屋底，每多紅杏之吟；藍尾樽前，共譜檀牙之奏。此《棠村》一編所由葺也。

諷唱之餘，敢爲論次。小令體貴纖穠，味歸輕婉，如奇葩春茁，殘英未飛；新篁夜舒，濕翠乍滴。冰紈𦅾錦之内，忽露隋珠；彫鎪錯采之叢，無非紫貝。長調才贍博而尚奇〔一〕，氣嘽緩以盡變。譬之箜篌雜引，緣子建以爭姸；琵琶曼聲，得季倫而倍逸。但使紅兒按節，繡帳徵歌，絳樹迴風，錦茵逞舞。襲其遺韻，在昔爲難，今也纏綿巧妙，不殊梅溪、石屋之間；韶秀清芬，直居待制、屯田之上。所謂玉釵羅袖，均有旨歸；杜若江蘺，竝深比興，固先生所獨詣也，詎僅邢子才紙貴京師、徐孝穆流傳異域而已哉？

僕更獲交先生之小阮治湄明府。來宰錢江，才同潘令，但種名花；清若胡威，曾無匹絹。獨手授先生新詞一卷，得卒讀焉。既無忝於《雅》、《頌》，亦粲溢於風人。昔瓊樓月冷，玉局終爲愛君；香徑燕歸，元獻因而薦士。先生振珮承華，人倫東國，發爲吟詠，原本性情。即以當《卷阿》穆如之頌、「山榛』彼美之篇，豈有異乎？洵盛世之音安以肆，非詞人之賦丽以淫也。詞學肇興，元聲未墜，舍先生，其誰與歸？

時康熙丙辰人日，西泠年後學丁澎敬題於扶荔堂。

【校記】

〔一〕『贍』，底本作『瞻』，據文意改。

棠村詞序

汪懋麟

歐陽公嘗謂：遭時之士，功烈顯於朝廷，名譽垂於竹帛，每視文章爲末事，而又有不暇與不能者焉，故有事業者不必有文章。而窮居隱約失志之人，每感激發憤，一寓於文辭。甚矣，二者之難兼也！然從來得志於時者，不盡勞心以爲人也。試觀晨而興、暮而息，皆悉心於天下國家之大乎？抑別有所以耗吾神而勞吾形者耶？是不能者固有之，以云不暇，則未也。

今大司農梁公領尚書事垂二十年，功名既赫奕矣，猶篤學不倦。每退食，卽簾閣靜坐，嘯詠自娛。所著詩古文，海内傳頌已久，間爲小詞，必奪宋人之席。每一篇出，藝林競相傳寫，何暇且能歟！而人或謂公得時行道，文章在史館，政事在天下，安用此小技爲也？懋曰：不然。昔晏元獻、歐文忠爲宋名臣，其所建樹與所著作，自古罕匹，而《珠玉》、《六一》之詞，歌詠人口，至今不廢。蓋大君子之用心，不汩汩於嗜欲，政事之暇，寄閒情於詞賦，性情使然也，夫何害？

先是，松陵徐子電發梓公《棠村詞》一卷，俱收散佚於屏素紈扇間者，惜未窺全豹。近公小阮冶湄復請公新舊諸作，合龔大宗伯《香嚴詞》、吳祭酒《梅村詞》並行於世。以懋受業於公，屬爲序。顧余小子，自通籍以來，方困辱於趨走，憂愁鬱積，殆歐陽公所謂窮者也。夫窮者之言固宜工，而亦復鹿鹿不暇以爲。則兼而有之者，不愈難哉！不愈難哉！

康熙癸丑夏月，江都受業汪懋麟拜撰。

詞話

龔鼎孳　宋琬　等

龔芝麓鼎孳曰：《棠村》旖旎纖靡，宛似《花間》；其芊綿俊爽，則又《草堂》之麗句也。洵當排黃軼秦，駕周淩柳。電發以僕《香嚴詞》並行，糠粃謬揚，竊有子魚龍尾之嘆。

宋荔裳琬曰：蒼巖先生襟期瀟灑，意度廓落，大似坡仙。初夏，僕將往蜀，同芝麓諸公讌集梁家園。伶人演僕所編《祭皋陶》雜劇，座上各賦《蝶戀花》一闋。蒼巖有『舊事甘陵』、『今昔關情』等句。水漲花明，酒酣燭跋，使倩袁絢歌之，應爲雪涕。

許竹隱虬曰：范文正『長烟落日孤城閉』，雖覺淒惋動人，然詞旨蒼涼，多道邊鎮之苦，歐陽永叔目爲『窮塞主』，宜矣。未若《棠村》春雍和雅，有鈞天廣樂氣象也。

王阮亭士禛曰：『「紅杏枝頭春意鬧」尚書』，當時傳爲美譚，吾友公㦷極歎之，以爲卓絕千古，然實本『花間暖覺杏梢紅』，特有青藍冰水之妙耳。《棠村詞》從無一語襲前人者，山谷謂東坡非喫人間烟火，僕於蒼巖夫子亦云。

王西樵士祿曰：司農詩格雄渾，酷似少陵；詞復婉約儇豔，雕組天然。楊用修云：『詩聖如子美，而集内填詞無聞；少游、幼安詞極工矣，而詩殊不强人意。』恐讀《棠村詞》者，未以用修爲通論也。又曰：耆卿『殘蟬向晚，聒得人心欲碎』，是寫閨中秋怨也；梁棠村《春雲怨》詞『疎燈薄暮，又一聲歸雁，飛來平楚』，是寫閨中春怨也。各自極其情致。

尤悔菴侗曰：僕嘗客恆山，蒼巖公出家伎奏樂，僕於座上演《清平調》雜劇，卽令小鬟歌之，音節諧婉。公呼酒命醉，幾於履遺纓絕。今讀《棠村》諸闋，猶覺柔情似水，令人思『小紅低唱我吹簫』也。

顧梁汾貞觀曰：評書者有言：『唐人以法勝，宋人以意勝，惟晉人韻勝，非法與意可到。』詞如《棠村》，纔當得一『韻』字。質之先生，定不以斯言爲煩。

宋旣庭實穎曰：晏元獻清詞麗句，上逼李唐，一時賢士大夫如范仲淹、歐陽永叔輩，皆出其門，遂推爲《草堂》鉅公。今蒼巖先生勳業文章，光耀史冊，而閒爲小詞，亦復贍麗，庶幾元獻差堪比擬，若韋莊、馮延巳之流，瞠乎後矣。

陳其年維崧曰：棠村《望江南》調云『欲寫烏絲嗔燕子，將輸楸局倩猧兒』，較前人『無可奈何花落去，似曾相識燕歸來』，真堪伯仲。

周雪客在浚曰：司農公奉使嶺南，於兵戈豺虎中，倚棹停驂，啣杯刻燭，其長短句沉雄綺麗，不減坡公海外。廣陵鄧孝威云：『春風油幕夜搊箏，喚出柔奴劇有情。一別珠江烟雨暗，鷓鴣啼煞五羊城。』吳江徐電發云：『過嶺新詞喜乍攀，海天歸棹泣烏蠻。尚書自愛蕉林好，飽看倪迂數尺山。』二詩俱足道公瀟灑絕塵之致。

宗梅岑元鼎曰：《棠村詞》窮極雕鏤而天然藴藉，自不使秦、柳獨步。

毛大可甡曰：或問《香嚴》之妙，曰：雄放處時見偉觀。問《棠村》之妙，曰：旖旎時亦屬本色。

龍二爲光曰：蒼巖夫子過嶺諸詞，似從花田擷秀，覺翠羽明璫，交相映發。昔人謂文章得江山之助，小詞亦云。

周鷹垂綸曰：司農《蕉林詩集》雄渾流麗，在北地、信陽以上。濫入小詞，不乏寵柳嬌花之致，知才人正未可量。今冶湄與菊莊先後校梓，使經商緯羽之士，咸取則焉，誠詞苑功臣也！

徐方虎倬曰：《梅村》清婉，《香嚴》瑰麗，《棠村》纖穠，家弟電發欲合三先生詩餘行世，真堪鼎峙騷壇。

葉元禮舒崇曰：寇平仲、范希文非不冰心鐵骨、名垂宇宙，而小詞皆盡態極妍。今司農夫子名位德望髣髴二公，長短調亦爾，纏綿旖旎。故知廣平《梅花》，正自無礙，不必嫁名河陽書記也。

方渭仁象瑛曰：司農夫子負公輔重望，與富、歐、韓、范爲匹，尤喜汲引寒畯，與草茅之士賡倡。讀其寄酬松陵徐電發諸詩詞，蘆中人一齊感泣。

曹掌公鑑平曰：今人覩工緻綺靡者，輒曰《花間》致語；覽婉孌流動者，輒曰《草堂》麗句。雖刻畫摹擬，猶去一塵，以神韻未到耳。今試置《棠村》諸作雜《花》、《草》間，尚能復辨否？

陸藎思進曰：《棠村》極穠豔而無綺羅薌澤之態，所謂生香真色，人難學也。

棠村詞

點絳唇　偶贈

歌按涼州，燈前喜識春風面。傍誰庭院。碧玉閨中怨。　淡服新粧，無語頻凝盼。思量徧。幽情一線，付與閒花片。

念奴嬌　送家光祿兄北上

西山蕙爽，堪拄笏、飄墜井梧一葉。門外驪駒爭祖道，分序雁行南北。十載親闈，兩悲風木，種種顛毛白。老成高臥，靜看車馬心折。　正逢乞巧針樓，天孫會合，惆悵人間別。主聖時清須一出，豈得久淹泉石。事了拂衣，功成身退，早遂漁樵業。雕丘無恙，韓溪同泛烟月。

滿江紅　棠村賞牡丹〔一〕

春草孤村，茅亭立、老槐如昨。香滿院、名花傾國，臨風綽約。三徑纔開佳客至，一樽細雨同斟酌。嘆十年、宦海歷風塵，空眈閣。鍾鼎業，波濤惡。林壑裏，無拘縛。趁日長體健〔二〕，留連芳萼。屋角遠山青欲滴，溪邊釣艇魚新躍。看眼前、世事謾關情，秋雲薄。

【校記】

〔一〕『棠村』，留松閣本、名家詞鈔本作『柏棠村』。

〔二〕『體健』，名家詞鈔本作『人健』。

喜遷鶯　夏日〔一〕

蕉林雨歇。正寶篆香溫，瓶荷芳徹。棐几攤書，湘簾伏枕，愁煞利名場客。消受薰籠茶椀，閒度草間飛蝶。最愛是，傍蕭蕭疎竹，林梢新月。　淒切。關情處，遠樹蟬聲，又值清秋節。白墮三杯，紅綃一曲，說甚濟時豪傑。小構數椽茆屋，圖畫琴尊羅列。且白眼，任花開花落，陰晴圓缺。

【校記】

〔一〕留松閣本、名家詞鈔本題作《夏日遣興》。

點絳唇　初秋

急雨空階，西風乍入簾櫳曉。秋葵開了。掩映疎籬小。　夢醒黄粱，萬斛愁如掃。長安道。驅馳人老。都付閒花草。

卜算子　閨曉

寶鴨被重薰，茉莉香先透。兩兩鴛鴦宿碧紗，私語人知否。　夜雨裊殘燈，朝露沾羅袖。怪煞開奩促曉粧，好夢濃如酒。

如夢令　秋夜

露下秋宵方永。睡起殘粧猶靚。攜手步虚檐，人面月華相映。絕勝。絕勝。小立滿身花影。

南鄉子 柳村〔一〕

近郭遍青疇。深柳孤村杜若洲。菡萏自開還自落，悠悠。野水閒雲泛白鷗。斜臥綠陰稠。瓜種東陵覓故侯。小阮柴扃留夕照，颼颼。蟬咽西風滿地愁。

【校記】

〔一〕留松閣本題作《柳村小憩》。

念奴嬌 秋日仍疊前韻〔一〕

十年京國，空孟浪、解組一身如葉。浩蕩涼飆來木末，霜滿滹沱河北。俛首浮名，驚心世路，回想頭堪白。書生傲骨，腰圍寧使輕折。拚取潦倒詞場，醉眠錦瑟，揮手紅塵別。茅屋三間容膝了，何必平泉奇石。雨笠雲蓑，閒花野草，管領幽人業。江山無盡，莫教辜負風月。

【校記】

〔一〕留松閣本題作《遣興》。

前調　家光禄西盧習静再疊前韻

繁英過眼〔一〕，看古今得失，浮雲飄葉。暑往寒來駒隙影，早見塞鴻辭北。槐國無喧，漁村高枕，忍負洲蘋白。東華翹首，羊腸空嘆千折〔二〕。聞説重理蒲團，再安丹竈，不與家人别。況有玉清堪共隱，奚用受書黄石。蕉露研朱，松風啜茗，勾當山居業。他時出訪，杖藜同踏蘿月。

【校記】

〔一〕「繁英」，留松閣本作「繁華」。

〔二〕「腸」，底本漫漶，據初刻本補。

行香子　登齋中小樓

霧斂高旻。樓敞無塵。捲殘霞、恰受斜曛。俯憑飛檻，遠眺城闉。看花如繡，山如沐，草如茵。緑窗窈窕，碧樹繽紛。傍朱欄、怪石嶙峋。奇書堪把，濁酒重斟。喜冬宜雪，秋宜月，夏宜雲。

如夢令　題畫扇

一夜西風輕剪。小院幽花初綻。芳沼立蜻蜓，掠水飛來庭畔。閒盼。閒盼。秋到江南深淺。

蝶戀花　秋夜

御袂涼生衣袂早。雁宿沙洲，處處開紅蓼。月滿關河凋塞草。一聲玉笛征人老。　促織催寒秋思好。剪燭西窗，嘆息知音少。倚杖登樓恣遠眺。白雲片片西山小。

南鄉子　秋夜小飲

秋草泣寒螿。樺燭高燒映瑣窗。婉轉歌聲雲自駐，悠揚。拚醉佳人錦瑟傍。　新月照空廊。仰視明河更漏長。萬事閒中堪一笑，何妨。脫帽呼盧老更狂。

滿庭芳　中秋

細雨纔收，浮雲乍斂，西風捲霧初晴。香飄桂子，秋草滿閒庭。入夜冰輪當午，小樓外、碧巘縱橫。微茫裏，萬家燈火，樹色瞑烟平。　氍毹紛舞袖，紅牙按拍，小婦鳴箏。任玉繩低轉，客醉沾纓。十載東華舊夢，回首處、心悸神驚。趁佳節，空明如洗，坐待月華生。

望江南〔一〕　秋夜小飲

秋色好，檐外晚涼天。弈罷一樽攜翠袖，綠窗纖手弄冰絃。二八正韶年。　秋色好，莫問夜何其。風月蹉跎人老大，十年心事鷺鷗知。燈灺酒闌時。

【校記】

〔一〕詞牌『望江南』，留松閣本作『雙調望江南』。

永遇樂　九日

籬菊凝霜，井梧零露，雁飛平楚。何處秋聲，小庭淅瀝，無奈情千縷。登高送目，手把茱萸，生受澹烟疎雨。嘆良時、幾年虛度，總付東華塵土。　古今得失，人生聚散，渾似落英無數。戲馬臺空，龍山帽冷，風月還如許。閒抛書帙，笑引清樽，看取綠窗眉嫵。莫更使、愁蜂怨蝶，香寒別浦。

前調　戲擬催粧

簾閣香溫，藍田烟暖，小春時節。河鼓初臨，天孫將渡，鵲報人間匹。鳳臺許跨，鸞膠重續，自笑溫郎非昔。對冰清、人慚叔寶，爭道門闌氣色。　鴛鴦翼並，芙蓉繡隱，珍重定情佳夕。廡下齊眉，《五噫》成咏，舉案傳先澤。鹿車共載，丹厓偕老，歲歲歡如今日。好倩語、新粧早試，遠山黛碧。

絳都春　上幸真定恭賦

霓旌羽葆。看玉勒飛塵，翠華臨早。雨灑郊原，風靜天街開馳道。紅雲晝護龍旂曉。黃衣是、聖人年少。萬家環擁，千官拜舞，共瞻奇表。　非小。名城三輔，人何幸、得覩天顔微笑。獵罷長楊，月色甲光寒相照。殘星夜角營門悄。恩浩蕩、村墟無擾。雪中黃竹歌成，爭傳睿藻。

江城子　書屋新成

蕉林新館舊槐風。日初紅。上簾櫳。棐几藜牀，窈窕綠窗中。曲曲欄干花徑小，誰是主，有盧鴻。
樓頭虛敞月溶溶。淡烟籠。遠山峯。客至開樽，隨分兩三鍾。恩賜閒居容懶漫，身外事，任天公。

漁家傲　閒居

朝霽窺窗三徑曉。草堂晝靜聞啼鳥。插槿編籬隨意好。雲自到。落英一任西風掃。　啜茗攤書塵事少。開殘黃菊寒偏早。蟻戰蜂圍何日了。青門道。回頭不滿山人笑。

滿庭芳　觀女伶演淮陰故事

絳燭清宵，彩雲華館，蠻腰細舞迴風。嬋娟忽變，繡襖染猩紅。鎖甲豔分雪色，兜鍪小、雙頰芙蓉。氍毹映，將軍紅粉，錦繖黛眉同。　登壇當日事，衣冠優孟，寫出偏工。嘆英雄佳麗，一樣飄蓬。飛絮落花舊恨，誰憐取、桃李春穠。乘月夜，衣香人面，莫放酒杯空。

望海潮　鎮陽懷古

雄風河朔，燕南都會，名城古説中山。帶遶滹沱，屏開恆嶽，連營劍倚青天。主父故宫閒。霸圖嘆灰劫〔一〕，鹿走邯鄲。璧返相如，墳高頗牧，總荒烟。　軍聲成德當年。有北潭舞榭，趙苑歌絃。菡萏送香，菰菱映水，秋來依舊爭妍。衰草冷平原。信陵立功後，結客空傳。戰壘烏啼，笛吹關戍夕陽寒。

【校記】

〔一〕「霸圖嘆」，留松閣本作「嘆霸圖」。

清平樂　西村

場空禾黍。終歲田家苦。脱卻朝衣耕瘠土。閒逐樵歌漁鼓。　溪翁提挈兒孫。騎驢買醉前村。野外人家如畫，柴扉燈火黄昏。

柳初新　冬詞

晴簷飛雪簾櫳護。翠被篆添香縷。海棠睡足，臉潮微暈，釵落鬟横斜霧。紅上瑣窗如許。惱侍兒、催人怱遽。纖手牽郎且住。怯朝寒、枕傍低語。眉心頻蹙。楚腰半嚲，不盡怨雲愁雨。欲起又同偎倚，最難聽、鸚哥聲絮。

浪淘沙　閨詞

日影舊窗紗。晝靜藏鴉。東風謹護牡丹芽。珠箔深深垂綺户，便是兒家。　嬌小鬟雲斜。暗度韶華。春愁不減臉邊霞。繡得雙鴛新畫譜，並蒂荷花。

一剪梅　同前

宛宛冰輪上畫樓。聽罷更籌。薰罷衾裯。畫眉人是舊風流。對面溫柔。背面嬌羞。　雙結燈花兩意投。一晌低頭。半晌迴眸。玉猊烟冷睡還休。倚了香篝。褪了蓮勾。

訴衷情 詠蓮

猩紅弓樣試風流。貼地軟香浮。淩波巧籠纖笋，錦幄倍清幽。　蓮折瓣，月微鉤。玉溫柔。苔痕池上，泥印花間，塵跡樓頭。

滿庭芳 寄酬申凫盟次原韻

河朔才名，傳家忠孝，詞場共羨陰何。故人紈扇，贈我惠風多。別後停雲一載，遙山矗、馬服嵬峩。燭花剪，西窗雞黍，悵望阻滹沱。　荊扉嘗晝掩，老漁相逐，雨笠烟蓑。任世情翻覆，衮衮頹波。懸想洺醪已熟，高臥處、對酒當歌。擬他日，滄浪攜手，長嘯踏青蘿。

霜葉飛 冬日寄懷杜子静

小齋寒冽。疎燈燼，故人夢牽梁月。貧交管鮑等輕塵，嘆世情非昔。極望裏、五雲清切。雙魚頻寄田間客。看今古茫茫，問誰是、市中屠狗，西州豪傑。　猶憶祖帳青門，河梁抗手，不數《陽關三疊》。歸來松菊未荒蕪，已自甘鳩拙〔一〕。霸陵老、豈因人熱。當年對酒燕山雪。悵離羣、回首處，碣石風高，滹沱冰結。

【校記】

〔一〕「甘」，留松閣本作「合」。

望江南　蕉林

風習習，小院午陰稠。鵶帶斜陽清影亂，夢回踈簟碧烟浮。疑坐晚山秋。

前調

春晝永，爛熳賞花時。風動紫英雙蝶繞，香凝翠幄早鶯知。人立夕陽遲。

前調

桐初引，清露綴枝斜。黃鳥啼殘窺畫檻，玉蟾影轉上窗紗。偏稱一闌花。

前調

秋滿閣，躡屐望遥空。趙苑烟花城闕柳，玉屏山色佛樓鐘。半在月明中。

前調

朝捲幔，紅日照前楹。窗色弄晴來燕子，檐花飛片落棋枰。竹裏沸泉聲。

前調

雲漠漠，怪石碧苔斑。長揖顛來同海岳，解醒貴不數平泉。秋入小湖山。

前調

羅浮夢，寒夜醉春杯。高士雪中疎影瘦，美人月下暗香來。東閣幾枝開。

前調

齋似舫，窗外雨瀟瀟。彷彿櫂移湘水曲，溟濛客渡洞庭潮。一半在芭蕉。

錦纏道 初度

冰雪柴門，寂寞歲寒時候。跳雙丸、懸弧今又。風塵澒洞人非舊。剩得閒身，浪逐烟波叟。

嘆種種顛毛，不堪回首。春釀熟、好烹羔剪韭。佳人翠袖殷勤，且主盟花月，漫說經綸手。

玉燭新 己酉元日

雪晴開曙早。看偏布王正，條風拂曉。輕烟麗日，椒觴煖、共說豐年佳兆。春衣兒女，喜得歲、樽前頻繞。山中臥、擊壤清時，追隨牧童村老。

回思當日先皇，正頒賜天廚，雲和縹緲。大酺同慶，陪鴛鷺、每近龍顏歡笑。孤臣無狀，此際包容非小。今何幸、放逐滄浪，尚安覆幬。

東風齊著力　立春

郊外青幡，盤中生菜，人樂時康。惠風布滿，春水瀉橫塘。競戲魚龍角觝，朱樓上、小婦笙簧。映釵色，剪花綵燕，香裛羅裳。莫問鬢邊霜。百年內、能消幾個歡場。黛眉巧畫，半醉倚銀缸。肯負籤聲燭影，酬良夜、細與平章〔一〕。喜公道，不分冷煖，惟有東皇。

【校記】

〔一〕『與』，留松閣本、名家詞鈔本作『語』。

水調歌頭　寄懷王敔哉先生

椒酒催殘臘，綵勝鬬新妍。回首青門分袂，離別再經年。遙想柳堂深處，春夕燒燈嘉會，酬和白雲篇。記憶山中客，頻爲寄魚箋。　香一縷，書數卷，只高眠。當時忝竊師門，同學又同官。君近九重天上，我在北潭池畔，相望各風烟。何日重攜手，身健且加飡。

燭影搖紅　十四夜〔一〕

綺戶寒輕，千門不閉樓臺晚。麗譙吹歇罷葳蕤，九陌香塵滿。何處簫聲近遠。試華燈、春風庭院。閒身天許，遊冶場中，留連歌管。　暗想當年，團圞兒女清宵宴。翠眉低唱漏聲沉，絳燭西窗剪。此夕人移物換。頻搔首、霜侵鬢短。月明依舊，火樹光搖，星橋烟暖。

【校記】

〔一〕留松閣本、名家詞鈔本題作《正月十四夜》。

綺羅香　十六夜

曉雪纔晴，華燈再耀，粧點春城如畫。一刻千金，欲買良宵無價。曲闌倚、檀口瑤笙，六街騁、玉鞭驕馬。氣氤氳、飛霰雕簷，銀花釵色光相射。　繡窗眉嫵試看，似昔年京兆，風流重話。焰吐芙蕖，處處酒旗歌榭。橋邊女、笑倩人扶，笛裏梅、落來堪把。拋紅豆、誰結同心，趁蟾蜍漸下。

小重山　清明

春水溶溶寒食天。王孫芳草綠、上風鳶。深閨簾幕玉鉤閒。人何在、一半傍鞦韆。　堤外打榆錢。酒旗頻駐馬、杏花烟。鶯聲囀出畫樓前。牢記取、年少有金丸。

玉女搖仙佩　暮春東郊泛舟

長堤柳影，綠滿東郊，十里芳湖如鏡。舉網烹鮮，行廚載酒，重續當年佳興。風月誰偏領？況主人情重，肯虛妍景。早尋取、青鞵布襪，正是姚黃魏紫相映。無奈遇知心，嬌小情癡，勾人酩酊。　憑仗蘭橈畫槳，簫鼓中流，瀲灩素波千頃。韋曲勝遊，旗亭嘉會，今古風流堪竝。城角樓烟暝。怎消得、杜牧疎狂心性。趁落日、仙舟容與，佳人拾翠，春將去也，君須省。好留待夜珠光迸。

玉蝴蝶　棠村看牡丹

報道西村花發，春風一夕，香滿疎闌。載酒攜筐，亭畔淡淡雲烟。弄輕陰、新篁院宇，翻翠浪、綠野平田。草芊綿。花名傾國，蛺蝶蹁躚。　留連。芳郊細馬，紅粧垂袖，一笑嫣然。銀甲調箏，幾多心事入眉彎。豈相逢、琵琶江上，渾不讓、棋墅東山。耐人看。斜陽松影，倦鳥知還。

鳳凰臺上憶吹簫　憶遠

絲裊垂楊，烟迷芳草，攜樽猶是春遊。憶去年此日，花徑風柔。喜得嬌姝相伴，移小步、泥印蓮勾。吹笙罷，纖腰倚樹，一笑回眸。　難留。彩雲忽散，人一去新來，冷落歌喉。奈關河迢遞，燕語空樓。唯有孤村殘照，畫橋畔、野水東流。停杯處，憑闌望遠，白了人頭。

浣溪沙　春閨

深院鞦韆繡帶輕。衣沾香汗玉釵橫。最憐節氣近清明。　怕見落英春欲暮，倦開翠幌夢頻驚。碧桃花下戲調鶯。

夏初臨　初夏

蔽日初槐，啼花嬌鳥，疎籬漸長新篁。永晝人閒，薰爐細細焚香。謾誇世路名場。遠風波、碧簟清涼。蝶鬚墜粉，魚吹蘋末，鶯弄笙簧。　好書堪把，苦茗頻斟，湘簾半捲，燕子飛忙。香閨雙陸，倦來午夢偏長。小立斜陽。映紗廚、笑看殘粧。耐平章。無邊風月，自在年光。

減字木蘭花 齋中微雨

綠窗纔啓。雨過苔青階似洗。咫尺烟霞。風動朱闌芍藥花。　夢回如醉。人語驚殘鸚鵡睡。三徑誰開。籬外多應二仲來。

醉花陰 臨濟村賞薔薇

臨水柴門槐影護。只合幽人住。籬落帶斜陽，一架薔薇，習習香風度。　綠陰碧蘚開樽處。客醉忘歸去。遠樹杜鵑啼，溪靜林深，疑是江南路。

雨中花〔一〕 聽雨

百尺樓中香一縷。夢乍醒、莊生栩栩。棲半畝烟雲，幾竿修竹，咫尺瀟湘浦。　趺坐垂簾渾不語。聽淅瀝、落英無數。怪風裊孤燈，涼生衫袖，多是芭蕉雨。

【校記】

〔一〕『雨中花』，留松閣本下有『第四體』三字。按：即《欽定詞譜·雨中花令》第十格。

滿江紅　夏日江南陸恂若過訪留飲〔一〕

小隱柴荊，有嘉客、遠尋茅屋。侵屐齒、檻橫浮翠，砌添新綠。帝里舊遊蝴蝶夢，田間今和漁樵曲。此幾年來、世事嘆浮雲〔二〕，多翻覆。　槐風起，涼生粟。雷雨過，花如沐。且論文把酒，更開棋局。夕莫愁銀箭急，明朝又向紅塵逐。問東籬、菊綻可重來？村醪熟。

【校記】

〔一〕『江南』，留松閣本作『晉陵』。

〔二〕『嘆』，留松閣本作『似』。

漁家傲　雨後

小雨纔收風謖謖。修篁交響闌干曲。澄湛一泓鸂鶒浴。酣睡足。鳥啼疑傍山家宿。　蕭灑閒階桐覆屋。花開花落無拘束。門外任他車馬簇。人新沐。鬟雲低映窗紗綠。

念奴嬌　夏夜

涼侵疎簟，看星河漸轉，頻催城柝。百合香匀新浴罷，月照殘粧綽約。紈扇初停，冰肌無汗，重試羅衫薄。花陰攜手，一枝輕罥釵落。

聞道世態浮雲，長安棋局，俯仰成今昨。人在瑶臺清露下，消受藤牀珠箔。横笛高樓，鳴蟬滿樹，塵事渾抛卻。西風轉眼，又驚吹到簾閣。

踏莎行　西郊觀荷

高柳蟬聲，遠山霽色。田田菱葉呈秋碧。陂塘咫尺隔紅塵，荷香不傍紅塵客。

露綴蒲桃，風行几席。稻花開處黄雲結。漁村荻浦是吾家，十年噩夢同君説。

菩薩蠻　花間雙蝶

人間清晝抛書立。緑陰深處蟬聲急。一樹紫薇開。翩翩引蝶來。

籬邊相逐舞。摹作滕王譜〔一〕。槐老入新秋。西風蝶也愁。

【校記】

〔一〕『王譜』，底本漫漶，據初刻本補。

滿庭芳　立秋

茆屋三間，槐庭一葉，金風乍入繩牀。年年此際，涼思滿奚囊。廿載黄粱夢境，一撒手、轉眼荒唐。閒消受，幽花文蜨，秋水玉簪香。　商量。喜計日，東籬綻蕊，紫蟹迎霜。問誰家新醪，早熟先嘗。萬事休教挂齒，驚魂魄、利鎖名韁。登高處，遠山蕭颯，孤雁度斜陽。

如夢令　家弟送蝶至

蝴蝶東家交映。捉送蕉林三徑。驚醒老莊周，來弄碧陰晴景。偏勝。偏勝。點綴竹籬秋影。

滿江紅　題柳村漁樂圖用呂居仁韻

萬柳藏村，人家住、白鷗溪曲。但編籬插槿，結茆爲屋。門外淺汀清似練，窗前抱膝人如玉。雨纔收、蕩漾兩三舟，衝波緑。　堪對酒，陶潛菊。宜嘯詠，王猷竹。羨漁翁婦子，何榮何辱。畫閣朱門彫謝了，浮家泛宅隨時足。只一竿、明月不須錢，烹魚熟。

桂枝香　中秋

西風簾幕。看花影移階，蕉陰綽約。三五良宵正永，小羅杯酌。三年幸訂漁樵侶，伴閒雲、輕鷗孤鶴。鹿門夫婦，竹溪賓友，柴桑籬落。任清露、涼侵袂薄。對扶疎叢桂，此景非惡。漸斂浮雲，夜半月臨虛閣。庾樓人坐冰壺裏，欲乘鸞、飛向寥廓。且拚盡醉，休論塵世，受他羈縛。

金縷曲　九日

風雨開茅屋。報昨夜、東籬纔放，一枝黄菊。再度重陽柴桑里，過酒鄰牆非俗。好受享、燈青樽緑。身健喜逢佳客至，把茱萸、仔細看何足。貪漏永，剪樺燭。　高樓已縱登臨目。最關情、遥峯疊翠，澄溪拖玉。老去悲秋蕭蕭髮，魂夢偏宜鄉曲。況幾陣、霜鴻南逐。天上故人頻勸駕，奈山中、猿鶴憐幽獨。誰更解，清閒福。

念奴嬌　贈魏蓮陸年兄並祝初度

紙窗茆屋，有先生抱膝，小門迴折。荒徑全縈書帶草，牀上凝塵滿席。五馬歸來，三間高臥，獨耐袁安雪。蕭然環堵，豬肝肯使輕説。　聞道初度佳辰，牆頭過酒，剪燭招狂客。萬事何如杯在手，莫問新來華髮。栗里琴樽，龐公夫婦，歲歲娱泉石。故人寒邸，夢留齋畔涼月。

玉漏遲　閨思

篆烟消錦幄，愁中又聽，漏聲催早。卸罷殘粧，繡被暗生寒峭。想像前宵好夢，剩瘦影、蘭缸相照。燈暈小。雁鴻報到，歸人猶杳。　消息試探梅花，待漏洩春光，可同歡笑。欹枕釵横，畫樓幾番慵眺。一紙音書寄語，問白髮、近添多少。奩鏡悄。眉峯爲誰頻掃。

滿江紅　高司寇召飲園亭賦謝

司寇風流，歸來築、柳塘花屋。簾半捲、西山烟靄，北堂絲竹。洛下耆英年齒會，翠眉低唱顔如玉。論人間、底事最關情，芳樽緑。　敦交誼，羞流俗。憐旅客，忘榮辱。醉良宵燈火，舉觴相屬。已下青衫司馬淚，寧堪重顧周郎曲。顧同君、攜手混漁樵，何僕僕。

憶秦娥　上谷懷古

狗屠燕市風流絕。荒田督亢飛殘雪。飛殘雪。悲風落日，古今銷歇。　濤聲咽。蕭蕭亭照金臺月。金臺月。千年易水，爲誰寒熱。

慶春澤　觀雪

曉幕飛花，同雲做冷，開簾舞雪紛紛。手把殘書，寒烟晝閉閒門。茅堂高士猶僵臥，有幾人、驢背孤村。想朱樓，綠鬢相偎，笑引芳樽。　當時氣暖蘭釭夜，儘溫柔鄉裏，私語殷勤。憔悴今宵，旅燈伴我黃昏。雁鴻屢爽刀頭約，問腰肢、又減三分。擁香衾，欲訴梅華，誰與溫存。

千秋歲引　除夕

客舍東風，高城夜角，燈火千家閉樓閣。誰將物華粧點就，偏遺旅況寒如昨。頌椒篇，屠蘇酒，成差錯。　聞說笙歌歸院落。聞說畫堂垂繡幕。爆竹聲聲總蕭索。浮蹤滯留殘臘後，音書悔訂春前約。夢兒中，枕兒上，休忘卻。

應天長 元日

彩雲曉陌，紅燭畫樓，春風旅中偷度。椒帖桃符，一樣晴光遍朱戶。香焚後，簾捲處。屢極目、小橋歸路。遇佳節，素髮蕭然，恁般情緒。歲酒讓誰舉。無限韶華，忙裏暗來去。芳草又生，惆悵王孫自朝暮。人何遠，情半悞。彷彿憶、去年新句。問今日，故里陽春，可還如許。

魚遊春水 立春〔一〕

東風開曉市。晴照金臺雲氣紫。春來天上，巷陌漸薰羅綺。玉燭長調禁苑中，錦韉爭試香塵裏。吹笛一聲，畫樓獨倚。三輔名城高起。又見鬢邊新燕子。青幡兼遇燈宵，韶光信美。閨人劃損釵頭鳳，羈客愁傾樽內蟻。歸夢如醒，流年似水。

【校記】

〔一〕留松閣本、名家詞鈔本題作《上谷立春》。

花心動　元夜

上谷風和，夜溶溶、香車六街闐咽。燈火朱樓，絃管清樽，共賞太平佳節。誰家少婦簾櫳裏，喧笑語、綺羅輕揭。客懷亂，敝裘獨擁，小門殘雪。　閒把年時細說。儘玉漏聲沉，鳳簫吹歇。樺燭春闈，眉嫵紗窗，蘭麝繡幃頻爇。無端辜負鴛鴦夢，郎山畔、冷衾如鐵。酒醒處、星橋淡烟斜月。

滿庭芳　再疊前韻答申鳧盟〔一〕

三載傷離，一丘甘老，名山近業如何。孤臣再錄，慚負主恩多。忽爾驚心投杼，空翹首、雙闕嵯峨。春將半，浮蹤久滯，鄉夢遶滹沱。　良朋重念我，齊紈麗句，來自烟蓑。奈縈眸家岫，行矣風波。舊日酒壚客散，燕市裏、曾否悲歌。關情處，伊人宛在，殘月滿青蘿。

【校記】

〔一〕清抄本題作《酬申鳧盟見寄》。

帝臺春　春懷

晴日炙。雪初消，池水碧。遊鯉負冰，好鳥窺人，閒愁增劇。追憶年時香閣裏，攜手看、故山春色。奈而今，惱亂東風，偏吹孤客。　春猶昔。渾暗擲。人咫尺。何從覓。嘆陌上青青，又生芳草，薄暮綠烟如織。湖海氣難一旦減，兒女淚已千行滴。漸近了花朝，怕重提寒食。

越溪春　高司寇召飲演秣陵春新劇〔一〕

二月鶯啼風日麗，蔣徑暫開扃。主人情重傾杯斝，剪燭花、奏出新聲。太史填詞，秣陵春色，司寇園亭。　風流雙影分明。搬演小秦青。麗譙三點四點漏滴，華堂斗轉參横。多難一身行樂地，俯仰欲沾纓。

【校記】

〔一〕『新劇』，清抄本下有『賦謝』二字。

謝池春　花朝

趙苑烟霏，青入春山如畫。嘆無端、釣綸收罷。輕寒輕暖，看晴郊車馬。那堪酬、好天良夜。朱門綺戶，處處鞦韆高挂。鬬新粧、東風簾下。花朝孤邸，怕酒闌燈灺。何時向、成都占卦。

生查子　春閨

河梁別妾時，落葉紛庭樹。春草已芊芊，不見嘶驄馬。　鸚鵡未知愁，絮語將人罵。小步怨東風，掩淚秋千下。

蕙蘭芳引　高司寇春夜召飲出伎佐酒（二）

小圃煖風，飄衣袂、水仙香馥。開讌出紅粧，燈碧正宜黛綠。客懷無賴，頻淚墮、相思新曲。任麗譙漏歇，永夕淹留絲竹。　北海樽罍，東山聲伎，此日堪續。喜雙袖殷勤，消遣離愁萬斛。狂言驚座，誰憐杜牧。空耐他、孤枕夢回殘燭。

【校記】

〔一〕『佐酒』，清抄本下有『賦謝』二字。

滿庭芳　城南泛舟

城繞春流，堤藏蕭寺，人家半倚晴溪。輕風暖日，布穀數聲啼。一棹船如天上，關情處、岸草萋萋。空回首，故園柳色，烟景望中迷。　依稀。想此日，清明近也，桃杏開時。嘆蹤跡蹉跎〔一〕，物換星移。舉網鮮鱗入手，開笑口、聊醉春巵。酒闌後，斜陽駐馬，目斷畫橋西。

【校記】

〔一〕『蹤跡蹉跎』，留松閣本、名家詞鈔本作『蹉跎蹤跡』。

憶王孫　春雨

寒烟暝色亂清樽。嚦嚦虛窗旅雁聞。暮角聲催斷客魂。一燈昏。細雨孤城盡閉門。

燕春臺　飲來青園故侍御劉君別墅也

碧草孤村，青蘿三徑，輕陰早散樓臺。金谷繁華，而今半委蒿萊。名花侍御曾栽。嘆芳菲零落，雜鶯空囀，當年燕子，依舊飛來。躬耕別業，送酒旗亭，變遷轉眼，屏幄重開。冶遊挾彈，金鞭寶馬頻催。客醉東園，風迴翠袖，香入春醅。幾徘徊。人去松影亂，鴉滿城隈。

海棠春　夜雨

寂寥春院思千縷〔一〕。陌上柳、新黃纔吐。暝色入西樓，雁影沉南浦。黃昏燈火無情緒。遣夢到、家山猶阻。惆悵打梨花，點點飛窗雨。

【校記】

〔一〕『春院』，名家詞鈔本作『深院』。

柳梢青　春日〔一〕

小雨纔收。平沙細草，綠滿西疇。柳眼青歸，桃腮紅暈，人倚高樓。家家繡幕簾鉤。春不管、斜陽旅愁。羅綺風前，鞦韆影裏，馬上牆頭。

【校記】

〔一〕清抄本題作『春景』。

少年遊　同前〔一〕

啼鶯恰恰到窗紗。幾縷曉烟斜。此日春城，漢宮傳蠟，散入五侯家。　三分春色愁中度，一半在梨花。腸斷黄昏，酒醒殘月，門外卽天涯。

【校記】

〔一〕清抄本、留松閣本、名家詞鈔本題作《春愁》。

眼兒媚　春晝

日射晴窗靜無譁。風裊柳枝斜。有人深院，凝粧獨坐，門掩桃花。　追思往日重回首，心事付啼鴉。隔牆笑語，卻疑春色，只在鄰家。

雙雙燕　感懷

蕭蕭易水，問何事春來，助人悽惻。蘋香柳嫩，妍景任教抛擲。聊話郎山雨夕。又夢繞、潭園烟色。紛紜身世多般，已見雁飛南北。　誰遣頭鬚頓白。怕縱有春風，也難消得。壯懷無奈，説甚肝腸鐵石。況聽高樓弄笛。盼不到、漁蓑消息。試看陌草青青，正是杜陵寒食。

浣溪沙 春懷

郊外提壺藉草茵。桃花春漲水粼粼。暖風吹散隔溪雲。 柳色暗催羈客淚，鶯聲愁煞畫樓人。兩般心事總沾巾。

錦堂春 閨情

遶砌試探芳信，捲簾放出香烟。小樓幾陣廉纖雨，寒食杏花天。 鸞鏡羞窺瘦影，鴛衾愁裏春眠。呢喃喚醒深閨夢，雙燕到堂前。

山花子 春愁

謾道春風不世情。愁中吹上鬢邊星。歸雁帶來雲外恨，斷腸聲。 日暖平蕪晴牧馬，月明綺閣夜調笙。無限韶光多少淚，共誰評。

更漏子　夢寤

夜兒長，風兒細。吹入孤眠春思。青鏡畔，玉樓中。枕函有路通。　橫空雁，黃昏雨。夢裏不知客苦。情脉脉，意遲遲。迷離乍醒時。

水調歌頭　春夜郝雪海侍御自都門還過邸中〔一〕

把袂東風裏，斜日駐青驄。攜來天上春色，慰我客途窮。夜話舊遊燕市，惆悵河山已邈，聚散酒壚中。抵掌論今古，塵世幾英雄。　剪銀燭，歌白雪，調誰同。憐君國士，十載蓑笠尚飄蓬。猶是當年河朔，慷慨風流未墜，領袖有諸公。且共樽前醉，心事托飛鴻。

【校記】

〔一〕『過邸中』，清抄本下有『小飲』二字。

訴衷情　憶家

綠楊影裏子規啼。催得鬢絲絲。撩人暮春天氣，畫閣晚粧時。　新柳困，遠山低。思依依。五更細雨，半夜歸鴻，一片花飛。

蘇幕遮 寒食

杏花烟，榆莢雨。綠映平橋，又見春如許。油壁車輕寒食路。細草芳樽，邀取春光駐。 囀鶯樓，歸雁浦。柳外梨梢，愁煞長亭暮。天意也知離別苦。片片輕雲，遮斷人行處。

繡帶子 閒意

春色耐繁華。車幰碾晴沙。吹皺小橋池面，楊柳逐風斜。 塵世幾回嗟。齊分付、夜雨梨花。東家蝴蝶，卻因何事，飛過西家。

錦帳春 春暮

柳色搖金，鶯聲如剪。誰打疊、春光成片。落花風，寒食雨，想海棠睡晚。重簾深院。 何限離情，這般消遣。收拾去、韶華一半〔一〕。語東君，留暮景，把芳菲莫捲。人歸非遠。

【校記】

〔一〕『韶華』，留松閣本作『韶光』。

好事近　歸途

一溪春水浸春雲，猶是來時路。草短馬蹄輕，亂踏落紅歸去。　遙指杏花村裏，問酒家何處。閏月東風未老，天亦憐遲暮。

行香子　春日過中山雪海侍御留宿唐城

古道斜曛。野水孤村。暫停驂、頻叩柴門。故人相勞，握手開樽。看三眠柳，千畝稻，一川雲。　抵掌高論，酒罷燈昏。問乾坤、得失誰分。塵纓堪濯，荒徑猶存〔一〕。是柴桑里，隆中宅，武陵津。

【校記】

〔一〕『荒徑』，留松閣本作『三徑』。

百字謠〔一〕　壽孫北海先生〔二〕

聖朝遺老，擁琴樽圖史，婆娑清晝。傳得關閩當日學，獨把殘編窮究。道在斯人，晴窗高臥，門卻經綸手。一庭風雪，喜當介眉時候。　繞膝綵袖重重，持觴共祝，宰相山中久。謝客著書多歲月，小閣藤深松茂。鶴髮丹顔，憑烟雲好，供養容如舊。春風盈坐，笑看車馬馳驟。

【校記】

〔一〕詞牌『百字謠』，留松閣本作『念奴嬌』。

〔二〕留松閣本題作《壽退谷先生》。

春從天上來　壽蔡魁吾中丞

綺戶祥烟。正身退功成，部曲蕭閒。豫章旌節，淮海歌絃。手持半壁江天。問先生何事，人未老、偃仰平泉。樂清時，羨賓朋北海，絲竹東山。　松徑藥欄楚楚，聽瀑布潺湲，映帶奇巒。花舞毬場，雲凝金埒，侯鯖法醞開筵。戲斑衣進酒，列棨戟、七葉貂蟬。醉酡顔。滄梨舊事，辟穀當年。

沁園春　壽袁六完都諫

列戟門庭，伏蒲夙望，帝里優游。正介眉嘉日，頻開笑口；浮觴仙醞，宛轉歌喉。暫輟趨朝，從容散帙，且自忘機狎野鷗。盱衡處，把經綸事業，靜裏蒐求。　昇平樂事清幽。好共倒金樽秉燭遊。就霏霏窗雪，時焚諫草；溶溶卿月，近傍瓊樓。弟擁旌旄，兄依梧影，輝映中朝孰與儔。春無恙，集南皮賓客，譚讌風流。

憶舊遊　雪中感懷

想秋原衰柳，細雨瀟瀟，魂斷河梁。日月曾無幾，早寒風朔雪，吹到茆堂。孤蹤久辭雙闕，誰識舊劉郎。幸同好猶存，悲歌對酒，共說先皇。草草思前事，嘆物换時移，空費推詳。問菊松三徑，奈暮雲縹緲，難認柴桑。梅香漏洩春信，歸夢繞横塘。聽何處高樓，一聲玉笛淚千行。

醉春風　除夕

春色渾如昨。燒燭聞宵柝。追思往事總成塵，錯。錯。錯。出岫閒雲，忘機鷗鳥，那堪耽閣。三載甘蕭索。又被浮名縛。重來人事一番新，薄。薄。薄。爆竹聲中，屠蘇杯底，且同斟酌。

御街行　元日

天門駘蕩晨光麗。扇影裏、爐烟細。衣冠萬國擁仙班，共拜沖年天子。田間野老，重瞻雙闕，幾灑孤臣淚。長安誰道浮雲蔽。看咫尺、龍顔霽。不才未有治安書，但祝時康風美。九重露掌，千家蓬戶，都布陽和氣。

大聖樂　春閨

奩鏡初開，流蘇乍暖，啓窗猶寒。引螺黛、巧畫雙眉，竇鴨頻添香篆，裊裊輕烟。纔換春衫慵出手，向梅萼、凝粧子細看。繡簾日永，鶯花無賴，珍重芳年。　東風又到芳草，漸柳色、依依駐錦韉。語金閨夫壻，椒酒綵勝，莫負清歡。世事何憑，韶華易去，一瓣皈依大士前。人無恙，祝天長地久，被底文鴛。

春雲怨　閨怨

疎燈薄暮。又一聲歸雁，飛來平楚。門掩東風，塵生寶篋，流年驚暗度。綵線慵拈，燭花頻剪，舊怨新愁漫空數。卓氏孤吟，班姬團扇，無奈情耽悞。　王孫玉勒知何處。把三生誓約，飜雲覆雨。去矣朱顏漸非故。零亂飛蓬，惱煞窗前，鶯啼春樹。夢罷關山，酒醒殘月，極目淒涼南浦。

臨江仙　初春

花市歌樓簾半捲，六街酒碧燈紅。家家行樂醉春風。五陵年少，何處繫遊驄。　小婦新粧蟬翼巧，那知愁上眉峯。垂垂柳色夕陽中。陌頭驚見，悔卻覓侯封。

蝶戀花　宋荔裳觀察招飲觀劇次阮亭韻

榆莢風清飄蜀纈。水漲銀塘，纔過清明節。絳蠟金樽歌未歇。柳花檻外飛如雪。　舊事甘陵翻數闋。今昔關情，優孟真奇絶。絲管啁啾聲漸徹。魚龍波底搖殘月。

沁園春　詠美人足

錦束溫香，羅藏暖玉，行來欲仙。偶簾櫳小步〔一〕，風吹倒褪；池塘淡竚，苔點輕彈。芳徑無聲，纖塵不動，蕩漾湘裙月一彎。鞦韆罷，將跟兒慢拽，笑倚郎肩。　登樓更怕春寒。好愛惜相偎把握間。想嬌憨欲睡，重纏繡帶；瞢騰未起，半落紅蓮。笋印留痕〔二〕，淩波助態，款款低回密意傳。描新樣，似寒梅瘦影，掩映窗前。

【校記】

〔一〕『偶』，留松閣本、名家詞鈔本作『偏』。

〔二〕『筭印』，名家詞鈔本作『筭指』。

萬年歡　元宵〔一〕

午夜晴烟，早六街燈火，交侵明月。春樹人家，遥傍帝城雙闕。迤邐鈿車成列。軃羅袖、膚光欺雪。春山澹、止水盈盈，笑看簾幕風揭。　清絲淒切。樓頭少婦鳴筝坐〔二〕，幽恨難説。白馬金鞭，知向誰行遊歇。舞榭酒闌燭滅。侯門閉、内筵重設。空竚望、薄倖歸來，深閨眉翠雙結。

【校記】

〔一〕留松閣本、名家詞鈔本題作《元夕》。

〔二〕『樓頭』，名家詞鈔本作『樓上』。

醉鄉春　十六夜

院院燒燈何早。重把金樽傾倒。桂闕影，一分虧，碧海青天人老。　紅袖橋邊微笑。點綴春風多少。銀花合，玉珂鳴，歌樓萬點星毬小。

點櫻桃〔一〕 閨情

春困懨懨，斜風細雨寒吹閣。銀屏珠箔。苦把花枝縛。　虚倚薰籠，舊事思量著。情差錯。海棠零落。對下秋千索。

【校記】

〔一〕詞牌『點櫻桃』，留松閣本作『點絳唇』。

巫山一段雲 春宵

簫局微溫候〔一〕，篝燈乍剪時〔二〕。端相帶笑又佯推。欲睡故遲遲。　銀蒜垂簾悄，金釵落枕欹。淡紅袙袜映唇脂。低問小名兒。

【校記】

〔一〕『候』，名家詞鈔本作『後』。

〔二〕『篝燈』，留松閣本、名家詞鈔本作『燈篝』。

杏花天　花朝過金魚池

鶯聲曲岸輕陰乍。春水漲、城南臺榭。誰家高結秋千架。人在賣花簾下。　踏青蹊、舊遊重話。記挾彈、芳原試馬。杏花小雨西村社。放了東風寬假。

金鳳鉤　燕來

忽聞燕來何處。向樹底、雙雙小語。一春消息，故人情重，不爽佳期唯汝。　自憐每被多情誤。頻勸取、不須飛去。絮泥啣得，爲誰辛苦。空傍人家門戶。

望江南　鄉思

清明候，細雨曉風和。樹裏青帘春醞美，水邊紅袖麗人多。處處醉顏酡。

前調

家山好，春色滿平蕪。花片參差裘馬客，柳絲搖曳水雲圖。遠浦立鵜鶘。

前調

東郊外，煖日水粼粼。一路杏花尋幕燕，幾行楊柳渡溪人。沙細碾車輪。

前調

踏青去，遥指綠陰村。斜裊金鞭晴試馬，高燒銀燭夜開樽。芳草滯王孫。

前調

西村裏，淼淼水拖藍。一縷墟烟青似織，數峯嵐色碧於簪。可喚小江南。

前調

尤堪憶，歌舞向朱樓。小玉多情金縷曲，雪兒帶笑錦纏頭。長使彩雲留。

前調

清懽夜，偷眼認檀郎。錦瑟偎燈腸斷句，青絲墮馬內家粧。私語口脂香。

前調

休虛度，寒食草青青。荇葉橋邊沽酒路，秋千影裏賣花聲。金彈打流鶯。

前調

桃花水，相約放船來。菱葉田田鮮鯉出，槐風剪剪小舟開。送酒百壺催。

前調

燈兒剪〔一〕，雜坐漏偏遲。欲寫烏絲嗔燕子，將輸楸局倩猧兒。薌澤乍聞時。

【校記】

〔一〕『燈兒』，留松閣本、名家詞鈔本作『燈花』。

南鄉子　春暮

深院雨廉纖。燕子飛來故傍檐。清晝困人無氣力，酣酣。淺暈腮痕印枕函。　新樣剪輕衫。獨坐凝粧倚鏡奩。聞道春風將暮也，厭厭。開盡桃花不捲簾。

減字木蘭花　馮莊看海棠

垂楊別館。矗矗高樓當翠巘。草綠閒堦。蛺蝶尋芳自往來。　主人何處。客醉金巵愁日暮。燕入誰家。落盡東風第一花。

歸自謠　惜春

春夢詫。零落亂紅花賣罷。遊絲飛絮春歸乍。　欲留無計眉慵畫。簾鉤亞。鶯兒苦把東風罵。

如夢令　卽事〔一〕

翡翠衾寒拖逗。惱煞雞聲偏驟。帶得御香歸，猶喜曉粧纔就。生受。生受。正是畫眉時候。

【校記】

〔一〕留松閣本、名家詞鈔本題作《朝回》。

憶秦娥　茉莉

香風颺。黃昏院落花初放。花初放。銀燈試照，別來無恙。　美人奩鏡偏宜傍。珠簪金絡增新樣。增新樣。珊瑚枕畔，綠雲鬟上。

垂楊碧〔一〕 新浴

人新沐。波濺一枝寒玉。半著輕羅香馥馥。粧殘重結束。　桃簟涼生繡褥。小立漏聲偏速。換綳鞋兒剛一匊。奈何郎又促。

【校記】

〔一〕詞牌『垂楊碧』，留松閣本作『謁金門』。

青玉案 重陽

帝城九日晴偏好，嘆秋水、蘆花老。送目登樓雲浩渺。疎林烟靄，夕陽宮闕，數點蒼山小。　經年車馬東華道。節序悤悤塞霜早。遥憶東籬花綻了。新醪纔熟，茱萸同插，一個人兒少。

滿江紅 壽王敬哉宗伯

洛下樽開，羡龍馬、精神奕奕。稱觴處、西山佳氣，南皮詞客。曳履容臺興禮樂，拂衣棋墅娱泉石。傍晴窗、紈素畫滄洲，烟雲碧。　斟法醖，鵾笙炙。紛舞袖，烏衣集。正小春時節，肯教虚擲。鳳羽朝回頻問寢，蠅頭花底閒濡筆。論長安、福壽更誰同，君無匹。

喜遷鶯　壽龔芝麓宗伯

堂羅絲竹。正葭琯飛灰〔一〕，春回寒谷。江左風流，東京部黨，共識當年耆宿。執法風生臺閣，借箸禁中頗牧。烽火靜，向南宮曳履，望高鈞軸。　蒿目。憂國處，兩鬢絲絲，欲救蒼生哭。對客抽毫，張燈擊鉢，不數詞場潘陸。歷盡險巇身健，嘉日莫辭醽醁。趨朝罷，領鳳城烟月，清宵顧曲。

【校記】

〔一〕『飛灰』，留松閣本作『灰飛』。

賀新郎　元夜　用曹顧菴學士韻〔一〕

十里珠簾卷。徧燒燈、暗塵隨馬，鈿車齊遣。縹緲簫聲明月下，更喜露華初泫。寒猶峭、春衣重繭。花市歌樓牙拍按，正御溝、冰泮流澌淺。火樹合，星橋展。　晚粧纔試芙蓉顯。倚銀屏、歸人未卜，金釵劃扁。門外錦韉何處客，頻囑繫鈴小犬。尋好夢、香衾權免。午夜大酺人競醉，罷嚴城、魚鑰金吾典。聽玉漏，東風剪。

【校記】

〔一〕『韻』，留松閣本下有『贈蛟門』三字。

前調　蛟門納姬仍用前韻〔一〕

錦幄紅霞卷。賦催粧、鵲橋已駕，青鸞先遣。才子廣陵年尚少，下直墨華猶泫。奩鏡伴、烏絲蠶繭。攜得御爐香滿袖，正天孫、初渡銀河淺〔二〕。京兆筆，晴窗展。　遠山肯使眉痕顯。倦支頤、流蘇低亞，筠籠微扁。吹罷鳳簫閒對弈，亂局須憑猧犬。吟蟋蟀、西堂愁免。欲博琴臺人一笑，解鷫裘、好向壚頭典。蓮漏永，蘭釭剪。

【校記】

〔一〕『仍用前韻』，留松閣本、名家詞鈔本作『次芝麓宗伯韻』。

〔二〕『天孫』，留松閣本、名家詞鈔本作『天生』。

菩薩蠻　春閨

亂鴉啼處春風曉。流蘇香暖金鉤小。晴影入窗紗。街頭賣杏花。　鴛鴦初睡足。偏墮雲鬟綠。拂鏡試新粧。低回問粉郎。

前調　題畫扇

板橋流水湖山靚。桃花人面紅相映。喚婢採芳蘭。粧成小步看。　苔侵羅襪濕。愛向春風立。莫問落花香。當年悞阮郎。

前調　春雨

家山漠漠思千縷。杏花零落廉纖雨。燕語恨春歸。河橋柳絮飛。　遊驄何處駐。野水棠梨路。泥滑阻郊行。芳堤悞早鶯。

前調　暮春雨中十五弟歸里

可憐九十春光盡。南窗踈竹生新笋。榆莢雨蕭蕭。花寒夜寂寥。　河橋垂柳折。柳絮飛如雪。茅店閉黃昏。孤燈何處村。

點絳唇　閨情

簾閣春溫，悤悤待漏緣何事。香餘翠被。不慣孤眠味。　坐數殘更，窗外風兒細。鴉聲碎，寒侵半臂。悔嫁金閨壻。

前調　春霽

昨夜冥冥，開窗霽色簾櫳曉。海棠綻了。過雨紅偏好。　横笛高樓，幾許人嚬笑。鶯聲老，落英多少。何處尋芳草。

前調　憶舊

簾押風柔，傷心往事斜陽裏。當年花底。芍藥闌同倚。　依舊芳菲，歲月看流水。春殘矣，亂紅如綺。草緑人千里。

爪茉莉　本意

正苦薰風，早清芬細裛。黄昏後、覓枝尋葉。翩翻蕚影，引惹動〔一〕、閒庭蛺蝶。摘來綴、寶髻瑤釵，盈盈暗添笑靨。　花神有意，巧批了、風流牒。新浴罷、晚粧寧帖。斜簪緑鬢，恰宜襯、芙蓉頰。伴鶼鶼、枕上粉脂融浹。衆香國，魂夢貼。

【校記】

〔一〕『引』，名家詞鈔本無。

減字木蘭花　立秋

西風暗換。秋到碧梧金井畔。人立斜曛。望見家山一片雲。　香閨病後。小檻疎闌花影瘦。蟋蟀聲催。似爲多情宋玉來。

前調　偶憶

疎烟暮靄。人在斜陽秋草外。夢遶天涯。知是當壚第幾家。　舞裙歌扇。猶憶遏雲花底讌。

楚客愁多，欲採芙蓉奈遠何。

前調 雨後

秋葵帶露。紅滿窗紗蟬滿樹。不管閒愁。倚杖浮雲度畫樓。　雨絲風片。消受新涼深小院。蝶過誰家。閒煞牆頭夜合花。

前調 又〔一〕

風吹禾黍。幾陣蕭蕭山市雨。秋色三分。讓與漁家水竹村。　蘚階獨立。萬戶聲催雙杵急〔二〕。柳外寒塘。牛背歸來正夕陽。

【校記】

〔一〕『又』，留松閣本、名家詞鈔本作『夕陽』。

〔二〕『雙杵』，名家詞鈔本作『砧杵』。

鳳凰臺上憶吹簫　悼亡　用李清照韻

衣冷筠籠，塵封瑤瑟，頓教白了人頭。嘆鏡奩虛掩，風動簾鉤。比翼生生世世，燈背處、私語都休。燕臺月，新添憔悴，恰是中秋。　休休。同林宿鳥，緣底事分飛，一霎難留。剩寒檠獨照，露下粧樓。想像珊珊環珮，頻悵望、幾斷雙眸。空消受，江淹有恨，宋玉多愁。

蝶戀花　又

衣桁闌珊菱鏡悄。風雨摧花，不許朱顏老。淺笑微顰風態杳。瑣窗猶自啼籠鳥。　隻影羞人燈暗了。長記鶼鶼，錦幄薰龍腦。兩點遠山誰更掃。沈郎一夕腰圍小。

點絳唇　又

玉冷秦臺，鳳簫響絕閒蕭史。芙蓉落矣。璧月憐秋水。　誰與溫存，小閣香肩倚。孤眠裏。畫笳聲起。偏到愁人耳。

燭影摇紅　又

舉案清娱，流蘇宛轉低屏箔。薰香傅粉絶纖塵，窗几渾如昨。寂莫梧桐夜雨，何從覓、金釵鈿合。記來朝罷，小立粧臺，看他梳掠。　愁髩安仁，絲絲總爲情擔閣。竝頭菡萏褪紅香，一霎西風惡。自古聰明薄命，男兒淚、英雄氣索。遺哀無計，此恨綿綿，地長天闊。

念奴嬌　又

啼猿聲裏，正蕭疎一片，霜天秋色。絃續鸞膠看兩兩，比翼連枝無別。洛浦珠沉，湘靈瑟冷，剩有寒螿咽。鍾情我輩，那堪蘭蕙重折。　回首燈火春宵，茗爐佳夕，鴛枕偎猶熱。留得零香餘粉在，種就柔腸千結。爲問飛瓊，還歸天上，可憶來時節。蠶絲難盡，夢回簾外殘月。

滿江紅　又

造物如何，遽收拾、鴛鴦牒早。把香天粉井，劫塵埋了。初擬鹿門同載去，那知更踏長安道。到如今、白首送青春，真顛倒。　蜃市結，風鬟裊。午夢醒，槐宮杳。想定情良夜，倚燈人小。紫蟹黃英難共醉，都堪摹作淒涼稿。對西風、獨立哭斜陽，閒花草。

菩薩蠻　又

玳梁當日棲雙燕。碧桃花下看人面。往事耐思量。銀鐙照晚粧。　寶鈿空瑟瑟，愁煞西堂客。腸斷只三聲。長更與短更。

陽臺夢　又

深秋院落房櫳暮。倚闌細數經行處。濃香畫幔挂珊瑚，鎖疎烟薄霧。　空階風颯颯，吹散芳魂幾縷。一簾燈火又昏鐘，疼煞黃花雨。

晝錦堂　送二兄予告歸里

鴉亂斜陽，林吹寒籟，極目秋滿燕關。惆悵無端別緒，又送兄還。去逐平沙孤雁影，何堪城闕菊花天。君恩重，賜沐清時，風攜兩袖歸田。　離筵。樽酒外，驪唱裏，白雲遮斷家山。憶昔驚濤駭浪，共與回旋。喜看新結漁樵侶，愧余猶滯鷺鵷班。頻回首，開盡故園叢桂，並隱何年。

孤鸞　壬子除夕

禁城喧熱。正爆竹聲催，漏銅風咽。小閣孤燈，往事向誰重說。春到何家庭院，助新愁、滿門冰雪。枉有屠蘇歲酒，恨椒花頌絕。　想五侯、甲第歡無歇。把龍笛鵾笙，檀口吹徹。那管寒衾薄，有人兒淒切。珊珊玉珂初動，又趨朝、曉雞時節。試問來朝鏡裏〔一〕，添幾莖華髮。

【校記】

〔一〕『來朝鏡裏』，留松閣本作『明鏡裏』。

洞庭春色　次韻酬吴江徐電發〔一〕

獨步江東，羣推孝穆，志在千秋。儘詞華潘陸，恣情採擷；新聲秦柳，匠意研求〔二〕。入洛才人追二俊，遇傾蓋公卿便駐騶。吾衰矣，看中原鞭弭，輸與林丘。　當年陳琳阮瑀，草檄處、名滿諸侯。羡扁舟書劍，五湖烟月；春城絲管，六代歌樓。樽酒旗亭風雅會，料此際歐陽放出頭。西陵畔，聽江潮怒發，笑引吴鉤。

【校記】

〔一〕留松閣本、名家詞鈔本題作《次韻寄答松陵徐電發》。

〔二〕『匠』，底本作『匹』，據留松閣本、名家詞鈔本改。

玉樓春　送春

花飛南陌東風暮。腸斷王孫芳草路。綠槐影裏雨初晴，黄鳥聲中春暗去。亂山疊疊看無數。故國遥遮雲外樹。一年佳景等閒抛，好夢欲尋無覓處。

卜算子　喜雨

晨起火雲生，棋罷珠簾午。暗送牆頭夜合香，粉蝶雙飛去。汗滴透羅衣，手倦揮紈素。乍喜風來似故人，幾點榴花雨。

一剪梅　題畫扇

翠巘遥連起白雲。嵐色當門。樹影當門。平坡如掌静無塵。何處閒人。來訪閒人。茆屋匡牀幾度春。花鳥相親。風雨相親〔一〕。寒香一抹暗消魂。雪意三分。梅信三分。

【校記】

〔二〕「風雨」，留松閣本作「風月」。

永遇樂　七夕觀項王諸劇同汪蛟門舍人陸恂若茂才王子諒內弟王奕臣內姪吴介侯甥長源弟

大火西流，雙星初會，填河佳節。絳燭高燒，湘簾暮捲，歌舞當筵設。賓朋膠漆，披襟引滿，領取澹雲新月。暑將殘、秋光一片，先到鳳城雙闕。　鍼樓兒女，競陳瓜果，自笑吾生全拙。急管繁絲，好天良夜，莫問蕭蕭髮。周郎在座，伊涼悲壯，千古風流堪接。嘆劉項、紛紛蟻戰，英雄銷歇。

前調　寄田髴淵孝廉

大雅猶存，雲間馳譽，君才無匹。屈宋衙官，淩顏轢謝，早擅生花筆。何緣高卧，荒江寂寞，歲月閒中抛擲。憶當年、論文把臂，雲樹頓分南北。　茂陵病免，襄陽坐廢，萬事總堪浮白。鞭弭中原，卿當獨秀，領袖詞場客。旗亭貰酒，梨園潦倒，佳句雙鬟偏識。秋風裏、蓴鱸三泖，有人抱膝。

滿庭芳　寄懷雲間王伊人侍御

執斧中朝，挂冠神武，十年穩臥林皋。春申浦畔，烟水命輕舠。坐看九峯雲氣，伏枕處、海鶴淩霄。琴尊外，左圖右史，世路任風濤。　兒曹。伯仲是，當年二陸，壓倒時髦。更臚傳高第，郢曲彌高。江左衣冠領袖，趨庭夜、笑引醇醪。倘存記，故人消息，白髮漸飄蕭。

蝶戀花　人日

紅日窺窗春意逗。剪綵爲人，戴勝今朝又。睡起尚嗔人語驟。曉粧無力東風透。　輕暖輕寒渾似舊。笑問檀郎，驗取腰肥瘦。六博閨中誇勝手。鬢邊不覺金釵溜。

眉峯碧　春暮〔一〕

深院鞦韆罷。細雨梨花夜。曉起閒庭一片飛，忍又見、山桃謝。　蛺蝶枝頭挂。苦憶前春話。門外東風鏡裏顔，背人無語斜陽下。

【校記】

〔一〕留松閣本題作《春日》。

驀山溪　題予培姪揖石齋圖

山房小構，玩世名心懶。愛片石崚嶒，伴藜榻、香爐茶椀。正襟抗手，慕海岳風流，左圖畫，右琴書，牖上樽嘗滿。　妻孥爲黍，粗糲儒家飯。二仲偶招尋，共斟酌、瓦盆甆琖。南窗寄傲，白眼向時人，貧自樂，夢無驚，世事憑誰管。

望湘人　旅中九日

看門前寶馬，柳外紅亭，悤悤心事難說。袖染餘香，巾藏暗淚，愁聽一聲離別。萬里羊城，五湖鯨浪，夢魂飛越。憶昨宵、絮語丁寧，曾約歸期春月。　惆悵山長水疊。捧鸞書一紙，早辭雙闕。正露冷蒹葭，依舊河流淒咽。孤影裏，對驛燈明滅。夜角麗譙吹徹。一般樣、綠醑黃花，辜負重陽時節。

訴衷情　旅懷

夕陽古道歛殘霞。南雁數行斜。何緣人卻如雁，迢遞驛程賒。　回首處，鳳城遐。亂雲遮。燈寒香閣，風起郵亭，人去天涯。

菩薩蠻　宿伏城驛

伏城明月渾如昔。往來照盡長征客。今日我重過。其如孤影何。　遥看雲外樹。總是來時路。莫喜到家鄉。鄉愁到更長。

滿江紅　過黄粱夢

官柳參差，消磨盡、英雄多少。問華胥遠近，黄粱遲早。仙侶已隨雲影去，行人又上邯鄲道。怪枕中、日月一何長，河山小。　村市畔，墟烟裊。亭榭外，殘荷老。任閒山汗馬，閒花野草。壁上痴人爭說夢，那知醒裏多顛倒。倩西風、一夜捲空花，都堪掃。

念奴嬌 過綠柳長廊有感

滹沱南陌，憶當年綠柳，依依堪折。夾道長條張翠幄，清影寒生六月。汗滴征衫，塵飛驛路，到此清涼別。今來駐馬，濃陰一旦殘缺。

聞道舊日隋堤，春來渭樹，空有蟬聲咽。可惜長廊烟霧冷，轉眼繁華銷歇。莫問秋風，樹猶如此，何況三千髮。長途搔首，愁聽枝上啼鴂。

減字木蘭花 邯鄲遣興

短檠孤館。錦幄溫存天際遠。澹掃鉛華。半在邯鄲俠少家。

多情耽悮。一笑因緣艱陌路。馬上牆頭。不見當時舊畫樓。

菩薩蠻 旅懷

驛亭秋盡寒風起。離人今夜思千里。刻燭幾踟躕。南來少雁書。

酒樽聊獨對。半是閨中淚。且莫盼書來。音書亂客懷。

減字木蘭花　題畫扇

遥汀疎柳。畫舫蘭橈沙岸口。小坐篝燈。堤外青驄嘶未曾。　黄昏有約。明月蘆花無定著。茗椀香爐。十樣蠻箋薛校書。

子夜歌　大店驛

泥牆草屋雞聲咽。二千里外看明月。地已入江淮。風沙何倍來。　鄉愁人似醉。强伴昏燈睡。雁到怪無書。連朝並雁無。

念奴嬌〔一〕　江行　用東坡韻

吴頭楚尾，挂長帆、别是一般風物。白浪排空天作塹，界破東南半壁。遠樹微茫，遥峯斷續，夾岸霜如雪。烟波無恙，消磨幾許人傑。　坐聽鼓吹中流，候風回五兩，棹歌齊發。向晚推窗指顧中，數點漁燈明滅。牛斗浮槎，鄉關回首處，頓更毛髮。空江渺渺，憑闌涼轉新月。

【校記】

〔一〕詞牌『念奴嬌』，留松閣本下有『第九體』三字。

千秋歲 長至泊廬山下

遙青縹緲。彭蠡湖天曉。葭管動，陽回早。香閨添綵線，畫閣薰龍腦。人何處，樓船官燭寒相照。

星渚環山堞，戰壘埋荒草。傷往蹟，渾如掃。爐峯烟未改，鹿洞雲還繞。濤萬疊，月明一點匡廬小。

水龍吟〔一〕 贈羅弘載〔二〕

竭來髯客江東，樓船把袂波如練。長篇短咏，抽毫伸紙，烏絲蠶繭。七子菁英，六朝金粉，風流非遠。任青鞋布襪窮關塞，名山喬嶽遊蹤徧。

行笈圖書數卷。幾悲歌、黃金臺畔。探奇禹穴，臨池蘭渚，聲華早擅。雪苑開樽，旗亭觀伎，詞場消遣。問相如、可有臨邛重客，子虛誰薦。

【校記】

〔一〕詞牌『水龍吟』，留松閣本作『海天闊處』。

〔二〕留松閣本題作《贈越中羅弘載》。

蘇幕遮　彭湖舟中題弘載所藏呂半隱畫冊

石林幽，茆屋小。今古丹青，舉似吳興少。蜀客移家浮玉峭。供養烟雲，揮手紅塵早。　片帆輕，嵐翠裊。宛委詞人，攜得江山到。懶瓚風流渾未杳。幾幅溟濛，過眼匡廬曉。

沁園春　登令公祠畔望湖亭

瀲灩湖光，黛染遙山，送目方賒。喜紅亭俯立，一天帆影；白波東去，幾縷殘霞。方寸鄉心，迢遙水驛，愁絕風濤博望槎。徘徊處，有喧闐列肆，烟火千家。　神祠擊鼓鳴笳。想吳楚當年鬭丽華。任青帘貰酒，醉眠賈舶；牙檣吹角，驚起棲鴉。横槊雄才，登樓客況，消盡江頭野草花。雲烟闊，正臺連蛟蜃，人侶魚蝦。

過秦樓　吳城雨中

樹隱千章，風輕五兩，堤畔人家容與。柴門照水，沙岸連檣，一片吳城烟雨。遙望曉捲疎簾，小婦凝粧，映窗眉嫵。嘆天涯客子，三千餘里，雁沉汀浦〔一〕。　空聞説、白苧江東，錦帆南國，顛倒醉鄉歌舞。寒林半落，霜葉猶紅，愁見鳧鷗孤嶼。更羡高風，此邦孺子荒亭，雲卿黄土。問江山、萬古茫茫，今夜夢回何處。

【校記】

〔一〕『汀』，留松閣本、名家詞鈔本作『江』。

戀繡衾　舟過樵舍

樹色參差青未謝。斷嶺重崗，一抹烟如畫。漠漠江村寒雨乍。人家晒網疎籬挂。　門外平橋臨水榭。柔櫓輕帆，清嘯船窗下。遠浦歸舟垂釣罷。乘風欲問漁樵話。

釵頭鳳　閨情〔一〕

簾櫳悄。流蘇小。薰籠斜倚香還裊。歡方嫩。愁來頓。纖腰非舊，湘裙爭寸。褪。褪。褪。　釵斜掉〔二〕。梅如笑。銀釭生暈燈花爆。春將近。鴻無信。天涯人遠，金錢難問。恨。恨。恨。

【校記】

〔一〕留松閣本、名家詞鈔本題作《閨怨》。

〔二〕『斜』，留松閣本、名家詞鈔本作『輕』。

滿江紅 泊滕王閣下

淼淼寒濤，看百尺、層樓高結。問此地、何年畫棟，幾時明月。帝子閣空雲已散，詞人賦就名還揭。下長帆、對酒數憑闌，江天雪。 簾捲處，嵐光疊。霞影外，沙沉鐵。嘆樓船組甲，當年烟滅。鷁首淒清鳧雁度，波心瀺灂魚龍咽。攬笙歌、客醉舊江山，鄉心切。

念奴嬌 舟發章門楊陶雲載梨園置酒敘別

江城如畫，雪初晴、渺渺長天空碧。好友輕帆攜酒到，載得滿船春色。吳下秦青，新翻樂府，横吹寧王笛。旅懷無奈，茫茫對此交集。 憐我海角浮蹤，逢君遷客，相對頭堪白。舞罷柘枝歌子夜，攪起魚龍窟宅。杜牧情多，司空見慣，懊惱紅燈夕。地鄰湓浦，青衫今日重濕。

連理枝 閨情

暮靄生虛幌。雪片飄如掌。蟬鬢微鬆，水沉香冷，簾旌休敞。望遠遊孤客，蠟煤消盡，金釵墜響。

江南春　同前

風摵摵，漏沉沉。眉横螺子緑，鬢壓辟寒金。梅英一瓣飛香雪，引起春愁到翠衾。

宮中調笑〔一〕　同前

簷鵲。簷鵲。朝來竝飛粧閣。鏡臺螺黛生塵。夢裏相逢遠人。人遠。人遠。試報歸期早晚。

【校記】

〔一〕詞牌「宮中調笑」，留松閣本作「調笑令」，後同。

又

銀箭。銀箭。暗牽春愁如綫。倦來繡幄寒輕。雙下金鉤響聲。聲響。聲響。背褪鞋兒一緉。

醉花陰　瓶梅

疎影一枝風褭褭。暗送寒香小。淺水照横斜，高士山中，春色生多少。　黄昏孤枕江聲悄。新月窺人好。遙憶綺窗前，晴雪霏霏，銀蒜垂簾早。

宮中調笑　曉粧

朝起。朝起。侍兒催人梳洗。夢回臉暈紅潮。對鏡雙眉嬾描。描嬾。描嬾。留待檀郎湘管。

前調　晚浴

紗幔。紗幔。輕綃半沾香汗。下簾豆蔻湯溫。拭粉紅消舊痕。痕舊。痕舊。驗取腰肢肥瘦。

前調　午睡

春困。春困。鷓鴣香班燒燼。一團花倦窗西。好夢閒階影移。移影。移影。惱被鸚哥喚醒。

前調　夜坐

新月。新月。漏深畫簾輕揭。鴛鴦繡罷釵偏。伴冷蘭釭碧烟。烟碧。烟碧。樓上誰家玉笛。

明月斜　閨情

漏三更，香一縷。妾夢長隨嶺上雲，郎停錦纜何州雨。

又

燈半昏，寒猶峭。繡被濃薰百和匀，春纖冷撥幺絃小。

鳳棲梧　初度

往日懸弧簾捲處。花滿蘭房，絲竹風前度。綠酒紅燈雲影駐。斑衣兒女歡聲絮。　今夜孤衾庾嶺暮。海角笙歌，無奈思千緒。料得香閨人濬佇。好教歸夢隨潮去。

百字令　次韻酬羅弘載

天涯初度，雨新晴、過嶺寒消花放。孤客牙門聞曉角，欲説離愁誰向。海嶠樽罍，蠻兒歌舞，良夜同人餉。多情子野，百端齊到心上。　獨幸峴首碑存，樓船戰罷，依舊繁華相。共道先人今有後，父老車前相望。好友鴻篇，詞場綵筆，競奏《陽春》唱。深慙衰鬢，斗筲每自知量。先人舊守雄州。

瑤臺第一層　三水泊舟開府諸君召飲江亭〔一〕

萬里羊城今咫尺，飛帆幕府留。艤舟三水，簾開珠箔，幢擁青油。海天烟煖，瘴嶺客來，一洗羈愁。喜春早，正紅生亭榭，綠滿汀洲。　朋儔。主人情重，鳳笙龍笛夜啁啾。尉佗臺畔，田橫島外，半醉江樓。對鑾方節鉞，把手處、頭鬢霜稠。囀歌喉。問誰占星使，到自神州。

【校記】

〔一〕留松閣本題作《江亭讌集》。

雙頭蓮　嶺南元夕〔一〕

海外繁華，看絳燭圍紅，星毬初放。鑾韃錦障。月影裏、忘卻鄉愁孤況。暗想京國燈宵，阻雲山千嶂。春一樣。紫陌香塵，有無鈿車來往。　憑仗午夜笙簫，把軍烽靜偃，消除兵象。江潮晚漲。燒火樹、粧點羊城尤壯。聽罷白苧吳歈，有周郎座上。天萬里，對酒當歌，相看忼慷。

【校記】

〔一〕留松閣本題作《嶺南元夜》。

兩同心　嶺南歸興

粧閣燈紅，王孫草碧。驚烽火、羅袖啼痕，憶遠棹、粉奩寒夕。對東風，兩地牽愁，韶光抛擲。今日江帆回北。滿船春色。雕籠鎖、鸚鵡音圓，名香選、鷓鴣斑擘。報深閨，不爽刀環，海南歸客。

洞庭春色　歸舟

萬里河梁，五羊歸櫂，夾路春風。看荔枝洲畔，沉香浦外，簾開樓閣，帆動艨艟。載得珠江花鳥去，更千步香薰兩袖濃。斜陽岸，正袍侵草綠〔一〕，衣染鵑紅。　篋藏羅浮舊繭，早辦取、舞蝶紗籠。問踏歌蠻樂，穿花遊女，尋芳何地，拾翠誰從。抛卻南天烟月暖，喜北望長安紫氣重。驪歌裏，聽蘭橈笳鼓，驚起鼉宮。嶺南有千步香草，又羅浮繭中出蝶。

【校記】

〔一〕『袍侵』，留松閣本、名家詞鈔本作『袍青』。

鷓鴣天　春雨

滿載離愁聽曉雞。一天風雨晝凄凄。潮來畫艇春波滑，雲暗遥峯黛色低。　魂欲斷，路還迷。山深惱煞鷓鴣啼。鏡中珍重朱顔好，指日帆懸楚水西。

瀟湘神　春日

春水流。春水流。嶺南雨氣似深秋。苦憶故園花事好，寒雲片片夜猿愁。

又

春草肥。春草肥。越王臺畔布帆歸。何處酒旗堪醉客，曉鶯聲裏一花飛。

又

春日晴。春日晴。海天回首緑烟平。簫鼓千船牽錦纜，幾番花醉五羊城。

又

春岫齊。春岫齊。素馨叢裏鷓鴣迷。遊女踏歌花外去，雙雙羅襪蹴香泥。

滿江紅　雄州感舊

湞水漸漸，幾番歷、興亡今古。伴戈船羽檄，珠簾歌舞。總角曾看庾嶺月，白頭更聽淩江雨。問當年、城郭舊衣冠，皆黄土。　翻翡翠，銀塘去。迴紫燕，雕梁語。嘆春風一樣，朝朝暮暮。天許遠來星漢客，不堪往事傷心數。怪海南、夙世有何緣，遊重補。

青玉案　題扇面蜂蝶

落花飛絮遊絲罥。傍若箇、秋千院。鳳子蜻蛉雙翅顫。尋香沾粉，綴紅成片。莫使愁人見。　緑烟如織銀塘慢。性癖長耽花鳥伴。苦被黄塵催鬢短。謝池春咏，滕王蛺戀。寫入輕羅扇。

庭院深深　閨情

人遠雕櫳閒屈戍，芙蓉影瘦三秋。春來懶整玉搔頭。山桃開盡，何處滯蘭舟。紫燕不知儂落膽，飛飛觸響簾鉤。楝花風起入粧樓。嗔郎薄倖，珠串濕香篝。

玉樓春　春閨

燒殘魚片凝粧坐。懶把蠻牋催曉課。砑羅裙子蝶鬚牽，玉燕釵梁花刺墮。香泥小步苔痕破。報道春歸眉暗鎖。繡窗兒女太憨生，手弄櫻桃紅數顆。

踏莎行　暮春

鶯囀林梢，蝶沾粉絮。押簾銀蒜牽蛛縷。鴛鴦幔揭鬱金寒，秋千索挂東風暮。綠暗西園，雁沉南浦。檀郎驕馬知何處。章臺街裏片花飛，紅粉樓中三月雨。

東風第一枝　途中送春

柳絮鋪勻，梨花落盡，客愁踏遍階戺。輶軒尚滯歸途，畫闌共誰同倚。江南春色，都分付、野田流水。問幾家、煖炙笙簧，何處競薰羅綺。　門悄悄、戍樓晚吹，風閃閃、驛燈落翠。枝頭嬾聽鶯奴，簾間怕飛燕子。流蘇宛轉，想小閣、短檠鍼指。盼此宵、有夢先回，可到鴛鴦幃裏。

菩薩鬘　贈伎

斜風細雨清宵永。徘徊忽見燈前影。命薄每傷神。偏憐薄命人。　輕羅迴小扇。省識如花面。百媚坐來生。無情若有情。

前調　立秋

高城月上陰雲斂。芙蕖遠送清香滿。一葉井梧秋。西風吹鬢愁。　笙簫華館沸。攪得蟬聲碎。乍覺晚涼多。聞歌喚奈何。

前調　贈女伶

樽前若個歌金縷。盈盈十五芳如許。笑靨半含羞。驕憨不解愁。　眉痕青尚淺。秋水雙眸翦。何處耐人思。歌停掩袖時。

醉桃源　季夏雨後飲舅氏園中

古槐疏柳度輕飆。荷香隔院飄。棚陰清露綴葡桃。開樽興倍豪。　金跳脫，紫檀槽。有人態色饒。解襟滅燭影蕭蕭。嚴更促麗譙。

如夢令　夜雨

清簟琅玕初展。殘角數聲風斷。不寐檢新詩，雨打芭蕉零亂。人倦。人倦。一夕荷花缸滿。

阮郎歸 登樓翫月

碧天無際近中秋。臺高樹影稠。雪兒一曲韻悠悠。簫聲出畫樓。　銀箭促，暮雲流。娟娟月似鉤。寒消酒力興偏幽。佳人翠袖愁。

賀新涼 夢寤

雙鬢和愁織。嘆幾年、颶風駭浪，飄搖京國。百尺元龍樓上臥，靜看榮枯得失。正滿目、疎烟澹日。搔首青天頻借問，奈浮雲、漠漠無消息。俯仰事，皆陳迹。　當時浪作金閨客。到此際、壯懷消盡，禪心頓寂。旅雁數聲沙畔冷，別浦芙蓉蕭瑟。但此意、誰人識得。一枕夢回殘月曉，儘談空、說有何從覓。暮鼓罷，晨鐘急。

十六字令 閨雪

花，六出凝粧繡幕前。春纖冷，懶整玉釵偏。

漢宮春 除夕時予年四十九

殘雪初融，聽千門爆竹，此宵何夕。梅横小閣，春透一分消息。悤悤歲月，漸知非、驚心明日。未曉鐘、風光猶是，今年莫教輕擲。　處處辛盤如昔。正春衫試著，鵝笙暖炙。屠蘇到手，偏怪新來遲得。閨中少婦，頌椒花、酒清燈碧。看兒女、彩衣成列，休問漏聲頻滴。

倦尋芳 人日雪

曉窺窗色，寒透香衾，雪壓鴛甃。七日爲人，剪綵鏤金清晝。灑銀屏，飄繡幌，韶光點綴梅花瘦。對芳辰，忍教辜負了，綠尊紅袖。　壽陽粧、落英不去，佳話流傳，閨閣知否。勝賞無多，須放眉峯微皺。瞬息樓臺歌吹冷，東風小院聽殘漏。值千金，好憐惜，早春時候。

過秦樓 燕九憶長安舊遊用周美成韻

燈夕纔過，芳原九日，仙闕白雲遮斷。帘青酤客，草綠王孫，迤邐暖風輕扇。馳驟俠少青驄，玉勒金羈，雕弧長箭。走珠輧隱隱，水邊紅袖，笑聲來遠。　猶記憶、朋輩開樽，橋西清眺，沾醉春衣痕染。習池倒載，蘭若停驂，人事倏然多變。懸想旗亭舊遊，一樣韶光，柳嬌鶯倩。悵離羣數載，極目蒼山幾點。

一叢花　東村觀海棠

垂楊東去徑逶迤。村口綠烟迷。高樓晝閉春風暖，海棠映、麗日遲遲。枝弄鶯簧，香翻蝶粉，妃子睡醒時。豔陽天是看花期。誰解惜芳菲。東君付與閒人管，歡場裏、肯蹙雙眉。有酒重斟，一鞭殘照，鴉亂草橋西。

虞美人　午日

菖蒲斜映新粧曉。羞佩宜男草。綺羅輕揭入薰風。不覺流年偷換酒盃中。　香閨那解愁滋味。但問花開未。小庭結子有紅榴。笑折一枝親插內人頭。

最高樓　題德滋弟息心閣

儒家業，未老遂幽棲。鷗鳥共忘機。小樓過雨清風入，虛窗映日遠山低。晝遲遲，堪對酒，更彈棋。也不羡、侯門珠履客。也不羡、石家金谷苑。花月在、自相宜。勤耕蚤辦租和稅，高眠莫問是還非。任登臨，雲起處，燕來時。

南柯子　雨中夜坐

涼雨飛簷急，寒蛩泣露多。西窗剪燭苦吟哦。莫問高城鼓角、夜如何。散帙生秋思，烹泉遣睡魔。詩成起舞影婆娑。今夕有無好夢、到南柯。

傳言玉女　棠村雨後看芍藥

紅滿西園，正喜蕭蕭雨歇。平沙聯轡，更壺觴提挈。繁花錯繡，姚魏漫爭優劣。千林烟靄，孤村風月。共是閒人，對芳辰、且懽悅。遠山如沐，與塵寰迥絕。韶光轉眼，試把舊遊重說。開樽攜妓，去年時節。

甘州子　夜坐

夜涼人靜小庭空。花影亂，碧陰重。披襟消受晚槐風。往事嘆悤悤。貪露坐、斜月轉梧桐。

二郎神　邸雪

旅燈寒擁，蛩暗洒、一簾風雪。嘆辜負香衾，徘徊長漏，攲枕愁腸百結。偏怪無端孤館夢，更攪得、魂驚心折。空帶減沈郎，眉停京兆，曠閒風月。　凄切。酒杯在手，憂來難絕。想此際蘭閨，夜深無寐，屈指歸程未決。瓶菊半殘，篆烟猶裊，庭閉滿堦黃葉。把雁書一紙，銀釭獨照，對人羞說。

慶清朝慢　長至

鴛瓦凝霜，鸞釵㚟霧，鏡臺初試朝寒。共傳五紋添綫，葭琯陽還。物候撩人處，繡床中、刀尺任抛殘。牽情緒，偶離眼底，仍到心間。　驚乍冷、疑乍暖，攪愁思天氣，忒恁無端。幾回登高望遠，先怯雙鸞。背寫雲箋錦字，偷將紅豆寄郎看。斜陽裏，淡烟暮靄，攢上眉山。

喜遷鶯　上谷初度

旅懷孤孑。正屋角凍雲，垂垂將雪。別緒千端，羈愁萬斛，强把綠樽羅列。暗想畫樓佳夢，羞說懸弧時節。最不準，是蛛絲挂鬢，金荷雙結。　凄切。天亦妒，眉嫵風流，京兆偏磨折。玉漏聲遲，梅花吹罷，俯仰頓教心熱。洗盞且開笑口，顧曲重添華髮。怎消受，這酒闌燈灺，滿階殘月。

意難忘　閨情〔一〕

月滿虛廊。喜蛾眉淡掃，乍卸新粧。冰肌衫袖短，鳳髻縷拖長。鴛被煖、錦幃張。此際耐思量。玉漏沉、燈花更剪，試再端相。迴眸笑倚檀郎。最銷魂細語，別有溫香。含顰緣底事，密約肯相忘。憐繾綣、惜年光。地老與天荒。願共伊、生生世世，比翼成雙。

【校記】

〔一〕清抄本題作《偶憶》。

探春令　閨情用晏叔原韻

瑣窗黄鳥，傍人啼逗，懨懨天氣。送離愁、一寸柔腸裏。偏不分、鸚哥睡。畫闌風雨催花墜。欹枕非關醉。筭春光九十，悤悤過了，多少閨中淚。

春光好 旅況

茶鐺沸，篆烟收。伴春愁。天氣宜晴宜雨，弄輕柔。　子野聞歌添恨，仲宣漫賦《登樓》。悵望所思人不見，水空流。

謁金門 感懷

春寂寂。鴻雁幾行歸北。誰道家山渾咫尺。層層雲樹碧。　十載傷心淚滴。往事不堪重憶。欲掃舊愁新又積。風柔難借力。

沁園春 偶成(一)

身似孤雲，性同麋鹿，喜歸去來。憶尋花問柳，平隄試馬；誅茅結屋，好月啣盃。覊糲情甘，藜床夢穩，漁唱樵歌莫浪猜。無拘束，儘逍遙風月，洒落襟懷。　陡然又染塵埃。嘆迂闊先生何苦哉。看良平奇計，人爭鬭巧；儀秦辯口，我媿非才。如水臣心，桂薑愈辣，辜負黃金買駿臺。榮枯事，有天公作主，任爾安排。

【校記】

〔一〕清抄本題作《閒意》。

金人捧露盤　遊燈市

憶當年，燈燦爛，影交加。走御街、寶騎輕車。風光一樣，帝城粧點恁繁華。玄都觀裏，渾如夢、重問桃花。　裊珠鞭，衣馬客，新意氣，競相誇。笑揮金、儘把春賒。無邊烟月，都歸貂錦五侯家。小窗誰識，真消息、梅影横斜。

洛陽春　元宵後雪

纔過傳柑佳夕。曉窗飛雪。重重簾幕落梨花，總不礙、燈和月。　蕭洒柴門塵絕。又添春色。踏歌聲罷灞橋詩，天未許、風光歇。

子夜歌　寒食

皇州一夕傳宫燭。五侯宅裏烟凝緑。何處最關愁。佳人倚畫樓。　水邊縈醉客。金犢驅油壁。鄉思黯黃昏。梨花深閉門。

漁父　鄉思

大茂山前雨乍收。韓河水漲浪花浮。新笠子，小漁舟。我欲垂竿白鷺洲。

美少年〔一〕　夏夜

茉莉幾枝開〔二〕，小摘還頻數。香汗等閒消，一陣黃昏雨。

蘭湯浴罷時，簾局沉烟縷。偷取遠山青，描作眉兒譜。

【校記】

〔一〕詞牌『美少年』，留松閣本、名家詞鈔本作『生查子』。

〔二〕『幾枝』，名家詞鈔本作『幾時』。

拂霓裳　中秋

鳳城邊。女墻孤雁破寒烟。清影上，泠泠風露敞秋筵。澹雲新霽夜，淺水晚荷天。問嬋娟。想瑤臺、桂闕是何年。今宵昨歲，荒驛舍、雨纏綿。流光迅，幸逢人月兩團圓。笙簫蓮漏下，刀尺瑣窗前。酒盃寬。喜昇平、歌舞滿長安。

歸朝歡　除夕

帝里又驚斟歲酒。世事浮雲空白首。庭前歷落擁冰霜，江頭寂寞舒梅柳。東風何太陡。京塵虛負漁樵耦。剪燈紅，且傾柏葉，莫問經綸手。　六街爆竹喧闐久。輕煖輕寒門閉後。麗譙已聽漏聲頻，綺窗賦得椒花否。春光來戶牖。明朝可保朱顏舊？謝東君，一年盡也，此夕拚相守。

菩薩鬘　春暮

散衙晴暖茅齋小。落花寂寂鳴山鳥。白晝放春閒。那堪春又闌。　往時春酒社。繫馬垂楊下。今日任東風。羞看寂寞紅。

前調　題畫

空巖漠漠溪雲起。人家茅屋泉聲裏。誰爲寫滄洲。當年顧虎頭。　冥濛潭上黑。波湧魚龍泣。好作臥遊看。江南雨後山。

蝶戀花 西村牡丹開時追憶舊遊用蛟門韻

三徑葳蕤翻綵纈。魏紫姚黃，正是開時節。疎雨淡烟遊未歇。飛花片片飄香雪。 翠袖殷勤歌一闋。倚曲簫聲，此際銷魂絕。人去亭荒音調徹。曉風柳外吹村月。

小重山 重陽

籬下參差淺澹粧。浮雲殘照裏、又重陽。鏡臺空憶影雙雙。花無主、此日爲誰黄。 蕭瑟罷萸囊。風烟羞故國、遠山蒼。登高縱目事荒唐。杯入手、驚見鬢邊霜。

五綵結同心 元夕婚期用趙彦端韻

雲開瑤闕，月滿星橋，人如碧漢浮槎。燕市東風軟，香塵裏、調笑夜氣偏佳。喜看春色來鄉國，朝來報、鵲噪簷牙。燈光映、亭亭綠萼，養成畫閣仙葩。 遥知繡簾深處，正流蘇婉轉，低傍窗紗。六代歌絃，五陵遊騎，粧點一片妍華。九枝青玉歡相照，轔轔聽、車碾平砂。好趁此、團圞時節，領取上苑鶯花。

行香子　宿清風店

鴉亂斜陽。綠柳千行。村墟外、禾黍平崗。人家烟火，歸壟牛羊。喜中山近，新市渡，是吾鄉。
親朋聚首，濁醪在牖，乍相逢、先問農桑。三年京國，萬里遐荒。看燈生暈，人已倦，話偏長。

永遇樂　偶感

記得清宵，高燒銀燭，樽前歌舞。錦屬鑾鞾，鵝笙鳳笛，一串驪珠吐。樓空人去，蕭條寶瑟，付與落紅飛絮。怪何戡、渭城一曲，險認舊人風度。　彩雲安在，嬌喉久歇，一似昔遊重遇。對此茫茫，百端交集，惹起愁千縷。綺筵燈灺，空堦月落，惆悵梧桐秋雨。盼今夕、追尋好夢，酒醒何處。

如夢令　女汲

屋角銀濤千頃。纖手攜將修綆。素足傍清流，濺濕凌波不整。磯冷。磯冷。風動半江花影。

謝秋娘　舟中女

誰家女，十四正妃頭。臨水窺窗分黛色，驚人卻步褪蓮勾。怕惹燕鶯愁。

意難忘　本意

簾押風輕。看脂勻粉膩，百蘊香生。秀眉分嫩柳，私語學新鶯。條脫煖、玉釵橫。蓮步悄無聲。一縷絲、天元有意，付與雲英。　良宵花媚燈青。喜溫存性格，笑靨相迎。西窗人靜好，南浦句丁寧。星半落、夢初醒。捲幔水盈盈。倩誰將、相思紅豆，寄向多情。

一葉落　橘皮鞋燈

蓮落葉。新生月。製來也伴燒燈節。紅幇三寸香，芳心一星熱。一星熱。莫向孤眠爇。

柳腰輕 偶見

連緜涼雨飛簾幕。春宵永，孤衾薄。隔籬鶯燕，並肩綽約。道是初開屏雀。鬆條脫、錦瑟絃調，卸香雲、鬢蟬釵落。娣姒冠兒嬾著。露春纖、更加梳掠。小窗私語，背燈偷見，不管離人蕭索。江城畔、春色三分，都讓與、水邊樓閣。

春從天上來 壽羅弘載兩尊人

海上春城。羡高士齊眉，玉骨雙清。朱顏宣髮，小築林扃。晴窗圖史縱橫。有佳兒昭諫，拔赤幟、詞苑爭衡。任徜徉，聽辛勤機杼，靜好琴聲。簾外新翻樂府，更鱠切銀絲，酒漾金罍。桂嶺紅雲，珠江寶月，載來一水盈盈。向樽前爲壽，渾不讓、絳雪青精。綵衣輕。飛花沾袂，高樹啼鶯。

賣花聲 清明

日射晴江，影動柳塘花塢。鬬芳菲、榆烟杏粥。五陵遊冶，踏河橋新綠。對東風、笑人孤獨。朱門此日，座擁滿堂絲竹。鷓斑燒、翠圍紅簇。天涯人遠，冷奩香釵玉。怕消減、金蟬一束。

羅敷媚 偶見

春江艇子看人面，臉暈生霞。鬢影堆鴉。豔似孤村二月花。　深藏生怕蜂窺見，懶掃鉛華，悄映窗紗。借問當壚第幾家。

大江西上曲 秣陵留别方邵村侍御

海天歸櫂，近長干，紫氣遥看山色。驄馬來從桃葉渡，執手欷歔今昔。詩酒人豪，江湖孤艇，老去稱狂客。七年重遇，蒼浪頭鬢雙白。　聞爾六詔風烟，五羊珠月，盡入臨川屐。我亦越王臺畔過，恨少羅浮片石。世事如萍，舊遊難再，且聽桓伊笛。勞勞亭上，暮雲頓阻南北。

轆轤金井 江南春暮

暖雲如粉，草芊緜、畫閣曉粧時節。鸞鏡初開，把春衫香裛。拋殘線帖。向柳外、聽鶯尋蝶。淺水溪橋，笑招女伴，桃根桃葉。　沙堤踏青步屧。儘風吹鈿朶，裙衩波濺，鬬草平蕪，逞芙蓉雙頰。花鈴暗掣。蚤驚見、綠楊飛雪。報道春歸，海棠落盡，杜鵑啼歇。

剔銀燈　寄祝德滋弟

壯歲浮名抛擲。但有事、東阡南陌。好月涼颼，小門深巷，消受酒紅燈碧。莫辜秋夕。拚醉倒、人間狂客。　況是頭鬚未白。千歲徒憂奚益。小婦調笙，霜螯入手，不數瓊筵瑤席。金貂烜赫，肯換與、雨蓑雲笠。

一斛珠　題扇頭撲蝶圖

抛殘線帖。金鈿巧襯芙蓉頰。花間小步香生屧。鳳子蜻蛉，覓徧閒枝葉。　畫眉人遠腸千結。滿園秋色同誰說。笑攜女伴風前瞥。扇撲輕羅，惱煞雙飛蝶。

滿庭芳　壽王敬哉宗伯

綠醑方濃，黄花未謝，後堂深處張筵。歌鐘舞袖，輕煖小春天。猶憶尚書曳履，九重識、風度嶷然。歸田後，行年七十，步屧若飛仙。　翩翩。繞膝下，鳳毛麟角，璧合珠聯。更閒吟新句，小擘蠻箋。客至頻開東閣，渾不數、座上三千。趨庭日，折衝樽俎，譚笑息烽烟。

洞庭春色　長至曉雪

律轉微陽，日當長至，歲月堪驚。正寒生鴛枕，低垂銀蒜，綺窗雲暗，斗帳香凝。燕市風光憐暮景，更朝雪紛紛移我情。開簾幕，看簷牙飛絮，堦砌堆瓊。　追思去年此日，迢遞向、水驛江程。蚤月高溢浦，帆停廬岳，一灣漁火，幾點疎星。愁擁孤衾彭蠡曉，但五老遙來天外青。數聲欸乃〔一〕，家山萬里，鄉夢初醒。

【校記】

〔一〕『欸』，底本作『款』，據詞意改。

春風裊娜　上元王胥庭司馬召飲觀劇

喜良宵烟月，依舊清平。花市煖，晚風輕。有尚書好客，堂開簾捲；故人歡笑，粧點春城。百寶珠輪，九枝青玉，絳燭高燒列畫屏。琥珀光浮千日酒，赤瑛盤薦五侯鯖。　誰把燕山舊事，移宮換羽，倩優孟、譜入新聲。紅牙串，紫鸞笙。歌喉未歇，客欲沾纓。夢裏功勛，休嗟陳跡；眼前杯酌，且盡平生。種槐庭院，看年年無恙，紅燈綠醑，快聚良朋。

瀟湘逢故人慢　寄蛟門時方校訂余使粵詩

綠烟如霧，蚤花塢飄紅，柳堤拖絮。芳草生汀浦。正人立斜陽，雁迴沙嶼。書自雷塘，喜剖得、故人魚素。戰聲裏、詞客蕭閒，收拾嶺南新句。　水添波，春又暮。憶縹緲、江樓歸帆懸處。極目邗溝路。奈往事隔年，停雲頻賦。風雪旗亭，可更有、雙鬟重遇。想剪燭、樽酒論文，惆悵蕪城春樹。

大江西上曲〔一〕　寄懷弘載〔二〕

蘭橈畫槳，嶺南舟，共泛湖天寥廓。髯客揚舲蘭渚去，折柳滕王高閣。江上登樓，樽前擊鉢，轉眼分今昨。雲山千疊，舊遊頓爾蕭索。　聞道戍堞烽烟，戈船鼙鼓，宛委軍聲惡。當日應徐無恙否，八口可安林壑？阮瑀從軍，陳琳草檄，豈嘆功名薄。爲詢羅鄴〔三〕，壯懷肯令飄泊。

【校記】

〔一〕詞牌『大江西上曲』，名家詞鈔本作『念奴嬌』。

〔二〕留松閣本、名家詞鈔本題作《寄羅弘載越中》。

〔三〕『羅鄴』，留松閣本、名家詞鈔本作『羅隱』。

風流子　長安寒食

宵來風槭槭，清明候、做出鳳城春。正綺陌喧闐，塵沙撲面，羽書雜遝，簿領勞人。關情處、故園調杏酪，上塚碾香輪。榆莢影邊，酒旗何處，山桃村裏，金勒如雲。　蹉跎時序改，流鶯喚、幾度悵望斜曛。空聽稠餳賣罷，新燕聲頻。看秋千院落，雙垂綵索，梨花雨夜，深閉重門。曾否麗人水畔，鳥啄紅巾。

踏莎行　送春

暖入晴窗。簾垂朱戶，闌珊花事今如許。長天嘹嚦兩三聲，閒愁不共征鴻度。　暗換薰風。忙催柳絮，五陵衣馬芳原暮。畫樓人倚綠肥時，落紅曉捲殘春去。

一寸金　夏日傅去異邀飲觀劇

茉莉飛香，風滿簾櫳入輕縠。正琅玕晝展，紋生碧簟；冰盤高列，光搖寒玉。白墮樽凝綠，行廚進、露葵芳蔌。樂工是、內部梨園，錦罽鑾鞾競絲竹。　日永如年，門閒似水，何心問除目。喜主人情重，深杯避暑；詞場對遣，清筵顧曲。演到關情處，憑燒燼、兩條銀燭。歌聲裏、有客沾裳，疑聽燕市筑。

南柯子　題扇面美人課子圖

綠映眉痕淺，釵同鬢影斜。課兒曉起洗鉛華。一任瑣窗開盡、半簾花。　續史齊班女，知書比謝家。碧苔小徑靜無譁。想像當年韋母、隔輕紗。

一叢花　題邗江女子畫扇

白團似月復如霜。點綴倩紅粧。芳心一寸經營徧，平寫出、半面秋光。毫涴唇脂，墨沾衫繡，展向小晴窗。　草花歷亂暗飛香。綺翼太猖狂。肯教棄擲西風後，任出入、懷袖何妨。蝶粉存無，蜂黃退否，此際耐思量。

月上海棠　庭前秋色

西風暗裏窺窗牖。小庭閒、獨立夕陽久。花落金錢，露葵開、藥闌如繡。關情處，自嘆吾衰白首。

暫來蝴蝶黄昏候。對深杯、辜負紅酥手。消受清芬，怎當他、涼侵衫裦。秋雲外，幾層家山是否。

八節長歡　生子家讌時孫埍初婚

捲幔傳觴。看新秋色，雲影天光。月鏤歌扇小，風裊篆烟長。頻聞西塞捷書奏，正白頭、弧矢初張。又看吹簫跨鳳，彩翼成雙。　筵前爛炬分行。羌管咽、新聲唱出《伊》、《涼》。爽氣滿羅衣，金鑿落、休教負卻歡場。重斟酌，共領略、酒釅花香。湯餅會、呼巾拭面，今宵驗取何郎。

天仙子　七夕小飲用張先韻

急雨斜風臨檻聽。疎闌晚霽花初醒。又逢此夕會天孫，頻攬鏡。憐清景。細數流年心自省。　一片秋雲筵際暝，杯光浮動星河影。燭花重剪話團圞，螢不定。喧纔靜。新月窺人苔滿徑。

柳腰輕　題陶佀姪所持王生山茶蛺蝶圖扇

王郎雅擅丹青筆。冰紈小，經營極。碧雲裁葉，珊瑚鏤翼，圖出無邊春色。風微度、蝶粉初匀，雨新晴、蕊痕猶濕。　渲染黄徐堪敵。把江南、歘移河北。皎欺秋月，香生懷袖，勝賞忻同晨夕。伴揮麈、小阮風流，乍粧成、草堂蕭瑟。

五福降中天　壽同門王敬哉

早辭簪紱徜徉久，窈窕結成書屋。筇杖看雲，晴窗弄筆，消受燈青酒綠。蒔花種竹。偶佳客過從，論文刻燭。抵掌朝家，舊事文獻推公獨。　暖律將迴黍谷，介眉稱慶處，斑衣簇。司馬蟬冠，中原舄，京兆新登除目。朱顔帶笑，錦罽傳觴，滿堂絲肉。座上詞人，有雲間二陸。

東風第一枝　贈傅去異令魯山

梁苑詞人，秦川貴介，翩翩蚤下雙闕。琴臺曾否猶存，商餘有無堪躡。春風舄，到時正、芳原花發。試聽取、閭井絃歌，抛卻故山烟月。　紅燭炧、離尊未歇。驪唱罷、角聲又咽。人衝嵩少寒雲，馬嘶驛亭霽雪。唐賢舊地，誰更把、風流重接。好譜成、《于蔿》新聲，莫讓當年前哲。

春從天上來　初度　時生兒彌月曾夢有餉五苗圖者因以命名

臘雪初融。正上苑陽回，淑氣先通。霜添衰鬢，興託歸鴻。帝城歲月悤悤。又時當初度，筵開處、酒綠燈紅。奏清歌，喜嘉平永夜，月滿簾櫳。　五十年華細數，憶少不如人，意外遭逢。廿載趨朝，五苗入夢，犀錢繡褓重重。笑生平鹵莽，曾掉臂、蛟窟黿宮。漫敲評。無邊春色，共醉東風。

永遇樂　元日大雪

一夕東風，鳳城吹雪，河山春蚤。絮起高簷，花飛綺陌，鴛甃平鋪了。三冬凝望，茲宵纔見，共祝歲豐時好。曉來聽、清絲天上，粧點璇霄多少。　朝回謝客，薰爐茗椀，生受瑣窗寒峭。香土東華，壯懷銷盡，抛卻閒煩惱。驅馳嶺海，倥偬案牘，贏得風塵人老。問何日、普天洗甲，冶溪獨釣。

東風齊著力　十四夜用胡浩然韻

百寶燈輪，六街鼓吹，做就繁華。鳳城月滿，春到萬人家。多少朱門貴客，張高會、笑擁名娃。香風送，爐添鵲腦，斗帳低斜。　幽興亦堪誇。清影裏、凍枝絳燭交加。一簾夜色，別自貯烟霞。小擘烏絲寫句，迎人意、暖閣梅花。閒消受，霜柑素琖，春餅芹芽。

玉漏遲　十五夜用宋祁韻

烟花開紫陌，家家繡戶，華燈懸蚤。上苑東風，吹到郊原細草。燒徧旗亭絳蠟，弄春色、冰澌芳沼。樓閣悄。何人深院，新粧偏巧。一樽散遣閒情，招詞客南皮，逢場歡笑。簫鼓西鄰，助我月中清眺。待得酒闌燭燼，喜自有、寒花相照。金勒杳。遊人畫橋多少。

金明池　十六夜用秦少游韻

氣暖璇霄，波融太液，寶炬分開輦路。當此夜、衣香人面，星橋畔暗塵如雨。奈銀花、火樹蕭條，頻凝望、角觝魚龍何處。正門掩東風，篋横別院，讓與侯家歌舞。欲倩東皇强作主。把三夕春光，一宵留住。金縷奏、漏聲停滴，玉釭倒、客懷莫訴。況年來、子野多情，看天外風烟，人間荼苦。仗冉冉韶華，溶溶殘月，都向醉鄉歸去。

雨中花　燈宵後小雨

前夜殘燈薄霧。燕燕鶯鶯無數。聯袂香停，弄簫人遠，幾陣廉纖雨。几倚烏皮吟短句。紅燭依人如故。看有限風光，無端春思，不分閒窗暮。

漢宮春　送陳子萬歸荊溪

雪霽燕關，有吳客將歸，越吟蕭索。池塘草色，夢入君家康樂。偶攜書劍，逐寒烟、壯遊河朔。從市中、狗屠擊筑，相看酒壚酬酢。千里春風垂橐。嘆秦川公子，梁園棲泊。長門價賤，誰識臨邛搖落。仲宣顦顇，賦登樓、仗憑春屩。且作達、放歌湖海，莫問人情雲薄。

小桃紅　春晴

陌上風微逗。暖日烘晴晝。砌草纔生，遊鱗初躍，賣餳時候。看家家、齊把繡簾開，試輕衫紅袖。寂寞城南柳。望斷家山岫。燕子無情，杏花何處，春過八九。鬢蕭蕭、難逐少年場，攬鏡羞回首。

剔銀燈　春雨

輕煖薄寒不定。醞釀出、瀟瀟烟景。眉嫵窗紗，牙籤簾几，春晝須人承領。淡雲微雨，生催促、碧桃紅杏。當日西園三徑。正好泥香林靚。花發疎欄，笛橫別浦，載酒徵歌尋勝。東華留滯，都分付、短檠孤詠。

謝池春慢 寒食用張先韻

湘簾繡幕，早吹得、東風到。禁火碧烟疎，上塚香塵曉。柳岸青方嫩，花墅紅猶少。酒旗斜，嵐岫渺。沙平草細，野水連殘照。五陵挾彈，爭走馬、長楸道。天氣晴兼雨，人面嚬還笑。霧染春衫濕，歌溜鶯聲小。時虛度，愁未了。調笙何處，總入《伊》、《涼》調。

喜遷鶯 相國出師

雲開宫扇。正授鉞專征，香生春殿。入媲蕭曹，出兼方召，推轂玉階親遣。王翦頻陽再起，裴度淮西重見。螺聲裏，蚤營屯細柳，陣名鵝鸛。爭羨。刁斗肅，老將臨軍，要使旌旗變。半壁秦關，三章漢法，肯更逍遥河畔。急雨已看洗甲，絶塞不聞傳箭。鵷行列，問何時飲至，麒麟高宴。

金鳳鉤 上巳

春偷減，賒無計。怪非雨、非晴天氣。梨花開落，情多生怨，難向芳原修禊。長安水畔新蒲細。可更有、佳人拾翠？蘭房徙倚，夢回窺鏡，試驗朱顏凋未。

新雁過粧樓　偶感

雁影縱横。微雨過、綠陰巧弄新晴。風烟非舊，暗數當日王程。粤秀山頭遥騁目，海珠吞吐暮潮生。到如今，蕉紅草碧，半雜軍聲。　鬱孤臺邊醉客，挂片帆載月，水漲花明。樓船飛檄，驚破曉樹啼鶯。霏霏嶺雲幾縷，嘆眉黛蕭條冷畫屏。春何處，剩亂鴉殘照，愁煞江城。

賀新郎　午日賀友人納姬

綺閣迎新暑。捲湘簾、冰紈初展，紅榴爭吐。此日雙蛾纔畫了，十樣眉痕重譜。蚤試罷、銀瓶薇露。斗帳濃薰宫餅熱，聽玉簫、吹徹朱樓午。蓮得偶，鸞雙舞。　彩毫自寫香奩句。想燈前、定情良夜，紅窗私語。佳麗東南渾占斷，不分春光歸去。倩乳燕、雛鶯留住。嫁得風流金馬客，似當年、絡秀傳千古。蘭夢叶，天應許。

綺羅香　午日

葵扇迎風，榴芳照眼，鵲尾鶡斑香吐。兒女憨生，爭把釵符綴虎。佩丹砂、乍啓清樽，誇益智、競傳角黍。問江南、金粉山川，波心幾許舟飛渡。　驚心雲外羽檄，但聽潮聲裏，軍船鼙鼓。繡柱珠簾，一半沉埋歌舞。登樓賦、王粲愁時，弔湘水、靈均何處。休辜負、眼底繁華，流年難更數。

沁園春　讀董舜民蒼梧詞賦贈

六代風流，江左文豪，杖策北來。羨一編在篋，餐霞霏玉；千秋自賞，絕豔驚才。憔悴江潭，逡巡京洛，十載蘭成意可哀。芒鞵徧，仗烏絲綵筆，抒寫孤懷。　而今名滿燕臺。看鞭弭中原何有哉。儘危樓百尺，從君高臥；旗亭羣伎，聊與徘徊。雪苑人稀，酒壚風邈，讀罷新詞倦眼開。期成賦，有黃金爲壽，一拂塵埃。

喜遷鶯　送葉元禮登第南歸

曉鶯頻囀。正吳下才人，《子虛》初薦。杜曲看花，新豐貰酒，領取暖風輕扇。舊按雙鬟牙拍，新聽九天絃管。猶堪憶，向中原奪幟，滯留梁苑。　繾綣。酬唱處，客路論文，洗盡風塵面。《蘭畹》餘香，《玉臺》麗藻，搖筆書成黃絹。歸棹重尋烟月，晝錦爭誇袍茜。一門內，將科名文采，君家獨擅。

三姝媚　題仇十洲笠簑圖

茅亭連澗草。看青山一抹，白雲遮了。髹几桃笙，有翠眉紅袖，淺顰低笑。寒出春纖，二十五、冰絃縹緲。密坐焚香，牙拍輕催，雙鬟嬌小。　捲幔東風吹蚤。更蘿徑烟深，藥欄花繞。曲奏雲和，伴林中高士，瑟琴靜好。江樹歸舟，向夢裏、相逢偏巧。記取笠簑朱字，青春未老。

望江怨　題畫扇

闌干小。幾處金銀花綻了。香入蘭閨曉。東家蝴蝶飛來蚤。奩鏡悄。莫使撲輕羅，留伴秋光好。

瀟湘夜雨　暑中喜雨

炎熇橫侵，火雲亂擁，終朝霑透輕衫。陡來涼雨，風捲入湘簾。似聽潮聲夜發，庭柯響、飛瀑高檐。空濛裏，層城爽氣，西嶺碧於簪。　憑誰除酷吏，冰紈不御，花露微涵。更晚香初逗，清影髟髟。擬對踈燈散帙，閒消受、綈几牙籤。螢光細，蜻蛉翅顫，烟雨小江南。

踈簾淡月　雨後幼平表弟子諒內弟招飲觀劇演隋末故事

雨餘如沐。正暑氣乍消，階除新綠。有客樽開琥珀，駢羅絲肉。珠簾高捲斜陽裏，扇熏風、小堂花竹。遏雲絃管，忘形親串，清懽何足。　嘆當日、陳隋競逐。看螢苑迷樓，皆成荒麓。重演繁華，蓮鏡光涵冰玉。揚州烟月渾如舊，更誰翻、夜遊清曲。興亡一夢，且酬佳夕，笑爇銀燭。

百字令　送曹頌嘉中翰省覲歸江陰

金門倦客，戀庭闈、頓使梁園蕭索。大雅榛蕪君崛起，健筆韓歐復作。排闥縱横，飆回浪激，珠玉隨風落。雄文讀罷，瓣香今日重握。　惆悵暑雨紅亭，才人萍散，揮袞飢臣朔。子舍承顔清晝永，細把千秋商略。申浦奇雲，大江華月，高詠恣横槊。巖棲未穩，相知半在黄閣。

如此江山　送孫屺瞻學士省覲歸吳興

淙淙幾夕青門雨，學士碧山歸去。詞苑無雙，臚聲第一，烺烺照人瓊樹。文推繡虎。每東觀陳書，花磚徐步。故國關情，河梁抗手冥鴻舉。江山罨畫如舊，嘆無端戰伐，灰飛樓櫓。衣錦爭看，倚閭親在，菽水九重恩許。輕帆曉渡。趁夾岸芙蓉，菰蘆深處。鷗鷺何猜，《南陔》篇自補。

拜星月慢　七夕何墐生辰觀劇

岫爽迎襟，庭柯含雨，一派好天良夜。落葉疎香，綴秋容如畫。鵲橋展，喜遇九霄嘉會，散作人間蕭洒。玉潤懸弧，正雲開晴乍。　蟻浮樽、軒檻飄蘭麝。新聲倚、弄笛紅燈下。搬演文武衣冠，成六朝佳話。問天孫、此夕應無價。堪相賀、秦隴烽烟罷。畫屏冷、客醉氍毹，看銀河欲瀉。

金菊對芙蓉　贈楊亭玉學博士龍謂陸子恂若龍眠謂方侍御邵村也

新雁穿雲，蒼葭綴露，傷離最是清秋。正客星漸遠，數賦登樓。比鄰一載頻攜手，聽舊雨、茗椀燈篝。士龍已去，巨源又別，萍散皇州。　襆被蘭若遲留。更客到龍眠，共醉壚頭。嘆廣文獨冷，旅鬢霜稠。才人憔悴哀庾信，青衫擁、長揖公侯。莫嫌祿薄，盤中苜蓿，儒吏風流。

滿庭芳　秋夜觀劇中有歌者娟秀如好女

霽色迎人，檐花戀客，暇日簾敞前楹。杯浮醽醁，秋滿鳳凰城。笑聽吳歈佐酒，繁絲與、夜氣同清。燈兒下，梨花素面，看煞小秦青。　輕盈。且漫説，殷勤渭唱，窈窕旗亭。儘燒殘絳爉，炙暖鵝笙。奏徹《江東白苧》，座中有、杜牧多情。渾消盡，閒愁萬斛，瑤瑟憶湘靈。

燭影摇紅　友人出家伎佐酒

絳燭秋宵，朱闌曲曲開芳醞。曼聲檀口囀雛鶯，膩臉薇香嫩。樂府新翻偏韻。乍回眸、紅潮微暈。元人宮調，吳下排場，風流重認。　舞罷前溪，爓煤落翠懽無盡。寧王玉笛莫愁歌，更有蠻鞾襯。銷卻柔腸一寸。怕催人、漏銅滴緊。愁多子野，狂發分司，笑迴紅粉。

花發沁園春　贈徐方虎編修歸德清

屈宋衙官，曹劉驅駕，文壇手闢荊棘。才江學海，剩馥殘膏，沾溉人間詞客。相如病渴，歸夢繞、鄉關秋色。蚤謝卻、儤直承明，經營登山雙屐。　悵别河梁蕭瑟。有青門供帳，紅亭風笛。霜零葭荻，楓冷江樓，盡入濤箋湘筆。軍船戰鼓，渾不礙、霅溪泉石。還朝日、鐃吹篇成，佇看燈撤蓮碧。

畫屏秋色　中秋邵村過秋碧堂小飲

帝里敲雙杵。聲摵摵、檻外落英堪數。舊雨人來，圖書共賞，秋堂容與。題寫徧宮牋，旋解帶、呼奴爲黍。都不辨、誰賓主。任鄒衍譚天，東方諧口，收入龍眠麈尾，遂空今古。看取。浮雲如許。何須問、當年投杼。燕昭臺畔，荊卿歌裏，高城輪吐。釃酒酹金波，逢場不分年遲暮。人在璚樓玉宇。作達對西風，試把中原屈指，豪傑疇當旗鼓。

望遠行　送方邵村遊山左

銷魂何事，輕言別、把酒渭城重唱。畫師詞客，草聖文豪，並擅一時飛將。燕市狂歌，無復漸離擊筑，蕭瑟壯懷誰向。幸相看、華髮青山無恙。　惆悵。滿目津亭衰柳，正潞水、瀰瀰秋漲。趵突泉聲，鵲華霜色，都付芒鞵筇杖。猶憶西窗剪燭，南樓聽雨，消盡東華塵坱。擬他時夢繞，風烟江上。

飛雪滿羣山　贈莊澹菴宫坊入秦

廿載通家，五雲仙客，烟霞未改朱顔。中林久卧，春明重入，共傳前度人還。擁圖書滿載，渾不讓、襄陽畫船。西行投袂，衣裝短後，杖策入秦關。

喜此日、咸京烽火息，嶷然天府，百二河山。風高鄠杜，霜清韋曲，孤吟驢背橋灣。助軍儲塞下，歸來正、花明柳妍。《長楊》、《羽獵》，抽毫賦作楊馬看。

惜秋華　九日同張黄美諸子登高

葉落長安，綴秋光、半在琳宫高處。騁目振衣，蕭瑟畫樓烟樹。蒼浪雙鬢京華客，無奈滿城風雨。憑飛檻、河山千疊，消磨今古。

紅蓼摇汀浦。與廣陵遊子，同牽愁緒。嶺海回頭，一夢重陽屢度。可憐江閣黄花，憔悴向、戈船火鼓。延佇。仔細把、茱萸拈取。

萬年歡　汪蛟門舍人舉子賦此志喜

明月揚州，正繽紛桂子，飛來瑶闕。入掌珠圓，産自渥洼丹穴。試聽啼爲英物，有多少、瑞雲高結。開湯餅、廿四橋邊，玉簫檀口吹徹。

弄麞書帖。京華羈客成一笑，屐齒應折。慧業文人，蚤向金閨名揭。今喜書香堪接。看蓬矢、桑弧初設。卜他日、謝氏超宗，鳳毛檢覓重說。

高山流水 題汪蛟門少壯三好圖

舍人蚤達擅才名。寫孤懷、聊寄丹青。紅袖儼成行，清絲奏出新聲。牙籤滿、圖史縱橫。便便腹，指點雙鬟索酒，小婦鳴箏。且閒情作達，蝸角詎堪爭。飛騰。看徵逐如許，渾冷落、翠黛金罍。千古有彥瑜，知己長揖爲朋。世人誰醉復誰醒。破愁城，吾衰讀書恨晚，杯酌難勝。儘風流三般，總讓與汪生。

跋

梁允植

家叔父司農公教子弟，家法醇謹，雖步履折旋，進退規矩，必合法度。自理學、經濟諸書外，稗官野史，都不令流覽。然於詩詞，必使涉獵焉，曰：『所以發其興觀羣怨，使識古人美人香草皆有所寄托也。』故允植得從間竊觀叔父《蕉林集》，凡樂章小令，必一一從紈素間誌之。

先是，松陵徐子電發請於叔父，合宗伯龔公詞，刻之吳郡，已風行海内矣。然《棠村詞》猶孔翠麟角，未覩全豹也。允植因蒐輯叔父前後諸稿，與徐子重爲校訂。徐子益勸允植增梅村祭酒，並爲三先生詩餘行世，云：『南北鼎峙，似宋《珠玉》、《六一》、《東坡》，後世必有傳者，君其爲叔原之小山乎！』允植謝不敏。然叔父之詞，則河朔、江南傳唱已遍，固非允植小子一人所得而私也。

姪男允植謹志。

跋

徐釚

釚既刻合肥宗伯《七十二芙蓉詞》成，攜至京師，西樵、阮亭諸先生都稱善本，共贊刊播宇内名作，以備樂府之選。一日，謁大司農梁公於蕉林書屋，公從末座召釚至前，指陳風雅，乃得竊侍几杖。讀公譔著，請效校讐之役，先以詩餘。從事未幾，南遊錢塘，倉卒俶裝，不遑盡啓枕祕，僅從蛟門舍人許搜得公《棠村詞》數十闋，並散見於斷紈零素間者。歸，鍥之吴郡。雖片臠嘗鼎，而詞場宿老已爭購不置。公小阮冶湄令君因力請全集，先生遂從家郵中以先後諸稿授梓。冶湄政事之暇，細爲裒輯。時釚與公家雲麓適在署内，冶湄訂與同校，因遂得窺全豹，始知公不獨以詩歌、古文爲海内所傳誦，卽長短句亦奪寇平仲、歐陽永叔之座也。

時康熙甲寅春仲，吴江受業徐釚謹書。

跋

梁天植

范文正、司馬溫公、韓魏公皆一時名德重望，范《御街行》有『眉間心上，無計相迴避』之語；韓《點絳唇》有『武陵凝睇，人遠波空翠』之句；至溫公《西江月》，直云『相見爭如不見，有情還似無情』，風流婉麗，其視廣平《梅花》一賦，又爲過之。非故好閒情也，直因至性纏綿，鬱而不洩，遂借長短句以抒其忠愛之忱。不然，彼『榛苓』之頌美人，《離騷》之歌香草，將不登於周、秦、漢、魏以上也。癸丑冬日，因弟允植較鐫叔父棠村詞集，遂連類及之。

姪男天植謹識。

喜遷鶯　仲冬壽于岱仙年兄

嘯園晴景。正晝閣曉寒，薰爐烟凝。昔日于公，門容駟馬，種德古今堪並。爭羡豸冠風采，卿月溶溶交映。介眉處，喜如春暖氣，燈光簾影。　幽靚。最好是、弱縷將添，面藥脂香淨。玉手傳觴，斑衣絢綵，不負錦堂佳興。報道小車花外，暫啓蔣家三徑。看歲歲、向綺羅叢裏，袖扶酩酊。

滿庭芳　壽何雲子

日暖雕檐，雲開金埒，繡衣舊識風流。外臺旌節，聲滿帝王州。晝錦歸來未老，烟霞裏、頻醉歌喉。香山社，籤聲燭影，重續少年遊。　難求。唯有此，杯御樂聖，鄉號溫柔。趁暫抛朱紱，且狎汀鷗。憔悴寒燈旅客，感情重、慰我羈愁。逢嘉日，華封競祝，慙愧敝貂裘。

醉蓬萊　壽光祿兄

喜村醪方熟，暖日如薰，晝長添綫。初度嘉平，又春風將扇。聚首他鄉，行廚載酒，做團圞家宴。莫問閒愁，人生行樂，逢場消遣。　萬事浮雲，此心泥絮，暗想平生，鹿蕉同幻。度世登真，待功成圓滿。刻燭徵歌，渾忘今夕，是旅縈孤館。履險無驚，新來道氣，較先深淺。

憶秦娥　得夢

更籌歇。鶼鶼夢較前番切。前番切。依稀蟬鬢，口脂香徹。　是誰綰就相思結。長宵偎得孤衾熱。孤衾熱，驚回一枕，半窗寒月。

長相思　題畫上美人

整雲鬟。亂雲鬟。笑看佳兒戲綵斑。春風燕坐閒。　倦雙灣。惜雙灣。密約刀頭尚未還。蹉跎午夢殘。

鳳樓春　偶見

花出粉墻東。雙控簾櫳。步鞋弓。桃花人面笑春風。綠鬟巧，映潮紅。秋水照人頻送目，隱現思無窮。　旅懷濃。暗數芳蹤。憑欄遥望，寸腸牽亂，那堪婉轉驚鴻。有意無情。淡粧冶服許誰同？若耶溪畔，燕子樓中。

畫堂春　內子誕日

梅風剪剪畫初遲。凝粧小拜先祠。喜逢設帨早春時。簾捲晴暉。　家讌笑攜女伴，舞斑雙繞孫枝。藁砧獨恨滯歸期。淡了眉兒。

滿庭芳　賀魏蓮陸舉孫

鵲噪高簷，弧懸綺戶，謝庭樹發孫枝。充閭佳慶，湯餅趁芳時。春動門前五柳，祥烟繞、香徑疎籬。開顏笑，蘭徵不爽，詞客詠螽斯。　提攜。看異日，飴含暖閣，斑舞重闈。更韋氏經傳，萬石名齊。憔悴故人旅舍，听然喜、暫展雙眉。茅堂畔，燈青酒綠，莫放掌中巵。

惜分飛　代人憶舊

柳暗章臺春欲暮。曾否長條如故？攀折誰爲主。當時密約空凝佇。　猶憶無人私語處。一旦蕭郎陌路。心事憑鴻羽。相思不共鴻歸去。

唐多令　夏夜

深巷帶斜陽，輕風送晚涼。曲未闌、月又昏黃。終日思歸今秣馬，頻催促、舍人裝。　客裏夢荒唐。閨中淚數行。酒澆愁、難入愁腸。計日疏籬芳芷發，同看取、菜花香。

風入松　初度

一簾風雪鳳城西。客到閒扉。百年世事今過半，祇應共舉金巵。天上雲和將奏，江頭梅柳舒時。　行藏千古總如棋。說甚雄雌。燈青酒綠春長在，歲寒心、肯怨衰遲。自笑癡懷依舊，誰言五十知非。

早梅芳　立春

曙色寒，門屏悄。春信梅邊到。東風何處，暗裏吹，窗夢驚曉。青芹盤內細，綵燕釵頭小。問貴人輦上，歲月可知道。　意闌珊，人潦倒。身世如何了。韶華過眼，容易忙中收拾早。新情添幾許，舊恨餘多少。仗東君，掃除閒懊惱。

桃源憶故人　遊放生池

一鞭東去晴烟裊。寂寂松門如掃。車馬塵中人老。似此清涼少。　風吹池上冰開了。日暖漸薰春草。佛國不生煩惱。一芥須彌小。

醉太平　偶興

瓶中養花。天邊看霞。門前任爾繁華。且添香喚茶。　時名漫誇。蹉跎肯嗟。圖書便是生涯。詠池塘謝家。

搗練子　齋雨

初捲幔，更呼茶。細雨蕭蕭入碧紗。怪得風來香滿院，過墻新放合歡花。

棠村詞二刻

題辭

金碩鼐

昔人云：文生於情。又曰：情由憶生。或登山臨水，遠望長歌；或魏闕江湖，先憂後樂。蓋其寄托遥深，言在此而義在彼。千古大文人，必千古之鍾情最深者也。碩鼐下里淺學，每記辰午季間，因肄業國雍，承宗伯王敬哉夫子特達之知，且齒及於梁少宰葵石、大司農蒼巖二先生之前。曾蒙築室相邀，因得瞻二先生命世之丰采。而司農時寵譏笑，於論文之暇，亦嘗手示耳提，揚扢風雅，引人著勝。自恨塵骨凡胎，一落天涯，便隔弱水三千矣。今冬跨驢衝寒，偶過泗濱，於令姪次典大令晚衙中，以先生《棠村詞二刻》見示。捧讀之，峩峩洋洋，目所未見，譬遊瓊宫貝闕者，無珍不備。不意范、歐諸名公後，復有超軼而上者如斯之盡美。

蓋先生自少壯立朝，以至周典政府，曳履星辰，從容因應，洞中機宜，旁及詩詞，亦眉山所云『萬斛泉源，不擇地而出』，詎止風華淹麗，鬬勝於六朝、《花》、《草》間也？若夫情之所鍾，有所感慨，寓言婉約，莫不曲盡繾綣，藹然如春。樂府新聲，引物連類，誠有珠光玉潔、周情孔思之擬。非體協宫商、德合張弛者不及此。鼐本不能文，覩此鴻筆，輒爲飛躍，非敢自附蠡測之末也。

壬戌臈月，禾城晚學金碩鼐謹述。

題辭　　吳儀一

大司農梁公高閬鉅筆，埒宋韓、范、歐陽。所撰樂府小令，多旖旎語，世亦以『武陵凝睇』、『秋色連波』、『水晶雙枕』之句相方儗。儀謂宋賢諸詞，佻達之子藉爲解嘲，邊幅之士疑其諷作，此不足深辯也。夫諧韻之文，與時遞變，而逮於詞曲，要皆本元《三百篇》。無論涉溱蔓草，將謔已甚；蛾眉蓬髮，形容欲絕，卽《南》、《雅》所登，如《卷耳》、《杕杜》之懷人，雨雪楊柳之行旅，以及夭桃穠李、感帨驚尨，莫不旨蘊溫柔、辭緣綺靡，況其餘者乎？史遷稱《離騷》兼《國風》、《小雅》，今觀其文，瑤臺佚女，非指美人；芳洲杜若，不惟香草，猶是山榛隰苓之遺。公詞比興雜陳、情文斐亹，直將上據輶軒、平視正則矣。必謂廣平《梅花》，不閡鐵石；元亮《閑情》，無纇白璧，抑沾沾與紅杏尚書絜華媲采，皆淺之爲見也。

輯《棠村詞》者，初爲蛟門、菊莊二太史，公小阮冶湄太守復廣之，易齋大令又錄二集。儀與校字之役，因附記此。

錢唐後學吳儀一謹識。

詞話

汪懋麟

吾師《棠村詞》向刻於錢塘者，单行久矣。再刻於揚州，合吴祭酒、龔尚書爲三大家，並行於世。其散見於諸家選本者，在所流傳。葉少蘊嘗稱柳三變詞云：『頃見西夏歸朝官言，凡有井水飲處，卽能歌柳詞。』殆《棠村》之謂矣。頃所填長短句復纍纍，會公猶子次典官泗水，請鏤板續行，公命懋麟論次。懋麟無狀，序公之詞再矣，不惟言之不文，且懼其複也。爰附《詞話》四則，與海内讀公詞者共證之。

士大夫以勳業道德相高者，鮮不以聲韻之學爲病，然寇平仲、韓稚圭、范希文、司馬君實，以至朱考亭、真西山、許魯齋、吴草廬諸先生，皆未嘗以填詞爲諱。而時賢則務修飾爲敬慎，甚有少時所作豔體詩，久且追悔，謬言僞作，恐妨吾他日俎豆，亦先賢之罪人矣。陳質齋嘗云：『歐陽公詞多有與《花間》、《陽春》相混，亦有鄙褻之語廁其中，當是仇人無名子所爲，或謂劉煇僞作。不知六一居士文筆迭宕，何所不有，烏足爲公病？』讀《棠村》長短句者，必破僞學方幅之見乃可。

黄魯直云：『晏叔原樂府精壯頓挫，動搖人心，在《高唐》、《洛神》、《桃葉》、《團扇》之間。』公詞出入《騷》、《雅》，蘊藉多風，視叔原，豈復多讓！

張功甫稱史邦卿詞『織綃泉底，去塵眼中，妥貼輕圓，辭情俱到，有瓌奇警邁、清新閑婉之長，無訑蕩汙淫之失』，允爲詞家正論。公居平與羣從子弟論填詞之法，大率準此。後學亦可知所宗法矣。

古人填詞，立被絃管，非深明音律，罕能叶調。紹聖初，東坡先生與晁以道別於汴上。酒既酣，自歌《古陽關》一闋，則東坡神會音律可知。邇日陪公遊祝氏山莊，有老樂工侍側，公命歌所填新詞。低昂婉轉，流響絲竹，此豈時流斤斤按譜、苟當平仄所能及也？

康熙壬戌中夏，揚州門下士汪懋麟謹識。〔一〕

【校記】

〔一〕按：真定梁氏叢書本《棠村詞二刻》誤將此『詞話』置於《棠村詞》『詞話』後，文字無異。

題識

梁允桓

家叔父司農公由學士領尚書數十年，文在史館，業在政府，世莫不共見之。顧退食之暇，惟以詩歌、古文辭自娱。桓嘗侍側，見叔父每遇一題，與賓客酬對自若，初如不構思者，已而布藺疾書，絕不點竄隻字。所著作幾等身，雅有藏諸名山之意。壬子秋，松陵徐太史電發始從蛟門汪太史輯得叔父《棠村詞》一卷，鏤板行世，猶吉光片羽也。甲寅春，家兄冶湄太守復請詩餘全集，並《蕉林詩》刻於錢塘而流傳。叔父之樂府者，始不止旗亭一曲、驛壁數行矣。嗣後嘯詠益多，桓恐時久散佚，先請剞劂《棠村詞二集》以公海內，當亦詞林所共快也。同桓校訂者，則西陵吳子舒鳧云。

壬戌冬長至日，猶子允桓謹識。〔一〕

【校記】

〔一〕按：真定梁氏叢書本《棠村詞二刻》誤將此題識置於《棠村詞》跋後，文字無異。

棠村詞二刻

百字令　寄兄子治湄時以郡佐領縣事

河橋冰泮，早悤悤又遇，傳柑嘉節。惆悵阿咸官越嶠，閒卻竹林烟月。五馬風流，雙鳧仙舄，日判倥偬牒。水犀戰罷，江頭烽火纔歇。　聞道露冕春田，折腰公府，不廢登臨屐。憶昔烏衣遊侶散，管領湖山千疊。寄我新詞，爲添清興，永夕浮蕉葉。倘詢宦況，別來頭髩垂雪。

傳言玉女　春宵

宮餅燒殘，小閣落梅如雪。衾窩寒峭，簾局熏纔熱。釵聲髩影，偷見燭花雙結。漏銅遲滴，繡帷輕揭。　私語窗間，膩薇漿、香暗裛。是鄉堪老，萬斛閒愁歇。鶼鶼夢穩，莫使風驚簷鐵。春宵幾刻，消磨人傑。

疎簾淡月　送羅弘載南歸卽用見贈原韻

暖回南陌，正水漲春波，柳舒新碧。文酒清歡纔罷，又歸詞客。蕭條書劍東風裏，醉旗亭、徧看山色。河梁惆悵，臨岐欲贈，繞朝鞭策。　憶嶺表、徘徊燈夕。探海月珠江，共尋陳跡。三載烽烟，此日頓殊今昔。綵舟酬唱同蕉夢，向燕臺重聽羌笛。如君才藻，江湖歲月，漫教虛擲。

春風褭娜　花朝何堉邀飲演衛大將軍劇

恰春寒初退，日麗皇州。羅綺席，上簾鉤。喜何郎、顧曲開樽招客，鸞笙瑤瑟，永夕消愁。《白苧》新聲，紅樓高唱，說甚當年秉燭遊。老去襟懷須放達，醉來調笑更淹留。　試演平陽主第，家奴上將，盛衰事、轉眼都休。看戚里，取封侯。英雄失路，壯士懷憂。富貴浮雲，徒誇汗馬，恩仇翻掌，羨煞江鷗。漫論世態，幸春光如舊，燈前酒碧，花底風柔。

揚州慢　寄酬呂半隱同年

廿載遊蹤，今來河朔，共君咫尺天涯。有中山名酒，好醉趙城花。回首望、鄉關萬里，萍浮一葉，躡屬官銜。問玄亭、奇字當傳，誰是侯芭。　苕溪寄跡，夢揚州、又泛仙槎。想邗上風流，海陵烟月，依舊繁華。爲我蜀箋寫句，畫圖裏、猶帶烟霞。看文成五岳，每憐王粲無家。

惜餘春慢　送春

布穀啼殘，野棠開盡，見說綠肥紅瘦。何方繫馬，是處提壺，輸與五陵豪右。暗想南陌東阡，草亂青袍，飛花眠柳。似徐娘老去，風情今日，可還如舊。　猶憶得、錦瑟相偎，畫樓頻倚，低唱翠眉微皺。軟紅滿目，風雨無端，斷送韶華太陡。試共東君細論，何似休來，來須相守。未尋春、春已先歸，愁煞曉鍾時候。

望湘人　寄懷雲間張帶三同年

悵雨來非舊，老去傷離，曲江朋侶凋謝。滄海生塵，故人無恙，每共耆英邀社。三泖烟横，九峯霞起，人娛清夏。更烏衣、子弟翩翩，不讓機雲聲價。　早見名高洛下。執中原鞭弭，爭衡董賈。媿少不如人，頭鬢雪霜驚乍。何日結伴，聽漁樵話。遥憶山中多暇，把酒向、唳鶴灘前，幾度樽空燈灺。

念奴嬌　新築書屋

蕉林名久，問先生何處，爲君書屋。隨地誅茆蒔藥草，小構朱闌數曲。北牖琴樽，南窗烟月，舒嘯當休沐。蕉陰清影，雨餘頻展新綠。　幾年潦倒京塵，故廬荒矣，夢繞家山麓。但取意中林壑在，便可結籬編竹。簿領纔抛，圖書堪擁，世事憑飜覆。鳥啼花放，閒心如坐空谷。

漁家傲　題王烟客摹黄鶴山樵畫册

文獻吳中凋謝了。婁江留得西廬老。茗椀香爐人静好。桐陰悄。閒窗摹出山樵稿。　詞客畫師稱二妙。蓬萊水淺乾坤小。一帶林巒雲浩渺。塵事少。卧遊似傍龍眠曉。

賣花聲　夏日雨中

炎熇沾衣，驟雨欻來庭院。洗京塵、不須紈扇。涼颸入幕，裊孤燈零亂。喜天際、輕雷漸遠。　披襟雜坐，朋輩風流蕭散。遣閒情、蠻牋茗椀。最關人意，有檐花紅綻。任陰晴、浮雲舒卷。

雨中花慢　贈陸雲士歸武林

江左詞人，襆被囊詩，京華數載淹留。有三都賦就，紙貴神州。戶外車輪嘗滿，句中烟景全收。問王家簟扇，座上羣賢，誰奪先籌。　長卿意倦，風雨歸裝，還訪西子湖頭。秋色好、芙蓉十里，香發汀洲。結社重尋舊侶，看山幾醉江樓。莫耽花月，再來燕市，慰我離憂。

賀新涼　蕉林聽雨次許文石韻

簾靜薰風轉。傍窗紗、陰陰蕉影，涼生庭院。魚鳥親人塵不到，籬畔紫薇初綻。危坐久、宜攤書卷。一陣雨來聲淅瀝，水紅花、似裊澄江岸。青玉響，雲光亂。　閒堦處處莓苔徧。展巾箱、前賢寶墨，聊供清玩。幾曲朱闌新霽後，蛺蝶飛飛頻見。解人意、素濤蕺琖。剝啄漫教來熱客，上花梢、新月渾堪戀。荷盛世，全樗散。

秋波媚　夏夜

院落沉沉晚風輕。蚱蜢送秋聲。星明河漢，汗消殘暑，夜露泠泠。　昨宵幾陣芭蕉雨，苔影上衣青。花香入座，高檐見月，疎牖飛螢。

轆轤金井　立秋

濕雲成片，暑將收、熠燿樹間光小。屋角斜陽，早西風吹到。簾櫳靜悄。香乍送、玉簪開了。幾處菌衣，一庭急雨，炎蒸如掃。流年暗中又耗。看桃笙欲滑，紗幔輕揭。秋入雕闌，更榴殘荷老。鴛鴦睡好。怕聽得、曉鷄頻報。枕畔涼侵，堦前露重，簷啼嬌鳥。

珍珠簾　壽魏貞庵相國

謝公棋墅栖遲久。補袞名齊北斗。三事領仙班，十漸資人口。一臥滄浪鷗鷺狎，暫斂卻、經綸好手。消受。把琴樽羅列，圖左書右。初度恰是秋清，喜池荷凝露，檐花鋪繡。玉膾切銀絲，紅裛調冰藕。龍馬精神猶健飯，看綵衣、持觴爲壽。非謬。須慰此蒼生，加湌進酒。

減字木蘭花　秋夜露坐

秋宵涼乍，淡月疎星清露下。剪剪風來，茉莉當檐幾朵開。竹籬綠滿，往事追尋人已遠。簾影霏微，葉底流螢自在飛。

訴衷情 無題

雪兒十載罷歌喉。一紙遠相投。爲伊暗想當日，牽動幾般愁。　銀燭夜，彩雲留，笑回眸。三更幽夢，千里風烟，何處紅樓。

大江西上曲 贈洪昉思歸武林

西泠才子，倦遊梁、又整江天飛檝。記得張燈樽酒夜，名論紛如玉屑。和寡《陽春》，詞成黄絹，一卷攜冰雪。蕭條長鋏，張儀曾否存舌。　遙想兵氣初銷，湖光依舊，好辦看山屧。閉戶著書千載事，世態漫論工拙。譜出新聲，雙鬟傳唱，四座驚奇絕。《子虛》賦就，莫教辜負烟月。

朝玉階 初度

寒催殘臘放梅時。年華今又度，鬢先知。故園何日是歸期。春暉無寸報、負恩私。　已看江海羽書希。嘉平新釀熟，放盃遲。燈前爭奏玉參差。莫論人世上、是誰癡。

柳腰輕　元夕　是歲始開火樹之禁

市樓十里香塵滿。金波湧，東風軟。璇霄弛禁，銀花爭絢，陌上疑寒疑暖。列酺讌、三殿魚龍，沸春城、九天絃管。是處遊韁堪綰。鈿車輕、珮聲人面。紅燈華髮，綠樽良夜，莫負深杯頻勸。看年少、衣馬縱橫，任消磨、酒旗歌板。

菩薩蠻　夏夜

火雲飛下三千尺。我思赤腳層冰立。待得月昏黄。輕風拂體涼。　短籬微帶露。兩兩流螢度。乍喜卻齊紈。一簾花影寒。

晝錦堂　贈宋牧仲比部時以楓香詞見示

雪苑才人，相門遺笏，海內大宋爭傳。猶憶當年宿衛，衣馬翩翩。壯歲詩書頻折節，英遊把臂滿詞壇。揮毫處，擊鉢高吟，題殘十樣蠻牋。　長安。投縞苧，爭簟扇，一時驅駕羣賢。善病園寬沈約，渴類文園。晴窗填就花間句，綠樽鑒定米家船。楓香好詞名，讀罷清風祛暑，小閣泠然。

喜遷鶯　題陳其年填詞圖小照

荊溪髯客。早駕柳軼秦，英遊罕匹。絲繡平原，寶裝内史，廿載名傾南國。何處丹青粉本，寫出石闌鏤筆。高吟就，有金蟲綴鬢，翠眉倚笛。　懸憶。應不讓，《蘭畹》、《花間》，聲出鏘金石。紅藉蕉茵，錦排雁柱，醉佳人瑤瑟。少壯平生三好，潦倒詞場七尺。休嗟晚，看瀛洲亭畔，重圖顔色。

月華清　中秋

粧閣調笙，高城吹角，淒出泬寥天氣。念老子、平生逸興，南樓堪醉。小堂前、寒咽涼蟬，御溝畔、香殘荷芰。天霽。問西風搖落，有無桂子。　且喜清樽相對。試西洋寶鏡，不遺纖細。兔可分毛，彷彿瑤宫堦砌。莫輕放、一墮西巖，又凝竚、隔年嘉會。無寐。任霓裳露冷，拚虛鴛被。

美少年　齋中芙蓉移自家園喜開甚盛

深院雁來時，紅落青苔冷。爲愛錦城花，移自柴桑徑。　昨夜一枝開，綽約新粧靚。賒得半江秋，留住霜天影。

剔銀燈　鄧孝威毛大可吴慶伯汪舟次吴志伊徐大文集邸中小飲

黄葉青苔滿砌。菊未老、蟹螯猶美。雪苑鄒枚，江東任沈，對酒尚堪同醉。萬家樓閣，在一片、雁鴻聲裏。

太史應占星緯。不數山陰修禊。抵掌論文，當筵抽簟，樺燭早堆紅淚。夜涼如水，莫辜負、帝鄉高會。

永遇樂　壽卞母吴岩子

廿四橋邊，玉鉤斜畔，江梅開早。秀結蘭閨，掃眉才子，頌就椒花好。宣文紗幔，令暉香茗，此日彩鸞名噪。汎江湖、青帘白舫，領袖香奩人老。

中郎有女，二喬得配，仙令結褵雙妙。大茂山靈，都經遊屧，十樣箋頻草。嘉平設帨，清宵絲竹，春入粧樓寒峭。問筵上、麻姑擗脯，有無鳥爪。

畫屏秋色　九日登閣

雨後烘晴日。憑檻望、萬井烟光如織。擊筑聲沉，金臺砌冷，依然秋色。壇樹影參差、正滿目觚稜丹碧。都付與、登高客。看叢菊郊原，夕陽宫闕，可有柴桑送酒，龍山邀屐。

寂歷。風烟似昔。空

搔首、古今陳跡。江天組練，水犀樓櫓，何時休息。碣石館重開談天〔一〕，又見詞人集。題徧烏絲斑箑。羣醉向罏頭，千載旗亭無恙，點綴河山蕭瑟。

【校記】

〔一〕『談天』，名家詞鈔本作『問天』。

如此江山　題徐電發楓江漁父圖

棠舟衝破吳淞水，瑟瑟岸楓汀葦。酒具茶鎗，雲蓑雨笠，載得半江秋思。蓴絲信美。任滿地風濤，一竿鱣鮪。荷芰裁裳，徐陵也號天隨子。　詹公任父已往，中原共識汝，烟波名字。鬬鴨先生，釣鼇狂客，誰繪剡溪藤裏。徵書一紙，爲勉出菰蘆，客星至矣。漫捲漁筒，黃金臺更起。

瑣窗寒　清明悼內

冷落韶華〔一〕，又當禁火，皇州春麗。神傷奉倩，塵積半床羅綺。空零亂、麝粉薇漿，鏡奩猶剩殘膏膩。任東風浩蕩，飄搖素幔，吹人難起。　遙睇。青郊外。正杏粥初調，油車迤邐。輕烟曉散，對此更添憔悴。憶去年、花滿彫闌，凝粧小立晴窗倚。到而今、細雨梨花，總釀成孤淚。

【校記】

〔一〕『韶華』，名家詞鈔本作『繁華』。

惜餘春慢　春雨

曉氣凝寒，春陰釀雨，庭院陡然淒絕。鉤閒斗帳，奩閉金蟲，兒女麻衣如雪。追憶私語清宵，世世生生，肯教孤孑。嘆同林栖鳥，一朝分影，空餘鵑血。　那忍見、花發新枝，枕回殘夢，幾陣廉纖未歇。彫簷淅瀝，萬縷千絲，滴入愁腸百結。誰料魂消好春，半臂猶溫，三生重說。最傷心、又報芳原，打取榆錢時節。

菩薩蠻　春暮有感

空簾棲薄霧。彷彿凝粧處。誰料可憐春，新鶯喚煞人。　奈何有夢頻驚醒。落花如雨閒階冷。憔悴爲疼花。憑闌日又斜。

滿江紅　送宗定九歸廣陵　定九爲方城先生之族試吏部第一所居號東原又名芙蓉墅有新柳堂集

淮海才名，廿餘載、詞場獨步。嘆落落、東原抱膝，翛然環堵。挾策長安忻會面，相如小試梁園賦。冠羣英、不媿舊家聲，方城祖。　樽前指，津亭樹。別後詠，江雲句。論文章風義，都堪千古。新柳堂邊書帶長，芙蓉墅畔秋雲護。趁西風、重聽廣陵濤，江村暮。

滿庭芳　夏夜吴興沈鳳于過飲惠示新詞依韻奉酬

京洛遊從，霅溪才子，詞源三峽泱泱。清宵過我，洗琖瀉寒漿。倒屣英流滿座，有人號、枚叔鄒陽。披襟處，葵榴交映，暑氣散虚堂。　譚深頻剪燭，孝廉船到，三日留香。更花間蘭畹，新句投將。耳後輕風習習，千秋事、把酒商量。中山醖，泠然似水，澹意莫相忘。

鳳棲梧　題蘭陵龔節孫種橘圖

罨畫溪邊園十畝。有客高懷，欲與前賢耦。種橘千林霜落後，洞庭何似丹陽守。　紺碧剖來香霧陡。摘向彫盤，好倩紅酥手。當日巴邛君憶否，此中不減商山叟。

玉簟涼　七夕次陳其年韻

末麗飛香。悵孤影長宵，渾似他鄉〔一〕。生離何足怨，幸猶有津梁。銀河曾否問渡，天邊事、傳說如狂。螢火細，傍雲屏羅扇，總助悲涼。年光。安仁鬢換，子野情多，歷亂儘耐思量。絲絲蕉葉雨，又聞灑疎窗。夜深誰共私語，無人處、斜月空廊。還記取，畫閣中、燭照殘粧。

【校記】

〔一〕『渾似』，名家詞鈔本作『魂似』。

念奴嬌　中秋次其年韻

秋分佳夕，怪輕雲薄霧，朦朧涼月。一片啼螿生破壁，徒倚寸心如結。天柱峯頭，庾公樓上，應有蟾蜍出。自傷孤影，蕭蕭偏照華髮。　誰令萬戶頻驚，六鰲徒立，恍惚烟霆掣。青熾旗亭歌吹冷，頓砌九逵冰雪。布幕低張，濁醪細酌，試把霜螯裂。堯階蓂莢，有無開落丹闕。

綺羅香　徐電發以佛手柑見貽兼示新詞次韻賦謝

橘綠橙黄，閩山嶺嶠，近水更生芳樹。此柑近水乃生。秋老花殘，忽訝鮮芬何處。笑淮枳、異地難同，較木奴、香名偏注。恍疑他、佛國栽成，麻姑鳥爪應如許。　還思粧閣此日，傍玉盤纖手，轉縈情緒。好友投將，兼贈衍波佳句。喜南海、霜色移來，把東華、軟塵飛去。留枕邊、相伴無憀，臥聽蕉葉雨。

解連環　送李武曾之鳳陽次電發韻

帝城急雨。向秋風摵摵，客遊西楚。嗟枚叔、雪苑蹉跎，著短後衣輕，奚囊攜去。小試經綸，伴熊軾、朱幡行部。弔濠梁戰壘，是我當年，輶軒過處。　問君舌仍在否。羨翩翩書記，文中之虎。猶憶樂府新篇，展麗句烏絲，泠然忘暑。匹馬紅亭，正滿目、汀蘆飛絮。一任他、崢嶸驃騎，如何第五。

秋霽　九日

重上高樓，客載酒，千林又散晴靄。殿角風鈴，藥闌殘葉，昔日同遊仍在。年華頓換，金鋪半映斜陽外。徙倚處，腸斷西風、心事偏無賴。　萸囊並佩，籬菊斜簪，舊歲秋光恨難再。嘆如今、淒涼竇瑟，腰圍頻減沈郎帶。極目遠山横淺黛。倦憑飛檻，那堪對此茫茫，百端交集，一天疎籟。

望海潮　贈楊聖期世兄南歸毘陵

家聲鄒魯，蘭陵寄跡，韶年夙擅才名。帝里重遊，新詞滿篋，居然六代菁英。風木獨含情。嘆文人孝子，落拓江程。孔李通門，剪燈握手話丁寧。　吾師昔侍承明。想垂紳正笏，海内儀型。羈旅江南，山頹東國，西州涕淚縱横。對子更沾纓。幸父書可讀，數畝堪耕。歸去孤村，莫虛歲月掩柴荊。

百尺樓　題汪蛟門百尺梧桐閣圖

屋角碧陰濃，巖畔朱樓窅。摵摵西風一葉飛，閒倩奚童掃。　捲幔茗烟沉，開徑羊求到。手把殘書岸幘吟，目送秋鴻小。

花發沁園春　己未初度

冰砌閒門，梅呈新蕚，又逢一度駒隙。故園人到，京洛樽開，舉酒共澆寒夕。愁將鬢織，驚過眼、都成陳跡。笑塵夢未醒邯鄲，衰遲猶是羈客。　十載韶華輕擲。看平生鬚眉，頓減疇昔。人移物换，燕去梁空，翻覺懽場蕭瑟。春風將扇，奈往事、轉縈胸臆。提舊恨、暗迸珍珠，蠟盤紅淚同滴。

百字令　詠米家燈次陳其年韻

六街風軟，映玻璃幾樹，寒梅枝亞。詞客爭看喧笑處，頻賞冰綃圖畫。岫可飛來，人堪呼出，疑是天工假。鵝溪巧剪，肯推徐趙能寫。　更喜湘漢波澄，梁園賦就，同此燒燈夜。洗琖茅堂文酒會，壁月影侵霜瓦。一曲吳歈，歌成激楚，拚醉璚簫下。旗亭當日，有無今夕佳話。

摸魚兒　詠窩絲糖次陳其年韻

憶長安、昇平節物，坊肆繁華重理。大官珍味流傳久，餅餌當年曾嗜。春宵市。空想像、夢華昔日殘編底。今猶存此。看雪片冰絲，攢成螺髻，貴與蔗漿齒。　天庖饌，宮監廚娘能記。玉盤爭嘆佳製。詩中載得題酥處，舊說眉山蘇子。誰當似？似虞糊侯鯖，不數楓亭荔。筵間瑣事。入樂府新題，詞人繡口，偏覺摹來細。

柳腰輕　觀邢郎演劇

溶溶三五春宵讌。銀燭照，紅牙按。紫雲筵上，袁綯臺畔，不數當年奇豔。奏新聲、幾度杯停，趁東風、一枝花顫。信是吳儂妙選。問尹邢〔一〕、美名誰擅。嚲肩揚袖，淺顰低笑，省識芙蓉如面。座中有、子野情多，每腸迴、舞裙歌扇。

【校記】

〔一〕「尹邢」，名家詞鈔本作「伊邢」。

百字令　座中贈陳子文是日陳心簡陳子厚諸子同集蕉林

火雲初斂，小堂開、捲幔張燈涼夜。有客因沾升斗祿，俯首驅馳轅下。紈扇新詩，烏絲麗句，顛頞偏能寫。通家數子，誰憐當日王謝。　且喜花底論文，風前抵掌，一夕燕山話。千古榮枯皆幻影，漫向成都占卦。汝既傷貧，吾方多難，忼慨盃重把。天涯知己，好同消遣清夏。

乳燕飛　立秋前二日觀小伶演劇

斜日湘簾暮。趁新涼、紅燈綠醑，嬌歌豔舞。懷智凋零龜年老，輸與吳儂小部。觴漫舉、頓忘炎暑。碁局紛紛心徒苦，算不如、按拍聽金縷。今古事，名場誤。　閒情久作沾泥絮。奈當筵、舊狂尚在，東綾幾許。檐外浮雲流不斷，滿院芭蕉秋雨。透紈扇、西風暗度。纔罷柘枝翻白苧，喜新聲、一串驪珠吐。蓮漏仆，歡何足。

菩薩蠻　秋日觀邢郎演劇

晶簾雨過空天碧。芙蓉笑靨斜陽立。花影正重重。人從花底逢。　月高絲管沸。溜出歌聲脆。對此意茫茫，偏憐秋夜長。

月下笛　秋夜友人召飲聞歌

小閣無譁，涼雲沾席，一闌秋色。燈紅酒碧。人倚窗紗吹笛。寫當年、文武衣冠，盡收拾、黛眉巾幗。喜何戡尚在，雪兒無恙，問今何夕。　新聲入破，聽變徵移宮，都堪浮白。衣香鬢影，惱煞分司狂客。玉繩低、蠟煤未銷，輕雷歘然來四壁。乍回眸，彷彿湘靈，夜舞光瑟瑟。

百字令　寄陽羨史蝶庵

蕭然遠寄，向荊南抱膝，無榮無辱。罨畫烟雲耽坐嘯，閉戶澹如秋菊。溪上垂竿，闌邊鬬鴨，占盡山林福。青鞵白帢，渾忘貂錦名族。　疇昔蔣徑羊求，金門珥筆，誰更同幽獨。甫里風流岑寂久，今日重看皮陸。湘管時拈，衍波細寫，閒譜花間曲。塵中老眼，聞聲頻眺空谷。羊求謂其年也。

氐州第一　贈西泠吴舒鳧卽次觀劇原韻

帝里秋晴，喜逢越客，小堂笑燃華炬。四座全傾，單辭皆妙，不數掾稱三語。相見頻嗟晚，讓爾詞場獨據。遼左藜床，魯城絳幔，誰爭旗鼓。　優孟衣冠江左誤。演西子湖邊士女。麗句新填，蠻箋立草，漫道吟髭苦。憶前宵、涼月下，鵝笙炙、重添桂醑。明日風烟，悵萍分、梁園人去。

百字令　庚申長安閏中秋次陳其年韻

秋光無盡，把冰輪重碾，影搖珠闕。何幸嬋娟頻會面，不待明年逢節。桂子還飄，霓裳更舞，砌滿長天雪。蟾蜍如舊，璚樓鈴索同掣。最愛清漏初沉，玉繩低轉，肯使樽空設。屈指平生能幾遇，添得數莖霜髮。家國牽愁，歲華偷換，欲向南鴻說。故園今夕，東籬曾否花發。

永遇樂 重陽前二日祖文水明府召飲演一種情劇

秋滿長安，白雲紅葉，高堂撾鼓。丹鳳城南，黄花筵上，預醉重陽雨。使君情重，招邀勝友，何似龍山歡聚。嘆悤悤、軟塵十丈，好景此宵留住。繁絲急管，燒殘樺燭，一任玉繩低度。小部梨園，鑾鞾錦屩，踏節金鈴舞。當年紅粉，生生死死，總被情多耽誤。那知有、愴懷司馬，青衫濕處。

滿江紅 次韻酬宗定九

客去梁園，經年别、鄱陽枚叔。雙魚到、齊紈佳句，琳瑯盈目。自媿疎慵真忝竊，定交縞帶多名宿。憶蕉林、把酒對斜陽，人如菊。栽新柳，三間屋。擁萬卷，山林福。笑蝸爭蟻鬬，紛紜朝局。遥想東原春色好，横斜梅影亭亭竹。問蔣家、三徑許誰過，羊求熟。

前調　秋日廣陵蕭靈曦寄畫冊賦此爲謝

邗上書來，平添我、小堂秋色。渲染處、烟雲滿紙，珊瑚架筆。驅駕河陽追懶瓚，趙家粉本今重出。向晴窗、流覽頓移情，風蕭瑟。　思把臂，河山隔。開圖畫，如相識。早長安傳遍，蘭陵佳客。文沈風流凋謝久，揚州花月誰爭席。老江村、傲骨不干人，耽岑寂。

醉蓬萊　壽張溫如中丞六秩

想中丞當日，節擁西江，澤流南浦。滕閣憑闌，看珠簾飛雨。拂袖歸來，沉槍苔臥，付酒經茶譜。油幕功成，經綸垂手，烟霞結侶。　駘蕩春風，門前列戟，笑引金樽，萊衣爭舞。花滿樓臺，道先生初度。將相神仙，公今兼矣，更何人堪伍。牙拍清絲，倚燈頻奏，鐃歌朱鷺。

菩薩蠻　送春

遠峯歷歷青如髻。驛亭幾縷墟烟細。西望鳳城遙。山空夜寂寥。　杏花三月雨。眼見春如許。無計挽東皇。憐他蝶翅忙。

疎簾淡月　壽溧陽彭太公

籛鏗華族。羡堂上雙星，階前芝玉。占盡人間福壽，行高鄉曲。少年踔厲名場裏，倒詞源、何論潘陸。唾壺嘗缺，陽春和寡，尚淹松菊。　追萬石、家風雝穆。看驥子龍文，書校天禄。宣髮齊眉，佳夕淺斟醽醁。針樓纔罷梅英吐，翫芳時、清歡相續。香山洛社，年年扶杖，前身金粟。

鳳棲梧　題張卣臣所藏畫冊

萬頃澄江翻石壁。一葉漁舟，横吹中流笛。漠漠閒雲汀草碧，高巖飛練懸千尺。　驚起眠鷗濤欲立。誰寫滄洲，道是龍眠筆。夢到五湖三畝宅，晨鍾喚醒金門客。

棠村樂府

棠村樂府

山坡羊　夜雪

昏慘慘凍雲一派，愁脉脉寒燈無賴。掩柴門廚人夜闌，望吾廬雪暗關河外。命裏該，剡溪棹未迴。郎山鷄水，留得孤身在。悔不持竿傍釣臺。傷懷，故里梅花幾樹開。疑猜，客舍春風天上來。

桂枝香　燈夕

星橋月挂，燈光低亞。歌臺處處笙簫，粧點春城如畫。惱離人寸腸，惱離人寸腸。空自焰銷銀蠟，愁煞香車寶馬。恁繁華，鴛鴦睡暖樓頭夢，杜宇啼殘陌上花。

二郎神　春懷

春院悄，聽嚴城暫弛魚鑰。紫陌東風聞語笑。香塵十里，衣光人面飄蕭。獨立空階燈暈小，計歸程佳期還杳。鬢重搔，擁孤衾奈何良夜迢迢。

〔換頭〕魂搖。辛盤纔罷，元宵過了。蓮炬燒殘昏又曉。無邊春色，愁中儘費推敲。旅舍風塵人易老，試圍帶更寬多少。悶無聊，幸雲山疊疊夢路非遙。

〔囀林鶯〕忽聞笛裏梅花落，是誰行引惹牢騷。暗想朱樓雲鬟巧，風流情種何處訴根苗。幽懷潦倒，怕蘭房悞了人年少。月輪高，寒灰撥盡，虛度可憐宵。

〔又〕香閨寂寞爐烟裊，金錢暗卜徒勞。柳條又逗春光早，水澌冰泮草色動河橋。相思知否？淡蛾眉閒煞張京兆。縱煎熬，吟風弄月，未減舊時豪。

〔啄木公子〕魚書寄，鳳蠟銷，積霰閒庭渾不掃。都只爲射影含沙，耽閣了月夕花朝。易水千年寒自繞，碣石孤峯天外小。五岳胸中付濁醪，《白雪》和寥寥。

〔又〕韶華去，妍景抛，惆悵王孫原上草。怕春來强放襟懷，爲情多重上眉梢。杜宇聲聲歸去好，怨蝶愁蜂增懊惱。歷亂鶯花故國饒，燕子壘新巢。

〔尾聲〕春衫初試寒猶峭，意懸懸畫樓慵眺，有日裏健鶴乘風雲外飄。

玉芙蓉　燈夕大雪

梨花映火山，柳絮飄歌板。六街中酒旗，多半闌珊。九枝青玉華燈暗，一串紅牙午夜寒。朱樓宴，醉春風小蠻，愁只愁雪窗孤客不宜看。

刷子帶芙蓉　閨情

暖日照簷牙，試春衣淑氣早到兒家。曉粧纔了，嫣然一笑生花。窗紗，繡鴛鴦停針半霎，步金蓮香塵漫踏。剛聽得賣花聲罷。這些時闌珊情緒，惱煞樹頭鴉。

〔山漁燈犯〕香再爇，眉重畫。嬌小深閨，果然幽雅。更有那鸚鵡喧譁，鞦韆高挂。春纖戲把鶯兒打，畫樓前開了山茶。謾說著謝女才華，孟光家法。綰同心，調寶瑟，兩兩不爭差。風流煞，恰配著題橋司馬。這纔是綺羅叢裏，培養出牡丹芽。

〔普天帶芙蓉〕裊東風，小立簾鉤下。卸翠鈿，燒銀蠟。盤鳳髻一朵烏雲，拖朱縷兩道紅霞。衫袖短，冰肌滑，偏映著寶釧邊光芒錯雜。分明是天台路流出桃花，風韵宛然如畫。並香肩相偎相倚，不覺的月兒斜。

〔朱奴帶芙蓉〕好一座巫山蕭洒，看百縱千隨非詐。燈前細說三生話，聽麗譙更漏遲遲下。將鷄兒罵：遠離這答，休傍著瑣窗繡枕，驚醒了並頭花。

〔尾聲〕覷著瘦腰肢剛盈把，好良宵真個值千金價，願歲歲分付東君護碧紗。

梁州新郎　春情

青衣窈窕，朱顔掩逗，底事眉峯頻皺。芳心無那，攢來一段閒愁。愛他嬌波偷轉，媚臉生春，不減閨中秀。正是青青堪折也，柳枝柔，豆蔻香含滿面羞。羅帶結，唇脂透，梅花早已春光漏。嫌夜短，怨更籌。

〔又〕鴛鴦睡穩，海山盟咒，宿世良緣輻輳。星前月下，拈成錦片風流。再不須鷺鷥翹步，龍頷窺珠，小試偷香手。貯嬌金屋裏，玉溫柔，好上東風燕子樓。羅帶結，唇脂透，梅花早已春光漏。嫌夜短，怨更籌。

〔又〕向良宵帳暖香篝，喜雙蕊燈花偏湊。問相思舊約，試看紅豆。從此輕抛箕帚，淡掃鉛華，側出巫山岫。内家粧束巧，小丫頭，十五盈盈遂好逑。羅帶結，唇脂透，梅花早已春光漏。嫌夜短，怨更籌。

〔又〕露春纖褪了蓮勾，掩芙蓉舒開雙扣。更笑吹銀蠟，半晌遲留。分明是玉清仙伴，紅線軍中，不負鶼鶼偶。一身寧自惜，抱衾裯，三五星辰照畫樓。羅帶結，唇脂透，梅花早已春光漏。嫌夜短，怨更籌。

〔節節高〕懽娱兩意投，瑣窗幽，青春早趁花開後。言非謬，敢自由，情偏厚。起來香汗沾羅袖，海棠過雨紅湮透。珍珠十斛買娉婷，笑他意馬空馳驟。

〔又〕芳辰足勸酬，乍回眸，蘭房好夢濃如酒。真消受，莫浪求，無僝僽。鳥啼花落人依舊，今宵繾綣明朝又。珍珠十斛買娉婷，笑他意馬空馳驟。

〔尾聲〕天然美滿誰能勾，現成的鸞交鳳友，管取臥月眠花春復秋。

懶畫眉　代人戲作

霏霏殘雪六街揚，瞥見嬌娃出洞房，芳年一捻小丁香。垂垂鬢髮秋波漾，爲甚麼恰與閨中一樣龐。

又

客中雲雨久荒唐，乍遇還驚優孟場，教人陡亂九迴腸。似離魂倩女現出當年像，疑假疑真費審詳。

又

歸來一夢惱襄王，巫峽緣何有兩廂，虎賁自古類中郎。恨天公巧印的風流樣，頓教此際梅花沒主張。

又

披衣百遍遶街坊，冒雪衝寒直恁忙，便鐵鞵踏破又何妨。戲桑林不過似秋胡莽，料夙世姻緣未渺茫。

解三醒

他本是深閨嬌養，姓合名知他那廂。今朝撮合在桃腮上，雖萍水怎能忘。非關柳絮隨風舞，只爲蓮花朵自雙。誰承望，他鄉久旱，撞著幼小糟糠。

又

鳳鸞儔恩深義廣，調琴瑟不耐淒涼。離鏡臺又與春山傍，眼撩亂再端相。誰把春容描出人中畫，難道眉譜偷來鏡裏粧。添悒怏，願同心，更結做對半鴛鴦。

清江引

巧冰人判不出糊塗帳，月老如何講。分明一副容，又算他人像。倒弄的沒頭鶩，枉費盡閒思想。

一江風　邂逅

法幢邊，簾捲誰家院，麗質深深見。倚柴門，兩鬢堆鴉，日射芙蓉面。行來致宛然，行來致宛然。

低回祇自憐，梵王宫頃刻把陽臺變。

又

客懷煎，正把東風怨，那識閒釵釧。轉秋波，欲去還停，險認做離魂倩。今來信有緣，今來信有緣。春光此地偏，似莽漁郎驀遇著桃花片。

金絡索挂梧桐

烟花萬井連，寶閣閒憑遍。百姓尋常，飛入烏衣燕。羅敷陌上逢，使君憐，裙布釵荊別樣妍。江皋解珮當年眷，惹得柔腸一寸牽。心旌戰，無情有意向誰邊？没奈何欲問青天，新恨難傳，怎發付春風面。

又

牡丹雪裏鮮，楊柳風前顫。來往空堦，料得弓鞋倦。巫山在眼前，裊晴烟，馬上墻頭一笑緣。溪紗若個相留戀，石上三生豈偶然。春情現，小門深巷自年年。暗想他枕畔俄延，夢裏纏綿，淚界破殘粧面。

三換頭

相如偃蹇，忒把韶光輕賤。恰當壚邂逅，仗琴挑七絃。奈地近人偏遠，這其間怎禁得耽渴病孤衾獨眠。愁煞文君也，靈犀通一線。爲憶王孫，又見春郊碧草芊。

又

何方野鴛，因誰繾綣。喜天台到也，望墻東眼穿。閃煞洞門劉阮，問玉人爲甚的把仙郎恁般消遣？況復愁無寐，短檠苦自燃。目斷銀河，夜夜雙星天上懸。

沉醉東風　寄玉兒

列華筵芳醪漫傾，籠翠袖玉人相映。含笑靨小娉婷，歌聲初冷，聞一陣粉香脂淨。端詳可憎，誰曾慣經？好花良夜，閬苑只隔幾層。

〔又〕我生平從來至誠，乍見了那人嬌艶。惜春去爲花疼，燈前孤影，埋怨殺翠樓薄命。端詳可憎，誰曾慣經？好花良夜，閬苑只隔幾層。

〔江兒水〕是處樽浮綠，誰人眼倍青。座中一點紅偏稱，春山兩道龐兒整。三生石上曾相訂，人面桃花堪並。玉溜秋波，引動了少年心性。

〔又〕春水船中會，名花幕底迎。羅巾紅豆偷相贈，眉梢眼角盟新定。麗詞紈扇親折證，豈是青樓薄倖。走馬章臺，飜覆雨雲行徑。

〔玉交枝〕心心相應，謾猜疑橋邊尾生。有緣得到蓬山境，論從來好事難成。時乖祆廟火焰騰，情堅但破工夫等。且消停瑤瑟鳳笙，怎發付夜闌人靜。

〔又〕非干心硬，嘆聚散渾如轉萍。落花有意真徼幸，早難道流水無情？西飛伯勞東去程，何時撮合鸞隻影。祝東君風擺雨零，好愛惜日邊紅杏。

〔玉胞肚〕風流馳騁，鎮日裏笙歌送迎。可憐你浪蕊浮花，那裏是錦片前程。這些如膠似漆，算來到底總虛名，結果還須識重輕。

〔川撥棹〕交似水真情種，趁青春當自省。夢迷離爲憶卿卿，夢迷離爲憶卿卿。喚名兒何曾住聲，淡相思兩鬢星。

〔尾聲〕藍橋寂寞巫山冷，寒燈挑盡夜三更，心事無端付早鶯。

江頭金桂　閒憶

想那日書幃相傍，喜溫柔玉有香。正好盈盈二八，豆蔻深藏。我憐卿非是謊。鎮日裏愛護春光，淺斟低唱。那更口中作誦，掌上擎將，文鴛戲波成一雙。奈風中柳絮，奈風中柳絮，隨空飄颺。忒恩忙，山禽一旦諧雛鳳，驟雨三春落海棠。

又

但願你青青無恙，舊章臺徑未荒。若是長條如故，藕斷絲長。這嬌痴還耐想。那知道攜手河梁，一天風浪。好似侯門深入，陌路蕭郎，花花草草空斷腸。憶言猶在耳，憶言猶在耳，把海山撇漾。太輕狂，琵琶江上人何處，司馬衫中淚幾行。

解袍歌

暗想他歌舞聰聰明伎倆，行動時體態端莊。閒愁不挂眉尖上，花月隊搬弄歡場。有時衣冠優孟，有時雲鬟賈香。有時夫人錦繖，有時將軍粉粧。遏雲奏出梁間響。風流子，窈窕娘，算來總是讓伊行。紅牙按，錦瑟張，從教爛醉又何妨。

又

鶯花市恁般勞攘，陌上草易惹風霜。相逢處處流蘇帳，巫峽裏暗送年芳。桃花洞口，賺殺阮郎。春風杜曲，爭誇四娘。樓中燕子空來往。朱顏去，寶馬忙，有誰憐取舊容光。停歌板，罷舞裳，那時難認小紅粧。

十二時

真真假假風流帳，祗落得一番想像，偏覺這過眼空花滋味長。

步步嬌　美人寄蓮

東風小院餘寒峭，怪昨夜燈花爆。柴門掩寂寥，玉貌多情，傳示佳音到。一瓣似蓮嬌，開緘陣陣香繚繞。

〔風馬兒〕晴窗把玩細推敲，想著你，心兒上轉千遭。靈犀寄與鞋弓小，勝音書一紙，端的比瓊瑤。

〔黄鶯兒〕新恨上眉梢，爲相思，卜六爻。盼佳期瘦減如花貌。雲山路遥，芳心怎描，寄離情脱盡寒溫套。伴良宵，滿腔春意，夜夜與朝朝。

〔鶯啼序〕步香塵小立鬬丰標，虎口量來三寸少。不輸他貼地生花，偏襯著細腰肢十分波俏。蹬時節玉笋輕籠，褪時節紅蕖落了。包裹定，佳人一段風騷。

〔集賢賓〕殷勤遠贈似投桃，笑偷香韓壽徒勞。假假真真情意好，媿擲果車中年少。兩情顛倒，喜軟玉儼然懷抱。分明是長房縮地，湊合鸞交。

〔啼鶯兒〕青青柳色生畫橋，憑誰訴説心苗。驀然間風月文憑，倚仗著鱗鴻消耗。寫衷腸一片妖嬈，慰餓眼暫時歡笑。背人瞧，鶯花無賴，都付與伊曹。

〔猫兒墜〕銀釭獨照，半幅剪紅綃，做就溫柔底樣高。一鉤新月上花梢，魂銷，又何須搗盡玄霜，始到藍橋。

〔尾聲〕珍珠掌上擎來好，且做個團圓佳兆。只爲你線引針牽，把心猿鎖的牢。

步步嬌　春怨

窈窕紗窗晴風透，一點芳心逗。凝粧上畫樓，南陌春融，楊柳青時候。豈是覓封侯？無端比翼分飛久。

〔醉扶歸〕鬧燈宵過了花朝又，數歸期差池更起頭。落梅英空點壽陽粧，溜金釵嬾出春纖手。鞦韆院宇自清幽，夢回春思濃於酒。

〔皂羅袍〕惱殺困人長晝，看家家繡戶，都上簾鉤。閒階芳草弄輕柔，畫闌啼鳥如求友。飛飛燕子，啣泥自由。翩翩粉蝶，尋花浪遊。踏香塵誰待把弓鞋繡。

〔好姐姐〕想他旅中敝裘，沒奈何孤燈獨守，形單影隻做了波上鷗。君知否？眉兒留待張郎手，莫使風塵添白頭。

〔香柳娘〕散輕烟五侯，散輕烟五侯，漢宮傳漏，春光一半虛生受。看調酥小雨，看調酥小雨，珍重舊風流，忍耐新僝僽。盼東風寒食，盼東風寒食，休教滯留，趁著花開如繡。

〔尾聲〕腰肢又比春前瘦，及早歸來話別愁。一日裏十二箇時辰，教人提破口。

勝如花　憶舊

巫山悄，雲雨收，可惜章臺嫩柳。一霎時送入侯門，平白的忙諧配偶。問佳期誰行成就。舊盟言今番已休，美前程何時再酬。燕子樓頭，可青青如舊？空留下相思僝僽，把閒情盡付東流。

又

心初許，態轉羞，賺取鸞交鳳友。想當初眼角眉梢，肯辜負青春白首。嘆風雨妒花何驟。記得你情投意投，到今日朝愁暮愁。葉落歸秋，也要人消受。只恐怕落他機彀，把閒情盡付東流。

泣顏回

冷落罷箜篌，將琴挑一筆都勾。星前月下，翻成柳困花愁。良緣怎求，玉人兒頓隔千山岫。枉了你一點靈犀，空拾得三寸溫柔。〔換頭〕風流何處效綢繆，他真情未剖說甚鸞儔。琵琶別抱，莫教又過船頭。明珠暗投，有心人濕了青衫袖。幾人知惜玉憐香，耽閣了舞態歌喉。

催拍

只道你雙雙好逑，又誰知身不自由。把姻緣逗遛，姻緣逗遛。徑路無媒，帆滿難收。憔悴花容，懶上粧樓。從今後兩地悠悠，心上事，水中鷗。

又

想著你花前舊遊，仗誰人訴說根由。望斷雙眸，望斷雙眸。萬種妖嬈，記在心頭。一片離情，攢在眉頭。從今後兩地悠悠，心上事，水中鷗。

桂枝香　春日過天寧寺

白雲荒徑，浮圖倒影。今朝走馬春郊，正好松門人靜。遠烟花市廛，遠烟花市廛。上方鐘磬，偏饒清興。暫消停，晴日喧簷雀，東風響塔鈴。

新水令　新春

向東華軟紅塵裏送流年，鳳凰樓瑞烟遮斷。冰霜殘臘去，淑氣早春還。不住雙丸，不住雙丸，看家家又把桃符换。

〔步步嬌〕帝里東風把陽和扇，小閣梅花綻。街頭社鼓喧，燈火年除，競把屠蘇勸。兒女彩衣鮮，早禁城一夕王春遍。

〔折桂令〕整朝衣早拜金鑾，一朶紅雲，宴集千官。那更豹尾斑斑，龍旗閃閃，善馬閑閑。捧金盃瓊漿滿泛，堆玉案内饌駢蕃。日麗風暄，歲稔時安，大一統萬國車書，賀昇平共祝堯天。

〔江兒水〕瞬息新年過，元宵景倍妍，踏天街齊拍紅牙串。碾香車爭逞芙蓉面，賞華燈竟夕朱門宴。繞路蜂蜂燕燕，人海人山，打疊春光成片。

〔雁兒落帶得勝令〕恰纔得銀花火樹燃，又早見仕女鞦韆畔。河橋外雪消春水來，南陌頭草緑王孫怨。呀，看看的寒食散輕烟，沽酒杏花天。挾彈催遊騎，銜波放畫船。呢喃，尋舊壘梁間燕。芊綿，走芳郊挂杖錢。

〔僥僥令〕梨花經雨濕，榆莢逐風旋。試看啼鳥聲聲把行人唤。有多少酒壚傍客醉眠，酒壚傍客醉眠。

〔收江南〕呀，想凝粧少婦呵，楊柳色，倚樓看。侯封何日遂刀環，新愁一線上眉端。守香閨自憐，

守香閨自憐，把金釵劃損總茫然。

〔園林好〕玉簫聲垂楊那邊，金樽倒亭臺這邊。蝴蝶過誰家庭院，又聽得流鶯歇賣花殘，流鶯歇賣花殘。

〔沽美酒帶太平令〕嘆白頭滯一官，嘆白頭滯一官，頻待漏五更寒。倦鳥閒雲興已闌，三徑尚依然。風月事何人掌管？空負了漁樵舊伴。怎忘卻回頭是岸，虛度了三春爛熳，早收拾一生公案。我呵，趁忙中取閒。呀，且圖個散誕神仙，烟霞包攬。

〔尾聲〕看破了茫茫宦海風波險，勒鼎銘鐘只等閒，暢好是一片春心托杜鵑。

桂枝香　上巳過石莊

金魚池上，煖風輕颺。誰家鳥啄紅巾，何處蘭亭遊賞。漸青青柳條，漸青青柳條。杏花初放，酒旗斜傍。好時光，新開金谷三春景，舊憶王孫萬柳莊。

前腔

城南清曠，樓臺虛敞。平池綠遶柴門，遠岫青來書幌。有長安麗人，有長安麗人。風流別樣，不負畫眉張敞。試新粧，樓頭傅粉薰香坐，柳外鶯聲蝶翅忙。

前腔　清明

風催花信，煖歸鴻陣。長安節遇清明，路上酒家爭問。看杏花小雨，看杏花小雨。多少紅裙綠鬢，香車㕔趁。柳芽新，杜陵寒食青青草，春樹人家漠漠雲。

前腔　偶見

青衣堪詫，行來如畫。偏宜別樣梳粧，疑是明妃重嫁。把雙眉懶描，把雙眉懶描。瘦腰盈把，天然幽雅。問兒家，分明王母青鸞使，彷彿天台洞口花。

山坡羊　悼內

疎刺刺西風透罅，明皎皎月輪高挂。冷颼颼塵埋瑣窗，亂紛紛黃葉虛簷下。恨轉加，良緣鏡裏花。夫妻五載，辜負三生話。剩得空閨鎖落霞。嗟呀，翡翠衾寒孤影斜。波查，蛛網巾箱淚似麻。

前腔

愁脈脈繡床寒乍，急煎煎夢魂驚詫。响琴琴譙樓鼓催，痛煞煞錦瑟湘絃罷。甚根芽，天公定有差。風流京兆，何日眉重畫。忍聽秋聲入碧紗。虧他，年少辛勤學治家。傷咱，生摘池中並蒂花。

勝如花

香烟細，絳燭斜，當日粧臺瀟洒。實指望地久天長，那知道鸞孤鳳寡，把往事都成虛話。蕩湘裙閒行那搭，倚薰籠消停這些。斗帳蒸霞，看流蘇低亞。猶記得王昌初嫁，嘆無端斷送韶華。

前腔

江潭柳，上苑葩，怎耐嚴霜飄打。正想像畫裏朱顔，又風動簷前鉄馬，似環珮珊珊來下。夢兒裏分明見他，醒來時依然自家。鈿盒菱花，將溫柔勾罷。再休提春宵無價，枕兒上咒煞啼鴉。

桂枝香　途憶

昨宵秋暮，今朝陰霧。初冬一片寒雲，遮斷長安烟樹。走殷墟故郊，走殷墟故郊。遠山無數，眉痕誰譜。漫躊躇，閒卻張郎手，蹉跎舉案圖。

新水令　行旅

使星朝下鳳城邊，控絲韁蘆溝橋畔。玉泉山歷歷，涿鹿水涓涓。夜宿朝飡，夜宿朝飡，早過了上谷郡黃金臺遠。

〔步步嬌〕美酒中山名偏擅，綠柳深深見。名城是故園，三徑秋殘，烟鎖閒庭院。可惜菊花天，又恩恩南渡滹沱岸。

〔折桂令〕立西風北望長安，只見一天衰草，滿目雲山。感的是聖主恩寬，敢道王臣蹇蹇，駕著四牡閒閒。經了些短長亭楓林霜雁，早撇的香閨裏繡線拋殘。離恨難言，行旅孤單，驀過了趙州橋騎驢客店，蹬上了邯鄲道夢裏因緣。

〔江兒水〕趙苑人何在？叢臺月自圓。眉池影照誰家院，美人黃土歌聲散。繁華漢魏都虛幻，陵谷一般遷變。銅雀臺空，不見芙蓉嬌面。

〔雁兒落帶得勝令〕纔離了舊鄴都漳水灣，又早見古朝歌風沙暗。問當年蘧伯玉何處村，想著那淇園竹何方見。呀，愁煞人落日濁河干，看看近繁臺汴水寒。曾聞道夷門監侯生老，說不盡竊兵符公子賢。中原，俺這裏一步步把程途盼。雕鞍，今日裏方知行路難。

〔僥僥令〕斜陽鴉亂噪，天半雁行偏。雍丘城郭人民換，有多少舊村墟野燒連。

〔收江南〕呀，又早見睢陽古道呵，嘆捐軀巡遠。當年孤城百戰也徒然，蕭條故壘有荒烟。起悲風馬前，起悲風馬前，一任他弓刀小隊獵平原。

〔園林好〕宋城中有無雪苑？孝王臺知他那邊？空自飛塵撲面。只聞的枚、馬輩舊名傳，枚、馬輩舊名傳。

〔沽美酒帶太平令〕過臨淮戰壘邊，走濠梁起戍烟，皖口山城暮雨懸。江州路濕青衫，潯陽隱正高眠。五老峯匡廬當面，賦滕王落霞孤雁。泛章江素濤如練，大庾嶺梅花開徧。俺呵看舊遊儼然，盼曲江眼前。呀，早望見五羊城海雲一片。

〔清江引〕江山萬里都遊遍，臘盡春風轉。海南瘴癘鄉，都把檳榔嚥。挂歸帆望烟波天際遠。

二郎神　舟中旅況

烟江艇，泛晴瀾曉來如鏡。岸草汀蘆相帶映，無端孤客，愁催兩鬢星星。那堪縹緲中流歌吹冷，小窗前鄰舟帆影。月初升，晚風來，長天雲樹冥冥。〔換頭〕淒清。錦衾繡幄，溫柔誰領。鄉心一縷如酩酊。當時話別，粧臺絮語丁寧。今日裏展轉孤眠幽夢醒，望不斷萬里江程。風烟靜，最撩人，霜天幾點漁燈。

〔集賢鶯〕潯陽江上沙嶼暝，當年司馬舟停。琵琶一曲知音省，青衫濕透湓浦舊多情。素波千頃，挂雲帆愁煞人孤另。更難聽，誰家玉笛，吹出斷腸聲。

〔前腔〕想深閨此際香篆冷，寥寥澹月疎星。夢中遠客愁過嶺，刀頭何日數盡短長亭。雲鬟慵整，盼春風早把歸舟迸。趲嚴程，魚書雁字，音信總無憑。

〔啄木鸝〕愁無寐，魂暗驚，野燒荒村雲際影。鉦聲起堠火江防，炊烟裊漁市山城。濤捲鐺中聞沸茗，玉漏迢迢深夜等。江月迎人分外明，遠浦晚潮生。

〔前腔〕推篷看，隱几聽，風雨蕭蕭憐暮景。畫樓上幾處笙歌，蘭橈內多少娉婷。花月六朝人醉醒，粉黛三吳憑管領。空江寂寞數寒更，何處寄幽情。

〔黃鶯兒〕擁節事長征，坐樓船，鼓角晴。棹歌處處添吟興。雲山幾層，江鷗幾汀，馬當山一夕神風贈。賦難成，滕王閣上，簾捲落霞明。

〔前腔〕帆指五羊城，浪花開，柁櫓輕。烏飛繞樹棲難定。長宵短檠，濁醪滿罌，折梅重把歸期訂。水盈盈，紅雲一片，直北是神京。

〔尾聲〕海天驚起魚龍暝，牙檣錦纜風濤靖，指日裏罷卻伏波下瀨兵。

桂枝香　章江舟中予十齡時曾過此

章江依舊，風帆今又。依稀四十年前，情到不堪回首。嘆烟波渺茫，嘆烟波渺茫。黄蘆衰柳，船窗獨守。甚來由？昔時綵鷁渾如夢，此日文鴛兩地愁。

步步嬌　戲憶

斗帳香溫團圓夜，纔過了燒燈節。三星屋角斜，種玉藍田，絳燭搖明月。細碾七香車，顫流蘇帶綰同心結。

〔忒忒令〕舊風流往時嘆嗟，新恩愛這番寧貼。芙蓉繡褥，看文鴛並者。鶼鶼翼苦摧折。又誰知，巧合歡，把良緣再接。

〔尹令〕聽了些秋風敗葉，守了些漏迢燈灺。辦一片至誠心切，天判與鴛鴦簿牒。領著風月文憑，那怕藍橋驛路賒。

〔品令〕燈前細認，眉黛可爭些。溫柔鄉裏，釵墮鬌雲斜。瑣窗私語，把山盟訂也。春風臺榭，實丕丕心甜意貼。嬌小雛鶯，填補了秦樓弄玉缺。

〔荳葉黄〕更深銀箭急，風動彩簾揭。受用些粉嫩脂香、粉嫩脂香，勾罷了愁腸百結。蜂蜂蝶蝶，紅圍翠遮。生受了畫眉的京兆，生受了畫眉的京兆。把湘管重設，向粧臺打疊。

〔玉交枝〕好天良夜，博山爐龍涎滿爇。百花深處朦朧月，並肩魚水和協。倚闌收拾針線帖，香塵小步鞋跟拽。倦來時參横斗斜，夢初回錦衾猶熱。

〔月上海棠〕奈無端，新歡未已輕抛捨。恨征人遠去，萬里途賒。望長亭金釧潛鬆，盼歸期眉峯暗疊。殷勤說，把魚書頻寄，錦字休絕。

〔江兒水〕烟水千層闊，雲山更幾疊。孤眠誰與著疼熱，連宵歸夢情牽惹。深閨照影燈明滅，那慣這般離別。甚日刀環，偎暖寒衾如鐵。

〔川撥棹〕烏絲寫，問平安好姐姐。月明時暫被雲遮，月明時暫被雲遮。俏心情休教痛嗟，繫羅裙褪幾摺，劃金釵損半截。

〔前腔〕（换頭）香閣溫存歡那些，烟艇淒涼悶這些。指日裏繡幕重揭，把離愁從頭細說。剪燈花情未歇，鳳簫聲吹不徹。

〔尾聲〕孤舟暗想多嬌怯，相見了越加親熱。滿舡載不了的相思，都在枕上撇。

梁州新郎　歸舟

五羊初別，片帆纔挂，送客紅亭樽罷。芳堤柳色，今朝遊子還家。一任鷓鴣聲裏，杜宇枝頭，絮語將人罵。消受珠江烟月了，返星槎，開徧林中橘柚花。海日暖，春潮乍，東風吹入船窗罅。人去也，自天涯。

〔前腔〕畫船軒敞，珠簾瀟洒，鸚鵡雕籠低亞。珠光翠羽，海天景物繁華。多少蕉紅榕綠，羯鼓鸞簫，離恨都抛下。試問嶺頭梅謝否，踏殘霞，重看西江兩岸花。海日暖，春潮乍，東風吹入船窗罅。人去也，自天涯。

〔前腔〕（换頭）想粧臺洗盡鉛華，料此際香消爐鴨。盼歸人信杳，把雁鴻偷罵。説甚海棠欲吐，芳草如烟，閒卻鞦韆架。紛紛春雪裏，冷窗紗，獨對寒燈落盡花。海日暖，春潮乍，東風吹入船窗罅。人去也，自天涯。

〔前腔〕憶去年秋盡辭家，算歸期只須初夏。仗隴頭梅信，到賣花簾下。報道中流擊楫，嶺外飛帆，不負臨岐話。到得嫩槐新雨後，可藏鴉，共賞朱闌芍藥花。海日暖，春潮乍，東風吹入船窗罅。人去也，自天涯。

〔節節高〕山川嶺海佳，炫奇葩，溪雲浦樹真如畫。香幽雅，石槎枒，鶯聲大。漁舟曬網斜陽下，翩躚蛺蝶春林挂。兩兩鴛鴦睡暖汀，從今放了相思假。

〔前腔〕團圞笑語譁，燭交加，良宵何止千金價。懽情洽，映碧紗，眉重畫。牽愁兩地情非詐，不然驗取香羅帕。兩兩鴛鴦睡暖汀，從今放了相思假。

〔尾聲〕歸來恨少長房法，遠程途將人磨怕，可惜兩字功名耽悞咱。

八聲甘州歌　雨舟

江天細雨，正巖花紅放，岸草青鋪。寒雲一帶，千山望裏模糊。五婆城下灘聲緊，彈子磯邊暝色孤。鄉關遠，雁羽疎，那堪歲月老江湖。山村小，水驛紆，愁聽林外有鵲呼。

前腔

人歸海上，望迢遥鄉國，縹緲皇都。春風吹面，盼煞嶺雲江樹。萋萋芳草王孫路，兩兩舩窗蛺蝶圖。寒衾薄，好夢無，烟波深處立鵜鶘。魚堪買，酒漫沽，蒲帆何日挂東吳。

桂枝香　七夕

星河斜挂，鵲橋初駕。今朝會合雙星，留作年年佳話。且當歌對酒，且當歌對酒。晚風瀟洒，共傳杯斝。漫嗟訝，愁添華髮三千丈，秋到長安百萬家。

前腔

梧桐葉下，秋容如畫。暗想海外長征，正是小喬初嫁。歷雲山萬重，歷雲山萬重。人歸長夏，西風來乍。送年華，今宵巧乞天孫錦，前日魂銷博望槎。

前腔

簾鉤低亞，良宵無價。針樓彩線齊牽，香閣晚粧纔罷。正西山爽來，正西山爽來。蕭蕭雨下，疎燈夜話。影交加，人間秋色涼如水，天上相逢淚似麻。

前腔

魚兒潑剌，螢光漸大。輕羅小扇頻揮，屋角冰輪高架。正香分茉莉，正香分茉莉。蘭湯浴罷，摘來盈把。傍窗紗，棋聲喚醒鸚哥夢，隔院風吹夜合花。

桂枝香　丙辰元日

曉來寒乍，紛紛雪下。人人盡道豐年，戶戶填平鴛瓦。看春光倍佳，看春光倍佳。凍枝低亞，新晴如畫。五侯家，錦帳羊羔美，紅粧舞袖斜。

前腔

早朝纔下，新年拜罷。忘形幾個知心，小閣閒看書畫。把塵情暫消，把塵情暫消。梅風幽雅，香來一霎。儘豪華，細酌家鄉酒，新烹雪水茶。

新水令　新春

春風一夕徧天街，日曈曨瑞烟籠蓋。御香浮寶扇，霽色照宫槐。朝罷歸來，笑盈盈齊把新年拜。

〔步步嬌〕過眼韶華何方買，雙鬢隨年改。迂疎媿不材，歲值懸車，尚作金門客。心事鷺鷗猜，望中山烟樹春如海。

〔折桂令〕想當年早步金堦，經了些宦海波濤，世路風霾。有多少韓范勳名，金張烜赫，沈謝文才。止不過登場傀儡，說甚麼麟閣雲臺。大都是天數應該，八字差排。算不如雨笠雲蓑，受用足水涘山隈。

〔江兒水〕帝里風雲會，書生骯髒懷。先也曾挂冠神武門兒外，喜柴桑三徑依然在。又隨行重向東華，驀六十光陰何快。半枕黃粱，填不了冤親魔債。

〔雁兒落帶得勝令〕受了些寒更風雨篩，看了些暖日龍蛇擺。俺也曾銅龍待漏遲，俺也曾金殿當頭拜。幾番價硃抹印床開，抱案牘吏胥來。退食烏啼曉，堂飡午後排。危哉，奉尺書瘴嶺天涯外。剛纔，蛟窟裏探驪珠頷下回。

〔僥僥令〕梅英纔半吐，春釀又重開。似這般滾滾紅塵忙中度，何處倩魯陽戈指日迴。

〔收江南〕呀，爲甚麼馬和車鎮日鬧垓垓，一任他九衢三市蕩黃埃，看將來紛紜世事總堪哀。醉歌樓舞臺，醉歌樓舞臺，又早見春郊准備踏青鞋。

〔園林好〕才子鋪詩箋酒牌，佳人粧丹唇粉腮，聽聲聲賣花簾外。花壓的帽簷歪，花壓的帽簷歪。

〔沽美酒帶太平令〕謝賓朋坐小齋。謝賓朋坐小齋，烏皮几且重揩，喜茶熟香清事事諧。看浮雲變態，算生平誰蠢誰乖。再休論插貂蟬貴官朝宰，擁紅裙鳳翹螺黛。渾一似半天裏朝霞殘靄，又何須五更頭巧機深械。撚指間春來夏來，賞心事快哉，直落得小孩童齊聲喝采。

〔清江引〕少年場走馬河橋外，鬧得春無賴。旗亭酒漫沽，火樹花爭賽。看看的九枝燈一字兒擺。

錦纏道 和毛大可上元觀燈曲

恰纔的拜丹墀昇平曉春，早又是大酺辰。向清宵鳳城月色堆銀，有多少爭角觝戲魚龍歌喉舞身。那堪他碾平沙油幕朱輪，處處賽紫姑神。火山燃，喜傍九重天近，更何方醉吐茵。御筵回齊把蓮花炬引，看旗亭青幰留住夜遊人。

〔普天樂〕金勒動，鑾韃襯。銀屏展，椒觴進。五侯第百合香熏，春衫薄素袂輕塵。盼天邊羽鱗，最堪憐望征夫樓倚佳人。

〔古輪臺〕畫橋津，綺羅叢裏藉花茵。芙蓉笑靨唇脂潤，是誰家姊妹，何處裙釵，月下雙雙相認。玉漏仍遲，朱門未閉，金吾此夕且停巡。料詞場繡口，倚瑀簫《白苧》翻新。百寶珠裝，九枝青玉，六街火樹，嘈雜半狺狺。歌樓近，猧兒爭吠看燈人。

〔尾〕開元舊事憑誰訊，今夜難虛頃刻春，想明夜燈光倍戀人。

桂枝香 祝莊

賞心樂事，祝家園裏。愛他虛敞亭臺，那更風暄日麗。似村莊儼然，似村莊儼然。春衣初試，高樓堪倚。晝遲遲，銀塘水暖看魚躍，曲岸楊花作雪飛。

前腔

地偏林密，遠離朝市。撩人最是殘春，處處遊人沉醉。看斜陽在山，看斜陽在山。流鶯聲脆，茶香酒美。好良時，眼前景惜悤悤度，陌上歌傳緩緩歸。

前腔　有感

千隨百縱，風流業種。只道是半世良緣，誰承望五更殘夢。太憨生宛然，太憨生宛然。似落花風送，辜負了主人情重。恨悤悤，白楊衰草荒原裏，斷粉零香暮雨中。

前腔　前題

鵾絃堪悸，鸞膠難覓。分明浪蕊浮花，說甚蟠根仙李。恨人兒渺茫，恨人兒渺茫。枉了幽歡密意，流年如水。耐尋思，情多誰繪甘泉貌，腸斷空吟落葉詩。

蕉林文稿

蕉林文稿

宋高宗乘龍渡江圖記

余家舊有《百靈助順圖》一卷，先祖所珍藏者，後叔祖金吾公取以贈李于田司馬，蓋嘗聞之先君子云。余雖不及見，然時往來於懷。乙酉歲，聞此卷在都市，亟購之歸。觀所繪人物形狀，宛然先君子曩昔所言，疑卽余家舊物。合浦還珠，延津躍劍，古誠有之。又聞宛陵人劉光暘云，此卷數爲好古者所賞，而卒不售。乃竟歸余，豈信有夙緣耶？

畫法極精細，設色尤工，相傳爲南宋畫苑劉松年手摹。按圖中山石聳秀，巨津浩淼，一人被甲、持戈、絳衣，乘駿馬馳波浪中，蛟龍負之。黿鼉鱗介之屬，鼓鬣噴沫，出沒隱見；孔雀野鶴、鳧雁鴉鵲諸禽，飛且鳴於雲烟變滅之間。及踐踏雜遝於馬足龍背者，數之輒不能盡，率皆環向乘龍者。風起水湧，岸坼濤立，樹葉飜飛，衣裾飄舉，恍如走雷霆而泣天吳，令觀者肅然恐，凜乎其不可留也。巖側騎而甲者凡十有三人，有立者、追者、望洋驚嘆者、努目者、黑衣而髽者、執旗者、戈者、劍者，後先掩映，無不曲盡其妙。旆旌迎風獵獵，髣髴謝玄軍淝水，草木皆兵；項籍戰鉅鹿下，殺聲動天地，諸侯從壁上觀時。噫嘻！亦奇矣！而審視乘龍者，姿貌英偉，與諸人特異，殊不可曉。或謂《康王渡江圖》，及讀歸震川詩，有《題康王乘龍》者，益信爲宋高宗事無疑。殆殊絕偉麗之觀而希世之珍也。

天下神物，離合聚散，詎偶然哉？而余竊有慨乎宋事焉。嘗考靖康之禍，始於小人誤國，驅除異己，苟且富貴，以致中土鼎沸，乘輿播遷。青城之役，三光晦蝕，趙氏不絕者如線。康王始而爲質，繼得還京，再遣使金。磁州人誅王雲以留康王，金人蹤跡之，又如相州，遂免於難，然而危殆者數矣。豈非天哉？豈非天哉？羣臣勸進，天與人歸，一時將相輻輳，如李綱、趙鼎、岳少保、韓蘄王諸人，皆挺生以佐中興者。信而用之，中原可復，仇恥可雪，獨奈何身覯喪亂之由，而復蹈亡秦之轍也。嗟乎！此其故莫可究詰矣。乘龍渡江一事，史冊不載，或疑當時附會，以徵瑞應之符，涉怪誕，不足信。然天佑趙氏而存其祀，倉卒渡江，綿曆數者百餘年，此豈易得之於戎馬蹀血之餘、廟社丘墟之日乎？羣靈效順，理固然矣。余寶爱斯卷，恨不及質之先君子，而又重有感於興亡之蹟，每一披覽，未嘗不欷歔而太息也。

既屬同年生高念東爲之歌，因敘次爲記，以志余懷焉。

祭太常公文

嗚呼！我公乃竟殁耶？由公之德，可以永齡。由公之術，可以長生。胡爲一病，遽隔幽明。惟公之生而穎異兮，天資卓犖以恢閎。惟公之威儀可象兮，偉然乎其幹而頎然乎其形。世皆稱令德之相承兮，以方伯公之清白爲之祖，而公則少克砥礪，不媿乎家聲。又且溯淵源之有自兮，以忠毅公之直節爲外祖，而公則瑰奇磊落，有豪傑之風。故奮身自起於中祕兮，出入綸扉，諳習掌故，人且惜其小就矣，而當時之名卿耆碩咸與之披肝胆以相傾。及其罹璫禍而被收兮，獄起同文，竄身絶域，人且疑其不測矣，而塞上之悲風淒露，雖冒犯險阻，而卒克保其身名。慨膺謗之慘毒兮，既三光爲之昏，鬼神爲之泣；喜巨憝之旋戮兮，如松柏之後彫，而天日之重晶。伏闕上書，遂請上方之劍；彈冠相慶，再聞長樂之鐘。跡其數十年迴翔禁苑也，君子樂其誠，小人忘其忌，雖邪正消長之無恆兮，而公之道毅然其長行。殆際興朝而起田間也，手綜典章，旁資討論，雖老成文獻之凋謝兮，而獨幸有公爲之典型。公之才敏以練兮，故有叩而輒鳴。公之性敦以厚兮，故與物而無爭。年周甲子，丰采瑩瑩。中朝方期之以顯爍，尊之爲老，更意謂朱紱之方來兮，詎云朝露之先零。嗟山頹而木萎兮，悵仰止之曷窮。余小子輩，或稱宅相，或忝館甥。日侍公之杖履兮，奉提命而服膺。玆且望素帷而誰語，將揮涕以何從。嗚呼哀哉！公雖御太虚而蜕化矣，然名列俊及，位躋清卿，恩邺下被，寵建幽扃。令嗣冠惠文而秉憲節兮，堪繼祖武以躡芳蹤。幼子氣食牛而擅岐嶷兮，更孫枝秀發以啓繩繩。公含笑泉臺，復何恨兮，當駕青虬而遊於雲霧之冥濛。余小子輩，瞻九原其不作兮，束生芻以披誠。陳蕪詞而沾裳兮，神其翱翔以來馨。尚饗。

悠然齋記

余嘗讀陶詩而愛其『悠然見南山』之句，因以名齋。陶子隱居樂道，脱屣塵壒之外，採菊東籬，徜徉自適，故得以玩世肆志，而發之於詩歌。余少入塵網，遭時竊禄，非陶比也。然每怪陶子雖隱居不仕，而身當衰亂，戎馬駸駸，又窮困瘠餒，人所不堪，顧安所得悠然者而蕭閒若此？嗟乎！此其際難言之矣。其詩不云乎：『此中有真意，欲辨已忘言。』余烏從而測之哉？使陶子而處明盛之世，佩玉鳴珂，出入將相，而顯功名於時，其所爲蕭閒脱落者，當自有在。蓋無入而不自得也。其於南山，特寄焉耳。

余齋近市廛，去郊野遠，誅鋤草茅，雜植花木，窗檻咫尺之外，餘無所見。數欲築小樓登眺，庶幾望見西山，亦苦湫隘不能。顧每退食歸邸舍，飛塵滿面，力憊神疲，戶外喧囂雜遝，則輒閉門臥齋中如不聞，焚香手一編，屏慮寡營，得稍休焉。久之欣然忘倦，如棲深岩而揖太古，陶陶終日。其所見南山耶？太行耶？詎暇問哉！

噫嘻！余竊上下千百年間鉅公名彥、彪炳史冊者，何可勝數，而事往時殊，零落俱盡。金、張、許、史，貴盛極矣，不旋踵而鐘鳴漏盡，委於荒烟□草，不知凡幾。以是知勳名富貴之不能久，而蕭寂淡漠者之無窮也。余非能樂天知命者，而竊有意於悠然之旨，遂書之爲記，以待他日質之知道如陶子者。

戲擬齊人報仲子書

書復仲子足下：辱示書，責僕輕加拳於足下，爲之稱引友誼、陳説利害，其望僕極深，規僕極切，然竊以爲過矣。僕與足下生同里，知足下齊之高潔士也。僕所業，實與足下異趨。僕少亦聞《詩》、《書》之訓，長而有志利達，顧自念喜功飾詐，吾齊之俗而時之所尚也，非此不足以結顯者而取富貴。生爲丈夫，不能建勳業於世，流譽無窮，則當委蛇從時，逢迎津要，稍稍沾濡餘潤，饜酒肉以驕妻妾爲愉快，安能孑然窮餓，困踣以老哉？而足下則不然，遺世獨立，以灌園爲樂，甘心餒瘠，此所謂落落違時、不達權變者也。僕嘗嗤之，而足下不悟，似以僕爲澳涊無恥者。足下雖不言，僕獨無媿於心乎？是足下不能自振，而適足招忌，於僕何尤？且足下既昧涉世之術，守道獨行，而又或躑躅於墦間，胡爲者？夫僕以墦間爲壟斷者也，疇昔所拳，嘗數人矣，不獨足下。然足下踽踽翔步，睥睨其旁，烏能不奮臂相向耶？亦信足下非能得顯者之權而有害於僕，顧醉飽之後，鼓其餘勇，又何擇焉？足下疑僕有深憾於中。夫匹夫無罪，懷璧其罪，足下立異爲高，以形吾短，是卽足下之罪也。

又謂僕爲英雄，乃不拳臧倉、王驩輩而拳足下爲不武。嗟乎！何言之謬也！豈故詭辭以相譃乎？嘗聞古之稱英雄者，富貴不能淫，貧賤不能移，威武不能屈。僕好爲大言欺世，以陰遂其饕餮耳，何英雄之云？他人或不知，足下寧不知之乎？且足下獨不聞臧倉、王驩，彼何人耶？臧氏之子，君之嬖人，一言可以尼孟子，右師，尊貴齊無與比，權侔人主，呼吸風雲，卿大夫就而與之言。僕遇兩君，奔走承事以乞其殘瀋剩馥，恐不得當，況敢從而拳之耶？足下何言之謬也！僕特不拳人耳，苟欲拳人，非足下之孱弱其誰施？

足下又謂拳不當於親友。夫世之結交，在於黄金，彼蘇秦金盡裘敝，且不禮於其父母、兄嫂。張、陳刎頸，蕭、朱結綬，交云固矣，而凶終隙末，賢者不免，又何疑於僕耶？僕方蠱心墦間，以爲得計，樂而忘歸，他日攜手於陵，姑不暇問。而僕之行，妻妾羞之。高世之論，勿復深望於僕。足下苟能毁其衣冠、易其操行，共從事於東郭而助予之抨擊，固大善。不然，而各行其志、各求其友，卒然相遇，酒後耳熱，或拳或否，非僕所能逆料也。僕與足下有舊，故雖獲罪，而不敢不布其腹心，唯足下裁察。

祭趙子美文

嗚呼！子美竟死耶？傷哉！子美宦族，而其家貧。子美才士，而以俠聞。俶儻詭激，志不可馴。蚤列黌序，遂空其羣。鬯雄文之歷落，吐逸氣以干雲。輕青紫如芥拾兮，每不屑章句之紛紜。作白眼而傲睨兮，能挾韋布而驕人。慕豪舉以結客兮，傾平原之十日，薄季布之千金。或躡蹻以出遊兮，長揖將軍之第，彈劍五侯之門。乃李廣數奇，卞和掩涕。傷老大而興嗟，假佯狂以玩世。使酒罵座，骯髒灌夫之名；懷刺依人，漫滅禰衡之字。且復流連花月，擅絕音聲。操漁陽之鼓撾兮，壯士聞而變色，孤客聆之沾纓。托長歌以當泣兮，梁塵爲之飛動，而粉雲爲之不行。當夫簪舄雜遝，盃斝縱橫。更闌月落，燈燭熒熒。度吳歈而顧曲，譜絃管以怡情。秩秩四筵，驚其風發之雄辨；藐然二子，何異蜾蠃與螟蛉。識者目爲燕趙之畸士，世俗且指爲蔑禮之狂生。嗚呼哀哉！遂至詩酒消磨乎歲月，儒冠半誤其生平。明經應薦，入對彤廷。庶幾青氊片席，聊沾升斗之祿。何圖膏肓二豎，遽戕土木之形。憶向之挾策而南也，方欲泛扁舟而遊五岳，一發其胸中之磊落。而今則已矣，徒聞垂素帷而絕劍鍔，魂返於長夜之幽扃。某等或屬葭莩之戚，或托縞帶之朋。聞訃音而憒哃，念疇昔以涕零。嗟乎子美！嗚呼！意其死而爲才鬼兮，當駕赤虬以赴玉樓之召，豈其如莊生之逍遙兮，栩栩化蝶以成輕薄之名。嗚呼！嘆琴亡而不囗，遲白馬以何從？致生芻之一束兮，遙悵望於悲風。陳蕪辭以攄衷兮，聊相慰於九京。

尚饗。

蕉林書屋圖小序

蕉林書屋者，予之所構以藏書而燕息咏嘯於其中者也。予性不敏，不能博聞强記，以窺夫古人之學，顧好買書，俸錢恆苦不給。見人則求所未見書，得一帙，如遇故人，輒怡然累日，然率不能讀也。久之，所蓄益多，又特爱芭蕉青翠，舒卷自如，有林下風味。於是築室布席，擁書其間，自謂南面百城，不以易此。小畦種蕉數叢，掩映窗几，迎風搖曳，庶幾可以忘暑暍而澹塵襟也。

蓋蕉之爲物，於晴日和風、輕陰皎月無不宜，而尤宜於雨。淅瀝空堦，聲響互答，孤客聞而興思，幽人爲之舒抱矣。嘗聞懷素嗜書，無紙，種蕉數萬本，取葉供書，號所居曰『緑天』。古人高致如此。予非工書者，而竊有取於蕉。當其廣敷清陰，湛然如水，吾不知於緑天之居何如也。因屬山陰陸薪，徵爲圖，而復漫爲長歌，以紀之云。

杜子靜制藝序

余初爲諸生時，聞子靜雋才績學，試輒冠其儔伍，聲著畿輔間。會太守虞城范公葺恆山書院，徵屬邑能文者，課業其中，子靜以高材生赴。余望見其神氣奕奕，眉宇開朗，輒心異之。於時文譽益噪，然余察其人，非徒以文詞見長者也。子静風度端凝，苞蓄宏闊，與人交，披肺肝相示，而論天下事，衮衮如珠之貫而泉之湧也。時雖伏首爲儒生，其識量固已遠矣。

己卯歲舉於鄉，數困公車，同學數輩皆聯翩紆青紫、爲大宦，而子静猶抱膝一室，歷風雨顯晦之變，怡然自若也。余交子静垂二十年，每當其下第，輒咄咄侘傺，謂明天子在上，以子静之才，出而膺事，任其樹立，必卓然可觀。而今偃蹇若此，相顧嘆息。乃子静益發憤爲文不輟。今年春，果登第。年甫及强仕耳。夫子静少年負異稟，視科第如芥拾，顧屢試屢躓，終於必售，其英英果鋭之氣，如干將鏌邪，可以陸剸象犀、水截蛟龍者，猶似昔也。豈非其識沉志定，可以自信哉？

一日，出藏稿示余，將出以問世。余篝燈讀之，見其湛理内藴，光氣外達，洋洋灑灑，不雕飾而自工，有珮玉冠裳之度焉。爲文若此，奚患弗售？向之怡然而信其必遇也，有以夫！雖然，子静非徒以文詞見長者也。榜發後，子静數過余論當世吏治污濁、民生憔悴狀，愀然有憂之，懼不稱民牧，以羞科名。時或奮袂而起，義形於色，不若世之快然意得而趾高氣揚者，意念一何深也。子静今且仕矣，尚持此以發舒生平，左宜右有，使世曉然於文章事功無二致，而信儒效之非迂疎，則斯編豈僅爲口耳之資、梯榮之具哉？

太僕毓祺孫公墓志銘

順治戊戌，毓祺孫公以陝西左布政使内遷太僕寺卿，赴京，遘疾，道卒。子珏纔八歲，旅櫬伶仃。

同朝友人相顧欷歔咨嘆，憂公喪之不能歸，而孫氏遺孤危如一綫也。久之，公弟給諫君怍庭請急歸。將發，手公狀詣余，流涕曰：『吾兄負經濟才，盡瘁以歿。今將爲經營其葬事，顧兄子穉弱，懼兄之生平掩抑不章也，敢略次萬一，幸公爲之銘，兄死且不朽。』余感其義，自念與公同登第，同出一師門，知公不可謂不深，又安忍以固陋辭？

公名建宗，毓祺其字，别號淡園。其先自真定之棗强移家歷城，世習儒，敦行誼。數傳至贈公伯承，有聲里閈間。生五子，季爲文修公止孝，卽公父也。舉進士，歷官參藩，所至著政績。公生而孝友，爲諸生時，參藩公備兵密雲，失中貴人意，誣以事，逮京師，二年不解。公徒步走都門，抗聲剖析不少屈，聞者動色，卒得釋。性故穎悟，顧讀書攻苦爲實學，類遲鈍者。崇禎丙子，舉於鄉。時方華侈相高，薦紳子弟被服輕靡，虚憍自憙。公獨沖質愿謹，抑然自下，無紈袴之容。

己卯歲，濟南被兵，公家諸父皆遇難，獨公存。煢煢一身，勉自榰柱，撫孤繼絶，經營艱瘁，備所不堪。孫氏幸不致淩夷，而子姓猶稍稍樹立，以至今日，公之力也。庚辰、辛巳間，歲大饑，齊魯盜起，持棓剽刼者徧於境内。公粟數千石亦被掠，皆有主名。事平，或謂公必追問，公笑曰：『歲凶如此，吾有粟，當出以活人，又奚問？且吾之免於溝壑，幸矣，乃復計長物乎？』羣無賴者以安。

及成進士，時南北苦兵，仕宦不樂有司，避之如仇。公偕余談，輒慨然曰：『人皆願京朝官，誰當爲朝廷守疆圉、扞災患者？』公之習勞蹈難、忼慨砥志，類若此。無何，流寇陷京師，遁去。今天子御極，求四方人才。公於是應召出，爲祁縣令。山右新定，人情危懼。公至，首爲蠲除苛令，一意拊循，吏民踴躍，逃亡歸者如市。居八月，邑大治。

入爲戶部郎，殫心持籌，猾吏憚之。每榷稅差當，公輒辭不就，曰：『吾不欲自潤，顧能朘膏媚人耶？』開創初，出納糾紛，軍興旁午，司農蒿目仰屋，以公心計精敏，議留治部事。公力請補外，得睢陳僉事。其地繁劇多盜，當蹂踐後，城多蓁莽。公勤於政事，問民疾痛，謀所以爬搔而振救者，罔遺餘力。恆日晷不食，無巨細皆親決。給諫君相從署中，每規公，謂：『食少事煩，昔人所戒，監司總大綱而已，何徒自苦，獨不愛身乎？』公善之，然勤劬如故，蓋性然也。臺使者交章論薦，舉廉卓，賜服旌異。會卿寺需人，上命銓臣推擇藩臬有治行者列名上，公在選中，擢通政司參議。監司入躋京卿，自公等始。

尋由順天府丞遷太常寺少卿，提督四譯館。再晉太常卿、大理卿。當爲京兆時，嘗臥病，余往視，癯甚，不勝衣，輒驚。顧執手慰勞，勸以節勞屏慮，留意養生家言。病尋愈，拜副都御史。上方銳意治平，重風紀之任，每臺長缺，輒徘徊弄印，不輕畀。乃持予公，凡三遷，不出旬月內。公念受恩厚，毅然有澄清之志，三疏論列，皆見采納。而是秋內外互遷再行，遂有秦藩之命。秦中歲輸幾二百萬，而經費支發以及防兵糧糗、蜀中軍需，取給之數，殆再倍焉。公焦思極慮，符檄如雨，口授手畫，才鋒飆發，案無留牘。篝燈校簿書，咿唔如老儒生，漏仆不休。又爲裁添搭、剔旁費，人皆稱便。秦之歲額既出浮於入，而積逋難清。鄰省協餉，疾呼不應。非公更事練習之久，强力堅忍，鮮克有濟。然公之病日深矣。其還冏卿也，已有恙；行次臨潼，益篤，遂不起。嗟乎！余詢公病狀，無他，特積勞耳。向之執手慰勞，固心憂之，乃今竟死矣。嗚呼傷哉！

憶癸未初第，見公端醇雅飭，言笑不苟，心識爲長者。與語天下事，泉湧珠貫，悉中肯綮，又意他日當爲名公卿，著勛業於世，輒嚴事之。通籍以來，翺翔中外，其所設施，炳炳在人聽睹，則信天下彊幹之材也。天假之以年而竟其用，庶幾乎古之奉公忘身、綱紀四方者，而所就乃如此，此其故何可究詰耶？

公爲人和易，睦宗族，慎取與，交必擇友，久而彌篤。好思任察，細物必勤，率以此殞其身。悲夫！公乙酉分校晉闈，丙戌再往典試，皆號得人。先是，官四品，子例入成均。公以方在襁褓，不可濫名器，乃以姪瑤應，人稱其無私。公歿，瑤上書請卹，錫祭葬如例。喪至里門，士庶道迎而哭者千餘人。嗚呼！此可以知公生平矣。公生於甲辰年二月二十八日，卒於戊戌年正月初四日，享年五十有五。配于氏，封夫人，先公歿。一子，卽珏。銘曰：

泰山渤海，盤鬱地靈。龐龐歷下，俊哲代生。惟公之德，爲世儀型。惟公之才，澤及編氓。敭歷中外，蹇蹇匪躬。勛留朝著，業振家聲。胡天不弔，遽喪老成。山頹梁萎，賓友涕零。貞珉未滅，令名無窮。

畿輔人物略序

畿内爲首善之區、王化所自，出生其間者多奇杰俊偉之彦，蔚爲國楨。藹藹濟濟，鷹翔虎變，雖曰地靈，豈非朝廷教澤積累涵泳之久，有以致之哉？余友退谷翁於書無所不窺，罷政家居，日手一編，上下千古，而慨然於畿内人物之盛，懼其久而漫漶無徵也，於是輯爲志略，自洪、永以訖啓、禎，三百年間名臣將相、文章事功，粲然可考。最著者如李文正、成文穆之相業，王忠毅、王襄敏之武功，岳文肅之氣節，王忠肅之勳名，趙忠毅之伉直，孫相國、李司馬之壯略，崔太宰、先少保之忠勤，楊忠愍之節烈，曹文忠、鹿太常、范相國輩之殉難，宋文恪、石文介之文學，奕奕乎瑰瑋卓絕，照映今古。細而及於才人墨卿、好修獨行之士，幽光潛德，靡不表而出之。猗與盛哉！蓋燕趙古稱多慷慨節俠，其人之彊幹果毅，可以濟緩急、任大事，所由冠絕四方，有以也。

余因讀之，而喟然嘆焉。自史失其職，而掌故之放佚者多矣。間有作者，非鄙固淆雜，則輒以愛憎爲褒貶。是非紕繆，厚誣古人，將何所徵信與？退谷翁楸然有憂之，而位不列史官，無從紬金匱石室之藏，以補其闕而正其譌，乃以其夙所嚮慕而鬱積於中者，特著之畿內，以待他日有史遷其人者出，網羅放失，勒爲一代之書，斯編亦庶幾若《世本》之類乎？吾於是識翁之用意勤矣。

嗚呼！天下治日少而亂日多，人才之生，或淹抑不用，身老岩穴；即用矣，直道莫容，時勢多迕，君臣之交不固，讒邪之口日興，以致功立而謗生、事集而中敗者，往往有之。伏節蒙難之儔無論矣。弘、正以前，號稱平治，顧以岳文肅之受知特達，卒爲讒搆，不究其用。襄敏勳庸，赫然爲國虎臣，而屢用屢躓，功名不終。又況君子道消、奄寺竊柄、羣小啓釁、禍中清流之日乎？如孫、趙、范、李諸君子砥狂瀾於既倒，冀一木之能支，其卒爲宵人所困也必矣。余每覽廢興之由，未嘗不掩卷而欷歔也。雖然，成敗利鈍，蓋有數焉。要不可謂當世之無其人也。然則退谷翁之爲此，不獨闡揚前哲，抑誠有慨於當世治亂之際，微矣！

昔歐陽公作《五代史》，敘次謀臣戰將，風神如畫，乃鹿門猶謂其處五代之亂，文字缺略；又人物猥鄙，不足揚榷，爲公惜。今畿内人物淵藪，聲光爛然，而退谷翁具良史才，少壯登朝，猶及見老成舊德，聆其微言緒論，又所交遊多賢豪長者，得以廣諮博稽，閱歷久而睹記真，乃能吮毫奮筆，以成此書。

後之覽者，不知視歐陽公所作爲何如也？余不敏，竊歎鄉里人才之盛，而又有感於翁之志也，輒爲論著之若此。

壽姜母錢安人六十序

余嘗觀魯敬姜之賢，其爲穆伯之妻、文伯之母，有非世之巾幗房闥所能彷彿者。而竊歎古者卿大夫士有聲稱於時，亦閫以内相助之功多焉。自女史彤管之教失其傳，千百載間，流風藴義，何寥寥也！今觀會稽錢安人，則又信劉向《列女傳》所載之遺，猶有存焉者。安人爲武肅王後裔、孝廉龍痦君女，歸水部紫環姜公，乃宗伯公之冢婦，而二濱給諫之母也。蓋兩姓皆華胄，締世好爲姻婭，一門衣冠，奕奕貴盛矣。

憶壬午歲，余於二濱同舉於鄉。時二濱弱冠，尚少余一歲，顧温醇如老成人，以禮自牧，舉止雍容甚都。余爽然自失，信其有家學，如昔所稱鳳毛麟角，而且意其閨門以内，具有儀則，肅肅穆穆，當何如也。厥後十餘年，二濱由元城令治行卓越，上之明天子，特拜給諫，與余時相過從，乃得聞安人生平懿德甚詳。

蓋安人五六齡時，輒好女紅，異常兒。及爲婦，言不越閫。每晨起謁宗伯公、夫人問起居，不命坐不敢坐，不待膳畢不敢退。宗伯公官京師，安人奉姑於家，先事承意唯謹。水部公數試不利，安人怡然引義命相慰勞，無幾微色。篝燈紡績，夜分不休。子女婚嫁，皆躬自拮据，不以累水部公。尋水部公通仕籍，安人益持勤儉，佐成羔羊之節。蓋貞順性成，而又夙聞《詩》、《書》之教，動合禮法，有由然矣。而其大者，水部公視河張秋，時苦歲歉，安人盡解奩中簪珥，力請煮粥散粟，以賑饑饉，所活數萬人。二濱爲令，迎安人署中。見徵賦急，輒惻然，謂：『民當兵革後，閭閻空虚，宜亟撫恤，奚恃敲朴爲？』聞治獄，輒視平反多寡爲喜怒。迨擢諫官，數寓書，勉以昌言報國恩，不及私。其能稱引大義又如此。以故二濱在邑爲循吏，在朝爲名給諫。雖忠廉出於天性，抑亦安人之教深已。

今己亥夏五月，安人年六十，設帨辰，二濱謀所以稱觴遙祝者，謂余知安人，宜侑之以介壽之辭。余竊念世之儼然白髮戴勝，象服六珈，御板輿，列子姓，進百齡千椿之頌者，固自不乏。然貴矣，未必偕老齊眉而壽；壽矣，未必皆賢也。以今觀，安人勤修内則，以相夫子，則穆伯之妻也；援義教子，以成令名，則文伯之母也。余嚮所謂女史失傳而流風廢絶者，乃於安人再見之，其信無媿於敬姜而賢於世之笄黛者流，抑亦遠矣。使今日而有劉向，其又何以稱焉？余於安人稱猶子，不獲雁次二濱伯仲後，膝席上壽，以觀庭闈之盛事，猶幸從二濱所側聞其風，而知其家教雍穆，則誠邦家之光、太平之瑞，非徒侈顯融而騖聲華者。余知天之所以福姜氏當未艾也。二濱試以余言告安人，其或囅然舉一觴乎？若夫考鐘伐鼓，和絲竹、奏賓筵，以陳巫祝頌禱之詞，則二濱家固有而習聞之，非余所以壽安人也。

李進士傳

李進士者名孔昭，字光泗，薊州人。少負才，能文章，然性疎落真率，不爲沿飾。家故貧，而輕財，財至輒散。篋有錢，自奉饌飲，輒極豐。錢盡，雖草惡食，不厭也。崇禎壬午舉於鄉。友人讀其文，賀曰：『子必登進士。』光泗愀然曰：『天下亂矣，登第何爲？』已而試禮部出，遽告友人曰：『余不幸又將售矣，奈何？』榜發，果然，乃遂去，不赴廷對。余蓋與光泗兩試皆同榜云。

開創初，四方之士蒸蒸嚮用，光泗獨不出。有司數物色之，竟不知所在，人皆歎異，或意其且遁居深山大澤、寂寞無人之鄉矣。乃同年生玉田江山秀者，爲予歷歷言光泗，則固未嘗遠去故鄉，如當時所料也。初，光泗聞都城變，白衣冠哭田間者三歲。先是喪妻，不再娶。或勸之娶，輒不答。至是獨奉老母入盤山，一子尚幼，一二僮僕及廬舍悉棄去，躬自樵採。時爲黃冠，時或儒服，又或爲醫卜裝，往來於水村山市，形蹤數變易，無識者，獨其友識之。或晨炊乏，母訶責之，輒伏地慟哭，終無言。母爲感動，山中人觀者皆泣。鄉里感其義，有某孝廉當赴公車，輒止不行，曰：『吾出郭門一步，何面目見李光泗乎？』久之，遠近知不知，皆稱李進士云。

無何，中丞某公慕其名，遣吏持書幣往迎。偏走山中，遇負薪者，襏襫腰鐮，呼問：『若識李進士耶？』負薪者張目曰：『問李進士奚若？』吏具道意，負薪者遙以手指其處，吏尋至，室空矣。訪之鄰叟，笑曰：『若已面失之。向所見負薪者即是也。』吏再求，卒不得，還報中丞，嘆息而已。會海畔一富翁賢，爲子擇師，薦者以十數，皆不許，獨願得李進士。於是光泗以母故勉就塾，歲可致百金，奉母膳，稍稍自給矣。江嘗過光泗山中，見其頹垣蓬臥，罌無儲粟，執手相勞苦。光泗自採山蔬爲設飯，一童子進食，食竟，語不及世事。江顧問：『郎君安在？』指童子曰：『此是。』命之拜。江爲泫然，不能仰視。徐察光泗，澹如也。今如是十餘年矣，所以栖栖近郊者，徒以有母在耳。予聞而喟然太息：『貞臣孝子，詎兩人哉？』

戊戌春，予有薊門之役，訪光泗於州吏，又登盤山，叩老僧，皆云去纔數日矣。又謂光泗間入城市，無定居，然往來盤山僧寺爲多。所至爭下榻治具，解衣推食，戀戀恐不得留也。其高潔之風動人愛慕如此。予低回久之，不能去，因留一詩付老僧。嗟乎！若光泗者，可謂鴻飛冥冥矣。巡按御史陳君嘗舉畿内隱逸，以容城孫奇逢及光泗兩人名上。光泗謂當俟廷對時來赴。及期，乃竟不來。殆又善於隱而不詭不激者耶？

史氏曰：嘗考傳記所載，梅子真、龐德公、蘇雲卿諸人，超然遠引，以道自守，名可得聞，人不可得而見，所謂遺世獨立、抗志塵壒之表，誠卓卓矣。數百年來，棲遯之士，再見李君，其諸君子之流亞乎？世之衰也，天地閉，賢人隱。甲申之際，世亂極矣。顧隱者往往以終南爲捷徑，外託孤高，陰行干謁，以釣功名而動當世。而其矯激者身處巖穴，抑鬱憤懣，造爲訕謗之言，奇衺之行，以發其中熱之所不能自已。嗚呼！此又與於不肖之甚者也。李君遭逢不辰，絕意婚宦，不事生產。雖奮跡科名，其意抑亦遠矣。及高蹈入山，勞身奉母，雜於田父牧豎之間，甘窮困而不辭。州郡長吏望之如麟鳳，卒無從而物色之，所謂神龍變化、首尾莫測者。此其人視當世之勛名富貴爲何如也？噫嘻！較古之離羣逃世、山澤之癯，抑又難矣。范文正公爲嚴光作記，云：『先生之風，山高水長。』其李君之謂歟？

西園雅集圖記

余嘗觀米元章《西園雅集記》，敘一時泉石花木之勝及器具几杖甚晰，東坡居士以下諸君子優游閒雅，娛情翰墨聲伎，歷歷如在目前，輒愾焉慕之，慨不及覩其盛。一日，有持畫來者，軸已破壞，絹爲煤烟薰染，黝然幾不復辨墨痕。就日審視，乃《西園雅集圖》也。軸端無題識，不知誰氏作，然筆法細謹，位置雅麗，人物鬚眉毫髮皆現。衣冠、坐立、欹側，勢皆不同，而各極其致。泉流雲湧，松竹蕭疎，紅紫掩映，雖色半剝落，猶依稀可見。器物皆用金碧，備極良工苦心。當日經營慘淡可想也。

余曰：『此非世所傳李伯時者耶？』客有謂伯時好用紙作白描人物，金碧惟李將軍、趙千里輩用之。而圖之下卽書其記，乃又非米書。後有歲月姓名，僅存其半，獨『天民先覺』四字可辨。余亦疑之，然意其非凡手可及，遂購而新之，稍稍浣濯塵垢，再開生面，燦然可觀矣。

藏之六七年，偶得元學士黄文獻公集，讀其《述古堂記》，云：『《述古圖本》，李伯時效唐小李將軍，用著色寫雲泉花木，及一時之人物。』按：『鄭天民先覺所爲記』云云，與前軸中書，不失一字。然則向之所讀記爲米元章者何也？而客之所云伯時不用金碧，豈其然乎？由學士集觀之，則余之畫信伯時無疑；卽非伯時，當亦宋人名手臨摹，爲世所罕覯，可寶也。

余益珍愛之，時時展玩，而竊於古今世變，不能無慨焉。蓋宋世優禮士大夫，禁網疎闊，而又當全盛之時，生其際者，或仕或不仕，率皆進退寛舒，被服雍雍自得，無愁慘迫促之容。乃得以放情肆志於水石，留連圖史，觴咏以自樂。至繪之爲圖，次之爲記，風流文采，照映當時，使千載而下，想其流風餘蘊，而並有以見遭逢盛世以至此，不易遘也。令諸君子而生於衰亂，政令煩急，如束濕薪，側目重足，不遑終日，雖有西園，能復從容爲樂哉？余既不得見諸君子於西園，猶幸有斯圖，晨夕對之，如追隨杖履而與之拱揖上下，卽以此當臥遊焉可也。

魏石生詩序

余友石生博綜典墳，孜孜慕古，尤好稱詩，數與余論古今人詩，輒曰：『詩貴真不貴僞。原本性情，自出機軸，不屑屑沿襲剽竊爲工者，詩之真者也。摹古人之皮膚，捃摭琱飾，譬諸圖繪剪綵，又或如叔敖衣冠者，詩之僞者也。能祛其假借者以深求夫風人之旨，斯性情正而天下之真詩出矣。』余聞其説而韙之，以爲知言。

石生讀書三十年，位躋公卿，每退食，輒取《三百篇》以至漢魏、六朝、三唐之詩而揚扢之，著作日益以富。其所爲詩，洋洋纚纚，諸體具備。一時詞人，競相稱述，莫之或先也。一日出以示余，曰：『子爲我序之。』余讀而歎石生之向所論詩，殆道其自得者之至，而駸駸乎窺古作者之室與？夫詩至今日，號稱極盛，人人自謂登壇墠、握靈珠矣。然趨舍不同，途徑錯雜，求其粹然合乎古者，什不過二三也。其故亦可指而數焉。尚格律者尊七子而斥景陵，樂夷曠者宗宋人而詆何、李。徒以耳食管窺，各伸其説，反脣相譏耳，其真能較然於古人之得失而折衷之者，幾人哉？而師心自雄者又或自謂能不事雕摹，獨闢堂奥，卒之毁棄古法，愈趨愈遠，於是乎性情之正者益不可問。嗚呼！不事雕摹，是矣，而謂不師古人，可乎？夫文章之有法度，猶大匠之有規矩。古人才量小大、音響緩急，言人人殊，而法度謹嚴，各有其至，不能過也。苟不得其謹嚴之意，而馳騁氾濫，破古人之藩籬，以矜其區區之見，是猶舍規矩而欲爲方圓也。此豈石生之所謂真詩者耶？

嘗讀空同之自序，有云：『詩者，天地自然之音，今途咢而巷謳、勞呻而康吟、一唱而羣和者，其真也，斯之謂風也。』又云：『《詩》有六義，比興要焉。文人學子，往往爲韻言，以致比興寡而直率多。』此其言與石生之論何相符也。今石生集具在，其穆然以深、澹然以遠、情摯而節和、一唱而三嘆，豈非所謂原本性情而不規規焉剽竊爲工者乎？又豈非得古人之意而御以我法者乎？余不知於《三百篇》之旨同異何如，然視近代之摹倣刻畫而爲文人學子之韻言者，固已超然獨異矣。嘻！此庶幾所稱真詩，而世之各伸其説以反唇相譏者，亦可以爽然自返也已。余固不能知詩，然竊謂石生之論詩，以及所自著者，足以羽翼《風》、《雅》而鼓吹休明也。乃書其説爲序，以質之石生焉。

省心編序

《省心編》者，今閩中方伯王君湛求所採輯，以自淑而淑世者也。湛求負卓犖之材，所至居官有聲。今年來朝闕下，出茲編示余。余讀之而歎湛求之用意一何勤也！夫古今之貞臣誼士，盛德大業，炳灼宇宙，載之史册、散見於稗官野紀者，何可勝計。觀編中所採，特千百之一二耳，而其事又皆忠厚醇謹。

一言一動之微，以及婦人賤卒之細，若非有瑰奇殊絕，可以震耀世俗、博資見聞者然，而作者汲汲於此，美刺並列，貞淫互形，於拯困戒殺、敦倫守禮之事，每三致意焉。余於是識湛求之深心，而竊慨風俗人心淳澆之故有由然矣。

今天下之人去古日遠，往往矜智力而尚權謀，務刻礉而釣奇詭。純厚之意漸漓，門内之教不講。秉禮者目爲迂疎，篤行者鄙爲無用。相煽成風，冥行罔顧。此其間豈無博物洽聞之士、英姿異稟之倫乎？卒至從逆多凶、人鬼交責，曾未有取古今之嘉言休行，省之清夜，以自驗其本心者，良可哀已。嗟乎！此湛求之編所爲作也。

夫聖人之道，本於忠恕；王化之原，始於門内。今之人誠日持兹編而深思之，皆庸行也。顧立身則爲善人，立朝則爲端士。施之家而家齊，施之民而民理。於以召感休祥、馴致雅化，將淳風不難再見，而茀禄被於子孫。『永言配命，自求多福』，固理之可信而事之有徵者矣。嘗見今之著書者每不樂爲淺近之説，而雜進僞詭，騁其博辯，或至是非頗謬，貽譏大雅，以觀兹編言近旨遠，足以察治忽、驗災祥，而有關於風俗人心之大，顧不懿哉？或謂因果之理，荒遠難稽，編中言之，何鑿鑿也。嗟乎！此又余之所深悲，而亦湛求之所大不得已也夫。

贈文林郎新安高公神道碑銘

士君子出則宣勛勞於國，處則修懿行於家，其顯晦不同，要所以守道令終、有關世教，則一也。古人以立德、立功並稱不朽，或有身不出里閈，而能勤迪好德、貽謀孫子，卓然樹望鄉邦者，君子必表著之。所由風厲頽俗、扶進道義，胥有賴焉。以今觀於新安高贈公，豈不章章可述哉！

贈公爲少司馬似斗之父。司馬與余同官日，數爲余言贈公甚詳。公名三位，字用和，號斗山。其先名鵬舉者，自小興州徙實畿內，居新安之留村。數傳至應金，世力田，有隱士風。應金生善，爲王府典膳。善生贈公。甫一歲，喪母，賴祖母郝撫之至成立。事繼母李盡孝，不異所生。祖母歿，追念哀吟，又時以不識母顔飲恨。每言及，未嘗不淫淫淚交頤也。及典膳公歿，開隧見母棺，拊膺長號，身自跳躑欲投下，衆力挽之。淚盡，繼以血。觀者皆泣。葬地數苦水浸，贈公拮据經營，不惜勞費。居恆念士人務本，宜先宗族，於是立家廟、置祭田。歲時伏臘，率宗人祭畢而飲，少長皆歡。又設義學，羅宗族子弟貧不能就塾者課業其中。久之，來遊日益衆，絃誦之聲相聞。蓋贈公自少爲諸生，即以敦倫爲務，孝弟力田。訓其家，誡子弟習勤儉，曰：『勿效世俗浮薄子，自隳家聲，羞鄉曲也。』其爲教率身先之。異母弟二，曰三重、三讓。三重爲邑掾，侵官金，追比急，贈公傾囊篋代償以脱之。三讓早卒，出貲爲營葬極厚，人多其義。治家整肅，巨細畢舉，門以内熙熙然也。自奉簡樸，取予一芥不苟；及拯危救厄，慨然赴之，視千金猶敝屣。余所聞於司馬者如此。

嗚呼！若贈公者，庶幾古之力行君子也。世之衰也，門内之教不講久矣。躬之不淑，遑及宗族，又況敦仁秉義、厚德被物哉？跡贈公行事，於家稱孝子，於鄉推祭酒，可謂篤於其先、知本務矣。至於今，邑之中自長吏以逮賤卒，稱長者，輒首曰高君高君。即擬之陳仲弓、王彦方，何多讓耶？聞贈公垂老臥疾，乃優游蒔花種菊，招客開樽，仰而嘯、俯而憑檻以自適，又似達生知命者。生平慕容城孫奇逢之賢，時相過從，論説道義，遂爲姻婭。語云：『不知其人，視其友。』贈公之爲人爲何如也。鄉飲酒，三舉大賓。殁之日，里人輯其行載邑志中，有以夫！

余嘗考漢萬石君以孝謹稱，子孫顯融，名垂奕世。贈公雖不仕，而司馬登朝，大其門閥，孫子蔚起。天之報德，顧不厚哉？贈公殁二十餘年，馬太孺人卒，錫祭葬，司馬乃以狀來，屬余書其隧道之碑。余嘗從史臣後，竊謂贈公躬踐孝弟，好德令終，足以風世而勵俗也，不可不書，因敘次其大者，以復於司馬君，使後世知所則傚焉。

贈公生於隆慶戊辰八月初十日，卒於崇禎壬申三月十七日，年六十有六，贈文林郎。子三人，長旻，鄒縣知縣；次景，卽司馬君，丙戌進士，歷官兵部右侍郎；次冕，官監生。諸孫皆競秀，而司馬之子宣化舉鄉書。元配王氏，繼配馬氏，皆有婦德，受封贈。而馬太孺人慈仁好施，解簪珥佐司馬賑災，全活以萬計。事上，優詔褒美。蓋被刑于之化深矣。他具載誌中，不備書。銘曰：

猗歟太公，厥修允臧。化行門内，克備彝常。風維末俗，邑乘有光。崛生司馬，世德聿彰。燕山巖巖，易水湯湯。善人孝子，千秋之藏。

跋叔祖澹明公字冊

余曾大父貞敏公四子皆善書，此冊乃叔祖澹明公所作家書，余兄彙輯以裝潢之者也。公性簡澹，脱屣功名，左圖右史，好古自娛，不類貴胄，識者高之。冊中所書天真爛熳，不用意而姿態横生，結構精密。其寄余兄書，時已七十餘，腕力之强猶如此。書中娓娓千言，指一歸於篤厚。若訓子弟之嚴、述師說之謹、策事務之審、品人物之精，展卷猶可想見萬一。而念不忘親，於先貞敏公之恩卹，反覆淋漓，聲淚交下，豈非孝友性生，夙敦家訓，仁義之人，其言藹如者哉？余敬觀而識之於後，子孫覽者，追繹祖德，世崇孝謹，勿徒珍爲祕玩，賞其風流已也。

己亥春日，姪孫清標敬書。

首七祭先妻王孺人文

嗚呼！吾妻而竟歿耶？天乎？痛哉！吾妻春初嬰疾，余時甚恐，然念吾妻平生爲人，無遽亡之理，又無短折之相。比年不幸，兒女凋零，天之虐余夫婦至矣。即有愆尤，足以示罰。榮枯否泰，數有循環，或不應至此極也。余又自信可無恙，孰意一病纏緜十月餘，而竟歿耶？天道謂有知耶？謂無知耶？嗚呼痛哉！

吾妻歸余三十年，同甘苦，共患難，孝翁姑，撫子孫，綜家政，勤操作。雖當余貴顯，相從宦遊，積有歲時，而勞心殫慮，顧未嘗享一日安閒之奉也。摧殘骨肉，强半空花。一女於歸，又成遠別。諸孫稚齒，乳臭無知。而余以簿書紛紜，不遑寧處。寂寥一室，顧影徬徨。夫安得而不病？又安得而不亡？人事如斯，奚論天道哉？

嗚呼！吾妻亡而目且不瞑也。余何以慰吾妻於九原耶？今當首七，俗尚佛教，往往延沙門爲懺以昭余之誠而抒其哀思焉。吾妻非泯泯以歿者，其來歆而鑒余心也耶。尚饗。

悔解脫之事。余知吾妻明達，必惡其誕，而余禮官也，不宜從俗，尚涉非禮，特爲文以告，彷彿古祭儀，

二七祭先妻王孺人文

嗚呼！吾妻亡，今二七矣。余且慟且思，反覆求其死之故，而愈益惑也。吾妻生四男五女，其襁褓中夭亡者不具論，長兒聰明仁厚，年二十四死；次兒亦俊慧，吾妻特愛之，甫三歲，又死；長女嫻於婦道，最先死；次女天性純孝，未嫁死；今僅存一女。人孰無情，其何以堪？吾妻之病而死固也，然竊疑焉。

世亦有所遭甚於此，而不死者矣。且余夫婦之遭此，何謂也？《書》云：『作善，降之百祥；作不善，降之百殃。』《易》云：『積善之家，必有餘慶；積不善之家，必有餘殃。』信斯言也，吾妻之降殃，遵何道哉？今天下紜紜者皆人也，察其所爲，則鬼蜮而已矣。鬼蜮不死，而爲人者死，豈不異哉？夫鬼蜮之人，人望而畏之，且稱以爲能；凡世之福厚利澤，咸萃於其身。而服仁義、循禮法、砥礪而爲人者，顧往往困厄憔悴，羣起而嗤笑之。君子曰：『是將有天道焉。』夫人不足恃而恃諸天，此亦事之無可如何者矣。而天又若此，君子將安恃哉？或曰：『修短，數也，嗇其始者必豐其終。』而吾妻已矣。豈短且嗇者爲吾妻之所獨耶？余安得不愈慟愈疑，如柳子厚之爲《天問》也耶？吾妻積憤以歿，其靈不昧，必能訢之上帝，叩此因緣。余求其故而不可得，尚冀吾妻見夢而告之，以釋其惑也。吾妻聞

之耶？抑不聞之耶？尚饗。

三七祭先妻王孺人文

嗚呼！吾妻之亡，又當三七，嘆流光之何迅。嚮致疑於天道之難明者，茲又悔夫人事之未盡。憶吾妻之病在春初，而實始於癸卯之秋。伊時不及覺也，遂因循而致氣血之交燼。尚醫者謂投藥之或誤也，而形家者流則又謂居室之多凶；養生者謂調攝之不早也，而談星命者則又謂運數之適窮。余茫然不知其所以，徒悲號躑躅而灑涕淚之無從。嗚呼慟哉！悵九原之莫問兮，誰告余而啓其愚蒙？

昔余少年之遘疾兮，吾妻長齋憂悴，不有其身，而爲之祈請於神明。當余之困於諸生兮，吾妻委曲慰藉以暢余之中情。旋遭時之多難兮，吾妻拮据倉卒而克濟於豐亨。余幸身之無恙而且仕以顯兮，與吾妻如共命之鳥，胡溘焉舍我而遽返於幽冥。愧余至誠之不能感格而力挽於瀕危兮，余負吾妻矣！余負吾妻矣！將何心而獨生耶？尚饗。

四七祭先妻王孺人文

嗚呼！吾妻之亡，遽當四七耶？昔空同子有云：『妻亡而予然後知吾妻也。』余悲其言，掩卷不忍竟讀，而孰意遂及於余耶？余有孫子，疇爲提攜？余有家政，疇爲操持？余有疾病，疇親藥餌？

余有憂疑，疇堪告語？余早失過庭之訓，外無肺腑之歡，形影徘徊，抑鬱誰恃？吾妻幸與亡兒殤女相見於泉臺兮，而余身孤孑，獨類乎向隅之悽其。妻亡而後知吾妻，傷哉空同子之言兮，何其哀婉而深思。余情寧同於木石兮，又安禁其低黯而涕洟。吁嗟噫嘻！余憶之矣。平居之日，曾謂吾妻曰：『願來世仍爲夫婦。』而吾妻曰：『吾豈世世爲女子乎？且當爲兄弟耳。』嗚呼慟哉！斯言猶在，來世者尚屬渺茫，而今生者頓爾乖離。追信誓之旦旦，豈幽明之改移。夫妻耶？兄弟耶？幸吾妻之踐斯約兮，籲之天帝而勿負此心期。余薄命之人，呼天而莫應兮，聊申中曲以陳詞。尚饗。

五七祭先妻王孺人文

嗚呼！余前此爲文哭吾妻者四矣。謂吾妻根器不凡，生而穎異，雖稟女子之柔德，實具丈夫之英氣。而且筆墨時拈，知書識字。居恆恨不爲男兒，大試其才猷，而小用之蘋蘩，爲閨中之經濟。生既聰明，歿不泯昧。覽余文之悽惻，或感通於夢寐。胡伺之者數旬，竟茫茫而莫覓。豈余誠之不能嘿格而潛召，抑吾妻神遊碧虛，有天上之樂，而不復牽情於人間之伉儷耶？嗚呼慟哉！

人生之有夫婦也，如鳥雀之同林，寄蜉蝣於天地。或修短之不齊，或苦樂之殊致。或先屯而後亨，或早榮而晚瘁。余之不德，於妻何與？而適當理數之交，窮竭人謀而罔濟。吾妻或了悟於天人之際，而灑然不以亂其中，漠然不以縈其慮。余獨何心，能不披繐帳而銜哀，對几筵而流涕耶？有酒盈觴，有肴在器。倘靈爽之常存，望姍姍而來至。尚饗。

六七祭先妻王孺人文

嗚呼！余不見吾妻者四旬於兹。嘆形神之具化，羡草木之無知。思千端而萬緒，腸一日而九迴。余與吾妻偕伉儷者三十載，悲歡與共，窮達相依。雖牢愁而無憾，矢白首以齊眉。余或有所不得意，入而與吾妻言之。每片語之微中，輒變戚而爲愉。此豈恆常之匹偶，又何堪中道之乖違。賢乎吾妻，貴而能下，儉而知義。卻甘旨而不嘗，謝綺紈而不御。憂勞之日苦多，曾娱樂兮幾時。卽擁魚軒之焜燿，煥翟茀之陸離，尚不足償其生平之萬一也。余何以報吾妻於長夜之淒淒？嗚呼慟哉！

當吾妻之初亡，余怱怱如夢之未覺、醉之方迷。迨今而知四旬之不相見者，且終其身而不獲見之矣。出焉耳漫漫靡所往，入焉而倀倀安所之？嗟日月之無盡，抒此恨以何期？誰招帳中之魂，空詠哀蟬之句。荀奉倩之神傷，豈徒然哉？孫子荊之感痛，良有以也。兹逢六七，再具蕪詞。靈其來歆，慰余哀思。尚饗。

七七祭先妻王孺人文

嗚呼！吾妻系始太原。門風清貴，世德蟬聯。賢父崢嶸，名傳鉤黨。誕育吾妻，內儀夙講。十五于歸，克勤克儉。恪事高堂，中外無嗛。幼秉家政，一緯一經。余免內顧，房闥雍容。自晦至顯，渾如一日。有初有終，春華秋實。吾妻之德，好禮敦倫。雞鳴儆戒，時進規箴。吾妻之才，處常達變。左方右圓，咄嗟立辦。吾妻之容，委委佗佗。翟冠象服，如山如河。吾妻之志，施仁尚義。茹苦辭甘，心存弘濟。胡天不仁，蘭摧玉折。膝下蕭然，神傷肝裂。奄忽一病，藥石兼窮。飲恨以歿，永返幽宮。余生何辜，失兹良偶。此恨綿綿，天長地久。自昔達人，彭殤一致。生也赫赫，死同寂寂。修短何嘗，惟德千古。歷考淑媛，一抔黄土。吾妻雖亡，生榮死哀。兩孫成立，繼往開來。不朽者名，孰遲孰速。賢如吾妻，庶幾瞑目。今當終七，載告靈筵。洋洋來格，如或見焉。尚饗。

書王母吴孺人像後

王母吴孺人，余本生先慈之母也。溫恭有婦德，里閈稱女宗焉。歿時，舅氏石埭公生方七月，不識孺人面，及今五十餘年，每念孺人，惘然泣下。會孺人姊子劉伯桓氏猶能彷彿記憶，輒拜請想像貌之，以示姊李孺人，云：『頗肖。』乃攜至京，延名手繪此像，凡三易稿。既成，再拜流涕，裝潢以歸，曰：『此吾母耶？』及審視，指某似長姊、某又似少姊。乃大慟：『此真吾母矣。』嗟乎！若舅氏可謂孝矣。

舊聞里中賈同知君幼孤，亦未識父，追慕徬徨，以意爲像，輒肖。賈故不知繪事，人謂至性感通故然。事頗類此。吾里何多孝子哉！

順治十六年季春，梁　敬書。

梁伯子行略

梁子允嘉，字子柔，家司馬長子，生而穎異，四五歲時，舉止凝重，不好嬉戲，絕異凡兒。七歲讀經書，過目輒成誦。與之研理析義，遂有解悟。及長，能爲文，旁及古文詞、詩賦，頗得其旨。凡有所撰著，或哦小詩，皆粹然可觀。初，以父官四品，例入成均，既而承尚書廕，待選吏部。其在成均，試輒高等，爲大司成所賞拔。庚子鄉闈試藝，幾入彀，以經藝少弱失之。

性至孝，每過庭屏息，如不能言。居恆馴謹沉厚，動遵禮法。待人接物，委曲周至，盎然如春。然不妄交，或意氣偶合，披肺肝相示，無欺無隱。諸父昆弟，以至姻黨友朋，靡不敬而愛之。御臧獲，莊而有恩。至遇不平事，往往義形於色。人有困乏，輒周之。蓋自未弱冠，已儼然若老成人，識者咸稱爲國器。

迨學問日進，論古今得失、人才臧否，識量卓乎有過人者。老師宿儒，咸歎服莫及。生平語不涉邪妄，處門以內，肅然穆然。近與諸兄弟言士人以品行爲第一義，文藝次之，約爲傳正社，互相勵勉。未幾，疾作，浸至不起。嗚呼慟哉！跡其爲人，無狎邪之遊，無浮夸之行，無刻薄之念，無非僻之辭。且長身山立，眉目聳秀，是宜享大年、樹功名者，而胡以至此耶？此其故莫可究詰矣。嗚呼慟哉！然其天資敏慧，讀書之暇，間喜雜藝。工楷法，好臨摹古法書，以及琴、棋、繪事之屬，雖小技，莫不殫精研窮，各臻其妙。又能挽强馳射，具文武材。豈其稟質夙弱，不耐博綜，致此疾耶？抑才多者亦爲造物所忌耶？客冬疾稍瘳，猶手唐詩一編，細加丹鉛，咿唔不休，每至夜分乃寐。季春疾復作，遂不可救。嗚呼！病其坐此哉？

生於庚辰七月十三日丑時，卒於癸卯十二月初三日辰時，享年僅二十有四。娶賈氏，故侍御賈公名儒曾孫女。丈夫子二，長雍、次穆，蓋孿生也。女二，皆尚幼。家司馬悲惋慘瘁，不忍執筆，予等抆泪略述其概如此。〔一〕嗚呼！古所謂翩翩佳公子，如子柔者，庶幾似之，其才行有不可沒者，將俟當世之名公椽筆，志不休焉。

【校記】

〔一〕按：梁允嘉乃清標長子。據此句，則此篇《行略》乃梁清標授意、子姪輩所寫，故亦收入《文稿》。

副憲復陽郝公傳

公諱浴，字冰滌，又字雪海，後更號復陽。先世由山西洪洞遷定州之唐城，歷數世至恆瞻公大鈁，以恩貢考授通判，隱居不仕，則公之父也。公少有異稟，年十六，輒高自期許，有澄清斯世之志。崇禎壬午、癸未間，遭兵亂，避難山中，猶讀《易》不輟。夜步河干，尋味義理，值狂飆疾雪，浩然忘歸。留心世務，慨慕古人，不屑爲俗儒章句之學。

順治丙戌，舉於鄉，己丑成進士，出灤州石公申之門。石公不輕許可，獨稱公國士。起家刑部廣東司主事，兼攝浙江司郎中事。爬梳弊孔，老吏不能欺。言論風采，傾動一時。尋改授湖廣道御史，巡按四川。是時巨寇劉文秀盤踞滇黔，川中尚多伏莽，屠戮之後，一望丘墟。有司率皆營弁委署，職業不修。公至，披荊棘，立約束，數微行，廉得其狀，力事清釐，兵將斂手。先是，歲屢歉，撫臣請贍以牛種，後每年輸租八石，歲運軍前。烏道險阻，人牛俱斃，川民苦之，哀籲撫臣，噤不敢應。公特疏言當日給發牛種，意在救民，非以謀利。若再責牛租，勢必流而爲殍、散而爲盜，是無蜀也。世祖允豁，民困以蘇。

吳三桂方握重兵駐蜀，軍無紀律，每結隊逃亡肆劫，憚公嚴正，令各路不發塘報。公疏發其姦，三桂意陰忌公。迨兩路敗衄，東西川俱陷，三桂棄川北，退於綿州，欲回漢中。會方補行辛卯鄉試，公當監臨，聞賊且至，官吏士子倉皇思竄。公密令兵將環守，亟檄司道，馳騎慰諭逃卒，揚言秦兵旦夕至，人心稍寧。而公在鎖院中，剖析經義，談笑自若，卒竣闈事。蜀中賓興之典，實自是科始也。又遣健兒飛檄，走邀三桂等赴援，責以大義，謂不死於賊，必死於法，一晝夜凡七往。三桂等不得已，始回保寧，然猶豫未決。公多方譬曉，面授方略，乃決策固守。俄賊至保寧，踞錦屏山，勢張甚。公憑堞指揮，矢石過耳，屹不爲動。賊夜渡嘉陵江，繞出城後。公輕騎遍歷行間，激發忠義，將士踴躍，背城迎戰，無不一當百，竟奏大捷。是役也，公功居多。世祖知公才堪辦蜀，詔問收拾全川實著。公具疏前後數十上，皆荷採納。詳載《錦江疏》中。

三桂挾王爵驕貴，意持兩端，莫敢誰何。而公以少年書生，獨挺身與抗，不爲小屈。且密陳其跋扈狀，逆折姦萌。而三桂啣之切骨矣。朝廷頒賞酬功，公以得不償失，疏辭不受，益與三桂忤，思有以中之。先是，司道董顯忠等類以將弁改授，公奏劾，仍改武用。至是三桂摘公疏中『目不識丁』之語，嗾顯忠訴於朝，云能識字。公竟坐降調。

甫歸里，適閣臣等薦公才堪大用，三桂恐公柄用，乃摭拾前疏，指爲冒功，欲置之死。世祖察其枉，流徙盛京。公至徙所，益潛心聖學，深思密證，期於表裏瑩徹。或中夜有所得，必披衣秉燭書之，謳吟達旦，不知身之在窮荒也。故侍郎董公國祥同在徙所，見公讀書琅琅，笑曰：『我輩尚思復用乎？何攻苦乃爾？』公曰：『顯晦何常，假一旦位卿相，何以救天下蒼生？』董公嗤其妄，公灑然不爲意。每凜四十無聞之懼，或奮身自擲，幾於傷股。其勵志如此。尤嗜《孟子》及《二程遺書》，築室三楹，顏曰『致知格物之堂』，危坐研究其中，垂二十年。

今上幸奉天，公謁道左，具述按蜀始末，奏對詳明，上改容慰勞者久之。及三桂果反，如公嚮所言，部院大臣及言路爭訟公冤，謂三桂之所仇，正國家之所取，部議皆格不行。特旨取還錄用，仍補御史，侃侃論列。尋遣巡視兩淮鹽課，槩謝請謁，嚴立科條，私販屏迹。差竣，以稱職復留。差一年，裕課數十萬。加太僕寺少卿。淮揚大祲，道殣相屬，公倡議設六廠賑饑，全活數百萬。在差，旋擢僉都御史，未閱月，再晉左副都御史。前此所未有也。明年，遂命巡撫廣西。陛辭日，面奏畿內重地，宜厚加培護；秦民輸輓頻年，勞倍他省，宜加優恤，兼條析粵西事宜，皆稱旨，賜御廐良馬。

單車之任，粵西甫脱兵火，閭閻凋敝，官斯土者，漠不以吏治民生爲念。公乃大示懲創，設匭通衢，許被害者控訴，特糾十餘人，屬吏始各奉法。又疏請汰虛糜之馬，裁添設之兵，預防要害，簡練精鋭。四事皆報可。往者滇中班師，例由黔楚，後乃假道粵西。公力言土司並無郵傳，馳驅瘴烟毒霧中未便。

又粵西灘高水淺，舟入楚，往往覆没。舊例，楚舟於永郡接换後，令送抵長沙。公亦請照往例交卸。兩者俱荷俞允。粵人如釋重負。至裁兵相聚思亂，公捐米七百餘石，以資口糧，遣官沿途押送。定藩舊旅歸旗，道路訛傳，人心風鶴，公與同事者審定去留，悉心區畫，遠近晏然。又言標兵不可去，於是各省撫標俱獲半留。他如請邺死事諸臣以勵忠節、資給鄉舉衣冠以作士氣、建立書院以勸來學、稽覈支領以清浮冒，諸政將次第舉行，而公以積勞兼苦瘴癘，病且卒矣。士民巷哭者三日。喪之歸也，炷香叩送，數千里不絶。公所至，設施有方，得民之深又如此。

其先，巡撫傅弘烈在軍中，那移帑金七萬餘兩，公請以庫項扣抵。未及補足，公旣卒。布政崔維雅與公稱同年生，有夙嫌。適當護印，遂修前郄，誣爲侵隱，部議革職追銀。上特嘉予公巡鹽、巡撫兩任，潔己愛民，免其追銀，並予祭葬。蓋異數也。

公負才卓犖，有膽略。憂患之後，更邃於學。少時念祖喪未葬，輒自掐左臂以志痛，爪痕深入膚理。其至性有過人者。勇於爲義，赴人之急，不啻疾痛之在身。奬借人才，如恐不及。雖歷艱難，而用世之志彌久不衰。至當大事，他人張皇失措，公不動聲色，處之裕如。爲文奇崛，單詞片語，妙絶天下。門以内嚴若朝典。生平刻苦自勵，有運甓之風。自少至老，所遭多苦境。嗟乎！殆性近之矣。

公有五男子，其仲子林，壬戌成進士，沉毅類公。諸子亦能世其家學，克昌厥後，知熊熊未有艾也。

贊曰：嘗觀古來嵚崎磊落之倫，往往多嶮巇非常之遇。如雪海公，殆其人歟？余與公交數十年，疊聯姻婭。嘗過所居唐城，覽其風土，經理井然，知此中有人焉。翰林灌亭王君素未謀面，讀公《錦江十六疏》，驚且歎曰：『當吾世乃有此人哉！』輒造公邸舍，值他出，乃登堂設座，再拜而去。公夙具奇癖，足迹所至，窮幽涉險，毫無恐怖。好訪古今人物以及山川阨塞，靡不周悉。當按蜀時，微行山谷，見一大鳥，張翼蔽天，世所罕覩。嘗登華嶽，宿其巔，候瞻嶽靈，中夜見白光自空來，道士云：『此卽白帝。公非有夙緣，莫能見也。』粤西之役，舟過南嶽，冒雨登祝融峯頂，天忽開霽，遂縱觀日出沒，以爲快遊。噫嘻！亦異矣。

憶公居塞外時，偶入關，共余剪燭抵掌，劇談經濟，恆至夜分。窺其英氣，無少摧挫。公誠偉人也哉！

湖廣道監察御史子受何君墓誌銘

湖廣道御史子受何君奉使視鹺河東，以康熙二十一年卒於任。其子偕等居京邸，擗踴哀號，持所爲狀，請銘於余。以余稔知君，能傳信於後也。君爲屬僚久，與余交最深，聞君之訃，不禁泫然，其何忍辭？

按狀，君諱嘉祜，子受其字。先世南宋時，以扈從家於山陰之峽山。厥後生齒益繁，代有衣冠，遂成甲族。至八世祖石湖公，由進士歷官至大司空，廉直稱名臣。數傳至祖泰寧公，亦以制科任長蘆運司，以清節著。子文治公，才名冠浙東，而數不得志於有司。侍御君其仲子也。生而穎慧，讀書過目不忘，塾師異之，曰：『此何氏跨灶子？』未冠，補博士弟子，郡中才士皆願與締交。文治公十試被放，乃慨然顧君曰：『余之不遇，天也。他日振吾家，當在子矣。』

甲申之亂，山寇竊發，君扶掖文治公遠避，遇盜於途，劫以刃，君大呼曰：『寧殺我，勿傷我父！』手創甚，無怖色。盜義之，捨去。文治公遂以驚憂致疾。君虔禱，願以身代，衣帶不解者數月。及歿，慟不欲生。時君母耄而多病，家又苦貧，弟妹皆幼穉未成立。君一身搘柱，菽水無闕，延師訓諸弟，遣嫁二妹，指顧而辦，人不知爲貧士也。

君晝營家政，夜燃燭讀書，文一脫稿，輒驚其儕輩。甲午，蓼莪張君視學兩浙，奇其文，首拔君貢入成均，爲祭酒金亦庵公所賞識。期滿，試得縣令。時考職者皆卽得銓除，君則曰：『吾窮年力學，當以科第起家，烏用是躁進爲哉？』竟掉臂去。丁酉鄉試，中副車，歸而母卒，毀瘠盡禮。服闋，闈中再躓。年已彊仕，乃幡然曰：『人子苟能顯親揚名，豈必科名乎？』遂謁選，知江西之奉新。山邑俗頑，民多逋賦，前令率以催科去官。君區畫有方，不事鞭朴，輸納恐後。浹歲間，宿逋爲清。民又健訟，罄家財而不已。君申誡嚴禁之，刁風以息。清丈之役，告訐蠭起，君槩置不問。或問之，曰：『一準行則鷄犬且不寧，靜以鎮之，自可相安。』民感其德，肖像祀之。校士屏絕請託，甄錄孤寒，由簡拔以雋去者甚眾。縣南溪水泛漲，人多病涉，君捐貲創造橋梁，徧植桃柳，行者稱便。如是者五載，督撫交薦，膺内召，擢戶部廣東司主事。是司專理兵餉，號爲繁劇，君精覈無誤。尋監督寶泉局，亦有能聲。君彊幹練事，吏抱牘盈几，批郤導窾，剖決如流，以故所至稱職。

癸丑，議撤三藩。余奉使粵東，遴司屬才者偕行，乃以君名特請於上，許之。及度嶺，滇南告變，遠近震動。余宣布朝廷德意，慰勞將吏，擬具疏取進止，會有旨停罷。是時鳥驚獸駭，海水羣飛，人咸爲余危之。而君佐余斟酌調劑其間，多中肯綮，從容而還。無何，君以員外郎請急歸。起補江西司，榷稅蕪關，亦推擇而使也。關居上游，軍興旁午，歲額多缺。君至，卻陋規，禁需索，估舶如雲，猾吏無所容姦。先是，榷使最苦辦銅。君完解獨早，羣服其能。

陞山西司郎中。時方奉歲終舉劾屬員之命，余與同官特薦君。改授御史，侃侃論列，多報可。壬戌，巡鹽需人，君名在後。上特簡之河東。君適臥疴，力疾冒暑行。值鹽池水漲，君禱於神，一夕水退數尺，人謂忠誠所感。歸而疾增劇矣，遂不起。

嗚呼！君精敏有心計，不憚勞瘁，孝於親，篤於友。爲人謀，周詳懇至；振人之急，如痌瘝之在身。然苦思多慮，細小必親，其致病亦以此也。君瀕行別余，見其羸瘠，神氣黯然，輒心憂之，戒以省事節慮，豈意其竟以是殞身耶？聞君平居無他嗜好，獨留意時務，自兵刑錢穀以及地里官制，有用之學，靡不博綜暢曉。憶君在署時，江南司積案塵坌，屬君清理，不數日案牘一空。其才足以經世濟物，乃齎志以歿，不究其用，可勝悼哉？

君生於甲子年六月十六日，卒於壬戌年十月二十八日，年五十有九。元配劉氏，贈宜人；繼配陳氏，封宜人。子二，偕、載，俱太學生；女一。俱側室朱氏出。將以某年某月某日卜葬於某阡。爲之銘曰：

猗歟伊人，小心翼翼。作宰豫章，煩苛用滌。握算版曹，精思不苟。當時倚之，如左右手。受知特達，執斧埋輪。奚爲怛化，勤劬殞身。人之云亡，傷哉我友。勒詞貞珉，永垂厥後。

臨邑知縣簡侯鄭君墓誌銘

康熙二十二年七月十四日，臨邑令簡侯鄭君以病卒於官。君之子惟孜官京師，初聞君病，欲請假往省，苦格於例。無何，亦病，乃亟以病請。閏六月具文，至七月中甫聞命。行四日而訃音至，惟孜號痛幾絶。方其稱病，不獲遄行，情至迫切，過余邸中，流涕被面，余固哀其具至性者。今以狀寄余，求誌君墓，蓋以余與君有一日之知，能悉其生平，可傳信於後也。嗚呼！余又奚忍辭以違孝子之志乎？

按君諱雍，簡侯其字，别號穆庵。初名同御諱，因改今名。其先山西洪洞人，永樂中，徙實畿内，卜南宫，家焉。世業農，數傳至思齊公，始向學。生溟南公良士，良士舉三子，君其季也。年甫十餘齡，時溟南公爲汝寧教授，值流寇披猖，以憂卒。郡方戒嚴，禁出入，君匍匐哀請於諸節鎮，得扶櫬以出。中原暴骨如莽，君獨身揞柱，間關亂軍中，奉母攜妹，無所怖畏，逾月始抵里，可謂難矣。已而兵燹饑饉，產遂中落。又連遭母及妻之喪，家愈窘，教授生徒以自給。

丙戌，舉於鄉，文譽籍甚，顧不樂仕進。與同邑連克昌稱莫逆，慕黄勉之、孫仲可之爲人，每上公車，輒不終闈事。榜發，邑中豔羡新貴人，君與克昌獨淡然不爲動。辛丑，克昌迫於母命，遂成進士。君幡然曰：『行藏何不可自由者？』丁未，亦獲售。是科，余主會闈，得君卷，意必名宿。既撤闈見君，則魁梧凝重，嶷然端穆人也，余心器之。越數年，里居不出。及軍興亟，君乃投袂起曰：『此豈高卧時耶？』戊午，始謁選，得臨邑。邑於山左稱疲瘠，多盜健訟，學校榛蕪。君至，爲之倡積貯、減徭役、懲大猾、嚴告訐、葺學宫、勤考課，禮前賢之後人。不期年，頌聲大著。君又念盗源不靖，邑不可得而治也，於是申嚴保甲、詗察姦宄，捕獲論如法，無狡脱者，境内肅然。邑中人士夙惑形家之言，謂曩時奎樓立城上，科目以盛；至某令謂不利於官，移城下，文風遂衰。君慨然曰：『吾奈何以一身之功名累一邑哉？』趣移城上。君之明達愛士類如此。

又有流民來墾邑田，垂三十年。初以客戶，懼爲胥役所蹈藉，因推豪黠者，號爲莊頭，賦役皆藉以辦。久之，翻爲所魚肉，往往訟不解。而他方豪民亦多請托勢要，求爲莊頭。君患之，乃召墾民，判令自輸納。豪黠者無所利，漸亡去，墾民熙然樂業矣。邑田多不及額，時奉察隱田之令。前令不能履畝清丈，勒民按畝增税，邑中大擾，環訴於君，卽命吏牒請於上。吏難之，謂雖未報册，税已有解司者，請亦無益，恐反得咎，不若因之以爲功。君叱曰：『吾忍朘民以自利乎？且包税之害，及今不除，貽患不已，必至逃亡逋欠干吏議，又何利焉？』吏不能奪。牒上，卒得如所請。民益懽呼，如釋重負，勒碑頌之。惟孜卽於是歲舉南宫，謂非仁人之報哉？

君爲人坦白，不爲崖岸，及事關大體，持論侃侃，或與人異同，不恤也。又性儉約，不殊寒素，衣冠食飲，戒子弟勿尚華侈。爲文簡貴，不屑事雕繪之詞。辛酉省闈分校，得士爲盛。而省元孫勷出君門，闒𩓞尤膾炙人口。居恆以多事、濫交、誇耀三者誡其家，在官與吏民語，質誠無矯飾，以故吏民信而愛之。

嗟乎！嘗考古之循吏奉法循理，無赫赫之名，而去後常見思。如君者，殆亦其流亞歟？歿之日，士氓號泣，如喪所生。惟孜留三月，邑人愛之，一如愛君。則君之得民可知也。君淡於世味，晚號盟鷗主人以見志，乃竟以憂瘁致疾而歿。所願不遂，其亦可悲也已。聞屬纊時，遺命無作浮圖事，君實知命而卓然不同於流俗者。

君生於萬曆四十六年七月二十六日寅時，距歿時年六十有六。元配張氏，陝西平涼推官旋宇公守樞女；繼配閻氏，湖廣湘潭知縣建伯公安邦女。男五，長履忠，早卒；次即惟孜，己未進士，行人司行人，娶宋氏，壬午舉人一韓女；次惟昜，先卒，娶張氏，庠生際泰女；次惟敏，廩監生，娶李氏，庠生璜女；次惟勤，庠生，娶高氏，庠生敞女。女一，適丙戌舉人候選知縣耿君德暭男、廩生焜。俱閻孺人出。孫男四，顥，廩生；預、頲，俱惟孜出；項，惟昜出。所聘娶皆名家。孫女一，惟勤出，幼，未字。曾孫男一，餘慶，顥出，幼，未聘。將以某年某月某日葬於某阡。

嗚呼！余向所期於君者，寧如是而遂已耶？然君能守其官，而又有賢子，克繼其父。君之歿，亦可以無憾矣。因泫然爲之銘曰：

鑅院得君士之良，樸學古貌靜以莊。教家勤儉貽謀臧，思與鷗鷺同徜徉。因時捧檄之東方，勞身殫慮民物康。有子奮跡青雲翔，目瞑夜壑千秋藏。

翰林院侍讀子靜杜君墓誌銘

嗚呼！吾友子靜竟歿矣！去歲之冬，尚寓書於余，謂今年決計北來，私喜握手有日。斯時固無恙也，而何以遽歿耶？嗟乎！子靜，君天下士也。憶君少時，爲高材生，文譽籍甚，郡守范公葺書院，拔諸邑之尤者讀書其中，君與相國魏公、司空傅公及余兄弟皆在選。一日，見君被服都雅，神氣奕奕，與諸生拱揖，眾咸屬目。余於是始識君，相與定交，及今四十餘年如一日。君長余三歲，與余兄雪岩同鄉舉，每兄事之，今已矣。其兩弟鍈、錦手所爲狀來請銘，余安忍遜辭乎？

君諱鎮，子靜其字。先世由山西洪洞遷畿內，居南宮之孝昌村，世安耕鑿，至于盤公國漸，始以經術顯，起家元城訓導，陞陝西澄城知縣，著有聲績。生德珩公珥，以君貴，贈朝議大夫。君爲德珩公長子，生而穎異，眉目開爽，聲欬如洪鐘。澄城公奇之，撫其頂曰：『是兒必振吾家。』童時，日誦數百言，皆上口，驚其儕輩。澄城公攜之任，誦讀之暇，輒告以涖官臨民之要。君識之不忘。澄城公既歸，日課諸孫，擇師取友，以道義文章相鏃礪。篝燈熒熒，寒暑罔間。於是君業大進，以儒士入闈，不利，益發憤爲文。己卯，遂登賢書，出秋岳曹公之門，年纔逾弱冠，人豔稱之。

數上公車，不售，乃多讀古人書，留意世務，爲有用之學。交遊漸廣，兼搜博綜，不徒爲章句之儒矣。甲申之變，寇盜蜂屯，鄰邑淪陷，人心洶洶。君投袂而起，首倡大義，集闔縣士民盟於神，慷慨激發，眾咸聽命。倉卒修戰具，固城守，賊薄城下，賴有備，不能克。又時出不意，簡精卒，大創之，賊咋舌遁去。當烏驚獸駭之時，孤城屹然獨完，乃益服其持危定變，具有方略，非區區一書生僥倖嘗試者也。

君爲名孝廉久，一時賢豪長者聞風嚮慕，皆願暱就，君與之輸情愫，投縞紵。至戊戌，始成進士，當爲令，得山左之陽信。是邑最疲而瘠，賦役繁重，積逋至一萬四千餘金，前令羈留不能去者尚數人。君至，極意清釐，在民者亟請豁除，在官者破産代補。十七年之夙欠，結於一旦，前羈留者乃得歸。發姦擿伏，咸咤以爲神。爬搔利病，如營其家。不數月，邑以大治。省民間十餘萬金〔一〕，而君之産因以減矣。山左故多盜，又苦僕區之法，自是盜賊不敢入境，閭閻無匿逃株連之患。他人所束手者，君處之裕如，咄嗟立辦。上官競相引重，他令莫及也。

未滿俸，尋擢中書科中書舍人。邑父老遮道挽留不可得，乃建祠祀之。癸卯，主四川鄉試，榜發，蜀人服其公慎。是歲各省闈磨勘多詈吏議，獨蜀牘無間言。君聞望日隆，考滿，列之高等。高陽相國於門人中最愛君，號入室弟子。薦紳先生聞君至，爭爲倒屣。故事，中書官應考選省臺，坐陟清要，乃至是忽更爲部郎改授。丁未，止平進刑部湖廣司主事。纂修《大清律》，較勘精詳，堂官倚之，如左右手。無何開館，博徵鴻儒，修《世祖章皇帝實錄》。君以夙望與焉。書成，授翰林院編修，時以爲榮。然君倜儻負幹材，多智略，每思膺事任，以稍試其經濟。而從容翔步、迴旋磬折，爲文學侍從之臣，非其素志也。

君艱於舉子，生一子端慧，髫齔如成人，已而病殤。君以是意念灰冷，無復功名之想。癸丑，請假歸。丙辰，起補中允，旋陞侍講，晉侍讀，鬱鬱不自得。無何，復移疾去，慨然曰：『知止不殆，漢二疎何人哉？』於是修家廟，蒔花木，徜徉其間，將終老焉。

君生平儉於自奉，豐以待人。後房無紈綺珠璣之飾，而治具邀賓，流連談讌。性又善飲，能竟夕不亂。徵歌顧曲，雜以滑稽，酒闌燈灺，興致益豪。以故賓筵客座，非君不驩。而余邸舍與君望衡接宇，晨夕過從，抵掌笑言，往往漏仆不休。論及當世之務，袞袞如珠之貫而泉之湧也。嗟乎！以君之才，左宜右有，可以斷決大計、弘濟艱難，而不能爲國家當一面。雖致身青雲，不究其用，此可爲太息者也。

君既不得志而歸，乃孜孜爲德於鄉。乙卯歲，蓮妖煽亂，陷新河，迫脅居民，乘城以鬭。官軍攻克之，掠婦女以千計，實皆良民也。君賣宅得五百金，持詣軍前，多贖歸，閉之公所，聽其家人認領完聚，皆羅拜以去。察勘隱地令下，當事者謀按畝虚增，而以墾荒邀功。君曰：『此百世之累也。』因力陳其害，乃止。其爲民請命、無所觟避，類若此。

至於事親盡孝，篤於友于，財產悉讓同氣。交友重然諾、尚信義。人或有急，傾身赴之，如恐不及。值歲屢凶，發倉賑饑，又多方勸富室捐賑，散米千餘石。每冬施粥，先後五年，計亦千餘石，所活甚衆。蓋排難解紛、輕財好施，天性然也。平居健飯，無疾病。除夕前，饋問親知如平時。正月初五日，始覺煩懣，明日端坐而逝。吁，亦異矣！君晚好導引之術，其去來炯炯，有如蜕化，殆深有得於中者乎？

君以萬曆丁巳三月十五日生，康熙甲子正月初六日卒，年六十有八。元配韓氏，太學生韓公女，長齋奉佛，有逮下之德，累封恭人。繼配楊氏，丙戌進士楊公孫女。子一，沚，早夭。女一，適庠生張鵬翼。孫一，棐，邑庠生，聘乙丑進士御史賈公曾孫女。以某月某日葬於某阡。

嗚呼！君與余交如手足，吉凶同患，氣分尤深。君既歿，余復何賴哉？雖然，君年未登耄耋，而其可傳於後世者自在，以視世之貴盛壽考而無德可稱述、與草木同腐朽者，當何如也？必有能辨之者矣。隕涕而爲之銘曰：

懿哉我友，内行淳美。世之畸人，家之孝子。早蜚英聲，晚登膴仕。金閨翱翔，簾閣綈几。友朋飲醇，公卿倒屣。所志不遂，夷猶閭里。謀人必忠，守官知止。蹈義履仁，克終克始。哲人云亡，床琴遽委。勒此銘詞，以俟信史。

【校記】

〔一〕『十餘萬金』，稿本作『十萬餘金』。

題沈宫詹書册

沈充齋宫詹爲其同族女弟韓孺人書《女箴》一册，余觀之歎服，且肅然起敬焉。宫詹書法既工，而又録古之淑女貞媛以示訓，其意何篤也！孺人生於貴閥，歸於名門，與余有孔李通家之好，聞其知書嫻禮，處困若素。宫詹視同毛裏，周其緩急，不遺餘力。展讀斯册，亦足徵友愛之一端矣。余高宫詹之義，爲書其後，至其墨妙，海内共見，余不具論。嗟乎！宫詹往矣，每念之，輒深山陽之感。幸此册長存，子敬之琴，猶爲未亡也夫。

跋董宗伯樂志論圖

雲間尚書詞翰圖畫沾溉海内，而贋本流傳，真蹟頗少。此卷寫《樂志論》，濃淡合宜，烟雲變滅，深得董、巨遺意，洵文敏不易之作也。其跋云：嘉禾有王蒙《樂志圖》，余向曾見於友人所，分段細繪，極幽栖之致，歎其工絶。今觀此圖，尤爲高脱。尺幅之間，尋味不盡，翛然自遠。書摹楊凝式，而變化出之。晴窗展玩，覺清風徐來，塵情爲之一滌矣。

祓園集書後

余兄性好讀書，於古今載籍無所不窺。少卽留意聲韻之學，出入三唐，發爲歌詠，氣格雄渾，有大家之風。通籍而後，乃好宋人之詩，退食長吟，往往規摹陸放翁諸公之作。嘗云：『自入世網，年當遲暮，不能組織彫繢爲工，吾聊以自適而已。』其言如此，然非不能也。晚歲澹於仕進，里居日多，時乘牛車，棲於村墅，翛然自得，有出塵之想。風和日麗，每泛小艇，攜筇杖，流連溪壑間，或招黃冠，與語丹砂，輒有所作，率皆簡澹古質，達意而止。顧按其旨趣，實有合乎先民之矩，成一家言。較之今人浮夸剽竊者，抑亦遠矣。

生平所著頗富，自加刪定，僅存四卷，兄子允桓梓之泗水署中。甫成而兄謝世。余嘆子敬琴亡，而其寄託高深，茲編具在，庶幾見之。迴環三復，未嘗不泫然而掩卷也。

題山谷梵志詩卷

山谷書佳者，余嘗見數卷，茲又從儼齋司農得觀此卷。老氣橫九州，真可寶也。儼齋近又獲《諸上座書》，與此殆稱雙璧。神物之合，若延津龍劍，快何如之。

題王子靜小照

貴胄文儒，金聲玉色。味道讀書，圖史在側。秉訓父兄，溫恭沖抑。被服端居，其儀不忒。國子先生，士林矜式。頰上三毛，傳神尺幅。種槐門風，烏衣世德。猗歟象賢，孝思維則。

題山谷書諸上座卷

涪翁此卷摹懷素書，昔曾觀於退谷翁齋中，見其紙墨完好，神氣奕奕，有紹興小璽、秋壑印記，知屬宋大内所藏，尤爲可寶。退谷蓄古法書甚富〔一〕，此卷實爲甲觀。今從儼齋司農所又獲展覽，流連不能已。司農孜孜好古，每獲寶墨，愛護如天球琬琰。予更幸此卷得所歸矣。

【校記】

〔一〕『甚富』，稿本作『頗富』。

跋陳說巖書秋聲賦

海内學書者多摹襄陽，然不過得其怒張之態耳，如說巖總憲此書，氣骨蒼秀，體勢翔舞，可謂得其神，非徒形似者。覺海岳風流去今不遠。

題王慕齋相國小照

熊熊其氣，奕奕其神。目光瞭焉，擬巖下之電；而丰骨清徹，則秋水之絕塵。早歲登朝，翱翔詞苑；既登三事，翊贊楓宸。洞晰機務，淵乎其若谷；沖懷折節，盎然其如春。假虎頭以寫照，倚片石之嶙峋。芝蘭玉樹，拱立逡巡。意其過庭訓迪，具有顏氏之家法；而垂紳正色，信爲蹇蹇之藎臣。

臨樂毅論跋

吾師博極羣書，貫穿百家，匱稱爲詞林弁冕。晚歲研精内典，兼工八法，所臨《樂毅論》，深得右軍之意，不徒取其形似也。山頹木萎，遺墨邈然。今獲覩此卷〔一〕，手澤如新，風流未墜，西州之慟，復令涕泗無從已。

【校記】

〔一〕『覩』，稿本作『觀』。

閔子像贊

孝哉夫子，克化母慈。勇辭季氏，守道不移。彯纓搢笏，遺像如斯。內行純備，千秋人師。

吴繩宗廣文像贊

冠裳肅然，貌莊而厚。排難解紛，言動不苟。八十考終，台背黄耇。仕擁皋比，鄉推祭酒。

題張正甫倣倪迂畫

元鎮在明初，徵之不起，世稱爲隱君子。其所點染古木竹石，翛然自遠，畫家目爲逸品。正甫人品甚高，孤立絕俗，偶摹雲林，遂可亂真。維其有之，是以似之。予於正甫亦云。

齊河縣佐王弁伊先生墓誌銘

寧陵王弁伊先生以戊午歲卒於家，予爲之惋嘆累日。先生以宿學通儒有聲梁、宋間，來遊京師。

戊子冬，予見之於外舅通政王公所，神采奕奕，抵掌談古今事，亹亹不倦，若泉之湧而珠之貫也。輒心異之，旋延於家，訓子弟輩。予史館多暇，每與之談笑窮日夜，益服其博洽。先生蓋不羈士也。適與通政公同娶於都門邵氏，爲姻婭，故遊處甚洽，爲忘年之交。距今三十年矣。

憶癸丑歲，予有嶺南之役，往返道出寧陵，晤先生，康强無恙，猶能作竟夕談。歸而聞其遘疾。展轉床褥者四歲，以訃聞。葬且有日，子讜褒以狀來請銘，曰：『先子嘗謂「四海寥廓，惟中山司農識我，得一人知己，可以無恨」。隧道之文，非公無以慰先子於地下。』予感其言，曷忍辭？

按狀，先生諱璩，字弁伊，別號霽林。先世廣平人，後高祖守約徙家渡河，始占籍寧陵。曾祖諱擢，世業農，有隱德，以子貴，贈刑科都給事中。祖諱胤，由進士官刑科都給事中，以爭建儲削籍，後追贈太僕寺少卿，稱直臣。父無逸，以明經爲白水知縣，遷杭州府同知，死寇變。先生幼警敏，於書無所不窺，才鋒迅發，掉鞅詞壇，爲高材生。數不得志於有司，晚乃以明經除偃師縣訓導，八年，官奉裁，補任封丘。甫一年，陞廣東吳川縣丞。未幾，官又裁，補山東之齊河。數歲之間，四經遷轉，奔走數千里，先生遊已倦，輒引年棄官歸。蓋先生性疎落，不耐吏事，勉就銓除，折腰公府，非其志也。當少壯時，意氣蓬湧，塵視軒冕，雖家世華貴，而孤亢恥偕流俗，不問家人生産，以是家漸落，傲然不屑意。

中歲避亂江左，愛其風土，有終焉之志。與吳越間名流韻士論文角藝，把臂定交，慕昔人縞苧之風，於是聲氣浸廣，遊蹤殆徧。既而挾策北來，棲遲長安邸舍者數年，齒日益增，家日益困，伏首爲小吏，不得意，始決計閉戶柳溪，無復四方之志矣。

聞郡丞公作令時，以家政委之仲子，先生獨以花鳥琴書自娛，一切不與聞。郡丞歿，客有設辭離間者，先生謝曰：『君誤矣，先人愛我，弗强以所不能。吾弟何咎焉？』仲氏聞之，持累歲出入之籍以自白，先生終不視，立命焚於父柩前，歡然如初。又姊病篤，托以幼女，先生撫如己出，割腴田爲嫁資。里有楊生者，負異才而貧，先生出所藏書數百卷，資其誦讀，復贈田十餘頃佐燈火，後轉售他姓，亦不復問也。嘗遊山陽，遇故人於逆旅，偶言及族人曾鬻宅一區於郡丞公，直千金，先生輒納贖券一紙，不索價而去。此數事者，今人所難，先生豈非古之賢豪長者乎？

跡其生平，樂易爽剴，不侵爲然諾。尤能强記，舉凡耳目所覩聞人物姓氏爵里，隨意叩之，皆應如響，歷久不忘。當賓客雜坐，酒酣耳熱，諧謔横生，無不傾聽解頤，恨相見之晚。暮年喜讀先儒語録及佛書道籙，悠然有得。所爲詩凡數變，初摹唐子畏，既又摹鍾、譚兩家，後乃盡焚所著，究心唐諸大家，有《柳溪草堂集》若干卷。其司訓兩邑也，結緱山社，建封父亭，教授諸生，欲以興起雅化，往往未久輒去官，不遂其願，可哀也已。疾亟時，手自删定諸詩，預知死期，灑然蜕化，非知道者能之乎？

先生生於萬曆丙午十一月初六日，卒於康熙戊午十月二十八日，享年七十有三。元配楊氏，商丘侍御公諱楫孫女，嫺於《內則》，長齋繡佛，感異夢，先卒。繼娶王氏，庠生王光嗣女。子三，長當世，邑庠生，娶范氏，侍御諱良彥孫女，楊氏出；次定世，邑庠生，娶劉氏，庠生諱光祚女，周氏出，出後於從祖文學公；次讜褒〔一〕，壬子科武舉，娶侯氏，太學生諱方盛女，邵氏出。女三，長適黄鐸，次適馬樗，俱王氏出；次許聘武生張澐，邵氏出。孫十，忠嗣、忠傳、巢鳳、圖麟，當世出；予鉞、予衮、予彤、予軒、予冕，定世出；忠脉，讜褒出。孫女十。曾孫男五，曾孫女九。詳在《行述》中。先生之後浸昌矣。卜於某年某月某日，葬於某阡。余不負先生之遺命，遂繫之銘曰：

先生爲儒號腹笥，多識博聞能强記。忼慨激昂鮮求伎，伸眉抵掌羣辟易。遲暮捧檄詎其志，歸老柳溪環薜荔。鄉之祭酒庶無媿，高丘巋然增涕淚。

【校記】

〔一〕『讜』，底本作『黨』，據上文及稿本改。

少司馬漢清李公傳

公諱棠馥，字子棻，別號漢清，山西高平人。其先世居沁源，始祖桂徙高平，家焉。祖向春，以選貢爲西鄉令，治行推關西第一。父濬慶，贈兵部侍郎。公生而敏悟，過目輒記，好學善屬文。年十四，補學官弟子員，每試輒第一。己卯，舉於鄉。丙戌成進士，授刑部河南司主事。尋遷四川司員外郎，又遷本司郎中，多所平反。其治獄本之仁恕而依於法律，大司寇党公深倚重之。戊子秋，分校京闈，得士多名宿。出爲湖南督學參議，杜請託，抑奔競，所獎拔皆寒士，倡興古學，三楚間號稱得人。丁母艱歸，舟抵舊口，遭異風覆溺，順流而下十五里，獲救免，人以爲孝感云。

服闋，補湖廣荊西道參議。時西山餘賊負固逼近郢上，又連歲水旱，民不聊生。公外供芻糗，内咨疾苦，戢兵清獄，築隄葺堞，所設施具有方略。甲午歲，禁旅過其地，欲雜居民間飼馬，公持不可，往復力爭，卒處之郊外，市肆安堵。臺使者大加褒奬。尋遷陝西驛鹽道副使。會三川未定，大兵進取，屯漢中。羽檄四馳，驛遞繁不能支。又協站額餉，州縣催呼不應。公上疏力陳其弊，請衝邑如應協之數即留支，而以他邑協者解司庫，一轉移間，可蘇驛困。上嘉納之。遷本省督糧道左參政，陞四川按察使，以緩刑息訟有聲，内陞兵部右侍郎。公既自外臺召入爲九卿，益矢恪恭，勤修職業，爲上所知。無何，謝病去。丁未，起補倉場户部右侍郎，尋仍改兵部右侍郎，遂引年致政歸。

公爲人端謹淳篤，以名節自持，其才練達，適於世用，而干以非義，雖毫髪不可私，故不能愉愉呴呴取悦當世。而公之視榮進利禄，泊如也。性慈惠好施，急人之急。邑嘗饑，公發粟賑之，戚友或貧不能婚葬者，公捐貲爲經理不少恡，於孤寡撫恤尤厚。嘗自言：『吾居積不饒，而好施樂善，豈以博名，性固然耳。』里居十餘年而卒。

贊曰：公自蜀召入爲司馬時，余方典中樞，親見公之勞心國家，裁決庶務，遠謨深計，有過人者。而沖懷雅量，無矜伐之色。余與同官最久，稱莫逆，嘗嘆息以爲不可及，庶幾古大臣之風。惜其難進易退，而遂未有以竟其用也。歸田後，讀書茱谷中，嘯歌自樂，若等貴賤、齊得喪者之所爲。出處之際，蓋兩得之矣。公既歿之三年，其子燿雯持狀請余爲之傳以行遠，余感公夙誼，因敘次其略爲公傳，俾國史有徵焉。

椒山祠聯

指佞叫天閽，顛隕何辭，身雖死而奏草霜寒，金匱編摩傳信史；

周行瞻廟貌，英靈如在，世既遙而鬚眉風動，土人伏臘哭忠臣。

忠烈祠聯

百煉矢丹心，馨薦羣賢，慘澹忠魂干象緯；
孤城殷碧血，芳流千載，昭回士氣壯河山。

高司寇日涉園堂聯

平泉寓元老經綸，鳥語松風，半入西園絲竹；
雅社集耆英冠履，花香月色，全收北海樽罍。

劉永生對聯

佐郡稱平，想獨鶴隨裝，執法疑山光世德；
分司砥節，看千艘啣尾，持籌如水見臣心。

贈

提甕相賢夫，儀著閨幃傳榘範；
含飴撫弱息，恩全鞠育啓門楣。

曹年兄幡聯

憶當年雁序參差，壯志未衷，戰勝禮闈光桂籍；
嘆良友琴聲寂寞，仁人有後，天留遺腹接書香。

贈某孺人幡聯

幼作配於鴻儒，相警鷄鳴，相慶鹿鳴，不媿烏衣世德；
長宜家於舊閥，克昌婦道，克光母道，聿昭彤管徽音。

贈某孺人幡聯

壽躋耄耋之期，内訓雝和，爭頌德門令母；
恪式刑于之化，躬勤操作，無慚哲士家風。

贈曲周路封翁

貽太史以令謨，圖書滿壁，詩禮趨庭，共慶里門朱草秀；
紹中丞之駿烈，孝友克敦，琴樽自適，俄驚天上玉樓成。

薏香居合稿

惹香居合稿

有德此有人　四句

大業全於主極，君子之所慎獨隆矣。夫人土財用，備之一人，云蓁盛矣，而非有德不及此。君子之先慎，寧緩圖哉？今夫人主御宇，函蓋及於荒遐，玉食盡於山海，斯不亦帝制之雄與？然未有運世無本、皇極弗章而克拱受方國、坐致賓貢者也。故立統先謀正域，而輿情必歸宥密之修；經國繼問匪頒，而積貯必本王心之懋。聖王不憂貧寡，躬建綱紀之原，所繇奮興大業，而四方攸同爾。觀君子之慎德，知所備矣。

英姿起於徒步，身無尺寸之憑，而恆不爭纖悉者，明王者經營之有本。苟皇躬克懋，則嘉師貢其謳思，薄海奉乎版籍，九式爲則，自以咸熙彰受命之符。神明丕纘令緒，不煩創闢之艱，而必潛心宮廟者，明渺躬凜承之不易。苟端居思毖，則建極乃以錫民，規方於以服甸，六府孔修，所以海宇有同風之美。試總而計之，思服者敬應之情，繡錯者井疆之守。土宜有辨，則賦成於中邦；惟正有供，則制定於家宰。孰非綏戢之上儀、弘攬之丕烈乎？而有德者坐撫而有餘，則何以故？

其觀於協和之世乎。洪荒未闢，下民方致嘆夫懷襄。聖人之興也，或文思以入繼，或允塞而升聞。

德昭於上，則羣黎歸於時雍，而逆命格乎干羽，孰禁其謳歌與？於是九州奠川嶽之靈，庶土昭疆理之跡。羣后輯瑞，爰望岱宗而修祀焉。其時泗水之濱，磬錯悉陳；徐州之嶧，孤桐入貢。然後教養有其經，工虞有其職，典禮制樂有其官，府事咸修而不虞其或竭。夫乃彈琴歌風而御之也。蓋當洛儆弗釋，而已瞻盛業之必隆矣。

其亦觀於征誅之代乎。艱難未定，四方咸負版以從王。王者之興也，或智勇錫弱小之區，或執競起播遷之後。德立於上，則綴旒及乎九有，震疊逮於百神，孰生其攜貳與？於是據風雨而阻景山，均道里以營洛邑。列辟來朝，乃開明堂而問俗焉。其時士女之從，實厥筐篚；小大之戴，受厥其球。然後出車有其制，聘享有其期，娛賓速舅有其節，典禮攸崇而弗憂其難繼。是以揮絃垂策而不勞也。蓋當崛起草昧，而已卜受命之不誣矣。

然則縻文法而眾志多猜，昭大度而聞風響應，人之有惟有德也；棄尺地或數世難復，積百年則方州大定，土之有惟有人也。下國旣困，周道興嗟，遐甸承休，瞻雲奉貢，則財與土相依，較如也。封靡自奉，司會恆絀，賑貸凶荒，度支不困，則用與財相通，裕如也。若此者，非有德其孰堪之？

蓋天無兩大之眷，馨香薦則眾莫能爭。故蠻夷君長，赫焉服開代之姿；率土物華，蔚矣慶作覩之會。平章雍洽，徵聖人振馭之雄圖。運有卜世之隆，茂祉集則基難猝拔。故周官禹甸，共承累洽之休；山海職方，悉載靈長之福。藻玉宣徽，頌天子垂裳之盛治。有爲者，懋矣哉！

體裁獨變，夭矯迴翔，可稱絳雲在霄，卷舒自如。成青壇

體質弘灝，幾幾乎星漢迴天，苞符出水矣。胡此庵

敬事而信　二句

周上下以圖之，綜其端於無弊而已。夫敬信節愛，國之大經不踰此矣。克全其道則無弊，圖治者其知所務哉！且人君坐撫區宇，丕振雄圖，治平之書，燦然咸備矣。要惟能審厥原而力行之，整飭不越數端，而國家之茂隆以建焉。蓋敕幾者度務之本，而允孚必始於推誠；克儉者制物之經，而興仁必先於育德。本宸衷之廣運，以綜攬弘綱，斯政醇俗美，而淵裁獨著爾。吾爲千乘圖之，治亂何常，亦觀人君之所用心而已。

萬幾紛集，聖學首開綱紀之原。患深叢脞，寅恭昭於一人矣，然尤懼夫圖治而屢遷。喜功而易侈，漸且生其菲薄焉，則非王猷丕茂，無以垂竑遠之摹。庶物咸歸，朝廷爰昭風化之始。志戒怠荒，清明先闢皇極矣，然尤懼夫易毀而難成。數動而罔繼，漸將靳其膏澤焉，則非制度攸崇，無以彰平康之美。蓋所貴人主者，時幾凜於穆清，王言昭於雲漢；出入謹度支之典，臣庶興壽考之歌，詎云優游坐致哉？而敬事其要圖也。

端居深穆，上必勤修令德，下亦想望太平，豈其簡忽如遺也者？然天下固弛廢之可憂，亦果鋭之足患。驟圖而失其宜，機不可以數失也；事往而悔其非，時不可以數悔也。考之先王，欽祓凜於朽馭，安止昭於幾康，惟天工爲兢業耳。善治者戒嚴几牖，而淵默以審其幾，慮始圖終，所稱敬勝惟此哉。而始和布政，王者益勉勉焉。念夫法度雜則誥令煩，誥令煩則詐僞起，通一日之變而滋數世之疑，英主之患，往往然也。古者懸象挾日而都鄙守其謨，鈞石悉通而四方成其俗，奚爲紛更以示之貳歟？苟開誠以迪教，則朝有綸綍之章，國凜畫一之度，信之昭也，下土其永式矣。至於泉布之數，軍國是資，出入惟謹，司會主之。而弗自王心爲之式，則濫用委若泥沙，儉用亦流爲纖嗇。豐豫之朝，三九以計通，而輿服有制，賚予有等，胡其休與。惟淡泊先惕於躬修，爰酌盈虛而審計焉。銖兩可惜，罔援例以耗國儲，億萬可捐，勿惜財以流遠禍，則節固至當之術耳。若夫夾輔藉乎臣鄰，父母歸之元后，古今未或渝已，可使思美人者詠西方，患碩鼠者歌樂土乎？然每見政尚寬厚，惠澤時聞，始樂煦育之名，漸釀威刑之慘。未問君心，仁恩曷堪遽市也。中懷豈弟，則明揚間舉，四國沐作人之休；卽郊遂並行，羣黎諒並生之念。愛庶乎其全哉！

蓋一人首事，各有制作以移風化，而本之慎修則不可易。故謹幾而作乎，厚生而尚德，皆以其建中者弘敷之。雖紀綱刑賞，文有煩簡，而正德服物，可繇此以觀斂錫之極。盛治肇興，各有謀猷以昭通變，而歸於主德則有可求。故齊袚布以至誠，制度達以樂愷，皆奉其日躋者懋建之。雖禮樂干戈，事有險易，而治洽頌作，可繇此以徵風雨之隆。經之備也，於國何有。

有才如江，有管如霞，摭實處倫慎沓典，不爭絲粟，然後知翻空側入，猶無可如何者也。本房韓老師

峩峩湯湯之趣，堂堂正正之陣，又如入朝廟中，觸目見禮樂器，無非三代法物。譚元孩

側面視之，其倍厚者精氣之致。壯也于鱗，善說詩，可通於此文。胡此庵

惟仁者能好人能惡人

仁者以性情正天下，而勵世之用獨隆矣。夫好惡者勵世之權，非其人不正也。仁者性情治而用斯昭焉，天下所繇咸賴與。嘗觀茂修之主，坦懷觀物，而澄敘之典著於朝廷，休和之施達於風化。薄海仰如神之照焉，詎矜察察與？慎操持世之柄，則溫肅咸見其無私；神明作人之權，則智愚同歸於各正。德體內全，而羣情共白，此刑賞必歸忠厚爾。世之有好惡也，帝王用之以旌別淑慝，垂百世之憲章。儒者持之以審辨貞邪，正一時之風教。其權日重，而爭者日繁。苟總攬無人，其何以廓清之哉？

自吾思之，定斯世之品行，先考一人之神明。夫真僞亂而無裁，用舍雜而鮮斷，非獨術之窮也，其中必有所難測。粹精之彥，平恕持衷，而鑑衡不爽，宵小罔敢亂進退之權。晰同異之人材，先懋中和之至德。夫獨任而鄰於刻，采聲而傷於狥，非特智之困也，其內必有所未安。治性之學，淵穆中含，而機鑒自清，舉措不撓於眾多之論。蓋學正則難欺，心純則能照。好惡其唯仁者能乎！

好惡之所憑者，功過爾。負綱常之重，嚴稟王章，非流品之衡與？然或勳銘王室，而釁啓於幾微；罪在朝廷，而行聞於僚友。愛憎日紛，功過因之有異議矣。唯仁者愛物獨摯，則觀物獨詳。出而位置當時，細過可原，不吝鼓鐘；小善雖彰，弗寬郊遂。羣囂息而黜陟咸宜，君子服其誠，壬人畏其斷，斯羣推神明之極矣。

好惡之所辨者，名實爾。秉人倫之鑒，獨操清議，非名教之助與？然或至德可師，而冒當世之疑；居心難信，而擅名流之目。心迹日淆，名實因之生爭端矣。唯仁者默全無間，則坐炤無遺。持以臧否羣倫，聲名沉寂，不靳《緇衣》；譽望夙馳，或歌《巷伯》。一言出而是非大定，賢者聞之而勵，不肖者處之而平，乃巍然海内之宗矣。

潔修之士，可否大白，以宏通其氣類，而好惡過嚴，則清流之謗或興。仁者爲之，能動以誠矣。秉彝之好，嘿達於隱微；悲憫之懷，永矢於夙夜。以慈和無斁者廣厲天下之才，則引重不以明恩，疾威非以絕物。造就多方，卽鬼神亦聽其和平焉。故育才懲慝，嚬笑不輕假，而咸食豈弟之福。非盛德夙昭，有共信其無私者哉？

英毅之姿，予奪立斷，以自快夫激揚，而好惡太明，則潰決之禍必烈。仁者爲之，能濟以術矣。修美務滋，必嘿神其鼓勸；去疾務盡，尤善用其芟除。以宏力克周者丕昭摩礪之術，則羣彥賴有成材，大憝清於俄頃。善類攸全，卽姦頑亦爲之感動焉。故升秀塈讒，賞罰不數行，而悉遵蕩平之軌。非殷懷弘濟，有覃敷乎吉康者哉？

然則大公不可易，匹夫之是非振動海邦；知人不必學，天子之靜修明通四極。苟非仁者，好惡可易言與？

『惟仁者』三字，獨此洗發精采，德操獎進，不遺側陋。李嚴雖廢，不怨武鄉，以其仁也。具此體用，始可以詮鑑人材，移易風尚。成青壇

字字沉痛，可以鞭石出血。胡此庵

志於道　四句

全厥功以廣業，繇克勵而通之也。夫道、德與仁，功之遞加，勿云疎也。而進於自然，藝非所必備乎，各以寔致焉，而學乃全已。且大儒服習正業，將以茂進深醇勵其有用之學，則居之必致乎全，而達之必深其候。蓋心性之自致也，附物爲端。宏才未幾於純，則罔替乎懋勉；神明漸寧於極，乃日進夫宏通。古人斥曲學之陋，而篤摯周詳，毖於無間。夫亦所業克審，勿之可略焉爾。何也？內體之淵粹，本諸厚積而始凝。功力無以相引，而希心玄悟，則曠而莫適矣。故雖英姿夙負，而靜以相守、動以盡變者，要貴有精微之詣。盛業之弘昭，徵諸漸加而克就。神明無以自考，而矜語有獲，則棼焉鮮通矣。故雖宏力能周，而深以自全、淺以自樂者，要貴有博習之方。吾爲端厥趨，則道其弗易者也。

躬負聖賢之責，而徘回靡止，以集盛美無繇。然世有具銳進之思，而識度不光，惑於異學；擅創闢之材，而挾持弗端，流於偏霸。卒使風紀不宣，術業浸失。則非獨無志之害，而志而畸用之爲害也。君子積慮沉毅，嚴名教之大防；內秉專凝，達帝王之風烈。始之克正，雖有他端，曷能惑乎？然未已也。

果決之士，赴功易而見異或遷，則觀道日博，考德日寡。致英流有鮮終之嘆者，類然矣。惟允迪厥躬，而既竭之才，益加勉勉焉。風雨勿輟其懷，介石必貞其信。芳規允執，詎非安止弗搖者歟？進此而被服漸洽。前之持循罔怠者，至是有自然之能焉。而往往或漓，又何也？意其迫赴之意過厲而難安，不則憧擾之端紛起而難靜耳。

古之至人，內守清明，有游息之樂；幾嚴造次，徵順體之休。蓋不啻寤寐依之。克全乎此，則天懷寧淡，道德粹精，可優游而觀厥成矣。然有慮焉。儒者雅志勤修，號稱醇固，而棄絕雜服，鄰於幽玄，君子譏之。異日者躋身禮樂之間，參決朝廷之故，弗克黻黼大猷，襄厥徽美，又何以揚休烈、章宏懿哉？若夫博採無厭，遇物有精取之功，則澤身淹雅，神明之理裕焉。於以涵泳性情，整施大典，道德與仁，於是乎備。則游於藝者，固內外咸修，而術業克廣者與。

蓋勵醇備之修，托基甚渺，必歷始終而深其懋迪，斯淵微之變日生，銳往爲功，而非紆其途以達之，則亦難恃也。故人之不虞其艱，繼焉弗辭其助，所爲功深美達，神以力裕而獲安。擅周通之略，效用綦博，必閱精粗而集其淵懿，斯勤勉之能克盡，退藏自致，而非廣其端以求之，則亦難持也。故植躬積諸淳茂，致用化其□疎，所爲業備質文，才以術崇而日盛。

兼茲四者，庶幾無弊矣。

板實題以蕭疎行之，如白雲自舒、山花自笑，後有作者，不得不爲架筆。本房韓老師

參差變幻，如武夷九曲，別有幽徑可尋。胡此庵

轉側面勢，成嶺成峯，令我歎游涉之不窮矣。徐闇公

文采九苞，骨法千里，威鳳神龍，乃有此餘姿。朱古迂

段落敘次，化板爲逸，文之以風骨勝者，而蕚粲瓊敷，自成巨麗之觀。錢仲芳

興於詩 三句

考古以達材，善獲經學之助已。夫《詩》，禮樂經學之全也，感以志而其功次第獲焉，此修業必繇慕古哉！今夫砥躬應務，以茂宏圖，要必有進謀乎古者，而後始終之分，深所循而日進。故先王之淑世也，風雅昭宣，制作明備，而宇宙之才廣焉。非本經術，無以章身；非有醇修，無以正業。古之建美烈者，挾其英異之材，輔以精微之器，涵濡有具，斯術業崇而神明有以相引也。何則？

英姿度越平流，夙矜玄悟，而不準時教之業，則躐而難通。聖人於此觀自然之候焉。惟始有由起，繼有繇安，而服習罔斁，宏才有日進之方。儒者網羅放失，夙號淹通，而拘牽名數之繁，則雜而弗純。聖人於此深性情之治焉。惟外有以求，内有以應，而神理克全，博設有精取之樂。

吾於刪定後，知經學有全用焉。而始動其志，言有興也。具異質而渺焉鮮尚，其人悠悠，不足有爲矣。然無以觸類而達情，則憤厲之懷，虞其激而鮮所止也。感懷美刺，而歌詠流連之下，抑何風流篤厚與！夫《詩》之移人，非一端矣。乃古來被服《風》、《雅》，往往悲而多思，憂而能動，稱奮發之英焉。則知好惡貞淫，非此莫爲正爾。

進求其功，言有立也。見事廣而秉義不堅，其人蕩簡，不克自植矣。然無以經文而緯質，則偏執自任，虞其紊而鮮所裁也。束身典則，而俎豆登降之間，抑何精詳有體與！夫禮之垂訓，不一說矣。乃古人佩服軌度，往往嚴而協宜，文而不詭，推强毅之材焉。則知定志守貞，非茲莫與依爾。

而漸洽其德，蓋必有成。才力盡而持之不化，英猷盛業，貽偏駁之譏矣。然無以治氣而蹈和，則通人之致，懼其僞而不可守也。審乎音節，而清濁損益之餘，抑何淵廣有本與！夫樂之爲教，亦難明矣。乃古來歌風鼓瑟，往往用而不留，起而能靜，有帝王之風焉。則知變化盛美，非茲莫與格爾。

蓋讀古人之書，欲其宏而有歸，雖取途或殊，而淵微之得力，可循序而驗。故惇厚明肅之意，吾用之而防其流；廣博易良之神，吾用之而化所恃。所弗敢與蔑古之士競厥非嘗者，智略每多難任，而迪正教於明聖，乃克就蕩軼之才。考經世之業，欲其醇而可用，雖廣攬無厭，而神明之微致，不因象以傳。故動吾性之勾萌，而陳以風俗；奉內志之純固，而鑄以中和。所弗屑與章句之儒採厥浮華者，曲學困乎小成，而達休烈於帝王，乃以全公輔之器。此朝多成材，而士有隆業與！

所織縑素，異乎刺繡之觀，顧其一經一緯，機杼微密，天孫無以過也。徐闇公

天地之氣，先溫厚而後尊嚴。故齋宫之語多弘潤，明廷之旨多藹如，以此翼經，可謂詩始萌芽，羣書漸出。劉濟甫

是題作者如林，然或附新建之壇，則高譚心悟；或拾虎觀之緒，則摭捃藝文。既幹立而休敷，亦膏沃而光燁。兼二美者，其在斯文乎？成青壇

烟清雲澹，薄曦寫影，另是一番佳氣。胡此庵

毋必毋固

不以心執天下者，當機而徵其宏用焉。夫心之所至，必與固恆因之，渾其端以應世，聖人所爲善全與？且負聖哲之姿者，弘裁庶務，往往以一人周天下而有餘，寧獨具非常之略與？蓋一務之投，咸有其端，動而輒窮者，莫患乎期之甚決，而成於執之太堅。故取精不弘，無以盡變；觀物不深，難以審機。臨機肆應而有力者制之，聖人忘焉，斯不虞紛至而坐困爾。吾於毋意之外見夫必與固者，人之所不免也。

然我思之，事之猝然以進，矜其勝氣，可立決而畢也。迨虛以求之，而咸宜之機出焉。故不移之識與立斷之勇，皆未可偏任。而唯沉幾自蓄者，神明之理日彰。事之較然以乘，據其大力，可一往而定也。迨靜以察之，而精神之變生焉。故鋭進之才與不拔之骨，皆未可專恃。而唯執要嘿運者，淵涵之用自裕。

以觀夫子，又有毋必、毋固者。天下之務，遞更莫測，而謂可宰之而不亂。夫亦端委有自操，而機勢罔或執爾。苟端之甫兆而豫決所往，及乎事局當轉，無通變以善其術，幾何而不以堅持者成乖戾之誤乎？聖人幾先坐炤，明乎成敗之全，而虛衷以御，咸通之業攸崇焉。蓋無物不具其本末，寘其所起以化其所恃，終始之數，我乃得而收之也。

古今之故，日殊難據，而謂可裁之而不惑。夫亦大端有自斷，而中懷貴無方爾。苟緒之初起而確矢所期，及乎始念多違，又膠守以堅其志，幾何而不以紛爭者貽衡決之害乎？聖人安止不遷，握乎萬變之歸，而依分以施，日新之猷罔越焉。蓋無物不有其源流，克廣厥心而繼審所守，無窮之變，舉不足以淆之也。

英敏之流，遇物能斷，力排羣議，以秉厥成，可不謂光偉者與？而聖人必退居以觀自然之符也。夫一時之緒，有此合彼不合者焉；一事之微，有若然若不然者焉。一端相求，而衆端之來，無餘地以處之矣。氣識不矜，内儲其弘濟之理，豈以無主者謀天下哉？而卒無以窺乎其指，以斯爲善建之本耳。

果鋭之士，嚴毅獨裁，力祛兩可，以定危疑，可不謂健決者與？而聖人必淵含以達各足之情也。夫前之所執，有後不得而徇者焉；終之所成，有非始之所克協者焉。一隅自窒，而紛出之擾，難秉要以制之矣。靜深有體，嘿全其周物之能，豈以寡斷者爲浮沉哉？而卒無以測乎其端，以斯爲大正之原耳。

立乎虛以達變，雖躬綜繁劇，而秉德日休；本乎誠以求通，即事出非嘗，而安居若素。非甚盛德，孰克臻此乎？進而求之，則毋我又可言矣。

陸象山先生曰：學者不可用心太緊。深山有寶，無意於寶者得之。故必與固二字，既以害學，亦以禍世。老、莊之學倚於無，申、韓之學滯於有。其必與固一也。斯文乃可以羽翼聖學、應幾成務矣。姚若侯

樂令清談，可屈衆理。胡此庵

主忠信徙義崇德也

【原闕】

復之。神勑於上下，而淵懿之身，乃不可分舉其猷烈，轉覺贊至聖者無多詞。德懋於神人，而精誠之感，則實覺不盡其形容，乃知頌至人者有餘美。

禹無間然，吾始終以是信之。蓋亦允出茲在茲，名言茲在茲。揚厲不可盡，而直爲此察微之論也。

妙在求間處説無間，乃見無間之德之純。此庵胡老師

卓絶弘遠，周詳淵密，胸中十日並行，筆下一輪獨轉。且其音清亮，其風肆好，觀者誰不解頤。傅掌雷評

巍然喬嶽之望，亦取所謂崇德者圖之，可乎？

堅如岳峙，灝則淵渟，復覩正始之音，不作煩趨之響。成青壇

以追風掣電之力，行畫沙印泥之理。大雅不墜，賴有斯文。胡此庵

上好禮　六句

作極而民從，大人之用世非迂也。夫禮、義、信，上之所以自治，而民之從者可悉覩焉，斯所貴乎經

世之學與？且儒者生帝王之後而殷懷大略，則四境隆平，自我躬而闢，詎云苟且因時、坐隳壯烈乎？故經綸有本，崇建蕩平之規；道法日新，先端徯應之自。古人略其事於求民，而備其功於作則，良以大業攸屬，時數所匆暇計焉爾。今夫士卽不遇，豈可一日不備大人之事哉？

躬膺名教之責，則術業所專，世運於茲徵隆替焉。內之弗備，而守樸自全，抑何識度之不弘與？淵覽世變者，端主極而樹風聲，宜有其居高倡呼之本。業處齊民之上，則嗜尚所開，流風於茲驗盛衰焉。己之弗臧，而移咎末俗，抑何挾持之無具與？審觀弘業者，崇王猷而卑偏伯，宜有其斂福錫庶之模。

然則上而有好，民之所繇視傚也，以端厥躬，則禮其弗越者焉。夫乘權率物，咸爲羣流所仰。然略繁曲以自高，或飾容觀以動物，將羣測其中藏矣。考之古者，端居儼若，而受職徵乎百神；德本寅清，而經緯達於天地。則臧嘉必存夫章物也。惟被服齊肅以作函夏之瞻，而典文褒秩，王者之軌物昭焉。相率稽首，允惟大雅者哉！

且夫國有舉動，卑者承流，賞人而不加勸，罰人而不爲威，患在舉措任情、弗明機略耳。然咫步繩趨，無以贊大猷。古者著建中之訓，允懷萬邦；凜正直之模，懋昭歸極。彼遵何道與？好義者引斷機事，揆制用之宜，則昭宣大分，賢不肖之志以平矣。秉厥弘裁，而夷夏同歸，孰有外於王心之允執者哉？信之衰也，誓誥繁、巧僞滋矣。俠烈自任者貞取予之節，堅一言之諾，而聲不出乎閭里，斯非所尚耳。苟致惇朴之誠，而允乎有素，則被諸物而可覩，章之令而不遷，黎庶環以競托矣。彼夫懋允迪以昭示四方，定辰告而作則下國，詎非積於靡岐而動於不爽歟？如是則上作之以禮、義、信，而民應之以敬服用情，可以觀用世之宏矣。

蓋達風烈於帝王，植躬貴求其備。讀書懷古，夙有通人之譽。而往往舉度失經，中懷多變，即感慨撫時，庸有濟乎？誠茂明正業以先之，齊明達於寤寐，貞正矢於永言，攄羣私而奔命，在指顧之間矣。故士雖身雜章縫，必有弘濟艱難之度。

追茂績於往哲，居業貴處其隆。服習儒雅，夙負名流之望。而不能動垂楷模，植節光偉，致大業齟齬，伊胡怪乎？苟懋昭厥修以孚之，綱紀布於明廷，大誥懸於象魏，凜明威而歸誠，有神明之應矣。故古者不階尺土，每有崛起創闢之才。何稼圃之足云？

茂密麗贍，足掩鄴中繡虎之譽。而至其抑揚淵折，則所謂風水相遇，天下之至文也。姚若侯

說得吾儒煞有關係，想見自命之不苟。胡此庵

子曰庶矣哉　曰教之

聖人以王道治衛，而深維於庶之後焉。夫庶而無以維之，其勢不可徒聚也。進求乎富、教，斯聖賢濟世之略所繇備歟？嘗思士君子夙懷大略，志切匡時，則必以民情爲之端，而秉道裁成於其後。蓋民生亦多故矣。圖治者先計其生，而後有相安之業；繼維其性，而後有可守之經。帝王播時敬敷，有加無已。夫亦審始慮終，弗以小康自狃焉耳。夫子挾康濟之具，冉有負治國之才，乃至衛而有感於其庶也。內鮮流亡，外無侵擾，衛其幸乎！雖然，創闢之始，下有嘗業，而上有嘗法，用享熙攘之盛。承平

既久，力詘於有餘，而俗流於日下，遂多人滿之憂。

故古司徒登版籍於天子，則察乎歲用之豐歉以權損益；王者採歌謠於列國，則考乎民風之厚薄以驗盛衰。其時士女樂乎桑田，秀良蒸爲髦士，淳風丕建，百年詠茂澤焉。是庶者易與爲治，易與爲亂，貴乎輔相者因時而利導之也。夫子於此將使耕織無怠，而樂安阜之休；絃誦不衰，而成丕變之績。豈據一庶而不知所措哉？然開利孔，别流品，富、教之道不一端，而非所論於既庶後也。何也？

殷繁之日，不患無財，患乎謀生日廣，則巧者競智而兼拙者之謀，豪民任私而專貧民之利，物力所以易耗也。惟重農教稼，合公私而定不易之規。經制既平，則兼並無繇啓，而上下安其分、泉布裕其流。先王察吏辨民，以清中飽之竇，由斯道耳。

豐亨之世，不患民愚，患乎擇業漸巧，則必尚奇邪之行，以輕俠亂人心；習縱横之説，以文章禍天下，風俗所以易壞也。惟敬典敦倫，齊志氣而立畫一之則。軌度既著，則智愚無敢越，而君子成其材、小人勵其志。先王一道同風，以裁僭侈之端，由斯道耳。

如此則家安耕作，人多孝秀，固冉有殷然議加而樂觀其成者哉。乃知造物之美利，在因其敝而持之。霸者鋭意富强，雜進補救之術。乃阡陌之釁開，而患始於貨貝；功名之途雜，而釁啓於兵刑。偏尚貽隙數世，遂沿之而日下矣。聖賢皇皇籌略，必追隆軌於純王者，所以觀其久大，而不使紛靡滋風尚之憂。

帝王之成畫，貴相其變以裁之。儒生未識時務，好執上古之文。乃井牧之法廢，而繁例難蠲；黨序之訓湮，而羣情難一。治具徒張隱患，究歸民而莫救矣。聖賢機權獨握，必新道法於神明者，所以審厥源流，而不使虛文積人心之變。然則在上者詎可以已安已治畢吾事哉？蕩然之規模，慰勞不費；亹亹之君相，咨儆時聞。聖賢之心，蓋未有已也矣。

經世之言，出之條晰而爽愷。鑄辭於經，觀變於史，雖賈長沙《財積疏》、《治安策》，不是過也。成青壇

賦才若佳人之得天，綜博如殖人之富物。胡此庵

若臧武仲之知　禮樂

綜經世之才，聖人必全以正業焉。夫經世之用，所賴於知廉勇藝綦重也，而必資禮樂以全之。聖人固貴有兼隆與。今夫士苟服古衡茅，業期公輔，安有不默砥姱修、殷懷弘濟者乎？然天下事理繁矣。殊才自命者，當夫肆應或易窮，出以偏激則多敗。大儒懋迪必相濟，而進觀其隆焉。才兼羣彥而居德達於圭章，行備徽懿而精微本之制作。芳烈攸彰，斯修能準之爲無弊耳。

我思成人何以稱也。業擅俊秀之稱，必取乎行能兼茂者，樹崇峻於鄉邦。而優游彬雅，以服辟雍鍾鼓之樂，則學關性情矣。故雖裒集芳軌，才周匡濟，而博習罔斁，貴昭黻黼之功。業秉倫常之重，必取乎柔剛克濟者，徵光昌於儒效。而弘宣軌度，以式明堂郊廟之儀，則道隆風紀矣。故雖博攬名儁，謀斷兼資，而佩服勿諼，爰懋中和之極。

繇今論之，決疑揆策，道貴疏通；約己奉公，守彰廉潔。清剛之彥，克定艱難；淹博之姿，能綜繁劇。則知廉勇藝，固迪德之嘉猷，救時之偉略也。而當世若武仲、公綽、卞莊、冉求者，或號明達，或稱介節；或負强毅之名，或有多材之目，不亦明備之代所必收而風雅之林所不廢歟？苟備之一身，則機智達而嗜欲兼清，旁撓祛而紛紜底績，如分職然。散之則府事各修，彙之則兵農互濟矣。睿炤日生，不虞退怯；恬淡内守，弗病迂疎，如程材然。苛求則尋丈可遺，節取則尺寸皆效矣。

雖然，天下之察微潔己、武健博綜者，不乏也。每見宏才間出，而違動靜之宜，則風節困於堅持、機略傷於躁競，當世不覩儒者之功。英姿異敏，而乏溫文之度，則徑遂而傷忠孝、鄙固而敗身名，國家反滋才士之患。故列國名彥，不登三代之英；吾黨多才，猶廑彼都之慕。無他，禮樂不修而從事於文者寡也。

爲之覽縫裳之刺，詠『鼓瑟』之章。知采齊肆夏，儒者之德業所繇正也。雖當危難，不輟絃誦講論之懷。則中情淵穆，以追大雅之遺。夫何恧焉？先王所以敦懿典而勵庶士於吉康。恭儉易良，學士之神明所繇淑也。雖在布衣，必有佩玉鳴琴之度。則德音孔昭，以表人倫之則。寧有讓焉？通儒所以彰古烈而融偏材於醇茂。若此者，徽美内隆，英華外蔚，知廉勇藝，乃克有全業也哉！

蓋學者之所尚惟實耳，小儒狥名，薄時賢而慕往哲。吾則謂名卿有善，不妨博采也。而英雄之器，必合於經，廣智略以懋建勳猷，持風裁以儀型四國，則進有爲、退有守矣。即或衡門伏處，已彬彬有藹吉之聲。國家之所需者才耳，庸人誤國，退英能而談道德。吾則謂片長足錄，可助高深也。而王佐之姿，必輔以學，養沉毅以參決機禁，引經術以光贊明廷，則安可相、危可將矣。一旦明主旁求，將熙然起思皇之譽。以此言成人，其庶幾也夫！

敘述議論，駢口而出，皆成文章者，《史記》也。攬此又一龍門矣。本房韓老師

體則孟堅之明密，才則蔚宗之雅令，既窮高以樹表，亦極遠以啓疆。當使百家騰躍，終入寰內。成青壇

神氣籠罩題頂，雲蒸霞變，亦復雨驟雷嘶。胡此庵

君子學道則愛人

學進而性以全，識道有及人之功已。夫道者，君子自治之術也，而學之有以廣愛，此道教所爲隆與。今夫茂進之儒，服習深醇，術業宏備，未嘗治民事也。而丕建風猷者，往往自儒者爲之，稱淳化焉。蓋求治太急而操乎擊斷，則日習於刻深，省躬弗諼，而需之歲月，乃漸弘其豈弟。古者廣厲文治，彝訓之敷，必自天子倡之。凡用迪茲吉康，至無已也。而親民之吏，夫乃可以意行焉爾。

偃蓋聞夫子之訓君子矣。膠庠造俊，先王以茲廣夫仁厚。考而詳之，特其迹也。而鳴和佩玉，往往有神明之驗焉。安在淬礪罔斁，弗克致醇茂而篤其休。崇進風雅，古人以是貺之和平。誦而習之，特其緒也。而流連詠嘆，殷然徵哀樂之感焉。安在痌瘝孔懷，弗克進休嘉而錫之祉。繇今以思，殆所謂『學道則愛人』乎？

紛然者難以威服，則多端駕馭，誠宰物之重權。而君子動靜燕游，毋忘正業。其或未醇，罔敢議法度焉。何見而然與？蓋道之廣也，微者徵學士之聲歌，大者追帝王之風烈，靜正周詳，以歷師其精意，則偏霸之術勿用矣。異日者政平訟理，即此意持之，而人被和懌之休。於以扶進嘉祥，庸有異乎？古者端居自樂，而壽考謠作，蓋惠澤繇茲茂爾。

囂然者不堪重困，則補救多方，亦輯寧之上務。而君子緝熙就將，毋替勤修。其或未備，罔敢膺民社焉。奚爲而然與？蓋道之淵也，淺以觀器象之陳，深以澤溫文之旨，優游漸漬，以自淑於柔嘉，則刑名之家毋進矣。異日者考憲彰教，即此意通之，而人安晏衎之福。於以返厥退藏，寧有問乎？古者化起辟雍，而治成刑措，蓋子諒繇茲達爾。

俗吏之鮮效也，非盡無煦育之澤。然樸陋無術，用而難周，則小恩適足啓大弊之端。其始由於不學，而後未嘗不嘆其天資之薄也。惟明古訓以廣之，服習大雅以漸入於宏通，雖職在簿書，不忘子弟斯民之責，則舉措罔弗臧，而規條悉依美烈焉。我思君子，何雍雍歟？佩服而有獲，乃所以涵覆而無疆矣。

才吏之震世也，間亦有便民之舉。然雄略自喜，動而難靜，則良法咸足爲擾物之具。其端始於不學，而人未嘗不傷其性情之厲也。惟本經術以正之，沐浴風流而日親夫芳澤，雖姿秉神異，時勤詠歌嘿砥之功，則喜怒無忒容，而兵刑可造福祉焉。我思君子，何穆穆歟？誦法而弗衰，乃所以恩勤而不倦矣。

然則明於自治，德藝有性情之助；而詳於居業，和吉有偏物之徵。偃服茲訓，曷敢忽諸。

似西漢諸詔，讀之感歎流連。本房韓老師

漢治莫盛於神爵、五鳳之間，其要在重守令耳。蒼鷹乳虎，多赫赫之名；悃愊魚雅，無日計之譽。讀此文，令我憂世之志與懷古之情並深。姚若侯

朗朗乎明月之入懷，油油乎嵐光之出岫。胡此庵

能行五者於天下爲仁矣

修其實於天下，克全乎仁之分矣。夫仁之分極於天下，不備其德，未云能全也。有所以行者，斯其實可致爾。且夫宣猷達化，帝王之經；敦德淑躬，儒者之學。二者相發而神明之理裕焉，未有實用弗彰而驕語天德者也。何則？慎修以安止，立達之繇己者微；而斂福以保極，皇建之錫民者大。故內略其深微，而宏章其淵茂，夫亦隆致厥功，勿以虛談飾內美爾。吾與子言仁矣。古者敬德而協幾康，惟存懋迪之旨。玄渺爲功，虛而不可守矣。貴有數端經理於其間，而後用物者宏焉。故積美以孚章縫，爰操帝王之祕。會歸而本皇極，聿昭經世之書。守寂自致，專而不可通矣。貴有弘用裁成於其際，而後修能日茂焉。故厚積以達丕冒，爰章金玉之躬。則有能行五者於天下者乎？

天下者，風氣所開也，而亦性情之所聚。雖有至深之論，而於天下之愉咈無關，仁者傷其薄矣。唯懋砥厥修，與萬物同歸於雍穆，則經緯無方，而潛洽其化；敷施有本，而羣被其風，無往不獲乎臧嘉。

而中和内藴，浮薄之端消焉，寧虞志之或漓與？於物類審其咸宜，卽於神明徵其允協爾。惟天下者，嗜欲所積也，而亦道德之所生。雖有至密之修，而於天下之性命日睽，仁者傷其忍矣。惟弘宣體要，與一世咸進於吉康，則中懷克裕，而處困不易其操；守志能貞，而履險亦居其順，無往不全乎徽懿。而淵醇自積，民物之患息焉，寧虞動之或僞與？於制用徵其咸安，卽於天德覩其日固爾。蓋蕭然自適，養心之候則然也。而功用所積，恆在動應之間。志之旣定，勢格而遷矣；體之嘿成，情引而馳矣。歷乎懋勉以持之，内焉必達其誠，外焉必周其用。公私物我之交，皆有精意以相及。則徽猷可成紀綱，而言動足蒸風俗。古之人至德淵涵，必俟博蓄之後，夫非亹亹者，克貞志於無間哉？恬然無擾，清明之本則然也。而天人所介，恆在進退之際。理之無私，物至而遁矣；幾之弗累，多端而棼矣。發乎中藏以致之，居焉必厚其志，動焉必獲其安。常變本末之數，悉有宏力以自達。則動靜守其至正，而遐邇信其無偏。古之人德業茂美，必俟明作之功，夫非勉勉者，克隆進於大公哉？

宣宇宙之淳化，適遂忠厚之思；擴儒者之經綸，足持風會之變。舉五者行之，詎云天下難與爲仁哉！

致岑而奥，氣宏而鋭，孝武時卿相之文。本房韓老師

崇嵐釀烟，名花殢雨，讀者如行春圃，如立秋山。胡此庵

寬裕溫柔 八句

【原闕】

僉人惕以承乾，降格時若於上帝。迨夫中外之務，雖不事察淵，而一炳以睿照，亦何其達於治體哉！

即當天人開創，而以至聖臨之，則性涵仁恕。既有所延長國祚，以轉大順之風。而事關治亂，不以左右嗜欲撓其權；地介公私，常如賢士大夫進於側。迨夫遠邇之情，或變乎俄頃，而一防以微漸，亦何其周於撫御哉！

此配天首出，不能不頌尊親之化也。

妙相莊嚴，自足皈依渴仰，何必神通變幻，乃可懾人。此庵胡老師

洪罏在手，聚五金八石，而火之寶光騰上，丹成之候，應有神物呵護其間。黃銓士評

春省耕而補不足 二句

省農而惠行焉，王者之樂在民事也。夫省耕省歛，農務之宜勤也，而補助因之。王者之惠民，曷有盡與？嘗觀古者天子之德晏而無爲，耕鑿之愚勤而不困，何風之休乎！蓋其時上下之分未甚遼絕

也。董勸有專責，或進草野而言情；豐歉有成書，時閔艱難而布愷。凡所謂動民志以阜財求者，咸以意行之而靡倦焉。故一歲與吏民再見，而上無數出之煩，下鮮失業之慮也。先王之觀可得而言。

深居誦《豳風》之什，于耜流火，業已周徹民依。然勞深則倦，而吏壅不以上聞，寧知嗆饁皆艱與？故南畝雖詠茨粱，而黍苗可念，不靳陰雨之膏。命官嚴在公之戒，勸稼重農，疇弗凜茲明訓。然法久則衰，而羣工奉爲故事，安見士女皆穀與？故田畯雖歌善有，而勤恤必親，聿流無疆之澤。蓋先王之勤民無時已也，而於春秋之省耕省斂，尤亟謀補助云。

時維載陽，謀舉趾而惰游畢出。王者之敬天時、育萬邦，將在此日矣。故星言夙駕，蒸髦士而觀良耜焉。草野聆九重之勸勞，而式歌且舞。第耕籍貴粟之虛文已乎？然或有懸耒而嘆笠鎛之無資者，克敏之謂何？忘其胼胝之勤，而同有媚依之樂。王心所爲殷殷也。則循行伊始，而緣畝於焉流慶矣。

載詠肅霜，開百室而我稼既同。王者之成萬物、修祭蜡，允爲鉅典矣。故翠華遙臨，課倉廂而徵墉櫛焉。阡陌覩天子之光儀，而稱觥願祝。獨時巡輯瑞之盛事然乎？顧或有滌場而嗟報賽之莫繇者，祈年之謂何？慰其終歲之勞，而克隆飶馨之養。宸衷所爲亹亹也。則法駕再出，而西成於焉介福矣。

是可徵先王防患之深焉。鄉田同井，固人有相周之勢矣。苟貧富相耀而恩澤不歸於人主，則豪右行其賑貸，而並兼之謀起，其流也爲訟獄；布衣廣其結納，而游俠之風開，其極也爲甲兵。惟軫念民艱，躬行夫拯救，則物情平而各保耕桑，鬩爭息而民無轉徙。夫非保民之隆軌也與？

是可觀先王經制之弘焉。分田制祿，固家有可守之業矣。苟豐凶互酌而轍跡日遍於田間，則樸野時聞訓誡，而洗腆之儀盛，其道通於作人；膏澤不下有司，而侵稽之患消，其事通於察吏。故蠲除文禁，獨切夫痌瘝，斯歲穀登而治洽清和，絃誦興而才多孝秀。夫非善俗之美化也歟？樂愷日達而弗存其名，所以有孝弟高年之賜，而休嘉歸於兆姓。歷攬山川而不滋其擾，所以臻家給刑措之盛，而謳頌貢於一人。卽奈何不法先王而以遊觀爲病也。

真實經濟，言之鑿鑿，不但寶其鴻麗已也。本房韓老師

情文愷切，如讀西漢蠲租、勸農諸詔。後二比更憂思深遠，經術崇宏，似在晁氏《貴穀疏》、次公《鹽鐵議》之間。姚若侯

筆議磊落，有野渡無人、瀟瀟江浦之概。胡此庵

尊賢使能　氓矣

養賢能以逮下，各致其樂附之情而已。夫賢能國之首務，而羣情亦曷可略乎？各以實致焉，斯咸孚之治爾。嘗觀英主肇興，而思皇篤生，兆人環向，彰受命之符焉。要其所以致此者，不出乎敦大爲綏戢之本，何也？天下氣機之繇動，始於士氣而終於民情。弘延攬以收才雋，則君受其光昌；留不盡以慰窮黎，則羣仰其解澤。察乎衆志而被以休嘉，以是爲人心之所聚爾。

今人君孰不欲庶務咸熙、羣生茂育歟？然好謀纖悉之功，夙乏弘人之度。俊乂勿進，勢必與言利者謀。於是度支給於貿遷，征繕嚴諸行旅。迨物力竭而搜括無術，則畎畝之加派彌煩，而閭閻之追呼靡已矣。欲天下傾心，何路之繇？

吾茲審所圖焉。國計存乎匡弼，輿望係乎人才。賢與能者，一以密參帷幄，一以分寄專司，胥在茲矣。然或英略非常，操顛倒之術，則易於驅策殊才而難號召碩士；或恪守成憲，拘文法之煩，則不足包羅奇傑而易登進庸流。卒使帝簡不光，其謂之何？惟寬議論而崇大體，賢者養公孤之隆，能者竭尺寸之效，其誰不挾策以從乎？

夫俊傑布列，則疾苦上聞，凡爲吾民籌利病、陳艱難者，咸有賴焉。而商旅乃可次第舉也已。聞之貨失外流，其國必貧。則奔走天下者，將以佐田功之不及，而顧錙銖爭之，竟何利矣。與賢能酌盈詘而審計焉，或蠲其征，或受之法，則贏糧而景從者，詎止一商與？夫來四方之衆，游俠通姦，法在必嚴。而第虞緣禦暴以肆誅求，將有聞風而裹足者。王者念之，下令曰：詰慝無苛。可端居致風雨之饗矣，而未已也。

古者重農教稼，凡所以養士通商而聯朝宗之勢者，於是乎出。世之衰也，苕華傷星罶，憚人空杼軸矣。所餘幾何乎？爰稽周制，畫疆分井，其法爲助。雨公田以介福，稱兕觥而祝壽，民風稱茂焉。紹而明之，則前摹具列也。若然而野無留良，市餘貨貝，奚煩興周道之嗟而致輟耕之嘆者？

雖然，盛世不能無游民，夫里之罰所繇然也。苟概施諸市宅，幾何而不滋鴻雁之哀與？誠於茲議汰焉，不惟服疇有人，而天下之民，不與賢能商旅並游王心之大哉？乃知開創在大亂之後，無取牽制舊章，闊達簡易，以收四海之心，則區畫不出數端，而號令所指，天下共服其御衆之度。崛起當彫敝之餘，要與海內更始，蠲煩滌苛，以開一代之規，則不必外爭形勢，而謳吟所遍，天下共見其弘濟之心。有不王者，吾未之前聞矣。

觸手新裁，自成體勢。胡此庵

登九華絶頂，俯挹大河之流，顥然峩廠，下視羣峯諸瀆，皆渺末耳。朱古迂

敘事鉤連，機法相御，有峯巒嵯峨、地脉遥接之勢。徐闇公

行天下之大道

秉道以自達，其所期不苟矣。夫道達之天下而靡窮者，惟其大也，以是爲行，其人不已遠哉？今夫懷古而服先王，撫時而慕壯烈，曷嘗不與天下相求哉？而所懷不在功名之際。世人不察，或疑其挾持無本矣。不知砥躬盡節，寔有深期不偶者，非云隨俗赴功，遂足宣猷而廣業也。故傾危之術，不入帝王之風；競尚之功，弗雜詠嘯之度。介然相將，其所爲乃自此宏耳。廣居正位，克審厥處矣，豈無所行而鬱鬱居此乎？

儒生而講君相之學，則建中作則，必峻尚其風期。業秉神姿，名教其將不我寬矣，而豈至以社稷之器委心筐篚之謀。平居而習綱常之務，則審幾制宜，必明達乎體要。業膺鉅責，大業其將不我謝矣，而豈至以駿圖之才委身曲就之計。則惟行天下之大道乎！

末學非以崇術業，而寤言永矢，惟在黄虞三代之間。屏非聖之書，斥誣世之法，辨之云綦晰矣。出而維持乎遺教，則經綸在我，毅然達之而無惑焉。周觀事物之宜，庶務歸其權衡；斟酌是非之中，百王經其裁定。詎或揣摩風旨，淆吾視履也與？若乃操異説以惑俗，挾邪謀以亂政，苟有其人，執大道

以裁之，蕩然已。

闊踈不足襄盛美，而夙夜籌度，惟茲匡奏治平之略。顧衾影之微，嚴取予之節，蓄之云有素矣。進而光贊夫大猷，則休隆自任，卓然致之而無私焉。綜覽治亂之故，持本謀以善其通；深維邪正之原，飭名誼以昭所救。詎或因循步趨，易我周行也與？若乃竊威福以持權，啓干戈以釀釁，苟有其事，秉大道以靖之，廓然已。

倜儻不拘之概，豪士爲之，亦足稱憤發而自雄。然志勤當世，而來大經未聞之譏，則出之也無當。而建風猷者飭躬懋學，必端所守焉。故或業隆帝王而不以爲驚，躬創非常而不以爲異，道在然耳。則夫奇績翔於八表，而上服其謀，下誦其烈，豈非傑士之夙懷也哉？惟一本於大道之無畸，是以聞風而共諒其心。

奏功立談之間，雄才爲之，亦取其慷慨而集事。然苟立功名，而有虛僞誇上之累，則用之也不光。而砥大節者崇王黜伯，先嚴厥趨焉。若夫徒步卿相而不以爲驟，手定天家而不以爲事，道在然耳。則夫偉略定乎百辟，而動在王朝，惠流宗社，不亦儒者之弘烈也哉？惟一斷以大道之不苟，是以考蹟而可白其願。

若此者心存匡復，而弗邀旦夕之功；學本正直，而不操欺世之術。偉哉丈夫，不可及已！

氣振九溟，情搖五嶽，此文已難仰視，何況當日巖巖？本房韓老師

神氣軒舉，有『振衣千仞岡，濯足萬里流』之概。立言若此，望而知爲偉人。成青壇

稜稜霜氣，鋉鋉風威，使人閒窗危坐。胡此庵

人人親其親長其長而天下平

隆親長之化，予天下以各盡者而已。夫親長，人之所得盡也，推之人人而平天下不越此，曷遠且難之多求哉？且治之盛也，天子揮絃，而羣黎遍德，豈其有殊績與？蓋億兆之性情，卽天下之治亂所繇積也。眾志弗息其囂競，則世運釀爲紛譁；天良克迪夫吉康，則風俗蒸爲壽愷。唯返天下於厥初，乃恩明而烈茂焉。失此不察，而銳以求勝，烏覩所謂治美化彰、不勞坐理者乎？

吾取道爾事易者思之。草野之熙然相輯，唯茲戶庭之愛，而負英略者騖行非嘗，尚異學者樂習名法，天下自此多不靖矣。苟崇敦彝典，而各遂其天懷，則政教晏然，共保耕桑之常業。人心之猝焉難動，唯茲族黨之依，而挾才智者喜造兵端，號强武者輕捐親舊，天下自此不復戢矣。苟廣敷文教，而咸進以安和，則謠俗樸茂，共奏順應之休風。

故天下之本在親長也。人人親長而平莫踰焉，顧不烈與？我觀天下所以不平者，情與勢而已。古道漸湮，而上之人復督責文法，迫束其志氣，寧能理乎？試進以父兄之至愛，則歡忻歌舞，雖過不傷；拜立譴責，雖嚴匪厲。情勢之難調，於茲咸適矣。故郊祀嚴配天之義，學宮崇修耇之文，不必粉飾太平，而優游洽雅化焉。其時頒白不負耰鉏，宗黨咸通社臘，仁厚之風，於焉交勉也，詎或有山川之阻歟？天下所以不平者，又機與利而已。虞詐日生，而上之人復紛更法令，惀亂其聰明，伊何底乎？誠納於門內之雍和，則力田致養，不可云貪；畢慮竭誠，不敢云術。機利之紛紜，於茲克靜矣。故燕享歌『敦葦』之篇，教胄謹《少儀》之訓，不必煩設文告，而蒸蒸遍海隅焉。其俗介壽以樂天倫，洗腆而修齒讓，慈和之迪，於焉悉勸也，寧或有夭札之傷歟？

開闢之朝，百事草創，而王者手披荊棘，先必賜高年、獎孝弟。或聞左有犯上之罰，則殷然懼之。懼夫倫紀日微、人心囂然未已也。是以府事未修，首建辟雍之典。至草野克敦媚睦，則廬墓相依；鄉曲不慕輕俠，則甲兵可寢。懿懿著而絃誦以興，百姓亦日用飲食爾，而樸茂之風流百年，可以無斁。

熙明之代，坐撫休嘉，而明主巡行郡國，猶必察風謠、講仁讓。或子弟干黨正之刑，則惕然憂之。憂夫少年鷙悍、亂萌蘖之日滋也。是以紀綱燦設，獨嚴左道之誅。迨國鮮奇邪之行，則遐邇同風；家無非聖之書，則耳目如一。訓澤深而沐浴勿諼，聖人亦歌風緼瑟爾，而晏衎之隆化，謳頌可以不聞。然則親長之治行，而智者不私，拙者不後，爰臻藹吉之猷，積郊圻而遐甸，積一世而數傳，咸荷無疆之福。爲治者奈何過求遠難，而不返厥本哉！

取西京之醇厚，擷六代之清芬，五色相宣，爛若披錦。姚若侯

不必雕新飾蔚，鸞龍之姿，自然光耿。胡此庵

膏澤下於民

君有逮下之恩，可徵臣之遇矣。夫膏澤者，君之所有而臣之所大願也，既下於民，斯不足觀其遇哉？嘗觀士君子抱弘濟之略，疇不欲匡救生民、仰答明聖，而往往挾持有具、建績無聞者，利賴非虛願

所克酬，德澤非人臣所敢市。救時之彥，所以眷懷而難其遇也。苟逢一德之君，有相信之素，德化旁流，羣拜其賜，斯固痌瘝之所懷焉矣。人臣之處國，豈無所挾而鬱鬱居此哉？

覽古今而察生民之險阻，則叩閽請命，每引爲奉職之本圖，然而有機焉。出之朝廷而敷之下土，此志氣之所通，不存乎呼籲之間矣。審風俗而考草野之艱難，則宣化揚休，每矢爲痌言之夙志，然而有微焉。上不虞暌而下不虞隔，此神明之所期，不存乎功名之際矣。

則有於行且聽之，後而膏澤卽下於民者乎？伏處而懷康濟，所需者時會而已。海內已困，而圖治方殷，豈非宏略展布之時也哉？然嗇主躬察苛細，而不樂弘施；英君喜任雄圖，而厭聞休養。所投不合，而天下之凋敝莫之恤矣。所貴乎道與遇遘，毋徒以徽猷托議論焉。節儉者絕封殖之私，有爲者消構怨之釁，美利弘開，而一人之德以昭，胡其休與？撫時而思拯救，所急者君臣而已。身致闕廷，而宣猷襄化，豈非君臣大明之日也哉？然下寬卹之令則疑爲樹恩，建綏輯之規則疑於竊柄。所懷未白，而民生之水火莫由出矣。所期乎相得益章，毋致以危疑縻爵祿焉。居高者之督責不苛，拜揚者之發舒嘗裕，仁恩翔洽，而惠民之效以彰，伊誰賜與？

我觀古之君子學道匡君，非無決策立效之績，而以籌天下之利病，則慎言之。洵以既度其身，又度其君。匡濟之美業，難以遽達也。乃若興利剔蠹，黍苗動陰雨之歌；生養安全，中谷鮮暵乾之詠。悉慊其素所懷來，豈皆天幸哉？而惠流天壤者則已如此。

古之大臣輸誠體國，非無審時度務之略，而以當天下之安危，則慎處之。洵以策力資之匡襄，謨猷出之我后。海宇之嘉祥，未可遽邀也。乃若乘權覃敷，而羣食其休；茂理丕宣，而民誦其烈。悉符其素所挾持，豈臣之自有哉？而流慶無疆者則又如此。此固外托君臣，盡獻替之義；内結知己，隆骨肉之歡。所稱腹心手足，殆謂是乎！

偶憶杜句云『五更鼓角』、『三峽星河』，此之文心可以悠見矣。本房韓老師

新法之行，諸君子各投劾而去。明道曰：『新法誠不善，然寬一分，則人受一分之賜。投劾去，何益？』唐子方直聲動天下，而文正猶以爲天下事爲鬼怪輩壞卻，則知膏澤不下，雖言諫，祇博虚名耳。此文可補老泉《諫論》之遺。成青壇

有安社稷臣者 二句

功存乎社稷者，可循名而求其志焉。夫以安社稷爲悦，則其志異矣。以是爲臣，豈徒著其名而已哉？嘗觀國家昌明之運，固賴有智略兼優者交贊之，尤賴有精白乃心者，歷險夷而獨任之。何也？能臣奉公宣勞，補救一時而已。大臣穆然深思，每以天下安危退而關諸一人之憂樂，則凡定大策、排大難，而奠國祚於不拔者，皆引爲性情之事焉。古之當重任者，不樂以尺寸自見。而發慮淵弘，致業光偉，夫亦其懷來有難量耳。

今人臣之自效於君，固曰功垂竹帛、名著來茲，集事則需才，維風則有守，誠無荒厥職，斯足襄庶績焉爾。然迫於分而後赴，則譬日隆而中不可測，而尋常職業之外，固自有特樹其品者，爲宏猷之所出。循乎責以自勵，則業雖盛而志已可疑，而飄搖風雨之際，固自有獨切其懷者，爲國運之所依。

進而求之，殆有安社稷臣者。夫社稷豈易言哉？四方之危疑待其裁定，則必戒晏安以基靈長，而慮無以順一人之心；上下之利弊須其興除，則必矯雷同以清朝宁，而懼無以服羣工之志。凡國家大勢所係，僉謀則不能排議論而執其成，獨決則不能集羣策以收其用。臨幾捷應，既以爲輕發而易衰；慎重自持，又疑其優柔而寡斷。欲安社稷，其難有如此者，人臣卽自好乎，亦幾幾不可貞矣。何以居之甚夷、持之甚恬，而安社稷必歸之？

蓋情發於性之有獨專，而念動乎誠之所必至。人見爲保乂王家，而大臣適以自慊其寤寐；人以爲戡除禍亂，而大臣不過自奠其神明。故或絕好大之思，養無事之福，而功不必自己收；或攬英傑以宣猷，萃眾長以圖效，而名不必由己立。或決幾禁祕，躬創非常，而他臣不敢與衡才；或堅確不移，廉隅內飭，而他臣不敢與言守。此日之大臣，亦欲然自下爾。而華夷大定，海內晏然，惠浹閭閻，勳銘王室。於是天子鑒其心，臣工欽其度，以云安社稷臣，斯名稱而實歸焉。則夫寵辱不驚，而謀料若素，其所悅誠有微焉者耳。以視彼小功自喜，而憂懼搖其中、利害迫於外者，寧獨才力殊，而亦所懷之特異也哉。吾用是知社稷臣之意深矣？

負寄託之重，遂許以馳驅。經營草昧，險阻勿辭；陰雨綢繆，憂危匪懈。雖勛猷丕懋，而大臣祇有翼翼昭事之忱。秉先王之靈，內嚴於夙夜。君臣握手，雲日爲昭；疑謗叢生，風雷可轉。雖遇合難齊，而天下共諒蹇蹇匪躬之節。安社稷者，固與社稷相終始也與！

上句說得鄭重，則下句自發得沈著。探驪得珠，其餘鱗爪耳。姚若侯

英風亮節，似王沂公正色立朝時。胡此庵

知者無不知也　爲務

識務而秉其要，知仁之善全其用也。夫知仁之德無窮，而有其至要觀之，當務親賢。所謂運用不煩者哉！今夫秉粹精之質，而光達幽微，惠翔薄海，一時靡不服神明、歌愷悌矣。然其持以坐制區宇者，類非馳騖所能周。學士仰述盛烈而不究厥本，不幾疑睿炤易窮、弘澤莫繼乎？惟觀其大業所繇開，而求夫熙隆所自起，知於已不勞，於世獲福，誠有道以處此也。夫庶務紛紜，淳治不進，非知與仁，庸有濟乎？

然吾思之。挺天授之異，器必周通，乃出而弘建大略，則不得有所紛應以擾其神，蓋自其淵覽萬物者持之矣。故徵長小惠，不足勤睿慮；而閔皇弗釋，獨先天下以深民物之憂。勵敻絕之修，學貴美備，乃起而懋膺世責，則必有所脱略以周其用，蓋本其丕冒倫類者審之矣。故寧淡寡營，不足病清朝；而勤求罔怠，獨詳終始以立綱維之本。

凡若此者，明王首事，貴審先幾；元后恤民，必求英佐。其無不知而當務爲急，無不愛而親賢是務乎！

一王肇興，各有景爍之績，要其所繇濟大業者，一二事而已。當夫時事艱難，羣心紛靡，而知者宏覽於沉幾之始。事端未啓，綢繆以養其候；大勢甫兆，憤敏以決其機。此之經營慘淡，若不遑矣。迨偉略克樹，而數世之基奠焉。然後知淵微之炤靡遺也。繁文細節，有何重煩整飭者乎？夫乃優游以坐致已耳。

一人圖治，咸致羣倫之戴，要其所與拯海内者，一二人而已。當夫民患方殷、人材散逸，而仁者亟收於儔伍之間。天道將復，屠釣可致風雲；人事既盈，握手卽共機禁。此之寤寐相期，亦孔勞矣。迨貞良克效，而百年之慶永焉。然後知慈和之被靡窮也。耕桑飲食，有何躬勞撫循者乎？夫乃拱手而受成已耳。

天下固多晰疑拯困之事，然有時天子不能執而委諸左右，膏澤下郡國而滯於有司。故紛給之餘，終歸弛廢；溥施之惠，怚阻山川。知仁寧俟拮据而後見哉？必也天懷默運者耳。觀其思慮深邈，已居事數之外，徵與相周，則刑政歸之百司，旬宣爰有專責。上下相忘其德，而清明之主極，庶績於以咸熙。

天下不少明哲樂易之流，然或變起俄頃而舉朝不悟，患伏閭閻而主政不察。故筐篚之智，罔贊英謀；匹夫之仁，不出閭里。知仁詎待歷試而後驗哉？必也弘攬大綱者耳。觀其儆動憂惶，已徹利害之源；商其所救，則陰雨蚤勤土桑，老成遞引新進，遐邇各安其福，而粹穆之皇衷，萬年於以不倦。執要度務而業建非嘗，壽考作人而慶流奕禩，堯舜非其明徵與？

一闔一闢，能放能收，極文家布格之妙。胡此庵

范蔚宗自云：『余所爲文多公家之言。』蓋有關治術，不暇作小數小言也。於茲義亦然。劉濟甫

論敘宛曲，利病之故，鑿鑿言之，陸敬輿之文彷彿似此。徐閶公

上谷語錄

上谷語録

小引

梁清標

余以事棲上谷者兩月餘，歲暮寒風，短檠孤館，性不善飲，無可寫憂。親串友人，時相過從，輒張燈雜坐，劇談竟夕。余出單詞片語，眾皆絕倒。子弟輩遂私識之，積久成帙，戲謂余曰：『此蕉林先生語錄也。』余笑應之曰：『昔湯臨川撰四夢傳奇出，人或譏之曰：「具如此才，何不講學？」臨川曰：「人講性，我講情，何謂無講乎？」余意亦然。即謂之語錄，奚不可哉？』道學先生，著述相高，浩如烟海。世或有好余之言者，取道學諸書，盡付祖龍一炬〔一〕，而單行余之語錄，未可知也。

蕉林居士自敘。

【校記】

〔一〕『盡』，底本作『書』，其上以朱筆圈去偏旁，據其意改爲『盡』。

題辭

龍源漁子

自上聖以訖凡夫，無不有大欲存焉。然德色幾於一貫，若分而爲二，一於色，必如楚《騷》、漢《史》所云娭光曾波、姿性醲粹者而後可以室，則凡藏帶下之美者，將皆老死綠窗，以處子終天年矣。更或一於德，如無鹽臼深、孟光肥黑，雖舉案相莊，恐爲之天者，將終日含瓦，無一刻能破顔微笑矣。是皆坐淫與腐之病。淫則大邪，腐則大癡，大邪大癡，其孰能適於用？顧堂堂君父，於人情物理中，方有無限大事相屬，殊安用此輩爲者？斯皆俗子之所或崇，而大聖人之所不取也，斷如也。

蒼巖有上谷之役，偶與子弟問答，微露此旨，是蒼巖吃緊爲人處，二三子無疑其詼諧不恭，而自比於淳于、柳下。倘尋其說以體驗於所遭，卽尋常百姓之家，莫不有真實受用，當必憮然會心曰：『中庸其至矣乎！』

下馬雙眉開，撒手人間煩惱。天大事付東君，獨把金樽倒。　出一部密本《蘭亭》，的是香閨老。不著窩臼些兒，那摸龍鬚草。龍鬚草在窩臼傍，言龍鬚者爲其獨賞，言窩臼者爲諸家語錄也。後學謹注。

右調《好事近》，題《蕉林語錄》。

龍源漁子。

上谷語録

盡焚佛經，則真佛祖出矣。盡焚道藏，則真神仙出矣。盡焚道學書，則真聖人出矣。

好講禪者，是好利。好講道者，是好淫。好講道學者，是好做官。

人有『妻不如妾、妾不如婢、婢不如妓、妓不如偷』之説，余以爲不然。偷之一道，傷風俗、敗德行，非士君子所宜言，當置不論。其實妓不如妾、妾不如婢、婢不如妻。世不乏解人，必有服吾言者。

秀裏帶蒼，莊中藏媚，此第一流女色也。蒼非老蒼之謂，未可以言語形容，聞者自思之。

女人足看著小，量來卻大。男人此處刪二字看著大，量來卻小。

凡物皆可量出尺寸，惟女人足與男人此處刪二字量不的。蓋此兩物非比木石，其長短肥瘦，原無一定故也。知此亦足爲格物之一端。

或問『香以何者爲第一』。余曰：『婦人靧面盥手之巾爲第一。凡氣之芳者，必多辛烈，惟此巾氣甘而溫，味醇而厚；調和粉澤，卻出天然；有美兼收，無香可指，其妙而化者乎！』

人果聰慧，必然至誠。自負能人，定作呆事。

說謊一次，再必難行。撒短一遭，後奚取信？所以素稱長者，乃可欺人；好用機關，定多滯礙。

拙人弄巧，俗子通文，醜女粧妍，村夫賣俏，哀哉！

觀女人，大率長眼睫毛、淺麻子、半大腳、有肉采者爲佳。此言一出，人必以爲怪，可見知味者鮮矣。

凡男女面孔，以麻爲貴。無此者，男不聰明，女不俏麗。譬如美玉，有瑕者多佳。麻之外面，色如玉情，自然有趣，非妄語也。

女子此處刪四字爲佳，固不宜太多，斷不可全無。全無者非但賤相，譬如童山，全無草木，有何趣味？

余嗜用烟，人有惑而問者。余云：『烟雖微物，然足以解勞疲、禦寒氣、消飽悶、充飢渴、助精神、通鬱滯、破憂愁、遣閒情、長智慮，至於宣男女之相思，比縞帶之贈答，達綢繆之情好，其妙未可盡述。更有回頭烟者，女子以舌送之，豈蓬萊仙山、瓊漿玉液所可比倫耶？烟之爲用至此，觀止矣，蔑以加矣。』

古今佳人才子，罕有配合者，堪爲太息。伉儷無媿，獨二喬耳。孫伯符、周公瑾，千古英雄，風流絕代。伯符謂公瑾云：『喬公二女，得吾二人爲壻，亦足爲歡。』每讀史至此，千載而下，猶可想望其風韻。乃兩人皆早亡，而二喬又不見其始末，尤爲恨事。世界缺陷，無過於斯。悠悠蒼天，謂之何哉！

女子之足，貴在款式，不在大小。人多以直跟周正爲佳。余云：『若止取周正直跟，蠢然一物耳，神韻安在？倘有知不正不直之妙者，於足之一道，思過半矣。』

女子履以布爲上，緞次之。布尤以青爲第一，縐紗綾紬，皆不可用。吳下多重紅縐紗鞋，不知縐紗鬆軟，易於失款，非足所宜，真妄語兒强作解事，不足與論也。

余素不喜女子連面鞋，以其似瞽人無目也。而世人多好之，殊不可曉。冬月用靴頭製甚佳，但止可施之少年足小者耳。

女子梳粧，鳳頭最可觀，夏月尤便。今人多不尚此，不知廢自何時。然亦止宜於少者。

士大夫性太和平而無癖尚者，其人多不貴。女子色太美而無疵纇者，其人必無福。

每觀《西廂》劇，余輒笑張生舍紅娘而專求鶯鶯，大是癡人。使解圍之後，竟請紅娘爲妻，夫人必欣然許之，何至失志抱恙、十生九死、敗人閨閫乎！此雖戲言，然足以消人妄想、尋思退步，裨益正復不淺。人苟能悟余之言，凡事圖其易而不圖其難，取乎次而不取乎上，可令一生受用不盡也。

盛名不可居，奇珍不可蓄，美色尤物不可圖，極頂之官不可做。

道學先生惡《金瓶梅》爲穢書，不肯展覽。余謂此書足以羽翼經史、喚醒癡迷，是古今大文字。其中淫褻鄙俚之語，特遊戲筆耳，其正意不在此。文章之妙，全在閒處冷處，人皆忽略，彼獨致詳。能於小中見大、淡中帶濃，純用史遷筆法。善讀此書者，於古今生死之故，報施之理，榮辱得喪之數，男女貴賤之情，如攬鏡燃犀，毫髮都現。持是可以居官，可以治家，可以涉世應物，可以立身取友，豈宜以穢書目之哉？人或有疑余言者，姑就其淺近易曉者觀之。以西門之豪富淫惡，何所不至。跡其生平，不過多蓄姬妾，留戀青樓。所淫者，非僕婦侍婢，則優人姣童；非市儈無賴之妻，則素行不端之婦耳。至於敗倫犯上，概不筆之於書。且閨房枕席，極意形容，獨於正室吳月娘，止點綴數語於掃雪烹茶一段中。其斟酌輕重如此。試取其餘穢書參閱之，作者苦心，略可覩矣。

臨川四夢，余獨嗜《邯鄲夢》一書，是天壤間有數文字。世皆稱《牡丹亭》爲絕調，余謂此不過詞家上乘，若《邯鄲夢》，則不當作文觀矣。諸小說傳奇，一覽輒厭，惟《邯鄲夢》、《水滸傳》、《金瓶梅》三書，日日讀，日日如新，百遍尋味而愈不能盡，誠異書也。

古人樂府及詩餘中閨詞，率皆有深意寓其中，所謂言近指遠、婉而多風，不失《三百篇》遺意。吾輩偶一爲之，必有所寄托者爲佳。今人無所寓意，徒取摹擬，與前人鬭麗爭妍。卽能如新豐鷄犬，競識其家者，究有何味，非余所取。

房中祕戲之藥，足以損年致病，慎不可用，尤不宜施之於閨中。使其不效，猶可言也；施之而效，向後本來面目，不可復出矣。導淫挑慾，害有不忍言者。無論老少，皆當以此爲戒。

事莫醜於欺貧，害莫大於縱僕，禍莫深於漁色，惡莫甚於辜恩。

方士詭言内養，而實以祕戲釣富貴之人；仕宦志在宣淫，而假托靜修炫神仙之術。展轉相欺，以自取敗，沒身不悟。悲夫！夫情慾出於天性，衽席貴乎自然。技長者稍知撙節，而善用其長；技短者略加磨練，而善用其短。名教中自有樂地，隨分内各具歡場。奚事疲精耗力，以餌術士之毒、速助長之禍乎？

婦人最忌瘦削，而世人誤認爲窈窕，往往好之。不知風神韻致，原在形骸之外，若必以骨瘦如柴者呼爲窈窕，則委委佗佗，如山如河者，遂不得爲麗人乎？豐豔之人，自有韻度，未可執一而論。余意寧肥勿瘦，但可與知者道耳。

海内不拘何地，俱有美人，獨纏足合式，斷當歸之吾郡。非深知斯道者，不足與語此。雖聖人復起，當必不易吾言。

余於《琵琶記》中，獨惡張大公之爲人。當蔡公逼試時，蔡婆聖母也，輕科名而重倫理，高出世俗婦人之上。非大公力贊，中郎不失爲孝子。既受人之托矣，乃坐視二老餓死。五娘剪髮包土、自築孤墳，不聞厚助。雖云年荒，大公何不餓死乎？自負重托，猶靦顏以大義責人，濫受黄金之報，不復知世間有廉恥事矣。此語雖似夢中說夢，然習見世人負托背約，猶引小惠虛詞，沾沾有德色。或借端歸咎於人，以自文其過，類張大公者不少。余故嚴斥之，以示諷誡云。

男女評品女色，迥然不同。女評女，單論五官四肢，往往過刻。男子所取，在形骸之外，往往多恕。蓋男子之情涉邪，女子之心生妒，各有所偏，遂相徑庭也。然古今女子，十相具足者幾人？有一二處媚致動人，卽堪心賞。世豈無五官四肢俱無可議，而神韻不存，如土偶畫像者乎？余每論古來絕色，亦其男子自視爲絕色耳。秦淮海所爲《眇倡傳》，亦非無見，可以類推。嘗見婦人妍者，五官四肢，雖有微瑕，愈形其媚，不必十全，實非偏論。竟謂男評多確而女論不當，焉可也？顧女子中亦自有具隻眼者，又當別論矣。

余前論色，有『秀裏帶蒼』之語，令聞者自思之。友人惑焉，余云：『女色與詩文同，秀而不蒼，謂之纖嫩，詩文而至纖嫩，可乎？女色亦然。世有面容太嫩者，往往可遠觀不宜近觀，可暫視不耐久視〔一〕。年稍長，則易變，居然老嫗矣。總緣其面未老成也。所云「秀裏帶蒼」者，鮮妍中自有一種蒼然之色，其人必貴而耐老，具眼人自能辨之。』此論乃前人所未發，可以意會，未可以言盡也。友人恍然有悟，首肯而退。

【校記】

〔一〕『耐』，底本作『奈』，其上以墨筆圈去，據其意改爲『耐』。

人貴定志，志定則神氣安閒，知慮畢出，不爲境地時勢所困矣。古之任大事而不驚，處厄窮而不變，履危難而不懼，甘淡泊而無憂者，志定故也。

羽翼聖人之書者，宋儒也；穿鑿聖人之書者，亦宋儒也。聖人之言甚活，宋儒卻說死了；聖人之言甚廣，宋儒卻說狹了；聖人之言甚實，宋儒卻說幻了；聖人之言可行之古今四海而無礙，宋儒卻說得行不去了。

朱注膠滯穿鑿，後人奉爲金科玉律。余謂此止宜於八股時藝耳，照注做去，有自然承接分配之法，才鈍者容易成篇，然去聖人立言之旨遠矣。

近來天地靈秀之氣，往往偏鍾於婦人，其賢智聰明，實有過於男子者，無惑乎閫政之大行也。嘗見演劇有女開科、女丈夫之類，大爲黛眉吐氣，何異遺男子以巾幗乎？人情卽是天道，蘇君之世，儀何敢言。或世變合當如此，氣機不由人耳。

男子獨居，雖至雅潔者，室中必有惡氣。雜一婦人，則粉澤氤氲，別一世界矣。女子卽獨居，亦有異香芬郁，令人留連不能去。婦人之義大矣哉！

少年多無恥而有恥，老年多有恥而無恥。少年無恥，謂之蕩子；老年無恥，目爲風流。何嚴少而恕老乎？然風流可也，無恥不可也。知此道者，可以處少，可以處老矣。

舉世稱揚，不若知希我貴；他人歎羡，不若風流自賞。

世多好淫，無好色者。真好色者，惟高柔、荀奉倩而已。奉倩以身殉妻，雖近於愚，要是情種；高柔愛玩賢妻，不樂出仕。茫茫今古，知此者幾人乎？真吾師也。予意室中祀高柔，配以奉倩，日以瓣香供之。若吾家伯鸞及龐德公，則當有專祠，不敢褻也。

春月鳥啼花放，暖氣如薰，令人恍惚似醉，知此者必是情種。秋月天高木落，西風蕭瑟，令人慨然憑弔，知此者必是壯夫。冬月寒窗枯樹，雪滿庭階，令人端居肅穆，知此者必是高士。

寂寞中得一解人，便是歡場；喧闐中遇一傖父，頓如索處。

世有好妾者，雖擁美妻而情不屬；好妓者，雖蓄愛妾而意仍馳；好淫者，雖佳麗滿前而孜孜漁獵之無已。此等人自命爲風流，而不知日墮苦趣，擾擾一生，不識女色爲何事，真全無受用人也。

居家斷不宜狎僕婦。僕婦各有所天，狎之則家亂矣，其害有難盡言者。獨婢爲主人應得之物，無害於理，而意味深長。或曰：『僕婦非主人應得者乎？』和室翁曰：『僕婦之身，主所主也；僕婦之此處刪一字，其夫所主也。若婢，則主其身並主其此處刪一字矣。』此言足發明余論所未逮。

偶論狎婢，友人慨然曰：『安得數婢，無所拘縛，而恣意狎之乎？』余曰：『不然。婢雖主所應得，妙在以如不應得處之。必有主母之賢而似不賢者，稍加防範，更爲有致。凡物難求則貴，易得則厭，譬諸珍味盈盤，懶於下箸矣。諺語所謂「偷得著不如偷不著」也。』狎婢三昧，不可不知。

承篤姪有愛婢，行第三，牧庵叔時呼『三』以謔之。友人曰：『何呼之頻耶？』余曰：『此吾叔借「三」以自形其得意耳。』友人不解。余曰：『叁乎，吾道一以貫之。』曰：『何謂也？』曰：『夫子之道，中竪而已矣。』一座大噱。蓋吾叔側室太原姓也。

真廉士斷不矯情，真勇夫必非用壯；持重者定能致遠，淡然者乃是多情。

近日仕宦多慕學仙，余謂神仙乃世外人，生來另爲一種，非雲遊邋遢，則頑鈍癡人，無所知識，無所繫戀，方可學道，所謂臭腐神奇也。今仕宦者要居美官、擁厚貲、羅麗姝、蓄珍玩，撫賢子孫，據良田廣宅，而又欲學長生不死之術，待千百年厭棄塵緣之後，拔宅飛昇，仍可頻下蓬萊、照管雲仍，使其永遠發達，有是理乎？有能然者，余願執鞭從之。

世間愚人易度，聰明人難度。愚人所見不廣，言之易信，用心專一，回頭必猛；聰明人多見多聞，習而不察，察而不專，病正相反。語云：『屠兒放下屠刀，立地成佛。』此之謂也。

人之大患，全在無恆。習業而不精，事成而必敗，歷久而自變，交友而凶終。此等人真是一事做不得也。

昔人云『得隴望蜀』，説盡古今人情。甚矣！知足之難也。天壤間無完人，亦無全福。天道忌盈，高明之家，鬼瞰其室。今人不知，多生妄想。家已溫飽，又思金穴；既登膴仕，日望三台；舊塋已發，別覓佳城；少艾在前，旁求殊麗。居美宅而另起樓臺，纔發跡而遂棄本業，不旋踵而敗者，目覩不知凡幾。『有缺陷者，便是福人。』願共聞斯語。

常見富貴之家好蓄梨園，最爲無益有害。梨園子弟所習皆冶態油腔，久之生姦宄而亂家法，獲罪親友，敗壞閨門。至於教演女優，尤爲不可。孰非人子，令之習爲下流，喪其廉恥，誘引子弟，貽玷家風。徒耗金錢，又傷陰德。世之梨園不乏，何如呼來省便而更不厭之爲愈也？

梳櫳雛妓及包妓別館，皆是癡人。雛妓未必黃花，而浪索重聘，儼然伉儷，轉盼又屬他人，思之醜矣。包妓原出相愛，而妓之胸中，久則生厭，往往别尋密約，以爲得計。既難認真，又難作假，甚無謂也。

女子之足貴小，此正理也。然宜於纖弱者，不宜於修腴；宜於少年者，不宜於老成；宜於玩視，不宜於把握。足不盈握，翻覺無味，必以五指入其橋下，而尖跟餘於外〔一〕。則情致翕然，尋味無盡矣。若除去弓鞋纏帶，如剝新笋，尤爲奇玩，正非太小者所宜。解人自知之。

【校記】

〔一〕『跟』，底本作『根』，其偏旁『木』以墨筆圈去，據其意改爲『跟』。

女足至小者亦四寸許，五寸適爲合式，世人動稱三寸者，皆未講求，比信口形容耳。

男子之此處删一字修短原無大異，生於内者多，則現於外者少矣。好事者用修造擴充之法，不過催出本有，非能益人本無。損年致患，病皆坐此。故此處删二字者多夭，且不挺然。譬之草木，根深者榮，根淺則枯，同一理也。

少年人不宜太老成，太老成者多不壽，以春行秋令也。故子弟幼而頑劣，不足爲憂。人之好潔者往往孤貧。語云：『水清無大魚。』山海納污，天地之理如此。故不尚潔者率富而多男。

古來忠臣孝子、義士節婦，皆非聰明人所能辨。聖人所云：『其愚不可及也』，太聰明之人，利害得失，較量太熟，使當大事，倚之難矣。故國有能臣、家有黠子、室有慧婦，非國家之利也。

宇宙間姦貪暴戾之人，善駕馭之，亦必有一二端可取。唯混者最難相與。彼於情理事物俱不能了了，常有令人哭不得、笑不得處，誠無之而可也。

富貴功名皆可力致，唯清閒難以久享。昔人言之詳矣。每念及此，爲之三嘆。

子弟問先生：『「妓不如妾」之說，可得聞乎？』余曰：『僞不如真。子不見夫肆飯沽酒，稱爲市味；殿畫俗繪，呼爲匠氣；壽詩四六，目爲應付者耶？知其說者，無庸余贅矣。』

又問：『婢不如妻之說，何歟？』余曰：『鶯啼何如鳳鳴？家珍何如禁臠？以其貴也。床笫之間，妻之一動勝於萬動，片言勝於千言。以敵體之人，而偶降尊爲妾婢之事，其爲欣幸難得，復何等乎？』

婦人鳳頭粧，舊時所尚，今止於卸粧將寢時爲之。然閨房晚粧，梳鳳頭，朱繩二縷，裊裊下垂，著圓領短袖小衫，更覺嫵媚。雖鑒賞片刻，可勝觀玩終日也。

諺云：『新婚不如滿月，滿月不如遠別。』此三昧語也。或問：『滿月遠歸，初夕樂乎？次夕樂乎？』余曰：『妙在次夕。非但飢渴易飫，難於盡致，且彼此間闊，人與物倉卒俱未融洽，其美不出。初夕次夕，境味頗殊，至三夕四夕尤佳。身歷心會者自知之。』

人生得美妻最難，此關宿世姻緣、三生奇福，豈屬細故？蓋夫妻者，天地之義、倫理之源、教化之始，非男女私相慕悦者所可同日而語。矧前人又有在德不在色之說，則欲其賢而且美，寧易易乎？苟得美妻，乃一生切身受用，時時焚香頂禮可也，凝粧静對可也。世有舍美妻而他騖者，余不知其何心，當受陰譴。

或問：『如先生之言，妻必求美乎？』余曰：『唯唯，否否。余前所云，謂美之難，非導人妄求也。妻之幸而美者，偶然耳，其色一分，卽可抵五分，無容過求。非但人情，亦屬至理。況綢繆情好，又可助五分乎。於婢亦然。故尋常之妻，宜敦恩愛；久狎之婢，勿變初情。能守斯語，受享裕然矣。』

冶湄子曰〔一〕：『妻與婢之說既得聞命矣，人言妾不如婢，先生不非之？或另有說與？』余曰：『吾與人言無異說也。然向有一論，今爲子言之。人家蓄婢爲便，妾覺多事。妾亞於妻，而權勢霄壤。

夫家所有，妾皆不與焉。所與者，夫之體耳。顧妻七妾三，卽厚幸矣。其桀驁者思相傾軋，不甘爲之下，門以内且脊脊多故；而陰黠者或外示遜順，中藏二心。卽其人稍賢，亦往往長慮卻顧，淒然寡歡。爲之夫者，復何樂乎？婢則體卑而情親，既無過望，又履熟境，方幾幾以不得事主人爲虞，而他更何恤焉？此又妾不如婢之正論也。』

【校記】

〔一〕『湄』，底本作『媚』，其偏旁『女』以墨筆圈去，據其意改爲『湄』。按：『冶湄』，蕉林姪梁允植字。

冶湄子又曰〔一〕：『妾不如婢之說誠然。然妻之體崇，崇則難褻；婢之勢卑，卑則多畏。燕私融浹，惟妾爲宜，亦胡可少歟？』余曰：『妾亦人所恆有，顧子何言之固也！妻雖崇，豈至狎暱禁於衾裯？婢雖卑，不聞戰慄形於枕簟。各分妻與婢之半，而妾之道得矣。獨以融浹歸妾，噫嘻！子何言之固也！』

【校記】

〔一〕『湄』，底本作『媚』，其偏旁『女』以墨筆圈去，據其意改爲『湄』。

古來度德量力之言，不獨臨大事，男女之情亦云然。世之癡者往往願得絕色才女而後快。余嘗言：君擇臣，臣亦擇君。苟非其匹，以毛、施之美，强配侏儺；班、謝之才，于歸傖父，男靦面目，女怨紅顏，狼藉鉛華，日相揶揄，風流地獄，冷落歡場。彼雖不言，此獨不愧於心乎？

或問：『世上何人最有陰德？』余曰：『無如近視人。妍媸與長短未明，則黷心者少；遴選與包荒各半，則曲就者多。盛德不傷，孰過於是？』又問：『何人最淫？』余曰：『無如内養家及道學先生。修鍊之士，外談清靜，暗事鼎爐；褒帶之流，恥托空言，務求實踐。故風流逸宕者，徒以口耳爲娱，而熱中蛾眉，惟彼二種人爲甚。』

或問：『人生何事最佳？』余曰：『夢最佳。天下未有之事，生平未歷之境，夙昔未遇之人，世間未諳之物〔一〕，靡不於夢中見之。至於閨房繾綣，邂逅溫柔，或情未屬而遽獲神交，或形本離而倏然地縮。雖云鏡花水月，孰假孰真；同爲石火電光，何無何有。安得圖南先生之睡法，使我經百日而遊華胥也。』

【校記】

〔一〕『諳』，底本作『暗』，據文意改。

或問：『人於何處最苛？』余曰：『看他人古玩，評名士詩文。』又問：『人於何處最恕？』余曰：『比自己之此處删一字，量妻妾之足。』

或問：『三代而後，誰爲賢主？』余曰：『季漢後主賢。』聞者愕然。余曰：『子試觀漢、唐、宋以來諸君，有能任賢勿貳，舉國以從，而己不與焉者乎？有豐功偉望之大臣，朝野傾心，而終不見忌，保全身名者乎？』曰：『無有。』『然則吾以後主爲賢，又何疑乎？武侯起自草野，非有骨肉之恩、世臣之義，徒以簡自先朝托孤數語，遂委國聽之。端拱於上而受其成者，歷有歲年。以黄皓之佞，怙寵在側，而無所行其中傷之計。不賢而能若是乎？』或曰：『後主庸才，武侯忠誠，足以感之耳。』余曰：『是又不然。從來庸人多好自用，武侯雖忠，求免於闇主之猜嫌也難矣。後主奉遺命爲純孝，任賢相爲至明，全其身於典午之廷爲大智。腐儒不察，以其失國也而鄙斥之。成敗論人，古今同慨，悲夫！』

或問：『知人之術何如？』余曰：『有道焉。輕於始者變於末，炫於外者虚於中。故倉卒一諾，知必相負；定交片語，勢必不終。好文語者，必是枵腹；誇豪富者，必是貧家；貌道學者，多非端人；矜房術者，知非戰將。』

神不用則疲，腰不用則痛。男子之此處删一字不用則縮，女子之此處删一字不用則澀。譬之水然，不流則腐矣。

婦人履中有用香者，殊爲多事。足若能佳，自然骨甜肉淨，即所云香也。夾雜别味，便索然矣。

世事每於短中見長，陂處見奇，是以母賤者多產奇兒，貌妍者恒無貴相。閨房專寵，常屬中材；仕路坎坷，必爲英物。厚貲每歸癡漢，此處删二字出於短人。容陋者偏有才華，足大者更饒騷致。

奇緣遭於意外，佳句得於偶吟。齋戒之期，偏生淫興；文章之會，倍起談鋒。花月勝遊，慎勿早訂時日；房幃祕戲，不可先下戰書。

德滋弟撰《坤性九等圖》云：『乾無性，以坤之性爲性。』余深賞其言，閒中諷詠，莫贊一辭。獨居日久，自覺眠食不甘，形神憔悴，乃知閨房一日，勝孤處十年。遂恍然悟曰：『乾無命，以坤之命爲命。』可爲吾弟下一轉語。

婦人之美在目，余謂尤在於眉。蓋眉能助目，目不能助眉故也。京兆傳畫眉之事，昔人作十眉之圖，閨閣風流，斯爲第一。前賢豈多事哉！

或問：『古來誰爲奇男子？』余曰：『無如姜伯約。五丈原星隕而後，蜀弱極矣，大帥淪亡，嬖佞用事，人心解體，日偪强鄰。而伯約心武侯之心，以一身支柱其間，獨彰天討，百敗不挫。違衆論，處孤危，奮不顧身，以求一當。至君臣面縛，尚密致後主云：「願陛下忍數日之辱，臣當使社稷危而復安。」此語可泣鬼神、動天地。事之不成，天也。伯約雖死，千載而下，猶凜凜有生氣，謂之至今存可也。』

德滋弟論宋藝祖：『當五代亂時，主少國疑，陳橋一事，勢非得已。其後不傳子而傳弟，雖謂無利天下之心可也。』承篤姪云：『藝祖於周世宗義雖君臣，恩同骨肉，其事幼主，惟當鞠躬盡瘁、死而後已，安有奪寡婦孤兒之天下、而可爲無利焉者乎？』爭論不決，來請於余。余曰：『藝祖聖主，而非純臣。雖所遭不幸，然不可爲訓。當以卽位而後爲斷，陳橋以前略焉可也。』

三教之理本同，而其爲教懸殊。今儒好談空，僧通翰墨，士夫專言修煉，緇流亦論汞鉛，而道學先生又往往於講學中混入禪機。三教互淆，紛紜不已，致日用常行之理、父子夫婦之倫，闕焉不講，可嘆也。

人能知足，必爲情種。官經遷謫，始足風流。

子弟問：『正直風流，判然兩途，先生安所取乎？』余曰：『非有二也，真正直乃是真風流。無情之人，於立身處世必有偏私；不正之夫，卽狎暱閨幃亦寡恩愛。宋廣平心如鉄石，卻賦梅花，此物此志也。』

昔人云：『飲醇酒，近婦人。』旨哉斯語！然難言之矣。好飲者，酒不問何品，飲不問何時，下酒不問何物，沉湎顛仆，亦奚取焉？至於婦人，容止之間有奇豔，繾綣之際有幽香，語默之外有深情，肌體之餘有別致。能細心領略者，如對名花，如鑒古玩，如讀異書，如遊佳山水。先觀神韻，繼察精微，取其尺長，略其寸短，使天地秀氣，不致沉埋；而房闥燕私，亦獲知己。於近之義，其庶幾矣。世之人或眼低志高，或騖名忘實，非鹵莽無當，則鄙固不情，往往舍卻自家，沿門持鉢。吾見其日卽而日離也，夫何近之有？

或問：『施德泯怨，有道乎？』余曰：『人當榮枯殊境，而冷處周旋；女遇好醜相形，而曲爲迴護。其施甚易，其感必深。賤者望故交之臨況，而屢或失期；貧家竭心力以張筵，而曾不下箸。其事雖小，其怨傷心。由此推之，而道得矣。』

便飯易於充腸，舊衣最爲適體。三間精舍，卽堪散帙焚香；數曲藥闌，儘足蒔花種竹。珍錯奇巧，徒耗金錢；夏屋崇臺，多糜歲月。其實約而可守，奚取廣而難成。與其極力經營，何若隨緣受用。

城市新粧，不如村婦；男優冶態，勝於女伶。天性之恩，鮮及他鄉義合；骨肉之惠，翻輸陌路甘言。非人情易蔽，重僞輕真，蓋以真者必有過求，而僞者每多假借也。

婦人善妒，世皆患之。余謂婦人不妒，猶之男子無情，以一體共命之人，而心同木石，漠然置藁砧於度外，又奚可乎？其已甚者，丈夫自致之耳。不能早折其萌，而又時其釁，及養成驕縱，震於積威，乃復强捋虎鬚，妄思鼠竄。情多偏溺，則理屈而辭窮；義有難甘，則怨深而毒熾。勢成吳越，仇類孫龐，誰寔厲階，獨責婦乎？苟能感之以誠，化之於早，愛公而溥，恩篤而平，外無泛濫之交，內正尊卑之分，謙讓固彰美德，微妒亦有餘情，妒又何傷，復何患耶？若悍戾非常者，世固有之，又當別作變計矣。

援上者必能淩下，廣交者定善負人；足恭者恆有傲心，太狂者常多媚骨。

開山重借五丁，點石惟煩一指。已臨仙洞，又啓旁門；方入桃源，再尋曲徑。鴻溝爲界，遂分楚漢之場；鳥道難攀，乍闢蠶叢之域。故五谿雖險，尚標銅柱於伏波；而河源既窮，仍泛星槎於博望。天台有路，但隔一層；江漢可通，止憑片葦。金莖〔一〕

【校記】

〔一〕『金莖』下有缺頁。

亦貴鸜鵒之目〔一〕。淡落梅英數瓣，壽陽卽可爲粧；輕飛香屑三分，《蘭畹》未如其韻。閒雲片片，巧傍春山；清露泠泠，雅宜秋水。別致非關追琢，多情妙在嫣然。世嗟造物之易忌完人，吾謂化工之善粧妍景。俏十而九，諺語豈曰徒哉；質有其文，昔人正云此爾。

【校記】

〔一〕『亦貴』上有缺頁。

子弟共論婦人，或慕修腴，或取短細，質之於余。余曰：『若有冶致，長短總是相宜；苟爲可人，穠纖自然合度。穠者肌膚豐豔，豈云一味癡肥；纖者秀骨輕盈，亦非全無肉采。觀者必求風韻，論者勿太拘泥。如尋常婦人，則短不如長，瘦不如腴。』此又女評之大較也。

家生蠢子，室有陋妻，塌屋取才短門生，皆無可奈何之事。世多憎嫌，遂生苦惱，徒傷恩義，何裨榮枯。若能安命敦情，便是盡倫享福。

舊有南茶北酒、南橋北寺之語，余益之曰：『南男北女，南文北詩，南頭北足，南紬北絹，南花北菓，南米北麥，南魚北肉，南葛北裘，南竹北槐，南樓北廳，南舟北馬，南轎北車，南水北山，南燈北月，南棋北琴，南歌北射，南言北行，南僧北俠，南珠北昆，南風北雪，南絲北綿，南笋北菜。』如此者未可勝紀。

交密者易起猜嫌，歡濃者必生厭薄。故交友厚善，不在有意周旋；男女情緣，多屬虛相慕悅。

今人事事不如古人，唯八股時藝及崑腔梨園獨擅勝場，直空千載。後此雖復增華，蔑以加矣。

世人每怪妒婦，男子之妒尤甚。仕宦妒於朝，農夫妒於野，賈人妒於利，才士妒於名〔二〕。貧者妒富室之資囊，慕色者妒他人之妻妾。家庭以愛憎而起釁，友朋以厚薄而生嫌。舉世擾擾，皆妒場也。

鬚眉且然，奚論巾幗；士大夫且然，奚責匹婦。女子以色事人，而獨欲其甘心寂寞，如老衲枯禪、寒灰槁木，抑亦不情甚矣。此可爲痛哭流涕者也。

【校記】

〔一〕『於』，底本闕，據上下文補。

或問：『人生討便宜之法何如？』余曰：『勿作第一人。』又問：『何謂也？』余曰：『子試思演劇中，何人最爲便宜耶？』曰：『自屬生、正。』笑曰：『此世間最喫苦者，何便宜之有？便宜無如小生，科名最利，姻緣最巧，履途最平，團圓最早。不知者或薄其因人成事。夫善討便宜，孰有過於因人成事者乎〔一〕？故中榜莫妙於探花，娶妻莫妙二小姐。知其說者，於天下之事，可以觸類而通矣。』

【校記】

〔一〕『孰』，底本作『熟』，據文意改。

善觀女貌者，不必甚美，但貴有情。美而無情，乍視以爲殊麗，諦視便覺索然。其神韻薄也。有情者同此五官，無論朝夕遠近、顰笑動止，愈視愈妍，彌咀彌厚。在形骸之外，又在形骸之中，未可歷歷舉以示人，必有能者辨之。

友人問：『世多好姣童，先生獨無說歟？』余曰：『聖人之徒，無道桓文之事者，子且休矣。』

昔人有言曰：『世上聲音最妙者有二：新進士釋褐扣帶簧聲，及新郎洞房下帳鉤聲是也。』蕉林曰：『二語得之矣，然尚有一焉：無如婦人擊高底聲。或臨臥而褪鞋弓〔一〕，或將起而蹬蓮瓣，又戛擊成音，清脆可聽。雖鈞天之奏〔二〕，何以過之。』

【校記】

〔一〕『褪』，底本作『腿』，據文意改。

〔二〕『鈞』，底本作『鉤』，據文意改。

世多好曲忌直，或曰：『惟男女祕戲宜直耳。』蕉林曰：『不然。此處刪二字貴直，而所以用其此處刪一字者亦貴其曲。若直則恃勇用壯，銳而無當，往而易疲，一鼓不堪再鼓矣。故能文者以波瀾取勢，善詩者以蘊藉生姿，書法妙於筆筆能收，詞家要在層層多折。堪輿之論，環抱始爲有情；用兵之機，戰勝每不厭詐。巧於仕宦，貴在委蛇；工於話言，必須吞吐。凡事皆然，而況衽席之私、燕暱之際乎？甚矣，直道之難容也！』

海內人才多歸閥閱，閨中佳麗必出大家。客曰：『家徒四壁，豈無相如；苧蘿西村，不生西子乎？』蕉林曰：『崛起之英，世不恆有。約略計之，登巍科、稱麗人者，世祿之家，十居八九。蓋人承先澤，家有賜書，春秋多重世卿，唐宋貴稱門第，其規摹遠、蘊蓄弘也；幼嫻儀則，長習綺羅，風度自爾幽閑，舉止必無羞澀，其陶鎔深、氣象殊也。故舊家子弟，勝於白屋科名；茅舍嬌姿，不若朱門侍婢。』

蕉林道性善，言必稱婦人，聞者譏焉。蕉林曰〔一〕：『聖人之書，首重誠意勿欺，而必云「如好好色」。夫天下意之真、情之篤，力無不竭，慮無不周，有過於男女之際者乎？人知好色而不知所以好，遂至喪德傷倫，傾產亡身，比比而是。吾所以稱婦人，凡以持世，非導淫也。苟能由吾說而通之於性善之旨，可恍然矣。』

【校記】

〔一〕『蕉』，底本作『焦』，據名號改。

客有豔稱某千金置妾者，蕉林曰：『此以自討苦趣耳。「盡信書則不如無書」，昔人十斛明珠，傳爲佳話，其實人間殊麗，不在多金；我輩鍾情，寧必絕色。人之大患，往往徇名而失實，舍易而趨難，厭舊而喜新，略偏而求備。究竟動人春色，豈須多乎？譬如論婦人者，膚白髮黑，足小腰細，骨肉勻停，五官周正，此定評也。絕世丰姿，出衆才情，識不盡然者。故重資力購，率屬浮慕虛聲；入耳美譚，未必生平得意。大抵好事者多、賞鑒家少也。』

子弟疑婦人寧肥勿瘦之說，蕉林曰：『是不難知也。與肥者寢，膚光肌膩，豐如軟絮，滑若凝脂，夏可取涼，冬可藉援，謂之溫柔鄉，庶幾表裏俱佳、名實相稱。此人生真受用，較之崚嶒骨勝者，不啻霄壤矣。』

世人每言情慾，不知二字之義不同，兩種之人迥别。凡志耽枕席，跡戀狹邪，遇卽醉心，轉盼棄如敝屣；見輒留意，掉頭視若路人。此真謂之多慾耳，情云乎哉？若夫矜慎自守，不輕去就，别有神契，謹始必要其終；意主憐才，交暫必圖可久。此方謂之多情耳，慾於何有？所以多慾者率爲蕩子，徒了一生狂興；多情者必爲才子，始定千古風流。

世稱脂粉與佳人爲二種，因有臨安『有脂粉無佳人』之語。京師亦然。甚矣，脂粉之陋也！雖然，世無脂粉，亦無佳人矣。顧用之何如耳！女貌縱妍，非少施粉澤，其色不瑩，其膚不潤，其肌不馨。是以古今流傳，脂粉不廢。淳于髡所謂微聞薌澤者也。物之真者，必有所假借而成。矯枉過直，君子病之，寧獨婦人女子。吁，亦可思矣。

大惡由於大美，大危由於大安，大罪由於大功，大害由於大利，大苦由於大樂，大虧由於大盈，大仇由於大恩，大憎由於大愛，大拙由於大巧，大辱由於大榮，大貧由於大富，大賤由於大貴，大穢由於大潔。過怯由於過勇，過柔由於過剛，過忍由於過慈，過疑由於過信，過疎由於過密，過儉由於過奢，過毁由於過譽，過貪由於過廉，過略由於過詳，過悲由於過喜，過惑由於過察，過傲由於過謙，過勞由於過逸，過卑由於過尊，過嚴由於過寬，過陋由於過文。是以智者全身，以退爲進；賢人處世，適可而安。於吉凶得失之理，其庶幾乎。

閨中十賦有小引

寒檠照影，積雪侵階，偶舒蠶繭半張，戲作鳳樓十賦。資開笑口，藉遣閒情，寫男女之私，豈同藕玉；論閨房之狎，甚於畫眉。事屬尋常，駢句敢去鬬麗；懷多抑鬱，俚辭非以導淫。〔一〕

【校記】

〔一〕按：底本至此結束，下文佚失不存。

詩文輯佚

詩文輯佚

詩詞

夏日送楊聖期

襆被通家喜再過，一官苜蓿尚蹉跎。登樓故國雲中迴，擊鉢新詞客裏多。席帽風塵憐短鋏，松門鐘磬禮維摩。期君早奮青雲翮，莫戀蘭陵舊釣蓑。

（《蕉林書屋集》，《百名家詩鈔》丙集卷一，中國國家圖書館藏清康熙刻本）

柏棠

滿村桑杜護晴沙，桃李成蹊曲徑斜。躡履遊春香撲袖，繞籬盡是牡丹花。

諸福屯

村外喬柯入畫圖，村中名卉幾千株。閒來策蹇秋風裏，疎影寒香半欲無。

（趙文溓主纂《（光緒）正定縣志》卷三《村莊》附，清光緒元年刻本）

晉陵陸恂若自江右來爲道匡廬之勝因憶吳粲叟學使

客從遠方來，云自章江右。烟霞滿奚囊，琅玕盛衣袖。爲道匡廬山，登陟盡神秀。上窺列仙宅，下瞰銀河竇。古木蟠蒼龍，暮鐘馴猛獸。延陵有後賢，公暇偕枕漱。躡屐香爐峯，寓目蓮花漏。古澗聽笙鏞，懸崖窮篆籀。恨不因晨風，探奇遍巖岫。何日到長安，清言竟永晝。

（毛德琦纂修《廬山志》卷十五，清康熙五十九年刻本）

春日偶成爲亭育賢甥書

□和初布令，除日幾回新。錄舊勞宸慮，移官媿老臣。餘寒飛霰急，待漏攬衣頻。輦下羣賢集，班荆喜故人。

（陶樑《紅豆樹館書畫記》卷八《國朝梁蕉林楷書五律》，清光緒八年刻本）

寄汪懋麟詩一首

長夏停雲嘆索居，飛塵漠漠上衣裾。有無同舍亡金事，怪底中山滿篋書。天上友朋多慰藉，田間歲月自舒徐。閉門著述千秋在，莫使南來雁羽疎。

（汪懋麟《百尺梧桐閣遺稿》卷九丁卯《奉答真定公見寄和原韻》詩後附，《清代詩文集彙編》本）

重題楓江漁父圖

詞臣一去五雲端，垂釣方知笠澤寬。脫卻朝衣尋白舫，人間最穩是魚竿。甫里先生道不孤，千秋更寫釣魚圖。乘車戴笠尋常事，好問當年舊五湖。

（徐釚輯《楓江漁父圖題詞》，國家圖書館藏清康熙刻本）

送徐釚詩

風輕五兩泛春流，夾岸山桃送客舟。幾載編摩燃樺燭，百年身世托江鷗。簪投蟹舍漁燈晚，楓冷鱸鄉木葉秋。莫向升沉論骨相，由來棲隱重南州。

遷客春帆謝石渠，故交執手重踟躕。一人知己曾無憾，十畝躬耕好卜居。身外空囊詩句滿，闌邊鬬鴨世緣疎。水苗猶憶看圖畫，桑柘陰陰且著書。時虹亭令禹生畫《水苗三頃百株桑圖》。

（徐釚輯《青門集》，國家圖書館藏清康熙刻本）

大學士臣梁清標恭紀

自昔寧忘戰，云誰敢弄兵。羽書傳箭密，烽火照天明。閩海如巢幕，連江劇沸羹。公方持節鉞，時正擾欃槍。束甲嗟何及，增埤恨早崩。丹心空照燭，碧血尚縱横。聖世恩寬大，凶人惡滿盈。高牙壇上拜，小醜馬前烹。賞已分珪爵，勳尤念死生。美名垂竹帛，顯謚錫忠貞。廟享烝嘗祀，門施棨戟榮。王言流渙汗，宸翰勒瑶瓊。鳳似含毫舞，鸞疑落墨驚。豈惟誇七葉，何止賜雙旌。銀漢榮光爛，金門異數並。惟應傳萬世，長祝泰階平。

（范承謨《范忠貞集》卷八，文淵閣四庫全書本）

千秋歲　和酬王丹麓五十一自壽韻

琴書日换。長歗淩天半。龍卧處，烟雲變。文傳京洛貴，酒兌餘杭賤。春色好，飛花紅綴堆床卷。

溪上斜陽晏。兩耳松聲亂。蠻觸事，惟消嘆。自餘塵土夢，遥締神交願。歌一曲，翠篷東望明霞幻。

（《全清詞·順康卷》第四册，中華書局，二〇〇二，第二二八九頁）

聯語

正定府龍興寺準提庵題聯

月上闘圓光，示教禪心兼法味；
風吹清梵樂，歸誠景福應真言。

（梁章鉅《楹聯叢話》卷六，清道光二十年桂林署齋刻本）

東院題聯

爲定慧，爲聲聞，布金地於祇園，六通朗徹；
或淨名，或緣覺，轉法輪於鹿苑，五蘊圓明。

柏梁體聯句

（梁章鉅《楹聯叢話》卷六，清道光二十年桂林署齋刻本）

豐亨有占祝千箱。〔一〕

【注】

〔一〕按：清鄂爾泰《詞林典故》卷五載《聖祖康熙二十一年上元節賜宴柏梁體詩》：『麗日和風被萬方（御製）。卿雲爛熳彌紫閶（内閣大學士臣覺羅勒德洪）。一堂喜起歌明良（内閣大學士臣明珠）。止戈化洽民物昌（内閣大學士臣李霨）。蓼蕭燕譽聖恩長（内閣大學士臣馮溥）。天心昭格時雨暘（吏部尚書臣黄機）。豐亨有占祝千箱（户部尚書臣梁清標）……』

序記奏疏

佳山堂詩集序

易齋馮先生所著古今體詩凡十卷，其諸門人爲之雕板行於世。予友高君念東序其首，一時名賢之工詩者累數千百言以繼之，所以敘述先生輔相天子、澤被萬物、持身勵俗、汲引寒賤，以及晚年好學不倦，退食之暇，坐一室，手一編，其用意之工，雖憔悴專一者不及也。夫先生之仕而見於朝，與學而可傳於天下後世者，既無乎不至，則凡舉以示乎人，而人欲求一言之當以頌說乎先生，亦難乎其言之矣。顧不以予之愚，又以續集若干卷屬爲序。先生耳目所會，即事而爲言，不必言之必有所爲，而低徊反覆，若有欲言而不能意者，即多託於景光物態、閒園廢寺，以寄其懷鄉退老之思。故讀先生之詩者，未必盡知其言之意，而以予之愚，亦妄爲測度，而不可遂謂之知言也。

先生仕於朝迄今三十六年矣，在政府凡十有二載，引年之疏，歲必屢上，皆不許。至是又力請，天子知其意之必不可回，乃許之，所以褒美愛惜、隆禮以寵其行者，必備必盡。一時朝野之士莫不動色嗟嘆，以爲人生仕宦，不出京國，坐至宰相，年七十餘，康强壽考，四體無恙，致政以歸，猶能不杖而登、不祝而飽，稱詩說禮，誨化其鄉黨，而天下想望名德，以爲出有關於社稷，處有繫於風教，如溫公之居河洛，豈非天下之至榮、生人之厚幸哉！從來大臣去國，爲美之言者曰知幾，曰勇退，此猶存乎禍福榮辱之見，雖欲不去而不可得。若先生之準諸時、當乎禮，如陰陽寒暑往來自然之序，則其始終進退何如也。念東與先生爲鄉人，亦喜爲詩，其歸也，在一歲之前。予知聞先生之返，必戴笠跨驢，攜酒一壺、詩一卷，高吟傾倒於冶泉萬竹之下，回顧京邑，僕僕朝謁，在鷄鳴霧露中，必有相得於塵壒之外者。先生於此起而爲詩，其言與意又豈予之愚所得而測度哉？

康熙壬戌秋日，河北梁清標謹序。

（馮溥《佳山堂詩集》卷首，《清代詩文集彙編》影印清康熙刻本）

李贄序

予觀古循吏有因其地而人以名，亦有得其人而地乃著。京兆之有張、王，南陽之有邵、杜，其人與地，焜燿千古。若龎士元令百里，《史》謂不治事，非不治也，其任匪也。予謂郡李胡公，使出其瑰瑋，佐理他郡，則謹簿書、守文法，智效一官已爾，安能使天下之人知有公，又安能使天下之爲李盡知恆之李爲尤著哉？今天以恆畀之，是天之所以厚恆也。然而恆非無事之恆也，文章禮樂於此乎出，詐慝巧僞亦於此乎叢，且有時而需折衝，有時而資剸割，有時而法用擊，有時而法用劑。其勝則舉百鈞如遺也，不則鉛刀之割也；其治則駕輕車如熟也，不則岐路之羊也。顧其人不易得，卽有之，亦唯求其所爲李者，是亦足矣，烏能出其餘以問世？予讀《李贄》一書，而深有異焉。公弘博澹遠，當其寂處若無聲，至決大疑、定大故，咄嗟而辦之，雖賁勇不可奪。以故五年來，士絃於宮，民謳於衢，兵戢於伍，變銷於萌，驛起於疲，獄無夜號，棘無青燐。是天之所以厚恆者，如此其至也。而不僅此，異日者彤史紀之，管絃播之，曰鎮州有李某公。今日之恆，猶之昔日之京兆、南陽也。是天不唯以公之治厚之，而且以公之名厚之也。雖然，公有恆而聲益高、望益峻，謂非天之所以善遇公不至此。予因謬爲品藻其書，傳諸不朽。

順治己亥寎月朔，郡人梁清標題。

（胡文學《胡文學集五種·李贄》卷首，國家圖書館藏清康熙刻本）

扶荔詞集序

往壬午歲，飛濤丁子舉於南，余舉於北，當時卽聞丁子負雋才，名噪海內。及乙未，丁子成進士，官儀部，又得讀其詩，組織三唐，渢渢乎大雅之音，上追高、岑，下亦不失爲錢、劉。乃知丁子風雅正宗，弁冕詞場，有由然也。數思與之把臂揚扢，一盡其藴。無何，丁子有塞外之行，謀面不果，心儀而神企之者，十餘年於兹矣。比聞入關，余亦歸里。今年過恆山，晤余田間，執手相勞苦，見其人雅度沖襟，澹然自遠，宜其吐詞抒采，春容溫粹，婉約而多風也。從之索新篇，則又知方肆力於詞學，撰著盈帙，出以示余，流覽再四，駸駸乎踞南唐、北宋之室，猗歟盛哉！益歎丁子之才，如萬斛之舟，而又服其道氣湛深，有大過人者，不獨爲詞人之雄也。昔人窮愁著書，如三閭之《騷》、龍門之《史》，皆以牢落嶔崎之感，發爲奇崛幽眇之辭，然傷於憤矣。丁子處憂患，窮關塞，身歷嶮巇，備極艱瘁。憂能傷人，意其侘傺無聊，當何如者？而其氣愈益和，神愈益王，所著日益富，亦日益工。酒酣耳熱，談藝文，娓娓忘倦，不及世事。觀集中之詞，流麗雋永，一往情深，所謂言近指遠，語有盡而意無窮者。令人諷詠之餘，穆然以思，式歌且舞。至其寫閨房之委曲，摹旅況之蕭森，暢敘樽罍，流連贈答，事存乎閭巷婦子之微，而情繫乎君臣友朋之大，寄寓閎而託興婉，抑何其樂而不淫、怨而不怒耶？是丁子風雅之一變，而不失古人溫厚和平之旨，非深於道者，烏足以語此？觀丁子之所遭如彼，其所造如此，較昔之窮愁所著，抑又遠矣。余固陋失學，坐井窺管，何足以盡之？聊綴數言簡末，使海內讀斯集者，知丁子以詞名家，而又不徒以詞見長，則庶幾乎！

康熙戊申冬日，年弟梁清標序。

（丁澎《扶荔詞》卷首，國家圖書館藏清康熙刻本）

杜詩分類全集敘（一）

余讀工部詩，未嘗不撫卷嘆息，服其工而悲其才之未竟也。唐興，詞賦取士，一時文學之彥，鷟翔虎變，躋身通顯者何限，而工部以逸羣之才，特起其間，落拓不偶，展轉流離，或用或躓，卒窮困以死。按其詩，蓋多抑鬱無聊、俯仰悲慨之思焉，抑何厄也，豈造物妒其才，故艱其遇耶？然聞之昔人云：窮愁之言易工。工部身雖困，而文章彌著，寄食四方，經歷禍患，因得以搜奇極變，肆力於風雅之途，殫其述作，夐冠今古，則天所以縱其才而善全之者大也。遇不遇，奚論哉？且余嘗考工部生平豪邁自喜，然至性忠孝篤摯，立行不苟。天寶之亂，羸服奔走，從天子於行在，危殆者數矣；房琯敗績，抗疏力救，幾蹈不測；及棄官客秦州也，至負薪採橡栗自給。其堅忍剛毅如此。苟當時登之華要，天子任倚，發舒積蓄，必有大過人者，而乃流落窮厄，以終其身，可傳者獨詩耳。悲夫！當其少過汴，與太白酒酣登吹臺，慷慨懷古，時人莫測其志意，詎獨藻詞爲工耶？至不得已而忠君憂國、憫俗傷世之意，一發之於詩，或托諷詠，或矢歌頌，淋漓滂沆，不能自已。令讀者欲歌欲泣，按劍而起，拊髀而嘆。三閭怨哀，史遷孤憤，且並見於排比聲韻之間。今觀其詩，有不根據至性、流連君父者乎？有不纏綿篤摯、止於義理而鍾情夫婦、昆弟、友朋者乎？有不涵茹古今、包藴天地而驚風雨、泣鬼神者乎？以之鼓吹六經，考驗百世，如退之所稱『光焰萬丈』者，楊雄、枚皋庸足企及哉？且以其才，稍自貶抑，與時俯仰，致通顯易易耳，顧傲然不出於此。嗟乎！此工部所以爲工部也。

余既好工部詩，而刻本率割裂錯雜不可讀，舊直指傅公刻分類集，芟薙注解，猶存本文，劃然皎然，如江河行地，日月麗天，洵洋洋鉅觀矣。既久，漸多殘缺，濱州杜使君司李吾郡，慨然補輯，頓還其舊。使君負材卓犖，文譽蔚起，其所爲詩，亦根據性情，力追風雅，不爲當時靡曼之習者，與余抵掌論議，有同好焉。余觀使君英年早達，且立致顯融，而顧好工部之詩，又能爲其詩，當亦忠孝至性、纏綿篤摯，有同然者耶？余故略舉工部生平，使讀者不徒以詞人盡工部，而推原作者之意，其庶幾乎？

順治辛卯孟冬，内翰林弘文院編修鎮州梁清標謹序。

（明傅振商輯，清張縉彥、谷應泰重修《杜詩分類全集》卷首，國家圖書館藏清順治十六年還讀齋刻本）

【注】

〔一〕按：題名原作『重刻原敘』。此序原載清順治八年杜浹刻《杜詩分類全集》卷首，順治十六年還讀齋重修本覆録。

半山園詞題詞

羽蒼先生曠岸軼羣，抱道不仕，誠稱古之隱君子也。而其主持風雅，掉臂詞場，居青山緑水中，不知老之將至。聞聲引領，輒深邂逅之思焉。予每因其大令弘載見先生夙有著作，神致奕奕，雲湧霞蒸。詩可並駕慶曆諸才子，樂府則出入《花間》、《蘭畹》也。茲所集《半山園詞》，共五百三十餘闋，輕圓妥貼，豔冶多姿，非含秦咀柳者，曷克臻此。昔陳思評淵明《閑情賦》，謂非本色。予則喜《閑情》一賦，正見柴桑本色。從來端人誼士，皆千古風雅之人，達者具能心曉。予素愛弘載《蘿村詞》，妙絕時彥，乃知大晏、小晏，學有源流，非虛語耳。

（《清詞序跋彙編》卷二，鳳凰出版社，二〇一三，第一八六頁）

竹西詞題詞

《竹西詞》婉麗則蟬薄蛾修，淒清則鵑啼雁唳，雄壯則劍拔弩張，突屹則巒飛濤立，吾未能測其所以。

（《清詞序跋彙編》卷三，鳳凰出版社，二〇一三，第二三一頁）

史印題詞

篆籀非小術也，精其學者代有傳人。近時程穆倩氏獨得秦、漢遺意，而變化出之，號爲卓絕。今復見童子鹿遊深於此法，其所作雅勁遒古，可與程氏齊驅。來遊長安，薦紳長者競相引重。頃示余《史印》一帙，使歷代史家諸賢，爛然几案間，觀者如炙其精神風采，鹿遊用意可謂勤矣。

河北梁清標棠村。

（童昌齡《史印》卷末，國家圖書館藏香溪童氏家藏本）

宋許道寍松山行旅圖題籤

許道寍，長安人，學李成畫山水。初，賣藥都門，畫山水以聚觀者，故早年所畫惡俗。至中年脱去舊學，稍自檢束，行筆簡易，風度益著。峯頭直放而下，林木勁硬，自成一家體。至細微處，始入妙理。評者謂得李成之氣。

蕉林題籤。

（陸心源《穰梨館過眼録》卷二，清光緒間吴興陸氏家塾刻本）

熊峯先生集書後

人之遇合有數，文之傳與否亦有數，至聲氣之感，或後或先，各有時焉，非偶然也。吾鄉石熊峯先生履行端懿，相業烜赫，其發爲詩歌，沉雄古峭，可比空同；文賦閒逸澹雅，亦西涯肩行；若弇州、于鱗輩，雖名噪一時，實未能過之。乃其家式微，不及登梨棗，故後世鮮有知先生者。余嘗疑今人甫解操筆墨，俚詞蕪句，尚流播耳目，以先生之品行文章，爲一代奇碩，獨使珠玉塵封，徒稱名山之藏，豈非遇合有數，詩文亦有然哉？幸餘姚自齋孫君爲可謂善成先志者，因並識之。梁清標又識。〔一〕

【注】

〔一〕按：此書卷末共有梁清寬、梁清遠、梁清標、陳僖四人跋語。其中梁清寬《書石文介公集後》云：『茂陵有廉臺令，知有熊峯先生……訪厥後嗣，搜輯遺編，爰覓善梓者，成帙若干卷，兩家弟序之，保陽陳藹公評之。』據其所言，則梁清遠、梁清標曾爲此書作序，而卷首現僅存藁城知縣孫氏序，並無二人之作，似爲刻本殘缺散亂所致。

（石珤《熊峯先生集》卷末，《中國人民大學圖書館藏古籍珍本叢刊》第一二七冊影印清康熙九年刻本，北京燕山出版社，二〇一二年，第三八九至三九一頁）

雕丘雜録跋

余兄博極羣書，諳曉故實，自立朝以至歸田，耳目之所睹聞，載籍之所考據，咸筆而存之。歲久益富，藏之篋衍。兄子允桓手録成帙，名曰《雕丘雜録》，請公之同好，乃寄以示余。余讀竟，歎曰：甚矣！兄用意之勤而採擷之博也。古來正史之外，稗官野乘，流爲説家。雖事詞紛錯，言多瑣細，而臚陳詳核，往往足補正史之闕譌，非盡漫作者。余向竊慕之。三二十年來所見所聞，亦不少矣，每思綴緝成書，而性既疎懶，簿書勞人，又苦健忘，歲月荒忽，不復記憶。觀兄是書，上而朝常國典，以及郊廟禮樂之因革；下而人情土俗，以及草木蟲魚之變化，凡有關勸戒，足備援證者，靡不網羅粲列，而微言讜議，兼寓《春秋》予奪之旨。此亦古今得失之林也。余兄好黄老之學，編中間亦及之，世有究心性命者，可參悟而得，豈獨旁搜廣引、供談諧之資已乎？兄在田間數年，屏居雕丘，焚香布席，蕭然如世外人。生平多所撰著，是編特鼎中之一臠也。因更念余意中所欲就者，蹉跎三十年無一字，觀此，媿余兄多矣。

康熙十七年夏六月，弟清標謹書。

（梁清遠《雕丘雜錄》卷末，國家圖書館藏真定梁氏叢書本）

重修文廟記

古者設教，有學無廟。有虞氏之庠、夏后氏之序、殷之瞽宗、周之頖宫，其立於鄉國，建之州黨者，皆有定制。及夫春秋釋奠，則就其地設先聖先師之座，故無所爲廟也。人之隸於學者，自八歲以至十有五歲，而後士農始有分業。士之秀者則升於太學，其設教之官，僅有大司樂、大胥，無所爲郡縣學官也。迨漢武始詔郡國立博士弟子，唐宗始詔郡邑各立孔子廟，自是有廟，復有專官，而學之制大備。然予嘗觀之上古學制未備之日，士生其時者，無不爭相砥礪，忠孝廉恥之風，彬彬可觀；後世有專廟有專官，宜士之興行倍於往昔，乃反遜弗若，豈古今學校之相懸哉？亦化民覺世之未得其人也。蓋教官之設，課文釋奠而外，尤必以教士爲先。予謂士君子筮仕其地，自監司以迄守令，莫不有教士之責，特視爲可緩，則置之耳。教士且然，若學宫之興廢，有不若秦越人之視肥瘠乎？兩漢之傳循吏，如潁川、零陵、桐鄉諸賢，凡其於課農桑、治盜賊，無不侈爲美談，而其稱最者，則一置學宮、立左右生徒之文翁，使以後世觀之，則文翁所爲近乎至緩，非有超於潁川諸賢，而聲施到今，遂爲循良之冠，誠在此不在彼也。

予郡學宫兩廡傾圮，郡丞羅君京捐俸金而重修之，會學使者吳君國對按臨，時羅君署府篆，請於吳君，吳君亦捐俸金，繇兩廡而遍修之，而井陘道羊君琦、郡守趙君瑾、通守胡君文煒相與贊成，迺焕然復舊觀焉。嗚乎！觀於諸君之所爲，於文翁何多讓焉？而司教姚君永煦、司訓杜君顯思鳩工甚力，自初冬至孟春而告竣，又能教士舉其職者也。自此予郡之居弟子員者瞻拜於斯，竦於目而惕於心，以忠孝廉恥相鼓勵，人文蔚起，不且倍於往昔乎？異日予歸鄉里，隨郡大夫後，春秋歲獻一爵，亦不忘所自已。是爲記。

康熙己未仲春立石。

（趙文濂主纂《（光緒）正定縣志》卷十一《學校》附，清光緒元年刻本）

重修尊經閣記

己亥冬，洛陽商侯分符趙郡，因炙光於燕邸，望而知爲慈父神君也。爲朝廷慶，爲桑梓慶。循良父母，旦暮遇之。既而大學士青壇成公、左都御史貞庵魏公莫不推譽僉同，如鄙人者，下車未及期，而在在頌之，曰：『肅官箴矣，恤民瘼矣，慎封守矣，輕徭矣，措刑矣，賑孤窮矣，興學校矣，靖萑苻矣，迸爆灶矣。』拔薙而擊鴟，最後有修復學宫之舉。聞之郡中文廟頃已維新，而學宫猶鞠爲茂草。歲庚子，侯於百務奏理餘，首事斯役，諸明倫堂、敬一亭、以迨兩齋之類，悉命司訓御李張公督葺，訖有成工。而役大費繁、未易鳩僝者，惟尊經一閣。

蓋閣爲學宫之殿閣，凡三楹，楹凡三重，高可建五丈旗，闊可百笏。侯復毅然捐俸爲之，實未役民間一夫、費民間一緡也。垣墉榱桷，射日淩雲；欄楯鈴鐸，輝金戛玉，煌煌乎巨觀也哉！始於庚子秋，竣於辛丑春。頃謂役大費繁、未易鳩僝者，兹且落成焉。則此閣實爲一學大觀也。人第知一閣之興爲一學之觀，一學之興爲一郡之觀，觀止矣，而抑知侯之旨不在此也。

聖王拱御，文命誕敷，無不風草偃者。或漸濡各有遲速，而猶有邪説誣經、奇邪詭世者。用俾顧閣而知經，顧經而知尊，尊經而明倫，明倫而衛道。處而有真節義文章，出而有真經綸事業。龍驤鳳儀，以著於冊。是侯以神道設教、月吉懸書之微意，隱寄於一閣之整飭焉耳。

吁嗟乎！今天下以官爲郵置，席不暇煖而超遷及之，卽衙守且不遑問，遽及鐘鏞賴壁之地乎？有公而忘私、國而忘家如侯者，直指黄門，宜入告我后，書之御屏，以備京兆廷尉之擢，余將藉手以盡以人事君之道矣。況又有與趙之葛城、叢臺，平原之宅，連城之璧，同垂不朽者在。樂觀盛事，故載筆而爲之記。

（孫傳栻主纂《直隸趙州志》卷十三，清光緒二十三年刻本）

敬陳吏治四事疏順治十二年(一)

吏部右侍郎兼內翰林祕書院學士臣梁清標謹奏，爲欽奉諭旨，敬抒所見，仰祈鑒裁事。臣愚陋無似，蒙皇上拔置佐銓，夙夜圖維，莫由報稱，恭遇上諭求言，仰見我皇上求治盛心，不遺葑菲，敢不俯竭愚忱，仰佐萬一。竊念臣衙門職在用人，謹就職掌，敷陳有四，惟皇上採擇焉。

一、崇守令之任。民生休戚，全關守令。漢世特重其官，如龔遂、黃霸、卓茂諸人，治績表著，或假以便宜，寬其文法；或璽書褒美，賜爵通侯。是以古今吏治，漢爲獨盛。今體統陵替，文法拘牽，有司力疲於趨承、心怵於功令，稍失上官之意，訶斥頻加。兵馬往來，横遭侵辱。卽有賢者，欲興一利、除一害，動多掣肘。何怪職業不修、治平寡效耶？臣謂欲課實功，必先一體統。請勅下督撫，隆其禮文。或豪强有淩侮把持者，得以申請究治。四體寬然，庶可展布。又察明初有《到任須知》一書，內列規條三十一則，綱目森然，皆切民事，例於銓除之日分受選官，使知所遵守。其後漸廢不行，有司且茫然不識職守爲何事矣。今其書具在，亦宜重加訂刻，照例分發。道揆法守，上下交修，懋賞以鼓循良，重罰以儆墮窳，其誰不自勉於吏治乎？

一、重清華之選。皇上宏開言路，以襄盛治，責言官既重，則選授不可不詳。在外推知中經舉卓異、治行高等者，自當優與清華，乃俸深序及，往往陞轉部曹，一憑掣籤。及值考選，則平平無過者，不得不一概行取，非所以獎廉能、慎名器也。察職掌內舊有部郎改授之例，本朝亦屢行之，况其人近在目前，才品人所共知。臣愚謂宜照舊例，除臣部外，五部郎中、員外、主事遇考選時，許各部堂官遴選品行端方、中懷讜直者，咨送臣部，與卓異推知一體考授科道等官。斯台垣濟濟，才賢不致有沉抑之嘆矣。

一、嚴功過之衡。勵世之權，存乎黜陟，賢者進之，不肖者退之，所貴乎權衡也。今止循資俸，按籍陞遷，雖殊才異能，與庸碌等，激勸無憑，治效曷覩？臣請於選功二司設紀功、紀過二簿，令督撫察所屬各官任內完賦、墾荒、獲盜、清獄，凡地方應行事宜，有能舉一政者，卽開實蹟報部，詳注於冊。除不肖官員具疏糾參外，其有過可指者，亦是報部注冊。臣部於陞遷時考其政蹟多寡，定人才短長。上者優擢，次者平陞，下者左遷。在內部寺等衙門，亦各將所屬功過，不時咨送，一同詳注，推陞分別之法亦如之。如是則循名責實，人才競奮矣。

一、復徵聘之典。圖治必先得人，匡弼尤需耆碩。蓋老成國之典型，而大賢者天下之望也。漢、唐、宋、元、明歷代，皆行徵聘，燦然可考。況皇上勵精圖治，遠邁古昔，豈無一二名賢，足當安車蒲輪之禮，備霖雨舟楫之用者乎？前奉恩詔，山林隱逸，現行薦舉。然大賢原不數見，督撫止具虛文。臣請勅下九卿，公舉數人，不論舊紳隱士，務秉虛公，真知有大儒碩德、學問經濟海內繫望者，方許會同舉奏。皇上禮聘至京，諮以治道，如所舉不謬，卽破常格待之，以重四方之觀瞻，收旁求之實用，亦盛世致治所宜先也。至於屏浮議，核成功，任賢人而勿疑，信詔令而勿變，是在乾斷獨操，何患積弊不除哉！

（《皇清奏議》卷九，民國二十五年旅順庫籍整理處鈔本）

【注】

〔一〕按：《清經世文編》亦收有此疏，題爲《敬陳用人三事疏》，乃此文節選，不複錄。

丈量扼要

臣辦事垣中，見戶部復國課延賈一疏，奉旨，著慎選廉幹御史三員，前往河南、山東，清丈荒熟地畝，是皇上體國經野之深心，亦曠古未見之盛舉也。臣竊先就山東大勢言之。山東僻處海濱，地瘠民貧，數年以來，西三府患兵荒，東三府患饑荒，今方稍稍豐稔矣。不耕之土甚多，而抗糧之人亦不多見。向以錢糧不清，賈欠日多者，所患有司無懲姦之法，即有釐剔之意，而才不足以勝姦役之朦蔽，究之害終在民，而欺隱之利終歸於姦役。即以上歲丈地言之，未丈之先，姦役與姦民數千人做成一局，共欺一官之耳目。官有查地之虛名，不過抽量幾段，以觀大概。而又弓尺比古制甚小，每地十畝成十一畝，即已多出十之一矣。其餘盡如此額造冊，寔未嘗履畝而通丈之也。是以丈地之冊絕不見欺隱之地，而臨時持弓之人，皆里老公直之輩，其孰肯爲發弊者？究竟民自受累而弊終不清，以此故也。且夏秋苗禾盈野，多虞踐踏，計一年之內，止有冬季、春初、四五月可行野耳，君必一一清丈，即此四五月之內，除在路之日，僅可量三四縣。山東百餘州縣，非數年不能遍也。此非有扼要之法不可。

御史未出之先，皇上先勑下戶部，準古弓尺，預頒銅弓，昭示民間，悉以是爲式，不許任意大小。御史到省，先行曉諭各州縣，預造魚鱗清冊，以爲丈綱。令鄉里有地之家，自將原額地畝幾段幾畝、每段自原闊長尺寸、左右四鄰，明立牌橛，關送御史，與魚鱗冊對查。其有尺寸不合及四至不合者，然後從而丈之，查出私弊，重治嚴刑，仍追欺隱之糧。至於以前欺隱地畝，能自出首者，悉與免罪，仍給印炤，以杜挾詐之端。小民甚愚，孰敢以僥倖萬一之事，嘗試難逭之法令乎？其縣書里書，平日爲人隱地隱糧，能自出首者，亦免其罪。仍聽百姓知弊者互相攻發，審寔嚴爲懲處。如是則弊端不究而自清矣。

抑臣猶有慮者。皇上所恃者法令也，御史自不敢不寔心奉行；御史所恃者朝廷之法令也，州縣官自不敢不寔心奉行。但恐畏法之心太勝，則以增地爲能，以蓋藏爲重，或至寬於豪强而苛於小民，或略其連阡而苛於尺寸，大非皇上特簡委任之至意也。仍乞皇上天語申飭各御史，毋憚勞怨，毋避寒暑，毋傷禾苗，毋妨農業，務使積弊一清，不留遺缺。御史以清出多弊者爲上考，各州縣亦以查出弊多者寬其平日不能覺察之非，將見二省清而天下無一不清矣。

（平漢英輯《國朝名世宏文》卷四，清康熙刻本）

墓誌　傳記

皇清冊封平南敬親王尚公墓誌銘

經筵講官、光祿大夫、戶部尚書加一級，前禮兵刑三部尚書、吏部左右侍郎、禮部右侍郎、內翰林祕書院學士、詹事府詹事兼內翰林祕書院侍讀學士、國史院侍講學士、弘文院編修、內翰林庶吉士，辛丑甲辰充讀卷官、丁未會試總裁、壬辰武會試總裁，癸未科進士出身，同郡弟梁清標頓首撰文。

王姓尚氏，名可喜，字震陽，其先真定衡水人也。大父繼官始遷海州，父學禮爲東江裨將，皆以王貴，贈如王爵。王幼而權部驍果，識量過人，善馬射，以俠烈見稱。贈王戰歿，王代統部眾，勇績屢振。是時太宗文皇帝卽位六年，政跡逾興，天人咸與，已有肇基一統之勢。王先機明斷，遂決意來歸，籍獻所部將吏兵民萬餘口，及所略定廣鹿、大小長山、石城、海洋五島。太宗大悦，遣內院范文程、都統陳旦木往迎。王至，復命親王郊勞，給萬馬以乘。山水所部，命駐於海州，廬舍帷帳、器用服飲備具。賜敕書一道、麟鈕金印、貂及雪里猻等裘二十四襲，馬匹、弓矢、甲盔，駱駝四，圓帳房兩架。以不費弓矢爲國家肅清海島，不煩國家兵力，克建大功也。明年，隨征大同、宣府。又明年，太宗改元崇德，封王爲智順王，夫人爲王夫人。遂從征朝鮮，戰果木山、皮島，從攻錦州，擊斬大將曹變蛟於松山，又從下杏山、中後所、前屯衛、塔山，皆有功。

世祖章皇帝元年，李自成訌中夏，王師伐舉。王從大兵入山海關，自成走，逐北至慶都，遂徇下山西諸郡。復從英王出居庸、併塞南，渡河入綏德，與固山譚泰攻延安。延安與虜施相犄角，攻不克，王敕諸將佯攻虜施，而陰勒精兵傅城，猝用大炮擊之，賊師不支，遁。會豫王已克西安，秦地定。乃從英王分兵定鄖襄，降其將。復與英王合兵承天，承天令安祿別追戰樊湖，所部俘賊劉方亮等。因隨英王道九江凱旋。復偕諸將下湖南，定長岳、衡水、寶郡。敵聞我師至，各鳥獸散，兵無留者。遂入全州，楚地悉定。順治六年，天子以王智勇茂著，將命從粵事，改封平南王，賜敕書三台、龜鈕金印，加歲祿六千兩。偕靖南王趣廣東，將出師，靖南王逝於吉安，王始特將。十二月晦，克南雄，三日下韶州，次於英德。舟師拔清遠，王從大兵陸攻從化，從化聽命，遂圍廣州。十閱月，乃克。檄降惠、潮，遣將南徇肇、高、雷、廉，設長吏。旁屬邑或據險弗下，率掊擊無遺種，廣東大定。始廣州未下，城主杜永和以死守，王按甲、造戰艦、鑄炮，既成，百道並進，炮發，烟火黑霧，城上益矢石雨注，不得近。王怒，脱鐵甲，披錦甲，躍馬渡濠，督將士。持刀欲先登，左右泣抱，王呼曰：『城不破，我何報天子！』拔刀將自刎，羣下持之，將士咸肉薄上。既克，卽下令禁屠掠、封府庫、收版籍、護郡學。粤民至今服王之勇且仁也。

王爲人機警沉深，決謀策若深山大林，龍虎變幻不測；遇敵虓悍猛厲，莫能抗拒。然性慈愛，與人寬和，將兵不妄掠婦女，好文禮士。廣州平三月，輒命博士弟子集講堂，陳琴瑟鐘鼓，稱説詩書，日旰乃退。佛山距府六十里，諸將請剿，王曰：『此四方商旅輻輳地，大兵一過，肆市盡灰燼，百貨弗至，非吾利也。』不許。又請剿石門，亦不許。厥民用安。李定國之陷桂林也，王疾遣軍，授定藩將吏，復梧州。已定國圍肇慶，陷高州、廣□，王親督兵御，再戰，大克之，北至横州，定國焚橋遁。海寇千艘逼潮城，焚揭陽等縣，王自從征，賊遁入海。降將蘇利據碣石叛，合戰南塘埔，破利，遂克碣石。王顧粤地濱大海，多溪谷、叢林、箐篁，險阻崔嶢，蛟蟠蚓結，多爲盜賊遁逃窟穴。若文村之王興，龍門、海陵之周金湯、李賞榮、鄧耀記，福寨之蕭國隆，南澳之陳豹，疍民則李榮、周玉，各千百計。或奉故明宗藩，或假明爵號，盤踞洞穴，出沒瘴海間。王德撫威拯，或降或誅，又撲剿五島、增城、番禺、從化、菱塘、那扶、大奚之爲賊羽翼者，伏莽從戍，伐用弗興。王既威武外施，乃益諸軍實，而輯和其民人。於是卹死事、敘勛伐，治艨艟、分屯戍、市戰馬、平道路、修城垣、營文廟、葺神祠、廣賑卹，請益科舉額，制郡邑循環冊，禁姦宄虐民者，粤之民用是大和。

自王起家遼海，身褰旗斬將，大小數百戰。既入關，王師桓桓並奮，肇燕都、掃趙魏、蕩秦趨楚、底定湖南北，轉戰萬里，王皆奏績行間，未嘗折矢遺鏃。而其平廣也，既專既久，厥功尤茂。世祖十三年，贈王三代爵，置守家人戶於海州、衡水，再增祿一千兩，子之隆尚主，夫人享大國封。今上御極，復晉號王妃，賜王裘馬靴帶，祭賚優渥，存問醇摯。蓋王之忠誠夙昔孚也。暨王自念春秋高，居海疆已久，上疏頻乞骸歸故鄉，蒙天子憐憫得請。而滇逆變作，遂被敕留鎮。復晉號親王，食祿萬石。王聞變，發憤揮師，志殲蟊賊，確保疆域。雖孽作猖，不能作石尺寸土。嶺南閩海，咸用怖懾。然王齒已登耄矣，遂請以子之孝嗣統其衆。疏上，詔曰可，如其爵之，更頒之孝以大將軍印。南征潮摧毀力武怒稍震。未幾，王以疹疾日增，猝然遂捐館舍。嗚呼哀哉！

王奮跡避壘，沉機知變，佐命真人，托體肺腑，享有茅土。豐碑金印，充溢邸第；珍衣寶劍上駟之賜，填塞府廄。土田園池第宅，甲於戚里；執圭執帛之寵，逮及輿台。卽古所稱平陽、高密，算或攸逮，其人傑矣哉！傳曰：雲起龍騰，化爲侯王。自非攀附聖主、依日月之光，不至此。緬懷我太宗皇帝招禮英傑，秩冠五等，德至隆矣。世祖皇帝推輂分閫，寄以嶺外，任至重矣。今皇帝載錫崇封，禮秩弗替，恩至弘矣。歷稽圖牒，自漢唐以降，眷遇勛舊，未有若茲之久而彌篤者。宜我國家之本支百世，億萬年受天之休也。王靈櫬北返，將汲濟上，天子遣近侍鎖住等慰問。至德州，又遣鑾儀正使索心裕等奉諭迎柩。天津，遣禮部尚書吳正治賚御製文以祭。越數日，復遣侍郎富鴻基諭祭如前禮。既駐舟潞河，會天子方省穡郊外，頌囑永嘆，謂王克□過□逆，忠貞勿貳，勛績未樹，劇殞闕命，更詔近臣酹而勞其家，復賜謚曰敬。煌煌綸命，有加無已。嗚呼，王之靈亦安哉！

王生於前明甲辰八月初一日巳時，薨於康熙丙辰十月二十九日申時，享壽七十三歲。越五載，歸葬於海州故封，禮也。子三十三人，女三十五人，孫六十二人，曾孫九人，具載家乘，不備錄。康熙十二年，標受詔迎王於粵，繼復奉布恩綸、留鎮、晉爵、前後將事，又獲托王桑梓之末，謹按狀誌，而銘之曰：

恆岳巍巍，通於上將。允德允威，鷹揚武壯。貞珉既合，豹變而升。箕騰井躍，遂戰南荊。吁矣番禺，蛟鯨之渚。建鉞往臨，海隅丕敘。薅其穢莠，殖其良禾。功成磐石，民哺而歌。夏璜封弱，分土列爵。篤弼三聖，功宗依濯。大耄忽嗟，殞我河鼓。言葬於豐，稽禮則古。乃矚遼疆，曰溥且將。乃卜幽宅，曰崇以康。壤厚泉洌，鞏名藩宅。永祐後昆，紹乃世德。

（路世輝、富品瑩編著《鞍山碑誌》，沈陽出版社二〇〇八年版，第一八七至一九〇頁）

皇清冊封平南敬親王妃舒氏墓誌銘

經筵講官、光祿大夫、戶部尚書、管兵部尚書事，前戶禮兵刑四部尚書、吏部左右侍郎、禮部右侍郎、內翰林祕書院學士、詹事府詹事兼內翰林祕書院侍讀學士、國史院侍講學士、弘文院編修、內翰林庶吉士，辛丑甲辰充讀卷官、壬戌會試文武讀卷官、丁未會試總裁、壬辰武會試總裁，癸未科進士出身，眷弟梁清標頓首撰文。

歲辛酉，平南王歸葬海州，余王先世闕里，既名相隨在矣。丁丑年丙寅，王妃復卒。蒙嗣宣義公來告曰：昔我先王盡瘁王室，建樹勛伐，賴公德賜□□□不朽。今先王妃又不幸無祿，藐諸□□□憫凶，摧愴弗能，又恐先王妃嘉言懿行，閟失弗揚，顧今者而載此銘。惟先王乙丑年奉誥入粵，吏民咸稱王妃賢，有《鵲巢》夫人之風。閱十三四載，尤心識之弗忘。□□□公□以□□□□□□誌曰：妃姓舒氏，遼東人也。父克孝，母孫氏，代有積慶。妃幼而恭莊貞靜，言笑不苟□，鄰里嘉歎，號樸樸女。平南王聞其潛德，遂以禮聘焉。妃既廟見，夙夜恪慎，庀飭內政。王方任帝師，妃殫心佐理。□□一心，佑□感□，籌□或作□□娣。爲士卒紉補甲裳，罔有弗逮。是以王數十年宣力封疆，□□□天□□無後慮者，妃之力也。□□又以姜女諫受成伯烈楚夫人鄧，暢軍務。見美□秋，何以異茲。誕承寵筆，大藩妃亦坊□□下宅。復南海時，伏莽未靖，大鵬、碣石之賊，雉噍鼠竊，往往而有。王用惕尤，弗克大定。妃□：『□而無蠹，茲小丑弗恭天感，鬼神示之，實震且怒，惡罪既盈，後遺齊毖。王第繕甲兵，簡材勇，和民人以俟。』王嘉納之，致廣南大定。

順治十三年，冊封平南王夫人，於是補衣象服、翠笄朱幩，有頻繁之慶。然妃益不自滿，□芥施養，事嘗進規於王焉。感不後□，武不遺文。王且董率將士，式遏亂略，然尤鎮王惠黎庶而敦儒雅也。由來王治兵粵土，時禁戢驕悍，敬禮賢士大夫，修葺先師廟廷，以至觀宮梵宇，咸極輪煥。粵人丕稱王績，莫知爲妃贊也。

上御極，推恩勛舊，晉封平南王妃。拜命之日，悚惕彌至，命諸嗣子，而勉之曰：『忠，德之本也；敬，德之基也。若父幸際聖天子，穆濟王爵，施及箕帚，載膺誥冊，國恩渥矣。所以報稱，乃曹勉之，惟忠惟孝，可以事主，可以順親。』及王薨，歸葬海州，慨然曰：『未亡人事我先王垂五十年，涉歷南北，昕夕競競，以思婦職。今老矣，荷聖天子膏澤，獲歸骨桑梓，未亡人首丘之念畢矣。』無何，耄耋既賁，癘疾忽進，屬纊之際，猶遺教曰：『未亡人幸得從先王於地下，願我子孫，世篤忠貞，乃心王室，乃父母光，未亡人且含笑泉壤矣。』

妃爲人慈和而律己嚴穩，王妾媵祁，貫魚以進，果款江汜，撫愛羣嗣，若鳴傳之均。與王白首偕老，肅然大賓。遇事則以義利多，有齊婪戒旦之勤，有楚姬進賢之義，有安國興邦之哲，有堂邑保家之賢。其今往若是，用以屢被恩綸，德有百保，齒登上壽，而詒穀後昆也，宜哉！妃以前明壬子三月十三日寅時生，以康熙二十五年八月二十二日酉時卒於海州，壽七十五歲。子姓眾多，皆具王壙誌中，不贅述。以卒之本年十二月初十日合窆於平南王之墓，禮也。銘曰：

煌煌天孫，晰晰河鼓。天錫我后，作合藩輔。王奉國威，鷹揚□妃。毗□□思，内政肅欣。燦彼裳衣，且紉且補。非曰肆勞，遍我士伍。王蒞海邦，疆域南土。妃克翼思，佐邴膏雨。浣衣粗糲，申命保姆。儉德乃恆，□矜綦徂。王登上壽，彤弓王首。妃克副思，翟衣肅輔。金冊鸞章，煒煌堂廡。小大歡呼，天子所予。履泰席豐，妃彌謹懼。式訓後昆，忠良惟矩。心腹腎腸，弼我聖主。勿替前勞，永作熊虎。王功東窆，妃抵遼浦。樂我故園，言言語語。大耄俄嗟，丹旌忽睹。烟月蒼茫，樓臺何處。往矣海郊，厥壤訏訏。松檜交門，叢蘭撐戶。作祔先王，神靈孔妥。敬勒貞珉，遺傳終古。

（路世輝、富品瑩編著《鞍山碑誌》，沈陽出版社二〇〇八年版，第一九〇至一九二頁）

光禄大夫工部營繕司員外郎前通政使司右參議魁吾靳公墓志銘

康熙十九年四月甲申，封光禄大夫納言靳公年七十有四，終於家。天子聞之，遣官諭祭，恩數特優，嘉其啓迪後人，殫勞績於國也。時東南水患未平，公長子輔以兵部尚書兼都察院右副都御史督河淮、濟間。上方日期底績，固知訃聞，哀毁必甚，奪之難，而重寄攸繫，匪異人任也，特允部臣議，以河工竣日許陳情終制。於是不得已，仍銜哀受事，曉征露處，保然荒度於檋欙，間無寧晷。道旁觀者多感涕太息，謂聖朝本崇孝治，直不忍吾民昏墊，而權出於此耳，奈茲欒欒者之盡瘁何？越二年三月，又思所以妥先靈者不可緩，乃卜葬於保定府滿城縣抱陽山中。而公之季子别駕襄，齎其伯兄手書，再拜稽首，致詞曰：『先君子生平多隱德，而子孫弗克紹聞，令前修荒墜，罪莫大焉。苟憫其無傳而大書特書，發潛德之幽光，則志銘之作義，固埒於史矣。子大夫，載筆不阿，敢請銘。』不敏愧未克副厥責，然誼勿敢辭也。

謹按公世系爵里，詹事沈公業爲行狀，而孝廉周君又次其家傳，詳哉言之矣，請勿復述。述其可裨世教者，庶仁人孝子不没其親之志，或稍慰歟。

公諱應選，字魁吾，姓靳氏，奉天遼陽人。祖諱守臣，考諱國卿，並以公長子官贈光禄大夫。代有令德，以孝悌力田、信言篤行世其家。公有兄六人，或儒、或吏、或任俠，皆蚤世，惟茂才彦選偕公逮事。

二人孝養備至，母張太夫人卒，喪盡哀，葬盡禮。懼父母之獨處神傷也，居則左右侍，行則前後從。間相與逆揣親志所需定何物，思問遺者定何家，素喜招致者何姻黨，莫不中其隱、得其歡。凡植躬行己、處事酬物，務當於道，曰：『不爾，恐辱親也。』久之，父易簀，遺命云：『我聞惟孝友於兄弟，二子幸承順，我無憾矣。雖然，同氣之親，河山不能間也，而床笫能間之。古稱「不聽婦言」，疇不習聞也，顧多溺而忘之，慎旃哉！汝曹念是言，常若比翼，我目其瞑矣。』公即泣識之，臥起必偕，衣食以次及，愉怫不主乎己，勞逸惟時。其兄雖分形，依然一身而已。適兄過訪中表李氏，信宿留焉。公敦趣之不返，頗訝之。詰其家而不得，則密詢比鄰任叟，始知所娶劉有嫠母馬氏，依女就養，而伺公之間，多觸忤兄，固不能堪，而忍弗告也。公恚且悲，曰：『我父垂誡諄諄猶在耳，方奉以終身事兄若父，其忍更傷兄心乎？』於是屏馬嫠而並出劉，亟往挽兄歸舍，俯伏謝辜不能起，兄亦悲踴，曰：『我所以隱忍弗白，非藏怒也，正慮及斯舉耳。弟曷不我謀而砉然立斷乎！我悔不以實告，猶得慰沮於先矣。』於時閭里咸動色咨嗟，曰：『有是哉！寧舍伉儷，毋傷手足，曾無依回濡忍於其間耶？世有惑聽怙非、骨肉流爲仇敵者，聞夫子之風，其亦愧而思反已。』厥後公得好逑納喇夫人，克相公，友愛雍雍焉，內外始終無間。夫人卒，傅夫人又能繼之，豈天固善成之乎？抑其刑於閫內者，常變均可則也。

順治二年，既龍入關，昆弟應並得仕，公以兄性過剛介，恐徑行寘權變，以故己不就官，先勸兄駕，而朝夕與俱焉。及從兄宰涇陽、守鳳翔、備兵榆林，果悉賴公左右力，所至有廉能聲。兄懸車後，公始任工部街道廳，稍遷大理寺寺正，陞通政使司右參議。會省官，改補工部營繕司員外郎。歷任十餘載，皆京職。晨而官，晡而歸，靖共之忱與天倫之樂，固無日不交遂也。方以上考稱職，獲賜表裏，且年未杖鄉也，遽請歸老。冢宰、司空共挽留之不得，遂致仕。閒居課子，一以義方，口授家訓數十條，命次第編録，大抵勵修能、戒時習，而於綱常要旨三致意焉。

公佐納言時，已封通議大夫，追贈祖若父。及長君輔爲武英殿學士兼禮部侍郎，出撫安徽，議敍前纂修《實録》功，加一級，食正一品俸，公復膺光禄，封綦榮膴矣，猶凜凜自守若寒素。或諷以太陋者，曰：『我單門至此，適遭時耳，德薄不堪，方盈滿是懼，可令子孫席寵怙侈哉？』客慢然曰：『善夫！平津閣一布被，獨樂園亦一布被，彼以爲矯，此以持儉，誠與僞不同乃爾乎！』長子撫皖時，公手書相屬於道，問：『何事可恤民報國？表率屬僚，俾利盡興、弊盡滌。』既司督河，則曰：『何以捍患禦災？費節而工固，無廑宵旰憂。』且曰：『第能公爾忘私，不渝其操，我飲水亦知甘也。設以不逞將父，必資於官，以益禄養，是官非榮親也，辱滋甚；養非娛親也，戚莫大焉。』所以勖仲、季二子者概視此。

公既居林下，耆德益孚於閭井。康熙壬子，京兆舉鄉飲禮，詣門敦請爲賓筵。公固辭不獲，扶杖赴之，觀者咸欽歎爲更老羽儀云。居恆嚴氣正性，不易許可。而一逆善類，則謙光可挹，相對坦然無匿情。人有過，正容悟之，侃侃糾彈不避怨，其懇悃所孚，多不遠而復。尤好拯恤危困，不計親疏，力必殫。少故岐嶷，里人張山者邂逅間奇之，贈以縞帶。數年餘，山顛沛失所，躄躠負薪於涂。公識之，揖與道故，詰其憔悴狀，則已陷爲臧獲矣，乃爲鬻産復其身。客關隴時，偶於軍伍中買侍婢王氏，及載歸，見道旁有顧望飲泣者，叩其故，即氏夫也，亟命攜去。其夫訴償值爲艱，公曰：『幸完若匹耦，所償多矣，何取值爲？』鄰人曹五貧於樗蒲，不自保。一日，公聞其妻哭聲，詢知爲鬻子傷也。適伯、仲二子退食過庭，公令捐俸代贖之。若此類好行其德，未易更僕數。然本非素封，公私僅粗給，而中心所安，大遠乎豪舉市恩者。他若施報往來，罔不協乎禮、適乎義。或要以詐力，則終不能屈。《傳》曰：『剛毅近仁。』又云：『巧言令色，鮮仁。』公剛方不撓，深疾夫外飾，所以動合夫仁也。仁者必有後，宜其繩繩濟美而食報靡涯哉！余嘗謂大倫惟五，而門內居其三。人能篤近以舉遠，不爽其厚薄之分，卽無往不得其理，尊卑疏戚，舉惟我賴可焉。古聖修齊治平，人事浹而王道備，胥此本末次第之序也。世人亦具聞門內之義，然或室家是私，而於父兄多慙德。不思人百其行，只此一本爲權輿，而夫婦之倫猶後起。故《繫》曰『有別』，非無說也。彼號爲通今稽古者，智足以雕萬物，辯足以傾王公，文詞爾雅足以潤色鴻業，獨於茲汶汶焉闕而不講，可勝道哉？公天性純摯，不爲尋行數墨之學，而務明大閑。跡其畢生所爲，皆足輔化厚俗。要惟於原始之地不解於心，故推而準之，一皆至誠惻怛所貫，非積之有本柬、施之有次第歟？苟一念牽於私暱，以恩掩義，又安能善全親愛、畢生罔疚若斯也？若其歷職廉明，凡可行利濟而逮寬仁，則不以閑秩也而弛力任。且細行必矜，終始一節，雖未殫其用，亦足觀公之大已。

公元配納喇氏，贈一品夫人，生督河輔與兵部職方司郎中弼，一女，適陳翼明。繼室傅氏，贈同元配，生平涼府通判襄，一女，適胡德化。孫十三人：戶部江南司主事治豫，登州府通判治雍，及治魯、治齊，輔出；鞏昌府同知治揚，候選知縣治荊，及治青、治岐、治兗、治邠，弼出；候選知縣治梁，及治冀、治徐，襄出。孫女十人，許字皆名族。曾孫六人：樹基、樹喬、樹滋、樹畹，治豫出；樹勛，治揚出；樹棠，治梁出。曾孫女三人。餘並詳行狀。嗚呼！國有史，家有乘，後之君子可備考而徵其不誣也已。銘曰：

立愛立敬，人紀攸敘。世降道污，遺本弗務。展也君子，其德不爽。內行淳備，孚及鄉邦。學匪爲儒，言中理要。事不循跡，動符古道。克施有政，隨位恪共。知足知止，恬退可風。惟日孳孳，勇義樂善。勇故不移，樂斯不倦。雍容更老，存順沒寧。罔不盡然，追念典型。厥有象賢，保釐南服。股肱良哉，緊爾式穀。錫之祀典，用布几筵。移孝作忠，以奠山川。銘取傳信，勒石垂久。石久弗磨，德久不朽。

（李大偉《遼陽碑志續編》，遼寧民族出版社二〇一三年版，第一〇五頁）

皇清欽命鎮守真順廣大保定等處地方總兵官都督府都督
同知踐魯魯公偕元配誥封一品夫人張氏合葬墓志銘

余昔承乏大司馬時，每以中外多故，不能勝任愉快爲懼，更思澶淵爲三輔重地，□□□□門戶，其需專閫尤急。適公移鎮茲土，德威並用，漸次太平。余爲桑梓慶保障得人，□□□□。而余請假歸里，乃得識荊於軍門。爾雅溫文，一見傾倒。經理之暇，時以詩歌相賡和，其儒將風流，□□元凱、羊叔子，當不是過。不數年，乃挂冠去，猶音問時通，不絕於道。迨甲辰、乙巳，公及張夫人訃音相繼而至，吾里皆爲之悼惜。其弟育菴卜己酉仲冬將舉合葬禮於清亭西部之新阡，因次公及張夫人行實，著爲狀，屬余銘隧道之石。余與公面相質、神相往者有年，未能素車白馬，即位而哭以些辭，何忍不臚其生平以志不朽？

按狀，魯氏本戰國時射書聊城者之後，嗣分三籍，而公之先獨居山左。明初，爲府軍衛，世職□□

功顯。至五世祖永昌，爲府軍衛前所百户。永昌生清，清生宣。三世皆以承宇公貴，贈左柱國、特進營祿大夫、少保、後軍都督府左都督。宣生欽，是爲承宇公，由世襲中武鄉、會試，歷十三任，至總理川湖貴州軍務鎮守總兵官、後軍都督府都督僉事，數立奇功，載在《明史》，後歿於黔事。欽生宗文，以府軍衛世襲都指揮僉事，任至薊遼總鎮，亦以血戰殞身，特贈光祿大夫、中軍都督府右都督，即公父也。

公稺負岐嶷，丰神朗秀，甫齠齔，大殊凡兒。光祿公視其爲玉堂偉器，故日以翰墨相課督，而公亦以是自厲。總角時，文譽籍籍海岱間，即補清庠諸生，學使者亦嘖嘖奇之。既而隨密雲任，其攻致舉藝益力，伏臘一燈，丙夜不輟，功日倍而業彌進。及應北闈試，不得志於有司，遂襲府軍衛都指揮世職，侍衛東宮。亡何，光祿公遇難，公哀毁骨立，不愧孔門魯閔。時胞弟國俊字育菴者呱呱在抱，公拊循周至，每撫之涕泣不□。□□弟有非兄無以至今日之感云。其孝友出於天性，類如此。既任制臺麾下，因羅山大捷，即加都督僉事，亦可謂不愧祖若父兩世英風者矣。

未幾，際甲辰之變，公誓不與逆闖並生，遂西入雲中，集元戎，議恢復之舉。會皇清聲罪討逆，公乃隨大將軍西征，奇功屢奏。世祖章皇帝嘉其忠勇，賜以貂裘、朝帽、東珠，並拖沙喇哈番世職。公之丹心壯猷，不既昭昭耶！即授永平副總兵，尋陞真定等處總兵官。先是，畿南一帶寇氛鴟張，掠地陷城，所在見告。夫以十餘年積寇，且盤亙數千里之遠，即韓、白亦奈之何哉？公一聞命，即星馳受事，指畫剿撫方略，摧鋒陷堅，殲渠宥協。不數年，疆繮囯寧謐，綠林帖然以戢。畿南之口碑載道，數十年如一日矣。公素喜文墨事，尤精鵝羣筆法。其在鎮也，經營四方之餘，即手不釋卷。故其麗詞佳句，往往爲海内方家所推重。而載酒問奇、負笈請教者，轅門外無虚日。聞者莫不歎其有上馬殺賊、下馬草露布之遺風云。斯時弟方舞象勺，公爲之延明師，旦夕考課，不遺餘力。凡公之所以期其弟，一如光禄公昔日之所以期公也。

在鎮凡七年，以拙於逢迎，爲當道所忌，遂致仕歸里。乃於瓦礫榛莽中構茅屋數椽，以詩酒自娱。或當月夕花朝，或聞明山秀水，輒與二三知己羣相遨遊，賞詠於其間。詠諧嘯傲，不以富貴驕人，亦不以貧賤介意，梓里皆以縉紳先生中所希遘焉。後以公事出里門，居然在肩輿而逝，時爲康熙三年七月十三日午時，距生萬曆四十五年八月初三日酉時，得壽四十有八。元配張氏，京營副將張公諱國維女，誥贈一品夫人。柔嘉孝慈，嫺於閫政，而贊公宦績，光奕建牙，允有《關雎》之懿範焉。後公二年而卒，時爲康熙四年五月十八日午時，距生萬曆四十年十二月初十日申時，得壽五十有四。子二人，長璠，即公初缺於嗣，以弟次子爲己子者；次璇，後公易簀之兩月而生。俱業儒，未聘。

余嘗論次士大夫，或豔言經濟，或耽情里門，皆以有裨廟謨世風者爲足重。若公之武緯文經，聲實俱茂，可不謂出則龍見、處則鴻冥者哉？惜也！在官不得終作一代干城，在野復不得久樹一方模範，而素昔所爲文，又多散亡而不獲垂世。緬懷生平，又烏得忘公而不爲之銘以彰於後？銘曰：

惟岳鍾祥，實産忠良。德媲三古，勛蓋八方。揮戈建鉞，底績燕疆。悉心道要，摛藻篇章。蟄蟄振振，奕葉光昌。九原可作，公亡不亡。

賜進士出身兼太子太保兵部尚書眷弟梁清標頓首拜撰。

（韓明祥編著《濟南歷代墓志銘》，黄河出版社二〇〇二年版，第二四九至二五二頁）

蘭泉先生傳

張蘭泉者，正定邑諸生。當萬曆時，民物熙洽，士人被服雍容甚都。蘭泉家貧，性坦率，不事生産，獨好古衣冠，巾以漆爲之，布袍芒履，終歲不易。與婦居文昌廡下，築土爲室，纔可容二人，錢米粗給朝夕而已，有時或不給，不顧也。然勤於學問，時手一編，咿唔以自樂。過者見蓬蒿滿門，疑無人，然往往聞歌聲琅琅出金石。又好畜犬，讀書倦，則引羣犬撫摩。豪子弟咸笑之，亦洒然不爲意。客至則並坐石階間，自爲具茗，言笑陶陶不倦，雖當極暑，不冠肅然。或叩古今事，慷慨論列如指掌，客輒大驚，視所居處，人率不堪，乃蘭泉意殊適。以故蘭泉雖貧窶，士之有識者顧多數數過其室，與抵掌論議。然坐終日，卒不聞婦聲。餽以他物則辭，獨餽茗則受之，方受，又以飲客至盡。客有諷以稍就功名者，蘭泉不應，乃吟曰：『胡爲擾擾，而攖吾情？胡爲逐逐，而勞吾生？戕人者利，害人者名，嘯傲天地，聊以全吾形。』客默然嗟嘆而已。如是者數年，蘭泉老矣，卒，無子。

梁子曰：余少不知有蘭泉先生也，間從里中父老所稍稍聞之，乃時遠不復憶其名。近友人嚴蓼嶼更爲余言先生事甚詳。蓋蓼嶼猶及見先生，曾數餽茗與周旋。故余始得悉先生大概，殆古隱君子者流也。余嘗讀《高士傳》而慨焉慕之，輒嘆世無其人，詎意於我鄉里見之哉！昔者老萊子、梁伯鸞、王霸諸人皆幸有賢婦與俱，故終成其高。先生生盛時，處困不悔，超然物外，而婦亦能守其道、無交謫者。嗟乎！其遘此不尤難耶？袁粲過傳昭曰：『經其戶，寂其無人；披其帷，其人斯在。』

庶幾先生夫婦之謂矣。顧余又竊怪先生行甚高，而當世無知者，然則士之負奇節而名不彰如先生者，可不悲哉！

（趙文濂主纂《（光緒）正定縣志》卷四十三《隱逸》附，清光緒元年刻本）

紀趙登事

正定有趙廣文僕趙登者，郡中長老傳其事，余不勝慨然嘆息焉。今上下之分淩替甚矣，僕視主人爲傳舍，而其輕於去就也如路人。主勢方張，則蟻附而虎翼；家少落，輒飽颺不顧者，余所睹記不可勝數。如趙登始終戀主，歷窮達久近不移，有出於人情所難者，是烏可以無傳乎哉？

登少事趙廣文鳳來，勤力作苦，廣文亦更無他僕。一日遠出，亡金於途，登復至，得之，追及廣文，意色方甚惡，登曰：『奚事戚戚，非爲向者所亡耶？金具在。』因出諸橐中。廣文謁選，時同選人窺登有幹才，陽假登送之官而陰誘以金，使留事己，登泣曰：『廣文吾主也，義不可負。』立辭歸廣文。數年，廣文倦遊歸，登乃悉斂所積幾百金，跪獻之，廣文曰：『寧有是哉？』登涕泣固請，終不可，乃已。後廣文既老，念登勞苦久，遣令休息。然值歲時伏臘，必晨起入門，操作灑掃如平時，廣文慰諭令歸，乃敢去。及廣文歿，子若孫每上墓，登輒先在。事其子若孫如廣文時，蓋數十年如一日。廣文孫一鶴爲諸生，或爲狹邪遊，登輒極諫，卽逢怒不少沮。當有司試高第，必戒曰：『勿喜也，先人曾數試高第，卒不售。吾家儒三世必有興者，苟能擴先業，登死瞑目矣。』一鶴既成進士，每言及登，輒爲泫然。

嗟乎！若登可不謂難哉？夫登小人，未嘗讀書明大義，而忠篤不貳。顧如此世之爲登者何少也，因爲次第其事，使聞登之義者有所感而自愧焉。

（趙文濂主纂《（光緒）正定縣志》卷四十二《義行》附，清光緒元年刻本）

祭鄭侍御文

惟我鄭公，鍾秀滎陽。世濟其美，以發其祥。乃承忠節，乃肯構堂。盈滿是誡，孝恭是將。既修姱節，復擅青箱。蒲中鵲起，日下鳳翔。讀書中祕，持斧巖廊。方祝上壽，悦豫且康。志存遺笏，躬佐垂裳。奉公執法，嫉惡鋤强。何以喻之？鐵面秋霜。在家稱令，在國惟良。先澤彌茂，後嗣克昌。還金貽慶，愛鼎流香。雖懷麗質，實秉義方。清德素矢，恩秩溥將。再命三命，公則尋常。云胡不待，溘焉帝鄉。嗚呼！人忌太潔，物忌太芳。哲人其萎，真宰茫茫。與善既爽，福謙亦荒。正平俊夭，文考才殤。履聲如在，書幌空張。陳詞束帛，觸緒悲涼。

（鄭慶祜《揚州休園志》卷五，清乾隆三十八年察視堂自刻本）

蕉林評語

評尤侗李白登科記

此劇爲青蓮吐氣，極其描畫，鬚眉畢見，使千載下凜凜如生，可謂筆端具有化工。至其蔥蒨幽豔，一一合拍，又餘伎矣。

附　尤侗自記

客恆山者三月，梁宗伯家居，相邀爲河朔之飲，輒呼女伶侑觴。伶故晉陽佳麗，能發南音，側鬢垂袖，宛轉欲絕矣。宗伯語予：『子爲周郎，試度新曲。』唯唯未遑也。秋水大至，屋漏床床，顧視燈影，獨坐太息，漫走筆成《李白登科》一劇，聊爾妄言，敢云絕調。持獻宗伯，宗伯曰『善』，遂授諸姬習而歌之。

戊申七夕，悔菴自記。

（尤侗《西堂樂府·清平調》卷首，《清代詩文集彙編》影印清康熙二十五年刻《西堂全集》本）

評洪昇長生殿

是劇乃一部鬧熱《牡丹亭》。〔一〕

【注】

〔一〕洪昇《長生殿·例言》：『棠村相國嘗稱予是劇乃一部鬧熱《牡丹亭》，世以爲知言。』人民文學出版社一九八三年版，『例言』第一頁。

評梁清遠祓園集

純任自然，不事雕琢，一意倣康節諸先生。此吾兄學道後造詣也。然其中時以陶、謝之曠懷，出高、岑之逸韻。詩中有畫，語可成經，卓然高士靜者之作，非常流所易及。自成一家，和靜諸公不能專美矣。

（梁清遠《祓園集》卷首，中國國家圖書館藏清康熙二十四年刻本）

評魏裔介兼濟堂詩集

石生詩溫厚處似《三百篇》，瀟灑處似陶、韋、王、孟，宏碩如燕、許、高、岑，清俊處又在鮑、庾之間，至其歷落奔放，有遷、固之雄剛。擬古得其神骨，不特形似，所謂胡寬營新豐，鷄犬皆識其家。而頌中有規，尤得古人贈言之意。蓋其矜貴深穆，得力於學道者厚矣，豈沾沾聲律者可及？（魏裔介《兼濟堂詩集》卷首，《清代詩文集彙編》影印清康熙刻本）

評丁澎文詩

詞有《花間》，猶六義之首《國風》、古詩之宗《十九首》，後人濫觴，終莫能及。藥園推本之論，固知於此道獨深也。評《正續花間集序》。

《離騷》之妙，全在複疊迴環，憂悱變亂，若斷若續，惟見惝怳離迷之狀而不可章法句法繩之者，乃稱極致。宋玉以下，鮮能解此，況劉、賈輩乎？此賦獨遡其源，是二千年來要未曾有。評《遠遊賦》。

『不知所思誰』，質古。太白『不知心恨誰』，情直而露，於此辨漢、唐之分。評《仿古詩十九首》其九。

弘音亮節，似顔光禄答鄭尚書作。結語更得合肥心事。評《始赴尚書省上龔芝麓都憲》。

起手落落自如，二、四造語蒼特，從《東山》章得來。評《東岡》其二。

清新秀婉，本高常侍一派，而更出以疎折。評《寒食簡嚴補闕顥亭》。

整秀入格，比美王、岑。評《禁中秋夜》。

（丁澎《扶荔堂文集選》、《扶荔堂詩集選》夾批，中國國家圖書館藏清康熙刻本）

評丁澎詞

言短意長，徘徊無限。評《十六字令·閨夜》。

雅調似少游，然巫媚姱麗，更饒神韻。評《長命女·春閨》。

詠明妃詞翻新欲奇，幾無措筆。僕最愛祠部二絕句，云：『琵琶聲斷月光寒，舊著宮衣淚未乾。正妾此時容貌換，君王須展畫圖看。』『憶昔長門望玉鑾，秋風淅淅動齊紈。穹廬滿地皆霜雪，不及西宮一夜寒。』可與此詞並峙。評《昭君怨·本意》。

寫得靜穆。王龍標『玉顏不及寒鴉色』，失之太露。評《浪淘沙·春宮怨》。

情意深婉，如泣如訴，少游有『倚窗人在東風裏，無語對春閑』，正是此詞體態。（評《石州慢·春暮》）

如見開元天寶盛時事，可補《大晟樂府》所遺。評《法曲琵琶教念奴·長安元夜》。

（丁澎《扶荔詞》夾批，中國國家圖書館藏清康熙刻本）

附録一　傳記資料

明柱國光禄大夫太子太保吏部尚書贈少保謚貞敏

梁公墓誌銘

錢謙益

國家當萬曆初，爲鴻朗盛際，沖聖踐祚，宫府肅穆。江陵張公以精强沉塞之才，挈持綜覈，三事大夫靡不專營魄、掐肝腎，農功耆事，勝任稱職。少保真定梁公其眉目也。梁公任本兵，浙江羅木營兵譟，焚劫撫臣，捶而投諸淖，朝議洶洶。江陵徐語公：『推一好巡撫往，足辦耳。然必起外吏、知兵事者乃可。』公屈指計曰：『張少司馬佳胤起家滑令，禽劇盜，斯其人乎？』江陵曰：『然。』少司馬遂銜命往，三旬而浙變定。余初入史局，長者爲余言，二公握手細語，不出兩三言，而亂兵獷卒首伏於三千里外，謀國舉棋者當如是矣。余心識其事，嘗爲梁公孫中翰維樞論次其略。今距梁公歿五十有八年矣，老人多忘，朝家故事，忽忽不復記憶，而猶以遺民舊史，誌公隧道之石，此所以徬徨屏營，一執簡而三歎者也。

公諱夢龍，字乾吉，其先山西蔚州人，洪武初徙家真定。曾祖釗，杞縣訓導；祖澤，咸贈如公官，妣皆一品夫人。父相，繼室崔氏以感異夢生公。公官省垣，始受封，釋舉子巾服，及見公致政而歿。公修眉炯目，白面長身，葛儻具大人相。八歲喪母，哀動路人。年十四，新鄭高文襄公計偕過真定，執手旅舍，盱衡抗論，高公歎曰：『郎君國之寶臣也。』酌酒再拜，定交而去。中嘉靖壬子鄉試，明年舉進士，選翰林院庶吉士，散館請外，授工科給事中，累遷吏科都給事中。公諫諍侃侃，持大體，極論李、吳二家宰營私招權，朝右悚息。慈谿袁文榮公以撰玄稱上意，將真拜，公抗言相臣宜用學術純正、名德宿望，足以鎮華夷、服中外者。奉嚴旨詰責，久之得解。遷順天府府丞。河決徐、沛，議擇卿寺有才望者管理新河。袁公在政府，颺言曰：『才無出梁府丞者矣。』遂出爲河南管河副使。任滿，陞陝西關内道左參政，分守花馬池。

公博聞强記，訪求掌故，儲跱經濟，由省垣外補，重自鏃礪，至是益自喜，以爲當虜衝要，可以諳邊情、曉戎事也。既受事，嚴申儆備，廣設方略，練習如老邊吏，虜不敢乘間攻抄。條論備邊五難，鑿鑿中利病。雖官監司，三邊隱然以長城屬公。累遷山西按察使、河南右布政使。隆慶四年，以都察院右僉都御史巡撫山東。明年，轉右副都御史，巡撫河南。所至頒布條要，刊削闒茸，不事苗耨髮櫛，一切治辦。在山東，親歷海島，禁遼海流民不得狙伏内地、盤互仇殺。在河南，用沈命法捕盜禽獮，中原盜賊俾無遺種。爲國家積灰徙薪，長慮在百年以前，非凡所知也。

萬曆元年，徵拜戶部左侍郎，改兵部右侍郎，協理戎政。六年，陞右都御史兼兵部右侍郎，總督遼、薊、保定。公謂國家備禦九邊，按圖畫地，方冊具備，邊臣無他奇謀，只在辦實心、幹實事耳。以疻痏爬搔，體察南北軍情、四鎮諸路標營疾苦。以堵牆儲胥，勾稽墩臺亭堡，瞭望收保，如堂閾庭。以僮奴乳哺，勤恤傳烽夜哨，偵探屬夷，與夫擺邊伏路，罷校退卒，目營手畫，口決指授，行之期年，邊備修舉。而其大者則在乎駕馭大帥，牢籠豪傑，戚少保繼光、李寧遠成梁嚄唶宿將，目無文法吏，一皆就公條鏃，顧效臂指。當是時，虜小入則小創，大入則大創，諸鎮皆受成於公，捷聞必推功歸美，不自己出，諸大帥益心服公器量。公六防竣事，四報大捷，先後上首功，公斬虜首至三千四百九十一級，賊大酋三十九級，獲達馬至三千五百九十五匹，駱駝九十一隻，盔甲器械無算。上以奇功可嘉，累賜敕獎勵。在鎮踰年，就任加兵部尚書。邊牆功竣，加太子少保。三年考滿，再蔭子至錦衣衛百戶，世襲。賜白金文綺，間以飛魚坐蟒。錫予便蕃，使命絡繹，近代邊臣未有也。

九年，詔回部管事，條上部務闒茸者四事，及革民間種馬、定土官承襲，皆著絜令，載在會典。次年，推吏部尚書，上特簡點用。江陵既歿，言官承當國風旨，蜚語及公，公抗辨求去，三上，乃得請。林居十九年，考終正寢，萬曆壬寅之元日也，享年七十有六。天啓四年，高邑趙忠毅公歷敘公生平大節，訟之於朝，得贈少師，賜祭十壇，偕封一品夫人馬氏合葬東岡之賜塋。

嗚呼！萬曆初年，朝著精明，中外敕勵，士大夫如昧旦靧面，朝陽晞髮，公於此時擁旄雄鎮，執訊獲醜，以其身任國門鎖鑰，何其重也。政枋更改，鉤黨刺促，公去位之後，朝政蠹、戎索隤，木朽蝎中，暮氣遒盡。疆埸之禍，孽牙於冒草，蘊崇於楛矢，而馴至於不可爲。撫今追昔，夷考公之進退，而參合於國故，玄黃消歇，汗青翳然，以金銷石泐之餘，爲晛見霜落之候，天乎人歟！斯則可爲痛哭已矣。

公以冢宰告老，太公猶健飯，公偕馬夫人扶攜侍膳，如嬰兒稚婦。以其間走馬射生，謠舞擊咢，以相娛悅，蓋三年而後歿。既免喪，歲時踏青上冢，巡行田舍，夫婦並駕小車，子女及內外曾孫男女五十餘人羅列輿旁，扶輪叱犢，牽衣繞膝，讙呼上壽。鄉人聚觀讚歎，以爲神仙。而夫人又後公十六年，年八十六而考終。國運休明，元氣磅礴，既醉五福，總萃於公之一門，非偶然也。公生子四人，忠、思、慈、志，並承公文武蔭。其後益蕃以大，孫男十二人，女十三人；曾孫男二十人，女十六人；玄孫男女三十人。忠生維本，禮科都給事中。思生維基，南雄府知府。志生維樞，山東武德道僉事。而維本之子清寬、維樞之子清遠今皆吏部左侍郎。維基之子清標，今兵部尚書。於是參政增修家狀，司馬暨兩少宰撰幣致辭，實來請銘。銘曰：

恆山北嶽，上扶乾門。寶符在代，是生偉人。降神析木，受姓大梁。經文緯武，恢我皇綱。乃儲中秘，乃拜夕垣。三堦色正，五緯芒寒。戒彼翰音，策我驥足。發硎維新，駕車就熟。爰長方岳，爰領旌節。俅俅威望，讋服戎羯。帝眷薊遼，惟我左輔。汝歸視師，孰敢余侮。橐兜戟纛，豹尾神旗。六防四捷，露布交馳。帝曰念哉，汝歸弼予。夏官冢卿，喉舌帝車。功成身退，赤舄居東。飲御燕樂，壽豈令終。公神在天，左右神祖。衮衣繡裳，雲車月斧。公澤燾後，繹繹薿薿。詒我豐芑，作令晉梓。東岡之阡，高闕嵯峨。豈無樵牧，鬼神護訶。塵蒙金盌，灰沉玉檢。敬徵閥閱，庸嗣琬琰。先民有言，匪本曷思？鑽石刻辭，維以告之。

（《牧齋有學集》卷二十八，上海古籍出版社，一九九六，第一〇四七至一〇五一頁）

禮科都給事中梁公維本墓表代

邵長蘅

公諱維本，字立甫，姓梁氏，世爲真定人。祖諱夢龍，前明萬曆間官吏部尚書，稱名臣。父忠，以蔭授錦衣衛千戶。公弱冠補弟子員，天啓辛酉舉於鄉，屢試禮部，不第。順治元年，世祖章皇帝詔求賢才，公以吏部尚書劉公薦，召試内院，稱旨，除中書舍人，尋遷禮科給事中。時天下初定，一切制度草創，左右勳舊大臣多以戰功顯，經筵日講諸大典未遑舉行。公首抗疏，略曰：『皇上隆堯舜之姿，躬岐嶷之美，臣材識駑下，無能仰裨高厚，竊計今日所以助成聖德者，莫急於經筵。伏願皇上延見碩輔，親禮儒臣，留神經史之學，讀漢書，習漢字，奏章不藉翻譯，大臣面陳幾務，通上下之情，防壅閉之漸，羣下獲望盛德休光，天下幸甚。況皇上説學，則滿洲蒙古大臣莫不説學，其裨益尤大。』疏入，上嘉納之。而前明經筵故事，先期禮部擇吉日以聞。是日内侍陳講座，勳臣、駙馬陳侍衛夾陛，皇帝出御殿，鴻臚引知經筵侍班講讀臣北面載拜，以次上殿，東西鄉立。御史、給事中各一人，東西立，北鄉。鴻臚贊進講翰林、進講臣二人出班，北鄉立；展書臣二人進立銅鶴下，東西鄉。鴻臚贊拜，已，展書臣跪展書，講臣進講，已，命賜酒食，以次下殿，北面載拜，出。議者以爲禮儀繁縟，故議久未行，公復抗疏，曰：『皇上幸採臣言，將肇舉曠典，甚盛事也。臣愚以爲時有質文，禮有損益，況禮貌過盛，厭怠易生。聖躬有臨涖之勞，臣下無由盡納牖之益。進講儀宜從簡易，期可行於今者。』故世祖親政，開經筵、興禮樂，妙選侍從文學儒臣，皆公疏啓之也。

公美髭髯，長身白皙，居家孝友和易，鄉里稱長者。及爲諫官，數慷慨言事，疏請明職掌、議遷除、興水利，皆關國家大計。四年，遷刑科右給事中。禮部試天下士，以公爲同考試官，出公門下者十有六人。五年，遷戶科左給事中，又遷禮科都給事中。公前後歷官，未嘗出諫省，益侃侃發舒，無所迴避。條上封事以十數，上多從其言。七年，以疾卒於京邸。

初，公居鄉喜施予，歲饑，生子女多棄不舉者。公設法勸收，所存活甚衆。次子宏，明季掌北鎮撫獄，公手書敕宏：『宜爲國家培元氣，毋詷伺鉤距，以人命易功名。』宏多所平反。闖賊入都，殉節死之。子八人，清寬、清標尤知名，皆由翰林官尚書，今方爲時名臣，功名宜載國史。其它子姓、生卒月日，具詳前禮部尚書、弘文院學士王公鐸誌銘中。

嗚呼！某於公爲門下士，曩十六人者，某其一也。距公沒二十有七年，爲今上康熙之十五年，某蒙恩復用，道出真定，獲拜公墓下，泫然久之。嗚呼！公立朝表表大節，固亡待某小子之言，某小子眷念師恩，庶幾得繫名墓道之石，以慰余思焉。墓在真定之某原。

（錢儀吉《碑傳集》卷五十二，清道光刻本）

梁維基傳

南雄公諱維基，字在宥，官生公子也。少失怙，隨少保公居，代少保公治家政，一一有條理。性至孝，奉祖母馬太夫人及母李夫人竭盡心力。李夫人守節數十年，公愉色婉容，曾無一言一事拂母意者。髫年即宜入監冑，公尤奮勉讀書爲文章。學成，入邑庠，稱博士弟子，乃始上書闕下，敘錄少保功，入國學，爲上舍。年及强仕，奉節母以壽終，謁選爲督府幕僚，克勤於職。陟户部郎，莞餉通州，一意奉公守法，出納惟均，纖毫不以染指。是時萬曆之季，朝議紛紜，分門立户，各尚奔競。公惟靜定以營職業，辦實心、幹實事。是以當瑺禍熏天，而公得課績積功，擢守雄郡以去。

公之蒞南雄也，牧儉素，絕無貴介氣。爲政務存大體，不爲苛細。詢民間疾苦，如有虚糧荒賦，戚然憂之，念難概蠲，於是增騾税、捐橋羡，多方設處，以助糧賦所不足，民賴以甦。時盜賊漸興，人無寧宇，屢經勦捕，弗能禁。公曰：『無庸也。若輩坐赤子無知，爲饑寒所迫耳。』爰單車詣壘，宣慰恩威，萑苻之衆，皆下馬羅拜，自以爲幸得見天日，遂悉解散。民向苦烽燧，自此始有桑麻鷄犬之樂矣。公乃繕黌宫、修教法，進諸士子，與講敦倫課藝之事。士之貧窶者，捐資以贍。不數月，文教蔚興，家絃戶誦。門下士多擢科第、蜚英聲，蓋數十年不絶也。至平訟而犴狴蕩然，除姦而豪蠹屏息，征徭弗擾，商旅如歸，種種善政，具載大學士何公吾騶德政碑中。秩滿歸田，無復仕進意，好飲酒彈碁以自適。及舉子大司農標，善於誘誨，每夜坐，必與説古人行誼或先世舊事，無非欲大司農之師範先賢也。迄今大司農砥德勵行，卓有建立，皆公之庭訓義方云。

公生於萬曆□年□月□日，卒於順治□年□月□日。配王夫人。□年□月□日蒙恩贈公光禄大夫、戶部尚書，贈王一品夫人。

（梁允植纂《梁氏續族譜・大傳》，國家圖書館藏清康熙十九年刻本）

僉憲梁公西韓先生墓誌銘

吴偉業

偉業奉先大夫之喪在殯，真定少宰梁公諱清遠排闥其尊人僉憲西韓先生行事來告曰：『月日公薨，月日公葬，納竁之石，未有刻文，以累子。』偉業爲之噭然號曰：『西韓吾友也，聞朋友之喪禮，宜爲位哭。今惸惸苴絰之中，弗獲以其服哭之，又大功廢誦，矧可銜哀執筆、預知文字之役乎？敢稽顙辭。』踰月，方伯佟公再以少宰之意來速銘，則又累欷流涕曰：『孤子交於梁氏父子者二十年，先大夫所具聞也。梁氏方貴盛，知交故吏滿天下，少宰不以假名公卿手，顧重趼三十里，固以屬余，其謂篤老故人知公之生平爲悉也，敢終用服爲解乎？』乃反袂拭面，删取其辭而銘焉。

按狀，公諱維樞，字慎可，別號西韓生，真定人。其先徙自蔚州，七世，至太宰貞敏公始大。貞敏第四子封中書澹明公諱志，以元配吳夫人生公。公生而瓌異，貞敏奇愛之。既長，負志節，讀書不屑俗儒章句。澹明公俾就家塾，塾師避席，謝非所能誨，且曰：『是其文殊類夢白。』夢白者，高邑趙忠毅公，隆萬中所推真定兩太宰也。時以小選家居講道，指授生徒。公執經往侍，遂爲入室弟子。每著書，必命校讐丹黄。接席得所詠韓河諸什，撫卷歎曰：『風雅不墜，復見之梁生矣。』其愛重如此。學成，至京師，及應城楊忠烈之門。楊一見嗟異，曰：『高邑誠知人。』乙卯京闈既雋，諷誦自如，罕接賀者。趙公聞而嘉之，曰：『此吾所以取慎可也。』天啓初，趙公枋用，公以貞敏褒終之典未備，上書闕下，因趙公以徧贊賓客，表章先烈，討求國是。愍綸下而公之聲名爛焉。

逆奄起詔獄，目趙、楊爲黨魁，首被禍。趙白首會逮，公傾身贍護唯謹。趙公得減死，出，語人曰：『若慎可者，斯可謂之義故矣。』楊鋃鐺膠致，道出恆州，公策蹇往迓，大言檻車之旁曰：『公此行足以垂名竹帛，死者公之本志，豈足畏哉？』楊舉手曰：『知子此來不徒師資之情，昔人有言，九死不悔，此吾心也。』於時邏卒獰立，人皆以耳目非是，盍不爲門戶計。公不顧。

累下春官第，臺使者疏其才，京朝官以詔書保舉，久之，用吏部銓考，授內閣撰文中書舍人。公大臣子孫，生長畿輔，朝章國故，耳濡目染，機密之地，演綸畫敕，胥倚辦於公。上命草詔諭督師，漏下二十刻，中使闞殿門以待，傳呼迫趣。援毫立就，宫省爲之嗟伏。應詔陳便宜，多所指切。進《循良》、《城守》二書，願頒諸選人爲挈令，章下所司。踰年，晉尚寶司丞，副掌典籍事。先是，典籍一官非復祖宗舊制，官資由他塗雜進。久者子弟枝附盤互於其中，當國者與外廷忤，疑爲煽動，坐以漏洩省中語，言之上，杖殺之，而改用公等。一二正流，擢自乙科，特重其選。公屏交遊、避名勢，雖爲當途引用，公務外弗肯與通。乃同事者班在公右，沾沾喜，自詡相君之私人，交關請謁，向時得罪者親黨側目思報，蜚語上聞，中外皆知公薰蕕不相緣染，而論者以官聯接跡，讕語及之。誣既白，猶用其文罷公，士論怫鬱。未浹月，起家擢任工部主事，從尚書吴橋范文貞公請也。范公憂神京孤注，增樓櫓它戎器，公襄其勞。無何，廟社淪胥，嬰城被執，誓以必死。皇清定鼎，卽舊官錄用。奔澹明公喪歸，而孝養吴夫人者八年。用疏薦復出，補營繕郎，管理三山，掌灰物之徵令，以共邦用。匠人之取厲、碫冶氏之給薪蒸，轉移執事之車牛僦費，公壹其數量，課以員程，烝徒稱平。乾清宫告成，得文綺名馬之賜。陞山東按察司僉事，整飭武德兵備。武德多鳴鶺暴客，豪大姓爲之窟穴，莫能擒治。公簡練營兵，署其驍雄爲右職，責以討捕。收府姦者置之法，縛巨猾送都市戮之，境内以清。視事一年，絕苞苴、恤徭役，督河漕之卒而牽輓，時申逋逃之條而株送免。惠政流聞。會入賀，遂乞養。後五年而卒於家，享年七十有四。學者私謚爲文孝先生，稱本志、序篤行也。

公於書酷嗜歐陽率更，得其楷法。世祖皇帝知其能，命書數紙以進，天語褒嘉，傳爲盛事。所著《玉劍尊聞》及《性譜日牋》、《内閣小識》、《羣玉直譽》等集數百卷。公之在典籍，嘗請下獻書之令，以備典章缺失，事不克就。至今金銷石泐之餘，考鉤黨之始終，辨政本之功罪，非公紀錄，孰可援據哉？

公生於丁亥八月之二十九日，卒於壬寅年十月之六日。元配王氏，繼王氏，再繼杜氏。少宰貴，於典得加恩二母，元配王贈恭人，而杜貤封亦如之。有六子：長少宰也；次清泰，諸生；次清傳，武進士，候補鑾儀衛；次清尚、清芳、清烈，與兄清泰皆早卒。孫男七人：允樸，胄監；允桓、允栴，皆諸生；允榛、允梧，皆清遠出；允杰，諸生，允構，皆清傳出。孫女五人。曾孫男五人：頤光、卿光、憲光、蔭光、誥光，皆允樸出。曾孫女三人。少宰以某月日葬公於真定某鄉之某原，禮也。

余與公定交於先朝，比去京師十五年，宿素已盡。唯公迎閤握手，高譚盡日，余疲薾不任趨拜，而公善飲啖，據鞍躍馬，能勤於其官。當是時，公之諸子鳴騶夾道，人或愛公，勸其少自暇逸，輒笑弗應。間爲余言年少時射麋擊兔於茂山之下、韓河之濱，極望平蕪，登高長嘯，慕袁絲、鄭莊之爲人。又先業在雕橋莊，有古柏四十圍，趙忠毅嘗過而憩焉。歲月不居，身名晼晚，每摩挲其下，彷徨嘆息不能去。余因察公志氣魁岸沉塞，類古勞人節士之風。年雖遲暮，宿心未摧，每思出其所長，自效於當世，非苟以家門貴盛樗散自全者也。彼愛公者，烏足以知公心哉！余投老荒江六年，衰病坎壈，倍於疇昔，公家英嗣皆以公故辱知余，余得棲遲閭里，苟視先人之飯含者，夫猶公賜也。嗚呼！其可無銘？銘曰：

漢有平原，觸忤宦豎。急難相勉，不憂不懼。偉哉裴生，爲前孝廉。徒步往送，崤澠之間。侃侃梁公，媲美前烈。執義名賢，古人之節。嬰也存趙，融乎訟楊。同垂信史，北州之良。伯鸞《五噫》，叔敬《七序》。作爲文章，掌帝之制。益耳有後，河西以封。一門萬石，四世五公。烈士暮年，壯心伏櫪。毋以老耄，敢自暇佚。恆山奕奕，滹沱洋洋。敦丘宰木，赤壤黃腸。我銘幽宮，以報死友。陵遷谷移，斯言不朽。

梁侍郎傳

汪懋麟

（《梅村家藏稿》卷四十二，《清代詩文集彙編》影印清宣統三年誦芬室刊本）

公姓梁氏，諱清遠，字邇之，又字葵石。先世山西蔚州人，始祖聚徙家北直之真定，遂世爲真定人。曾祖夢龍光祿大夫、太子太保、吏部尚書，贈少保。祖志，少保公第四子，封徵仕郎，中書舍人。父維樞，山東武德道按察司僉事，公其長子也。生負志節，善讀書，覽大義。徵仕公嘗攜謁高邑趙忠毅南星，以手摩其頂，亟稱之，曰：『非凡兒。』年十六，補諸生，自是名益著。崇禎十五年壬午，舉鄉試。明年試禮部，不第。甲申，流寇陷京師，畿輔大震。當是時，徵仕公與配吳淑人老，武德公官於朝，中外阻絕。公奉王父母避亂，備極勤苦。又間道探武德公消息，以慰其王父母，鄉里稱孝。

我國家正大統，禮部檄下諸郡，徵舉人拜官，公辭不就。順治三年丙戌，第進士，授刑部主事。時律例未定，公斟酌刑書，號稱詳平，具獄無冤。在部九月，用薦擢吏部稽勳司主事，尋調文選，遷員外郎。時曲沃衛公周祚爲郎中，共事，稱得人。遷考功司郎中，再調文選，遂掌選事。是時天下初定，流品雜進，公屏絕請謁，綜察典，澄敘進退，洽然清公。尚書陳公名夏歎曰：『梁君掌選，趙忠毅後一人也。』九年壬辰，會試同考，得二十三人，皆一時名素。益都孫公廷銓疏薦，擢太常寺少卿，提督四譯館。

尋晉大理寺卿，平反讞獄，與刑部、都察院議不合，獨爲一議。奏上，詔公議是。其不肯希指苟合多如此。

擢兵部督捕右侍郎。時嚴窩逃連坐法，四方逮繫纍纍，死亡填牢戶。公又奏上緝逃數事，皆見施行。又煮糜粥食囚人，保全無算。十二年，假歸。明年起補戶部右侍郎，督理錢法局弊。以釐調吏部左侍郎，贊內計，稱公勤。自公爲郎，在部久，諸司事練習，吏莫敢欺。未幾，坐薦人失職，左遷光祿寺少卿。蔚州魏公象樞亦左遷在寺，深相得。魏公請養去，公慨然曰：『良友行矣，吾何留？』即日疏請終養，歸。是時吳淑人與武德公夫婦白首無恙，公率諸孫奉觴上壽，一堂五世，至歡也。遂有終焉之意。

康熙元年，丁武德公憂，服除當起，以吳淑人老，再請終養。服除，移疾不即起。八年，里中姦人構大獄，誣公族，事既白，公不得已，出補光禄。稍遷通政司參議。居一歲，移疾歸。屏跡雕丘，葺少保公故所築壽槐堂以居。又名其退居之室曰『今是齋』，讀書課農以自適。間乘牛車入城，人不知爲貴官也。所著有《瘦史》、《雕丘雜錄》、《證道閑鈔》若干卷。二十二年，以老壽終於家，年七十有八。公爲人恬然寡營，進退以禮，得志則利物，不得志即引身自潔。生平喜讀書，尤明習典制。在朝里居，倉卒有疑事，人莫能辨者，皆問焉。早年工詩能文章，書法摹顏真卿，一時爭貴重之。晚好道書，夢入神宮，旁列仙吏。神脫仙吏冠冠公，公卻，神笑曰：『子能終不冠此耶？』及臨終，謂諸子曰：『吾胸中諸無所有，諸無所苦，神宮之夢，其不免乎！』遂歿。夫人王氏某封。子五人：允樸、允桓、允栴、允榛、允梧，俱以文名世其家，允桓知山東泗水縣。

公家世貴盛，當公之在朝也，從兄弟三人同列九卿，敷五公吏部左侍郎，蒼巖公亦由吏部左侍郎歷戶、禮、兵、刑四部尚書，時以爲榮。而公之坐事左遷，不無忌之者。公視之澹如也。

論曰：少宰公以學問從政，歷顯仕，著名跡，兄弟翺翔，人稱『三梁』。望其風者，如日星河嶽，企仰敬畏。少保公之遺澤遠矣哉！及乎歸老，婆娑雕丘，壽槐之下，幅巾道書，癯然山澤，卒登真脫屣以逝。雖神仙夢寐，荒誕不足道，以公之澹然宦情，遺棄世事若草芥，不足以動其毫髮之思，以視莊、列，又何遜焉！

（《百尺梧桐閣文集》卷五，《清代詩文集彙編》影印清康熙刻本）

皇清誥授光禄大夫保和殿大學士兼兵部尚書蒼巖梁公墓志銘〔一〕

高珩

聖主當陽，元臣佐命，此九州之所共慶者也。驚聞箕尾，殄瘁興嗟，此又九州之所共悼者也。九州遠矣，但以纖輔屈指，若青壇成公、純一杜公，數月之中，俱赴玉樓之召矣。然二公皆歸林下，棲遲里門久矣，且也壽皆逾八十有餘。至若蒼巖梁公方在政府，輔弼崇勛，蒸蒸未艾，年止七十有餘，而亦奄然謝世，則尤天道之不可測而萬姓百辟涕洟同悼者矣。予素忝公嚶鳴之好，四十餘年無少異，安能不北望潸潸、漣洏未艾乎？但以久病臥床，勉摻虎僕，自愧不文，或可附大賢以不朽云耳。

公諱清標，字玉立，號蒼巖，先世山西蔚州人。始祖諱聚始遷真定，遂家焉。六傳至高祖諱夢龍，登嘉靖癸丑進士，歷官光禄大夫、太子太保，贈少保，吏兵兩部尚書。曾祖諱思，官廕生。祖諱維基，歷官廣東南雄府知府，祖妣王氏。本生祖諱維本，官禮科都給事中，加一級，祖妣王氏。以公貴，三代皆誥贈光禄大夫、戶部尚書，加一級，妣贈一品夫人。

公生而潁異，識者知爲公輔之器。八歲隨任至南雄，江船夜泊，雷雨猝至，舟幾覆矣。踉蹌登岸，獨與一老僕偕行泥淖中十餘里，遥望一燈熒然，趨抵一舍，燈光忽沒，因就宿焉。黎明，乃返江滸。封翁驚喜，知有神明默相也。讀書目數行俱下，搦管成文，飆發泉湧。年十四，補博士弟子。壬午錄科，三試皆冠軍，秋領鄉薦。癸未成進士，授翰林院庶吉士。

順治元年甲申五月，皇朝定鼎，補原官。秋八月，丁父艱還里。旋丁母艱。服闋，趨朝。順治六年，授内翰林弘文院編修。七年四月，遇本生都諫公歿，給假治喪，復旋里。本朝之爲本生治喪者，自公始，遂爲定例，錫類無疆矣。回都，以覃恩受封。九年六月，陞國史院侍講學士，充武闈會試主考。十年五月，陞詹事府詹事兼祕書院侍讀學士。閏六月，陞祕書院學士。十二月，陞禮部右侍郎。旋以畿輔告饑，世祖章皇帝分遣重臣往賑，公同少司農祝公巡歷保陽諸州縣，殫心察覈，規畫周詳，人沾實惠焉。

十一年九月，調吏部右侍郎。十二年六月，轉左。本生母在籍病故，具疏給假治喪，奉旨：『準假三月，依限回部供職，不必作缺。』抵里後，念喪禮雖粗備，而兄少宰公疏請恤典，業蒙隆恩，光被泉壤，義當匍匐丘壠，同舉行大典，疏請展假期年。又奉温綸，著遵前旨，速來供職，乃復命。值大司馬員缺，特旨拜兵部尚書。公驚聞寵命，具疏控辭，其略云：『臣於部院諸臣中才品最下，年亦最少，尚書崇階，中樞重地，況疆圉用兵，非老成練達，鮮克勝任。臣何人斯，當茲重任。伏乞收回成命，別簡賢能。』奉旨：『中樞重任，卿以才望簡畀，著遵旨受事，不必遜辭。』遂入部辦事。宿吏黠猾，咸惴惴斂手矣。八月京察，具疏自陳，奉旨：『卿才品素著，特簡中樞，著益殫心供職，不必求退。』時蒙古諸部長朝闕下，公適以啓奏至，先帝目之，謂蒙古曰：『此朕新用兵部尚書也。』知遇之隆類如此。數召至南苑賜食，命騎御前馬，隨獵竟日。江南提督馬逢知素桀傲，所在多不法。世祖章皇帝諭令陛見，逢知念舊例當赴兵部行跪拜禮，乃托所知浼公乞免。公面叱不少假借，卒令拜跪，以折其氣。世祖章皇帝聞之，謂侍臣曰：『梁尚書不愧大臣矩度。』人咸謂公持大體云。

十四年三月，恭逢恩詔，公疏請移封本生父母如其官。時有武林斥生誣首逆案叩閽，意在婪詐，株連甚眾。公確訊，盡得其情，據實奏聞，立置之法，保全者數十家云。

十六年夏，海寇鄭成功猖獗，直犯江鎮。世祖下詔親征，遴擇隨征大臣十一人，以公多方略，俾提調各處兵馬。旋有總兵梁化鳳捷至，遂不果行。迨九月，言事者以海寇故劾本兵，遂鐫三級。十七年，甄別京官，自陳，奉旨留任。

十八年正月，今上登極，覃恩廕一子入監讀書。是年充殿試讀卷官。康熙元年，遵例考滿，奉旨：『梁清標在任有年，練達事務，著復職，照例賜羊酒表裏。』三年，再充殿試讀卷官。輔臣以選人壅滯，下九卿議停罷科目，公力持不可，曰：『科目一停，不能卽復。條例雖嚴，他時可改。且選法壅滯，當另議疏通。若停科，則失海內才俊心矣。』獨爲一議，卒得不罷。科目之有永，蓋公力也。五年，調補禮部尚書。六年，充會試主考。時用策論試士，公窮晝極晷，崇實學、黜浮議，得一百五十人，多知名士。三月京察，解任革職。公卽翩然歸里，手葺蕉林書屋，賦詩飲酒，優游泉石間，有終焉之志。

八年，今上親政，稔知公賢，特旨以尚書起用。將就道，會有刁弁誣構，將起大獄，公卽赴保陽就質，事得白。其始也，人多爲公危懼，公殊坦然。九年，補刑部尚書。聖天子好生□□，矜疑詳慎，獄無大小，并出睿裁。公仰承聖意，矜期平允，天下無冤獄。十一年二月，調補戶部尚書。公既領度支，悉心會計，撙節備至，宿弊一清。是年□誤應降罰者四案，俱奉旨寬免。

十二年京察自陳，奉旨於江濱。〔二〕次年正月，公偕督撫促可喜會議起行日期，而尚之信稱疾不至矣。又數日，乃議。之信攜家屬於二月度嶺，四月中，可喜繼之。而兵衆洶湧，盡出其什物以鬻於市，民多驚悸，思竄匿。公鎮靜以安羣心，迨吳逆以反聞，公多方慰諭，兵民始安。蓋安危所繫，在頃刻間。而朝命適至，止可喜之行，諭公還朝。是役也，行萬餘里，履危而安。路由南雄，公拜先人祠堂於東郊外。士人追思遺愛，俎豆勿替，而又喜公繡衮之至也，扶老挈幼，迎於道左。四十年前白頭老吏猶有存者，咸厚遇之。太守孝山陸公邀公至署第，觀少時經歷之所，□□忠□，喜與感並矣。

十三年四月，自粵東回，復命。是日上在便殿，召入，詳奏往還始末並粵東事宜，且盡卻可喜饋送儀物，天顏爲一笑焉。十四年，恭遇冊立皇太子，覃恩加一級，給新銜誥命。十七年，奉上諭，舉博學鴻詞，公薦徐釚等四人，皆名士也。十八年七月，地震，三品以上各官自陳，公引咎求罷，奉旨留任。十九年冬，有星見於西方，上命閣臣傳集九卿、詹事、科道至太和殿前，問應興應革事宜。公言：『秦中數年用兵，疲於轉餉，前者運糧入川，一人約費二十金，今又責之水運。聞蜀人云「川中有糧，何必重累秦民」，宜加軫恤。』或云：『恐川中無糧，奈何？』公云：『副都御史劉如漢、李仙根皆蜀人，可問也。』

二公對亦如之，奏上遂免秦運。

二十一年正月十四日，上以海宇昇平，賜宴乾清宮，張燈樂作以賜觴，羣臣盡歡。上首倡柏梁體詩，羣臣皆和。宴罷，命內侍扶掖出東華門，賜廐馬一匹。是年，充文武殿試讀卷官，得修撰蔡陞元爲首。夏苦旱，上傳問諸臣弭災之方，公言：『莫如省刑。今承問衙門或有遲延不結者，責累無辜。請敕刑部督捕，有案速結。』上納其言。

二十三年，改命以戶部尚書管兵部尚書事。蓋前此爲本兵者十三年，比再任，則恭遇昇平，烽燧偃息，公餘晏坐，斗室秉燭，丙夜不輟也。二十七年二月，奉特旨，陞補保和殿大學士兼兵部尚書。奉命往山陵，爲太皇太后陵廟神主填青，又奉敕監修《三朝國史》、《政治典訓》、《平定三逆方略》、《大清會典》、《一統志》、《明史》總裁官。

三十年，上見公步履矍鑠，精力壯盛，命滿洲大學士傳問公年齒及調攝之法。公生平不服藥，以脾氣之强，飲噉恆倍人。迨六月杪，竟患脾瀉，醫藥罔效矣。傷哉！

公之生平與人交，和易而久敬之，不立異於人，亦不詭隨以阿世。歷官四十餘年，絕無黨援，而進退自如。著作有《蕉林詩集》、《蕉林文稿》、《棠村詞》、《棠村隨筆》、《棠村樂府》、《蕉林奏草》，間以一二種行世，餘未授梓，藏於家。凡詩文贈答及書函往復，並不假手他人。好觀古人書畫，能評其真贋。又酷嗜書□，先賢詩文集有未刊刻傳布者，或於其子孫家繕寫副本，乃愉快焉。

族大丁繁，公視同一體，或昏不能聘、喪不能葬、日用不能自給者，公聞之，輒加賙恤，不待其人之來告也。復設義學一區，俾族人子弟肄業於其中。午未兩榜，同年在林下者近不過數人，公時修食問。

或子孫服官，及以他事入都者，莫不周全備至。蓋年誼之篤未有如公者。尤篤師門之誼，其後人有失意者，蹴居及薪水月給焉，始終無倦。待門下士，以文章德業相砥礪。至窮故人，歡然握手，如布衣昆弟。凡可以濟人之急、拯人於危，隱爲之地，不令人知者甚衆。眷念故鄉累歲荒歉，時加周恤。疾革時，猶殷殷念及云。蓋公公而忘私，中分涇渭而外無圭角，休休之度，昔賢無以加矣。

公生於前朝庚申年十二月十六日寅時，卒於康熙三十年八月初一日寅時，壽七十有二。歷官光禄大夫、保和殿大學士兼兵部尚書。元配王夫人，誥贈一品夫人，内弘文院典籍、加太常寺正卿、通政使司通政使王公諱鍾龐女。繼配吳夫人，誥贈一品夫人，再繼配待贈吳夫人，俱邑庠生吳公諱原陰女。再繼配誥封一品夫人楊夫人，邑庠生楊公諱似檀女。

子七：長允嘉，蔭生，誥贈奉直大夫、工部營繕清吏司員外郎，娶賈氏，誥贈宜人，前御史賈公諱名儒曾孫女、庠生諱忭女，俱先歿。次允劼，早殤。俱王夫人出。次允堅，庠生，娶兩江督標中營中軍守備王公諱原陞女，先歿。次允叡，聘福州府知府王公諱原直女。俱張孺人出。次允叙，吳夫人出，早殤。次允受、允最，俱張孺人出，早殤。

女八：長適太子少保、工部尚書傅公諱維鱗子、監生夔離，先歿。次早歿。次適工科左給事中、陞四川參議何公諱澄子、原任上林苑監、蕃育署署丞中柱。俱王夫人出。次適福州府知府王公諱原直子、歲貢生榮登。次許聘福州府知府王公諱原直子、監生榮命。次尚幼。俱張孺人出。餘二尚幼，俱楊夫人出。

孫男二：長雍，蔭生，刑部湖廣清吏司郎中，娶王氏，光禄大夫、太子少保、禮部尚書、謚文貞王公諱崇簡孫女、湖廣桃源縣知縣諱槱女。次穆，拔貢士，娶郝氏，光祿大夫、巡撫廣西、都察院右副都御史郝公諱浴女。孫女二：長適都察院右僉都御史劉公諱元慧子、監生藹，先歿。次適郝公諱浴子、歲貢生椿。俱允嘉出。曾孫男五：坊、埏、圻，雍出；坤、垍，穆出。曾孫女三人，一雍出，二穆出。

不佞之於公，同捷南宫，同官本天，固似有宿因矣。而公之兩兄官吏部侍郎者復與家兄瑋同捷南宫，公之先公官山東開府，不佞大父亦以御史司北畿學政。孔李通家，蓋累世矣。予臥病林下已久，而太皇太后之升遐也，予北詣闕下哭奠，乃一晤公，自此後不復得一握手矣。公乃每歲遠寄尺書，香茗嘉果，不一而足。何故人之念殷隆至此耶？寢門灑涕，宜老耄之不能自禁也。然三世茫茫、四洲淼淼，六如一偈，今古同焉。予蜉蝣之命，旦夕幾何，九泉握手，故知伊邇矣。蒿里之樂，當倍閻浮，豈以幽明有殊途哉？乃抆淚而銘之。銘曰：

聖朝元老，畿輔名賢。光昭祖烈，三鳳翩翩。啓沃元后，道濟顛連。仁壽何爽，遽躋星纏。熤熤貞珉，億萬斯年。

（《新中國出土墓誌·河北·壹》下，文物出版社二〇〇四年版，第三九三至三九六頁）

【校记】

〔一〕此文亦見劉友恆《正定縣梁氏家族墓地出土文物》，《文物春秋》一九九五年第一期，第三一至四一頁。文中言：『一九七九年正定縣文物保管所在中聖板村調查梁氏墓地出土文物時，發現了梁冰川、梁清標及夫人王氏、繼室吳夫人墓地銘，均徵回藏於正定縣文物保管所。』

〔二〕底本於此句後注云：『此行左鑿有溝槽，誌文缺損，故文意不連貫。』又《正定縣梁氏家族墓地出土文物》

言：『梁清標墓志，青石質，缺蓋。志石作正方形，……上存兩道鐵箍鏽痕。出土後因農戶改作它用，中間鑿一溝，致使兩行銘文泐損。』

保和殿大學士梁公墓誌銘

李澄中

公諱清標，字玉立，別號蒼巖，先世蔚州人。始祖聚徙居真定，遂家焉。六傳至曾祖夢龍，明嘉靖癸丑進士，累官吏部尚書，載在《明史》。祖思，官廕生。本生父維本，禮科都給事中。出繼伯父維基，歷官廣東南雄府知府。公八歲，隨任南雄，時江船夜泊，雷雨猝至，舟幾覆。公踉蹌登岸，獨與老蒼頭偕行泥淖中，遥望一燈前引，趨抵村舍，燈忽沒，乃就宿焉。十四爲諸生，壬午舉於鄉，癸未成進士，選翰林院庶吉士。

順治初，丁内艱歸。六年，服闋，授弘文院編修。七年，本生父都諫公歿，給假治喪。本朝爲本生父母治喪者自公始。假回，以覃恩受封。九年六月，陞國史院侍講學士，爲武闈會試主考。十年五月，進詹事府正詹事。閏六月，遷祕書院學士。十二月，擢禮部右侍郎。一歲三遷，蓋異數也。旋以畿輔告饑，奉命偕祝少司農分賑保陽諸郡縣。十一年九月，調吏部右侍郎。十二年六月，轉左。值本生母物故，再給假治喪。歸，特旨除兵部尚書，公具疏控辭，略曰：『臣於部院諸臣中才品最下，年亦最少，尚書崇階，中樞重地，況疆圉用兵，非老成鮮克勝任。乞收回成命，别簡賢能。』不允。公乃就職。會蒙古諸部來朝，公以啓奏至，世祖目之，謂蒙古曰：『此朕新簡兵部尚書也。』知遇之隆，罕有其比。數召至南苑賜食，命騎御馬隨獵。江南提督馬逢知素桀驁不法，世祖諭令陛見。故事，總兵入都，例至兵部行跪拜禮。逢知恃寵驕恣，將賄千金免庭謁，公不聽，卒成禮而去。既見，晏賚優沃，逢知訴之世祖，世祖笑曰：『此真大司馬矣。吾所賜者私恩，彼所持者國體也。』後逢知果以不軌罹於法，衆服公之先見云。

十四年，遇恩詔，封本生父母如其官。有杭州斥生誣首逆案，意在婪詐，株連者甚衆。公訊得其實，立寘於法，保全者數十家。十六年夏，海寇犯鎮江，世祖下詔親征，擇隨征大臣十一人，以公有方略，提調各處兵馬。總兵梁化鳳捷書旋至，遂不果行。十八年，世祖崩，公感知哭臨，哀不自勝。今上登極，覃恩廕一子入監讀書。是年充殿試讀卷官。

康熙元年，考滿，賜羊酒表裏。三年，再充殿試讀卷官。輔臣以選法壅滯，下九卿停罷科目。衆以闈中新例過嚴，不如暫停便。公力持不可，謂科目一停，不能即復；條例雖苛，異時可改。且選法壅滯，當別議疏通，若一停罷，失海内才俊之心。遂獨爲一議，終得不罷。五年，轉禮部尚書。六年，充會試主考，所得多知名士。三月京察，解任革職。公單車抵里，葺蕉林書屋，藝花蒔竹，縱讀所藏書，以詩文爲程課，有終焉之志。

八年，今上親政，稔知公賢，特旨以尚書起用。九年，補刑部尚書。當是時，多諾爲侍郎，蒙主眷甚深，於人才少所許可。公補尚書方數日，忽問公曰：『連日何不見公發一言？』公不審所以，謾應之曰：『予初入署，事多未諳，敢妄議論乎？』諸大笑而散。又數日，乃知上曾問公在刑部狀，諾對以持重詳慎，語不妄發。蓋自喜其言之中也。十一年，調戶部尚書。上又問部院諸臣優劣，多諾時爲都御史，對曰：『諸臣中梁某第一。』已，戶部侍郎班迪入奏事，上又問梁某何如人，迪對如多諸言。其爲同列所推重如此。

十二年秋，奉璽書召安南王尚可喜移鎮遼左。公至廣州，可喜迎旨江上。是年冬，吳三桂反滇南，可喜子尚之信暗通賊，反形已露，人情洶遽，不知所爲。參將高傑感公恩，私謂公曰：『尚之信反在旦夕，傑已備船城外江中，事急可從此遯也。』公笑曰：『吾大臣，遯將安之乎？』從容吟嘯如常。著有《使粵集》。會督撫皆以可喜宜留守，具疏奏聞，上允行，乃諭公還朝。途次南雄府，拜南雄公祠於東門外。郡父老聞公至，攜壺漿迎道左。四十餘年，老吏咸白首，猶有存者，相與述南雄公遺愛，多泣下。而太守陸君復邀公至署內，觀少時遊歷之所，俯仰傷懷。十三年四月，粵東回，是日上御便殿，詳奏往返始末竝粵東情形，以盡卻可喜餽遺稱旨。十七年，上諭舉博學弘詞，公薦徐釚等四人。

十九年，彗星見西方，上命閣臣傳集九卿於太和殿前，問應興革事宜。公曰：『天道幽遠難知，但星見於西方，又色白，秦中天下安危所係，數年用兵，疲於轉餉。前者運糧入川，一人約費至二十餘金，民已竭矣。今又責之水運，民力豈堪重困哉？近聞蜀人云：「川中糧且有餘，何必更累秦民？」』閣臣云：『恐川中無糧，奈何？』曰：『都御史劉如漢、侍郎李仙根皆蜀人也，見在可問。』二公對，亦如之。遂免秦運。二十一年正月上元，上以海內昇平，賜宴乾清宮，張燈樂作，以次觴羣臣盡歡。上首唱柏梁體，羣臣繼和。宴畢，命內侍扶出東華門，賜內廐馬一匹。是年再充殿試讀卷官。首夏苦旱，上傳問羣臣弭災之方，公對以自古憂旱莫如省刑，今問刑衙門恐有遲延，累及無辜者，請勑刑部督捕，有案速結。上深納其言。七月，彗星見於東北，閣臣復奉命傳問，公曰：『連歲軍興，民殫財盡，元氣凋傷，全賴休養。求治不必太急，宜靜勿動，以示休息。』或謂虛言無實。公曰：『靜字之義甚廣，凡新舉行者皆宜報罷。』上復嘉納之。

二十三年，改命公以户部尚書理兵部事。公前此爲本兵十三年，事事區畫有理，所拔材武至數百人。上以公熟諳機宜，謂兵乃國家大事，念諸臣中未有練達如公者，故重用之。然是時中外寧謐，烽火無警，事不盤錯而辨。公爲人丰神玉映，目閃閃有光。平生持大體，不妄言笑，喜接海内聞人。讀書作詩外無他好，法書、名畫、鼎彝諸物，架上恆滿。公蚤達，回翔中樞三十餘年，所垂良法善政，後人多遵奉之。二十六年冬，值太皇太后升遐，公哭臨盡禮。二十七年二月，特旨補公保和殿大學士，再充文武殿試讀卷官，旋奉命往山陵爲太皇太后填青。又奉勅監修《明史》，爲《三朝國史》、《政治典訓》、《平定三逆方略》、《大清會典》、《一統志》總裁官。今年春，上以公矍鑠精健，問公年齒及調攝之法。公對以居恆不服藥餌，惟飲啖倍人，數日一入廁耳。六月杪，忽患脾瀉，至八月初一日卒。遺疏奏聞，上悼惜。公坦易無城府，居官四十年，不植黨援。見一善則稱道不置，每庭謁，必以道德文章相砥礪，真所謂無拔有容者耶！所著有《蕉林詩集》、《蕉林文稿》、《棠村詞》、《棠村隨筆》、《棠村樂府》、《蕉林奏草》。

公生於前庚申十二月十六日，終於康熙辛未八月初一日，年七十有二。歷官光祿大夫、保和殿大學士兼兵部尚書。元配王夫人，繼娶吴夫人，俱誥贈一品夫人。再繼吴夫人，又繼楊夫人，誥封一品夫人。子七人，長允嘉，工部營膳司員外郎，先卒。次允劼，蚤殤。俱王夫人出。次允堅，先卒。次允叡，俱庶張孺人出。次允敘，吴夫人出，先歿。次允受、允最，亦張孺人出，俱蚤殤。孫男二人，雍，刑部湖廣司郎中；次穆，拔貢生，俱允嘉出。

澄中謭陋無似，通籍十餘年，碌碌無足比數。戊辰春，偶爲劉舍人父作墓誌，遂爲公所歎賞，乃昌言於朝，一時士大夫稍有知予能文字者，實自公始也。昔李贊皇能好士，比歿，爲誌狀者七十餘家。澄中不自揣，謂以文字受公知最深，媿無以報公於地下，故誌公行事，竊附於古人之義，亦以見澄中之感知，雖沒齒不忘焉。

銘曰：於赫梁公，海涵嶽負。年少登朝，訖於白首。憐才若渴，有容無私。洊歷六部，永垂良規。銜命粤東，險履虎尾。蹇蹇不回，視同蟲螘。暫時假歸，手葺蕉林。扶恬抑競，儀型古今。衡監在胸，保全善類。讜論諤諤，國家元氣。猷詢黃髮，幹轉璣衡。身依日月，以佐太平。位列公孤，文侔燕許。瓦缶爭鳴，吾弗與汝。功名文藻，洵美且都。大河以北，比烈崔盧。恆山之陲，滹沱之涘。俯仰遺風，高山流水。

（《白雲村文集》卷三，《清代詩文集彙編》影印清康熙三十八年刻本）

清敕封孺人梁母王氏墓誌銘

高珩

昔人覽武子之詩，曰：『悽然增伉儷之重旨哉！』此言足抵安仁一賦矣。建言有之：如賓如友，芝蘭分袂，能不傷乎。然此猶嚶鳴之恆情、河梁之統致也。夫酒食徵逐，屠沽不廢，麗澤攻玉，斯直諒之英也；宴樂鼓歌，如堵何益，風雨益親，斯嶔崎之輔也。友固以砥德而真、以同患而重矣。至於百折摧心，千憂疾首，潮汐涕泣，荼蓼肝脾，以聚首之晞嘘，重分輳之瘖嘆，則友又以悽多愉少，而增永懷。至於琴瑟之誼，兼斯備熾。班、張永夕，方之渺如，而薤露蘭霜，大鈞莫問。敬紬彤史，以嗣班書，古之人共遵此義矣。予是以讀宗伯公之狀王夫人，而愾然三嘆也。

夫人姓王氏，由太原徙真定，則始祖大賢也。數傳至兵備公，撫民居官，有聲績。兩子蔚、藻，俱貴顯。而藻以戊辰進士爲御史，彈劾不避權要，忤時出爲監司，仕至方伯，廉介絕俗。公孫鍾龐爲趙忠毅公南星之甥，同罹璫禍，以是著名，官中翰數十年，卒贈通政使。生二子。長公原膴，見爲廣西右布政使。女卽夫人也。尹姞毓秀，有自來矣。甫笄于歸，卽能孝謹，得姑嫜意，姻黨咸稱之。先生少病失血症，夫人長齋茹素，炳香籲天，祈以身代，先生乃霍然起也。先生軒軒，霞舉高亮，而略於家人產，乃門以內，金刀蔬茹，秩秩有經，則夫人持籌明敏力也。

甲申之變，海水羣飛，風鶴惶惶，履及于皇。先生扶兩尊人跳身出，靡家靡室矣，而干掫有旅，餱糧有橐，若宿具然。風波震怖，究底寧宇，則夫人暇以整也。或先生感會有所難忍，則夫人佐以平情；或臧獲有所教責，則夫人佐以薄譴。靜好之言，盡爲紘章。先生狀曰：『予雖不盡能從，然旋輒大悔，蓋閨閤益友，不虛也。』翟褘焜煌，意如綦縞。至於賙窮振約，則不以數數爲煩，是鍾離子之宿德也。癸卯，哭長君；甲辰，復哭幼子；乙巳，再哭女、哭媳，汍瀾頻仍，鏡臺依依血淚痕，遂侵尋藥裹床笫間，奄然玉折矣。傷哉！

先是，少女結褵宦邸，雖病劇中，急遣南歸，或以留侍藥餌爲言，夫人正色曰：『新婦歸拜高堂，禮也。豈以彌留殘喘，遂缺然姑舅禮乎！』其明於大義如此。先生狀曰：『夫人卽不言，予益悲其心矣。』蓋迴憶衷曲，尤有隱痛也。夫人實太夫人之甥女，太夫人女兄弟相愛也，故爲先生委禽焉。先生狀曰：『予悼予妻，復追憶先妣，不禁涕淚之沾衣。』蓋念結慈幃，故茹痛益深也。

往者予與先生遊先農壇，長君從焉，言恂恂不出口，允矣烏衣子弟也。然神清而骨瘦，有弱不勝衣之致，予心竊疑之。又余南宮同門友張都憲伯珩善姑布子卿之術，嘗推先生祿命，曰：『刑沖太重法，利於官中樞，十載無疑，然而骨肉恐亦凋殘矣。』今一一有徵，豈非天哉，豈非天哉！余向讀先生所自爲長君狀，嗚咽峽猿，今再讀夫人行狀，淒然離鸞別鵠之聲，未嘗不泣下潸潸也。夫蒿里片地，罔問賢愚；鳳靡鸞訛，並及閨秀。彼神傷腹悲，止是鍾情闡𢅥語耳。今夫人之於先生，闡𢅥相將，儼然莊、惠，哀詞件繫，笛聲又起山陽矣。予惟昔人有言：人生豈有百年父子乎？蓋亦無百年夫婦也明矣。然自授室以後、耆頤之前，約可四十餘年耳。今此四十餘年中，慈孝無違，唱隨有懌，一門之內，苴麻不驚，信爲天倫樂事也。塵世如此，亦足以豪矣。然而榮途盛齒，回首空花；憂樂相尋，究歸閔恤；朝槿方豔，夜臺已驚；兒女團欒，旋悲泉壤。既奪懷抱，旋以身殉之，自非太上，安能矯語忘情哉。漆園鼓盆，卽云吳兒木腸，非過也。予嘗深繹子休之歌，畛分形氣。夫形氣既分，天人倫聚，哀樂之情，聖人亦，復猶人耳。若超然形氣之先，則七尺假合，孰爲愠喜，百年離會，等於風萍，此達人所以怡然、曠士遊於方外者也。從來隧道之詞，率埋玄壤，若俟千年之後，斷碣人間，既非所望，不者羨門琬琰，豈果俟修文地下者採之乎？余不佞，鸜眼生塵，漫摛數語，既以表夫人之德，而亦以節先生之傷，庶曠然於憂哀之表云耳。先生爲兵部尚書，時加一級，遇覃恩，應封一品夫人。先生籲恩移以贈本生妣。而先是先生官編修，夫人曾受七品封，故題墓止稱孺人云。生二子：長允嘉，官廕生，娶御史賈公名儒孫、庠生忭女，先卒；次允劼，未聘，痘殤。女三：長適工部尚書傅公維鱗長男、庠生爕鼐，先歿；次許聘兵部侍郎許公守謙曾孫、庠生洤長男岳胤，先歿；次適川北道參議何澄長男、庠生中柱。孫二：長雍，官廕生；次穆。皆尚幼，孿生也。孫女二：長許聘辛丑進士劉元慧長男蕃，次尚幼。皆允嘉出。外孫男一，外孫女一。夫人生於壬戌年十一月廿七日寅時，卒於丙午年十一月初七日巳時，享年四十五歲。將以康熙丁未年十二月十五日葬於北勝坂村之祖塋，乃係之銘：

猗歟夫人，鍾郝爲師。龍蛇職歲，女宗當之。易遷何地，埋玉於斯。億萬年兮，視此銘詩。

清待贈夫人梁繼室吳夫人墓誌銘

王崇簡

戶部尚書梁公清標之娶繼室吳夫人也，適里居間。以韻語寄余，每有靜好之音，意其夫人必賢。既而官京師，過其第，舍內外秩秩，公動作殊晏然，談次，知其內事修整，夫人果賢者也。亡何，夫人疾作，公憂形於色。及不起，則黯然神傷，若有無窮之悲者，述其閨中之行，屬銘於余。讀其辭，纏綿而悲愴，余雖老矣，不忍辭。嗚呼！先王制禮無再娶之文，大夫以下不得已而娶，凡以經營內事耳。夫以一處子一旦入人之室，事既婚之夫，撫已生之嗣，前人之遺矩可存可亡，閫內之經紀難緩難急，且尊卑左右之環視其短長者，輩輩相望，非有幽閑淑慎之質，求其宜家宜人，蓋亦難矣。公之述夫人也，歸公時甫十六歲。當入門之初，莊肅溫和，內而娣姒，外而門從姻黨，下及阿保傔媵，羣趨眾拜，夫人不矜不異，處之咸宜，頌夫人之賢者比比矣。迨綜理內事，一言一行，悉中條序。撫前子所遺諸孫，朝食暮衣之加意，猶人之所能，而恩勤篤至，若無時不在其意中。適人之女，來則眷戀，去則泣思。育少室所生子女，不知者不知其非己出也。一切媚宗長幼，輯睦以惠和。指使而下，約劑□貞肅，體卹以順柔，無疾言厲色，一皆麗於矩度。公遭狡弁之誣，質理二百里外，夫人修飭家政，經六越月，門內若無事者。賢哉夫人，可爲繼室之模範矣。公又言：『自吾妻亡後，每至中舍，庭戶如故，婢嫗散處，觸境愴懷，卽荀奉倩、孫子荊之感傷，未足喻其悲涼。』余則以爲奉倩徒以色，子荊亦悼亡之常，夫人之賢，豈僅在此哉？宜乎公有無窮之悲也。

夫人真定望族文學公崑胤之長女。四歲而文學歿，育於從世父崑胤。與其妹煢煢相依，凝秀端慧，早有淑聞。于歸五年，甫二十而歿。賢而無命，有足悲焉。順治癸巳正月二十九日巳時生，卒則康熙壬子八月初七日卯時也。前王夫人生子允嘉，娶賈氏，前亡。子一，允堅；及一女，少室出，尚幼。王夫人所出女，工科左給事中、四川參議何公澄子、庠生中柱，其壻也。孫男：長雍，廕生；次穆。皆十一齡。長孫女許聘鄒平知縣劉君元慧子蕃，次幼，俱允嘉出。嗚呼！夫人雖無出，牽連書之，以見夫人於諸子孫皆如己出也。銘曰：

邦之媛也儼天姿，家之宜也繼室師。信爲賢也止於斯，天不可問也悲無時。勒辭幽堂，以繫夫君之思，也庶幾乎窈窕之詩。

梁清標傳

梁清標，直隸真定人。明崇禎十六年進士，官庶吉士。福王時，以清標曾降附流賊李自成，定入從賊案。

本朝順治元年，投誠，仍原官。尋授編修，累遷侍講學士。十年五月，遷詹事。閏六月，遷祕書院學士。十二月，擢禮部侍郎。十一年，敕賑直隸八府災民，清標與侍郎祝世允分賑保定所屬二十州縣、三衛一所，並順天府屬騰驤、永清二衛屯丁之在保定者，還奏稱旨。十二年，調吏部右侍郎。奉詔陳政事得失，清標疏言：『民生休戚，繫乎牧令。請令督撫重視州縣官，勿使疲於趨承；假以便宜，俾興利除害，無或掣肘。臺臣職居言路，舊有部郎改授之例，宜令各部堂官擇端方讜直者，與卓薦州縣各官，一體考選。吏部掌人材進退，宜於選、功二司，設記功、記過二簿，於序俸陞選中，仍分別察核，以昭懲勸。山林隱逸，屢奉詔薦舉，未有應者，請敕九卿公舉數人，禮聘入京，召見咨訪，以收旁求實用。』下部議行。是年，轉左侍郎，以本生母喪歸。十三年四月，遷兵部尚書。八月，同尚書衛周祚等奉敕督賑順天府屬二十七州縣。

十六年，海賊鄭成功由鎮江犯江寧，給事中楊雍建疏言：『海氛告警，宵旰焦勞。樞臣職掌軍機，於地形之要害，防兵之多寡，剿撫之得失，戰守之緩急，不發一謀，不建一策，僅隨事具覆，依樣葫蘆。不曰今應再行申飭，則曰臣部難以懸擬。既不能盡心經畫決策於機先，又不能返躬引咎規效於事後。

請天語嚴飭，以儆尸素。』詔兵部回奏。時尚書伊圖奉使雲南，清標同侍郎額赫里、劉達、李棠馥疏辯：『自有海警以來，凡調發機宜，隨時斟酌，審勢議覆，未敢依樣葫蘆，因循推諉。』得旨：『樞臣職司戎務，調度機宜，盡心籌畫，方爲不負委任。此回奏巧言飾辯，殊不合理。著再回奏。』於是自引咎，下吏部察議，三侍郎皆降二級，清標降三級，各留任。十七年二月，京察自陳，諭曰：『梁清標經朕特簡，畀掌中樞，自當殫竭心力，以圖報效。乃凡事委卸，不肯擔任勞怨，本當議處，姑從寬免。其痛自警省，竭力振作。』五月，上以歲旱，令部院諸臣條奏時務。清標與李棠馥疏言：『兵馬往來之地，應用米豆、薪芻、牛酒、羊豬，及鍋剷、槽椿諸物，上官取諸下司，下司取諸民間，賠累無窮。又姦民揑告通賊謀叛，蠹役貪官借端取貨，生事邀功，致善良受害，應俱嚴行飭禁。』得旨：『所奏上官取諸下司，下司取諸民間，及借端取貨，生事邀功，著確指其人。』於是復奏：『邇年地方官藉兵馬往來，濫派民間，則有丹徒知縣陳經筵、合肥知縣岳呈祥等，爲巡撫張中元、總督蔡士英所劾；藉通賊謀叛名，魚肉平民，則有桐城知縣葉桂祖、常熟知縣周敏等，爲給事中汪之洙、巡按何元化所劾。其未經劾奏者，不知凡幾，故請旨飭禁，懲前以毖後。』疏下部知之。

康熙五年，調禮部尚書。六年，充會試正考官。旋遇京察，革職。八年，輔政大臣鼇拜以專擅獲罪拘禁，詔復前此無故黜革諸臣原官，清標預焉。十年，補刑部尚書。十一年，調戶部尚書，充經筵講官。十二年，平南王尚可喜請撤藩歸遼陽，命清標往廣東經理藩屬遷移事，旋以逆藩吳三桂反，仍敕可喜留鎮，清標還京。十八年，給事中姚締虞請寬科道糾劾不實處分，許以風聞言事。上召詢九卿等，清標奏曰：『言官奏事，原不禁其風聞。恐有藉稱風聞，挾私報怨者，是以定有審問全虛處分之例。宜如舊。』上是其言。二十一年，命九卿等議改强盜不分首從皆斬例，刑部尚書果斯海等議盜犯爲從者免死。清標與左都御史徐元文等謂宜循舊例，別爲一議。上召詢清標，奏曰：『法外施仁，原屬至美之事，但强盜皆係兇惡，難分首從，或罪果可矜，間行寬減，應出自特恩。若預定一例，則將僥倖於不死，而愈恣爲盜。』上曰：『朕因每歲盜案處決甚多，究其所劫之物甚微，豈盡甘於爲盜？或以飢寒所迫，深爲可憫，故與爾等商之。今所言極是，當仍舊例，別思弭盜良法。』二十三年，命以戶部尚書管兵部事。

二十七年，授保和殿大學士。是年，湖北巡撫張汧貪婪事覺，清標曾保舉爲布政使，部議革職，得旨，降三級留任。三十年，死。遺疏入，得旨：『梁清標簡任機務，宣力有年，勤慎素著。忽聞溘逝，朕心深爲軫惻！』下部議，賜祭葬如例。所著有《蕉林文集》。

（《清史列傳·貳臣傳》，中華書局，一九八七年，第六五八四至六五八六頁）

附録二　年譜簡編

本年譜作爲梁氏詩文集之附録，於編纂時特重記其與諸密友及文士間之往來，如其詳細行跡，則俟後之單行《年譜》。

明萬曆四十八年庚申（一六二〇）　一歲

十二月十六日，生。

高珩《兵部尚書蒼巖梁公墓志銘》：『公生於前朝庚申年十二月十六日寅時。』

明天啓七年丁卯（一六二七）　八歲

隨梁維基赴任至廣東南雄。

高珩《兵部尚書蒼巖梁公墓志銘》：『八歲隨任至南雄，江船夜泊，雷雨猝至，舟幾覆矣。踉蹌登岸，獨與一老僕偕行泥淖中十餘里，遥望一燈熒然，趨抵一舍，燈光忽沒，因就宿焉。黎明，乃返江滸。封翁驚喜，知有神明默相也。』

明崇禎六年癸酉（一六三三）　十四歲

補博士弟子。

高珩《兵部尚書蒼巖梁公墓志銘》：『年十四，補博士弟子。』

明崇禎十三年庚辰（一六四〇）　二十一歲

七月，長子允嘉生。

《蕉林文稿·梁伯子行略》：『梁子允嘉，字子柔，家司馬長子，生而穎異，……生於庚辰七月十三日丑時，卒於癸卯十二月初三日辰時，享年僅二十有四。娶賈氏，故侍御賈公名儒曾孫女。』

明崇禎十五年壬午（一六四二）　二十三歲

中順天鄉試。

高珩《兵部尚書蒼巖梁公墓志銘》：『壬午錄科，三試皆冠軍，秋領鄉薦。』

李澄中《保和殿大學士梁公墓誌銘》：『壬午舉於鄉。』

明崇禎十六年癸未（一六四三）　二十四歲

九月，成進士，授翰林院庶吉士。

高珩《兵部尚書蒼巖梁公墓志銘》：『癸未成進士，授翰林院庶吉士。』

《明史·莊烈帝本紀》：『十六年九月辛亥，賜楊廷鑑等進士及第、出身有差。』

明崇禎十七年、清順治元年甲申（一六四四）　二十五歲

降附李自成。後被南明朝廷定入從賊案。

《清史列傳·梁清標傳》：『福王時，以清標曾降附流賊李自成，定入從賊案。』

五月，清軍入京，投誠，補原官。

《清史列傳·梁清標傳》：『本朝順治元年，投誠，仍原官。』

高珩《兵部尚書蒼巖梁公墓志銘》：『順治元年甲申五月，皇朝定鼎，補原官。』

八月，丁父艱還里。旋丁母艱。

高珩《兵部尚書蒼巖梁公墓志銘》：『秋八月，丁父艱還里。旋丁母艱。』

清順治六年己丑（一六四九）　三十歲

服闋還朝。四月，授内翰林弘文院編修。

高珩《兵部尚書蒼巖梁公墓志銘》：『服闋，趨朝。順治六年，授内翰林弘文院編修。』

《世祖實錄》順治六年四月：『己亥，授庶吉士梁清標、馮溥、李昌垣、黄機爲内翰林弘文院編修。』

夏，送張瑃按蜀。

《蕉林詩集》七言律一《送張伯珩同年按蜀》：『銜命炎途白簡寒，錦城初擁惠文冠。』

胡全才坐事褫職，詣部自陳未果，還太原，賦詩送之。

《蕉林詩集》五言律一《胡韜穎同年入京賦贈》，七言律一《送同年胡韜穎還太原》：『北風黯澹促歸裝，送爾臨岐泣數行。』

冬日，李呈祥、張玄錫過訪，飲惠泉水，作詩賦贈。

《蕉林詩集》五言律一《李吉津張仲若冬日過訪飲惠泉水賦贈》。

初度，有詩。

《蕉林詩集》五言律一《己丑初度》。

除夕，有詩。

《蕉林詩集》五言律一《己丑除夕》。

清順治七年庚寅（一六五〇） 三十一歲

元日，有詩。

《蕉林詩集》五言律一《庚寅元日》。

清明，遊農壇。花朝前，同李呈祥、王崇簡飲米壽都齋中。

《蕉林詩集》五言律一《清明遊農壇》、《花朝前同吉津敬哉飲米吉土齋中》。

胡全才寓真定僧舍，以詩寄之。胡氏復過訪蕉林邸舍，有詩。胡氏再往真定，賦詩送之。

《蕉林詩集》七言律一《寄胡韜穎中丞時寓真定僧舍》、《胡韜穎過訪邸中》，五言律一《送胡韜穎再往真定寓東園》。

本年四月，本生父梁維本去世。秋，給假治喪，還里，途經定興、保定、新樂。

高珩《兵部尚書蒼巖梁公墓志銘》：『七年四月，遇本生都諫公歿，給假治喪，復旋里。本朝之爲本生治喪者，自公始，遂爲定例，錫類無疆矣。』

《蕉林詩集》五言律一《定興道中》：『秋氣侵征袂，輕裝逐曉風。』其後二詩爲《保定道中拜漢昭烈關壯繆張桓侯廟》、《晚行新樂道中》。

歲暮，胡全才自京城返回，蕉林訪之於東園。

《蕉林詩集》七言律一《歲暮胡韜穎返自都門余訪之於東園》。

清順治八年辛卯（一六五一）　三十二歲

春，在里中，新晴出郭。上巳，在靈壽道中。

《蕉林詩集》五言律一《春暮新晴出郭》、《上巳靈壽道中》。

夏日，白胤謙出使吳楚，便道歸省，賦詩送之。

《蕉林詩集》七言律一《夏日送白東谷同年奉使吳楚便道歸省》：『三殿初傳祀典崇，美人擁節倭遲中。帆檣萬里通南嶽，花草千年識故宮。』

《（光緒）湖南通志》卷七十三：『順治八年，遣侍讀學士白允謙致祭（南嶽衡山）。』

登陽和樓。

《蕉林詩集》七言律一《夏日登陽和樓》。

陽和樓，在真定。《(雍正)畿輔通志》卷五十四『古蹟』：『陽和樓，在(正定)府治南，元至正十七年建。』

秋，姜圖南入秦巡視茶馬，賦詩送之。

《蕉林詩集》七言律一《送姜匯思侍御巡視茶馬入秦》。

冬，郝浴巡按四川，賦詩送之。

《蕉林詩集》五言律一《送郝冰滌侍御按蜀》。

《碑傳集》卷六十四趙士麟《巡撫廣西雪海郝大中丞公傳》：『辛卯，世祖章皇帝親政，甄别臺班，以公才，改授侍御史，旋巡按四川。』

張玄錫頒親政詔之河南，賦詩送之。

《蕉林詩集》七言律一《送張仲若同年頒親政詔之河南》。

《清史稿·世祖本紀》：『八年春正月庚申，上親政，御殿受賀，大赦。』

清順治九年壬辰(一六五二)　三十三歲

六月，陞國史院侍講學士。

高珩《兵部尚書蒼巖梁公墓志銘》：『九年六月，陞國史院侍講學士。充武闈會試主考。』

《世祖實録》順治九年六月：『以新定翰詹官員升轉例，升……編修梁清標爲内翰林國史院侍講學士。』

《蕉林詩集》七言律一《夏日遷官》：『豈有文章干氣象，濫從婚宦誤樵漁。』

九月，充武闈會試主考。

《世祖實録》順治九年九月：『丙子，命内院大學士范文程、額色黑、侍讀學士薛所蘊、侍講學士梁清標充武會試主考官。』

《蕉林詩集》五言律一《武闈曉雨》，七言律一《武闈夜坐》。

按：《清史稿·選舉志》：『武科自世祖初元下詔舉行，子午卯酉年鄉試，……次年九月，會試於京師。』

清順治十年癸巳（一六五三）　三十四歲

立春，有詩。

《蕉林詩集》五言律一《癸巳立春》。

五月，陞詹事府詹事，兼祕書院侍讀學士。閏六月，遷祕書院學士。十二月，擢禮部右侍郎。

李澄中《保和殿大學士梁公墓誌銘》：『十年五月，進詹事府正詹事。閏六月，遷祕書院學士。十二月，擢禮部右侍郎。一歲三遷，蓋異數也。』

《世祖實録》順治十年五月：『丙子，陞侍講學士梁清標爲詹事府詹事，兼内翰林祕書院侍讀學士。……閏六月戊子，陞侍讀學士梁清標爲內翰林祕書院學士。……十二月，陞……內翰林祕書院學士梁清標爲禮部右侍郎，仍兼原銜。』

秋，張標任許州知州，賦詩送之。

《蕉林詩集》七言律一《送張嗣留守許州》。

李呈祥因上疏言辨明滿漢之事革職下獄，幾死，流徙盛京。將發，蕉林賦詩贈之。

《蕉林詩集》七言律一《贈李吉津出塞》。

《世祖實錄》順治十年二月：『先是，詹事府少詹李呈祥辨明滿漢一疏，有旨切責，都察院副都御史宜巴漢等因劾呈祥譏滿臣爲無用，欲行棄置，稱漢官爲有用，欲加專任。陽飾辨明，陰行排擠。命革李呈祥職，下刑部。至是部議：呈祥蓄意姦宄，巧言亂政，當棄市。上命免死，流徙盛京。』

郁之章備兵漳南道，賦詩送之。

《蕉林詩集》七言律一《送郁光伯比部備兵滇南》。

女殤，爲詩哭之。

《蕉林詩集》七言律一《哭殤女》。

冬，送申涵光還廣平。

《蕉林詩集》五言律一《送申凫盟還廣平》：『詩篇傳洛下，風雪渡滹沱。』

有詩寄李呈祥。

《蕉林詩集》七言律一《寄李吉津》、《吉津書來卻寄》。

從獵南苑。

《蕉林詩集》五言律一《冬日從獵南苑》。

《世祖實錄》順治十年十二月：『辛未，上幸南苑。』

清順治十一年甲午（一六五四）　三十五歲

宋琬補隴右道僉事，賦詩送之。

《蕉林詩集》七言律一《送宋玉叔僉憲之任隴西》。

《碑傳集》卷七十八王熙《通議大夫四川按察使司按察使宋公琬墓誌銘》：『調吏部稽勳司主事，旋外補陝西，分巡隴右道僉事。』

二月，畿輔告饑，奉命往賑，巡歷保定諸州縣。宿良鄉縣，遇雨。路經涿州、定興，至保定。

高珩《兵部尚書蒼巖梁公墓志銘》：『旋以畿輔告饑，世祖章皇帝分遣重臣往賑，公同少司農祝公巡歷保陽諸州縣，殫心察覈，規畫周詳，人沾實惠焉。』

《清史列傳·梁清標傳》：『十一年，敕賑直隸八府災民，清標與侍郎祝世允分賑保定所屬二十州縣、三衛一所，並順天府屬騰驤、永清二衛屯丁之在保定者，還奏稱旨。』

《蕉林詩集》五言律一《春日奉命賑上谷出都門》、《宿良鄉縣遇雨》、《涿州道中》、《定興道中小憩古寺》、《至保定》、《完縣有木蘭祠》、《易州懷古》。

胡全才撫治鄖陽，賦詩贈之。

《蕉林詩集》七言律一《贈胡韜穎同年撫治鄖襄》。

《世祖實錄》順治十一年正月：『己酉，擢……江西饒南九江道參議胡全才爲都察院右僉都御史，撫治鄖陽，提督軍務。』

秋，王澧頒詔贛州，便道歸省，賦詩送之。

《蕉林詩集》七言律一《送王楚先同年頒詔贛州便道歸省》。

秦世楨任浙江巡撫，賦詩贈之。

《蕉林詩集》七言律一《贈秦瑞寰中丞填撫浙江》。

胡延年備兵洮岷道，賦詩贈之。

《蕉林詩集》七言律一《贈胡蒼恆使君備兵洮岷》。

九月，調吏部右侍郎。

高珩《兵部尚書蒼巖梁公墓志銘》：『十一年九月，調吏部右侍郎。』

《世祖實錄》順治十一年九月：『調禮部右侍郎梁清標爲吏部右侍郎，兼内翰林祕書院學士。』

望李呈祥書不至，有詩寄之。

《蕉林詩集》七言律一《望吉津書不至》、《再寄吉津》。

除夕，有詩。

《蕉林詩集》七言律一《甲午除夕》。

清順治十二年乙未（一六五五）　三十六歲

元日，有詩。

《蕉林詩集》七言律一《乙未元日》。

春，呂崇烈致仕歸鄉，賦詩送之。

《蕉林詩集》七言律一《送呂見齋宗伯致仕還安邑》：『春風驛路加飡飯，未許長懸廣德車。』

六月，轉吏部左侍郎。

高珩《兵部尚書蒼巖梁公墓志銘》：『十二年六月，轉左。』

七月，本生母病故，給假治喪，命以三月爲限，回部供職。

高珩《兵部尚書蒼巖梁公墓志銘》：『本生母在籍病故，具疏給假治喪，奉旨：「准假三月，依限回部供職，不必作缺。」』

《世祖實錄》順治十二年七月：『甲申，吏部左侍郎梁清標以生母故請假治喪，命給假三月，依限回部供職。』

清順治十三年丙申（一六五六）　三十七歲

春，送婁維嵩令青浦，時方驅車離家入都。

《蕉林詩集》五言律一《送婁中立令青浦時余方驅車入都》：『我逐春風去，何堪又送君。』

《（乾隆）江南通志》卷一百七《職官志》：『青浦縣知縣一員……婁維嵩，真定人，進士，順治十三年任。』

於定州驛亭遇雪。立春，在定州。

《蕉林詩集》五言律一《驛亭夜雪》：『冰開新市渡，雪滿定州城。』《定州立春》：『驅車行更緩，春色滿前旌。』

仲春，世祖駐蹕南苑閱武，隨駕，賜宴行宮，賦詩應制。

《蕉林詩集》七言律一《順治十三年仲春上駐蹕南苑閱武行蒐禮召廷臣四品以上同詞臣恭視賜宴行宮各賦五七言律五七言絶句每體一首應制》。

《蕉林詩集》五言律二《南苑閱武應制》，五言絶句一《南苑閱武應制》、七言絶句一《南苑閱武應制》。

四月，特旨拜兵部尚書。

高珩《兵部尚書蒼巖梁公墓志銘》：『抵里後，……疏請展假期年。又奉溫綸，著遵前旨，速來供職，乃復命。值大司馬員缺，特旨拜兵部尚書。公驚聞寵命，具疏控辭，其略云：「臣於部院諸臣中才品最下，年亦最少，尚書崇階，中樞重地，況疆圉用兵，非老成練達，鮮克勝任。臣何人斯？當茲重任。伏乞收回成命，別簡賢能。」奉旨：「中樞重任，卿以才望簡畀，著遵旨受事，不必遜辭。」遂入部辦事。宿吏黠猾，咸惴惴斂手矣。』

《世祖實錄》順治十三年四月：『壬申，陞吏部左侍郎梁清標爲兵部尚書。』

五月，張玄錫任宣、大總督，賦詩送之。

《蕉林詩集》七言律一《送張仲若司馬開府雲中》。

《東華錄》順治十三年五月：『以張玄錫爲兵部尚書兼右副都御史，總督宣、大。』

閏五月，張朝璘巡撫江西，賦詩送之。

《蕉林詩集》七言律一《送張溫如中丞撫江右》。

《世祖實錄》順治十三年閏五月：『丙寅，……以戶部侍郎張朝璘爲兵部左侍郎，兼都察院右副都御史，巡撫江西。』

八月京察，具疏自陳，得溫旨撫諭。寵遇備至。

高珩《兵部尚書蒼巖梁公墓志銘》：『八月京察，具疏自陳，奉旨：「卿才品素著，特簡中樞，著益殫心供職，不必求退。」時蒙古諸部長朝闕下，公適以啓奏至，先帝目之，謂蒙古曰：「此朕新用兵部尚書也。」知遇之隆類如此。數召至南苑賜食，命騎御前馬，隨獵竟日。』

清順治十四年丁酉（一六五七） 三十八歲

三月，遇恩詔，封本生父母如其官。

高珩《兵部尚書蒼巖梁公墓志銘》：『十四年三月，恭逢恩詔，公疏請移封本生父母如其官。

《世祖實錄》順治十四年三月：『癸丑，……內外滿漢官員，一品封贈三代，二品、三品封贈二代。』

時有杭州斥生誣告逆案，訟於闕下，其意實在婪詐，遭株連者甚眾。清標加以訊問，盡得其情，據實奏聞，立置之於法，賴此得保全者數十家。

高珩《兵部尚書蒼巖梁公墓志銘》：『時有武林斥生誣首逆案叩闍，意在婪詐，株連甚眾。公確訊，盡得其情，據實奏聞，立置之法，保全者數十家云。』

按：『誣首』，即誣告。此案内情未詳，以清標此時所任職而言，似與順治丁酉科場案無甚關聯。據《墓誌銘》行文，姑系於本年。

九月，充經筵講官。

《世祖實録》順治十四年九月：『甲辰，命内翰林弘文院學士麻勒吉、布顔、王熙，……祕書院侍讀學士巴海、馮溥，……兵部尚書梁清標，充經筵講官。丙午，上初御經筵。』

清順治十五年戊戌（一六五八）　三十九歲

春，奉使薊州，經馬蘭關、黄花山。登盤山訪隱士李孔昭，不遇。

《蕉林詩集》五言律二《曉行薊州道中》、《雨中出馬蘭關》、《黄花山遇雨雹》、《盤山》，七言絶句一《盤山訪同年李光泗不遇》。

《蕉林文稿·李進士傳》：『戊戌春，予有薊門之役，訪光泗于州吏，又登盤山，叩老僧，皆云去纔數日矣。……予低回久之，不能去，因留一詩付老僧。』

七月，張玄錫自縊於京師聖安寺，爲詩哭之。

《蕉林詩集》七言律二《哭張仲若制府》：『無端身死哀良友，悵望寧能捫腹過。』

《世祖實錄》順治十五年七月：『戊申，……巡視西城副理事官春堆奏報，原任三省總督張懸（玄）錫於本月十二日自縊於聖安寺。疏下該部。』

除夕，有詩。

《蕉林詩集》七言律二《戊戌除夕》。

清順治十六年己亥（一六五九） 四十歲

元日，有詩。

《蕉林詩集》七言律二《己亥元日》。

春日，作詩二首。

《蕉林詩集》七言律二《春日家園樂》、《春日帝京樂》。

爲叔祖澹明公字冊作跋。

《蕉林文稿·跋叔祖澹明公字冊》：『余曾大父貞敏公四子皆善書，此冊乃叔祖澹明公所作家書，余凡彙輯以裝潢之者也。……己亥春日，姪孫清標敬書。』

夏，鄭成功犯鎮江，世祖下詔親征，俾梁清標提調兵馬。旋有梁化鳳捷至，遂不果行。

高珩《兵部尚書蒼巖梁公墓志銘》：『十六年夏，海寇鄭成功猖獗，直犯江鎮。世祖下詔親征，遴擇隨征大臣十一人，以公多方略，俾提調各處兵馬。旋有總兵梁化鳳捷至，遂不果行。』

九月，因消極處理鄭成功由鎮江犯江寧一事，遭給事中楊雍建劾，上疏自辨，不稱旨，降三級留任。

高珩《兵部尚書蒼巖梁公墓志銘》：『迨九月，言事者以海寇故劾本兵，遂鐫三級。』

《清史列傳·梁清標傳》：『十六年，海賊鄭成功由鎮江犯江寧，給事中楊雍建疏言：「海氛告警，宵旰焦勞。樞臣職掌軍機，於地形之要害，防兵之多寡，剿撫之得失，戰守之緩急，不發一謀，不建一策，僅隨事具覆，依樣葫蘆。不曰今應再行申飭，則曰臣部難以懸擬。既不能盡心經畫決策於機先，又不能返躬引咎規效於事後。請天語嚴飭，以儆尸素。」詔兵部回奏。時尚書伊圖奉使雲南，清標同侍郎額赫里、劉達、李棠馥疏辯：「自有海警以來，凡調發機宜，隨時斟酌，審勢議覆，未敢依樣葫蘆，因循推諉。」得旨：「樞臣職司戎務，調度機宜，盡心籌畫，方爲不負委任。此回奏巧言飾辯，殊不合理。著再回奏。」於是自引咎，下吏部察議，三侍郎皆降二級，清標降三級，各留任。』

《世祖實錄》順治十六年九月：『壬戌，吏部奏言：樞臣職司戎務，凡封疆安危、戰守機宜，自當籌畫周備。乃海賊突犯江南，雖地方官失於防禦，樞臣亦難免疎失籌畫機宜之咎。尚書梁清標應降三級、罰銀一百兩。……俱仍著留任。從之。』

吳國對予告歸鄉，賦詩送之。

《蕉林詩集》七言律二《送吳玉隨編修予告還全椒兼寄訊玉鉉》。

初冬，梁清寬予告歸里，賦詩送之。

《蕉林詩集》五言律二《初冬送少宰大兄予告歸里》：『維摩初示疾，疎傅早辭官。』

《世祖實錄》順治十六年九月：『辛未，吏部左侍郎梁清寬以疾乞假回籍調理，允之。』

清順治十七年庚子（一六六〇）　四十一歲

元夕，魏裔介召飲，出所藏古書畫共觀，賦詩謝之。

《蕉林近稿·庚子元夕石生總憲召飲出所藏法書名畫共觀賦謝》。

春，梁清遠侍養歸里，賦詩送之。

《蕉林詩集》五言律二《春日送光祿兄侍養歸里》：『送兄曾未幾，又見促歸裝。』

二月京察，自陳，奉旨留任。

高珩《兵部尚書蒼巖梁公墓志銘》：『十七年，甄別京官，自陳，奉旨留任。』

《世祖實錄》順治十七年二月：『兵部尚書梁清標遵諭自陳，得上曰：「梁清標經朕特簡，畀掌中樞，自當殫竭心力，以圖報稱。乃凡事諉卸，不肯擔任勞怨，本當議處，姑從寬免，著照舊供職，以後務宜痛加警省，極力振作。」』

五月，世祖以歲旱詔羣臣條奏時務，清標上疏言丹徒知縣陳經筵、常熟知縣周敏等不法事，請旨飭禁。疏下部知之。

《清史列傳·梁清標傳》：『五月，上以歲旱，令部院諸臣條奏時務。清標與李棠馥疏言：「兵馬往來之地，應用米豆、薪芻、牛酒、羊豬，及鍋鑊、槽椿諸物，上官取諸下司，下司取諸民間，賠累無窮。又姦民捏告通賊謀叛，蠹役貪官借端取貨，生事邀功，致善良受害，應俱嚴行飭禁。」得旨：「所奏上官取諸下司，下司取諸民間，及借端取貨，生事邀功，著確指其人。」於是復奏：「邇年地方官藉兵馬往來，濫派民間，則有丹徒知縣陳經筵、合肥知縣岳呈祥等，爲巡撫張中元、總督蔡士英所劾；藉通賊謀叛名，魚肉平民，則有桐城知縣葉桂祖、常熟知縣周敏等，爲給事中汪之洙、巡按何元化所劾。其未經劾奏者，不知凡幾，故請旨飭禁，懲前以毖後。』疏下部知之。

午日，同王顯祚、王崇簡等共飲金魚池。

《蕉林詩集》七言律二《午日王襄璞方伯召飲金魚池次王敬哉大宗伯韻》。

夏至日，白胤謙爲梁氏《蕉林詩集》作序。

《蕉林詩集》卷首《序》：『順治庚子夏長至之日，太原白胤謙書。』

袁懋功任雲南巡撫，賦詩送之。

《蕉林詩集》七言律二《送袁九敘司農巡撫雲南》。

丘象升左遷瓊州別駕，賦詩送之。

《蕉林詩集》七言律二《送丘曙戒中允左遷瓊州別駕》。

張純熙任松潘道，賦詩送之。

《蕉林詩集》七言律二《送張晦先僉憲之松龍》。

張瑃巡撫陝西，賦詩送之。

《蕉林詩集》七言律二《送張伯珩司空開府關中》。

秋，李呈祥得免罪釋回，入關，賦詩寄之。

《蕉林詩集》七言律二《喜李吉津入關寄贈時方有親喪》。

王顯祚補任山西，賦詩送之。

《蕉林詩集》七言律二《送王襄璞方伯補任山西》。

清順治十八年辛丑(一六六一) 四十二歲

正月初七,世祖駕崩。恭聽遺詔。

《世祖實錄》順治十八年正月:『壬子,上不豫。……丁巳夜子刻,上崩於養心殿。遺詔頒示天下。』

《蕉林詩集》五言律二《恭聽先皇遺詔》:『九霄初下詔,四海共沾巾。』

元夕,齋宿署中。

《蕉林詩集》七言律二《辛丑元夕值先皇鼎湖之變齋宿署中》。

新帝登基,覃恩廕一子入監讀書。是年充殿試讀卷官。

李澄中《保和殿大學士梁公墓誌銘》:『十八年,世祖崩,公感知哭臨,哀不自勝。今上登極,覃恩廕一子入監讀書。是年充殿試讀卷官。』

聖祖初視朝,曉雨如注,及御殿,豁然晴霽,喜而賦詩。

《蕉林詩集》五言律二《上初視朝曉雨如注及御殿豁然晴霽喜而恭賦》。

冬至日,魏裔介爲梁氏《蕉林詩集》作序。

《蕉林詩集》卷首《序》:『順治辛丑長至日,柏鄉魏裔介序。』

清康熙元年壬寅（一六六二） 四十三歲

考滿，復職，賜羊酒。

高珩《兵部尚書蒼巖梁公墓志銘》：『康熙元年，遵例考滿，奉旨：「梁清標在任有年，練達事務，著復職，照例賜羊酒。」』

王曰藻任江右學使，賦詩送之。

《蕉林詩集》七言律二《送王印周學使之江右》。

宋徵璧任潮州知府，賦詩送之。

《蕉林詩集》七言律二《送宋尚木同年守潮州》。

張光祖督學川中，賦詩送之。

《蕉林詩集》七言律二《贈張大光職方督學川中前曾典試入蜀》。

陸求可督學閩中，賦詩送之。

《蕉林詩集》七言律二《送陸咸一學憲之閩中》。

清康熙二年癸卯（一六六三） 四十四歲

白胤謙予告歸鄉，賦詩送之。

《蕉林詩集》七言律二《送白東谷司寇予告歸陽城》。

六月，世祖入葬孝陵，有詩紀之。

《蕉林詩集》七言律二《六月會葬孝陵恭紀》。

《聖祖實錄》康熙二年六月：『辛丑，遣輔臣及文武三品以上官詣陵致祭。壬寅，恭奉世祖章皇帝、孝康皇后、端敬皇后寶宮送至地宮，至戌時，安奉石牀畢，掩地宮石門。』

十二月，長子允嘉逝世，年二十四。

《蕉林文稿·梁伯子行略》：『梁子允嘉……生於庚辰七月十三日丑時，卒於癸卯十二月初三日辰時，享年僅二十有四。』

清康熙三年甲辰（一六六四）　四十五歲

再充殿試讀卷官。輔臣意欲罷科舉，清標力持不可，卒得不罷。

高珩《兵部尚書蒼巖梁公墓志銘》：『三年，再充殿試讀卷官。輔臣以選人壅滯，下九卿議停罷科目，公力持不可，曰：「科目一停，不能卽復。條例雖嚴，他時可改。且選法壅滯，當另議疏通。若停科，則失海內才俊心矣。」獨爲一議，卒得不罷。科目之有永，蓋公力也。』

送孫廷銓予告歸鄉。

《蕉林詩集》五言律二《送孫沚亭相國予告歸益都》。

張純熙任滇中，賦詩送之。

《蕉林詩集》七言律二《送張晦先少參之滇中》

何澄參藩入蜀，賦詩送之。

《蕉林詩集》七言律二《送何誕登參藩入蜀》。

張九徵任河南學使，賦詩送之。

《蕉林詩集》七言律二《送張公選學憲之中州》。

清康熙五年丙午（一六六六）　四十七歲

九月，調爲禮部尚書。

高珩《兵部尚書蒼巖梁公墓志銘》：『五年，調補禮部尚書。』

《聖祖實錄》康熙五年九月：『丁亥，……轉兵部尚書梁清標爲禮部尚書。』

十一月，元配王氏卒。

高珩《清敕封孺人梁母王氏墓誌銘》：『夫人……卒於丙午年十一月初七日巳時，享年四十五歲。』

高珩《兵部尚書蒼巖梁公墓志銘》：『元配王夫人，誥贈一品夫人，內弘文院典籍、加太常寺正卿、通政使司通政使王公諱鍾龐女。』

王鍾龐，直隸真定（今河北正定）人，趙南星之甥，生卒年不詳。明季官中書舍人，閹黨禍起，南星遣戍代州，王亦戍永昌。後起爲翰林院典籍、禮部員外郎。入清，爲太常寺卿、通政使司通政使。順治間卒。

除夕，有詩。

《蕉林詩集》五言律二《丙午除夕》。

清康熙六年丁未（一六六七）　四十八歲

元日，初移官禮部，有詩。人日臥病，有詩。

《蕉林詩集》五言律二《丁未元日》，詩題下注『予初移禮官』。

《蕉林詩集》五言律二《人日雪中臥病》。

春，充會試主考，得士一百五十人，多知名士。

高珩《兵部尚書蒼巖梁公墓志銘》：『六年，充會試主考。時用策論試士，公窮晝極晷，崇實學、黜浮議，得一百五十人，多知名士。』

法式善《清祕述聞》卷二《鄉會考官類》二：『（康熙六年丁未科會試）考官戶部尚書王弘祚、……兵部尚書梁清標。』

元配王氏將歸葬，門下士汪懋麟等送喪國門外。

汪懋麟《百尺梧桐閣文集》卷七《祭誥封一品梁母吴夫人文》：『吾師初娶於王，再繼於吴。丁未之春，余小子輩初受知門下，時王夫人歿未久也。猶記送喪國門外，余小子輩哭焉。』

首七至七七，皆爲文祭亡妻。

《蕉林文稿·首七祭先妻王孺人文》：『吾妻歸余三十年，同甘苦，共患難。』

《二七祭先妻王孺人文》：『吾妻生四男五女，其繈褓中夭亡者不具論，長兒聰明仁厚，年二十四死；次兒亦俊慧，吾妻特愛之，甫三歲，又死；長女嫻於婦道，最先死；次女天性純孝，未嫁，死；今僅存一女。』

《五七祭先妻王孺人文》：『吾妻根器不凡，生而穎異，雖稟女子之柔德，實具丈夫之英氣。而且筆墨時拈，知書識字。居恒恨不爲男兒，大試其才猷，而小用之蘋蘩，爲閨中之經濟。』

《六七祭先妻王孺人文》：『余與吾妻偕伉儷者三十載，悲歡與共，窮達相依。雖牢愁而無憾，矢白首以齊眉。余或有所不得意，入而與吾妻言之，每片語之微中，輒變戚而爲愉。』

《七七祭先妻王孺人文》：『吾妻系始太原，門風清貴，世德崢嶸，名傳鈎黨。誕育吾妻，內儀夙講。十五於歸，克勤克儉。』

按：據《正定王氏家傳》，王鍾龐一系源出太原王氏，明初遷至真定，遂落籍，故云。『賢父崢嶸，名傳鈎黨』，即指因勾連並遭遣戍事。

又按：據文中『三十年』『三十載』，可知王氏之來歸，當在崇禎十年前後。時十五歲。嫁與清標後生四男五女，而僅一女尚在。

三月，京察，解任革職。作《罷官口占》。歸里，汪懋麟等送之。

高珩《兵部尚書蒼巖梁公墓志銘》：『三月京察，解任革職。』

《聖祖實錄》康熙六年三月：『辛巳，京察，各部院自陳官員。……禮部尚書梁清標、刑部左侍郎石申俱革職。』

《蕉林詩集》七言律二《罷官口占》：『十年忝竊領官僚，放逐身同一葉飄。涉世自慙鳩計拙，拂衣已見鳳池遙。悲歌中夜思先帝，潦倒餘生荷聖朝。漫卷詩書吾土近，西園叢竹正蕭蕭。」

汪懋麟《百尺梧桐閣詩集》卷五丁未《奉送大宗伯真定梁公歸里二首》：「去國豈君命，飄然駕犢車。」

杜鎮此前有歸志，清標賦四詩以送，至此清標乃罷官先去，復爲一詩留别。

《蕉林詩集》七言律二《送杜子靜歸里》、《杜子靜中舍先有歸志予爲四詩送之後不果行前詩久棄敝簏中矣今春予被放歸田乃先子靜去人生聚散豈有定乎遂仍書前作復爲一詩留别》。

歸里，居蕉林書屋。兵部右侍郎劉鴻儒奉使過真定，前來拜訪，作詩賦謝。

高珩《兵部尚書蒼巖梁公墓志銘》：「公即翩然歸里，手葺蕉林書屋，賦詩飲酒，優游泉石間，有終焉之志。」

《蕉林詩集》五言律二《劉魯一司馬奉使過恆山見枉賦謝》。

秋，作《念奴嬌》感懷。

《棠村詞》《念奴嬌·秋日》：「十年京國，空孟浪、解組一身如葉。」據其意，當作於此年被革職後。

清康熙七年戊申（一六六八） 四十九歲

元夕，娶吳氏。

《棠村詞》《五綵結同心·元夕婚期用趙彥端韻》：「喜看春色來鄉國，朝來報、鵲噪簷牙。燈光映、亭亭緑萼，養成畫閣仙葩。』

王崇簡《清待贈夫人梁繼室吳夫人墓誌銘》：『戶部尚書梁公清標之娶繼室吳夫人也，適里居間。……（夫人）歸公時甫十六歲。……于歸五年，甫二十而歿。賢而無命，有足悲焉。順治癸巳正月二十九日巳時生，卒則康熙壬子八月初七日卯時也。』據此可知吳氏之來歸，當在本年。

有詩寄懷魏裔介、張純熙。

《蕉林詩集》七言律二《寄魏貞庵相國》：『中林苦計看山費，京洛頻聞逐客書。鄉里舊遊零落盡，平津賓從近何如？』

《蕉林詩集》七言律二《寄懷張晦先學憲》：『種秋東皋吾願畢，遲君樽酒話山阿。』

夏，尤侗至真定，過訪，相邀飲酒聽歌。尤作《李白登科》（即《清平調》）以獻，清標授諸歌姬，命習之。盤桓三月後別。以扇頭新詞贈清標，清標賦詩送之。

尤侗《西堂樂府·清平調》卷首：『客恆山者三月，梁宗伯家居，相邀爲河朔之飲，輒呼女伶侑觴。……秋水大至，屋漏床床，顧視燈影，獨坐太息，漫走筆成《李白登科》一劇，聊爾妄言，敢云絶調。持獻宗伯，宗伯曰善，遂授諸姬習而歌之。戊申七夕悔庵自記。』

《蕉林詩集》七言律二《送尤展成使君兼謝扇頭新詞》。

除夕，有詩及詞。

《蕉林詩集》五言律二《戊申除夕》，又《棠村詞》《漢宮春·除夕時予年四十九》。

清康熙八年己酉（一六六九） 五十歲

元日、立春、元夕，皆有詩。

《蕉林詩集》五言律二《己酉元日》、《立春》、《元夕》，又《棠村詞》《玉燭新・己酉元日》。

八月，復還原職。

高珩《兵部尚書蒼巖梁公墓志銘》：『八年，今上親政，稔知公賢，特旨以尚書起用。』

《清史列傳・梁清標傳》：『八年，輔政大臣鼇拜以專擅獲罪拘禁，詔復前此無故黜革諸臣原官，清標預焉。』

《聖祖實錄》康熙八年八月：『辛未，……諭吏部：前京察處分滿尚書、侍郎等因無事故被革，俱給還原官，令其候補。今思滿漢諸臣被革相同，朕原無異視，應一體昭恩。京察內有漢尚書、侍郎被革者，察明議奏。……辛巳，吏部遵諭查覆：原任禮部尚書梁清標、刑部左侍郎石申，均係京察無故被革，應復還原職。從之。』

將入京，遭誣構，赴保定就質，賴諸友人周旋，事得白。

高珩《兵部尚書蒼巖梁公墓志銘》：『將就道，會有刁弁誣構，將起大獄，公卽赴保陽就質，事得白。其始也，人多爲公危懼，公殊坦然。』

《蕉林詩集》七言律四《上谷對月》：『三至艱虞仗友生。』詩後注：『前保陽諸君子周旋余憂患中，故云。』當卽指此事。

按：《棠村詞》《金縷曲・九日》有『天上故人頻勸駕，奈山中、猿鶴憐幽獨。誰更解，清閒福。』

知其起行當在重九之後。又《上谷語錄》小引：『余以事棲上谷者兩月餘，歲暮寒風，短檠孤館，性不善飲，無可寫憂。親串友人，時相過從，輒張燈雜坐，劇談竟夕。余出單詞片語，衆皆絶倒。』知其赴保陽就質，當在本年冬至次年春間。

冬，在保定。喜晤陳僖，陳氏招飲燕山草堂，賦詩以謝。

《蕉林詩集》七言律二《上谷喜晤陳藹公用龔芝麓韻》：『三冬客舍愁方劇，一夕荆扉喜暫開。』

《蕉林詩集》七言律二《陳藹公招飲燕山草堂賦謝》。

懷古，作《憶秦娥》詞。

《棠村詞》《憶秦娥·上谷懷古》：『濤聲咽。蕭蕭亭照金臺月。金臺月。千年易水，爲誰寒熱。』

初度，賦《喜遷鶯》感懷。

《棠村詞》《喜遷鶯·上谷初度》：『旅懷孤孑。正屋角凍雲，垂垂將雪。』

除夕，有詩及詞。

《蕉林詩集》七言絶句二《己酉除夕》，又《棠村詞》《千秋歲引·除夕》：『誰將物華粧點就，偏遺旅況寒如昨。』

清康熙九年庚戌（一六七〇） 五十一歲

元日，在保定。有詩及詞。

《蕉林詩集》七言絶句二《庚戌元旦》，又《棠村詞》《應天長·元日》：『彩雲曉陌，紅燭畫樓，春風旅中偷度。』

正月十五，恰逢立春，作《魚遊春水》、《花心動》感懷。

《棠村詞》《魚遊春水·上谷立春》：『青幡兼遇燈宵，韶光信美。閨人劃損釵頭鳳，羈客愁傾樽內蟻。歸夢如醒，流年似水。』

《棠村詞》《花心動·元夜》：『上谷風和，夜溶溶、香車六街闐咽。』

秋，入都門，同里諸人召飲。

《使粤詩·過蘆溝》詩題下注：『余庚戌秋入都，距今三年矣。』

《蕉林詩集》七言律二《初入都門同里諸公召飲霍龍淮納言投以新詩依韻賦謝》：『薊門霜落菊花天，又逐鵷行醉綺筵。』

齋中原有舊竹一叢，歸去三年，再入都，竹亭亭如故。冬日天寒，皆凍死，感而賦詩。

《蕉林詩集》七言絶句三《齋中舊竹一叢歸去三年入都喜亭亭如故冬月寒甚忽皆凍死呼僮伐去感慨係之因成絶句》：『如何君子凋霜雪，不共孤臣守歲寒。』

清康熙十年辛亥（一六七一）　五十二歲

二月，補刑部尚書。

《清史列傳·梁清標傳》：『十年，補刑部尚書。』

《聖祖實錄》康熙十年二月：『戊戌，……以原任禮部尚書梁清標補刑部尚書。』

高珩《兵部尚書蒼巖梁公墓志銘》：『九年，補刑部尚書。聖天子好生□□，矜疑詳慎，獄無大小，並出睿裁。公仰承聖意，矜期平允，天下無冤獄。』

按：據《清史稿·部院大臣年表》，康熙十年二月丁酉，原任刑部尚書馮溥遷大學士，戊戌，梁清標補刑部尚書。高珩《墓志銘》有誤，當依《列傳》、《實錄》。

高珩遷刑部右侍郎，賦詩志喜。

《蕉林詩集》七言律二《高念東擢少司寇賦此志喜》。

《聖祖實錄》康熙十年二月：『陞左副都御史高珩爲刑部右侍郎。』

春，魏裔介予告歸里，賦詩送之。

《蕉林詩集》七言律二《柏鄉相國蒙恩予告次退谷韻》、《送貞庵相國歸里卽次見贈原韻》。

《聖祖實錄》康熙十年正月：『大學士魏裔介以病乞假命回籍調理。』

張爾素致政歸里，賦詩送之，兼懷白胤謙。

《蕉林詩集》七言律二《送張東山少司寇致政歸陽城兼懷白東谷》。

《聖祖實錄》康熙十年二月：『刑部左侍郎張爾素以病乞休允之。』

秋，於劉莊觀演《黃粱夢》，追憶舊事，不勝聚散存亡之感，遂次高珩韻，賦詩二首。

《蕉林詩集》七言律三《劉莊卽事次念東韻·是日演黃粱夢追憶昔時同雪堂淇瞻集此園觀秋江劇不勝聚散存亡之感》、《再次念東韻·雪堂侍郎贈歌者陳郎有烏絲紅淚之句》。

秋夜齋中憶去年此日北上宿伏城驛與親友雨中話别不覺浹歲感而賦詩。

《蕉林詩集》七言律三《秋夜齋中憶去年此日北上，宿伏城驛，親友雨中話别，忽忽浹歲，感而賦此》。

施閏章南歸，將遊嵩山，賦詩送之。

《蕉林詩集》七言律三《送施愚山少參南歸遊嵩山》。

十二月，初度，汪懋麟作《鶯啼序》長調壽之。

汪懋麟《錦瑟詞》長調《鶯啼序·壽大司寇梁蒼巖先生再迭前韻》。

汪懋麟納姬，爲賦《賀新郎》。

《棠村詞》《賀新郎·蛟門納姬》：『才子廣陵年尚少，下直墨華猶泫。奩鏡伴、烏絲蠶繭。』

清康熙十一年壬子（一六七二）　五十三歲

二月，調補戶部尚書。

高珩《兵部尚書蒼巖梁公墓志銘》：『十一年二月，調補戶部尚書。公既領度支，悉心會計，撙節備至，宿弊一清。是年□誤應降罰者四案，俱奉旨寬免。』

《聖祖實録》康熙十一年二月：『丁酉，……轉刑部尚書梁清標爲戶部尚書。』

高珩請假歸里，賦詩送之。

《蕉林詩集》七言律三《送念東請假歸里次張敦復韻》。

《聖祖實錄》康熙十一年正月：『刑部侍郎高珩請假葬親，從之。』

暮春，同龔鼎孳、王士禛、王士祿、汪懋麟等集宋琬寓園，觀《祭皋陶》新劇，有詩。步王士禛韻，賦《蝶戀花》。

《蕉林詩集》七言絶句三《宋荔裳觀察暮春召飲寓園觀祭皋陶新劇次韻》。

《棠村詞》《蝶戀花·宋荔裳觀察招飲觀劇次阮亭韻》：『舊事甘陵翻數闋。今昔關情，優孟真奇絶。』

按：據汪懋麟《百尺梧桐閣詩集》卷十壬子《玉叔觀察招陪梁大司農龔大宗伯西樵阮亭諸先生集寓園泛舟觀劇達曙作歌》，則同集者尚有龔鼎孳、王士祿、汪懋麟等。

又按：《棠村詞》卷首《詞話》：『宋荔裳琬曰：蒼巖先生襟期瀟灑，意度廓落，大似坡仙。初夏，僕將往蜀，同芝麓諸公讌集梁家園。伶人演僕所編《祭皋陶》雜劇，座上各賦《蝶戀花》一闋。蒼巖有「舊事甘陵」、「今昔關情」等句。水漲花明，酒酣燭跋，使倩袁綯歌之，應爲雪涕。』宋琬言宴集之地爲梁家園，與梁氏、汪氏之言寓園不合，應爲宋氏誤記。

夏，董訥典試滇南，賦詩送之。

《蕉林詩集》七言律三《送門人董默庵典試滇南》。

宋琬赴任四川按察使，賦詩送之。

《蕉林詩集》七言律三《送宋荔裳觀察之蜀中》。

《聖祖實錄》康熙十一年四月：『以原任浙江按察使宋琬爲四川按察使司按察使。』

梁允植赴任錢塘知縣，賦詩送之。

《蕉林詩集》五言律二《送承篤姪令錢塘用汪蛟門韻》、七言律三《用雲間朱彦則韻贈承篤姪令錢塘》。

秋，沈胤范充江南鄉試副考官，賦詩送之。

《蕉林詩集》七言律三《送門人沈康臣典試江南》

八月，繼室吳氏卒，賦詩及詞挽之。

王崇簡《清待贈夫人梁繼室吳夫人墓誌》：『（夫人）于歸五年，甫二十而歿，……則康熙壬子八月初七日卯時也。』

《蕉林詩集》七言絶句三《悼亡》八首：『一笑春風恰五年。』

《棠村詞》有《鳳凰臺上憶吹簫》、《蝶戀花》、《點絳唇》、《燭影搖紅》、《念奴嬌》、《滿江紅》、《菩薩蠻》、《陽臺夢》詞，皆題爲『悼亡』，卽作於此時。

汪懋麟《百尺梧桐閣文集》卷七《祭誥封一品梁母吳夫人文》：『壬子八月，吳夫人之歿，余小子輩親依函丈，見吾師之哀悼不勝。』

推宅於汪懋麟，使居之。

汪懋麟《百尺梧桐閣文集》卷三《十二硯齋記》：『大司農梁公賢而好士，推宅於子屋。』

歲暮，汪懋麟贈以黄熟橄欖及新詩，次韻賦詩以謝。

《蕉林詩集》七言律三《壬子歲暮汪蛟門舍人以黄熟橄欖相餉並示新詩次韻賦謝》。

除夕，賦《孤鸞》感懷。

《棠村詞》《孤鸞·壬子除夕》：『枉有屠蘇歲酒，恨椒花頌絕。』

清康熙十二年癸丑（一六七三） 五十四歲

春，送衛周祚歸里。

《蕉林詩集》七言律三《送衛聞石相國歸里》。

四月，與何元英、汪懋麟、沈胤范等看丹臺芍藥。

汪懋麟《百尺梧桐閣詩集》卷十一癸丑《蕤音侍御招同康臣武昔而介元闇子靜奉陪司農公看丹臺芍藥三首》。

六月，聖祖賜宴於瀛臺，紀之以詩。

《蕉林詩集》七言律三《夏日上賜宴瀛臺觀荷恭紀》。

《聖祖實錄》康熙十二年六月：『丁未，上幸瀛臺，御迎薰亭，賜諸王、貝勒等及内閣滿漢大學士、學士、翰林院學士，六部、都察院、各司寺及國子監堂官、翰林、科道等官宴。……傳諭曰：「諸臣日理政務，略無休暇。今值荷花盛開，夏景堪賞，朕特召諸王、貝勒等及爾諸臣同宴，以示君臣偕樂。其各盡歡，以副朕優渥至意。」』

汪懋麟爲清標《棠村詞》作序。

《棠村詞》卷首：『康熙癸丑夏月，江都受業汪懋麟拜撰。』

齋中合歡花盛開，汪懋麟以詩賦贈，次韻和答，並以雕盤滿盛合歡贈之。

《蕉林詩集》七言律三《齋中合歡花盛開蛟門舍人有詩見詒次韻和答》、七言絶句三《代柬送蛟門合歡花》。

汪懋麟《百尺梧桐閣詩集》卷十一癸丑《隔院看司農公齋中合歡花效義山體》、《司農公以雕盤滿盛合歡花見貽以詩代簡依韻答謝》。

七夕，同汪懋麟、陸恂若及戚屬數人觀劇宴飲。

《棠村詞》《永遇樂·七夕觀項王諸劇同汪蛟門舍人陸恂若茂才王子諒内弟王奕臣内姪吴介侯甥長源弟》：『絳燭高燒，湘簾暮捲，歌舞當筵設。　賓朋膠漆，披襟引滿，領取澹雲新月。』

汪懋麟《錦瑟詞》《永遇樂·七夕司農公招飲觀演劉項諸劇和原韻》。

舉一子。

汪懋麟《百尺梧桐閣詩集》卷十一癸丑《石麟歌爲司農公題畫》。

徐乾學歸崑山，賦詩送之。

《蕉林詩集》七言律三《送徐原一編修歸崑山》。

八月，奉旨赴廣東經理平南王尚可喜移鎮事宜。汪懋麟適還揚州，賦詩送之。

李澄中《保和殿大學士梁公墓誌銘》：『十二年秋，奉璽書召安南王尚可喜移鎮遼左。』

《聖祖實録》康熙十二年八月：『壬子，……差禮部左侍郎管右侍郎事折爾肯、翰林院學士兼禮部侍郎傅達禮往雲南，戶部尚書梁清標往廣東，吏部右侍郎陳一炳往福建，經理各藩撤兵起行事宜。』

《蕉林詩集》七言律三《送汪蛟門舍人還廣陵余適有嶺海之行》。

奉使出都，經涿州、保定、新樂，至真定，留別二兄。

《蕉林詩集》七言律四《奉使出都》：『督亢曉風催去雁，盧溝秋水帶斜陽。』

《蕉林詩集》五言律三《涿州道中拜桓侯廟》，七言律四《上谷對月》、《新樂驛亭次壁間韻》、《里門留別二家兄次原韻》。

至河南，聞龔鼎孶逝世，爲詩哭之。此前龔氏曾以手書慰清標，有『嶺南山川花鳥，足散人懷』之語。

《蕉林詩集》七言律四《途中聞龔芝麓宗伯凶問爲詩哭之》：『曾說珠江花鳥地，慰余過嶺客懷開。』詩後注：『公曾以手書示余，有「嶺南山川花鳥，足散人懷」之語。』

至歸德，賦詩酬答葉舒崇，時葉氏在王紳家中坐館。賦詩酬贈陳宗石，兼懷陳維崧。晤宋犖，賦詩留別。

《蕉林詩集》七言律四《睢陽次韻酬葉元禮時遊梁館王公垂家》、《雪苑酬贈陳子萬兼懷其年》、《留別宋牧仲》。

由安慶登舟江行，過彭澤，雨中泊小孤山，登山謁天妃祠。

《蕉林詩集》七言律四《舟中同門人龍二爲坐雨》：『使者星槎今第一。』句後注：『予安慶始登舟。』

《蕉林詩集》五言律三《小孤山雨泊》、《登小孤山謁天妃祠用壁間李中丞韻》、《舟過彭澤》。

十一月十五夜，泊舟鄱陽湖上。

《蕉林詩集》七言律四《仲冬十五夜》：『燈火蕭蕭夜泊船，匡廬如黛染遥天。』

冬至，泊舟廬山下。

《棠村詞》《千秋歲·長至泊廬山下》：『人何處，樓船官燭寒相照。』

雨中出峽江，過臨江，至吉水，於廬陵小泊。粤中諸官員遣使來迎，於贛縣儲潭讌集。

《蕉林詩集》五言律三《峽江雨中》、《過臨江》、《晚晴至吉水》。

《蕉林詩集》七言律四《廬陵小泊》、《粤中開府諸君有使來迎漫賦》、《儲潭讌集》。

至南雄，拜謁先父祠堂，重遊興隆庵。

《蕉林詩集》七言律四《至南雄》，五言律三《拜先大人祠》、《重遊興隆庵》，七言絶句四《贈興隆庵老僧寂法》。

歲暮，抵達廣州，頒旨。立春、除夕，有詩。

《蕉林詩集》七言律四《初至羊城》、《嶺南立春》、《除夕》。

李澄中《保和殿大學士梁公墓誌銘》：『公至廣州，可喜迎旨江上。』

時吴三桂據雲南反，尚之信與之暗通，反形已露。參將高傑爲清標備船江中，謂事急可遯，清標不從。

李澄中《保和殿大學士梁公墓誌銘》：『是年冬，吴三桂反滇南，可喜子尚之信暗通賊，反形已露，人情洶遽，不知所爲。參將高傑感公恩，私謂公曰：「尚之信反在旦夕，傑已備船城外江中，事急可從此遯也。」公笑曰：「吾大臣，遯將安之乎？」從容吟嘯如常。著有《使粤集》。』

清康熙十三年甲寅（一六七四）　五十五歲

元日、人日，有詩。

《蕉林詩集》七言律四《元日》、《人日》。

元夕，賦《雙頭蓮》。

《棠村詞》《雙頭蓮·嶺南元夕》：『江潮晚漲。燒火樹、粧點羊城尤壯。』

遊海幢寺、海珠寺，望粤秀山。

《蕉林詩集》七言律四《遊海幢寺》、《海珠寺》、《登北城望粤秀山》。

正月，與督撫催促尚可喜起行，尚之信稱病不至。又數日，乃議。二月，尚之信攜家屬度嶺。四月，尚可喜繼之。其時兵眾洶湧，民多驚悸，梁氏多方慰諭，兵民始安。朝命適至，止尚可喜之行，召梁清標還朝。

高珩《兵部尚書蒼巖梁公墓志銘》：『正月，公偕督撫促可喜會議起行日期，而尚之信稱疾不至矣。又數日，乃議。之信攜家屬於二月度嶺，四月中，可喜繼之。而兵眾洶湧，盡出其什物以鬻於市，民多驚悸，思竄匿，公鎮靜以安羣心。迨吴逆以反聞，公多方慰諭，兵民始安。蓋安危所繫，在頃刻間。而朝命適至，止可喜之行，諭公還朝。』

李澄中《保和殿大學士梁公墓誌銘》：『會督撫皆以可喜宜留守，具疏奏聞，上允行，乃諭公還朝。』

《聖祖實録》康熙十二年十二月：『停撤平南、靖南二藩，召梁清標、陳一炳還。』

雨中束裝，登舟天晴。由廣州出發，劉持平、嚴玉寰餞於海幢寺。留別梁佩蘭、何玉其及諸門人。

《蕉林詩集》五言律三《雨中束裝》、《登舟喜晴》。

《蕉林詩集》七言律四《舟發羊城》、《劉持平撫軍嚴玉寰都護餞余海幢寺》、《留別芝五省元》、《留別何玉其孝廉》、《舟中留別諸門人》。

再過南雄，老吏來迎。太守陸世楷邀至署内，觀少時遊歷之所。

李澄中《保和殿大學士梁公墓誌銘》：『途次南雄府，拜南雄公祠於東門外。郡父老聞公至，攜壺漿迎道左。四十餘年，老吏咸白首，猶有存者，相與述南雄公遺愛，多泣下。而太守陸君復邀公至署内，觀少時遊歷之所，俯仰傷懷。』

《蕉林詩集》七言絶句四《歸至南雄老吏來迎》、《重遊南雄郡署》，七言律四《贈陸孝山郡侯》。

清明、上巳，皆在章江舟中。

《蕉林詩集》七言律四《清明舟中》、《上巳江行》。

抵南京，有詩寄梁允植，兼懷徐釚。不及晤汪懋麟，舟中以詩寄之。

《蕉林詩集》七言律四《金陵道中》、《抵白門》、《寄錢塘令家姪承篤兼懷徐電發》。

《蕉林詩集》七言律四《寄懷汪蛟門》（《使粤詩》題目作『舟中寄懷汪蛟門』）：『歸裝不及汪倫

別，愁聽江頭杜宇聲。』

過滁陽，弔吴國鼎、吴國龍。

《蕉林詩集》七言律四《滁陽弔吴玉鉉中舍玉騧黄門》。

三月三十日，在宿州旅中。四月，在永城道中。

《蕉林詩集》七言絶句四《三月三十日宿州旅中》、《永城道中》。

再過睢州，留别王紳，兼懷葉舒崇，時葉氏已歸松陵。

《蕉林詩集》七言律四《睢州留别王公垂兼懷葉元禮時元禮已歸松陵》。

抵京，復命，稱旨。

高珩《兵部尚書蒼巖梁公墓志銘》：『十三年四月，自粵東回，復命。是日上在便殿，召入，詳奏往還始末並粵東事宜，且盡卻可喜饋送儀物，天顏爲一笑焉。』

《蕉林詩集》五言律三《抵京寓》：『百粵新歸客，經年舊淚痕。蒼頭懽布席，稚子笑迎門。』

新秋，平圃巡檢至，言嶺南近狀，有感，賦詩。

《蕉林詩集》七言律四《新秋適平圃巡檢至言嶺南近狀有感》：『新涼又動帝城秋，卻憶輶軒嶺外遊。』『歸後風烟詢故吏，日南花鳥至今愁。』

中秋，與弟姪輩小飲。

《蕉林詩集》五言律三《中秋與弟姪輩小飲》。

重陽後二日，同侍郎宋德宜、魏象樞共飲黑龍潭。

《蕉林詩集》七言律四《重陽後二日宋蓼天侍郎召飲黑龍潭同魏環溪侍郎》。

李呈祥訪郝浴於中山，書來相問，以詩寄贈。

《蕉林詩集》七言律四《同年李吉津訪雪海於中山書來相問郤寄》。

初雪，憶去冬雪中飲滕王閣，有詩。

《蕉林詩集》七言律四《初雪》詩題下注：『去冬雪中飲滕王閣。』

長至落雪，有詩及詞。

《蕉林詩集》五言律三《長至雪》，又《棠村詞》《洞庭春色·長至曉雪》：『追思去年此日，迢遞向、水驛江程。蚤月高溢浦，帆停廬岳，一灣漁火，幾點疎星。』

除夕，有詩。

《蕉林詩集》七言律四《甲寅除夕》。

是年春，《棠村詞》於錢塘刻成，徐釚參與校訂，並跋於後。

《棠村詞二刻》卷首梁允桓題識：『甲寅春，家兄冶湄太守復請詩餘全集，並《蕉林詩》刻於錢塘而流傳。』

《棠村詞》卷末《跋》：『公小阮冶湄令君因力請全集，先生遂從家郵中以先後諸稿授梓。冶湄政事之暇，細爲哀輯。時釚與公家雲麓適在署內，冶湄訂與同校，因遂得窺全豹，……時康熙甲寅春仲，吳江受業徐釚謹書。』

清康熙十四年乙卯（一六七五）　五十六歲

元日，有詩。

《蕉林詩集》七言律四《乙卯元日》。

元夕，諸門人集邸中觀燈，沈胤范即席賦二詩，次韻賦二首。

《蕉林詩集》七言律四《元夕諸門人集邸中觀燈沈康臣即席賦二詩次韻》。

暮春，作《瀟湘逢故人慢》寄汪懋麟，時汪氏爲之校訂《使粵詩》。

《棠村詞》《瀟湘逢故人慢·寄蛟門時方校訂余使粵詩》：『水添波，春又暮。憶縹緲、江樓歸帆懸處。極目邗溝路。奈往事隔年，停雲頻賦。』

閏五月十六日，鄂札、圖海等征察哈爾凱旋，聖祖迎勞於南苑，清標隨駕，紀之以詩。

《蕉林詩集》七言律四《閏五月十六日王師凱旋上迎勞於南苑曉降大雨移時晴霽成禮而還恭紀》。

《聖祖實錄》康熙十四年閏五月：『癸卯，撫遠大將軍多羅信郡王鄂札、副將軍都統大學士圖海等征滅察哈爾，班師凱旋，上率在京王貝勒大臣……及大學士、尚書、侍郎、學士諸大臣迎勞於南苑之大紅門。』

十一月，次子苗兒出生，喜而有賦。

《蕉林詩集》七言律四《喜舉次子》。

按：《蕉林二集》七言絕一《哭苗兒》其五：『五苗圖在難重把，更使何人喚卯君。』句下注云：『蘇子由生於卯，呼爲卯君。兒亦卯年生，宋旣庭贈詞有「卯君至矣」之句。』可知本年所舉之子卽苗兒。

復按：據陳維崧《賀新郎·題大司農梁蒼巖先生五苗圖》詞注，苗兒實爲清標第五子（詳參後文康熙十七年條）。此處稱『次子』，似指此兒乃嫡次子之意。

據《棠村詞·春從天上來》，苗兒滿月，恰逢梁清標生日。梁氏生於十二月十六日，故知此子生於十一月。

又《棠村詞》有《八節長歡·生子家讌時孫壻初婚》，當亦爲此時所作。

初度，正逢次子滿月，賦《春從天上來》。

《棠村詞》《春從天上來·初度時生兒彌月曾夢有餉五苗圖者因以命名》：『五十年華細數，憶少不如人，意外遭逢。廿載趨朝，五苗入夢，犀錢繡褓重重。』

門人沈胤范去世，以詩挽之。

《蕉林詩集》七言律四《輓門人沈康臣》。

郝浴以薦起，得召還錄用，補湖廣道御史，以詩贈之。

《蕉林詩集》七言律四《贈郝雪海再補侍御》。

《碑傳集》載熊賜履《光祿大夫巡撫廣西都察院右副都御史加四級郝公碑銘》：『癸丑，三桂反，朝士遂交章薦公，蔚州魏公言之尤力，……於是奉特旨召還錄用。乙卯，仍補湖廣道御史。』

以冊立皇太子，覃恩加一級，給新銜誥命。

高珩《兵部尚書蒼巖梁公墓志銘》：『十四年，恭遇册立皇太子，覃恩加一級，給新銜誥命。』

清康熙十五年丙辰（一六七六） 五十七歲

元日，遇雪作《桂枝香》曲。

《棠村樂府》《桂枝香・丙辰元日》：『曉來寒乍，紛紛雪下。人人盡道豐年，戶戶塡平鴛瓦。』

人日，丁澎爲梁氏《棠村詞》作序。

《棠村詞》卷首：『時康熙丙辰人日，西泠年後學丁澎敬題於扶荔堂。』

孫承澤逝世，賦詩挽之。

《蕉林詩集》七言律四《輓孫北海先生用環溪韻》。

葉舒崇登第後南歸，賦詞送之。

《棠村詞》《喜遷鶯・送葉元禮登第南歸》：『歸棹重尋烟月，晝錦爭誇袍茜。一門內，將科名文采，君家獨擅。』

秋，艾元徵逝世，賦詩挽之。

《蕉林詩集》七言律四《輓艾長人大司寇》。

七月，方象瑛爲梁氏《蕉林詩集》作序。

《蕉林詩集》卷首《序》：『康熙丙辰七月既望，遂安受業方象瑛拜撰。』

初度、除夕，有詩。

《蕉林二集》七言律一《丙辰初度》、《丙辰除夕》。

清康熙十六年丁巳（一六七七）　五十八歲

元日，有詩。

《蕉林二集》七言律一《丁巳元日》。

初度，念及年齒將滿六十，感而賦詩。

《蕉林二集》五言律一《初度》：『久濫尚書省，將週甲子年。』

除夕，有詩。

《蕉林二集》五言律一《丁巳除夕》。

清康熙十七年戊午（一六七八）　五十九歲

元日，有詩。

《蕉林二集》五言律一《戊午元日》。

正月，詔舉博學鴻詞科，薦徐釚等四人。

高珩《兵部尚書蒼巖梁公墓志銘》：『十七年，奉上諭，舉博學鴻詞，公薦徐釚等四人，皆名士也。』

《聖祖實錄》康熙十七年正月：『乙未，諭吏部：自古一代之興，必有博學鴻儒，振起文運，闡發經史，潤色詞章，以備顧問著作之選。……凡有學行兼優、文詞卓越之人，不論已仕未仕，令在京三品以上及科道官員、在外督撫布按各舉所知，朕將親試錄用。……爾部即通行傳諭。於是大學士李霨等薦原任副使道曹溶等七十七人。上命俟各員赴部齊集之日請旨。』

三月，徐釚爲梁氏《蕉林詩集》作序。

《蕉林詩集》卷首《序》：『康熙戊午春三月，吳江受業徐釚拜譔。』

四月，汪懋麟爲梁氏《蕉林詩集》作序。

《蕉林詩集》卷首《序》：『康熙戊午四月望前一日，揚州門下士汪懋麟謹撰於西湖蘇公堤下。』

《蕉林詩集》刊行，梁允植爲跋其後。

《蕉林詩集》卷末《跋》：『植故堅請前後諸作，與徐子電發互爲參訂，刊之計如干卷，先以問世。後有篇詠，嗣爲續集可也。時康熙戊午春日，姪男允植謹識。』

秋，招陳維崧、尤侗等飲於邸舍，出第五子苗哥揖客。

陳維崧《湖海樓詞集》卷十九《賀新郎·題大司農梁蒼巖先生五苗圖》題下注：『先生夢人貽宋繡一幅，長松千尺，下茁五苗。是歲先生第五郎生，因名苗哥。戊午秋，先生招飲邸舍，苗哥出揖，屬爲此詞。』

尤侗《百末詞》卷五《沁園春·司農招飲攜五苗出揖客復次前調奉贈》。

初冬，王熙新築山房告成，招清標飲於新宅。

《蕉林二集》五言律一《初冬王胥廷大司馬新築山房告成招飲》。

十一月，王崇簡逝世，賦詩輓之。

《蕉林二集》五言律一《輓同門王敬哉先生》。

清康熙十八年己未（一六七九）　六十歲

正月十六夜，設席宴客，毛奇齡、施閏章、陳維崧、高詠等在座。命歌者歌毛氏所製《上元觀燈曲》，一坐竦聽。

毛奇齡《西河詞話》：『康熙己未上元夜，予尚依內閣學士李夫子宅。夫子方出閣，招予至東華門舊宏文院夜飯觀燈。歸第，夫子當夕製《上元觀燈曲》，予依韻和之。次日，舍人汪蛟門錄予詞，詣梁尚書請觀。值尚書作勝會，設席於猪市。對門王光祿宅有內務府供奉太倉王生、無錫陸生、陳生，攜笙笛在座。其時薦舉來京者，惟施愚山大參、陳其年、高阮懷兩文學赴召請。……王生把笛演舊清曲畢，尚書命二生歌予詞，使王生以笛倚之。倜儻嘹嚦，一坐皆竦聽。』

早春，再繼配吳氏卒，二七之日正值其生辰，爲詩悼之。

《蕉林二集》五言律一《亡室生日值次七》：『七載鶼鶼翼，相莊對早春。寧知初度日，翻作悼亡辰。椒頌餘新句，巾箱掩暗塵。東風無限恨，何處叩前因。』

清明，賦《瑣窗寒》悼亡妻。

《棠村詞二刻》《瑣窗寒·清明悼內》：『憶去年、花滿彫闌，凝粧小立晴窗倚。到而今、細雨梨花，總釀成孤淚。』

葉舒崇逝世，賦詩輓之。

《蕉林二集》七言律一《輓葉元禮中翰》。

七月地震，詔三品以上官員自陳，引咎求罷，奉旨留任。

高珩《兵部尚書蒼巖梁公墓志銘》：『十八年七月，地震，三品以上各官自陳，公引咎求罷，奉旨留任。』

立秋，感於十年之間三度悼亡，賦詩感懷。

《蕉林二集》五言律一《己未立秋》：『十年三悼逝，萬事一憑闌。』

按：清標元配王氏，卒於康熙五年丙午（一六六六）；繼配吴氏，卒於康熙十一年壬子（一六七二）；再繼配吴氏，卒於康熙十八年己未（一六七九）。

七夕，次陳維崧韻，賦《玉簟涼》。

《棠村詞二刻》《玉簟涼·七夕次陳其年韻》。

八月，與吏部尚書郝惟訥進言，反對風聞言事、放寬科道糾劾不實之處分。

《聖祖實錄》康熙十八年八月：『辛卯，……召滿漢九卿、詹事、科道等官集中左門，……隨命九卿、詹事、科道各官至御榻前，上問曰：「科臣姚締虞所奏風聞言事疏，爾等如何定議？」吏部尚書郝惟訥、户部尚書梁清標等奏：「言官奏事，原不禁其風聞。但風聞參奏，審問全虚者，定有處分之例。今若不加處分，恐有借稱風聞、挾私報怨者，亦未可定，仍應照定例行。」』

《清史列傳·梁清標傳》：『十八年，給事中姚締虞請寬科道糾劾不實處分，許以風聞言事。上召詢九卿等，清標奏曰：「言官奏事，原不禁其風聞。恐有藉稱風聞、挾私報怨者，是以定有審問全虛處分之例。宜如舊。」上是其言。』

中秋，次陳維崧韻，賦《念奴嬌》。

《棠村詞二刻》《念奴嬌·中秋次其年韻》。

徐釚贈以佛手柑及新詞，次韻賦《綺羅香》謝之。

《棠村詞二刻》《綺羅香·徐電發以佛手柑見貽兼示新詞次韻賦謝》。

重陽前一日，宋實穎、尤侗、陳維崧等同集蕉林小飲，宋氏贈以新詩，依韻有作。

《蕉林二集》七言律一《重陽前一日宋既庭尤悔庵陳其年田髴淵黄俞邰龔放瞻集蕉林小飲既庭見贈新詩依韻奉酬》。

宋犖榷關贛州，賦詩送之。

《蕉林二集》七言律一《送宋牧仲比部榷關贛州》。

初度，賦詞感懷。

《棠村詞二刻》《花發沁園春·己未初度》。

清康熙十九年庚申（一六八〇）　六十一歲

正月十五，設席宴客。次陳維崧韻，賦詞詠米家燈、窩絲糖，並觀邢郎演劇。毛奇齡、尤侗、徐釚等有詞和之。

《棠村詞二刻》《百字令·詠米家燈次陳其年韻》：『更喜湘漢波澄，梁園賦就，同此燒燈夜。』
陳維崧《湖海樓詞集》卷十二《念奴嬌·棠村夫子席上詠米家燈》。
徐釚《菊莊詞二集》有《百字令·棠村公席上詠米家燈和其年韻》。
尤侗《百末詞》卷四《念奴嬌·詠米家燈和其年韻》。
毛奇齡《西河集》卷一百三十六《剔銀燈·詠米家燈》。
又《棠村詞二刻》《摸魚兒·詠窩絲糖次陳其年韻》：『春宵市。空想像、夢華昔日殘編底。今猶存此。看雪片冰絲，攢成螺髻，貴與蔗漿齒。』
陳維崧《湖海樓詞集》卷二十《摸魚兒·詠窩絲糖》。
徐釚《菊莊詞二集》有《摸魚兒·詠窩絲糖》。
尤侗《百末詞》卷五《摸魚兒·詠窩絲糖和其年韻》。
毛奇齡《西河集》卷一百三十五《糖多令·詠窩絲糖》。其序云：『梁尚書上元席上出窩絲糖供客，云是崇禎末宮中所製，外間無此也。』
又《棠村詞二刻》《柳腰輕·觀邢郎演劇》：『溶溶三五春宵讌。銀燭照，紅牙按。紫雲筵上，袁絢臺畔，不數當年奇豔。』此三首詞前後相連，當爲一時之作。
三月，安親王凱旋，聖祖迎勞於蘆溝橋，扈從，有詩紀之。
《蕉林二集》五言律一《西郊即事》，詩題下注云：『暮春八日，安親王凱旋，上郊勞於蘆溝橋，南閣部諸臣扈從。』

《聖祖實録》康熙十九年三月："『丁酉，上以定遠平寇大將軍、和碩安親王岳樂自湖廣凱旋，率在京諸王、貝勒、貝子、公及滿漢大臣出郊迎勞，是日駐蹕蘆溝橋。』

秋，聖祖賜蓮藕、風菱，恭紀以詩。

《蕉林二集》七言律一《庚申秋日上賜蓮藕風菱恭紀》："『賜果御奩來桂殿，采菱小艇出銀河。』

立秋前二日，觀小伶演劇。

《棠村詞二刻》《乳燕飛·立秋前二日觀小伶演劇》："『透紈扇、西風暗度。纔罷柘枝翻白苧，喜新聲、一串驪珠吐。』

觀邢郎演劇。

《棠村詞二刻》《菩薩蠻·秋日觀邢郎演劇》："『月高絲管沸。溜出歌聲脆。對此意茫茫。偏憐秋夜長。』

閏八月十五日，次陳維崧韻，賦《百字令》。

《棠村詞二刻》《百字令·庚申長安閏中秋次陳其年韻》："『秋光無盡，把冰輪重碾，影搖珠闕。何幸嬋娟頻會面，不待明年逢節。』

重陽前二日，祖文水召飲，演《一種情》劇。

《棠村詞二刻》《永遇樂·重陽前二日祖文水明府召飲演一種情劇》："『使君情重，招邀勝友，何似龍山歡聚。嘆悤悤、軟塵十丈，好景此宵留住。』

十月，高珩乞休歸鄉，賦詩送之。

《蕉林二集》七言律一《送念東少司寇歸淄川》：『四十年來世法疎，翩然歸去興何如。願教海内同風俗，豈謂人間有謗書。』

《聖祖實録》康熙十九年十月：『戊申，……刑部右侍郎高珩以老乞休，允之。』

冬，彗星見西方，聖祖召集百官，問興革事宜。梁清標建言免秦糧入川，奏可。

高珩《兵部尚書蒼巖梁公墓志銘》：『十九年冬，有星見於西方，上命閣臣傳集九卿、詹事、科道至太和殿前，問應興應革事宜。公言：「秦中數年用兵，疲於轉餉，前者運糧入川，一人約費二十金，今又責之水運。聞蜀人云『川中有糧，何必重累秦民』，宜加軫恤。」或云：「恐川中無糧，奈何？」公云：「副都御史劉如漢、李仙根皆蜀人，可問也。」二公對亦如之，奏上，遂免秦運。』

立春日，高珩出都，不及送別，賦二詩送之。

《蕉林二集》七言絶一《立春日念東出都走筆贈二詩以代驪唱》：『悵余不及臨岐别，欲寫河梁蘇李圖。』

立春次日爲初度之辰，紀之以詩。

《蕉林二集》七言律一《庚申立春次日初度》：『朔氣初回聞捷後，華顛恰遇始生時。』句下注云：『余生於庚申。』

除夕，有詩。

《蕉林二集》七言律一《庚申除夕》。

清康熙二十年辛酉(一六八一)　六十二歲

元日,有詩。

《蕉林二集》七言律一《辛酉元日》。

二月,郝浴赴任廣西巡撫,賦詩送之。

《蕉林二集》七言律一《送郝雪海中丞開府粤西》。

《聖祖實録》康熙十九年十二月:『庚戌,……以左副都御史郝浴爲廣西巡撫。』又康熙二十年二月:『戊戌,廣西巡撫郝浴陛辭。』

仁孝、孝昭兩皇后梓宫啓行,隨駕送之。廿五日,從駕謁孝陵。

《蕉林二集》七言律一《恭送仁孝孝昭兩皇后梓宫》、《二月廿五日從駕恭謁孝陵》。

《聖祖實録》康熙二十年二月:『癸卯,仁孝皇后、孝昭皇后梓宫啓行,上親臨送,王以下滿漢官員及公主王妃以下、大臣命婦以上俱齊集舉哀跪送。』『己酉,上謁孝陵。舉哀行禮畢,親往仁孝皇后、孝昭皇后地宫相視。』

於雲巒寺前杏花下與李霨、吴正治、魏象樞、朱之弼、李天馥小集。

《蕉林二集》七言律一《雲巒寺前杏花下小集同坦園相國賡庵大宗伯環溪大司寇幼庵大司空容齋少司農》。

雨中與李天馥共話。

《蕉林二集》七言律一《雨中與容齋少司農共話》。

駐蹕馬蘭峪，聖祖召扈從諸臣，賜觀湯泉，應制賦詩。

《蕉林二集》七言律一《康熙辛酉季春上駐蹕馬蘭峪召扈從諸臣賜觀湯泉應制》，七言絶一《觀湯泉》。

三月七日，從駕辭孝陵。

《蕉林二集》七言絶一《三月七日從駕辭孝陵》。

七月，聖祖賜讌於瀛臺，兼頒綵幣，恭紀以詩。

《蕉林二集》五言律一《辛酉七月上賜讌於瀛臺兼頒綵幣恭紀時蘭開甚盛》，七言絶一《瀛臺即事》。

秋，施閏章典河南鄉試，便道歸省，賦詩寄贈。

《蕉林二集》五言律一《寄贈施愚山典試河南便歸宣城》。

清康熙二十一年壬戌（一六八二）　六十三歲

正月十四日，聖祖賜宴乾清宫，觀鰲山，聯柏梁體詩，羣臣盡歡。宴罷，命内侍扶出東華門，賜廄馬一匹。

高珩《兵部尚書蒼巖梁公墓志銘》：『二十一年正月十四日，上以海宇昇平，賜宴乾清宫，張燈樂作以賜觴，羣臣盡歡。上首倡柏梁體詩，羣臣皆和。宴罷，命内侍扶掖出東華門，賜廄馬一匹。』

《蕉林二集》七言律二《康熙壬戌正月十四日上賜讌乾清宫觀鰲山恭賦》。

張英請假葬親獲準，賦詩送之。

《蕉林二集》七言律一《送張敦復學士假歸龍眠》。

三月晦前一日，劉元慧、王奕臣招飲祝氏山莊，次汪懋麟詩韻有作。

《蕉林二集》五言律一《三月晦前一日子濬奕臣二甥招飲祝氏山莊次蛟門韻》。

四月，汪楫奉使冊封琉球國世子，賦詩送之。

《蕉林二集》五言律一《送汪舟次太史奉使琉球》。

《聖祖實錄》康熙二十一年四月：『辛卯，……命翰林院檢討汪楫爲正使，內閣中書舍人林麟焻爲副使，往封琉球國世子尚貞爲琉球國中山王。』

五月，汪懋麟爲梁氏《棠村詞二刻》題首。

《棠村詞二刻》卷首《詞話》：『頃所填長短句復纍纍，會公猶子次典官泗水，請鏤板續行，公命懋麟論次。……康熙壬戌中夏，揚州門下士汪懋麟謹識。』

夏，苦旱，聖祖問諸臣弭災之方，清標言『莫如省刑』。

高珩《兵部尚書蒼巖梁公墓志銘》：『夏苦旱，上傳問諸臣弭災之方，公言：「莫如省刑。今承問衙門或有遲延不結者，責累無辜。請敕刑部督捕，有案速結。」上納其言。』

七月，彗星見東北，閣臣復奉命傳問，清標言『宜靜勿動，以示休息』。

李澄中《保和殿大學士梁公墓誌銘》：『七月，彗星見於東北，閣臣復奉命傳問，公曰：「連歲軍興，民殫財盡，元氣凋傷，全賴休養。求治不必太急，宜靜勿動，以示休息。」或謂虛言無實。公曰：「靜字之義甚廣，凡新舉行者皆宜報罷。」上復嘉納之。』

《聖祖實錄》康熙二十一年七月：『癸酉，上諭大學士等曰：「天道關於人事，彗星上見，政事必有闕失，其應行應革者，令九卿、詹事、科道會議以聞。」於是……尚書梁清標奏：「今天下太平，凡事不宜開端，當以安靜爲主。」左都御史徐元文奏請暫停臺灣進剿。……另降諭旨：「梁清標所言凡事不宜開端、當安靜，甚得爲治之要。近總督姚啓聖疏稱十月進剿臺灣，可暫行停止。俟十月後，再行定奪。」』

吴兆騫南歸至京，次徐乾學韻賦詩贈之。

《蕉林二集》七言律一《贈吴漢槎南歸次徐健庵韻》。

大學士杜立德、馮溥予告歸里，賦詩送之。

《蕉林二集》七言律一《送同年純一杜相國予告歸里》、《送馮易齋相國予告歸益都》。

十月，議政，反對强盗案區分首從。

《清史列傳·梁清標傳》：『二十一年，命九卿等議改强盗不分首從皆斬例，刑部尚書果斯海等議盗犯爲從者免死。清標與左都御史徐元文等謂宜循舊例，别爲一議。上召詢清標，奏曰：「法外施仁，原屬至美之事，但强盗皆係兇惡，難分首從，或罪果可矜，間行寬減，應出自特恩。若預定一例，則將僥倖於不死，而愈恣爲盗。」上曰：「朕因每歲盗案處決甚多，究其所劫之物甚微，豈盡甘於爲盗？或以饑寒所迫，深爲可憫，故與爾等商之。今所言極是，當仍舊例，别思弭盗良法。」』

按：《聖祖實録》康熙二十一年十月亦記此事，文繁，不贅録。

十二月，金碩鼒爲《棠村詞二刻》題辭。

《棠村詞二刻》卷首《題辭》：『今冬跨驢衝寒，偶過泗濱，於令姪次典大令晚衙中，以先生《棠村詞二刻》見示。……壬戌臈月，禾城晚學金碩鼒謹述。』

冬至，梁允桓爲《棠村詞二刻》題識。

《棠村詞二刻》卷首：『叔父之樂府……嗣後嘯詠益多，桓恐時久散佚，先請剞劂《棠村詞二集》以公海內，當亦詞林所共快也。同桓校訂者，則西陵吴子舒鳧云。戌冬長至日，猶子允桓謹識。』

除夕，有詩，並與汪懋麟唱和。

《蕉林二集》七言律一《壬戌除夕》、《除夕再疊前韻和季甪》。

是年，充文武殿試讀卷官。

高珩《兵部尚書蒼巖梁公墓志銘》：『是年，充文武殿試讀卷官，得修撰蔡陞元爲首。』

清康熙二十二年癸亥（一六八三）　六十四歲

元日，有詩，並與汪懋麟唱和。

《蕉林二集》七言律一《癸亥元日》、《元日再疊前韻和季甪》。

正月，孫卓奉使冊封安南國王，賦詩送之。

《蕉林二集》五言律一《送孫子立太史奉使安南》。

《聖祖實錄》康熙二十二年正月：『戊辰，……命翰林院侍讀明圖爲正使，編修孫卓爲副使，往封安南國王嗣黎維正爲安南國王。』

宋犖任通永道僉事，賦詩送之。

《蕉林二集》五言律一《送宋牧仲僉憲備兵通永》。

七月，郝浴逝世，以詩輓之。

《蕉林二集》七言律一《輓郝雪海中丞》。

《碑傳集》卷六十四《復陽郝公行狀》：『癸亥閏六月，瘡發於背，日漸加劇。七月十一日，伏枕草遺疏，……十五日，灑然長逝。』

梁清遠逝世，爲詩哭之。

《蕉林二集》五言律一《哭二兄》。

汪懋麟《百尺梧桐閣文集》卷五《梁侍郎傳》：『公姓梁氏，諱清遠，字邇之，又字葵石。……二十二年，以老壽終於家，年七十有八。』

次子苗兒夭亡，爲詩哭之。

《蕉林二集》七言絕一《哭苗兒》其三：『殘編剩墨今零落，父子恩情只九春。』按梁氏次子苗兒生於康熙十四年（參上文康熙十四年條），至本年九歲。

除夕，有詩，次徐元文韻。

《蕉林二集》七言律一《癸亥除夕次徐立齋韻》。

清康熙二十三年甲子(一六八四)　六十五歲

元日,有詩,次徐元文韻。

《蕉林二集》七言律一《甲子元旦次徐立齋韻》。

正月初六日,杜鎮卒,後爲杜鎮作墓誌銘。

《蕉林文稿・翰林院侍讀子靜杜君墓誌銘》:『余於是始識君,相與定交,及今四十餘年如一日。……君以萬曆丁巳三月十五日生,康熙甲子正月初六日卒,年六十有八。』

九月,改命以戶部尚書管兵部尚書事。

高珩《兵部尚書蒼巖梁公墓志銘》:『二十三年,改命以戶部尚書管兵部尚書事。蓋前此爲本兵者十三年,比再任,則恭遇昇平,烽燧偃息。公餘晏坐,斗室秉燭,丙夜不輟也。』

《聖祖實録》康熙二十三年九月:『丁卯,……命戶部尚書梁清標以原銜管兵部尚書事。』

冬,魏象樞予告歸鄉,賦詩送之。

《蕉林二集》七言律一《送魏環溪大司寇予告歸蔚州》:『十載丹誠留殿陛,一天風雪度居庸。』

《聖祖實録》康熙二十三年八月:『乙卯,……刑部尚書魏象樞以病再疏乞休,允之。』

清康熙二十四年乙丑(一六八五)　六十六歲

中秋,小集。

《蕉林二集》七言律一《乙丑中秋小集時芷公將歸兼懷季甪》。

清康熙二十六年丁卯（一六八七） 六十八歲

十二月，孝莊太后逝世，哭臨盡禮。

李澄中《保和殿大學士梁公墓誌銘》：『二十六年冬，值太皇太后升遐，公哭臨盡禮。』

《聖祖實錄》康熙二十六年十二月：『己巳，子時，太皇太后崩於慈寧宮。』

清康熙二十七年戊辰（一六八八） 六十九歲

正月，議政，反對屯田事。

《聖祖實錄》康熙二十七年正月：『丁酉，……上御乾清門，衣青色布衣聽政。……兵部尚書梁清標奏曰：「屯田實有害於百姓，斷不宜行。」』

二月，陞補保和殿大學士兼兵部尚書。

高珩《兵部尚書蒼巖梁公墓志銘》：『二十七年二月，奉特旨，陞補保和殿大學士兼兵部尚書。』

《聖祖實錄》康熙二十七年二月：『甲寅，……以兵部尚書梁清標爲保和殿大學士。』

三月，湖北巡撫張汧貪賄事發，清標因曾保舉其爲布政使，降三級留任。

《清史列傳·梁清標傳》：『是年，湖北巡撫張汧貪婪事覺，清標曾保舉爲布政使，部議革職，得旨，降三級留任。』

《聖祖實録》康熙二十七年三月：『乙酉，……刑部等衙門議覆：……又查從前保舉張汧之人，有大學士梁清標、尚書熊一瀟保舉張汧爲布政使，……俱應革職。上曰：「……張汧事犯於巡撫任内，其保舉爲巡撫者俱著革職，其保舉爲布政使者著從寬，免革職，降三級留任。」』

清康熙三十年辛未（一六九一）　七十二歲

六月，患脾瀉。八月初一，去世。壽七十有二。

高珩《兵部尚書蒼巖梁公墓志銘》：『三十年，上見公步履矍鑠，精力壯盛，命滿洲大學士傳問公年齒及調攝之法。公生平不服藥，以脾氣之强，飲噉恆倍人。迨六月杪，竟患脾瀉，醫藥罔效矣。傷哉！』

李澄中《保和殿大學士梁公墓誌銘》：『今年春，上以公矍鑠精健，問公年齒及調攝之法。公對以居恆不服藥餌，惟飲啖倍人，數日一入厠耳。六月杪，忽患脾瀉，至八月初一日卒。遺疏奏聞，上悼惜。』

《清史列傳·梁清標傳》：『三十年，死。遺疏入，得旨：「梁清標簡任機務，宣力有年，勤慎素著。忽聞溘逝，朕心深爲軫惻。」下部議，賜祭葬如例。』

附録三　酬唱追贈

親屬門人

喜得玉立弟家報弟以琢月名齋

梁清寬

九月傳家信，恍來琢月居。客心鐘裏碎，鄉夢酒中虚。數雁思舅弟，驚秋戀草廬。待看梅蕊發，應是話心初。

獨酌柬銓翰葵石玉立兩弟

梁清寬

冷桂新香晚向人，疎燈醉倚問閒身。銓曹聲價原名鏡，供奉文章故有神。博學多君稱小陸，無才獨我愧三陳。西風一夜連床夢，不禁題詩遣慰頻。

送玉立弟還朝　梁清寬

河亭五月把長條，三歲驪歌復此朝。曉雨溟濛天路淨，夕陽澹映帝京遥。綠荷色映蓮花炬，青荔光分杏葉鑣。別後相思各幾許，雁羣秋際會同招。

李二公年兄自京師見訪扇頭有玉立弟贈詩以春明門內郎村居爲題依韻和贈　梁清寬

春明門內郎村居，楊子雲亭好著書。雨後藝花泉釀熟，林中覓句世情疎。青蓮久屬同心友，綠野忽來長者車。敢謂陳蕃能下榻，孤蹤攜手話樵漁。

雨中讀蕉林近詩有懷賦寄　梁清寬

清曉科頭暑氣平，陰陰霡霂黯孤城。三年骨肉浮沉夢，千里音書去住情。喜造鳳樓多屬弟，慚稱甕牖又爲兄。有懷欲寫難成句，半作虛窗風雨聲。

（以上均錄自《嘯雲樓詩集》，國家圖書館藏清康熙五十二年刻本）

送蒼巖弟奉詔賑保定

梁清遠

聖朝膏澤先三輔，宗伯頒恩出建章。綠綬遥沾春草色，皇綸靜帶紫泥香。郊原何處無鴻雁，吏治於今有虎狼。此去殘黎偕保育，監門何用繪流亡。

用韻賀蒼巖弟轉官學士

梁清遠

漢庭年少幾人如，四世曾傳典祕書。前席從看匡社稷，彈冠誰令混樵漁。金門軒蓋興朝盛，天祿文章勝國餘。大業留垂吾弟在，烏支家學豈迂疎。

學士弟陪狩南苑作歌寄之

梁清遠

少年天子崇英烈，出獵南郊彩仗列。軍容壯盛若雲屯，衛士猙獰皆衣鐵。周廬畫角吹烏烏，抵暮連營逾清切。氈帷燈火夜焜煌，猶似繁星天際結。玉堂學士盛文章，也陪法駕資講説。朝來天子策連錢，踏遍郊原三尺雪。合圍射得野麞歸，親看割向鼎中爇。七校分餐戴主恩，意氣雄豪人競悦。嗚呼四野尚有百萬人，嗷嗷待哺悲哽咽。安得野麞積如山，揉作肉糜□饕餮。不然子其賦長楊，莫令窮黎愁慅慅。

和司馬弟夏夜閒居　梁清遠

流螢點點照窗虚，閉戶吾方學隱居。茶沸松寮天霽後，花香露井月來初。鄰僧已授安心偈，老子閒鈔度世書。晞髮臨風真足樂，多生汩汩意何如。

（以上均《祓園集》詩卷一，國家圖書館藏清康熙二十四年刻本）

酬家司馬寄余村居韻　梁清遠

林居真可避塵喧，無慮方知隱者尊。鼓瑟焚香時坐樹，棹歌載酒不離村。輕鷗逐浪游芳沼，閒犢乘涼臥蓽門。且喜聖朝無啓事，優遊田里即君恩。

（《祓園集》詩卷二，國家圖書館藏清康熙二十四年刻本）

送大司農弟視師東粤二首　梁清遠

高秋叢桂影婆娑，旌節翩翩息海波。聖主重爲天下計，元臣恩及遠人多。丹臺勝蹟尋勾漏，古殿鄉心問尉陀。莫厭乘槎行萬里，履聲佇聽上鸞坡。

擁旄梅嶺雁鳴秋，五馬曾隨宦海遊弟曾侍先伯守南雄。聲洽三軍窺豹略，政聞一郡頌遨頭。生祠薦藻雲光黯，官舍揮毫瑞靄浮。少日四方多慷慨，勳名益著在南州。

寄大司農弟

梁清遠

日聽松聲見翠微，數株芳樹鶴來歸。寒罏五夜燒靈藥，靜院三年養道機。結契霞門嗟已老，對談筠閣尚無期。長安風物今非昔，憶否滹沱有釣磯。

（以上均《祓園集》詩卷三，國家圖書館藏清康熙二十四年刻本）

念奴嬌　用韻酬大宗伯弟贈别之作

梁清遠

澄溪如練，綠陰裏、遥見舟飄蓮葉。爰有幽人方倦釣，艤棹垂楊岸北。烟景迷離，雲光掩映，綽約芙蕖白。好花數朶，山僮莫使輕折。　且看芳徑流香，畫橋飛翠，雅況洞天别。雨洗太行山色淨，更似池添湖石。醉客船頭，弄孫樹下，樂我平生業。詰朝無酒，捕魚急趁斜月。

又　和大宗伯弟述懷之作　梁清遠

十年閒退，思世事、都是止啼黄葉。遠道風濤今正惡，西笑敢移向北。燕市重遊，鵷班再列，那得腰圍白。衰殘嬾骨，寧堪日日磨折。　況有野外團瓢，山中草閣，烟景人間別。兀坐内觀吾事畢，寧用學餐金石。縛虎擒龍，抱珠種雪，總是神仙業。靖廬久設，速修莫滯年月。

又　秋日赴西廬習静作用大宗伯弟贈行韻　梁清遠

蕭騷雲景，忽瀰目、摵摵疎林木葉。瓢笠一肩來曠野，料勝驅馳南北。廿載功名，幾年心事，雙鬢愁衰白。世緣未斷，深慚陶令腰折。　聞道抱犢峯頭，有人雲臥，久與塵情別。我欲從之求祕訣，悟後點頭如石。物外消摇，山中磨鍊，成就長生業。憑誰談笑，此心爭似秋月。

又　用韻答大宗伯弟留行之作　梁清遠

布袍芒履，甘棲遁、自幸身輕如葉。試問先生何所事，只在溪南崦北。輕棹遨遊，蹇驢覽涉，一縷雲飛白。胡然捧檄，卻愁岸柳攀折。　人道丹陛趨蹌，青山高臥，意味無差別。笑我功名方過分，天禄敢貪千石。稱疾稽行，聯床聽雨，亦有閑勳業。暗中點檢，何須海底撈月。

又 用韻酬大宗伯弟贈别之作

梁清遠

水村十載，耽幽勝、門遶一池荷葉。忽爾王程催夙駕，馬首悤悤將北。抛卻蒲團，顛翻丹竈，贏得頭添白。回思往事，此時心已先折。　謾説燕市繁華，中朝富貴，趣味山林别。總是邯鄲一大夢，豈若餐霞煮石。拜表辭官，角巾歸第，守我農家業。蕉林新館，閒來同賞秋月。

花心動 保陽元夜和宗伯弟韻

梁清遠

獨畔閒愁，聽誰家、輕輕雅歌方咽。羡天宇鮮澄，晴靄絪緼，恰是上元佳節。蕭然客舍無聊賴，因點綴、華鐙高揭。笑年少，連錢蹀躞，踏殘春雪。　鄉國繁華莫説。想浮世人情，奔波宜歇。坎止流行，隨寓而安，烏几瓣香頻爇。蒼顔不作巫山夢，休惆悵、衾裯如鐵。且手折梅花，臨窗禮月。

（以上均《祓園集》詞，國家圖書館藏清康熙二十四年刻本）

壽大宗伯叔父時奉召候補

梁允植

八座還朝尚黑頭，鳳池草制暫淹留。喜逢暇日裁封事，好待宣麻聖主求。

又

燕山抱膝意徜徉，雪綻梅花小閣香。莫羨中丞爲亞相，洛中司馬自平章。

和宗伯叔父新秋雜詠

梁允植

偏宜秋色是貧家，四壁蕭蕭落照斜。睡久不知茶竈冷，開窗紅遍藥欄花。

（以上均《藤塢詩集》，國家圖書館藏清康熙十七年刻本）

喜遷鶯　秋日題家宗伯叔父新齋敬依原韻

梁允植

中原戰歇。正文教春雍，遐荒風徹。粉署抽簪，清溪垂釣，頓悟身名爲客。詩續陶公蓮譜，夢返莊生蝴蝶。漫矯首，笑紛紛車馬，蘆溝殘月。　情切。歸休處，纔罷菱歌，又是雙星節。載酒青山，泛舟赤壁，不遜古來豪傑。初築蕉林花塢，屋角翠屏遥列。且袖手，看烟雲聚散，乾坤完缺。

花心動　上谷元夕依家宗伯叔父韻

梁允植

雞水冰消，看春城、闐闐鼓歌爭咽。鐵鎖初開，銀箭停催，逆旅正當佳節。千門火樹香車簇，趁雜遝、敝裘風揭。最奇是，六花的皪，燭光搖雪。　衷曲憑誰訴說。嘆十載浮蹤，少年銷歇。故里縈懷，骨肉他鄉，聚首爐烟同爇。芳辰偏負刀環約，空閨裏、慵拈針鐵。兩心寄、朦朧一輪殘月。

帝臺春　春懷依家宗伯叔父韻

梁允植

紅蠟炙。鵲爐中，烟凝碧。簷凍纔消，孤館猶寒，良宵談劇。盡道家園春漸好，空悵望、恆陽山色。最關情，雁唳三更，偏聞羈客。　思今昔。梭幾擲。看晷尺，時難覓。對舊日東風，年華非昨，誰耐鬢絲頻織。屈指梨花白欲綻，驚心柳線青堪滴。寂寞過元宵，飄零愁寒食。

美少年　秋夜用家司農叔父棠村詞韻

梁允植

酒殘燭影欹，巧倩歌金縷。小立背花陰，低弄翻簫譜。　佯醉拂楸枰，勝負更新數。何處亂棋聲，窗外芭蕉雨。

望海潮　聞家司農叔父奉使粵東用芝麓先生韻

梁允植

温傳天語，威行邊徼，星馳節鉞連霄。四牡嘶風，雙旌戴月，依依袖拂垂條。攬轡過山腰。喜嶺梅送煖，翡翠啼嬌。瘴癘晴開，小春花發太平橋。　孤懷莫悵無聊。看羅浮暮靄，南海新潮。陸賈城頹，尉陀墓冷，千秋幾度昏朝。俯仰意偏迢。更霜飛甲帳，萬里雲遥。計日燕山，鄉心清夢一林蕉。

春風齊著力　至日用家司農叔父棠村詞韻

梁允植

轂轉鴻鈞，陽回雁浦，時若人康。律吹葭管，一線報池塘。朔氣梅芳忽透，簾櫳外、鳥動笙簧。喜新令，朱樓獻頌，牙板霓裳。　世事苦風霜。邯鄲道，堪憐傀儡登場。巧粧墮馬，良夕對銀釭。消受温柔繡閣，且舒嘯、大塊文章。將謝了，玄霜絳雪，受命東皇。

（以上均《柳村詞》，孔傳鐸編《名家詞鈔六十種》，國家圖書館藏清抄本）

奉送大宗伯真定梁公歸里二首

汪懋麟

當代文章伯，中朝樞密臣。聲名齊衆嶽，丰格冠羣倫。補衮功原大，掄才意更真。春風披拂後，桃李一時新。

去國豈君命，飄然駕犢車。高風留魏闕，暇日借山居。林茂堪投鳥，谿深且縱魚。安公寧久臥，早晚拜天書。

（《百尺梧桐閣詩集》卷五，《清代詩文集彙編》影印清康熙刻本）

奉寄大宗伯梁公兼送令姪承篤歸真定

汪懋麟

尚書廊廟器，早年騰令名。眉宇天人秀，朗如玉山行。昂藏八尺軀，顧盼四坐驚。簪筆入翰苑，視草登承明。聖情益隆眷，出入膺寵榮。特晉超等級，拜爵冠公卿。鉅任託機密，謀略操本兵。通侯出麾下，大帥供使令。往昔疆圉間，邊將執從横。輦金貢樞府，恃權遂驕盈。我公悉屏絶，謹潔矢忠貞。十年司馬門，請謁無簪纓。晉秩列宗伯，制作歸老成。籌邊更議禮，卓哉文武並。皇帝六載春，闢門收羣英。詔公大取士，問策亦何精。司農三原王公具深識，少宰益都馮公縣鑒平。學士宛平劉公愛才俊，四賢同持衡。懋也章句儒，譚經媿魯生。謬列桃李谿，荷此終身情。衆中邀殊盼，感激懷真誠。升堂共斟酌，立雪紛瑶瓊。忘分接言笑，著述探蓬瀛。功成暫引退，休沐辭神京。百僚竝集送，供帳長安城。路旁紛拜揖，青門酒再傾。公歸樂田埜，賤子亦躬耕。浮雲南北飛，伯勞東西鳴。寒暄倏三易，忽聞鴻雁聲。長跽讀尺素，知與鷗鷺盟。萬乘昨巡狩，翠華方來征。駐蹕過廣川，我公趨郊迎。天子識近臣，慰勞恩獨宏。載車共射獵，羽林讙鐃鉦。金貂用寵錫，拜受良匪輕。天顏既嘉悦，明良當再賡。東山豈久臥，饑溺憐羣氓。小阮江南客，四月聞唬鶯。途窮世態薄，按劍聲錚錚。揮手别我去，裘敝馬復盲。河梁涕欲盡，那忍送行旌。因君問起居，一一爲我呈。北望緘此詞，惆悵心怦怦。

（《百尺梧桐閣詩集》卷七，《清代詩文集彙編》影印清康熙刻本）

和司農公挽吴夫人八絶句

汪懋麟

衛羅靈鳳結仙胎，不是尋常顧女才。記得約眉初嫁日，雙回月扇下車來。

年紀剛同蕚緑華，南山神女五銖斜。自從六過羊權宅，竟作人間頃刻花。

仙籍何爲不注年，溫幃密帳枉因緣。曾聞鈿盒歌長恨，漫説琵琶憶小憐。

香消錦幄已經旬，欲倩傳神粉筆新。容貌模餬難記取，畫圖髣髴寫天人。

後堂春日洗兒時，玉果犀錢五色絲。親奉明珠如己出，夫人賢淑少人知。

入京猶記擁輕綃，素旐還鄉道路遥。傳語侍兒休痛哭，白楊風雨最瀟瀟。

牙籤錦軸曲房幽，共檢縹緗只五秋。一自綵鸞歸碧落，玉魚深鎖舊妝樓。

潘恨荀愁兩若何，伯鸞尤自淚盈波。中年玉案頻摧折，忍説明珠十斛多。

歲除以黄熟橄欖奉餉司農公

汪懋麟

餽歲朱門亦太奢，張羅只有尚書家。名香聊可添爐火，小果無妨供煮茶。篆繞松烟沉細縷，味浮花乳勝流霞。諸生自笑唯原憲，耐冷吟詩送歲華。

（以上均《百尺梧桐閣詩集》卷十，《清代詩文集彙編》影印清康熙刻本）

隔院看司農公齋中合歡花傚義山體

汪懋麟

芳樹何年種合歡，愛佗名字是團圞。香心入夜開還合，粉露凝嬌濕未乾。最喜晚烟籠碧葉，卻勝朝雨洗紅蘭。尚書庭院春常駐，贏得牆頭鎮日看。

司農公以雕盤滿盛合歡花見貽以詩代簡依韻答謝

汪懋麟

雕盤小摘樹頭花，萬點輕紅似曉霞。寂莫閒門無草色，忽添雲錦到貧家。

石麟歌爲司農公題畫

汪懋麟

臧姥夜夢雲氣生，五色爛爛天上明。雲氣須臾化爲鳳，飛上左肩時一鳴。阿陵生時實聰慧，怪底雙目含青精。時有沙門釋寶誌，錦袍變幻鍾山行。秃髮每冠下帬帽，飲啖酒食非凡情。見陵摩頂口作頌，石麟頭角何崢嶸。常侍後來擅制作，梁陳之代多令名。論文曾嗤後主作，發語嘗令魏收驚。位爲僕射享名壽，文章勳業光台衡。小時辨博喜經論，講說大品人難爭。毋乃此兒具佛性，故與寶誌如生平。海東沈生善圖畫，意匠慘澹多經營。展圖儼與老僧對，錫杖但少鏡鑷横。司農珍玩挂素壁，生兒但願如徐卿。鳳麟之祥亦偶爾，於公世德占奇嬰。

題司農公蛺蝶畫扇二首

汪懋麟

誰寫南園粉翅輕，一叢錦石自分明。微蟲也解依花葉，怪底人歌蜨蝶行。古樂府載梁李鏡遠《蜨蝶行》云：『青春已布澤，微蟲應節歡。朝出南園裏，莫依花葉端。』

青斑鳳子太顛狂，婾取千花釀蜜房。團扇幾回辭不去，雙飛只傍楚蓮香。蜨青斑者名鳳子。

中秋日司農公以履霜桃見餉作歌

汪懋麟

帝城八月秋氣高，百果風折如煎熬。忽然傾盤倒赤玉，贈我小核含霜毛。堅細如丸頗甘毳，沙餹之味飽老饕。紫文青色產玉嶺，鴨卵不數西王桃。句鼻積石號最大，二斤十斛誰曾遭。磅礴山中萬歲實，日色不到啀蝯猱。霜園巨核理或有，常山拜獻空嚻嚻。我聞桃者本仙木，厭勝百魅皆遯逃。服之可以致長算，金光紫河毋乃勞。夫子愛我意良厚，好花佳實時時叨。自笑東方正饑餓，飽食猶勝餐藜蒿。晚來月色白如紙，隔牆喚我斟香醪。停杯對月不成醉，興感離別心滔滔。後日仗節過嶺嶠，我亦江上挐小舠。

奉送司農公奉使粵東三首

汪懋麟

三道黄麻出未央，尚書旌節更煇光。東門酒汎重陽菊，北斗旂縣九月霜。嶺海山川供嘯詠，猺獞戈甲入梯航。賢王靺韐趨承遠，朝漢臺前看五羊。

何事臨軒特遣行？十年樞府建威名。陸生當日空權術，范老胸中有甲兵。坐使番禺收壁壘，還聽崑鍔靜邊聲。須臾奏績明堂裹，慶卜金甌照火城。

春來借廡幸相依，長夏聯吟到夕暉。抹麗晚香頻折贈，管弦良燕共芳菲。先生忽爾安邊去，賤子無聊覲省歸。矯首功成江上過，一尊相待釣漁磯。

（以上均《百尺梧桐閣詩集》卷十一，《清代詩文集彙編》影印清康熙刻本）

梁予培自湖上歸真定別余揚州詩以送之時司農公使粵將還兼此奉懷二首

汪懋麟

五月到西湖，紅蕖間緑蒲。越姬雙盪槳，叢鳥勸提壺。令弟此爲政，名山興不孤。春風動楊柳，行翠足千株。

一鞭思鉅鹿，兩日别揚州。殘雨侵官道，春烟上驛樓。人歸恆嶽遠，夢遶粵江流。聽説羊城節，平安下嶺頭。

司農公使粵還舟抵江浦不得晤蒙寄詩見訊依韻奉答四首

汪懋麟

王程辛苦歷重關，瘴雨蠻烟滿目斑。三月眼穿黄木信，一封書遣白門山。蒼黄驛騎安邊出，譚笑雄藩仗節還。南海甲兵聊借鎮，好將消息慰天顔。

猶記秋風各送行，征軺臨發倍關情。江頭花信曾相約，隴上荒烟只自耕。顛頷一春驚燕壘，夢魂半載繫羊城。雲帆咫尺還相失，嘶徹鉤輈柳外聲。

手把殘編學閉關，雙魚喜接錦鱗斑。幾行珠玉傳江驛，八尺琉璃寄粵山。荷寄廣簟。遠道烽烟勞問訊，故人書札代封還。不知萬里高州吏，猶復霜臺舊日顏？時得高州友人消息。

夜合花前每共行，絳紗弦管得閒情。豈知涕淚重揮手，忽謾干戈又輟耕。戰伐近聞收楚邑，聲靈更喜壓秦城。鄭侯自有關中計，竚聽鐃歌鼓吹聲。

（以上均《百尺梧桐閣詩集》卷十二，《清代詩文集彙編》影印清康熙刻本）

鶯啼序　壽大司寇梁蒼巖先生再疊前韻

汪懋麟

積雪寒梅裏，正喜甕開歲酒。擁裘坐、碗碧爐紅，牀前圖左書右。詩吐光芒李杜出，詞翻雅麗秦黄走。仰大名當代，著作盡歸公手。

兵法穰苴，典謨稷契，譽滿羣賢口。看巖廊齊頌文明，關山已息刁斗。更平刑、坐石鞭蒲，善移風、烹羔祭韭。羨功業縱横，昔人希有。

閒來博古，卷軸晉唐元宋，出宣和以後。但吞吐烟霞，嬾問丹鷄，羞看蒼狗。五嶽爲圖，衆山皆嚮，少文真可稱良友。此變幻何殊橘中叟。避人小築，蕉林書屋悠哉，雙鶴在，階前守。

扶風庭廣，女樂生徒，濟濟森槐柳。卻媿不才名晚，座上論文，燈前譜畫，酒闌還又。茂陵游倦，東方飢矣，一官趨走。何人問，嘆憐才只有歐陽厚。敢言句比《金荃》，欲唤雙成，吹笙爲壽。

瀟湘夜雨　題大司農蒼巖先生蕉林書屋圖

汪懋麟

種樹成林，擁書作屋，果然天際真人。滿園深綠，翠雀下花茵。最愛聲聲葉葉，小窗外、秋雨堪聞。臨池好，蕉心細展，揮灑走烟雲。　我公才絕世，談兵說禮，嘯月開尊。更雅耽林壑，心癖松筠。每日朝回花底，開軒坐、簾靜香薰。閒翻就，棠村好句，歌扇按紅裙。

五福降中天　奉賀司農公生子

汪懋麟

簟紋昨夜金光繞，洵是湔裙佳兆。玉燕投懷，石麟入夢，孔釋雲中親抱。畫堂喧笑。爲湯餅關心，弄麞錯草。漫說聰明愚魯，累葉公卿早。　萬事如今足了。人家皆養子，公非小。千卷文章，百年勳業，久望傳香人到。本來福慧，已識之無。鳳巢雛好。怪底崢嶸，此郎真個少。

滿江紅　題梁冶湄柳村漁樂圖和司農公韻

汪懋麟

滾滾青山，映漠漠、長隄千曲。看寂寂、陸居如水，舟居如屋。十丈柳絲牽翠帶，一溪春水搖寒玉。羨漁郎漁婦弄船閒，荷衣綠。　算此地，宜松菊。更隨意，栽花竹。問柴門車馬，不堪重辱。似菜河魚非用買，勝茶村酒粗能足。笑世人、忍死守黄粱，何時熟。

永遇樂　七夕司農公招飲觀演劉項諸劇和原韻

汪懋麟

金井飄梧，銀河填羽，嫩涼時節。賀老彈絲，秦宫按舞，此境真天設。英雄咤叱，美人婀娜，夢醒半鉤秋月。試回頭、看西風殘照，楚漢一般宫闕。　不如飲酒，信陵作達，萬事安吾才拙。爭似尚書，文章游戲，未老三千髮。當筵譜曲，雪歌紅唱，歐晏風流重接。羨此夕、香濃酒釅，旅懷都歇。

瀟湘逢故人慢　奉和司農公見寄原韻

汪懋麟

東南雲霧。向何處投竿，且還擁絮。岸幘臨江浦。久人倦空齋，書拋花嶼。過日無聊，敢浪説、楊雄油素。賴消愁、研滌琉璃，自寫羊城佳句。時校梓公《使粤詩》。　歲時遷，風景暮。想借廡蕉林，馬櫻開處。觴詠花間路。空惆悵而今，文通《别賦》。布帽蒙頭，恐負卻、歐陽知遇。但夢繞、長樂鐘聲，三匝龍樓烟樹。

晝錦堂　題孔釋抱送圖賀司農公舉第二子

汪懋麟

記得前時，曾歌五福，畫堂爭獻犀錢。已覺蘭芽長就，小步階前。此會鳳雛重入抱，他年雙璧好齊肩。誰相送，頭角非常，石麟飛下遙天。　奇焉。西竺氏，東家老，慈雲聖澤綿綿。一樣文章智慧，孰後誰先。蕊淵見說珠還孕，藍田又報玉生烟。真堪慶，豈但徐卿二子，名位轟然。時又聞育麟之兆。

（以上均《錦瑟詞》，《清代詩文集彙編》影印清康熙刻本）

觀小伶邢郎歌舞和司農公韻

汪懋麟

密坐金屏聽玉璈，梁塵不動絳雲高。未知得似平陽舞，一點紅酥綻露桃。

半臂香羅穩稱身，可憐新柳欲搖春。不須邢尹重分別，淡薄衣裳也勝人。

歲除司農公以太和春一瓶真定韭六束見餉口占志謝

汪懋麟

步兵廚外日逡巡，僕射何如此樂真。縱有好官思爛熟，只須常醉太和春。

白菌青蔬守素風，芼羹不羨大官葱。雪中春韭堆盤美，僭食真能傲放翁。

（以上均《百尺梧桐閣遺稿》卷二，《清代詩文集彙編》影印清康熙五十四年刻本）

除夕司農公示詩奉答次來韻

汪懋麟

歲寒簾閣幾經旬時公休沐，又見瑤筐實勝新。攬鏡未須驚白髮，登朝猶自勝青春。金甌屢遜三公卜，繡褓雙添四代人公一月添兩曾孫。只此榮華誰得似，燈前珍重酒如銀。

除夕遣懷再疊前韻呈司農公

汪懋麟

壯歲崢嶸又一旬，東皇先報鬢毛新。風塵面目能禁老，嬾慢心情怕過春。竊祿敢邀詞館例，攜家直當帝京人。年年此夕叨珍餉，短韭新蒭白似銀。

（以上均《百尺梧桐閣遺稿》卷四，《清代詩文集彙編》影印清康熙五十四年刻本）

舟泊淮口文華寺夢與真定公剪燭坐小亭候張筵觀劇吏人忽報公入相懋驚喜涕零謂公洊歷六卿三十餘載肩弼勞深至此乃蒙甌卜醒時猶淚漬枕上不勝離索之感時仲冬朔日五更也

汪懋麟

文華寺前淮水深，孤舟寒壓木棉衾。歸人正切還家夢，卜相何關去國心。熱淚有情同感激，斷蓬無意任浮沉。絳紗已隔三千里，猶把笙歌枕上尋。

（《百尺梧桐閣遺稿》卷六，《清代詩文集彙編》影印清康熙五十四年刻本）

奉和真定公中秋見懷原韻

汪懋麟

顛狂敢與昔賢期，論事無端覆酒巵。不待擠排歸較晚，及當憂患悔原遲。絕無可戀推囚地，最不能忘立雪時。何日後堂容再到，烏絲銀燭絳紗移。

（《百尺梧桐閣遺稿》卷七，《清代詩文集彙編》影印清康熙五十四年刻本）

新歲荷真定公寄書並二律見問次韻酬謝

汪懋麟

抗志還初服，怡情理角巾。東風方駘蕩，西望渺烟塵。日下荒荒夢，山中寂寂春。何期到雙鯉，珍重色如銀。

樞府紆籌策，官齋尚詠詩。懷人秋色裏，公《乙丑中秋見懷》有「千里懷人夜話時」之句。得句雪殘時。今所寄詩乃臘月廿日也。消息勞頻問，行藏更勿疑。邇來諳道味，心與鹿門期。

（《百尺梧桐閣遺稿》卷八，《清代詩文集彙編》影印清康熙五十四年刻本）

奉答真定公見寄和原韻

汪懋麟

已甘寂寂子雲居，短後長鑱恥曳裾。弭謗更無遺世法，逃名只注養生書。何當垂記勞虁稷，自分無才敵庾徐。卻笑松窗鹿門老，苦言多病故人疎。

（《百尺梧桐閣遺稿》卷九，《清代詩文集彙編》影印清康熙五十四年刻本）

梁司農夫子席上看烟火同及門諸子

方象瑛

春滿芳郊正夕曛，華庭張讌綺窗分。師生客裏同明月，兄弟樽前話舊羣。寶炬雙行搖絳樹，繁星萬點落紅雲。歸途喜罷金吾禁，敢惜傳觴酒半醺。

上座師梁蒼巖先生

方象瑛

龍門高與紫宸通，身繫蒼生屬鉅公。世業中臺周太宰，同朝内省薛河東。兵農禮樂諸曹長，言語文章萬國風。自是地靈鍾間氣，恆山縹緲五雲中。

翰苑文章世所知，風流儒雅獨吾師。筆牀書卷成千古，筭屐琴樽適四時。正是燕公推巨手，何妨永叔譜新詞。只今司會焦勞日，退食雍容自詠詩。

容臺當日總諸司，桃李門開二月時。策士喜看黄閣近，投閒遽與白雲期。天留司馬存風紀，詔起鮮于領度支。拜手都俞方極盛，黑頭相業九重知。

當年乘傳越王臺，上相旌旄夾道開。庾嶺花明供作賦，羊城月好照啣杯。蠻方久識王褒頌，漢使羣推陸賈才。天祐忠貞良不易，炎荒萬里使車迴。時奉使粤東。

（以上均《健松齋集》卷十八，《清代詩文集彙編》影印清康熙刻本）

奉和司農夫子除夕元旦二首　方象瑛

南窗初啓恰經旬，霜鬢來朝歲又新。每嘆萍蹤驚去臘，漫將椒酒應初春。官貧自覺無閒事，客久誰曾念旅人。老大金門空寂寞，三長真媿管如銀。除夕

五載班行别草萊，上林春早又相催。尊浮白獸宫雲捲，盤賜黄柑御宴開。絳灌筵前雄劍珮，夔龍殿上慶鹽梅。小臣兩度承恩讌，醉引青絲控馬回。元旦

（《健松齋集》卷十九，《清代詩文集彙編》影印清康熙刻本）

奉假南歸真定夫子賦詩贈别依韻奉酬　方象瑛

七載貧官味，歸裝袛敝書。無才謝簪紱，有夢寄樵漁。衰病人先老，周旋計實疎。故園松菊在，高臥記吾廬。

珥筆慙無補，非因戀一官。愁多侵白髮，病久逐輕寒。敢道還山好，應知入世難。追隨何日是，歸夢息驚湍。

（《健松齋集》卷二十四，《清代詩文集彙編》影印清康熙刻本）

上真定梁公

張　英

百川趨溟渤，羣山仰崑崙。萬類皆有託，而況吾道尊。鉅公起河北，嶽峙聯弟昆。勳業冠諸曹，四十歷寒暄。秉軸際昌期，元化日以敦。民氣入鈞陶，薄海躋春溫。文章燦天葩，脫腕皆瑤琨。蕉林美詞翰，吹氣如蘭蓀。歐陽《金石錄》，榮光燭庭軒。俛仰極千古，退食恒埽門。皎皎貞松姿，雲際安可捫。霜幹數十圍，撐拄乾與坤。蔦蘿本微弱，附麗亦騰騫。翹首望丹壑，永荷涵濡恩。

（《存誠堂詩集》卷六，《清代詩文集彙編》影印清康熙四十三年刻本）

投座師大宗伯真定梁公二十韻

張　英

仰止宗工久，熙朝盛羽儀。文昌符象緯，海嶽毓靈奇。日下金莖露，雲中玉樹枝。廿年輝紫極，雙璧映彤墀。尹陟誠無愧，機雲儼在斯。壯猷元老藉，邦伐重臣資。經畫安桑土，勳名勒鼎碑。五兵彰赫濯，九域際雍熙。漢室修文教，虞廷命伯夷。帝心爰簡在，羣議洽疇咨。肅穆凝天祉，寅清格地祇。弓旌識重典，衡鑑藉無私。騏驥登臺日，珊瑚出海時。掄才皆素士，報國有鴻詞。自顧鹽車質，深慚伯樂知。公門容作樹，鄙念正傾葵。遽返東山駕，長銜北海巵。圖書諧夙願，山水愜幽期。立雪思清論，扶風想絳帷。中朝司馬重，難久臥東籬。

（《存誠堂詩集》卷十，《清代詩文集彙編》影印清康熙四十三年刻本）

大司農梁公繼夫人輓詩六章卽次司農公悼亡詩原韻

張　英

秋水蓮花藉作胎，鍾家禮法謝家才。仙人偶向人間住，環珮天風自去來。
自是聰明減歲華，蛾眉新月影西斜。長安昨夜秋風急，吹落優曇第一花。
玉臺金縷忽承塵，翟茀魚軒色尚新。興慶蚤朝諸命婦，首行今更屬何人。
鶴珮隨風返碧雲，步虛聲繞鬱金裙。尚書自寫烏啼曲，縱是神仙不忍聞。
熏暖朝衣喚著時，水沉香縷一絲絲。於今一任鷄聲急，泉路雲深知未知。
無憑天問欲如何，忍令韶華委逝波。永日朝回秋簟冷，梧桐葉上雨聲多。

大司農梁公出畫蝶扇命題二首

張　英

寫生偏愛草蟲微，螺黛爲裳粉作衣。最是閒情看不厭，壄花藂裏蝶雙飛。
輕綃裁作白團扇，嘗在尚書篋底存。公子攜從階下走，撲來新蝶一雙痕。

（以上均《存誠堂詩集》卷十三，《清代詩文集彙編》影印清康熙四十三年刻本）

丙寅正月二日內直用司農梁公除夕韻

張　英

山澤臞姿恰五旬，重來宮掖物華新。爲沾柏葉尊前酒，乍覺桃花頰上春。內直鐙殘猶對客，故園梅發正懷人。東風青徧王孫草，不減霜毫色似銀。

（《存誠堂詩集》卷二十一，《清代詩文集彙編》影印清康熙四十三年刻本）

詩友文友

壽大司農梁蒼巖先生四首

陳維崧

春生臘底色昭融，雙戟懸弧屬上公。憶昨尚書持虎節，去頒天語靖鮫宮。千官祖帳桄榔黑，百粵迴帆荔子紅。手定蠻荒勳不細，親勞玉陛響彤弓。

狼烟蝨霧未全收，辛苦中原百二州。萬竈熊羆喧壁壘，一軍蟣蝨上兜鍪。時艱真倚防邊將，歲紬頻紆仰屋籌。誰訴閭閻貧到骨，司農今是富民侯。

白日黃河百戰場，昔年使節下睢陽。寒門有弟嗟秦贅，四弟子萬爲侯朝宗壻，時僑寓商丘。高誼煩公問楚狂。一讀幾迴增感激，千山萬水劃蒼茫。髩毛衰颯馮唐老，今日方瞻數仞牆。

霞漿瀲灩汎瓊巵，爭唱棠村自度詞。多恐人間無此曲，從教月底任人吹。銀箏九疊翻宮本，紅燭三更寫色絲。歌罷青陽屏後轉，露桃催放莫嫌遲。

（《湖海樓詩集》卷十，《清代詩文集彙編》影印清乾隆六十年刻《湖海樓全集》本）

滿庭芳　壽大司農梁蒼巖先生

陳維崧

黃閣勳名，黑頭卿相，瑤池第一神仙。蕉林書屋，烟景勝平泉。珠島花洋萬里，牙檣送、南海歸船。還朝後，錦袍茜袖，長侍紫宸前。　華筵。羣獻斝，昇平法曲，象管鵾絃。有尚書紅杏，麗句親填。歲歲鳳城今夜，陽回處、暖在春先。緗梅綻，風光正好，次第到鞦韆。

（《湖海樓詞集》卷八，《清代詩文集彙編》影印清乾隆六十年刻《湖海樓全集》本）

漢宮春　送子萬弟入都次梁棠村先生送舍弟南歸原韻

陳維崧

此際東吳，正黃菊離披，紫螯郭索。作裝底急，使我傷於哀樂。西堂夜話，算曾經、幾番晦朔。又來朝、河橋判袂，悤悤弟酬兄酢。　昔日揚烏項橐。須臾吾已老，鳳飄鸞泊。烏衣門巷，變做荳花籬落。半生牧豕，問何年、離蔬釋屩。喜余季、來春花煖，休恨一官祿薄。

（《湖海樓詞集》卷九，《清代詩文集彙編》影印清乾隆六十年刻《湖海樓全集》本）

漢宮春　寄呈梁棠村先生卽次先生贈子萬舍弟原韻

陳維崧

綠髩勳名，響上相鞾刀，風生鈴索。籌邊多暇，細馬潛游平樂。神仙富貴，總兼之、笑他飢朔。擘詞頭、錦牋十樣，朝朝翠酬紅酢。　前歲粵裝陸橐。正花洋珠海，樓船停泊。蠻天紅豆，爭向句中飛落。先生《粵東集》，詩詞最工。獨憐愁客，老泥塗、蹉跎芒屩。幸當世、有公知我，莫管五陵輕薄。

（《湖海樓詞集》卷九，《清代詩文集彙編》影印清乾隆六十年刻《湖海樓全集》本）

念奴嬌　棠村夫子席上詠米家燈

陳維崧

東風作陣，颭晶籠百盞，玲瓏低亞。淺倚紗屏，和笑指、此是前朝舉畫。有蝶皆飛，無花不笑，翻覺丹青假。何須周昉，搓酥滴粉描寫。　聞說上國樓臺，東京士女，最重元宵夜。兩載傳柑渾寂寞，孤負月明鴛瓦。詎意今年，尚書座上，人在春燈下。昇平遺事，廊邊鸚䳇能話。

（《湖海樓詞集》卷十二，《清代詩文集彙編》影印清乾隆六十年刻《湖海樓全集》本）

賀新郎 題大司農梁蒼巖先生五苗圖

陳維崧

先生夢人貽宋繡一幅，長松千尺，下茁五苗。是歲先生第五郎生，因名苗哥。戊午秋，先生招飲邸舍，苗哥出揖，屬爲此詞。

靧面桃花雪。羡昌昌、搓酥滴粉，珠裝翠刷。昨夜分明天上冷，玉兔初肥時節。早謫向、姮娥宫闕。騎上紫皇獰小鳳，笑羣兒項領尋常物。粗了了，甚賢達。　曾經入夢繚綾滑。是宣和、寫生墨繡，虬松都活。今日荷衣能出拜，果應蘭芽其茁。算此事、通都豔説。摩頂苗哥須記取，奮扶摇條鏇行當掣。家自有，魏公笏。

（《湖海樓詞集》卷十九，《清代詩文集彙編》影印清乾隆六十年刻《湖海樓全集》本）

上梁棠村大司農書

陳維崧

崧自束髮讀書，獲從賢豪長者遊，卽知當世有梁先生，猶衆山之有泰岱、百川之有溟渤，私心嚮往，願爲執鞭，非一日矣。昔歲客遊燕趙，路出滹沱，過鄭公通德之鄉，徘徊久之，覽其雲木鬱蒼，烟沙綿邈，扶輿蜿蜒之氣磅礴而藴積，地勢閎衍，其鍾爲大儒元老也固宜。時卽欲摳謁龍門，一遂高山景行之慕，徒以姓名微賤，文采無可觀覽，不足以動高賢之吐握，是以躡屩及門，忽復自廢。既又自念當世招賢之館斥爲車廏，公卿大夫不復下士久矣，有一憐才好士如先生，人之有一才一藝，無不願歸門下，而崧獨以行能頽落，不復自振，無由自見於長者之前，輒復慨焉太息，思自奮者久之。然而年踰五十，筋駑力憊，精氣潰散，不能遠適數千里外，兼以家貧，詘於衣食，舟車扉屨之資，舉無所出。乃欲思以生平所業就正有道，此實難矣。兩舍弟自都門來，出先生見贈詩見示，往往念及鄙人。鄙人謭劣，何以得此於先生哉？用是感激，至於涕零。夫以數十年仰慕如先生，今既困於貧賤，不克遽就見矣，而並不能修尺一、致款懇，以自通於左右，何其自外如此也？是以因弟石入都之便，敬和枉賜舍弟詞原韻一首奉獻，而又將之寸幅以布其區區者如此。南鴻有便，幸惠德音。

（《湖海樓文集》卷五，《清代詩文集彙編》影印清乾隆六十年刻《湖海樓全集》本）

大司農蒼巖梁公嶺南使回貽詩見懷敬依原韻奉酬

徐　釚

庾嶺停車又隔年，春潮信到越江邊。丹扉久憶趨朝履，絳節初迴下瀨船。烏爲輈輈驚粤俗，烽因羃䍦障吴天。最憐漂泊同王粲，難寄菖蒲十様箋。

畫雲林山水奉寄司農公時公方奉使歸自嶺表

徐　釚

過嶺新詩喜乍攀，海天歸棹泣烏蠻。尚書自愛蕉林好，飽看倪迂數尺山。

奉寄蒼巖先生四首

徐　釚

臘釀初濃炙鳳笙，尚書曳履赤霄行。憂勤自識元臣抱，眷顧頻煩聖主情。蕭相持籌關國計，謝安著屐起蒼生。後堂絲管春前奏，會祝南荒蚤罷兵。

蒿目絲絲鬢欲斑，暖回暘谷啓朱顏。容臺禮樂心先折，樞府兵農政未閒。江左風流今寂寞，東京耆舊尚追攀。香嚴寥落梅村杳，自向蕉林煉九還。婁東、合肥相繼凋謝，故云。

璽書曾御海天風，相國臨邊蚤挂弓。坐繫安危樽俎內，潛銷兵甲笑談中。迴舟尚記桄榔黑，過嶺猶思荔子紅。翡翠越裳仍入貢，懸知仗節有奇功。謂粵東之役，獨平南效順也。

落落窮愁自著書，青燈細雨淚沾裾。漫因掃閣親元老，敢望論文薦《子虚》。琴爲爨餘悲墮溷，鋏當彈後嘆無魚。沙堤咫尺開鈞軸，待拂春風到草廬。

下第後述懷寄司農公四首

徐　釚

知己恩難答，論文悔壯年。長貧嗟伏櫪，迸淚颯啼鵑。笠澤終垂釣，南山且種田。不才甘棄擲，只是負陶甄。

偪側傷雌伏，青燈淚暗枯。行藏隨猰貐，蹤跡掩菰蒲。捫舌心猶壯，支牀骨未蘇。黑貂愁永夜，勳業看頭顱。

長干隨父老，木末競憑陵。蹋伏倉中鼠，淒涼凍後蠅。寒烟雙闕樹，野菜六朝僧。媿煞梁松圃，飛騰我未能。休寧令梁松圃寓長干寺，見余闈牘，決余必薦。

多謝毛延壽，蛾眉畫亦難。焚書苦不早，作達意何歡。弱羽疑全鎩，焦桐敢再彈。明年五六月，端的向長安。

（以上均《南州草堂集》卷五，國家圖書館藏清康熙三十四年刻本）

應詔入都呈司農公二首

徐釚

烟雨常思笠澤灘，徵書忽枉到漁竿。破琴欲擊嗟桐爨，短策曾羞笑籜冠。上駟誰能過郭隗，寸心只欲擬任安。從今自合雕籠住，且向車茵一醉彈。

蘆中竈下感恩私，豈有才名聖主知。薦達已慙司馬賦，飢驅猶誦杜陵詩。絳紗入座晴雲迴，紅豆當歌畫漏遲。欲向上林誇羽獵，鷦鷯敢借萬年枝。

書司農公冊子二十韻

徐釚

曳履星辰近，持籌國計探。轉輸四海亟，經濟一身擔。望自崇河北，名猶挂斗南。羊城回虎節，鳳闞歷桃駿。已貢炎洲葛，仍來閩海蚶。鄭侯真足竝，劉晏豈能堪。騰飽三軍藉，儲胥六府諳。退朝聽玉篴，文枕對晴嵐。席上參軍舞，尊前塵尾談。簾開巢翡翠，草綠襯宜男。雪壓梅初蕚，霜酣柳未毵。横枝棲越鳥，劈繭寫吳蠶。檀板抛紅豆，牙籤拂素蟫。經傳白鹿洞，樹愛黑龍潭。汲祕抽金簡，搜奇剖石函。棠村紅似錦，蕉屋緑於藍。畫識宣和譜，庭留海石楠。黑頭誇上相，緑鬢領朝參。顧鈕恩猶切，操觚志獨慙。沙隄應早築，麟閣倚驂驔。

（以上均《南州草堂集》卷六，國家圖書館藏清康熙三十四年刻本）

和棠村公韻贈歌者邢郎

徐　釚

紅兒雪面小蠻身，水翦雙眸好駐春。愁殺香消酒冷後，折花應唤玉爲人。

（《南州草堂集》卷七，國家圖書館藏清康熙三十四年刻本）

庚申除夕和棠村公韻

徐　釚

棲遲拙宦病餘身，藥裹茶鐺自結鄰。吹破春風消獸炭，聽殘曉漏待雞人。垂竿漫憶江湖客，簪筆徒慙侍從臣。小飲屠蘇判盡醉，明朝愁見鬢毛新。

（《南州草堂集》卷八，國家圖書館藏清康熙三十四年刻本）

寄壽相國真定梁公四首有序

徐釚

公以三台之上相，濟七袠之遐齡。天家岐、薛，咸頌九如；殿上金、張，備陳五福。縹緲飛組，爭思揚觶而升；跨鶴驂鸞，競欲攝衣以進。紅箋屢擘，疑遊晝錦堂中；綠蟻頻浮，恍接耆英會裏。四海傳爲盛事，九重錫以弘庥。釚也青衫偃蹇，幾同爨後之桐；白袷飄蕭，自分溝中之梗。鼠肝蟲臂，有負生成；枯木朽株，徒慚雕飾。敬馳一介，愧無千里之觴；漫賦四章，遥祝萬年之嘏。

宣麻昨歲出承明，淑氣和風滿帝京。黄閣故知多景象，青衫也自動歡情。羹調鼎鼐需公望，勛勒旂常藉老成。平格古來天所壽，底須丹籙注長生。

元老聲名倚聖朝，攤書退食對芭蕉。公退朝後每坐蕉林書屋。殷勤猶自趨三殿，吐握何曾絶百寮。稷契兵農驅耒耜，夔龍禮樂繼簫韶。太平宰相人爭識，莫漫題詩寄午橋。

年時席帽出長安，別語猶憐爨下殘。何幸老農歸隴畔，得聞揆席正朝端。棲遲自紉湘蘭佩，躑躅羞彈貢禹冠。此日稱觴知有客，閣中應少舊馮驩。

雒下經綸衆所尊，幾從絳帳領春溫。不才自擬身終棄，獻策因無舌可捫。天上已知調玉燭，水邊猶喜擷芳蓀。回思短棧何堪戀，只是難忘一顧恩。

（《南州草堂集》卷十三，國家圖書館藏清康熙三十四年刻本）

哭真定相國蒼巖梁公四首　　徐釚

熙時元老冠儒宗，祕殿常參儼肅雍。辛苦調羹和丙魏，委蛇補衮接夔龍。烟雲已自憑圖畫，公所藏圖史最富。勳伐猶堪勒鼎鐘。最憶蕉林閒退食，舉朝水火獨從容。

幾年開濟重巖廊，憂國時看鬢似霜。不是孤忠扶社稷，誰令四海樂耕桑。兩朝前席勤三殿，萬里驚心詔五羊。三藩之撤，公奉命粤東，獨成禮而回。北望還憑精爽在，好依弓劍侍章皇。公爲尚書四十年，受知世祖章皇帝最深。

傳來箕尾赤霄行，痛哭猶懷愴別情。丁卯三月，余左遷南歸，公賦詩言別，語多鄭重。髣髴衮衣添白髮，低徊蠟屐起蒼生。一身已自安遷謫，五嶽何曾嘆不平。慚愧師門無補報，惟餘雙手種蕪菁。

自被甄陶拔草萊，臨分猶惜爨餘材。幸逢天上新調鼎，稍慰江邊舊暴顋。公枚卜在余歸田之後。狼藉每思茵屢吐，掃除曾記閣重開。可憐門館酬恩地，有淚無從滴夜臺。

（《南州草堂集》卷十六，國家圖書館藏清康熙三十四年刻本）

五福麗中天　賀大司農蒼巖梁先生育麟次汪蛟門舍人原倡　　徐釚

平津閣下笙歌繞。競說充閭佳兆。摩頂重看，弄麞錯寫，繡袱春風斜抱。紅窗圍笑。恰樹長瓊枝，庭開香草。更值天顔有喜，天上麒麟早。禁苑鶯花未了。五陵方挾彈，侯家小。聰比楊烏，慧同虞茘，誰識韋賢來到。沙堤聯步，丹穴高翔，鳳毛爭好。佳話先傳，崢嶸頭角少。

（《菊莊詞》，國家圖書館藏清康熙三十三年刻本）

洞庭春色　題棠村詞遥爲大司農蒼巖先生壽　　徐　釚

學海詞源，功名勝矣，足立千秋。看曹劉沈謝，乃公驅遣；夔龍稷契，于帝旁求。累葉金貂連鳳闕，那便少、車前擁八騶。經綸展，啓沙隄黄閣，一半丹丘。滿座鄒枚賓客，較才雄、誰似君侯。記尚書紅杏，《金荃》、《蘭畹》；坡仙鐵板，玉宇瓊樓。暫借度支元補衮，更頭黑、三公笑白頭。逢洗沐，坐蕉林書屋，細勒銀鉤。

（《菊莊詞》，國家圖書館藏清康熙三十三年刻本）

滿庭芳　元夕陪司農公觀燈小飲　　徐　釚

鴛瓦樓明，水晶簾捲，踏歌聲正喧譁。金梟銀燕鐙名，曲曲小屏遮。掩映蕉林書屋，照牙籤、玉軸堪誇。還粧點，六朝勝事，移上碧籠紗。燈上都粧齊梁遺事。　開元全盛日，傳柑燈市，漁鼓頻撾。且啣杯低唱，追數繁華。最喜九衢燈燭，闌珊也、尚撥琵琶。朱闌轉，星毬萬點，火樹爛銀霞。

綺羅香　燕京市上得佛手柑貽棠村公並綴此詞

徐　釚

抹麗餘馨，霜柑未破，月冷苑墻宮樹。剛挂銀魚，轉憶蕉林深處。妒橙黃、纖手初擘，羞橘綠、櫻桃微注。最堪憐、甌越纔來，北方佳果還如許。　故園蓴菜漸老，青李來禽又過，應添愁緒。酷愛清芬，閒寫斷腸新句。江路遠、紅友無憑，倩烏絲、苔牋裹去。笑連枝、合掌和南，散花深夜雨。

念奴嬌　中秋飲蕉林書屋用其年韻時京師地震不已

徐　釚

九秋剛半，望天邊雲影，淡烘黃月。擫笛彈絲豪興減，宛轉愁腸凝結。庾亮樓頭，馬融帳底，坐等姮娥出。露濃衣冷，應憐照見華髮。　徒剩斷甃頹垣，六街三市，猶恐巨鰲掣。拚向糟牀傾臘釀，齒沁霜桃如雪。深鏁銀蟾，淺籠玉兔，不放鮫綃裂。冰輪碾碎，有誰能訴瑤闕。

百字令　棠村公席上詠米家燈和其年韻

徐　釚

晶簾纔下，掩紅篝翠幕，曲欄低亞。焰吐蘭釭花結蕊，人倚紗屏如畫。烟鏤香塵，縠裁寶霧，遮莫分真假。閒來鬬巧，蟲魚歷歷堪寫。　應憶天寶年時，開元盛日，小試傳柑夜。金雁鈿蟬曾不再，只剩霜濃鴛瓦。喜值良宵，春燈百盞，背立華堂下。火闌珊處，舊愁今夜重話。

河滿子　春夜棠村公席上觀小伶演劇同蛟門賦

徐　釚

小部鈞天夜奏，聽來如醉春酲。羸得司空曾見慣，偏疑杜牧多情。記取當筵紅豆，能消幾束吳綾。錦瑟初停再鼓，瓊巵細酌還傾。剩有鮫人珠一顆，彩鸞駕出雲軿。惆悵馬融帳底，風流那減安陵。

秋霽　九日靈佑宮登高和棠村公作

徐　釚

戲馬臺荒，塞雁杳，珠宫罩卻烟靄。市上吹簫，壚頭擊筑，舊日酒徒誰在。朝衫典卻，衹餘雙髩西風外。嗟索米，辜負題糕，觸目愁無賴。嗚騶喜至，佳客攜樽，宣武風流嘆難再。倚高寒、帝京千里，桑乾水繞渾如帶。休蹙眉心遠黛。且憑傑閣，西山爽氣飛來，蕭蕭落木，靜聞天籟。是日劉子遜攜樽讌棠村公及余於閣上。

（以上均《菊莊詞》二集，國家圖書館藏清康熙三十三年刻本）

爲梁宗伯蒼巖題蕉林書屋圖和龔芝麓尚書原韻四首

丁澎

幽居偏水竹，公獨愛山蕉。入幔分清靄，來琴送寂寥。虚窗含宿霧，高枕弄春潮。已盡滄洲趣，何嫌谷口遥。

東隅成小築，豈是傲泉林。松菊當杯興，蓬蒿此日心。雨昏山鳥悦，夜濕草蟲吟。拂袖清陰滿，偏欣野服侵。

荒徑草堂深，幽人獨醉吟。攤書雲影滑，剪燭翠烟森。風送雙樽緑，晴分半畝陰。杖藜隨意到，不負灞陵心。

緑野尚書閣，晴窗自穩眠。尋常雲裏樹，尺五洞中天。卻老黄庭卷，棲真白石篇。風敲幽響細，吹度入無絃。

（《扶荔堂詩集選》卷三，國家圖書館藏清康熙刻本）

奉和梁蒼巖尚書見贈之作

丁澎

遂初歸未二疎年，已見懸車早著鞭。雨雪定成黄竹頌，漁樵相和白雲篇。謝安屬望人皆倚，公叔論交我倍憐。鳴澤共迎元狩駕，暫違青瑣亦朝天。漢元狩二年幸獨鹿鳴澤，今大駕巡遊，乃其地也。

昔侍宸遊散玉珂，郊居秋爽更如何。天連倒馬浮雲斷，城近飛狐落木多。十月蘆笳吹紫塞，一裘風雨渡黄河。臨岐執手看雙鬢，爭惜年華委逝波。

（《扶荔堂詩集選》卷八，國家圖書館藏清康熙刻本）

永遇樂　賀梁玉立尚書新婚

丁　澎

錦幄花明，蘭釭風細，佳期今夕。何處吹簫，采鸞天上，雲擁芙蓉碧。春卿繡衮，司馬蟬貂，交映玉釵妍色。畫屏人、夕香晨照，都付鳳池仙客。　良辰正及，重陽時候，豔奪雙星瑤席。鏡壓紅萸，鈿翻紫菊，疊作鴛鴦翼。東山絲竹，栗里琴樽，添取畫眉芳筆。年年是、霸陵秋雁，雙飛湘瑟。

（《扶荔詞》，國家圖書館藏清康熙刻本）

題梁宗伯蕉林書屋

尤　侗

暫解尚書履，棲遲緑野堂。蕉陰周古屋，竹簡滿繩牀。風入千山近，雲深五月涼。還容倦遊客，散髮詠滄浪。

（《看雲草堂集》卷五，《清代詩文集彙編》影印清康熙二十五年刻《西堂全集》本）

爲梁司農挽吴夫人四首

尤　侗

天上還歸吴彩鸞，蘅蕪一夢影珊珊。繡襦甲帳今何在，畫閣春風起暮寒。

梁家廡案幾年齊，不見春山眉黛低。暮雨瀟瀟人去後，落花寒食子規啼。

陌上花開人不歸，舊巢雙燕故飛飛。湘君自挽夫人去，望斷黄陵苦竹稀。夫人姊先歸司農，早亡。

蕉林書屋錦衾孤，玉雪嬌兒泣畫圖。莫援瑶琴彈别鶴，江南客老白頭烏。

（《于京集》卷一，《清代詩文集彙編》影印清康熙二十五年刻《西堂全集》本）

念奴嬌　飲梁宗伯蕉林書屋賦贈

尤　侗

疎簾清簟，正高卧南面，百城書屋。丘壑夔龍，權寄傲、勾當午橋松菊。白袷論兵，深衣習禮，總付漁樵曲。東山未起，中年聊寫絲竹。　今夜河朔開樽，止談風月，醉掃愁千斛。咫尺長安君不見，頃刻浮雲翻覆。紫禁宣麻，黄扉視草，早叶金甌卜。江南野老，夢留東閣樺燭。

（《百末詞》卷四，《清代詩文集彙編》影印清康熙二十五年刻《西堂全集》本）

沁園春　題五苗圖　有序

尤侗

梁玉立大司農夢仙人送《五苗圖》，既得一子，遂以五苗名之，令方邵村補畫焉，而徵予詞。

望氣佳哉，蕉林書屋，得寶隋和。看臯廡家聲，天邊台斗；彩鸞國色，地上姮娥母吴氏。玉燕投懷，石麟露角，更勝珠哥與戶哥司農二子小名。徵蘭夢，記五苗絲繡，玉葉金柯。　不惟孔釋摩挲，有后稷攜來瓜瓞歌。算學士文章，原名陶穀；將軍勳業，也號田禾。左握干戈，右持俎豆，何似堂封萬石多。詢占者，是翁官農父，兒取高科。

沁園春　司農招飲攜五苗出揖客復次前調奉贈

尤侗

今日華筵，珠簾深處，喚出苗哥。看頭角磽磽，宛然玉粒；雙眸炯炯，秀似瓊禾。花帽荷衣，深躬淺喏，年少偏生禮數多。問其歲，是卯君誕降，月窟婆娑。　豈惟字識之無，便好應朝廷童子科。算唐室校書，八齡劉晏；秦家相國，十二甘羅。第五之名，何如第九，笑問先生喜若何。先生笑，謂諸君醉矣，爲我高歌。司農行九，苗哥五也。

（以上均《百末詞》卷五，《清代詩文集彙編》影印清康熙二十五年刻《西堂全集》本）

糖多令　詠窩絲糖　有序

毛奇齡

梁尚書上元席上出窩絲糖供客，云是崇禎末宫中所製，外間無此也。西山靜室有老宫人爲比丘尼，尚能製此糖，每上元節，必餉以銀椀合子。其製如扁蛋，外光而面有二凹，嚼之粉碎，散落皆成絲。尚書乃唱《糖多令》詞，命予和之。

擣盡笛頭泥。春蠶已蜕衣。片餳裹作彈丸兒。不破彌羅三寸繭，誰解道、一窩絲。　粔粧漢宫遺。餦餭久未施。開元宫女尚能爲。今日尚書花餤會，銀椀合、使人思。

萬年枝　梁司農師六十續娶

毛奇齡

臘盡春還，御河冰未泮，苑枝如沐。柳又生稊，雙雉朝飛遨遨。花甲週時花燭啓，寶帳粧成百福。由來原有，尚書三娶，東山名族。　萬年觴卜。道從此、天長地久，鸞弦終續。華髪披來，副髮有珈皆玉。池上歌添黄竹好，探去金桃再熟。那拚人笑，桃花洞裏，劉郎初宿。

（以上均《西河集》卷一百三十五，文淵閣四庫全書本）

剔銀燈　詠米家燈　有序

毛奇齡

梁尚書席上有燈，爲宛平米氏所製，堆紗疊縠，作山水、花鳥、人物，座客各有詞，屬和焉。

百尺冰荷可喜。況滿壁、盡張羅綺。翦縠爲欄，堆紗作樹，不數米家山水。隔屏人指。道人在、隔花屏裹。　金粟玉蟲纍纍。光到處、轆轤齊起。鷄戴珠竿，龍銜火籥，總是數條紅紫。燈前且醉。看燈影、照人何幾。

（《西河集》卷一百三十六，文淵閣四庫全書本）

夜飲梁尚書宅有贈

毛奇齡

宣平門前吹朔風，大車小車如轉蓬。縵冠挾刺向何所？爲謁鉅鹿司農公。司農文賦早名世，高起龍門似司隸。《七序》傳爲梁氏詞，一臺寫出尚書字。藝林雄視四十年，走趨幕下多豪賢。愛才不減天倉粟，列屋曾無月獻錢。見予倒屣設餐飯，竹席蓬屏坐來晚。燈前分牘避逡巡，酒後高談驚近遠。山茶花發紅滿牆，夜看賜劍皆文章。司元本是中樞宿，欲返天街一望長。

（《西河集》卷一百六十三，文淵閣四庫全書本）

奉別梁司馬夫子敬和所贈原韻

毛奇齡

只合南山詠敝廬，十年空復侍宸居。難忘柳下重開鍛，但立蕉林爲受書。師所居名蕉林書屋。鎩羽每慙東觀鶴，歸心如趁北溟魚。春風一路吹行棹，尚有檣雲轉覆予。

綠水初開白鱧舟，主恩師誼總難酬。登朝誰似韓忠彦，故里難尋馬少游。文以漫成嘗受侮，宦當拙退最爲優。獨憐衛尉方還洛，早有青娥泣墮樓。時曼殊已亡，師詩有『半載哀蟬中夜淚』之句，故及之。

（《西河集》卷一百八十二，文淵閣四庫全書本）

九頌篇奉贈梁大司農夫子並祝初度二十一韻

毛奇齡

結髮學儒術，負簏爲遠征。父事言子游，兄遇延陵生。文章頗濩落，意氣猶縱横。但恨日垂暮，所志百不成。捧檄入京邑，仰望天階行。牽車類趙壹，懷刺同禰衡。誰信九州大，及見三光清。老成佇朝右，明穆秉國經。峻節凛聞式，微言驗章程。容物善下士，久作來者型。蒼巖高萬仞，中有黄金庭。俯視恆華間，宛若丘與陵。名世不數出，斯代誰賢英。敢與東丘違，而令北海輕。矧予依孔牆，晚歲斟堯羹。每當皇覽日，願致歌誦情。祇慚肆風雅，三百有正聲。何爲雜衆竅，百變煩嚶嚶。尹吉自清穆，史克終和平。即此九頌末，孰與六義爭。不觀蕉林詩，千載垂芳名。司農所著詩名《蕉林詩集》。

（《西河集》卷一百八十六，文淵閣四庫全書本）

題大司馬玉立梁公水心精舍圖卷二首同季弟貽上

王士祿

別墅當時跡，幽亭水木環。亭爲少保公之舊。斜陽維一艇，空翠杳千山。曲徑遥塍接，盤渦浴鷺閒。畫圖遺韻在，髣髴得追攀。

司馬中朝傑，常懷物外心。拂絃開澗壑，隱几得山林。飲犢湖流潔，盟鷗浦溆深。清時公望重，未許厭華簪。

（《十笏草堂詩選》卷四，《清代詩文集彙編》影印清初刻增修本）

水心精舍圖爲大司馬梁公賦二首

王士禛

恆陽城外水烟長，萬頃寒波帶草堂。夾岸芰荷通竹里，行人疑是輞川莊。

洛下名園俱寂寞，平泉花木半蕭森。公家堂構千年在，水石悠然閲古今。

（《帶經堂集》卷六，《清代詩文集彙編》影印清康熙五十一年刻本）

王筠侶草蟲爲大司寇梁公題二首

王士禛

髯翁任誕如忠恕，脱屣朱門傲五侯。肯爲尚書寫幽興，碧花紅穗草堂秋。

一幅丹青顧野王，草根纖意曲籬旁。風懷磊落如公少，便注蟲魚也未妨。

（《帶經堂集》卷二十三，《清代詩文集彙編》影印清康熙五十一年刻本）

保和殿大學士兵部尚書蒼巖梁公輓詞四首

王士禛

當宁咨元老，儒林仰大賢。晚聞司馬相，未及潞公年。東觀留餘論，公嗜書畫古器，鑒別最精。南陽表賜阡。平生商出處，端藉史臣傳。

儒雅開文苑，風流亦我師。豈知台象坼，真兆哲人萎。蕉葉銀鉤字，棠村錦瑟詞。蕉林、棠村，皆公所居，公詩詞書翰並工妙。平泉多草木，金粟但餘碑。

大農持節日，萬里昔曾經。忠信開蠻瘴，安危繫使星。越人罷黄屋，漢德播滄溟。銅柱今無恙，他時好勒銘。

遲暮開黄閣，孤卿閲黑頭。文章忠獻後，韓忠獻云：『某爲相，永叔爲學士，天下文章莫大乎是。』風度曲江儔。道大消朋黨，歸全絕悔尤。雕丘杏花坼，何路哭西州。

（《帶經堂集》卷五十四，《清代詩文集彙編》影印清康熙五十一年刻本）

贈梁玉立先生追錄戊午舊作

王士禛

曾陪清嘯庾公樓，也侍圍棊謝傅游。曳履早聞天北極，乘槎真歷日南州。更登三省須黄閣，偏領諸曹尚黑頭。喬木風烟無限好，太行雲氣接雕丘。

（《帶經堂集》卷六十二，《清代詩文集彙編》影印清康熙五十一年刻本）

鳳凰臺上憶吹簫　和梁尚書傷逝作

朱彝尊

寶鏡塵昏，綵雲天遠，燕飛不到釵頭。悵花封錦誥，書拆銀鉤。多少吟牋筆陣，鉛華謝、一夕都收。傷心是，啼蛄弔月，長簟驚秋。　今休。他生未卜，問碧落茫茫，何處堪留。剩無情哀雁，偏度妝樓。只有安仁能誄，看遺挂、那忍回眸。持籌慣，凝思五曹，難算新愁。

（《曝書亭集》卷二十四，《清代詩文集彙編》影印清康熙五十三年刻本）

瑣窗寒　和梁尚書後悼亡作　朱彝尊

月姊歸時，當年曾和，慢詞多麗。六載重逢，又見神傷羅綺。算除非、楚些齊招，鴨頭綠漲湘波膩。向白蘋騁望，泠泠哀瑟，一雙扶起。回睇。蕉林外。報錦字迴文，嶺梅迤邐。丫蘭露曉，不待西風還悴。更淒涼、琴趣新篇，海棠樹下聲再倚。縱吟殘、蜜炬同心，孰與彈紅淚。

（《曝書亭集外稿》卷六，《清代詩文集彙編》影印清道光二年刻本）

鎖窗寒　爲梁大司農悼亡　曹貞吉

苔濕春蕪，蛛縈繡幕，悄無人影。玉釵斷後，曲曲畫闌誰憑。怕紅絲、繫來雙燕，呢喃還向珠簾等。縱寶衣施盡，縷金裙在，淚花猶剩。　廝映。生悲哽。記皂莢煎成，鸞膠未冷。彩雲一片，又苦斜風吹暝。步瑤臺、姊妹肩隨，茫茫那知長夜永。問何時、環珮珊然，飛下蓬萊頂。

（《珂雪詞》卷上，國家圖書館藏清康熙刻本）

賀大司馬梁公拜大學士序代

李澄中

朝廷建官，上自公卿、大夫、士，下至官師小吏，靡不視乎其才，惟宰相之任，不在才而在度。其最盛者，恆與國家相終始，故其登庸也，蓋亦有其時焉。梁公玉立弱冠登甲科，由庶吉士至大司馬，年甫三十耳。識者以爲甌卜有日矣，而不相；再爲大司寇、大司農者又各數年，宜相矣，而不相；轉大宗伯者又數年，宜相矣，而不相；更以大司農理大司馬事者三年，所訖不相。公歷四部，回翔樞府三十餘年，後進入政事堂者，蓋衮衮焉，而公如故，謂非時之爲歟？

今上戊辰春，赫然與天下更始，進退二三大臣，公乃以保和殿大學士入内閣，世之望公者莫不舉手加額相慶。然後知公之回翔樞府三十餘年，天與人原交待乎此時也。公自少年卽以詩文名海内，凡一材一藝之士，爭欲出其門以爲快。前之所爲壇坫主者，以古學振當世；後之好賢如不及者，《秦誓》所謂無技有容之臣、用爲子孫黎民之利者也。公之相業，不於此已可槩見哉？

昔唐世賢相甚多，史臣著爲宰相表，稱其爲國久，諸臣亦各修其家法，務以門族相高。或父子相繼居相位，終其世不絕。其在河北者，如范陽盧氏、博陵崔氏是也。公自祖父前少保公以進士起家，祖孫、父子、兄弟以科名顯者不可更僕數，而少宰、通政，卓卓爲名臣。梁氏世籍恆山，其與范陽、博陵，唇齒地也。公之家法門閥，不啻古人，後之接武而起者，當亦有與崔、盧比烈者乎！

夫古之君子以遇合之遲速聽之天，而以不負平生、不負主知視諸己。方公之未入相也，或爲公嘆淹滯，公笑曰：『予以史官不五年至司馬，疏辭不許，卽徘徊諸部三十餘年。奚遲哉？奚遲哉？』當世競進之流，朝解褐衣，夕謀遷轉，媕娿苟容，廉恥道喪，一不進則尤人嘆命。甚且擠其素所往來者，以快其私。昔人目爲四時仕宦。聞公之澹泊如此，其亦憬然而知媿也已。以公有爲之身，際得爲之時，加以休休之度，其所爲以人事君，必有與古大臣相表裏者。區區崔、盧功名之士，詎足爲我公道哉！

（《白雲村文集》卷一，《清代詩文集彙編》影印清康熙三十八年刻本）

上真定梁相公

洪　昇

微才那解學干時，空向長安寄一枝。聲譽每教流俗忌，疎狂竊喜正人知。六卿半歷清標著，三事初登沛澤垂。此日掃門多遠客，自憐十載漫追隨。

（《稗畦集》，劉輝箋校《洪昇集》上冊，浙江古籍出版社，二〇一二，第二九五頁）

朝臣僚友

泥馬渡江圖爲同年梁玉立題

高　珩

道君之季火德微，靖康内禪事已非。鐵騎突飲汴流口，六甲神兵戰不歸。太微彗掃銜璽走，孟婆方便何曾有。青城青笠啼汍瀾，濁水北渡空回首。錢王入夢索山川，質子天教毳帳還。肅王不返康王住，磁州物色相州去。蹀躞神驄夜半嘶，茫茫天塹驚飛渡。鼉梁蟠結翼潛龍，四蹄曳練生陰風。神元虚何必問，滹沱冰合將無同。良工盤礴心獨苦，吮毫如對陽侯語。一尺生綃屋欲崩，天吳紫鳳爭飛舞。蒼巖司馬昔少年，遊藝久參書畫禪。過眼雲烟爭著意，笥中弓玉更欣然。秋碧堂前落妙墨，與君俯仰興亡蹟。年年社屋閉朝陽，自古豈有不亡國。其間往往說中興，司隸南陽多氣色。延秋門西玉壘長，紇干山頭凍雀息。永嘉建炎亦自好，配天宗祀仍踰百。乃知凡事讓昔人，此後偏安那可得。杜鵑血灑碣石裂，騣裹骨朽金臺坼。落葉寒潮帶夕陽，還君此圖淚沾臆。

（《棲雲閣詩》卷二，天津圖書館藏清乾隆刻本）

簡梁蒼巖　　高珩

帝里終何事，悤悤已暮春。從容花鳥伴，潦倒醉眠身。我懼妨賢路，君當恕放民。嵇康非漫語，慵病本來真。

（《棲雲閣詩》卷七，天津圖書館藏清乾隆刻本）

贈梁玉立歸里二首　　高珩

少小飛鳴冀北空，翩躚曳履遍南宮。宦成那識心元淡，身退才驚道益崇。他日匡時終藉手，此行學道早成功。十年宰相渾閒事，煨芋香留榾柮中。

朱門不識豈公卿，辜負鬚眉骯髒生。入幕各爭三婦豔，袒衣誰擇五侯鯖。譬如馬失寧非福，便作牛呼亦甚平。千古儒生渾不解，紛紛涇渭太分明。

（《棲雲閣詩》卷十三，天津圖書館藏清乾隆刻本）

送玉立　　高珩

彰義門前把袂時，西山青入柳絲絲。離懷對酒杯疑淺，別路逢陰馬倍遲。驛閲存亡楚子淚，歸當春夏落花時。微風吹醒邯鄲夢，惟有樗冠道士知。

（《棲雲閣詩》卷十三，天津圖書館藏清乾隆刻本）

贈梁玉立二首原選二首　　高珩

纔出春明野興新，向來正色冠朝臣。久推燕趙無雙士，竟作滂膺以上人。緑野從今釐缺典，黄扉那許换閑身。雕丘緑水濃於染，欲濯長纓未有塵。

十載中樞慶得朋，年來進退似相仍。索瘢豈謂公無過，强項遂疑天亦憎。跡近異同良易構，言滋毁譽總難勝。西州豪士應相羡，黨籍求名得未曾。

（《棲雲閣詩拾遺》卷二，天津圖書館藏清乾隆刻本）

梁蒼巖宗伯旋里寄贈

郝　浴

大美將安歸？蒼巖有書屋。東郭白蓮開，西郭香秔熟。屧廊紫翠深，常抽百个竹。幾時此來遊，終年爲國福。比聞蕩天衢，絶才自推轂。先生與俱崇，無乃與俱縮。不得一拂衣，吾輩其從孰。斯須脂後車，歸裝滿書簏。此心二十年，可爲天下掬。所嘆惟閨中，無復哲人副。向讀祝七文，燈花紅簇簇。豈知高明家，變化如轉軸。妙理卷舒多，虚襟應久牧。玄酒在中山，葛巾已新漉。

（《中山詩鈔》卷一，國家圖書館藏清康熙刻本）

梁蒼巖舉第五子

郝　浴

娣袂良如此，珊珊寫玉人。三生留筦簟，一氣抱麒麟。天許斯人勝，情知我輩真。漫詠燕山桂，梁鱣正五旬。

那不慭君意，芝蘭復佑君。寧馨誰得似，遶膝已成羣。筆掣家聲起，經傳百子分。多男多世業，顧步足風雲。

（《中山詩鈔》卷二，國家圖書館藏清康熙刻本）

赠梁玉立大司馬　　郝浴

聖人推轂五花開，誰見於今司馬才。桃李元戎天下滿，風雷號令九邊回。虛堂竹葉侵詩出，畫閣琴心湧月來。安得調元三數語，春風萬里集龍媒。

江行寄贈梁玉立司農　　郝浴

誰爲卜夜開離宴，滿座春風倒玉缸。國是劇臨胸益坦，帝籌一借智無雙。六卿紫粉流雲濕，百尺元龍氣未降。漸苦遥思隨水闊，江天無際對船窗。

絲蘿重疊護芝蘭，新好雖增舊晤難。正擬蕉林舒畫卷，胡停漁浦勸風餐。鏡含十面都忘水，月墮一鉤好挂冠。只斯領悟生佳想，遠道寒親興未闌。

（以上均《中山詩鈔》卷三，國家圖書館藏清康熙刻本）

爲梁蒼巖致雪　　郝浴

雪花開似掌，曉路發天香。共此鳴珂夜，一巵上玉堂。

寄答梁蒼巖宗伯

郝　浴

郎岫烟青火禁開，尚書吟罷踏春回。霸陵舊尉休唐突，聞說芙蓉玉輦來。
忘形廢禮咽紅塵，萬事傷心是此身。生死都爲劉毅薄，卻從誰許鑒人倫。
天當咫尺未朝天，還已及門不是還。良夜深杯酬去住，曉風遮莫杏花然。
酒闌竹爆一書擎，豔語魂銷滿座驚。康海琵琶楊慎曲，重番新拍保陽城。

又寄

郝　浴

西堂康樂簡新詩，正擁籃輿下博時。危渡縱横滹水外，相思無路影參差。
勳階從滿中書考，罪狀空傳鄭俠圖。仔細九天投杼起，殺人應不在迂儒。
裂麻諫議曾何補，好手經綸孰與儔。俯仰平原十九輩，趙人從不負諸侯。蒼巖贈章有『先帝猶思用趙人』之句。

又寄

郝浴

桔槔汲井水平分，對語黄鸝不可聞。一葉虚舟藏萬壑，空嘶白馬恨離羣。深柳條條水面齊，漁舟晴繫畫橋西。漆園蝴蝶蘧蘧去，十里紅亭候馬蹄。贊皇偶得返平泉，摩詰何曾在輞川。咫尺常如千萬里，雙魚萍水計投鞭。百頃青畦白鷺飛，蓑衣明月幾時歸。風流獨有江東謝，調鼎餐霞兩不違。

飲宗伯梁蒼巖齋中

郝浴

燕市梅花樹兩頭，一和金露一添籌。休嫌海鶴更鳴向，物望翕然在鎮州。

（以上均《中山詩鈔》卷四，國家圖書館藏清康熙刻本）

寄梁玉立太史三首

白胤謙

羈旅歲云晏，霜風晝飂飂。鑿冰偃道傍，馬鳴寒蕭條。蒙茸不溫體，晚宿向王朝。感我同心友，鴻音惠鶬鶊。昔也共華館，今也獨鳴鑣。諷詠含中和，端居謝浮囂。綢繆托遠餉，情好珍久要。汎汎滹沱水，望子每逍遥。塵鞅會可脱，晤言頓歸橈。

日月苦不息，僕夫嘆靡家。出處各有時，譬彼風摶沙。國初再朱紱，適子回燕車。蘭臺未浹歲，勞心重衣麻。東鄰有靜女，絕麗洗鉛華。寶瑟閒陽春，老嫗行咨嗟。弟也泥中芹，子也天上霞。勉哉自寵珍，德音良不瑕。

近時雕龍彥，連篇競舟艧。徬徨正始音，真賞猶落落。恆山挺杰淑，老成寓綽約。閉門富清製，大雅儼已作。睠言還故棲，交義藹今昨。川陸限千里，雪峯紆林薄。登望欲有賦，我懷悵若涸。心口亮未諧，麗澤詎堪託。

（《東谷集》卷四，《清代詩文集彙編》影印清順治康熙續刻雍正補刻刻本）

題梁大司馬牡丹卷二首

白胤謙

世澤由來遠，春風王謝家。數椽沱水曲，千樹洛陽花。暖豔含朝旭，濃香散晚霞。主人多逸興，日日想幽遐。

勝地平泉舊，名花占牡丹。交柯搴玉佩，帶露覆雕欄。丘壑將春駐，烟雲儘客看。畫圖傳送處，詞賦動長安。

（《東谷集》卷十一，《清代詩文集彙編》影印清順治康熙續刻雍正補刻刻本）

酬梁玉立太史以秋詩紈扇見投

白胤謙

蓬池接袂他年事，退食論文又一時。世上風雲君正壯，秋來詞賦底含悲。簪裾門巷縈書草，金鼓鄉園助鬢絲。多感士龍憐寂寞，喜投明月訂心期。

（《東谷集》卷十三，《清代詩文集彙編》影印清順治康熙續刻雍正補刻刻本）

酬梁玉立少宰見懷並促出山之作

白胤謙

天卿英妙冠楓宸，彩筆雲霄托贈真。攬鏡吾當投老日，持衡君最濟時人。青萍出匣元含耀，玉樹凌風迥絕塵。不爲馳驅縻恩寵，敢看黃閣畫麒麟。

（《東谷集》卷十五，《清代詩文集彙編》影印清順治康熙續刻雍正補刻刻本）

履霜桃行爲梁蒼巖賦

孫廷銓

流香濺齒冰雪涼，鎮州桃子名履霜。摘鮮藉葉投餉我，碧實爛熳盈傾筐。京師果林闐城市，華筵羅列丘山似。外家解饜東陵瓜，尚方只數華林柿。殿前分賜出大官，殷碧照耀黃金盤。剪霜副玉香不徹，山園還憶野棠酸。履霜履霜風味好，司馬園林晴皓皓。穠華幾歲占春風，碧玉千雙映秋草。世間易盡是紛紛，至味迎人何必早。醉來那得蔗漿寒，青霜解我煩憂掃。迷津莫問避秦人，餽實且對杜陵老。

予告留別諸公六首辛丑年再得省覲　　孫廷銓

梁蒼巖清標　　大司馬

十年飛鳥倦青雲，只共心期僕與君。舊事中朝懷贈草，新秋南雁送離羣。山茨臥壑清霜早，宮仗隨班晝漏聞。去住無端揮手意，不堪涼雨暗紛紛。

秋日集賈園呈蒼巖諸友　　孫廷銓

偶來池上酌，晚景灼餘清。華髮衰何早，青山隱未成。風霜憐草木，時世賤公卿。且共談今夕，招邀物外情。

漢闕琱雲外，秦箏綺樹邊。園林如我有，風日爲誰妍。地迴孤峯出，天虛萬籟傳。近來憎面目，終欲倚先賢。

泥塗深馬足，秋雨浹辰多。養拙心無向，憂時計若何。空陂集雁鶩，疎木接藤蘿。亦有滄浪興，徐聽醉後歌。

（以上均《沚亭自删詩》，《清代詩文集彙編》影印清康熙刻本）

題梁玉立蕉林書屋

魏裔介

選勝同巖壑，疎林靜者行。涼雲排石室，綠雪滿秋聲。晏日生幽暇，忘言息辨爭。東山高臥後，疑是子真耕。

送梁玉立宗伯歸真定

魏裔介

髫齔結知音，同官契更深。樞機曾借箸，典禮卽抽簪。絲竹東山意，江湖北闕心。宣麻方有待，未許臥喬林。

（以上均《兼濟堂詩集》卷四，《清代詩文集彙編》影印清康熙三十九年刻本）

次梁玉立太史見寄原韻

魏裔介

奕世掄交肝膽真，更緣芝紱附芳塵。臨軒當日傳三策，載筆今時得一人。名列金甌光照灼，身依玉座望嶙峋。新詩問我年來意，擬向烟霞老此身。

次梁玉立秋日見懷韻　　魏裔介

裁來弱素愜相聞，搔首龍門更憶君。頻聚德星追世好，共懸卿月應天文。風流最羡人如玉，廚俊爭歸氣若雲。水落蒹葭秋漸老，溯洄思得挹清芬。

（以上均《兼濟堂詩集》卷五，《清代詩文集彙編》影印清康熙三十九年刻本）

懷梁玉立宗伯戲效李滄溟體　　魏裔介

薊門秋色滿平皋，把酒思君意鬱陶。詞賦中原還我輩，江湖歲月自人豪。南宫曳履爐烟近，北斗持衡劍佩高。爲報故人休伏枕，時清方欲起山濤。

酒人燕市賦臨岐，帝里風烟匹馬遲。明月高懸客子夢，白雲常寄故交思。恆山樹色雕橋合，大陸秋聲竹墅移。衮繡荷裳同晝錦，灞陵醉尉莫相疑。

賀梁玉立補大司寇還朝　魏裔介

銓衡家世重鹽梅，曳履星辰此日回。雅望重看司馬入，祥刑共喜釋之來。片言可建千秋業，三賦難窮八斗才。多少彈冠爭引領，清時祝網待君開。

（以上均《兼濟堂詩集》卷六，《清代詩文集彙編》影印清康熙三十九年刻本）

壽梁玉立大司農　魏裔介

久應坐論闡嘉猷，經國鴻名孰與儔。房杜功勳標魏闕，高岑詩句壓瀛洲。律逢大呂梅先發，酒到恆陽蕙早抽。遙想蕉林深密處，幾多麟鳳祝添籌。

祝梁玉立大司農　魏裔介

蘭譜交情四十年，誰知世事日推遷。運籌帷幄身猶健，曳履星辰道更全。春酒每隨紈素至，銀鱗應並綠橙鮮。梅花又發羅浮夢，沖舉何勞問學仙。

（以上均《兼濟堂詩集》卷七，《清代詩文集彙編》影印清康熙三十九年刻本）

送梁玉立假歸治喪

王崇簡

秋高子適去長安，搖落金臺晚色寒。京國才名推上第，中原風雅久登壇。最憐送別歌《蒿里》，猶幸斯時見素冠。莫嘆淹流遲歲月，盈床詩史幾評殘。萍蹤聚散嘆滄桑，惆悵分攜鬢欲霜。客路驚心黄葉落，故園回首白雲長。鑾坡佇望琅玕筆，衡泌休裁荷芰裳。握手重期春再至，海棠蕭寺共浮觴。

（《青箱堂詩集》卷七，《清代詩文集彙編》影印清康熙二十八年重刻刻本）

題梁蒼巖大司馬柏棠村牡丹園卷

王崇簡

三月驅車烟光紫，柏棠村近滹沱水。聞道梁園徧牡丹，駪駪未遑暫停軌。歸向司馬問花光，萬枝忽見一卷裏。豔蕊仙房繪者誰？一片麗景如振綺。芳草平疇絳霧高，高高下下邁香皋。門逐林開徑轉閟，黄鸝紫燕嘗相遭。閒庭窈窕香雲影，堂構世澤留風騷。若近若遠渾莫辨，高枝低枝如錦濤。思君子兮竹猗猗，企大夫兮松離奇。蘭蓀盈砌旭日旦，春風富貴當芳期。乍疑粉黛三千漢宫曉，復驚孫武教戰吳娃時。祥鸞蔚跂威鳳舞，光傾琥珀暮霞披。暖雲藹藹風習習，雨過雕欄臙脂濕。珠簾半捲月當空，榮光閒靚依檻入。淑姿倩質奈春何，高情幾向亭邊立。太和春酒盈金罍，莫使看花多不及。注目此圖重徘徊，前去柏棠花正開。

（《青箱堂詩集》卷十三，《清代詩文集彙編》影印清康熙二十八年重刻本）

梁蒼巖大司馬蕉林書屋

王崇簡

門閉綠烟深，高人獨坐吟。羣書恣晤對，逸慮發蕭森。覆徑紅塵絕，依簾白晝深。中宵聞雨後，寂寞是何心。

（《青箱堂詩集》卷十四，《清代詩文集彙編》影印清康熙二十八年重刻本）

梁蒼巖大司馬約同籍讌飲

王崇簡

追隨嘉客盡華裾，況復蕉林風景疎。秋夜開樽遲月上，故人相對憶交初。閒情暗點當筵拍，癖尚頻詢未見書。司馬功高時奏凱，芸編猶若玉堂居。

（《青箱堂詩集》卷十九，《清代詩文集彙編》影印清康熙二十八年重刻本）

送梁玉立大宗伯歸里

王崇簡

何期今日送君歸，古道斜陽花亂飛。烟景蒼茫回雁影，鶯聲宛轉喚春暉。十年朝宁稱元老，千里雲巒隱少微。看取東山難久戀，歌驪不必欲沾衣。

（《青箱堂詩集》卷二十二，《清代詩文集彙編》影印清康熙二十八年重刻本）

送大司農梁蒼巖迎平南王於廣東

王崇簡

司徒特命出三台，嘉俞勳藩引請回。密勿親承天語切，青陽佇望錦帆來。山川迢遞供佳句，海嶠清寧藉上才。斗酒遲君花下醉，漫勞分袂重徘徊。

（《青箱堂詩集》卷二十八，《清代詩文集彙編》影印清康熙二十八年重刻本）

怡園小集步梁蒼巖大司農韻

王崇簡

高巖松粒翠，上客喜同攀。幽意聊堪適，浮生偶得閒。葉凋石磊磊，風定鳥關關。賴有依欄菊，爲君博笑顔。

紅塵十丈裏，若在碧山隈。曲徑留雲過，深門爲客開。聽松憑峻閣，待月上層臺。未盡登臨興，還期車數回。

（《青箱堂詩集》卷三十三，《清代詩文集彙編》影印清康熙二十八年重刻本）

梁蕉林先生入閣序

王　熙

今上紀元康熙之二十七年，綸扉虚席，皇心思得老成重厚之臣，以襄理治化，光贊太平，於時大司馬蒼巖梁公特被爰立之命，銓部卽夜宣旨。公詰旦入朝，卿士百執事莫不相慶，以爲甌卜得賢，古今盛事。同鄉後進之在班行者，皆謂公以耆德碩望膺被異數，爲桑梓光，在禮當賀。而余以公與先文貞爲同年友，又懿親尊長，蓋父執事公甚久。今幸從閣臣後，雖不文，敢無稱述以紀其盛耶？

竊聞朝廷建官，上自卿大夫，下至官師小吏，靡不視乎其才。惟秉鈞之任，不在才而在度，如《書》所稱一個臣休休有容者是也。然天之篤生良弼，將以純佑國家、翼扶昌運，其出也，必當隆盛之時，事聖神之主。先使周歷繁劇之地，俾閥閲積久，衆望允孚，然後畀以鼎鉉之位，蓋亦有其時焉。公自儲中祕、爲史官，已有公輔之望，迨後踐登八座，周歷諸卿，德望日隆，聲實並茂，卓然以其身爲人倫冠冕者三十餘年。蓋公道德渙爲文章，經術妙於經世，敷猷典冊之外，凡兵農、禮樂、刑名、錢穀、戶口阨塞、生民利病、人才長短，考經鏡史，無不數計燭照，持以應務，如左右逢源，無有不如意者。方其官夏卿、領民部也，當海波震蕩之時，值滇逆披猖之會，或慮事勢盤錯，畏難棘手，惟公智周而識遠，神凝而志定，符行諸將，則洞中機宜；轉餉萬里，則軍興不乏，用能鯨鯢剪撲，棘爨來歸，厥功茂焉！若夫練習朝章，博綜典物，簿書盈案，判決無滯；聚訟盈廷，一言立剖，則恢恢乎遊刃之緒餘也。今茲更嘗既久，功業顯融，逢聖天子尊用耆德之時，以黃髮元臣典機綸閣，舉從前之智名勇功，讓而不有，獨以含弘光大，斷斷無他技之心，進羣賢而亮采，沛霖雨以澤天下，猗與休哉！信乎兆榮懷之慶而成調贊之功者，不貴才而貴度，而大賢遇合亦自有其時也。

是以古之君子以升進之遲速聽之天，而以不負生平恪勤官守視諸己。方公鞅掌部務，或有爲公嘆淹滯者，公笑曰：『予以史官不五年擢掌邦政，具疏控辭，而蒙恩不允，今茲有生之年，皆竭力報稱之日也。如子之言，豈余所敢知哉？』公之寧靜澹泊如此，其特受聖主之知而能任天下之重也，宜哉！夫以公有爲之身，際得爲之時，其勳猷彪炳，必有與皋、夔相伯仲者，區區功名之士，詎足爲我公道哉！

（《王文靖公集》卷十，《清代詩文集彙編》影印清康熙四十六年刻本）

題梁玉立司馬蕉林書屋圖

龔鼎孳

俯仰如蓬戶，簷陰密覆蕉。論兵餘整暇，開卷破空寥。醉墨晴仍濕，秋聲晚欲潮。兒童問司馬，幽興一何遙。

太平調鼎事，敢不諱山林。何意緇塵地，偏閒白日心。苔痕深短砌，涼雨急高吟。共信門如水，匡牀暝翠侵。

花事柏棠深，春愁隔歲吟。風烟重冉冉，圖畫此森森。杏粥殘裘換，茅堂野色陰。還添摩詰雪，相許歲寒心。

海戍息烽烟，樓船解甲眠。藤蘿三徑月，衣馬五陵天。偃坐青林下，長吟《秋水》篇。囊琴堪拂拭，古調耿朱絃。

（《定山堂詩集》卷十三，《清代詩文集彙編》影印清康熙十五年刻本）

賦謝梁司馬玉立二首

龔鼎孳

司馬中朝傑，論兵羽扇秋。三公家學在，《七序》大名收。冰壑心長淨，雲霞語獨遒。人傳謝安石，宰相最風流。

名士方陽九，牢修更上書。投餐北海急，立墠汝南虛。猛虎行當息，芳蘭終不鋤。于門雙玉樹，先爲慶充閭。

（《定山堂詩集》卷十四，《清代詩文集彙編》影印清康熙十五年刻本）

爲梁玉立司馬題柏棠村牡丹圖此花爲少保公手植，今四世矣

龔鼎孳

二月已過花未放，銜杯況值三春終。那期冰雪遮老眼，卻有圖畫開芳叢。風幄午陰行爛熳，青林

嶽色長巃嵸。玉壺一日須一醉，坐看朝野歡娛同。

清門累葉推公望，不數相君忠孝家。卽令四海被霖雨，豈可三徑無烟霞。疇昔人才盛慶曆，至今父老猶咨嗟。司馬强食活百姓，寄謝柏棠村裹花。

（《定山堂詩集》卷二十六，《清代詩文集彙編》影印清康熙十五年刻本）

蕉林梁司馬報政二章應菌次之請

龔鼎孶

西南王會方通道，海嶠樓船漸罷兵。司馬才原繩祖武，雕龍業况擅長城。壯猷方召年仍盛，名士安危繫不輕。參佐風清綸羽暇，歌呼共指泰階平。

朝廷本意息鏊弧，錄牒偏驚喘未蘇。誰遣折衝尊九伐，頓聞膏雨遍三吳。林間耆舊真安枕，天下蒼生旋賜酺。黄閣卽今調鼎鼐，白頭準擬臥菰蘆。

（《定山堂詩集》卷二十九，《清代詩文集彙編》影印清康熙十五年刻本）

五福麗中天　賀梁玉立司農生子次汪蛟門韻

龔鼎孶

三公府第鶯花繞。不數畫眉京兆。東閣郎君，槐庭兒子，入手英啼初抱。都人歡笑。恰鎖院詞頭，紫綸新草。宰相金倉，先判福德臨門早。官事生來能了。陸倕王仲寶、年皆小。上苑春風，華堂文讌，朱履賓朋齊到。黑頭鼎鼐，魯後周前，拜稽偏好。貞敏勳猷，貽謀天下少。

（《定山堂詩餘》卷四，《清代詩文集彙編》影印清康熙十五年刻本）

飲梁蒼巖大司寇宅

施閏章

不到青門七載餘，重煩問訊及樵漁。官因再起名逾美，法用三驅網自疏。風雨夜留珠履客，舟車時擁石倉書。相逢便許相酬唱，倘得新詩慰索居。

（何慶善、楊應芹點校《施愚山集》詩集卷三十七，黄山書社，一九九二，第三册第二九二頁）

奉贈梁大司農棠村二首

施閏章

中朝曳履荷宸恩，復有懸書在國門。楚粤軍儲時仰屋，應劉詞客夜開尊。多才歷遍諸曹長，祕本看餘萬卷存。歲儉繭絲民力盡，含情賑貸向誰論。

驅車曾到尉佗城，粤嶠爭傳陸賈名。玉節坐銷貙虎亂，途歌時和鷓鴣聲。漢廷錢賦增緡算，禹甸關山尚甲兵。天下安危公等在，猶煩推轂及書生。公曾持節使粤，有《嶺南集》。

（何慶善、楊應芹點校《施愚山集》詩集卷四十，

（黄山書社，一九九二，第三册第三五六頁）

和梁玉立司馬城邊亭飲之作

傅維鱗

曲曲穿林草徑斜，亭虚旁倚兩三家。留春客到矜羣玉，隔岸桃開鬭落霞。聽徹黄鸝催换酒，驚將青案接飛花。莫言宦邸無清賞，且向東風醉物華。

讀大司馬梁玉立詩

傅維鱗

締盟總角久相親，乍睹鴻篇推服真。應是玉皇香案吏，信爲塵世謫仙人。蕉林落筆驚風雨，樞府前籌動鬼神。慚愧無能酬隻半，望洋徒有嘆迷津。

（以上均《四思堂文集》卷八，《清代詩文集彙編》影印清康熙十七年刻本）

大學士真定梁公壽序

徐元文

昨者戊辰之歲，天子以廷臣德望久著無如真定梁公者，遂有爰立之命。是時公門下士相率請余文爲賀，余不得辭，然匪直爲公賀已也，蓋以志士大夫之慶幸云爾。至今年季冬，值公七十攬揆之辰，其門下士著仕籍者若而人又求余辭侑觴如前。余以公鴻名碩儒，由翰林薦列卿貳，左右我世祖章皇帝，兀然負公輔之望者四十年於茲矣。士之未登其門者，必疑以爲黄髮鮐背，如古所稱國老，天子上庠事之，而公卿奉杖、大夫進履，憲而不敢以乞言者。不知公春秋纔杖國耳，貌腴而氣豐，議論丰采踔發，略如少壯時。故其祝公者，亦非以是爲公幸也，蓋將期公以永錫難老，而助成國家億萬年無疆之休，則愚亦有説於此。

愚唯古君臣相與之際，其上下交相砥以克艱。上有咨女之警，則下有無怠荒之誡，意至勤矣。然及其治定而功成，陰陽時和，人生樂育，萬物各得其所，其君臣之間，未嘗不相期以壽也。在《詩·天保》之卒章，有山阜、岡陵、日月、山川、松柏之喻，是謂臣子之忠愛無已，而其君歌《南山》以宴樂其臣，五章之中，稱壽考無期、眉壽黄耇者凡四焉。蓋以賢臣者如彼其難得，太平如此其不易致，然一旦躬逢其盛，則樂與共享之必欲其久長者，理固然也。余讀《書》，於『周公之告君奭』有進焉，曰：『天壽平格，保乂有殷。』又曰：『今汝永念，則有固命，厥亂明我新造邦。』言殷六臣之以至平格天而得壽，固家之罕有，天命亦因之。是知古賢臣備富壽康寧之福，乃國祚之所以靈長；而古人主之祝臣壽考，丁寧深致其辭者，乃所以爲祈天永命之實也。今天子嗣大曆，服三十年於茲，内安外攘，成垂拱之治，方且彌性優遊，與天無極，特倚公以鈞調元化，共臻仁壽之域，《詩》所謂『三壽作朋』者，今有焉。余以末學，獲從公後塵，敢曰『篤棐時二人』，若《傳》稱召公歷相成康，致刑措，計其年，殆將百餘歲，則余與諸君子之所以祝公者，方從今日始矣。是爲序。

（《含經堂集》卷二十四，《清代詩文集彙編》影印清康熙刻本）

奉和大司農棠村先生韻贈歌者邢郎四首

徐乾學

中宵鑰靜聽笙璈，三五佳辰素魄高。好似華林饒眾卉，一枝綽約是穠桃。

窄袖羅衣穩稱身，雛鶯細語恰初春。尚書好句新題就，明日都亭看璧人。

曲房清夜奏仙璈，羯鼓聲停樺燭高。雪面紅兒鸜鵒舞，一簾初日射夭桃。

騎羊年紀篏錢身，小小芳姿壓眾春。鸜鵒前頭休道姓，還應妒殺尹夫人。

（《憺園文集》卷七，《清代詩文集彙編》影印清乾隆五十四年刻本）

棠村先生齋中與諸公坐

徐乾學

退朝日午聽鳴騶，棐几晴窗事事幽。政簡卷簾常晏坐，晝長載酒許從遊。家傳寶繪王丞相，王方慶，王導之後，家有累朝圖繪。架滿牙籤李鄴侯。人世閒情都遣盡，漫勞蠲忿與忘憂。庭前有合歡、萱草，故云。

（《憺園文集》卷九，《清代詩文集彙編》影印清乾隆五十四年刻本）

梁相國蒼巖輓詩

陳廷敬

兩朝耆舊冠公卿，星坼三台暗玉衡。館閣風流傾後輩，海山位業悟前生。感深津邸清尊淚，腸斷山陽暮笛聲。回首雲霄歸去路，已將箕尾署銘旌。

（《午亭文編》卷十五，《清代詩文集彙編》影印清康熙四十七年刻本）

黄美索題真定梁公小像有感

高士奇

桃李蹊深三十年，重經舊館淚潸然。寒冬記别蕉林外，石徑苔堦在眼前。余己巳南歸，獨蒙公過邸寓。誰繡平原獨買絲，軒昂猶是笑談時。如公大有經綸在，託興圖書人不知。

（《清吟堂集》卷二，《清代詩文集彙編》影印清康熙朗潤堂刻《清吟堂全集》本）

壬戌除夕用戶部尚書梁公韻

高士奇

曆頭破臘乍逾旬，荔粉椒紅早獻新。貪把司農詩屬和，慵題帖子字宜春。今年又緩歸田策，除夕依然僕直人。退食一樽聊自慰，高堂華髮未成銀。

癸亥除夕再用戶部尚書梁公韻

高士奇

綵旛羅勝賜經旬，是歲十二月十九日立春。鳳曆重開甲子新。七度宮符看換臘，宮中以嘉平廿四日换新桃符，余自丁巳内直七見除夕矣。廿回旅館嘆逢春。屈指甲辰入都，今二十載。螭頭更忝清華職，立春前一日，特拜日講官起居注之命。馬齒平添四十人。余明年四十虚度。卻憶鄉園梅信早，疎枝雪岸蕊横銀。

（以上均《苑西集》卷四，《清代詩文集彙編》影印清康熙朗潤堂刻《清吟堂全集》本）

附錄四　序跋贊題

蕉林詩二集序

徐釚

詩之升降，關乎世運，而人心亦繫焉。有唐盛時，如燕、許二公暨姚元之、張曲江輩，其詩皆溫柔敦厚，無焦殺敖辟煩促之音。是數公者，俱爲名公卿。自開、寶以降，至大曆、長慶間，詩體凡數變，其人亦雜出不倫矣。浸淫中晚，世衰道微，遂以啓五代干戈相循之禍。不可謂詩之無關於世運也。今國家當休明全盛之時，獨怪世之言詩者好爲宋元之習，詆訶唐人爲不足學，剽竊影響，隨聲附和，譬諸江河有日下之勢，而人心之傾仄翻覆，亦莫過於今日。嗟乎！是豈溫柔敦厚之遺，遂不足以風世歟？吾師蒼巖先生立朝垂四十年，其所閱歷事故多矣，唯能立志堅定、崇尚和平，於經國大業之餘，退食蕭然，輒爲詩歌以自適。所著《蕉林集》數十卷，小子釚於十年前曾效校讐，以傳海內。今復出《二集》詩見示，凡讌享贈答、郊勞餞送諸作，無不本此忠君愛國之心，而體諸興觀羣怨之旨。故其辭之所至，皆可以厚人倫、敦風俗，推而極於動天地、感鬼神而後止，豈非詩之極盛哉！然悉由先生人品學術之正爲之也。釚以草茅愚賤，遭逢殊遇，拔置禁林，尋至不才遷謫，重負國恩，方將荷鉏戴笠，高臥荒江寂寞之濱，尚烏敢與當世言詩？第手執先生一編，爲之吟誦朝夕，以求其性情之所至，是亦可爲耕鑿餘生、詠歌堯舜者之一助矣。

（《南州草堂集》卷十九，國家圖書館藏清康熙三十四年刻本）

蕉林二集序

徐乾學

詩之爲教也，風與雅無以異也。然而《黍離》降而爲風，聖人於此恆有不得已之防焉，非謂風之不如雅也。詩至於風，又降而爲列國之風，而變而無所復入矣。是其音節之閒、疏數之數、厚薄廣狹之分，必有不同者矣。變至於風，無所復入，而溢而爲騷，又由騷而爲曲、爲引、爲歌行各體，樊然並出，漢人因之，收爲樂府夜誦，代著新聲，《三百》之遺無幾。聖人知其然而欲爲之防而不得，故於雅亡之際，有深憂焉。自樂府衍而爲五、七言，寂寥於兩晉，淫靡於六代，唐人振其頹響，而五、七言近體復生，則又漢魏六朝之極變，而與《三百篇》迥別者也。然其盡態極妍而無可復加，亦何異風之與雅乎？作者第守此足矣。北宋楊劉以前，猶稍規前製，蘇、黄決其藩籬。南渡以後，學蘇、黄者又失蘇、黄之所本，故立論愈快，説理愈透，而舉唐人藴藉渟滀之意，蕩然無復遺餘，豈非詩道之又一大變乎！有明何、李輩起於是，思變而反之初、盛，其變是也，其所以變者非也。今人概舉何、李而訾謷之，承學之徒，末師競是，其目中初不知三唐爲何物，況於隋、梁以及建安以還。則欲爲唐人之防于此時者，非夫鉅公碩儒擅博通之識，尋源竟委，以大肆其詞於絶學將廢之後，固不能以單詞隻語塞羣囂之喙，而使之折而從吾之教也。

恆州尚書梁公《蕉林二刻》成，予受而讀之，其風調高古，不落凡近是已，而於其所謂研練精切、穩順聲勢者，亦能斂抑其才氣，而與夫沈、宋之作者相合於毫釐之間。人徒見其體格之渾成，而不知其憂深而慮遠，非灼見風雅升降之機而得聖人刪《詩》之心者，不能爾也。公立朝日久，諳達故事，諸所建置，動爲後則，天下推爲老成典型，乃其於詩亦慎重不苟如此，使人得是集而卒業之，反古之機，其在是乎？

（《憺園文集》卷十九，《清代詩文集彙編》影印清乾隆五十四年刻本）

使粵詩題首

鄧漢儀

棠村先生《使粵詩》傳至江東，人矜拱璧。儀先採數十首入《詩觀二集》中，猶未厭羣望。蛟門舍人乃捐貲盡刻之，而屬儀編次。儀因歎先生之於詩學甚勤而且精也。夫先生位列上卿，機務叢集，顧獨於吟詠一道，晨夕不廢。卽使粵之役，其間關嶺之迢遙，賓客之雜遝，候吏之迎送，而輿馬之喧闐，亦甚非撚鬚苦吟時矣。而況羊城返旆之期，正湘江舉燧之日，雖使車邀有呵護，而人情未免倉皇。乃公則倚棹停驂，啣杯把炬，凡嶺南之山川人物、烟雲花鳥，一一繪之於詩，而詩皆奇麗精雄，與火齊木難、翠羽明珠交相映發，殊若不知有風鶴之警者。於是不獨服先生之詩學勤而且精，而更服先生之整暇，爲足定變而禦亂也。獨是丙申冬日，儀曾陪合肥先生之嶺南，而合肥則從兵戈豺虎中，與儀刻燭聯吟，夜分不寐，各著有《過嶺集》。今合肥已逝，而儀乃評跋棠村先生使粵之作，亦恨不能從香嚴閣中展讀棠村斯編，共爲歎賞。則平津秋閉，紅粉樓閒，覽斯集者，應同泫然矣。

（鄧漢儀《慎墨堂名家詩品·使粤詩》卷首，國家圖書館藏清康熙刻本）

題梁蒼巖先生使粤詩後四絶句

鄧漢儀

昔年嶺嶠暫淹留，節過傳柑便放舟。咫尺粤西烽火惡，不堪重上五層樓。

過嶺詩如真定稀，忽思洍水淚霑衣。憶同瘴雨蠻烽夜，掃石題詩萬里歸。

驚喜平安使節回，惡灘風雨故相摧。縱然身傍啼猿宿，不向蠻天哭戰灰。

春風油幕夜搊箏，喚出柔奴劇有情。一别珠江烟雨暗，鷓鴣啼煞五羊城。〔一〕

【注】

〔一〕按：《詩觀二集》卷二梁清標詩選後亦有此四絶句，並有鄧漢儀跋文云：『憶同襲定山尚書遊嶺南，距今十九載矣。甲寅秋日，汪蛟門舍人以梁蒼巖大司農《使粤詩》屬予選次，因題其上，得截句四章。』文字與此《四絶句》同，兹不複録。

使粤詩跋

汪懋麟

暇日嘗侍公於蕉林書屋，爲言少時隨贈尚書中憲公之官南雄，甫數歲。舟過西江，遭大風，幾覆，忽觸岸，中憲公與太夫人抱公倉皇一躍而上，恍有神助。時夜昏黑，與家人行，見村落，遇老翁，出婦子，殷勤慰留款曲。詢其地，蓋沙溪云。懋麟敬聽稱異。癸丑秋，公奉命南海，道出西江，過遇風故處，問所謂沙溪者，已莫可復識，賦詩興感。至南雄，謁中憲公祠，故老擁傳，覩我公山嶽之輝光，思中憲公久而未湮之舊澤，羅拜感泣。噫嘻！當中憲公提攜襁褓，出守萬里，風濤江海，身蹈不測，詎意五十餘年，我公乃以尚書秉天子節，衮衣赤舄，重過廣南，一時將帥大吏趨承，奉俎豆、薦蘋藻，歡呼祠下，顯榮爲何等與！懋麟於此益歎中憲公之惠愛廣民，天祐後哲，故振起光大，特令此邦之民一親見之也。我公勳業文章遍海宇，垂後世，今覽斯集，博大從容，山川民物，罔不包舉。時變亂恍忽，公乃權大體、宣德意，成命而歸，則天生我公，固非偶然。曩之脱風浪、遇沙溪老翁，昏夜莫知有無，豈非神哉？鄧子孝威敘公詩詳矣，懋麟無復置辭，謹述異聞，俾傳於後。

康熙丙辰二月望日，受業汪懋麟謹跋。〔一〕

（以上均鄧漢儀《慎墨堂名家詩品·使粵詩》卷末，國家圖書館藏清康熙刻本）

【注】

〔一〕按：《詩觀二集》卷二梁清標詩選後亦有汪懋麟跋文，云：『吾師生長京國，早登上卿，凡所撰著，皆廟堂雅頌之音，山川登陟之作蓋少也。頃奉使萬里，往來半歲，得詩四百餘首，探幽抉奥，競秀爭妍，如康樂之遊江東，少陵之入西蜀，山川勝攬，盡在斯矣。因與孝威亟登卷首，用布鷄林，俾天下文士不得專以遊跡傲我夔龍也。惜限於選帙，不能盡載，尚謀專梓，以顯全豹。』可與此跋相參照。

留松閣本棠村詞序

汪懋麟

詞莫盛於南北宋，人各一集，集有專名。如毛氏所梓百名家，其最著者。元明以後，作者多有，而傳者少遜矣。本朝詞學近復益勝，寔始於武進鄒進士程村《倚聲集》一選。同時休寧孫子無言復有《三家詩餘》之選，由是廣爲六家，又十家，今且十六家，勢不百家不已。豈不與毛氏爭雄長乎？

十六家最後出者，爲吳祭酒之《梅村詞》、龔尚書之《香巖齋詞》，與梁大司農之《棠村詞》。司農公以勳業名天下，譽望端凝，不矜不伐。所爲古今詩數十卷，以及門屢請，始付梓於吳浙之間。常爲小詞，不以示賓客。初，懋麟侍左右，與公從子承篤從几案間抄積，授徐子電發，梓於錢唐，遂流播遠近，家有是書，乃無言取冠諸集。予復以公奉使東粤山川道路之作益於後，較錢唐本加多矣，而寔未足盡公之作也。頃予來自京，見公所作詞復纍纍，惜未及盡抄而南，無言懸板莫能待。予知他日視此本殆復如錢唐矣。

公詞雅麗渾成，不事雕飾，不摭拾隱僻，得北宋諸賢之遺意焉。予嘗論宋詞有三派：歐、晏正其始，秦、黄、周、柳、姜、史、李清照之徒備其盛，東坡、稼軒放乎其言之矣。其餘子非無單詞隻句可喜可誦，苟求其繼，難矣哉！若今之專事故實，蠹竊幽險，神韻索然，予莫知其派之所由矣，願亟藥以棠村之詞。

時康熙丁巳仲夏，江都汪懋麟蛟門撰。

（清康熙間留松閣刻本《棠村詞》卷首，《清詞珍本叢刊》第三册，鳳凰出版社，二〇〇七，第三二四至三二八頁）

百名家詞鈔·棠村詞跋

聶 先

鈔《棠村詞》，有未盡收佳句，如《浣溪紗》之『鶯聲愁殺畫樓人』；《憶王孫》之『細雨孤城盡閉門』；《菩薩蠻》之『茅店閉黄昏。孤燈何處村』；《滿庭芳》之『閑消受，幽花文蝶，秋水玉簪香』；《夏初臨》之『小立斜陽。映紗廚。笑看殘粧』；《蘇幕遮》之『天意也知離别苦。片片輕雲，遮斷人行路』，即置之《片玉》、《漱玉》集中，若相伯仲。至若《百字令》之『道在斯人，晴窗高卧，閑卻經綸手』，竟是一幅畫中人物。如此數闋，惜皆未列全豹，謹爲拈出。

（《百名家詞鈔·棠村詞》卷末，《續修四庫全書》第一七二一册影印清康熙綠蔭堂刻本，第五八六頁）

四庫全書總目提要·蕉林詩集

《蕉林詩集》無卷數，直隸總督採進本，國朝梁清標撰。清標字玉立，清苑人〔一〕。前明崇禎癸未進士，改庶吉士。入國朝，官至保和殿大學士。所著詩稿各以古近體爲分，不列卷次。其詩作於明季者多感慨諷刺之言，及入本朝以後，則渢渢乎春容之音矣。（《四庫全書總目提要》卷一百八十二『別集類存目八』，海南出版社，一九九九，第九八一頁）

【注】

〔一〕當係四庫館臣誤記。

清詩溯洄集

魏裔介

羽扇綸巾中尚有澹泊寧靜之致，諸葛君真名士也。評梁清標五言古詩。

讀之使人躁競盡化，可謂靜者，可謂達者。評梁清標七言古诗。

矜貴中有蒼秀，人知其度之雅，不知其意之沉。此五言長城也。評梁清標五言律詩。

（魏裔介選輯《清詩溯洄集》卷一、三、五，國家圖書館藏清康熙元年刻本）

清詩別裁集

沈德潛

表其忠勇而惜其失身，此最持平之論。（評《王鐵槍》）

比『幽州白日寒』更進一層。評《送張仲若司馬開府雲中》。

第四語卽龔遂治渤海之心。末言蜀道非難，尤得立言之體。評《送張伯珩同年按蜀》。

（《清詩別裁集》卷二，上海古籍出版社，二〇一三，第五三至五四頁）

詩觀初集

鄧漢儀

情懷抒展而音節蒼雋，固足高睨陶、謝。評《閒意》其一。

雄豪不必言，而骨力堅聳，一往見其猛鷙，固爲絕塵之作。評《郊獵篇》。

格調本初、盛而用意深摯，正於整麗中妙有藏蓄。評《感興》其四、五、六。

落句可謂貌不瘁而神傷。評《送同門張月征還金華》其二。

唐人佳處，往往得之自然，有意刻畫則失之。如此作，全是風神掩映。評《寄懷王敬哉同門》。

悲歌慷慨，是擊筑本色。評《送同年胡韜穎還太原》其一。

聖歎論詩，四句一截。此詩上四句說鄉思，下四句說時事，格法最細。評《新秋感興》其五。

王龍標《從軍行》有此雄健。評《雜詠》其二。

（鄧漢儀選輯《詩觀初集》卷三，國家圖書館藏清乾隆十五年仲之琮重修本）

詩觀二集

鄧漢儀

乘傳蠻鄉，追思先烈，正自少此一段文字不得。評《發雄州》。

丙申同合肥過此，沿途縣令無有不攢眉出涕、力訴地方之窮苦者，今生聚近二十年，尚復如此，讀此輒爲三嘆。評《上灘行》。

此巖壁立萬仞，而中有層窟，晝燃燈火，俯視官舟，真如一葉，洵奇觀也。此詩形容可謂盡致。評《登觀音巖》。

山鬼吹燈滅，是此時光景。評《梅心驛》。

有此二詩，可謂不負石鐘。評《遊湖口石鐘山次壁間韻》二首。

孟津詩有其雄，無其穩。評《過臨江》。

粵山多怪，而此磯最雄，詩亦稱之。評《彈子磯》其二。

秀處典處，皆能踞勝。評《過湞陽》。

此最粵江奇勝處，二詩寫得曲盡。評《峽山》二首。

殊方風俗，寫得荒落盡情。評《將抵南海》二首。

輕逸。評《雨中束裝》其一。

想其北歸懷抱極好。評《雨過峽山》其一。

昔年花朝度庾嶺，亦在雨中。讀司農詩，搖搖輒憶舊遊也。評《雨中過嶺》其二。

蒼莽、蕭瑟，此詩兼有。評《渡黄河》。

追寫往烈英氣如生，應有啾啾鬼泣。評《拜張許六王祠》。

用故事能以己意行之，自爾超卓。評《包龍圖祠》。

用事善於脱化，遂爾亭亭濯濯。評《舟過溽陽》。

全詩秀令，而中有不磨處，以其識高。評《彭蠡湖》。

情事寫得斐亹。評《雪夜姚少參諸君招飲再登滕王閣》其二。

比於少陵《玉臺觀》之作。評《旌陽萬壽宫》。

清疎澹老，以弔孺子，差爲不負。評《過東湖》。

廬陵兵火之後，荒殘不堪，把此輒深太息。評《廬陵小泊》。

此爲虔州迎餞之所，過此則十八灘矣。連年兵革之餘，江山如故，撫此不勝感愾。評《儲潭謙集》。

司農之詩妙於秀豔之中特露警拔，如此詩，人知其風華獨擅矣，而不知其字字真的。評《度大庾嶺》。

老臣憂國，不得不言及此，豈得漫以烟雲花月之句了之？評《歸舟漫興》其二。

時公欲過廣陵，以王程甚迫，取道滁陽。評《寄懷汪蛟門》其一。

蛟門每爲予言，司農情深吐握，尤喜與草茅之士唱予和女，固吾黨所共瞻仰也。讀二作情詞婉戀，足見一斑。評《寄懷汪蛟門》其二。

人知公擁節南遊，以爲榮適，而不知懷抱有難遣者。閒羨里中兒，固非誑語。評《皖江阻風得見家書》

其一。

詩思清韶，正與江山映發。評《采石磯》其一。

可勝折戟沉沙之感。評《關山》。

每於結處有繚繞餘音，他人未免情枯才竭。評《過商丘》。

極蕭瑟，極風流，此是才人絕唱。評《大梁懷古》。

嶺南多雨，經春尤甚，詩中寫出蕭涼真景。評《清溪道中》其二。

語有光焰。評《柏鄉道中拜漢光武祠》其二。

亦自小滄桑。評《太平橋》其一。

自是嶺外人語。評《元夕》其四。

廣州繁盛，自昔所稱，今猶不減耶！評《元夕》其九。

曩時士女春遊，多從海珠寺放舟至花田，言南粵宫人葬處，其花多異香。評《花田多種素馨粵女穿花飾髻昔人有風流惱陸郎之句今名白蜆殼數欲往遊未果》其一。

今昔之感，令人情動。評《重遊南雄郡署》其三。

苦語殊韻。評《贛江歸舟》其二。

非情深山水，不能作此語。評《過星渚》其三。

淺語令人神傷殊甚。評《過項王祠》其二。

偏覺有致。評《雨村》。

偏爲二喬有此傷感。評《望潛山》。

公生長燕、趙，而所爲詩最秀麗明蒨，如吳、越間人。似此興懷六朝，居然過江風調。評《江浦道中》。

唐人送春詩少此風豔。評《三月三十日宿州旅中》其一。

『最』字、『又』字，中藏無限風情。評《中山道中》。

（鄧漢儀選輯《詩觀二集》卷二，國家圖書館藏清乾隆十五年仲之琮重修本）

詩觀三集

鄧漢儀

一硯耳，得失去留卻有如許掌故，其以動後嗣之追思者多矣。非司馬公不能寫得淋漓盡致。評《許生洲思硯齋歌》。

投崖洵屬奇烈，然非有英挺之筆寫之，終覺神采黯澹。康夫人得是歌，允不磨矣。評《永寧程總戎母康太夫人殉寇難爲賦投崖行》。

亂離中送歸客，字字沉著。評《送陳子將門人請急歸同安》其一。

天生方擢用，卽抗疏養親，其孝思有足感者。然史館需才，斯人安可置之巖壑。評《送李天生檢討歸養》其一。

前朝作守者有實神仙之號，今竟不然，頷聯不堪再讀。評《送梁園出守寶慶》其一。

末句寓箴規之意。評《送方渭仁門人請急歸里》其一。

渭仁請假南還，與余把臂邗上，行李蕭然，惟詩興跳蕩如昔。司馬公二詩正自寫照。評《送方渭仁門人請急歸里》其二。

前六句說得縟麗，末及時事，聲情忼慨。評《元夕》。

嘉州勝場。評《贈張眉仲令安定》。

念舊之情，惟公最切，讀之古道照人。評《送陳子厚歸海寧曾齋尊公岱清同門遺集數十卷相示》。

贈詩盈几，不及棠村公之華鍊。評《送姜定菴少京兆之官奉天》其二。

有寶馬蹀躞之概，結句有關係。評《送龔憲副入賀還秦中》。

多憂時憫俗之語，不徒作折柳套詞，渢渢可誦。評《贈王純嘏比部擢江右方伯》。

沅湘之捷，實有天意，不一味作鋪張語，乃其定識。評《春日雪中宣捷口占》。

溫厚含蓄，羨爲木雞之養。評《寄高念東少司寇兼爲勸駕》其二。

想見公憂世之切。評《雨中漫興》其一。

兼名花、少女之勝。評《送張沁西令湘潭》。

嶺海雖復擾攘，而大事以關隴爲急，公真老成碩畫。評《秋日漫興》。

文衡山所畫雪圖，公寶之。評《送念東少司寇歸淄川》其一。

全以風度勝。評《送藺覲玉同年歸蒲城》。

太原公子裼裘而來，固自勝人。評《送譚愼伯守衡州》。

以絢爛寫其實事，使人欽其藻麗，尤樂其情文，沈、宋猶難方駕。評《石門驛雜詠》。

公胸中另有感觸。評《潞河即事》。

兩結具關體要，所謂欲報國恩，惟有文章。評《康熙辛酉季春上駐蹕馬蘭峪召扈從諸臣賜觀湯泉湯泉應制》其一、其二。

嚦嚦如鶯語之圓。評《送張敦復學士假歸龍眠》其二。

主眷朋情，寫得濃至。評《送馮易齋相國予告歸益都》其二。

妙在與他位省覲不同。評《送張又南大廷尉省覲歸秦中》。

魏公忠言直節，朝野倚重，與棠村司馬有水乳之合，故其去國，惓惓如此。評《送魏環溪大司寇予告歸蔚州》其二。

箇中情事，寫得條雅。評《送李維饒侍講督學江南》。

公蒞維揚久，而飲人以醇，自處又復冰雪，故物望歸之。棠村先生一詩固非浮獎。評《贈崔蓮生運使》。

深情直致，總無一字虛設。佐平先生司理維揚有異政，亂後以青鳥之術往來江淮間，時人不知爲縉紳也。訪余衡門，坐談舊事而別。評《寄盱江湯佐平先生》。

眼前景□出便妙。評《輿中口占》。

最是好景。評《村店午夢》。

楚江風致，蕭騷逼人。評《送羅弘載赴湖南幕》其三。

無窮慰勞，都在言外。評《送吳慶百歸武林》其二。

還他大雅。辟彊有二姬，善丹青，其畫幅多散之鉅公家。評《題蛟門所藏冒姬鴛鴦圖》。

筆意有天然之妙。評《石門驛雨中》。

朝臣難見此景。評《孤村》其一。

荒涼，卻寫得有趣。評《三河月中聞雁》其二。

高興別致。評《送湯西厓之嶺右》其二。

客況搖落，寫得不露。評《送陳子厚南歸卽次留別原韻》其一。

四首直奪龍標之席。評《瀛臺卽事》。

蹙然民生之感。評《送李華西門人佐郡肇慶》其二。

蕭蕭疎疎，大有秋意。評《爲高澹人學士題畫》其一。

風調逼唐。評《送門人龍二爲佐郡太原》其一。

（鄧漢儀選輯《詩觀三集》卷二，國家圖書館藏清乾隆十五年仲之琮重修本）

選梁大司馬蒼巖先生詩竟偶成四截句書於詩尾

鄧漢儀

優詔金門散腐儒，編詩仍自向江湖。喜今得讀棠村稿，如坐蕉林舊畫圖。

司馬門前介冑多，齊吹篳篥唱鐃歌。尚書獨下青油幕，銀燭光中側弁哦。

廿年鄭履望如山，那便平津遇合艱。一唱夜珠羣斂手，底須宰相領高班。

衰老無緣更入京，佳詩把讀快平生。憶曾雪夜朱門路，擊鉢聲高櫪馬驚。

（鄧漢儀選輯《詩觀三集》卷二，國家圖書館藏清乾隆十五年仲之琮重修本）

清詩紀事初編

鄧之誠

梁清標，字玉立，號蒼巖，正定人。崇禎十六年進士，選庶吉士。入清歷官尚書、大學士，久綰兵部，略無建樹。康熙三十年卒。事具《清史列傳·貳臣傳》。撰《蕉林詩集》十八卷，詩筆清麗，讀之能令人低回不已。清標立身從官，風雅好文，與王崇簡略同，而才筆過之，持祿保位亦過之。崇簡獨未入《貳臣傳》，是其異也。真定梁氏自明中葉以來，人物蔚起。清標兄若弟清寬、清遠皆官吏部侍郎。清遠著《雕丘雜錄》十八卷、《祓園文集》五卷、《詩集》四卷。清遠父維樞有《玉劍尊聞》、《性譜日箋》、《內閣小識》、《群玉》、《直譽》等集。清標之後，乃遂無聞。然至今數藏弆者，尚以蕉林與退谷並重。

（《清詩紀事初編》卷五，上海古籍出版社，二〇一二，第六〇五至六〇六頁）

白雨齋詞話

陳廷焯

梁棠村詞尚穠豔，語必和平，自是福澤人聲口，然論詞未爲高妙。

（《白雨齋詞話全編》卷三，中華書局，二〇一三，第一二〇三頁）

詞壇叢話第五九則

陳廷焯

國初諸老之詞，論不甚論。而最著者，除吳、王、朱、陳之外，莫如棠村、秋岳、南溪、珂雪、蓺香、華峯、飲水、羨門、秋水、符曾、分虎、晉賢、覃九、蘅圃、松坪、西堂、莘野、紫綸、奕山諸家，分道揚鑣，各樹一幟。而飲水、羨門、符曾、分虎，尤爲傑出。

（《白雨齋詞話全編》上册，中華書局，二〇一三，第一一頁）

雲韶集卷十四

陳廷焯

棠村詞風流秀麗，猶勝叔原，但風格微遜。總評。

秀麗欲仙。評《如夢令·秋夜》。

此詞絶麗，尚不流於淫，丰神綽約。評《美少年·夏夜》。

自然丰韻。嬌絶媚絶，落下半天丰韻。評《菩薩蠻·春閨》。

細麗，真非臆想所及。淒秀突過叔原。評《南鄉子·春暮》。

一層一層曲曲敘來，極盡閨夜之致，香奩體至此可稱精工秀麗之極。評《一剪梅·閨詞》。

穠麗之句，讀之心悦。曲折入微。下三字最難勻貼，三『恨』字卻妙。評《釵頭鳳·閨情》。

情詞淒豔，不讓叔原。何等悽感。評《玉樓春·送春》。

婉麗有情，雖用成典，卻自成妙語。評《望江南·燈兒剪》。

（《白雨齋詞話全編》卷十四，中華書局，二〇一三，第三三五頁）

詞則

陳廷焯

棠村詞工麗婉雅，自是福澤人語。評《美少年·夏夜》。

宛轉有情。評《菩薩蠻·春閨》末二句。

精工秀麗，與梅村《醉春風》次闋異調同工，然皆不免失之纖冶。評《一剪梅·閨詞》。

生香真色，穠麗無比。評《釵頭鳳·閨情》「纖腰非舊」三句。

（《白雨齋詞話全編》下册《閑情集》卷三，中華書局，二〇一三，第九四七頁）

古今詞話

沈雄

汪蛟門曰：錢唐令君梁冶湄欲合吳祭酒《梅村稿》、龔司馬《香嚴詞》與其家司農《棠村集》彙梓行世。夫祭酒駘宕，司馬驚挺，司農起恆朔間，而有柳欹花嚲之致。彼河北河南，代爲雄視，未若三公之旨之一也。

（《古今詞話》卷下，上海古籍出版社，二〇〇九，第九五頁）

譚　瑩

論詞絶句又四十首梁清標

塗澤爲工足寄情，生香真色殆分明。海棠開否芭蕉緑，一品官閒獨倚聲。

（《樂志堂詩集》卷六，《清代詩文集彙編》影印清咸豐十年刻本）

徐　釚

詞苑叢談

滹沱河之南，柏棠村在焉，中有司徒梁蒼巖公别墅。公《秋憶》詩『城東别業輞川圖，手種垂楊一萬株。大麓經秋霜幹冷，緑烟猶似昔時無』，正謂此也。嘗在燕邸，作《望江南》數調，云：『清明後，細雨曉風和。樹裏青帘春醖美，水邊紅袖麗人多。處處醉顔酡。』『家山好，春色滿平蕪。花片參差裘馬客，柳絲摇曳水雲圖。遠浦立鵜鶘。』『東郊外，暖日水粼粼。一路杏花尋幕燕，幾行楊柳渡溪人。沙細碾車輪。』『踏青去，遙指緑陰村。斜裊金鞭晴試馬，高燒紅燭夜開樽。芳草滯王孫。』『西村裏，淼淼水拖藍。一縷墟烟青似織，數峯嵐色碧於簪。可唤小江南。』情致如許，讀之頓令人懷想趙郡風物。

嶺南之役，變亂恍惚，棠村公衰衣持節，宣德威，權大體，成命而返。所著《使粤集》，都道珠江花鳥之勝，故余寄公絕句有『過嶺新詞喜乍攀，海天歸棹泣烏蠻』之句。廣陵鄧孝威亦云：『一別珠江烟雨暗，鷓鴣啼煞五羊城。』今錄公歸舟所賦《洞庭春色》詞，奇彩焕發，益知公之能從容定變也。詞云：『萬里河梁，五羊歸擢，夾路春風。看荔枝洲畔，沉香浦外，簾開樓閣，帆動艨艟。載得珠江花鳥去，更千步、香薰兩袖濃。斜陽岸，正袍侵草綠，衣染鵑紅。篦藏羅浮舊繭，早辦取、舞蝶紗籠。問踏歌蠻樂，穿花遊女，尋芳何地，拾翠誰從。拋卻南天烟月暖，喜北望、長安紫氣重。驪歌裏，聽蘭橈笳鼓，驚起鼉宮。』公自注：『嶺南有千步香草，又羅浮繭中出蝶。』千步香，一名九里香，花繁如雪。

（《詞苑叢談》卷五『品藻』，天津圖書館藏清道光二十七年刻《海山仙館叢書》本）

詞苑叢談

徐　釚

尤悔庵云：僕嘗客恆山梁司徒，公出家伎佐酒，僕於座上演《清平調》雜劇，即令小鬟歌之。公賦《菩薩蠻》詞云：『樽前若箇歌金縷。盈盈十五芳如許。笑靨半含羞。驕憨不解愁。　眉痕青尚淺。秋水雙眸翦。何處耐人思。歌停掩袖時。』座客爭爲傳唱，極歡而罷。

梁司徒伎有名文玉者，最姝麗。嘗裝淮陰侯故事，悔菴於席上調《南鄉子》詞贈之，云：『珠箔舞蠻韉。淺立氍毹宛轉歌。忽換猩袍紅燭豔，瞧科。錦繖將軍小黛蛾。　鬟髮尚盤螺。一辮絲鞭燕尾拖。爲待情人親解取，誰何。春草江南細馬馱。』蓋晉女未字者鬟後垂辮，解辮則破瓜矣。司徒見詞大喜，命文玉酌叵羅再拜以獻，盡醉而歸。

王胥廷司馬張伎設讌，棠村梁公賦《春風嫋娜》云：『喜良宵烟月，依舊清平。花市暖，晚風輕。有尚書好客，堂開簾捲，故人歡笑，粧點春城。百寶珠輪，九枝青玉，絳燭高燒列畫屏。琥珀光浮千日酒，赤瑛盤薦五侯鯖。誰把燕山舊事，移宮換羽，倩優孟、譜入新聲。紅牙串，紫鸞笙。歌喉未歇，客欲沾纓。夢裏功勛，休嗟陳跡，眼前杯酌，且盡平生。種槐庭院，看年年無恙，紅燈綠酯，快聚良朋。』時華堂竹肉間發，聽歌者唱至『看年年無恙，紅燈綠酯，快聚良朋』之句，舉座起舞。

（《詞苑叢談》卷九『紀事』，天津圖書館藏清道光二十七年刻《海山仙館叢書》本）

秦蜀驛程後記

王士禛

予壬子歲過新樂縣，題詩驛壁，寄宋荔裳琬蜀臬，云：『當年霧夕詠芙蕖，促席傳觴樂未疎。名忝應劉七才子，座傾沈范兩尚書。飛星過漢無留影，萍葉隨潮少定居。賴有前期不相負，秋來同釣錦江魚。』『沈范』謂龔宗伯芝麓鼎孳、梁相國蒼巖清標也。時荔裳與予先後入蜀。其明年，荔裳入覲，卒京師。龔公即以是歲下世。戊辰，梁公以司馬入相，辛未卒於位。今復過此，舊館已頽，前題不復可見。俛仰二十五年間，遂如隔世，益知維摩談空，理不可易也。

（《帶經堂詩話》卷八，清乾隆二十七年刻本）

香祖筆記

王士禛

康熙辛亥，宋荔裳琬在京師。一日，招龔芝麓大宗伯、梁蒼巖大司馬及予兄弟飲梁家園子，予首倡偶用『纈』字。明日，梁問予『纈』字之義，對不能悉。按潘氏《記聞》云：『唐明皇柳婕妤妹適趙氏，性巧慧，鏤版爲雜花，打爲夾纈。代宗賞之，命宮中依樣製造。』又《西河記》：『西河婦女無桑蠶，皆著碧纈。』韻書但言文繒耳。

（《帶經堂詩話》卷十五，清乾隆二十七年刻本）

帶經堂詩話

王士禛

崔子忠，字青蚓，又字道母，登州萊陽人，居京師，工畫山水人物。王崇節，字筠侶，文貞之弟、文靖季父也，官把總。生於閥閱而任誕不羈，視富貴蔑如也。畫學青蚓，京師貴之。故相國梁公玉立清標嘗以筠侶畫草蟲索題，余賦二絕句云：『髯翁任誕如忠恕，脫屣朱門傲五侯。肯爲尚書寫幽興，碧花紅穗草堂秋。』『一幅丹青顧野王，草根纖意曲籬旁。風懷磊落如公少，便注蟲魚也未妨。』

（《帶經堂詩話》卷二十三，清乾隆二十七年刻本）

居易錄

王士禛

八月初一日，保和殿大學士兼兵部尚書梁清標卒於位。公真定人，崇禎癸未進士，卒年七十一，無謚。公與故大學士大名成公克鞏、寶坻杜公立德皆直隸人，又皆癸未進士，至是前後卒。公早登館閣，拜大司馬，年未四十，歷戶、禮、兵、刑四部尚書。康熙戊辰，以兵書大拜，在相位甫三年。公精賞鑒，蒐羅金石文字、書畫鼎彝之屬，甲於海內。領袖詞林數十年，風流宏長，巋然爲鉅人長德。予順治中未弱冠，偕計吏入京師，公與合肥龔端毅公鼎孳知之尤深。在禮部、戶部爲郎日，又爲公屬，每放衙吏散，必引與論文章、究風雅，相期在吏牒之外。龔公以癸丑厭世，又十九年而公卒。公家世翔貴，甲於河朔。曾祖夢龍，明吏部尚書，謚貞敏。兄清寬，吏部侍郎。從兄清遠，吏部侍郎。公亦以吏部侍郎拜兵部尚書。祖孫兄弟，四人吏部，前後相望，縉紳榮之。

（《居易錄》卷十三，文淵閣四庫全書本）

西河詞話

毛奇齡

梁尚書上元席上出窩絲糖供客，其形如扁蛋，光面，有二掐若指掐者。嚙之粉碎，散落皆成細絲。座客無識者。尚書云：『此崇禎末宮中所製，今久無此矣。惟西山淨室有老宮人爲比丘尼，尚能製此糖。每歲上元節，必以銀花椀合子相餉。真罕物也。』乃出己所製《糖多令》詞，命座客和之。予和詞云：『擣盡篚頭泥。春蠶已蛻衣。片錫裹作彈丸兒。不破彌羅三寸繭，誰解道、一窩絲。　粔粧漢宮遺。餦餭久未施。開元宮女尚能爲。今日尚書花餤會，銀椀合、使人思。』

康熙己未上元夜，予尚依内閣學士李夫子宅。夫子方出閣，招予至東華門舊弘文院夜飯觀燈。歸第，夫子當夕製《上元觀燈曲》，予依韻和之。次日，舍人汪蛟門錄予詞，詣梁尚書請觀。值尚書作勝會，設席於猪市。對門王光祿宅有内務府供奉太倉王生、無錫陸生、陳生，攜笙笛在座。其時薦舉來京者，惟施愚山大參、陳其年、高阮懷兩文學赴召請。到門，尚書立命具小輿招予，酒再巡，二生遞歌。王生把笛演舊清曲畢，尚書命二生歌予詞，使王生以笛倚之。倜儻嘹喨，一坐皆竦聽。尚書大悅，因問：『笙笛必有譜，此無譜，而能倚曲，何耶？』王生曰：『善歌者以曲爲主，歌出而譜隨以成；不善歌而敎歌者欲竊其歌聲，則以譜爲主，譜立而曲因以定。』尚書曰：『有是耶？然則今所歌者，其歌聲已歇矣，君尚能依其聲立一譜乎？』曰：『何不可？』次日，王生就昨所歌者竟定一笛色譜，尚書命他僮就笛按聲，與昨歌無異，因嘆息謝去。尚書者，真定相公梁夫子也，時爲司農有年矣。後予臨入館，執摯門下。特是詞倉卒湊趁，極不愜意，不知夫子何以見賞如此，益信李白《清平調》詞、白樂天《桂華曲》原不必佳也。今錄其曲並笛色譜於後。

〔錦纏道〕剛則是翦青幡長安早春，又恰遇上元辰。望天街清光一道如銀，只見那唧珠鳳戴山鰲蓮花繞身。又誰知蹋星橋轉跨冰輪，想太乙夜祠神。散華燈，原與平門相近，況歌鐘列錦茵。酒闌時尚自有金䍃暗引，卻元來月明無處不隨人。

〔普天樂〕臨光宴，珠屏瑩。傳柑會，琱盤進。宵烟裹蕙爐蘭薰，香車度繡陌生塵。忽燈翻錦鱗，近前看是當年韓國夫人。

〔古輪臺〕玉河津，碧天清露灑車茵。馬蹄撲處霜花潤，任香泥留印，未卸銀魚，何處金吾厮認。安福門邊，長春殿裏，霓裳方奏第三巡。看蹋歌歸去，傍宫牆曲調增新。金鑰垂來，珠繩轉後，銅壺滴盡，花犬吠狺狺。城南近，喜樓頭紅燭又迎人。

〔尾聲〕華胥有夢應難訊，嘆元夜還留漢苑春，愁則愁終夜堦前看月人。

（笛色譜略）

（《西河詞話》，天津圖書館藏清嘉慶間蕭山陸氏凝瑞堂刻《毛西河先生全集》本）

蓮坡詩話

查爲仁

尤展成侗《艮齋雜説》所載毛大可檢討姬人曼殊遇老尼一事，令人有天涯淪落之感。曼殊養病墳園，當晚春時，比鄰刺梅園老尼過之，讀壁間所懸詩軸二絶，云：『河外人家郭外村，金鞭玉勒走王孫。墅橋東畔迢迢路，芳草斜陽晝閉門。』『畫樓高處故侯家，誰種青門五色瓜。春滿園林人不見，東風吹落海棠花。』相與吟嘆良久，尼曰：『讀此詩，倍覺此地淒涼。此何人詩耶？』姬曰：『舊懸此庭，不知誰作。』因流涕久之。甚矣，詩之感人若此！後於摩訶庵中道之，有識者曰：『此《蕉林集》詩也。蕉林爲真定梁相國所居，故名其集。其詩乃《春郊十首》之二。』老尼遂從相國乞歸一冊。尼係明季宮婢，當時稱菜戶者。

（《蓮坡詩話》，中華書局，一九八五，第一〇頁）